増満圭子 著

夏目漱石論

漱石文学における「意識」

和泉書院

はじめに

本論は、明治から現代に至るまで、実に多くの人々に愛読され、今なおその勢いに衰えを見せていない、夏目漱石文学について、主に意識という観点から総合的に考察した研究論文である。

その出生から死に至る直前まで実に様々な現実と対峙した夏目漱石という作家の五十年の人生は、まさに苦悩と葛藤の日々そのものであったといえる。漱石の飽くなき人間追求と、常に彼の心を苛んだ「生」というものに対する懐疑と苛立ちは、時を隔てて今なお我々現代人に対しても強い共感を与え続けているものである。それはすなわち、彼の残した多くの作品に、時代を超えた普遍的人間像、自我の姿というものが、少しの妥協もなく厳然と表出されているからであるとも思われる。

従って、その背景となった時代や作家自身の生い立ち、精神的軌跡をたどりつつ、改めてそれぞれの作品を詳細に読み解くことにより、漱石という作家の独特なる意識世界を見つめたい。するとそこには自ずから、（意識という観点からの）漱石的認識論、そして、ひいてはそれに今なお魅せられる、我々現代人の自己意識の有り様も見えてくるように思われる。

俗世に於ける数々の欲望やしがらみを超越し、彼が到達した世界とは一体何であったのか、従来の研究成果をも広く鑑みたその上で、改めて筆者独自の視点から分析し、考察を進めたい。

漱石文学における、意識の様相の解明である。

この「夏目漱石論」は、およそ以下の通りに遂行する。

全体を二部に構成し、第I部を作家論、第II部を作品論として論じ行く。

第I部においては、夏目漱石という作家がいかしてに登場し、そして、何を築き上げていったのか、その精神的軌跡を追求する。

まずは第一章に於て、意識という概念と、その定義について考察する。心理学・哲学等の分野から捉えられている概念と、漱石の意識に対する認識には、果たしてどのような相違がみられるのであるか。残された叙述や諸資料等から具体的に抽出し、漱石が意識というものをどのように受け止めていたかということを、前提として確認する。

第二章は、作家以前の漱石を知るために、その生い立ちや当時の教育内容等についての検討である。文学研究を遂行する上で、作家の文学的展開のその出発点となった時代の特質を、厳密に理解せぬ儘では、作品を語り尽くすことなどけっして出来はしないだろう。それを確認した上で、改めて彼が、その成長過程に於て触れていた東洋思想との関連からも考察し、いわゆる「作家以前」の漱石の最も「素」の部分、思想形成期における素養について、検証を進めるものである。

第三章と四章は、西洋思想における漱石の、受容の問題を考える。学生時代に聴いた心理学や哲学の講義を通じ、徐々に意識への関心を深めていく漱石にとって、W・ジェームズやH・ベルグソンからの影響は、やはり絶大なものであったらしい。英文学との出会いから、ジェームズに魅せられて行くまでの精神的軌跡を捉えた上で、改めて漱石蔵書に見られるジェームズやベルグソンの著作を検討し、漱石自身の意識の構築過程というものを、本章に於てたどりゆく。

第II部は作品論の展開である。

漱石作品全体を大きく三期に分類し、ジェームズやベルグソンの受容の問題を中心に、それが作品としてどう具現化されているかを検討する。前・中・後期作品のそれぞれの中で、西洋思想等から受け止めた意識という観念が、どのように描かれ、そしてどう変容しているかを具体的に呈示した上で、漱石文学における意識という、最大のテーマに向けてその全体像を見つめたい。

以上の通り本論は、夏目漱石文学における意識の様相を探り出すために、作家論・作品論の両面から出来る限り詳細に分析し考察を進めていくものである。

漱石文学の、意識の扉はまさにこうして開かれる。

そして最終的にはその漱石文学全体における意識の意義というものを、明確に捉えることが出来たらと、切に願うものである。

目次

第II部　漱石の作品

第Ⅰ部　漱石という作家

第一章　「意識」とは何か

夏目漱石とは、生涯を通じて「自己」と「他者」の在り方、「理想的知識人」と「現実的生活」との間をさまよい続けた作家である。作品を通して、批判し、模索し、そして葛藤と苦悩を繰り返した彼が、常に追い求めたものは、わかるようで分かりがたい自己としての存在そのものと、その意識ともいうべき確かな手応えでもあった。誰もが煩雑なる日常の、いわば惰性的なままでの「時」の経過に否応なく流されることを良しとしつつ、あえて凝視することなき真なる心の奥底を、漱石は容赦なく押し開き、作品として我々の眼前に呈示する。それが漱石の示す自己意識なのである。

読者は作品中に繰り広げられている虚構世界のきわめて具体的なる出来事を、当初は第三者然として、興味本位に面白おかしく垣間見る。しかし、作品が進行するに従って、次第に眉をひそめ、「心」のその内部へと、改めて注意を喚起され、それを凝視し始める。作品の中に描かれる自己意識、そしてそこに描かれたる真実は、自らの心の澱みそのものの姿であることに、やがて我々は朧気ながらも気づき始めていくのである。

流動的でしかも変化に富み、とらえどころなき無限、それが漱石の模索する不可思議なる意識の様相なのである。

本章においては、まず第一に、漱石文学を読み解く上で、捉えておかなければならないと考える、「意識」というものに対する漱石としての受け止め方、即ち〝漱石的〟なる意識概念についてまとめることを目的とする。心理学や哲学、精神科学の分野など、きわめて範疇の広い用語である「意識」というものを、果たして漱石はどのような意味において、どう捉えているのか、それを確認しなければ、作品における意識の様相も明確化することは出来ないものと思われる。

そのためには第一に、数々の著述や談話等の中から「意識」を論じている部分を抽出し、それがそのときどきでどう使われているのか、まずは概観として纏めたい。

一　近代文学の始まりと漱石

周知の通り、明治維新による新政府の誕生が、必ずしも近代文学の始まりとは一致しない。それまでの江戸近世文学を引き継いで、戯作的傾向の強かった当時の文壇が、小説を中心とするいわゆる「近代文学」としての形態に移行していくには、その後なお二十年近い歳月が必要であった。

明治十八年発表の、坪内逍遥『小説神髄』の、「小説の主脳は人情なり世態風俗これに次ぐ」という一節は、その近代文学の幕開けを、今日でもなお我々にはっきりと示唆している部分である。ここに表されている「人情」の意味を説明するために、逍遥は、「情」・「情欲」・「心理」・「感情」・「内幕」、さらには「内に蔵れたる内部の思想」、「内部に包める思想」などと、次々と言い換えを行っているのだが、それを根拠として、例えば稲垣達郎は、「人間の内部的なものを大雑把に知、情、意とすると人情というのはだいたいが情に比重があるらしい」、「人情というのは結局感情へいくらか傾斜させた人間心理ということになろう(1)」との分析を行っている。今日的文学概念から考えれば、逍遥の論がきわめて不十分な捉え方であったことは否めない。しかし前時代的文学傾向から比べると、かなり人間の心というものへ視点を向け始めたということだけでも評価できる事実であるとはいえるだろう。

やがてこの逍遥に触発されるようにして、明治二十年に発表された二葉亭四迷『浮雲』によって、わが国の近代文学は真の黎明を迎えるに至る。手短に言えばその作品は、主人公「文三」の社会的疎外感、家庭的立場の喪失感などの錯綜により、自己を支えきれなくなった男の悲劇として展開されている。

作中に描かれている苦悩は、「嗚呼つまらんつまらん、幾程思い直してもつまらん」、「やはり課長におべッからなかつたからそれで免職にされたのかな……実に課長は失敬な奴だ」との主人公の嘆きが示しているように、上司への媚び諂いを実行しなかった世渡り下手で不器用な「文三」の免職騒動に端を発するものである。そして失業したその日から、まるで掌を返したように叔母は彼に冷たくなり、彼が密かに恋心を抱いていた相手であるお勢も次第に世渡り上手の同僚（もちろん免職を免れた）本田昇へと傾いていく。こうした人の世の不条理に文三は、激しい憤りさえ覚えるが、結局はどうすることも叶わぬままにただ部屋に閉じこもってしまうのであった。

二葉亭が後に、「私は当時『正直』の二字を理想として、俯仰天地に愧ぢざる生活をしたいといふ考へを有つてゐた」（「我が半生の懺悔」より）と述懐するように、『浮雲』には、「生」の理想が描かれる。

十川信介は、「文三を観念性、昇を現実性と考えれば、二葉亭の苦悩は寸分違わず文三の苦悩と重なるのである」(2)というように、「新世代」と「旧世代」とが混在している文明開化の世の中で、そこに歴然と見られる「理想」と「現実」という対立を作品内に読みとって、『浮雲』の構造を、その「想実」の対立による「楕円形構造」であると導き論じている。なるほど、ここに見られる文三の生き方が、本田昇の「現実主義」に比しての「理想主義」であるという見方は、極めて簡潔な分析であるようにも思えるが、ただ、本田の生き方が、全く理想がない「現実主義」であり、一方の文三は、現実が見えない「理想」に凝り固まっているのかといえば、必ずしもそう一概に言い切れないのではないかとも思われる。即ち二人の生き方は、決して対立するものでなく、「生」の理想という点に於ては、結局根本を同じくするところのものであり、ただ、それを追求する為の、いわゆる「方法」が異なっているだけであるとも言えるだろう。「現実主義」であるとされる本田の処世術も、「出世」とその後の生活に対する、彼なりの基準による理想が内在されているのであり、又、課長に媚び諂うことの出来ない文三にしても、自らの理想とする生き方に、「現実」が旨く合わないからこそ苦悩しているのであって、もし、彼が全く現実を度外視して、理想主義にのみ忠実であろうとするならば、現実のありようなど、（例えば、十川が、論の中で比較するロシア文学『オブローモフ』(3)の主人公の生き方の如く）無視出来るものとなるのかも知れない。二人は、決して対立点にいるのでなく、自らの「生」のあり方のそれぞれの基準による「理想」というものを、それぞれの手段で、（或いは狡猾に、或いは不器用に）成し遂げようとしているのである。

この作品に表されているのは、「生」をいかに現実の中で全うさせようとするのかを、さまざまなる形で追求する人々の姿である。意に合わない「現実」に背を向けて、ただ生活の為だけに、再び課長に腰を折ることなど拒絶して、理想、理想と自らの「生」のあり方を追っているにも関わらず、文三はなおその現実に縛られて、身動きが出来なくなっている。背を向けたはずの現実に、それでもなお酷く執着している姿がここにはある。

やがて、文三を処すること叶わなくなった二葉亭は、突然筆を折ってしまう。結果的には、作品内の文三の苦しみが、作者自身の葛藤とも重なって、中絶せざるを得ない状況まで、精神的に追い詰められてしまったのであった。彼もまた、明治という社会の中での自己喪失感に苦悩しながら、なおもその現実の中で生きていくことを余儀なくされていたのである。二葉亭が再びその筆を取る日まで、なお二十年という歳月が必要となった事実はあまりにも重い。

さて、わが国の小説はこうして普遍的人間性に繋がる心理描写へとその矛先を向け始めていくのだが、それらの葛藤は、やがて自然主義文学へと受け継がれていく。たとえば藤村が、『破戒』(4)の中で試みたような、世の中の制度や差別の矛盾に目を向けた、いわゆる社会小説的方法は、しかし次第に告白体の私小説という、きわめて「日本的」な、わが国独自の自然主義的スタイルへとその姿を変容していくのである。

けれども、そうした自己告白という形での内面描写とは明らかに違った葛藤が、時を同じくして生み出されてきたはずの漱石にはみられるのである。それが漱石文学の大きな特徴ともいえる「意識」なのではあるまいか。自然主義の告白には、社会の中で孤立した自身に対する焦点化があるだろう。自己の内面を凝視したうえで、敢えてそれを「告白する」という行為は、そのことによって外部との関わりを完全に放棄しようとしているのではなく、関係性の中にあるからこそその自己の位置、すなわち、周囲の中の必ずどこかに規定されるであろうその自己存在を、暗黙の内にも認識し、救いを得ようとするような、そんな慰藉としてさえ捉えられるのである。一例を挙げれば、藤村の『新生』[5]は、あの「新生事件」を自己告白によって浄化しようと試みた、作者自身の（見方によっては実に巧妙なる）「手段」としてみることができるだろう。平野謙[6]は、それを「恋愛と金銭からの自由」を目的とした動機とみる。たとえそれが、作者自らの自己救済手段でも、また、節子（こま子）という女性に対しての「自己の誠実を意識」した結果の行為でも、欲望、エゴイズム、そして疎外感などというものは、社会に対して如何に背を向けようとも、そこに存在するからこそ、そして他者との関係があるからこそ成立する視野だったことは否めない。

そのような文壇的傾向のなかで、しかし漱石の作品に登場する人物の心情は、社会という外界との接点を固持した上での苦悩ばかりとはいいがたく、自己内部である内面世界に、いわば自由に潜入し、自己を見つめているのである。当時全盛であった自然主義とは確固たる距離を保ちつつ、文明批評の視野の広さと洋の東西を問わない様々な思想から、独自の視点を探り出し、あくまでも世の中の制度や枠組みに、決して束縛されない「意識」の領域に、人間というものそして「個」というものを見出そうとしたものではないかと思われる。

二　意識への注目

さて「意識」なる言葉に焦点を当てて考察する。

単に「意識」といっても、その範疇はきわめて広い。

そこでまず、最も一般的な捉え方としての、いわゆる辞書的なる解釈を、初めに確認しておきたい。

『広辞苑』(7)には、①「認識し、思考する心の働き。感覚的知覚に対して、純粋に内面的な精神活動。第六識。」、②「今していることが自分で分っている状態。われわれの知識・感情・意志のあらゆる働きを含み、それらの根底にあるもの。」などと記載されている。

すなわち、「見る」（見ている）、「笑う」（笑っている）、考える（考えている）というような、われわれが体験することの出来るいっさいの経験や現象を総じていうものであり、換言すれば、現在自分自身がどのような状況にあるのかを、明確に認知できる心的状態ともいえるだろう。

ただそれは一般論の範疇にある解釈で、そもそも「意識」というものは、哲学の極めて基本的な概念であるとされており、その定義はなかなか容易なものではない。

そこで更に詳細に確認してみると、たとえば『哲学辞典』(8)には、まずその冒頭に、言葉そのものの解釈として次のように記されている。

〔意識〕広義にはあらゆる我々の経験を意味する。この意味では意識とは物的もしくは身体的に対して心的もしくは精神的というのに等しい。このうち経験内容に重点をおく学者とこの内容を経験する作用に重点をおく学者とが区別される。第二に経験内容の多様を統一する作用を特に意識と名付ける考え方がある。この場合個人における経験の統一を考えるほかに、このような統一の論理的根拠としてカントは意識一般（先験的意識）なるものを要請した。第三に広義の経験中、このような経験内容に気づく方面を取り上げて意識ということがある。ライプニッツによると、たとえば海の波は一つ一つ小さな刺激を送るが、それらは個別的には我々によって気づかれない。ところがそれらが合成されれば気づかれるようになる。この気づく作用を彼は統覚もしくは意識と名付けたのである。(9)

そしてここから、アリストテレスやカント、デカルト等からの八意識論が更に詳細に説明されている。

また、『心理学事典』(10)には、

〔意識〕意識とは通例我々に現実に与えられた心的現象の総体をさし、我々にとってもっとも直接な経験であるとされている。古代及び中世では「生」または「生命」が心理学の基本概念であったが、デカルトに至り意識がその基本概念と考えられるようになった。初期のイギリス心理学においては、意識という語は、心がそれ自身の状態及び過程を直接認識することを意味した。すなわちロックは「意識はある人が自身の心内に経過するものを知覚することである」という。又リードも意識とは、「我々の心の現在のあらゆる作用についても つ直接の知識である」としている。

と最初に記載されており、次いで、様々に分化していく意識認識が、学説を辿りながら順を追って紹介されている。(11)けれども、こうした哲学や科学の領域からの意識分析とは別に、漱石は自らの手で、その意識なるものに挑んでいたと思われる。したがって、ここではあくまでも漱石的解釈を根幹とすることを前提に、「文学」という立場から、以下考察を進めたい。

岡三郎は、漱石が意識というものに対して、自己の立場をもっとも明確に自覚するのは「科学や宗教に対して、文学者としての自己の存在を考えるとき」であるとの見解を、大正三年一月十三日の畔柳芥舟宛書簡の中にみられる、次のような部分を根拠に述べている。

　僕は自分で文芸に携はるので文芸心理を純科学的には見られない。又見ても余所々々しくてとてもそんなものに耳を傾ける気がしない。僕のはいつでも自分の心理現象の解剖であります。僕にはそれが一番力強い説明です。（『漱石全集第十五巻、続書簡集』、三二〇頁）

これは漱石の意識に対する考えが、きわめて独自性の強いものであることを知る上でも重要な資料であるが、しかし、漱石のそうした傾向は、なにも大正三年のこの時期を待つことなく、漱石が作家として具体的作品を表出し始めるずっと以前の段階から、幾つも発見できるように思われる。彼が、人間の内部の「生」、その心理的奥行きに、強い関心を抱いていたということを知る手がかりは、まだ幾つも残されているのである。

たとえば、明治二十三年八月九日の、正岡子規宛書簡につぎのような記述がある。

　此頃は何となく浮世がいやになりどう考へても考へ直してしてもいやで〳〵立《ママ》ち切れず去りとて自殺する程の勇気もなきは矢張り人間らしき所が幾分かあるせいならんか（略）貴君の手前はづかしく吾ながら情なき奴と思へどこれもmisanthropic病なれば是非もなし（略）心といふ正体の知れぬ奴が五尺の身に蟄居する故と思へば悪らしく皮肉の間に潜むや骨髄の中に隠るゝやと色々詮索すれども今に手掛りしれず（『漱石全集第十四巻、書簡集』、二二頁）

この書簡が書かれた明治二十三年という時期は、漱石が東京第一高等中学校本科在学中、二十四歳のときである。江藤淳はこの書簡について、「金之助の厭世観が何に由来していたのかは必ずしも明らかではない」、「彼は幾分抑鬱的であり、同時に恋をし始めていたのかも知れない」、「この恋は現実の日常生活の秩序の中では実現しがたい反道徳的な恋だったものと思われる[12]」というように、嫂登世に対する「禁忌の恋」と「性の衝動」であると分析しているが、この青年期の漱石の煩悶がたとえそうした所以であったにせよ、注目すべきは、彼がその葛藤に悩まされていたとき、見つめようとしていたのが、「いやにな」った「浮世」でも、「自殺」により達せられる彼岸でもなく、否応なく存在せねばならない現実という中で、「五尺の身に蟄居」している「心といふ正体の知れぬ奴」なのであった、という点である。この時点で、肉体と精神とを、既に何らかの形で分離したものとして漱石が感じており、現実の中での自己心理をどう把握し、どう処理してよいものか、迷っていたようにも思われる。「心」という「悪らし」い存在の不可思議を詮索しようとしながらもなし得ない、そんなジレンマを彼は感じているのである。

また、明治三十二、三年頃の断片にも、「心は喜怒哀楽の舞台／舞台の裏に何物かある」（『漱石全集第十三巻、日記』、五頁）という記載がある。ここでは「舞台の裏側」という言葉によって、その心理世界への興味関心が示されているとも思われる。

すなわち、こうしたきわめて早い頃からの記述にも、心の存在、肉体のどこかに存在しているはずの得体の知れない「何物か」に対する漱石の関心を強くうかがうことができるといえよう。

三　『文学論』から

先の引用などからも分かるように、漱石にとって、人の「心」や「内面」は、「正体の知れぬ」存在として感じられるものであり、又、だからこそ「いろいろ詮索」して見ようとする対象でもあったようである。そうした人間心理の問題を、彼は徐々に「意識」として、考え始めていくのである。

それではここで改めて、漱石における「意識」なる語の使用状況を、時代順に、特に眼につくものなどを中心に取り上げて、比較検討してみたい。すると果たして漱石が、どのような立場や見地から、「意識」を捉えようとしているか、朧気ながらも（およその概観としては）把握出来るものと思われる。

例えばまず第一に、明治四十年に出版された『文学論』を取り上げる。

後年になって漱石は、「私の個人主義」（大正三年十一月）という講演で、『文学論』を著した当時における意識、及び文学に対する捉え方を、「失敗の亡骸」、「畸形児の亡骸」として自ら戒めてもいるのだが、この『文学論』の中にこそ、初期漱石のもっとも基本的文学観が表出されているのは事実である。そしてその中には、「意識」に対する認識が、かなりはっきりとした形で、次のように述べられている。

意識とは何ぞやとは心理学上容易ならざる問題にして、或専門家の如きは、これを以て到底一定義に収め難きものと断言せし程なれば、心理学の研究にあらざる此講義に於て徒らに此難語に完全なる定義を与へんと試みるの不必要なるを思ふ。たゞ意識なるものの概念の幾分を伝ふれば足れり（『漱石全集第九巻、文学論』、二九頁）

ここには、科学や心理学分野からの専門的解釈というよりもむしろ、あくまでも漱石自身の立場である、文学という範疇に於て、それを理解しようとする姿勢が示されているのだが、『文学論』に表されている内容は、そうした「心理学」からの解釈を抜け出そうとするあまり、逆に別の方面へと縛られてしまうような漱石の、文学者としての葛藤が感じられもする。

序文に、「余はこゝに於て根本的に文学とは如何なるものぞと云へる問題を解釈せんと決心したり」とあるように、そもそもこの『文学論』は、漱石英国留学中に、孤独と神経衰弱とに苦悩しながらも練り上げられ、体系化された一つの文学理論書である。

この中で漱石は、まず、文学的内容の形式には「焦点的印象または観念」（F）と「それに付随する情緒」（f）

があるという。それら二つが〔F＋f〕の形式として備えられているものを、「文学」として定義づけているのである。

ところで、漱石の定義する「F」というものが、「焦点的印象」と「観念」とを表すという点について、まずはそれらの示す概念が、極めて広範囲であるということに注目できるだろう。

「F」の示す概念のうち、「印象」であるところの「F」とは、たとえば、媒介にたいしてのいわば接線のような役割を持ち、客観的認知機能として（自己の周囲をとりまく現実という世界の円周を忠実にたどるがごとく）きわめて具体的に考えられるものである。又、それに対して、「観念」としての「F」は、（「吾人が有する三角形の観念の如く」と漱石が説明を加えているように）その外界に存在する（と一般に考えられている）ある事象について、個人の内面世界に於て構築されている、抽象的領域に位置するものである、といえる。印象も、観念も、総ずれば「意識的経験」すなわち、外界の現象・対象に対する自覚的認識ではあるが、両者は、（具体と抽象という点において）両極的な関係にある。

また、情念や心情などの「f」については（漱石は「それに付随する情緒」と規定しているのだが）、「F」が増加するに従って同時に増加していくものであるので、決して独立して存在するのではなく、常に、〔F＋f〕という形式としてあるという。更には、文学の実質は、その「f」によってこそ、成立するものであるということをも強調する。

要するに、非常に具体的、現実的である「印象」と、個人的・抽象的な領域である「観念」と、そしてそれによって発生する「情緒」的要素をすべて総合させて、漱石は文学を捉えようとしているのである。

このように分析される人間の心的単位は、更に、

意識の時々刻々は一個の波形にして之を図にあらはせば上図の如し。(13) 斯の如く波形の頂点即ち焦点は意識の最

も明確なる部分にして、其部分は前後に所謂識末なる部分を具有するものなり。而して吾人の意識的経験と称するものは常に此心的波形の連続ならざるべからず。（前同、三一頁）

というように、「波形」として表されている。「意識の波」は、「F」という焦点的認識によって常に規定され、しかもそれは、一人の人間の「一刻の意識」に留まらない。「個人的一世の一時期におけるF」、「社会進化の一時期におけるF」というように、更に大きな範疇においても捉えられている。

すべての人間に共通して動いていく「集合的意識」の流動に関しても、「個人が統一を（ある点に於て）受けて社会的意識の安固（Solidarity of Social Consciousness）を構成す」、「個人と個人の意識のあらゆる点に於て合致せざる時、社会は成立せず、況んや文芸をや」というように、拡大して捉えている。

旧時代とは異なって、意識が、社会的に存在しているという事実によってこそ確立する、いわば社会的なものであるというこの見方は、心理学というよりもむしろ社会学の概念でもあって、その場合、個人的感情でさえも決して「個人的」なる例外とはみなされず、それこそが近代における社会の特質であるということに、逆に収斂されていく。

個人は、個人の感情は、ただその大きな対象の前に立ち尽くすしか術がなく、「一刻の意識」は、そのより大きな社会意識の中に見えなくなってしまう感もある。「文学」を意味する焦点的印象及び観念の「F」は、こうして、個人的意識領域から、広く時代的社会的意識領域へと範囲を拡大して考えられていくのである。

ところで、漱石が、当初はいわば、心理学的概念として、個人的「一刻の意識」を取り上げていたはずが、やがてこのように、「個人的一世」や「社会進化の一時期」といった社会学的概念に、意識を拡大させてしまうのは、先にも触れてきたように、この『文学論』が英国留学中に練り上げられたものであるということに、一つの大きな意味があるだろう。当時漱石は、資性愚鈍にして外国文学を専攻するも学力の不十分なる為め会心の域に達せざるは、遺憾の極なり。去れど余の学力は之を過去に徴して、是より以後左程上達すべくもあらず。学力の上達せぬ以上は学力以外に之を味ふ力を養はざる可からず。而してかゝる方法は遂に余の発見し得ざる所なり。（『漱石全集第九巻、文学論』、一〇頁）

とあるように、英文学に対して挫折感を感じていたのであった。又、妻鏡子宛書簡のなかで、「西洋人との交際別段機会も無之且時間と金なき故可成致さぬ様に致居候」、「住みなれぬ処は何となくいやなものに候其上金がないときた日にはニツチもサツチも方が就かぬ次第に候下宿に籠城して勉強するより致方なく外へ出ると遂金を使ふ恐有るものに候」（明治三十四〈一九〇一〉年一月二十二日書簡、『漱石全集第十四巻、書簡集』、一六五頁）と嘆いているように、滞在先ロンドンでは、あまり人との交流もなく孤立した状況で、孤独と苦悩を感じていたようである。

異郷に身を置き、ついに融合しきれなかった漱石は、軽々と踏み込んだり乗り越えたりすることのできない、心という厚い壁、個人というもの、人というもの、そして、異文化というものの存在を、身にしみて実感していたに違いない。

だからこそ「F」は、眼前に存在する事象に対する印象や観念という様な、個人的意識領域ばかりでなく、更に大きな「集合」体に対する「F」（それこそが当時の漱石におけるイギリスの存在そのものでもあった）をも、その視野にいれて考えられているのである。

このように漱石は『文学論』の中で、あくまでも「F」（焦点的印象、及び観念）、つまり対象に接触して、そこから発生する認識としての意識を第一に注目したのである。すなわち、意識というものを、外界との接触において生ずる認知機能とみなすことにより、そこに対象化される中にこそ、存在の意味を見る。ここに於て、それ以外のもの、意識として焦点化されないものについては、すべて疎外されてしまうともいえるだろう。

従って、『文学論』における漱石的「意識」の意味が、こうして対象に対する認識に深く関わってくるのであるから（「f」はあくまでも、「F」に付着するものであるとの定義から）、たとえば、心理現象そのものについては、まだ独立したものとして捉えられていないということも出来る。後の漱石文学の中に特徴的に見られるようになる、あの極めてパーソナルな領域に、踏み込んで行こうという試みは、この時点に於てまだ見られない。

ところで、『文学論』とほぼ同時期の、明治三十八年から同四十年にかけて講義された『文学評論』の中に、次のような一節があることに注目したい。

文学を社会から切り離して全く独立した現象として論ずるか、又は社会全体の有様を叙して其全体が動いて居る中に自然に文学が織り込まれて居る様にするか。第一の様にするのは筋道を見るには都合がよい、分類をやるのには都合がよい、條理整然として混雑を来さぬと云ふ点に於て都合がよい。然し冷やかである、暖かみがない、（略）第二の方法に従ふと活きた世の中が分る、其の活きた世の中から活きた文学が自然と活現してくると同時に分類も立たぬ、甚だ込み入つて無茶苦茶である。

……

スペンサーの様な何でも科学的に世界を見て抽象的に知識を概括して行かうと許り思案する人は第一の方法より外に方法がない様に考へて居るかも知れない。然しながら天然の現象でも歴史的の事実でも抽象的な原理を摑み出す丈けが何も吾人の要求を満足させる者《ママ》ではない。若し是れ丈けで人間が満足し得る者ならば、あらゆる小説も、あらゆる戯曲も世の中に出現して来る訳が無い。そこで歴史は抽象的な原理を知る材料として科学的に見る必要もあるだらうが、同時に歴史を一の小説、一の戯曲として耳目的《センシュアス》なる、興味ある、吾人の悲喜憂楽に訴ふる者として見る必要も無論あるに違ひない。（『漱石全集第十巻、文学評論』、五七頁）

ここでも漱石は迷いを見せているように思われる。『文学論』に見られる社会学的意識と心理学的意識との間の認識の揺れが表されている。漱石にとって、一方に於ては、心理学的意識の捉え方に心を魅かれはしながらも、イギリスでの印象が尾を引いて、どうしても社会的、社会科学的全体意識認識にも、まだ拘り続けていたのであった。すなわち、『文学論』での「F」の定義が、印象（具体）と観念（抽象）との両極面から構築されているということ、そして、意識の概念が、極めて個人的「心理学的意識領域」と、社会的時代的「社会科学的領域」とに混在されているということから考えても、外界という世界と個人的意識レベルの問題に於て、漱石の内部には、この時点ではまだすっきりとした形で融合されて考えられない、または自己消化しきれないと見ることが出来るのである。

そして一度は意識なるものの存在を拡大させて解釈し、「社会の鞏固は社会の為に必要にして、社会は個人の為に必要なり。」、「もし個人主義の極端を想像するとき、個人と個人が意識のあらゆる点に於て合致せざる時社会は成立せず、況や文芸をや。」（『文学論』）というように、意識を社会的なるものと見た上で、そこに文学をも捉えようともしたのだが、それは次第に漱石を、逆の方向へと導いて行くことになる。

明治三十九（一九〇六）年に描かれた、第一作『吾輩は猫である』の後半で、「呑気と見える人々も、心の底を叩いてみると、どこか悲しい音がする」という猫の嘆きは、苦沙弥先生をはじめとする登場人物各人にとって、現実という矛盾だらけの世の中、『文学論』における、「一刻の意識」の、「F」に対する「f」であるところの、半ば諦念をも含んだ哀しい気焰と見ることはできるが、それを人間存在そのものに対する不安や苦悩というものにまで、突き詰めて考えることは、まだできないように思われる。この時点における意識には、個人の心理や内面に向かい行く、奥行きや深みはまだあまり感じられないのである。

又その『吾輩は猫である』とほぼ同時期に、初期短編集『漾虚集』が発表されているということにも、考えるべき点は多々あるように思われる。例えば、ここに含まれる七編のうち、巻頭の「倫敦塔」発表が明治三十八年『帝国文学』一月号、また「カーライル博物館」も同じ一月に『学灯』に発表されている。これらの時期に作品の発表が相次いでいることは、漱石文学の出発時期の問題として、またその意識と内面性の問題について考える上でも重要であるが、まず現時点で言えることは、「吾輩は猫である」における「現実性」とともに、『漾虚集』における、あくまでも現在という「時」に固定された視点から、現実に確実に存在するとは言い切れない、しかし、全くの虚構世界だとも断定しきれない、別の次元の空間が描出されているということも、「猫」の世界と対照的に考える上で興味深い。ここでは、社会科学的意識認識にばかりとらわれず、しかし、個人的苦悩や内面という心理学的領域に意識を向けていくのでもなく、異次元という全く別の空間に、認知機能としての意識を投影させているのである。その方法を用いることによって、恐らく漱石は、「F」、すなわち、「焦点的印象」及び「観念」という極めて広大な範囲の「認識的要素」である「意識」の正体を、解明しようと試みているようにも思われる（このことについては、さらに後の章で、作品論として具体的な分析を示したい）。

「意識」への挑戦は、まだ開始されたばかりである。

四　「文芸の哲学的基礎」

さて、明治四十年四月東京美術学校に於て講演され、のち同五月四日から六月四日まで「東京朝日新聞」に掲載された「文芸の哲学的基礎」の中にも、漱石的意識の手がかりとしてのある叙述が見られる。

> 要するに意識はある。又意識すると云ふ働きはある。是丈けは慥であります。是以上は証明する事は出来ないが、是丈けは証明する必要もない位に炳乎として争ふ可からざる事実であります。して見ると普通に私と称して居るのは客観的に世の中に実在して居るものではなくして、只意識の連続して行くものに便宜上私と云ふ名を与へたのであります。何が故に平地に風波を起して、余計な私と云ふものを建立するのが便宜かと申すと、

「私」と、一たび建立すると其裏には、「貴所方」と、私以外のものも建立する訳になりますから、物我の区別が是で付きます。（『漱石全集第十一巻、評論・雑篇』、三五頁）

ここにおいては、『文学論』の中に見られた外界に対する、いわゆる反射による焦点的認識機能である「意識」という解釈から、存在としての「意識」へと、その捉え方が変化していることがはっきりと伺えよう。

物我の世界を見た所では、物が自分から独立して現存して居ると云ふ事も云へず、自分が物を離れて生存して居ると云ふ事も申されない。（略）だから只明かに存在して居るのは意識であります。さうして此意識の連続を称して俗に命と云ふのであります。（前同、三七頁）

と漱石がいうように、この「意識の連続」が我々の生命そのものであるという考え方は、明らかに先の『文学論』に見られた（直線的、流動的「認知作用」だったはずの）意識概念よりも、さらに奥行きを見せている。「物」と「我」との対立から成り立っているというこの世界において、「我」という意識が、この世の中における一切の事象、他の存在を規定する。他者の存在についてさえ、その「私」という意識の中に表出される「物」としてのみ捉えられるのである。

その連続する意識を考えるときに生じてくる、「如何なる内容の意識を如何なる順序に連続させるかの問題」について、更に漱石は、

一口に云ふと吾人は生きたいと云ふ傾向を有つてゐる。（意識には連続的傾向があると云ふ方が明確かも知れぬが）此傾向からして選択が出る。此選択から理想が出る。すると今迄は只生きればいゝと云ふ傾向が発展して、ある特別の意義を有する命が欲しくなる。即ち如何なる順序に意識を連続させやうか、又如何なる意識の内容を選ばうか、理想は此二つになつて漸々と発展する。（前同、四一頁）

と、述べている。「命」すなわち「意識の連続」が如何なる意識内容を選択するかによって、やがてはそこから

「理想」、「理念」、「観念」というものまでもが導かれていくというのである。

それは、又文芸についても同様で、「文芸は感覚的な或物を通じて、ある理想をあらはすもの」（ここでいう「理想」とは、「如何にして生存するが尤も良きかの問題に対して与へたる答案」であると述べられる）であり、更には、それが、「百人に一人でも、千人に一人でも、此作物に対して、ある程度以上に意識の連続に於て一致するならば、一歩進んで全然其作物の奥より閃めき出づる真と善と美と壮に合して、未来の生活上に消え難き痕跡を残すならば、猶進んで還元的感化の妙境に達し得るならば」「社会の大意識に影響するが故に、永久の生命を人類内面の歴史中に得て、茲に自己の使命を全うしたるもの」であると、結んでいる。

漱石の「意識」の見解は、こうして、「意識」そのものに対して重要な意味を持たせるようになるのだが、それを更に明らかにするために、次なる彼の言及にも注目していく必要がある。

五　「創作家の態度」

明治四十一年に講演された「創作家の態度」の中にも、漱石の意識に対する見解が発見できる。

その冒頭部に、「心の持ち方、物の観方で十人、十色様々の世界が出来又様々の世界観が成り立つ」と述べているように、それぞれの個人レベルにおける意識世界へとその見方を進めている点において、ただ、自己意識のみに焦点を当てていた前論の考えを更に発展させている傾向が見られる。

我々は教育の結果、習慣の結果、ある眼識で外界を観、ある態度で世相を眺め、さうして夫が真の外界で、又真の世相と思つてゐる。所が何かの拍子で全然種類の違つた人（略）の意見を聞いて見ると驚ろく事がありﾞます。夫等の人の世界観に誤謬があるので驚くと云ふよりも、世の中はかうも観られるものかと感心する方の

驚ろき方であります。（『漱石全集第十一巻、評論・雑篇』、九七頁）

「文芸の哲学的基礎」の中では、物と我とに分けられて、自分以外の物はすべて、他者という人格さえも「物」の領域として考えられていた意識の世界が、この引用部からも分かる通り、「他者」の意識にも（他者であるなりの）「我」の存在を認めようとする方向に転じている。すなわち、それまで、「我」と「物」との対立であった世界を、自身である「我」とそれ以外の範疇である「非我」という見方で捉えなおしているのである。

さらには、個々なる意識世界を改めて認識した上で、その個人意識においてさえ、又その「我」についてさえ、現在の我が過去の我を振り返って見る事が出来る。是は当然の事で記憶さへあれば誰でも出来る。其時に、我が経験した内界の消息を他人の消息の如くに観察する事が出来る。（前同、一一七頁）

と捉えているのである。現実の世界では、完全に理解することなど不可能な他者の「意識」が無数存在すると同様に、一見全知的領域であるはずの自己意識においても実はそうではない。「我」というものは常に

先づ我々の心を幅のある長い河と見立ると、此幅全体が明らかなものではなくつて、其うちのある点のみが顕著になつて、さうして此顕著になつた点が入れ代り立ち代り、長く流を沿ふて下つて行く訳であります。さうして此顕著な点を連ねたものが、我々の内部経験の主脳で、此経験の一部分が種々な形で作物にあらはれる……（『漱石全集第十一巻、評論・雑篇』、一一九頁）

というように、「流れ」として動いている存在だとする。

単に時間的経過だけを取り上げても、過去である自己は、既に「我」の領域ではなくなって、「非我」の範疇に含まれるものとなり、さらには、現在時にあってさえ、意識の中には矛盾を含んだ多くの要素がある、「意識の幅」があると考える。そして我々は現時点において、それらのうちのある部分のみを取り出して、焦点化していると見るのである。

文学の面からいえば、このような見方は、「我」を主とする立場の「主観的態度」と、「非我」を主とする立場の「客観的態度」に分けられる。文学者として、今日の日本文学を見た場合、

日本では（略）無論情操文学に属するものが過半でありませう。のみならず作物の価値から云つても此系統に属する方が優つてゐる様であります。それは当然の事で客観的叙述は観察力から生ずるもので、観察力は科学の発達に伴つて、間接に其空気に伝染した結果と見るべきであります。所が残念な事に、日本人には芸術的精神はありあまる程あつた様ですが、科学的精神は之と反比例して大いに欠乏して居りました。それだから、文学に於ても、非我の事相を無我無心に観察する能力は全く発達して居らなかつたらしいと思ひます。（前同、一七〇頁）

との判断をした上で、「今日の文学に客観的態度が必要」であると説く。

そのうえで、「個人の性格中のある特性が、その個人の生涯を貫いて居る事は事実」であるとしながらも、「この特性だけで人物ができあがつて居らん事も事実」、「のみか、この特性に矛盾反対する様な形相をたくさん備えて居るのが一般の事実であります」というように、自分をも含めたいわゆる小説家がある特定の性格描写に固執することを否定する。性格というものは決して固定されてしまうたぐいのものではなく、観察、解剖されるべき対象とみなしているのである。

「一言にして云ふと（略）同一の行為でもその動機が慥に趣を異にしてゐる訳で、そこを観察したら十分開拓の余地がある」、「複雑になりつゝある吾々の心のうちをよく観察したら、色々面白い描写が出来る事だらうと思ひます。」というように、漱石は個々に於て、一元的に見なされがちな「性格」、「人間」、そして「心理」というものを、「我」の内面をも含めて多面的に分析しなければならない必要性を述べているのである。

こうして漱石が、作家として次第に個人の内面における心的現象を凝視するに至っていることを、このあたりの

叙述から我々は明らかにつかみ取ることが出来るのである。

すなわち「文芸の哲学的基礎」に於ては、完全に「我」と「物」とに分けて考えられていた意識に対して、この「創作家の態度」では、更に「我」であるところの範疇にあっても、「非我」である未知の部分が存在するということに、漱石の分析は発展を見せている。

このことは又、更に深化して捉えられて行くのである。例えばおよそ三年後、明治四十四（一九一一）年に発表された『思ひ出す事など』の中に、「吾々の意識には敷居の様な境界線があつて、其線の下は暗く、其線の上は明かである」という叙述があることも、それを示している。

このように具体的言及をあげていけば、漱石の意識に対する見解が、『文学論』における「F」を基本としながらも、少しずつ変化していることが明らかである。すなわち、『文学論』に見られたように、作家としての活動を開始する以前から、意識現象に対して特有の興味・関心を抱き続けていた漱石が、こうして次第に、人間の心の内部の様相、その有り様にまで、深く目を向けていくようになるという傾向が、概略としてここに確認出来るのである。

後年、大正三年十一月二十五日、学習院輔仁会において「私の個人主義」と題して語られた講演で、漱石は聴衆である学生に、次のような檄を飛ばしている。

もし貴方がたのうちで既に自力で切り開いた道を持つてゐる方は例外であり、又他の後に従つて、それで満足して、在来の古い道を進んで行く人も悪いとは決して申しませんが、（自己に安心と自信がしつかり付随してゐるならば、）然しもし左右でないとしたならば、何うしても、一つ自分の鶴嘴で掘り当てる所迄進んで行かなくつては行けないでせう。行けないといふのは、もし掘り中てる事ができなかつたなら、其人は、生涯不愉快で、始終中腰になつて世の中にまご〳〵してゐなければならないからです。私の此点を力説するのは全く其為で、何も私を模範になさいといふ意味では決してないのです。私のやうな詰らないものでも、自分で自分が道をつけつゝ進み得たといふ自覚があれば、あなた方から見て其道が如何に下らないにせよ、それは貴方がたの批評と観察で、私には寸毫の損害がないのです。私自身はそれで満足する積りであります。(『漱石全集第十一巻、評論・雑篇』、四四七頁)

この講演に於て、漱石は、長年に渡る葛藤と苦悩を経たその末に、自分自身の独自なる文学観というものを、自らの手で導き出してきたことに、強い自信を見せている（その具体的分析については後述)。そして又この後半で、「自己の個性の発展を仕遂げやうと思ふならば、同時に他人の個性も尊重しなければならない」というように、たとえ自己の信念のもとに道を突き進もうとしていても、他者の存在も決して忘れてはならない必要性をも説いている。

こうした見解が、やがて、更に漱石独自の、真の意味での個人主義思想へと導かれても行くのだが、漱石の意識に対する見解が、これまで見てきたような傾向で、次第に変化しているということのみを、まずはこの時点では確認しておくに留めたい。ただ、今この第一章の段階で結論として言えるのは、漱石自身が自らの手で、さまざまなる模索を繰り返しながら、摑み取って来たもの、それがすなわち、漱石に於ける意識のあり方だということなのである。

こうして漱石の意識に対する見解をその著述から抽出したうえで、作品を通じて更に具体的に考えようとするときに、漱石がそうした意識理論を構築していく過程に於て、欧米の心理学者をはじめとする様々な理論に、強い感心を寄せていたという事実に改めて立ち戻らなければならない。彼が、W・ジェームスやベルグソンを経ているということは、それを解明するためのきわめて重要な手がかりともなるのである。

漱石が何を読み、それらをどう理解した上で、結論としてはどのようなものを受容して、彼自身の意識理論を導き出すに至ったか、さらに具体的なる考察を行う必要がある。

以下、漱石文学における意識の様相を探り出す、その分析を進めたい。

注

（1）『人と作品　現代文学講座』明治編Ｉ（昭和三十六年十月、明治書院）
（2）十川信介「『浮雲』の世界」（『文学』昭和四十年十一月）
（3）ゴンチャロフ作『オブローモフ』（一八五九）
（4）初出は明治三十九年三月。自費出版。
（5）『新生』、大正八年一月春陽堂刊。『新生』の主人公岸本は藤村自身であり、実生活上の秘事を公にした告白小説である。事件の進行中発表されたことにより、現実の事件自体が解決に影響を受けるという特異な状況をもたらした作品でもある。
（6）『島崎藤村——人と文学』、（昭和三十五年九月、新潮文庫）
（7）『広辞苑』第四版、（平成八年、岩波書店）
（8）『哲学事典』（昭和五十八年七月、平凡社）
（9）更に、現在の「意識論」については、『岩波哲学思想事典』（平成十年三月、岩波書店）に、次のように紹介されているので、参考の為に記しておきたい。
①マルクスは意識諸形態という上部構造が人間の社会的存在という現実的土台によって規定されると見、フロイトは抑圧された無意識の真相部分が人間を規定すると見た。②ディルタイは人間本性の全体が歴史のうちでこそ具体化して現れるとして、「歴史的意識」を重視した。③ショウペンハウアーやニーチェにおいては、表象的意

識の根底に「生への盲目的意志」や「力への意志」が立てられた。④フッサールに始まる現象学では、意識の志向性の理論が展開され、これがやがて世界内存在する実存へと深められた。⑤ヤスパースでは人間は、現存在・意識一般・精神において世界と関わり、実存において超越者と関わり、理性においてこれら全てを結合するとされた。

(10)『心理学事典』(昭和五十五年七月、平凡社)

(11) 意識の仕組みを研究する実験心理学の創始者ブントが、意識要素の解明に、いわゆる「内観法」(「体験している人が自己意識を分析して要素を探し出す方法」)を提唱してその研究を行い、やがて、意識全体の特徴を捉えようとするドイツのゲシュタルト心理学や、人間や動物の行動の特色を研究しようとする行動主義心理学など、さまざまな方向へと分化して行った。(出典は、注(9)に同じ)

(12) 江藤淳『漱石とその時代』(第一部)(昭和六十年四月、新潮社)

(13) 漱石は、次のような図を、『文学論』の中に提示している。

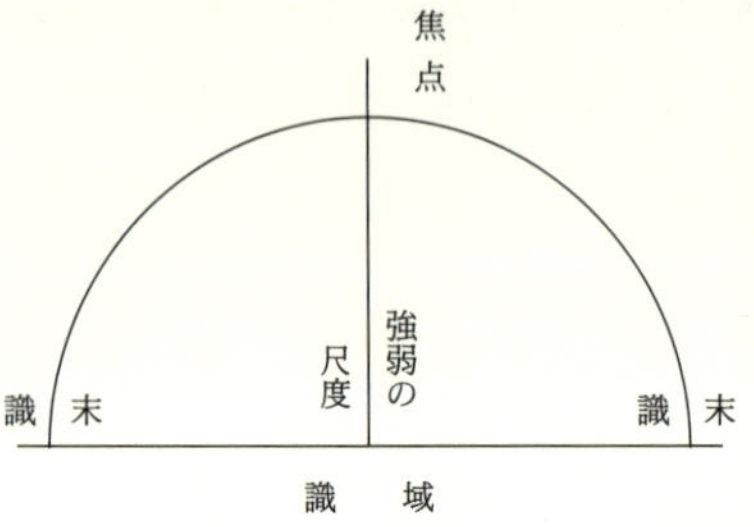

第二章　東洋思想と漱石

前章でも述べてきたように、漱石は作家としての活動を開始するかなり以前の段階から、意識や心理に対する漠然とした思いを抱いていたようではあるのだが、真剣に「意識」というものの解明へと取り組んでいくようになったのは、科学や宗教に対して、「文学者」としての自己の位置を、強く自覚し始めた頃からのようである。では、改めて考えたい。第一章でも見たように、「心といふ正体の知れぬ奴」（明治二十三〈一八九〇〉年八月、正岡子規宛書簡）という言葉を用いて表される心理現象、「意識」現象への漱石の関心は、果たしていつの頃から、どうして導き出されるようになったのか。本章においては、作家以前の漱石を中心に、その思想の芽生えを分析する。

一　「嬉しさ」の背景

作家以前の漱石について考えようとするとき、必ず思い起こされる一つの光景がある。「硝子戸の中」の中に回想される、幼なき日の漱石の姿である。

浅草から牛込へ移された当時の私は、何故か非常に嬉しかつた。さうして其嬉しさが誰の目にも付く位に著るしく外に現はれた。（『漱石全集第八巻、小品集』、四八二頁）

写真が残っている訳でもないのに、なぜか、この短い一節の、子どもの笑顔が眼に浮かぶ。思い過ごしかも知れないが、無心に、無邪気に喜ぶ幼子のこの時の笑顔が、どうしてか、後年のあの気難しげな漱石の、苦悩と煩悶に満ちた生涯と重なって、とても淋しげに哀しげに感じられて仕方がない。

普通、幼児にとって、「笑う」という行為は、ごく当たり前の日常生活の中にあるはずだが、この「硝子戸の中」では、かなり特殊な意味を持つ。精いっぱいの笑みを浮かべ、はしゃいでいるこの姿、そこには対照的に、それぞれの思惑を抱え、冷ややかに彼を見つめている、周囲の大人たちの姿が映し出されてもいるのである。

このとき、すなわち明治八（一八七五）年十二月、漱石、本名夏目金之助（筆者注・本章においては、「作家以前の漱石」を考えようとする目的上、特に幼少期などについての考察は、雅号「漱石」ではなく、主に「金之助」という呼称を用いて論じて行く）は、養父塩原昌之助・やす夫婦のもとから、再び夏目家へと引き取られたのだった。三歳で養子に出されてから、ずっと離れていた生家に、ようやく戻ってきたのである。

そのときの金之助の嬉しさは、先の引用でも見たように、とにかく尋常のものではなかったらしい。「誰の目にも付く位に著るしく外に現はれた」という表現が、如実にそれを示している。けれども、そうしてやっと帰ってきた我が家では、金之助は決して歓迎される存在ではなかったのであった。

後年描かれた『道草』の中で、それは次のように記される。

実家の父に取つての健三は、小さな一個の邪魔物《ママ》であつた。何しに斯んな出来損ひが舞い込んで来たかといふ顔付をした父は、殆んど子としての待遇を彼に与へなかつた。（『漱石全集第六巻、心　道草』、五五四頁）

金之助が実家に戻されても、父は、「厄介物が戻ってきた」という感情を抱いただけだった。姓は、依然「塩原」のままであり、しかも彼を手放したはずの養父・塩原昌之助は、時あらば、再び引き取って自らの利益のために役立てようとさえもくろんでいたらしい。様々な事情があったにせよ、肉親である父親が、「繋がる親子の縁で仕方なしに引き取つたやうなもの丶、飯を食はせる以外に、面倒を見て遣るのは、たゞ損になる丈」という考えしか持たぬまま、こうしてやっと戻ってきたわが子に対して、徹底して疎んじる態度をとったことで、金之助という人間の、「愛」に対する認識をある程度決定的なものとしてしまったことは確かであろう。それは、「生みの父」に対する「愛情」を、「根こぎにして枯らしつくした」丈でなく、後の彼そのもの、即ち、人格そのものにまで、深い傷を与えることになるのであった。

ではここで再び金之助少年の出生時に立ち戻り、改めて考察を始めたい。

慶応三（一八六七）年一月五日（新暦二月九日）、父、夏目小兵衛直克、母、千枝の五男としてこの世に生を受けた金之助は、前述の塩原家への養子縁組以前にも、生後間もなく里子に出されたという過去を持つ。彼は、出生後すぐの時点から、江戸牛込馬場下横町、現在の新宿区喜久井町にある実家に、殆ど住むことはなかったのであった。幼少時の記憶について、「硝子戸の中」に、次のように記されている部分がある。

私は両親の晩年になつて出来た所謂末ツ子である。私を生んだ時、母はこんな年歯をして懐妊するのは面目ないと云つたとかいふ話が、今でも折々は繰り返されてゐる。

単に其為ばかりでもあるまいが、私の両親は私が生れ落ちると間もなく、私を里に遣つてしまつた。其里といふのは、無論私の記憶に残つてゐる筈がないけれども、成人の後聞いて見ると、何でも古道具の売買を渡世にしてゐた貧しい夫婦ものであつたらしい。（『漱石全集第八巻、小品集』、四八一頁）

当然のことながら、「生れ落ちると間もなく」の時期の記憶などというものは、漱石自身の言にもあるように、全く残ってなどいないであろう。しかし、生後すぐの時期におけるこの体験が、彼の無意識層の中には、ある暗い陰を落としてしまっただろうことは否めまい。例えば、江藤淳は次のように述べている。

彼には、世の常の幼児に与えられている母のひざに身を寄せた安息の記憶は最初から奪われていた。（中略）この幼児はそうして歩き続けながら、やがて保護されるべき何ものをも持たぬまま、その全身を「明治」という混乱と建設の時代にさらすのである。（『漱石とその時代』）

漱石は生まれながらにして、いや、もしかしたら母親が、「こんな年歯をして懐妊するのは面目ない」と後ろめたさを感じていたらしい胎児としての時代から、既に「生きること」への不安を、いわば宿命のように感じはじめていたのかも知れない。

もちろん、胎内記憶というものにさかのぼる見方ばかりで、後の漱石文学についての全体を読み解くことは出来まいが、少なくとも、今見ようとするこの初期の段階では、分析できることが多々あると思われる。

例えば、現在の研究では、胎児の精神発達についてはまだ充分に解明されていないというのだが、母親の精神的な動揺・不安などに反応して、胎児の心拍や胎動が変化するという報告はされており[1]、そうした研究を基にしてみれば、漱石を妊娠した当時のあの母親の態度が、何らかの形で、彼の根元的不安を形成していたことも十分に考えられる。

又、今世紀最大の心理学者の一人であり、特に乳幼児の発達の研究に偉大な業績を残しているジャン・ピアジェの理論によれば、生後間もない赤ん坊の、授乳時における機能的「反射的微笑」が、やがて「社会的微笑」と呼ばれる「心理的行動パターン」に発展していくのは、母親をはじめとする「抱いて養ってくれる愛情のある人間」によってもたらされるものだとされている[2]。

もちろん、人が「不安」を感ずるという感性それ自体は、当然誰もが持っているものだろう。けれども、「不安」が「不安」として、それぞれの形をはっきりとさせ、人の心中に暗い陰を落とすのは、その後の経験が作用して行くことにより、より発達を遂げていくものなのであるという。したがって、そこに個人差が生まれてもくるのである。フロイトは、その不安の原型を、「出産に伴う外傷的経験に基づくもの」と見なし、後の不安状態は、この「出産時の外傷の再生」だと考える。(3) これに類似する体験をするたびに、人には、この時の不安が再生されるという見方である。ただ、そこまで遡った見方が適当か、判断に難しいと思えるが、いずれにせよ、「愛するものからの分離」という点が、人の不安という感性に作用する要因としては大きな物であることは確かだろう。そして、そこには当然、乳児期の母親からの離別の不安や、孤独もふくまれるものと思われる。確かに愛情と愛撫が子供にとって如何に大切なものであるかを示すこうした臨床的報告は、心理学や小児医学の分野でも、いくつも提出されているのである。(4)

また、小林登の研究によれば、新生児期、乳児期及び幼児期のいずれかにおいて、母親に優しくされたことがない子ども、母親がいつも不在でさびしい思いをしている子ども、母と子の間に相互作用が全くない子どものように、いわゆる何らかの「育児失調」がある子どもたちは、身長や体重の成長が止まるなどの発達障害を起こしたり、心理的退行や、社会不適応をもたらすということが明らかにされている。それらは、今日においては、「母性剥奪症候群」、「情緒剥奪症候群」などと呼ばれ、社会的にも問題視されている現象であるという。(5)

現在では、これほど重要視されるようになっている乳幼児に対する慈愛ではあるのだが、けれども明治初期のこの時代において、少なくともこの夏目家の「五男」坊に、それが向けられていたとは考えにくい。「生まれ落ちるとまもなく」里子に出されてしまった金之助の中で、こうした親子間における信頼関係が、正常な状態で確立されていたようには思われない。すなわち、出生の段階から、(後の漱石文学に表れてくるような)「漱石的なるもの」の何かが始まっていたという見方は、確かにいえることでもある。

従って、小児期の情緒的発達を促す大きな要因とも考えられる母親からの愛情の決定的な欠如と同時に、突然見知らぬ場所・見知らぬ大人たちの中へと連れ出されてしまう「離別」の不安が、生後間もなく里子に出された金之助の小さな胸に与えた影響を想像するには難くないと思われるのである。

里子に出され、生家に戻され、そして再び塩原昌之助・やす夫婦のもとへと養子に出された事実を考えれば、再びいつ引き裂かれるかも知れない不安、安心して心を許すことの出来ない怯えのようなものが、存在してしまっていたともいえるであろう。

金之助は、自らの意思に関係のないところで「大人の都合」に振り回され、安定を欠いた幼児期を過ごしていたのである。

「硝子戸の中」で、そのいきさつを次のように語っている。

私は何時頃其里から取り戻されたか知らない。然しぢき又ある家へ養子に遣られた。それは慥私の四つの歳であつたやうに思ふ。私は物心のつく八九歳迄其所で成長したが、やがて養家に妙なごた〳〵が起つたため、再び実家へ戻る様な仕儀となつた。（「硝子戸の中」『漱石全集第八巻、小品集』、四八一頁）

その「ごたごた」というのは、『道草』の中で明らかにされている。

ある晩健三が不図目を覚まして見ると、夫婦は彼の傍ではげしく罵り合つてゐた。出来事は彼に取つて突然であつた。彼は泣き出した。

其翌晩も彼は同じ争ひの声で熟睡を破られた。彼はまた泣いた。（『漱石全集第六巻、心　道草』、四一〇頁）

この『道草』の中で、少年時代の描写には、「彼は泣き出した」、「彼はまた泣いた」、という言葉が幾度となく繰り返されている。こうした養父母の諍いを、部屋の隅でひっそりと聞く少年の姿は、いかにも寂しげに思われる。そんな孤独の日々のなかで、不安な心を更に増大させながら、彼は成長していたのであった。

河岸を向いた裏通りと賑かな表通りとの間に挟まつてゐた今迄の住居も急に何処へか行つてしまつた。御常とたつた二人ぎりになつた健三は、見馴れない変な宅の中に自分を見出した。

其家の表には門口に縄暖簾を下げた米屋だか味噌屋だかがあつた。彼の記憶は此大きな店と、茹でた大豆とを彼に連想せしめた。彼は毎日それを食つた事をいまだに忘れずにゐた。(『漱石全集第六巻、心　道草』、四一二頁)

と自らの手で記した、決して忘れることのない「大豆」の味気なさとともに、その涙はいつまでも彼の記憶の底に留まったのであった。

やがて先にも見たように、おびえる少年の意思とは全く関係のないところで、彼はまた「何時の間にか」実家に引き取られていたのである。

こうして転々とした幼児期を過ごした金之助は、それでも「生家」というものが、彼〝本来〟の位置であり、落ちつけるはずの場所であるということを、本能的に感じとっていたらしい。「硝子戸の中」に書かれた少年時代の思い出の一こま、あの無心な笑みの裏側には、通常では考えることの出来ないほどの流転の事実と孤独の意味が隠されていた。

子どもらしい「嬉しさ」として、「誰の目にも付く位に著るしく外に現はれた」あの微笑みは、また、無意識のうちにも自己存在の不確かさに常におびえて暮らしていた彼の、このうえない「安定」への希求の表れであったとも見ることが出来る。

こうして幼き夏目金之助は、何時又どこかへ移されるかもしれない漠然とした不安を抱いたまま、本来の位置である夏目家で漸く成長することが許されたのであった。

二　初等教育

先の分析でも見たように、生後すぐの時点から母の元を離れ、転々とその住処を変えられていた幼児の心の奥底に、密かに、そして確実に育っていたものは、「不安」な心と、そして「孤独」への恐れでもあった。けれども、たとえ記憶の深淵に、そうした離脱観・孤立感が組み込まれていたとしても、それがすべて、漱石作品の「暗い」部分を示す要因であるとはいいがたい。先にも取り上げたように、ただ「涙」ばかりではない記憶もあるのである。「硝子戸の中」に描かれていた、あの微笑みが象徴するように、不安の日々にも時折訪れる安堵とやすらぎの一時が、幼き子供の心理に与えていた影響、すなわち、平常が怯えの中にあるからこそ、時折得られる幸福がより一層豊かなものとして、感じられたに違いない。そうした事実も又一方で、決して無視してはならないものであろうと思われる。

それでは、ようやく生家にたどりついた金之助の小学校時代を中心としてここでは更に詳しく分析する。

明治七年第八番公立小学戸田学校下等小学校第八級に、一年遅れて入学した金之助は、荒正人『漱石年表』によると、「半年の間に二級づつ進級」し、やがて、明治九（一八七六）年六月頃（推定）、生家へ戻ると同時に、現在の新宿区にあった市ケ谷学校へと転校したのであった。けれども、その市ヶ谷学校は、戸田学校に比べると、かなり程度が低かったようだとも伝えられている。

ところで、小学校の教育といっても、当時は、寺子屋、私塾、郷学を、いわば近代的に再編成したもので、大部分は寺院や民家を借りたような建物で、まだまだ不完全であったらしい。

そのような環境の初等教育の中において、当時、もっとも重要視されていたことの一つに、道徳教育、「修身科」がある。そして、親から子への一方的で絶対的な奉仕を説くことが、その修身科の教育内容の主たるものであったらしいということに、先ずは注目してみたい。

例えば、牟田和恵の調査(6)によれば、明治七年の修身科教科書『均整孝子伝』では、本文中の八話のうち、「親孝行」を主題とする説話がそのほとんどを占めていたという。その「親孝行」というのは、今日我々が考えるような意味とは相当異なり、例えば、不徳がある親、無理な要求をする親にも徹底的な服従を強いたり、親の要求・希望であるのなら、自らの生命を犠牲にしてまでもそれを叶えなければならないと説くもの、又、病身の親に代わって生計を支え孝養を尽くす重要性や、時には、親の命のためならば子が身代わりになって救うことの必要性までも説いているというような、今日の価値観からすればかなり不合理に感じられるようなものも多かったようである。

こうした考えは、いうまでもなく、伝統的な儒教思想に根ざしたものであると思われる。儒教における「孝」は、そもそも、親を養い、仕えることを示したものである。『論語』には、「孝弟也者、其為仁之本与」（孝弟なる者は、其れ仁の本たるか）とあり、また、孔子と門人の曾子の、孝道に関する問答を収めた『孝経』にも、孝が、徳の根本で、人間の行為で最も重要な徳目であると表されている。家長の権威が強調され、年長者に対する服従が要求されるようになった封建制社会では、この「孝」の考えは、儒教的家族観を形成する上で、おおいに役立ったものでもある。

親に対する子の孝行が、教育体系の中に取り入れられていたということを知る上で、明治期における代表的な修身科教科書である、「幼学綱要」を見ると、ここにも父母に対する敬愛について、次のような記述が見られるのである。

天地ノ間、父母無キノ人ナシ。其初メ胎ヲ受テ生誕スルヨリ、成長ノ後ニ至リ、其恩愛教養ノ深キ、父母ニ若ク者莫シ。能ク其恩ヲ思ヒ、其身ヲ慎ミ、其力ヲ尽シテ、以テコレニ仕ヘ、其愛敬ヲ尽スハ、子タルノ道ナリ。故ニ孝行ヲ以テ、人倫ノ最大義トス。（元田永孚「幼学綱要」）(7)

父母への忠義が「子たる道」として説かれている。こうした敬親のすすめは、更に、「第二」節の「忠節」においても、

宇内万国、国体各々異ナリト雖モ、主宰有ラザルノ民ナシ。凡ソ人臣タル者、其君ヲ敬シ、其国ヲ愛シ、其職ヲ勤メ、其分ヲ尽シ、以テ其恩義ニ報ズルヲ以テ常道トス。況ヤ万世一系ノ君ヲ戴キ、千古不易ノ臣民タル者ニ於テヲヤ。故ニ臣ノ忠節ヲ子ノ孝行ニ並ベテ、人倫ノ最大義トス。（前同）

とも書かれている。ここで「忠節」と「孝行」を並立させて説いていることなどからも、父母に対する子の心情を、縦のつながりとして意識させていることがうかがわれる。後に、福沢諭吉は、「幼学綱要」などによる教育体系について、「君ニ忠ナラザル者ハ即チ不忠ナリ、国ヲ愛セザル者ハ即チ国ヲ害スル者也云々トテ、極端ヨリ極端ニ走リテ是非黒白ヲ争フトキハ、其弊害却テ大ナラザルヲ得ズ」(8)とのべ、窮屈な忠君愛国を根底に据えた教育そのものを批判したが、当時は、このように修身科を中心として、心の領域の統制までも、教育が介入していたことが見受けられるとも言えるだろう。

こうした孝行の形態が、次第にその主題とするものは同じでも、内容の上ではそれまでの子の生活をなげうっての親への奉仕という形でなく、敬親の情のみが称えられるものとして描かれる傾向に変わってくるのは、明治二十年前後になってからなのである。

すると、金之助の場合、先に見たように出生の時から決して近しい存在としてでなく、父母に対して抱いていた距離感が、小学校教育の中で更に「忠義」や「孝行」といった枠にはめられた上下関係の中へ押し込まれ、より一

層その隔たりを大きなものとして感じられていったのは、無理もないことなのかも知れない。

それでは、決して寄り添うことの許されなかった、そんな親子関係の中ではなく、彼が心の拠り所としていたのは、いったいなんであったのだろうか。

ここで再び教科書に眼を向ける。

金之助が初等教育を受けた時代、実際に用いられていた、明治八年に編纂された「小学入門」の一節に、例えば次のような部分がある。

神は天地の主宰にして　人は　万物の霊なり　○善道を以て　身を修め　信義を以て　人に交る　○親子の間は　親愛を主とし　兄妹の際は　友愛を専とす（『小学入門』）

これは、特に一年生を対象として、入学したばかりの子供たちに先ず字を覚えさせ、数や言葉・文章などを修得させるために、文部省によって発行されたものである。(9) 引用の部分は、その「第一」、仮名を基として、ものに名前が存在することを教える箇所であるが、そこに先ず、「善道」、「親子の親愛」、「兄妹の友愛」等の言葉が見られることに注目出来る。こうした言葉などからも、当時の教育内容の一端が、自ずと解明されるだろう。すなわち一年生の初めから、当時の小学生は、「善道を以て　身を修め」ることを奨励されていたのである。

更に別の教科書を見てみたい。小学校一年生前期の「小学入門」を終えると、続いて「小学読本」が使用されていた。

「小学読本」については、既に江藤淳が、その冒頭の

凡そ地球上の人種は五に分れたり。亜細亜人種、欧羅巴人種、馬来人種、亜米利加人種、亜弗利加人種、是なり。日本人は亜細亜人種の中なり。

人に、賢きものと愚かなるものとあるは、多く学ぶと学ばざるとに、由りてなり。賢きものは、世に用ゐられて、愚なるものは、人に捨てらるること、常の道なれば、幼稚の時より、能く学びて、賢きものとなり、必無用の人と、なることなかれ。

の部分を根拠として、次のように述べている。

学ばなければ彼は「捨てら」れる。それはやすとふたり切りですごしたあの白山の裏町の、大豆ばかり食べている生活に引き戻されることである。そればかりではない。「捨てら」れれば、ふだんから感じている自分と周囲の人間との親和力の稀薄さが、完全に金之助をおおいつくすにちがいない。（略）有用の人になれば、淋しさも不安も、暗いいさかいの声も、もう決して追いかけては来ない。……「成績優秀」な金之助は、こんなことを考えていたかも知れない。（『漱石とその時代』）

たしかに、江藤のいうように、学業奨励を説く記述が、その「小学読本」の別の箇所にもいくつも発見できる。それは、例えば、次のような部分である。

小学校は、士農工商とも必学ぶべきの、業を授くる所なり。学校に至りては、何事も、一心に師の教に、順ひ、勉強して、学ぶべし。

何事を学ぶにも、勉強を、第一とす。勉強せざれば、学問に、上達すること能はず。

一事にても、記し得たる所は、能く心を用ゐて、忘る可らず。（略）他人の、一たび読む所は、百たびもこれを読み、他人の、十たび、習ふ所は、千たびも、これを習ふべし。斯の如く、勉強して、怠りなければ、必多く事を記し、得らるべきなり。愚なるものも、多く事を記し得る時は、無用の人たる事を、免るべし。

「学校に至りては、何事も、一心に師の教に、順ひ、勉強して、学ぶべし」、「何事を学ぶにも、勉強を、第一とす」「勉強せざれば、学問に、上達すること能はず」……。日々使用する教科書の、これらの言葉に追い立てられるようにして、金之助は学業に向かっていたのであろう。それが、唯一、「無用の人たる事を、免る」為の、手段でもあったのだ。

けれども、江藤の指摘するように少年金之助を知る上で「小学読本」を分析の資料とするならば、そうした冒頭の部分だけでなく、更に内部を読み進める必要もあるだろう。すると、そこには単にそれだけではない、別の見方も又出来るようにも思われる。例えば、次のような箇所もあるのである。

神は、常に、我を守るゆゑに、吾は、独にて、暗夜に、歩行するをも、恐るることなし。○又、眠りたる時にも、神の、守り、あるゆゑに、暗き所も、恐るることなし。○神は、暗き所も、明に、見るものゆゑ、人の、知らざる所と、思ひて仮にも、悪しき事を、為せば、忽チ罰を、蒙ふるなり。○人の知らざることをも、神は、能く知るゆゑに、善きものには、幸せを、与へ、悪しきものには、禍を、与ふるなり。

明治五年に学制が発布されても、実際のところ、教科書等は何も整備されてはいなかったようである。従って、急遽米国で使用されている教科書・教科用図書・教具等を取り寄せて翻訳し、使用していたというのが、当時の教育の実状でもあった。よってこの「小学読本」も、当然そのうちの一つであり、これは米国のウヰルソン・リーダー（巻の一、プライマー）を直訳したものであるという。

従って、先の引用部のように、「神」による恩恵を説く記述が多く見られるのは、キリスト教を中心とする神への信仰を持つ国アメリカの教科書を、そのまま元としているためであり、無理のないことなのかも知れない。

けれども、これが明治二十年頃迄は全国の小学校で一斉に用いられたものであり、当時の小学校教育を受けたものは誰でも、これをはじめからすっかり暗記させられていたらしいという事実を考えると、これをどう解釈すべきか、疑問も生ずる。

ここにみられる「神」の示す意味が、当時の小学生にどのような形で教授され、それがどれほど浸透していたのかは、今となっては資料もなく明らかではない。もちろんこの教科書使用により、当時キリスト教を初めとする特定の宗教教育が国を挙げて成されていたなどとは考えられないことではあるが、少なくとも、当時の小学生たちは、何らかの心の拠り所を、「神」というものに求めることが出来るのだという、ある種の希望のようなものを、漠然と、この教科書の中に感じとっていたのではあるまいか。

そもそも、古くから現在に至るまで、日本における「神」の概念には、一般的に、(たとえばキリスト教におけるイエスに相当するような)いわゆる〝教祖〟と呼ぶにふさわしい、特定の個人は存在していない。けれども、この日本という風土について考えてみたときに、民族信仰・祖先崇拝にも繋がる神の存在や、古典的霊魂・精霊に対する信仰(祈禱や儀礼、祭礼などが、各地方の生活や文化圏の中で今もなお密接な関わりを持って生きている)などを、思い浮かべることは可能である。そうした民間信仰における「神」については、「八百万の神」という言葉もあるように、広く自然物全体に、人間の生活を祝福し、協力してくれる威力の所有者たる神の存在を見ることも出来る。こうした「神」意識が、「小学読本」の中に述べられている「神」へと繋がっていたのかも知れない。

又、明治二十二年の大日本帝国憲法で、国を挙げて神聖化された天皇という存在については、当時にあっても、前出の「幼学綱要」のなかに、

神武天皇元年春正月庚辰朔、天皇橿原宮ニ即位シ、正妃ヲ立テテ皇后トシ、神離ヲ建テ八神ヲ祭リ、国家ヲ鎮護ス(略)四年春二月甲申、詔シテ曰ク、我ガ皇祖ノ霊ヤ、天ヨリ降鑑シ朕ガ躬ヲ光助ス。今諸虜已ニ平ギ、海内無事ナリ。以テ天神ノ郊祀シ、用テ大孝ヲ申ブ可シ。乃時ヲ鳥見山ニ作リ、皇祖天神ヲ祭ル

と、『日本書紀』を基にした記載がある。ここに見られるように、当時にあって天皇は崇拝の対象ではあったが、見守ってくれるような存在であったとはいいがたい。

すると、いわゆる尊敬や崇拝の対象ではあった両親や教師、又は天皇という存在に対してではなくて、漠然とではあるにせよ、神に対し、当時の小学生たちは（「神は、常に、我を守る」という言葉によって、「八百万の神」に繋がる民間信仰を想起して）、何らかの心の拠り所を得ていたのかも知れないのである。

こうした神への記述は、「小学読本」の更に別の部分にも、次のように表されている。

汝ら、毎朝、早く起きて、神を拝し、先ツ今朝迄、無難に過ぎたるも、神の賜なり。かく夜明くる毎に、日光を、給ふによりて、父母の、恙なき顔を見ることを得るも、皆其恩なりと、謝すべし。〇さて其後に、吾を、導きて、幸を与へ、心過無からしめんことを、祈るべし。

小学校時代に養われた「神」存在への漠然とした認識は、確かに、漱石の作品の中にも、所々表れているように思われる。

「己が悪いのぢやない。己の悪くない事は、仮令あの男に解つてゐなくつても、己には能く解つてゐる」

無信心な彼は何うしても、「神には能く解つてゐる」と云ふ事が出来なかつた。もし左右いひ得たならばどんなに仕合せだらうといふ気さへ起らなかつた。彼の道徳は何時でも自己に始まつた。さうして自己に終るぎりであつた。（「道草」『漱石全集第六巻、心　道草』、四五二頁）

周知の通り『道草』は、後年自伝的小説として書かれた作品で、漱石の自己意識たるものがほとんど確立されている時期でもあるので、そこに表れる「神」への見解は、当然、今考察の対象としている当時の小学校教育の中で培われたものとは全く異なるものではある。しかし、こうして「無信心」で、「神」の存在に頼り切れない自身に言及するということそれ自体にも、幼き頃「神」の加護を純粋に信じようとしていた時代があったことの片鱗を思わせるのではあるまいか。

又、「小学読本」は、そうした「神」の恩恵を、子供たちへ示すと同時に、先の引用の中にも、「人の知らざることをも、神は、能く知るゆゑに、善きものには、幸せを、与へ、悪しきものには、禍を、与ふるなり」とあったように、「善き」子供であることを彼らに説こうとするものでもあった。

良き老人は、我が好みに、髄ひて、問ふ所を、教へ、又能く、小児を、愛するか。○然り、彼は、小児の、善きものを、愛すれども、悪しき小児をば、決して、愛することなし。

と、「善き」子供であることを盛んに訓育し、さらには、

一人の、老人ありて、此小児らに、神の話を、説き聞かさんとす。○老人の言ふ、凡て人は神を敬して、我身の幸を願はむとならば、善き道を行ふべし。○善き心を、持ちて、善き道を行はんことを、欲せば、小児の時より、学問を勤むべし。○学問して壮年に至り、毫も、過なきときは、自神の助を得べし。

爰に枕を携へたる、老人あり。足も不自由にて、目も、朦くなれり。然れども、此老人も、初は、小児にて、今の汝等の如く、疾く走り、又遊び戯れしなり。今は足も、顫はるるゆゑに、小児の、肩に、寄りて立てり。○見よ。此老人は、これを、一年に、例ふれば、冬の、時候が至れるなり。○汝等も、冬の時候に、至らざる前に、学問を勤めて、世間の利益を考へ出だすは、春が万物を、生長するが如くせずばあるべからず。

などともある。こうして一生を省みて、「老人」となった時、決して後悔しないよう、「学問を勤め」努力し、励むことを説いている。

『道草』の中で健三が、

島田の一生を煎じ詰めたやうな一句を眼の前に味はつた健三は、自分は果して何うして老ゆるのだらうかと考へた。彼は神といふ言葉が嫌であつた。然し其時の彼の心にはたしかに神といふ言葉がでた。さうして、若し其神が神の眼で自分の一生を通して見たならば、此強慾な老人の一生と大した変りはないかも知れないといふ気が強くした。（「道草」『漱石全集第六巻、心　道草』、四二七頁）

と振り返る場面には、敢然とそれを否定しながらも、どこかで神の眼の存在を、漠然と意識している姿がみられる。

学校でほめられて「喜びの余り家に帰つた」という、成績優秀な金之助の心情は、単に、「必ず無用の人となるなかれ」という言葉にのみ励まされていたのでなく、「善き」子供としてあれば、「神」が守り、且つ、いつの日か必ず幸せをもたらしてくれるという教えに、おそらく、必死ですがりつこうとしていたのかも知れない。それが、家庭的にもずっと孤独だった少年の、精いっぱいの自己救済でもあったと思われる。

三　初期の文章から

では、こうした小学校教育が、金之助の心にどのような影響を及ぼしていたかということについて、更に詳しく分析するために、明治十一年、彼が市ヶ谷学校上等第八級に在学していた時に書いた作文「正成論」を考える。

「正成論」は、島崎友輔編集の回覧雑誌に寄せられた約三百字余りの作文で、全文は次の通りである。


凡ソ臣タルノ道ハ二君ニ仕ヘズ心ヲ鉄石ノ如シ身ヲ以テ国ニ徇ヘ君ノ危急ヲ救フニアリ中古我国ニ楠正成ナル者アリ忠且義ニシテ智勇兼備ノ豪俊ナリ後醍醐帝ノ時ニ当リ高時専肆帝ノ播遷スルヤ召ニ応ジテ興復ノ事ヲヲ《ママ》諾スコヽニ於テ正成兵ヲ河内ニ起シ一片ノ孤城ヲ以テ百万ノ勁敵ヲ斧鉞ノ下ニ誅戮シ百折屈セズ千挫撓マズ奮発竭力衝撃突戦ス遂ニ乱定マルニ及ビ又尊氏ノ叛スルニ因テ不幸ニシテ戦死ス夫レ正成ハ忠勇整粛抜山倒海ノ勲ヲ奏シ出群抜萃ノ忠ヲ顕ハシ王室ヲ輔佐ス実ニ股肱ノ臣ナリ帝之ニ用ヰル薄クシテ却テ尊氏等ヲ愛シ遂ニ乱ヲ醸スニ至ル然ルニ正成勤王ノ志ヲ抱キ利ノ為メニ走ラズ害ノ為メニ遁レズ膝ヲ汚吏貪士ノ前ニ屈セズ義ヲ踏ミテ死ス嘆クニ堪フベケンヤ噫（『漱石全集第十二巻、初期の文章及詩歌俳句』、二八七頁）

十二歳の少年によって書かれたこの作文の中には、いったい何が見えるだろうか。そのころの漱石を知る上で、いくつか分析を行いたい。

これまでの研究をふりかえれば、この「正成論」に関するものは少ないが、「凡ソ臣タルノ道ハ二君ニ仕ヘズ」と書かれたこの部分の「二君」について、江藤淳が、

夏目家と塩原家のあいだに宙ぶらりんになっている彼の不安定な存在が隠されている。更にその背後には、幕府と朝廷との「二君」に仕える事を余儀なくされた江戸市民の混乱が隠されている（『漱石とその時代』）

と述べていることにまずは注目してみたい。確かに先に見たように、当時の幼き金之助の状況を考えれば、二つの「家」にきつく抱きしめられることのないまま成長していた金之助少年の「不安定さ」も見えてくるように思われる。

けれども、明治の年号とともに成長してゆく一八六七年生まれの金之助にとって、この「正成論」を書いた頃の時代とは、どのような世の中であったのか、改めて検証を行うと、当時の彼の状況が、また別の角度からも明らかになってくるのである。

社会的に見れば、時代はまだまだ混迷期にあった。薩長を中心とした新政府の藩閥体制に対抗して、議会開設を要求した自由民権運動が広がり、欧米の自由主義・民主主義の思想が次第に国民的広がりを見せるようになっていた、そんな世の中であった。

国家は、国民自身の力によって、動き始めていたのである。

ちょうど「正成論」が書かれた頃の新聞を紐解くと興味深い記事が発見される。たとえばそれは明治十年八月十日の、「大阪日報」の記事である。

「堺に碑が出来る」

二代の忠心を以て世に称えられる楠正行朝臣の古祉は、堺県下第三大区小区河内国讃良郡南埜村にある一本の老楠樹をその戦没の地とし、一小石を建て南無権現の四字を表せしも星霜久しきを経、今は湮滅するに足らんとす。先に、王政維新の際より、楠氏の忠烈を追慕ありて湊川神社の豪を賜う、誠に千歳の下朽ちざるものと云ふべし。

楠正行とは周知の通り、南北朝時代の武将で楠正成の子であるが、父正成の死後、楠一族を率いて各地で北朝方と戦い、南朝の一支柱となった人物である。記事中に見られる「先に、王政維新の際より、楠氏の忠烈を追慕ありて湊川神社の豪を賜う」とあるのは、

「楠公に神号」

神祇局並びに兵庫裁判所へご沙汰の趣　太政更始の折柄表忠の盛典行われ、天下の忠臣孝子を勧奨遊ばされ候に付いては、楠贈三位中将正成精忠節義、その功烈万世に輝き、真に千歳の一人臣子の亀鑑に候故、今般神号を追諡し、社檀造営遊ばされたき思きに候

という、慶応四年五月十二日の「公私雑報」に詳しい。すなわち、明治維新によって、それまでの長きにわたった武家政治から天皇を中心とする新政府が誕生するに至り、改めて、南北朝時代にさかのぼり、楠正成を忠臣としてあがめる風潮を、当時の政府が率先して行ったものと思われる。楠正行の碑がつくられた翌明治十一年一月十二日の「朝野新聞」には、「近郷近在はいうも更なり、大阪堺等よりも参詣する人多く、有名の五大氏なども大阪より参詣されしとの事」という記事が見られる。

更に、

「楠正成贈位」

車駕兵庫県へ巡幸ましませし節、丸岡式部助兼一等章典を湊川神社へ差向けられ、贈位三位橘朝臣正成公へ左

の贈位を賜りたり。贈従一位。明治十三年七月二十一日太政官。
ともある。明治天皇は正成の忠誠を称え、社殿を造り、湊川神社の社号を与えたのである。

こうした国民的・時代的な賛美が正成に与えられている中で改めて、十二歳の少年によって書かれた「正成論」を見れば、金之助の状況とは又別に、それはまさに時流に乗った作品そのものであるとも言うことができるのではあるまいか。当時から、金之助は時代の流れにひどく敏感であったとも考えられるのである（そして、後にそれは、漢学から英文学へと進み行く、彼の進路選択へともつなげられていくようにも思われる。詳細については、後述）。それが「正成論」論の中で、「凡ソ臣タルノ道ハ二君ニ仕ヘズ」という形で表れているのである。

一方、この正成をたたえている文章が、漢文調で語られていることを根拠とし、幼い頃の漱石の、漢籍に対する目覚めを重要視している見方も多い。その発端となっているのは、小宮豊隆による次のような分析である。

漱石のこの文章（注・「正成論」）は、全文漢文口調である。
のみならずその文章は、簡潔で、達意で、豊富な語彙を十分に使ひこなしてゐる。是は既にその方面の下地が、相当できてゐることを証明するものである。（小宮豊隆『夏目漱石』岩波書店）

確かに、少年の頃から、漢文調の文章を巧みに綴っていたことに、「漢詩文」への憧憬と素地を見ることができる（ただし、それが、後に漱石を捉えていく漢籍の世界へと、ストレートに直結していくものであるとは、断定できない）。

例えば、「硝子戸の中」にある、少年時代の遊び仲間とのエピソードを綴った一節に、次のようなものがある。

喜いちやんも私も漢学が好きだつたので、解りもしない癖に、能く文章の議論などをして面白がつた。彼は何処から聴いてくるのか、調べてくるのか六づかしい漢籍の名前などを挙げて、私を驚ろかす事が多かつた。
（『漱石全集第八巻、小品集』、四八六頁）

「漢学が好きだつた」子どもたちによって、遊びの延長にあった回覧雑誌の一節に掲載されたこの文章は、だからこそ、その源を当時話題とされていた「正成」に求め、より「簡潔で、達意で、豊富な語彙を十分に使ひこなし」たものとして仕上げられていたのだろうとも思われる。

しかし、ここに見られるのは当然のことながらそれだけではない。

たとえば、「正成論」の「心ヲ鉄石ノ如シ身ヲ以テ国ニ徇ヘ君ノ危急ヲ救フニアリ」の部分、特に「心ヲ鉄石」にするという言葉には、彼が正成の行動を美なるものと見て、しかも、それを通して感じ得た、「堅い決意に従って突き進もうとする頑固なまでの理想的意思」というものへの願望が、所々に見えかくれしているように思われる。それがいわば少年金之助の当時の心情でもあったのである。では、果たしてその一途さは何であるといえるのか。

それを、東洋思想、すなわち、漢籍との関わりから、改めて考えてみるものとする。

四　漢籍に触れて

森田草平は、漱石から聞いた話として、島崎友輔の父親（島崎酔山）が浅草で寺子屋のような塾を開いていたので、金之助も一所にそこへ通ったらしい、と述べているが、それに対して、荒正人が、「その時期が何時頃かわからぬが、小学校上級か、卒業してから」あたりであると、『漱石年表』の中で推定する。

たしかに、明治四十四年八月に、大阪中之島公会堂で講演された「文芸と道徳」の中で、漱石は、

私は明治維新の丁度前の年に生れた人間でありますから、今日此聴衆諸君の中に御見えになる若い方とは違つて、どつちかといふと中途半端の教育を受けた海陸両棲動物のやうな怪しげなものでありますが、（略）漢学塾へ二年でも三年でも通つた経験のある我々には豪くもないのに豪さうな顔をして見たり、性を矯めて痩我慢

を言ひ張つて見たりする癖が能くあつたものです。（『漱石全集第十一巻、評論・雑篇』三七四頁）

と述べている。もちろん、ここに言われる漢学塾は、後に学ぶこととなる二松学舎のことであろうと思われるが、それと同時に小学校時代に通ったその漢学塾のことを含めても考えることができるのではあるまいか。

また、明治四十四年に、長野県会議事院で講演された、「教育と文芸」の中でも、漱石は、次のように述べている。

昔の教育は、一種の理想を立て、其の理想を是非実現しようとする教育である。而して、其の理想なるものが、忠とか孝とか云ふ、一種抽象した概念を直ちに実際として、即ち、此の世に有り得るものとして、其れを理想とさせた、即ち孔子を本家として、全然その通りにならなくとも、兎に角それを目あてとして行くのであります。（『漱石全集第十六巻、別冊』、三九二頁）

ここで言われている「一種の理想を立て、其の理想を是非実現しようとする教育」が、彼が換言するように、「孔子を本家」とする儒教教育であるということを示すとすれば、そうした儒教教育により培われた少年の書いたあの「正成論」の根拠も見えてくる。

それではここで改めて、儒教について確認したい。

儒教思想の中における「孝」の観念については、先にも少々触れてきたことではあるのだが、ここでもう一度、儒教全体の捉え方と、金之助少年の心のあり様についてを、関連させて考えるものとする。

儒教思想における、孔子の哲学の基本は「仁」である。その「仁」とは、即ち「仁者愛人」（仁ある人は他の人々を愛する）（『論語』、顔淵）と言うように、普遍的人間性へと繋がって行くもので、真の「仁」を会得するとは、社会的責任や義務を自覚することでもあると説く。それがいわゆる「義」という概念なのである。「義」に則った行為は絶対的な命令であり、これを規範として社会における自己の役割を果たし、責任や義務を履行する。更に、制度や礼儀である「礼」や、共存共栄の社会的協力に必須な特性である「信」、他の人の為に力を尽くし自己が欲するものを他人に与え、己の利益より他者の利益の配慮をする「忠」、忠君や年長者への尊敬につながる社会的秩序としての「孝」「悌」など、多くの概念を定義した。

このように、理想とされた封建制を支える様々な徳目を措定したことに、孔子の哲学が継承、発展していく大きな理由を見出すことが出来るのであるが、それが明治初期の日本にあっても、格好の中央集権制強化の為に、利用されていたことは明らかである。

例えば、明治十二年の「教学聖旨」には、

共学ノ要、仁義忠孝ヲ明カニシテ、智識才芸ヲ究メ、以テ人道ヲ尽スハ、我祖訓国典ノ大旨、上下一般ノ教トスル所ナリ。（略）祖宗ノ訓典ニ基ヅキ、専ラ仁義忠孝ヲ明カニシ、道徳ノ学ハ孔子ヲ主トシテ、大中至正ノ教学天下ニ布満セシメバ、我邦独立ノ精神ニ於テ、宇内ニ恥ルコト無カル可シ。

と、孔子崇拝を大々的にうたっている。

すなわち金之助が、作文「正成論」の中で述べるのは、そのような儒教思想を根底とした「二君」にまみえぬという忠誠心であり、又、たとえ自らがどう揺れ動こうとも、決して曲げてはならぬ「鉄心」の強い意志力でもあった。

「鉄心」という言葉に表れた堅い決意の根底には、先にその生い立ちの中でも見たように、与えられた運命の中で必死に生きようとする確固たる姿勢というものを、まずは何とか自分につくりあげようとしている、一途な少年の姿が見えてくる。そうして、「学問」という手段を用いて真っ直ぐに進んでいこうとすることで、己を立証することが、彼にとっては唯一の「生」の姿であったとも考えられる。

この「正成論」に見られるのは、母親不在の不安定さや悲しみといったものばかりでなく、何とか彼なりの方法で生き抜きたいという、あるたくましさでもある。

従って、これらのことを考え合わせていえるのは、金之助の幼年期に作り上げられていたものが、まず自らの回りを強く堅い殻で固めてしまうことだったということではなかろうか。家庭の中で、家族の中で、暖かな保護を受け得なかった漱石は、母という存在にも、又家庭そのものにも、内面的に決して満たされぬまま成長した。しかし、物心つく頃から既に当たり前のこととして教え込まれていた儒教的思想によって、本当の愛の存在を知らぬまま(「孝」の思想は先にも指摘したように、親子間における自然な愛情を歪めてしまう結果をもたらすものである)、人道主義的「仁」の(制度としての)哲学(忠誠と孝行)を、すすみゆく明治という時代の発展のただ中で、当然の如く受け入れた。

少年金之助の、強固で孤独な心の外郭は、こうして形成されていたのであろうと思われる。

五　金之助の迷い

初期漱石を検証する上で、更に検討を続けたい。

明治二十一年の九月に、漱石は第一高等中学校本科一部(文科)に進学し、英文学を専攻し始める。「国文や漢文なら別に研究する必要もない様な気がしたから、其処で英文学を専攻することにした。」(『漱石全集第十六巻、別冊』、五〇四頁)と、談話「落第」の中にあるように、このころの漱石は、英文学を専攻する学生でありながら、この当時に書かれた文章のなかには、その「別に研究する必要もない」はずの漢文調のものを、いくつも見つけることができるのである。

果たしてこれは何故なのか。その具体的漢詩文を検討する前に、まずは、当時の漱石の心境について明らかにすることを試みる。

明治十四年、漱石は十四歳で東京府立第一中学校正則課程を中退し、同年四月（推定）漢学塾二松学舎に入学している。正則を退めた理由について、後に次のように述べている。

正則といふのは日本語許りで、普通学の総てを教授されたものであるが、その代り英語は更にやならかつた。変則の方はこれと異つて、たゞ英語のみを教へるといふに止つてゐた。それで、私は何れに居たかと云へば、此の正則の方であつたから、英語は些しも習はなかつたのである。英語を修めてゐぬから、当時の予備門に入ることが六ケ敷い。これではつまらぬ、今まで自分の抱いてゐた、志望が達せられぬことになるから、是非廃さうといふ考を起したのであるが、却々親が承知して呉れぬ。（略）その中に、親にも私が学校を退きたいといふ考が解つたのだらう、間もなく正則の方は、退くことになつたといふわけである。（「私の経過した学生時代」『漱石全集第十六巻、別冊』、六三六頁）

父の言うままに「正則」に入った漱石が、英語を少しも教えてくれないその「正則」を退めることになったのは、当時、英語を修めていなければ、「大学予備門」に入学出来なかった為であり、「今まで自分の抱いてゐた、志望が達せられぬことになる」からであるようだ。

しかし漱石は、「正則」退学後、英語の学べる変則課程に即座に転学するのではなく、漢学塾二松学舎に入っているのである。もし彼の退学が、前述の如く、本当に大学予備門進学準備の英語修得を目的としたものであったとすれば、この二松学舎入学は果たしてどのように解釈出来るものなのか。

この時期の漱石について、小宮豊隆は、後年漱石が回想として著した「落第」の中での、

元来僕は漢学が好で随分興味を有つて漢籍は沢山読んだものである。今は英文学などをやつて居るが、其頃は英語と来たら大嫌ひで手に取るのも厭な気がした。（『漱石全集第十六巻、別冊』、五〇〇頁）

という叙述について、

思ふに漱石は、「何でも長い間の修業をして立派な人間になつて世間に出なければならないといふ慾」の為に「正則」の中学に這入つたものの、それを卒業しても、英語を勉強するのでなければ上の学校へは這入れないといふことが分かつたので、竟にそこを出てしまったが、然し「英語と来たら大嫌ひで手に取るのも厭な様な気がし」てゐたので、丁度中学をやめたのを機会に、自分の好きな「漢学」を専門に勉強する気で、二松学舎に這入つたものではないか。（小宮豊隆『夏目漱石一』）

と分析している。

また江藤淳は、「毎日々々弁当を吊して家はでるが、学校には行かずに、その儘途中で道草を食つて遊んで居た」という告白について、およそ次のような見解を示している。

それは不安の表現であり、彼はその存在の奥底に澱んでいる、どこに、誰に属しているか解らない不安を、道草を食うことによって必死に訴えようとしていたのである。そしてまた、彼にとって学ぶことが存在の救済に結びついた行為であり、逆に怠けることが「捨てられる」ことを意味していたとすれば、こうして学校と家の中間で無為の空白の時間を過ごすことは、とりもなおさず「捨てられ」ている自分を確認すること――その絶望の表現だったともいえる。（江藤淳『漱石とその時代』）

一方、こうした漱石の「正則課程退学」と「二松学舎入学」の時期が、実母千枝他界のほんの数カ月後であるという事実について（両者の間にどのような因果関係が存在するか定かではないが）、母の死がかなり大きな部分で影響

を与えていたことは確かであろうと見る意見も数多い。江藤は、又、

あるいは彼は、あの「不安」に唯一の安息を与えてくれた母を追って、漢学の与える過去の世界像の中に埋没したいと思ったのかも知れない。儒学から洋学へ——朱子学からハーバード、スペンサーへ転換しつつある時代に、漢学塾に入ろうと言うのは明らかに未来の拒否である。英語が出来なければ没落した町方名主の末っ子は新時代に立身する唯一の道を奪われることになる。それは長兄大介が歩みかけて挫折した道であり、次兄栄之助、末兄和三郎が歩み得なかった道である、つまり金之助はあえて自ら求めて漢学塾に入ることによって、生存競争の厳しい現実を拒否し、安息の世界を希求したともいえる。（前同）

と述べている。ここで江藤が「漢学の与える過去の世界像の中に埋没したいと思ったのかも知れない」と言うように、漱石はいったんこの二松学舎に入学することで、自らの求めようとするものを摑んだかのように、思ったのかも知れない。

しかしそこにはまだ迷いが存在していたのであった。

「果たしてこれでいいのだろうか」

漢学の世界に身をおくとき、漱石はそう自問する。文明の進みゆく明治の中で、あえて、旧時代的方向へ眼を向けることは、即ち、流れる時代に一人取り残されるということを意味する。生家から養子に出され、見捨てられたとの思いの消えぬ金之助は、ここで完全に時流に遅れた道を行くことが、恐怖にさえ思われたのかも知れない。この時期の漱石は、漢学と英語との間をさまよいながら、自らのゆくべき本当の道を探していたように思われる。

やがて、明治十四年十一月、その漢学塾二松学舎第三課を修了した漱石は、いつまでも心中から去り切れぬ迷いの中で、常に心に存在した「時代を見つめる眼」と、再び向き合う決意をする。自らの中に納得させることには、更に二年を要したが、遂に明治十六（一八八三）年七月（推定）に、十六歳で成立学舎に入学、大学予備門受験の

為、再び英語の勉強を開始した。そして翌明治十七（一八八四）年、東京大学予備門予科への入学を果したのであった。

こうしてやっとたどり着いた「行く道」ではあるが、この予科時代にも、漱石は、やはりまだ迷いを捨てきれなかったようである。

英語を学び、予備門の学生となったものの、彼の心の奥底にはまだ漢学への未練が存在していたのであった。「英語を学ばなければならない」と自分自身への強制的課題を何とか納得させようと、必死に前を向きながら、心は、依然漢学を希求した。そんな迷いが、やがて、彼を始めての屈辱――あの落第へと導いたのかも知れない。

また、明治二十年、予科一級に進むに際して、漱石はいったん工科を志望、「元来僕は美術的なことが好であるから、実用と共に建築を美術にして見ようと思つた」その決意を、改めて文学の道へと向きなおさせたのは、友人米山保三郎であった。

米山は中々盛んなことを云うて、君は建築をやると云ふが、今の日本の有様では君の思つて居る様な美術的の建築をして後代に遺すなどと云ふことは迚も不可能な話だ、それよりも文学をやれ、文学ならば勉強次第で幾百年幾千年の後に伝へる可き大作も出来るぢやないか。と米山はかう云ふのである。僕の建築科を選んだのは自分一身の利害から打算したのであるが、米山の論は天下を標準として居るのだ。かう云はれて見ると成程又さうだと思はれるので、又決心を為直して、僕は文学をやることに定めたのであるが、国文や漢文なら別に研究する必要もない様な気がしたから、其処で英文学を専攻することにした。（『漱石全集第十六巻、別冊』、五〇三頁）

このときの漱石の決心は、英語が、本当に〝学びたい〟学問というのではなく、「英語英文に通達して、外国語でえらい文学上の述作をやつて、西洋人を驚かせようといふ希望を抱いてゐた」というだけの、半ば野望的未来像に則ったものであったともいえる。これらのエピソードなどからも、彼の、純粋なる興味関心は、その英語ではなく、依然漢文学の世界にあったのだった。

ここでもまだ漱石は迷いの中にいたのである。

六　「居移気説」の思い

明治二十二年六月に書かれた「居移気説」という作文は、こうしたいきさつを経ていた漱石の、当時の心情をよく表しているようにも思われる。

東京大学予備門予科が明治十九年の制度改革「第一高等中学校」と改称され、本科一部、即ち文科に入学していた漱石が、「一部一年三之組夏目金之助」の筆名で書き上げた漢詩文「居移気説」について、ここでは検討を試みたい。

「居移気説」は、「天地不能無変変必動為霹靂鳴于上者天之動也」と始まり、「其心蓋人之性情従境遇而変故境遇一転而性情亦自変是所以居移気也」と続くように、環境によって、その心のあり方も変化する、人の心について綴られている文である。

そもそも「居移気」とは、『孟子』巻十三「尽心章上」に見える言葉で、原文は次の通りである。

孟子自范之斎、望見斎王之子、喟然嘆曰、居移気、養移体、大哉居乎、夫非蓋人之子与、孟子曰、王子宮室車馬衣服多与人同、而王子若彼者、其居使之然也、況居天下之広居者乎、魯君之宋、呼於垤沢之門、守者曰、此非吾君也、何其声之似我君也、此無他、居相似也。

孟子范より斎に之き、斎王の子を望み見て、喟然として嘆じて曰く、居は気を移し養は体を移す、大なるかな居や。夫れ尽く人の子にあらずや。王子の車馬衣服多く人と同じ、而るに王子の彼の如きは、其の居これを然らしむるなり。況や天下の広居に居る者をや。魯の君宋に行き、垤沢の門に呼ぶ。守る者曰く、此吾が君にあらざるも、何ぞ其声の吾が君に似たるやと。此れ他無し、居相似たればなり。[10]

孟子が斎の范の町から斎の都に入ったとき、斎王の王子を遠くから見て、ふと嘆息して、「居る所の地位は人格を変え、栄養は肉体を変化させる。人の地位や環境が関係するのはきわめて大きいものだ。あの王子も、また他の子供も皆同じ人間ではないか。それなのにあのように立派に見えるのは、ただ居る所の地位が、違うことによるもので、自然と王子をそうさせるのである。」と言った言葉に基づくものである。

漱石の「居移気説」のなかでは、具体的に自らの経験に照らし合わせて、「余幼時従親移居于浅草浅草之地塵櫛比紅塵勃其所来往亦皆銅臭之児居四年余亦将化為畜吝之徒」とあるのだが、ここでは、まず「余」も「幼児」のころ、親に従って「浅草」に移り住み「吝嗇之徒」となってしまうところであったことを回想している。けれども、やがて転居した「高田」では、その地が「車馬」の音すら全くしない静かな土地で、「読書賦詩悠然忘物」と、読書をしたり、詩をつくったりすることも多くなる様な環境であったとのべ、更に、学校生活を送るようになった後に至っては、「入茲黌以来役々于校課汲々于実学而賞花看月之念全廃矣」と、「実学」に没頭していたが故、花を愛でたり、月を観たりすることもなくなってしまったと振り返る。

こうして、「余未不能正心罪宜居移境転而性情亦漫然無所定」と、「廿三」の歳迄に、「三」たび、「居を移」して、「性情」もまた「三遷」し、「余未だ正心なる能はず」と嘆く金之助は、以後の人生をも憂い、更に自分は幾度心を変えてしまうのだろうかと、先の見えない不安におびえているようでもある。

ここにこの時期の漱石の心情がはっきりとうかがわれるように思われる。うつろいやすい人の心の有り様を嘆き、未だ「正心」として定まることのない己の心を「罪」としてさえ見ているのでもある。結果として漱石の後の人生を見れば、このとき「居は気を移す」を嘆くが如く、漱石の「心」も文字どおり変化してゆくことになるが、少なくともこのときの漱石は、それをひどく恐れていたのである。居を移し、それに伴って、変わってしまう人心に、どうしようもない弱さを感じとっているのだろう。

果たして、何故漱石は、「余未だ正心なる能はず」と嘆くのか。彼にとって、動じる事なき「正心」とは、いったい何であるといえるのか。

そもそもこの「正心」とは、『大学』の中で、次のように述べられている。


所謂修身在正其心者、身在所忿地、則不得其正、有所恐懼、則不得其正、有所好楽、則不得其正、有所憂患、則不得其正。

心不在焉、視而不見、聴而不聞、食而不知其味。

此謂修身在正其心。

右、伝此七章、釈正心修身。


謂はゆる身を修るは其心正すに在りとは、身に忿地する所有れば、則ちその正を得ず、恐懼する所有れば、則ちその正を得ず、行楽する所有れば、則ちその性を得ず、憂患する所有れば、則ちその正を得ず。

心ここに在らざれば視れども視えず、聴けども聴こえず、食えどもその味を知らず。

これ身を修むるはその心を正すに在るを謂ふ。

右、伝の七章、心を正しくし身を修るを釈す。(11)


とある。ここに表されているのは、「人が身を修めるには先ず其心を正さねばならない」ということについて、人が何かの物事に接する時それらの事物に拘泥することで心の作用に「正」であることを失ってしまうことに対しての戒めを説き、自身の心の作用がいかに重要なものであるかを認識した上で、深く謹んでその自らの心を始終「正」の状態におくよう省察を怠ってはならないとするものである。

漱石は、「居移気説」の中で、「余未不能正心罪宜居移境転而性情亦漫然無所定」と、まだその心が「正心」を得ていないことを告白しているのである。すると、彼にとって、「正心」は、迷いに惑わされることなく、自らの信ずる道を一心に極めようとする、あの、幼少時に描いた「正成論」の中での「鉄心」にも、繋がる精神ともいえるだろう。

続いて、「居移気説」の中で漱石は、「陽明有言去山中之賊易去」と、王陽明の文を引用する。

これは、陽明学の『王文成公全書』[12]（『王陽明全集』）の中で、

即日巳抵龍南、明日入巣。四路兵皆巳如期並進。賊有必破之勢。某向在横水。嘗寄書仕徳云「破山中賊易、破心中賊難。区区翦除鼠竊、何足為異。若諸賢掃蕩心腹之寇、以収廓清平定之功。此誠大丈夫不世此偉業」数日来、諒已得必勝之策。捷奏有期矣。何喜如之。

即日既に龍南に抵り、明日巣に入る。四路の兵、皆既に期の如く並び進む。賊必ず破るの勢いあり。某向に横水あり。かつて書を四徳に寄せて云ふ、「山中の賊を破るは易く、心中の賊を破るは難し。区々鼠竊を翦除する、何ぞ異となすに足らん。もし諸賢心腹の寇を掃蕩して、もつて廓清平定の功を収めば、これ誠に大丈夫不世の偉業ならん」と。数日来諒にすでに必勝の策を得たり。捷奏期あらん。何の喜びかこれにしかん。[13]

のようにのべられているものである。これは、王陽明が、四十五歳から四十七歳の時、朝廷の命を受けて南方の賊を鎮定した際に、門人に書き送ったとされる書簡である。要約すれば、

余は前に横水にいたときに、書簡を送って言ったことがある。「山中の賊を破るのは容易だが、心中の賊（私欲）を破るのは困難だ」と。余がこそ泥を滅ぼしたとて何も異とするに足らぬ。諸君が、我が心のあだをなす、

私欲を残らず克服するなら、これこそ真に大丈夫の、世に稀な偉大な業績といってよかろう。ということである。「心中の賊」を「破る」ことの難しさ。それを実感を込めて漱石は引いている。

そもそも、この陽明学とは、宇宙は、全体として一つの精神世界であるということを前提としている学問で、我々が今眼を向けて認知している現実の花や木などの外界は、実はその具体的な認識の総てが我々の心にあるものと見るものである。宇宙も天地も、人の心も一つであり、「霊知霊妙」であると説く。そして同時にそれが宇宙の存在の根元であるともいうのである。それは則ち、素朴な唯心論のようであり、あらゆる宇宙の存在は、人間の心によって始めて規定される考え方なのである。従って人間の心が認めないものは、その存在自体をも否定されてしまうのでもあり、そのような「霊妙なる」人間の知能を、「良知」という言葉で示している。

更に、人間の行動は、その良知に従うべきものとして、「知行合一」を説く。ところがあまりにも「知行合一」であろうとして、世事を疎んじ、逃避しようとしてはいけないのであって、現実を恐れず、心を動かされないように、心を収めることに、まずつとめなければならないという教えなのである。

漱石が「居移気説」の中でいうのは、この陽明学にいう「知行合一」にも通ずる、「正心」なのであろうと思われる。それは、「目欲其盲、耳欲其聾、心欲其虚霊不昧、心虚霊不昧則天柱是摧不怖地軸之裂不駭、山川之変風雲之怪、不足以動其魂、而後人始尊矣」という結びの文からも又うかがわれるといえるだろう。迷いを払拭出来ない自らの内側を、「心中の賊」という語によって表現し、自らの迷いを真摯な態度で見つめている。そして、何とか確実なるものを捉えたい、葛藤をなくし、不動の心を得たいと切に願い、なおも精進しようと心に課しているのである。

そして、この「良知」を持つことこそ至上とする陽明学を学ぶ中で、あえて孟子の「居移気説」を書いたということに、漱石の「正心」を求めるより必死で且つ切実な心を見ることが出来るようにも思われる。

居を移して、猶、不動の正心を得ることが出来ない焦燥を彼は感じていたのである。

さて、「正心」を求める当時の漱石を知る上で、更に手がかりとなる文章がある。明治二十三（一八九〇）年に書かれた「故人来」という作文である。

これは、小杉榲邨が編集する『大八洲学会雑誌』の三月号に、「第一高等中学生　夏目金之助」の署名で掲載された「春雨しめやかにふりくらし、のきばの梅かをりなつかしくて、鶯のはつ音もまちあへぬさまなるにひとりつく〴〵とながめやる折りしも、柴の戸たゝきて、久しくあはぬ友おとづれきぬ……」と始まる擬古文である。

漱石が当時こうした擬古文を書いていたという事実については、小宮豊隆が、「是は或は落合直文小中村義象などの、当時の作文を受け持つた先生がそれを要求したものか」又は、「漱石自身、いろんな文体に親しむ為に、自ら進んでこの文体を選んだものである」（前同）という分析を示しているが、いずれにせよ、先の「居移気説」とほぼ同時期に書かれたこの作文にも、当時の漱石の心境がある程度推察出来るものと思われる。

この「故人来」において、金之助は次のように書いている。

君もわれもかはればかはるものかな、さても君はちりの世をすてゝ山高く水清き故郷にくさの庵をむすびぬ、われは都のちりにうづもれて、名利のちまたにさまよひつ、されど春秋の花もみぢにつけても、世わたるすべのわづらはしく、人の心のつれなきを思へば、なまじひに名をたて家をおこさんとちかひし事のくちをしさよ、あり〳〵て苔の下に人しらぬ骨をうづめんと思ひさだめし君こそ、なか〳〵に心やすけれ……（『漱石全集第十二巻、初期の文章及詩歌俳句』、二九九頁）

未だ学生の身である彼が、こうして、「世をさまよひ」「都のちりにうづもれて」苦悶を繰り返したその果てに、行き着くことになった厭世観というものを、この作文に表しているのである。不動の心を望み、それに向かって進んでいこうとしながらも、その容易でないところにどうしようもない焦燥と苦悩とを感じていた当時の漱石はこのときも、更に行く末を見つめては嘆息する。いくら世にまみれて奔走し、自らを律して立ち向かって行こうとも、結局は、ただ流されたままで人生を閉じなければならないことを悟ったとき、人が改めて思うのは、「ちりの世をすてゝ山高く水清き故郷にくさの庵をむすび」「苔の下に人しらぬ骨をうづめん」と、静かに暮らす人生なのではあるまいか。はからずも彼は、そうした先までをも考える。

けれども、若き漱石は、たとえそのような結果が予測出来ようとも、果たしてこれからの人生をどう生きて行くべきかという思いは依然、定められぬままでいたのであった。

こうした厭世観こそが、当時の漱石の心に重くのしかかり、それをどうしても払拭できないジレンマに、彼は苦悶していたのであろうと思われる。

第一章でも見たように、ちょうどこの時期に漱石は、あの子規宛の書簡の中で、「此頃は何となく浮世がいやになりどう考へても考へ直してもいやで〳〵立ち切れず去りとて自殺する程の勇気もなき」と嘆き、更に、「生前も眠りなり死後も眠りなり生中の動作は夢なりと心得ては居れど左様に感じられない処が情けなし」と記していたのであった。大きな視野で、先々の結果までも予測してしまうほど、頭では理解していながらも、心をそこに定めて精進し、進もうとすることがどうしても出来ない。若き日の金之助は、そう感じていたのだろうと思われる。

漱石のこうした苦悶を、東洋思想との関わりから更に解明するには、当時盛んに漢籍に親しんだ漱石の、書き残した幾つもの漢詩文にも触れなければならない。そこには、又「禅」との関わりも自ずと見え始めてくるのである。

七　初期漱石と禅

漱石と禅の問題は、当然、作品の中で考察出来ることも多々あるように思われるのではあるが、ここではあくまでも、初期漱石を知る上での観点から考えたい。

「硝子戸の中」に、次のような一節がある。

私が高等学校にゐた頃、比較的親しく交際つた友達の中にＯといふ人がゐた。其時分から余り多くの朋友を持たなかつた私には、自然Ｏと往来を繁くするような傾向があつた。私は大抵一週に一度位の割で彼を訪ねた。（『漱石全集第八巻、小品集』、四三二頁）

このＯという友人と何度となく議論を繰り返すこともあったというが、「遂に彼の怒つたり激したりする顔を見る事が出来ずにしまつた」漱石は、次第に彼に敬愛の情を抱くようになる。そして次のようなエピソードが語られる。

空の澄み切つた秋日和などには、能く二人連れ立つて、足の向く方へ勝手な話をしながら歩いて行つた。さうした場合には、往来へ塀越に差し出た樹の枝から、黄色に染まつた小さい葉が、風もないのに、はら〳〵と散る景色を能く見た。それが偶然彼の眼に触れた時、「あツ悟つた」と低い声で叫んだ事があつた。（前同）

この時、二十二歳の漱石は「唯秋の色の空に動くのを美くしいと観ずるより他に」為すすべがなかった、と回想し、「彼の言葉が封じ込められたある秘密の符徴として怪しい響き」を感じとる。「居移気説」の中に嘆いていた、あの「正心」が、ここでもまた不可解なものとして漱石の中に再び甦ってくるのである。

それを明治二十二年の同じ頃、漱石によって書かれた「木屑録」に、当時の漱石の心境として知ることが出来る。「木屑録」は、漱石が四人の友人とともに、房総、上総、下総を旅行したときに完成させた紀行文である。そこには、俗世に心乱されぬ、強い意志への限りなき希求がなお伺われよう。

その中のいくつかを見る。ただしそれぞれの漢詩書き下し文については、本論における基底とする『漱石全集』の、「木屑録」の注釈として掲載されている、湯浅廉孫氏による詩注を基本とする。又、解釈については、漱石漢詩の注釈書としてこれまでに刊行されている松岡讓『漱石の漢詩』、吉川幸次郎『漱石詩注』、和田利男『漱石漢詩研究』等を参考とする。それぞれの解釈や注については、共通する部分は特にそれぞれの見方を逐一同等に引用することを避け、主たる一論のみを示すが、その解釈や論に異見のある場合にのみ、それぞれの立場を明確にした上で、改めて筆者の分析へとつなげるものとする（以下、引用は全て「木屑録」『漱石全集第十二巻、初期の文章及詩歌俳句』より）。

二十余年住帝京　　二十余年帝京に住し
倪黄遺墨暗傷情　　倪黄の遺墨　暗に情を傷む
如今閑却壁間画　　如今　閑却す　壁間の画
百里丹青入眼明　　百里丹青　眼に入つて明

この詩は、学校の休暇を利用して、旅行を始めるようになった漱石が抱くようになった「山水に対する憧憬」であると、松岡讓は述べている。たしかにここには、そのように漱石の自然を愛する心の存在を認めることが出来るのではあるが、そこにはまた彼の、俗世を離れた世界を見つめる静かな眼というものをも捉えることが出来るように思われる（こうした心情は、先に取り上げた作文「故人来」の中でも既に指摘してきたことである）。

東洋の思想の中に見出したあの「正心」が、自らに省みて考えたとき、いっこうに実感を伴ったものとして摑みきれないままでいる、何物にも煩わされない静かな悟りの境地を、当時の漱石はこうして、自然そのものの中に見出そうと試みていたのではあるまいか。

そしてこうした傾向は、更に別の詩の中にも見られるものなのである。

脱却塵懐百事閑　塵懐を脱却して　百事閑なり
儘遊碧水白雲間　遊ぶに尽くす　碧水　白雲の間
仙郷自古無文字　仙郷　古自り　文字なく
不見青編只見山　青編を見ずして　只　山を見る

この詩は、子規との間に取り交わした手紙の中にある、当時のふざけた心境を表しているものであるという。子規が「君を羨む　房海　鵝黄に酔うを。減水　痾を医すること　薬湯の如し。黄間青編　時に読み罷めて　清風明月　漁郎を伴とす」と書き送ってきたのに対して、想像と現実とは大違い、本などそっちのけで、のらくらしてぼんやり山ばかり眺めていると答えたものであると、先の松岡は解釈する。確かに戯れ詩ではあるのだが、よく読むと、この詩の初句にある「脱却塵懐百事閑」（塵懐を脱却して　百事閑なり）は、ごみごみした煩悩から抜け出して、静かに、無我の境地に落ちつきたい願望がみられるようにも思われる。これは、例えば、明治二十二年五月に書かれた「七艸集評」、すなわち子規の「七艸集」に対する評詩の中の、

洗尽塵懐忘我物　塵懐を洗い尽くして　我と物とを忘る
只看窓外古松鬱　只看る　窓外に古松　鬱たるを
乾坤深夜闃無声　乾坤　深夜　闃として声無く
黙座空房如古仏　空房に黙座して　古仏の如し（『漱石全集第十二巻、初期の文章及詩歌俳句』、九九九頁、吉川幸次郎訳注による）

とある境地にも通じている心境である。

このように、ちょうどこの時期の漢詩には、こうした無我の境地への憧憬が、所々に見られるのである。

魂飛千里墨江眉　　魂は飛ぶ　千里　墨江のほとり
眉上画楼楊柳枝　　眉上の画楼　楊柳の枝
酒帯離愁醒更早　　酒は離愁を帯びて　醒むること更に早く
詩含別恨唱殊遅　　詩は別恨を含んで　唱うること殊に遅し
銀江照夢見蛾聚　　銀江夢を照らして　蛾の聚るを見
素月匿秋知雨髄　　素月　秋を匿くし　雨の髄ふを知る
料得洛陽才子伴　　料り得たり　洛陽才子の伴
錦箋応写断腸詞　　錦箋　応に写す　断腸の詞

これは、旅路にあって東京を離れしばらく別れている友を思い、「魂飛」と、気持ちだけは友のいる都会へ向かうという、いわゆる旅の孤独を歌っているものである。第八句は、「私の切ない思いを手紙に託してみようか」という意味であり、「錦箋」というのは、いわゆるきれいな紙、立派な料紙のことを指す。「断腸の詞」の中には、もちろん、友と離れていることに対する切なさも含まれるのであろうが、それ以上に、旅路にあって、無我の境地を求めながら、しかし、十分にそれをわかり得ない焦燥から、ふとすると、また、気づかぬ儘に、都会の喧噪の彼方へと、思いを馳せている自分がいる事に、思わずはっとさせられる。そんな自らに対する、どうしようもない切なさをもここには、見出すことが出来るだろう。

「木屑録」に収められている詩には、当時の漱石のそのような心情が強くうかがわれるものである。

白眼甘期興世疎　　白眼　甘んじて世と疎なるを期し

狂愚亦懶買嘉誉　狂愚　亦嘉誉を買ふに懶し
為譏時輩背時勢　時輩を譏らんが為に時勢に背き
欲罵古人対古書　古人を罵らんと欲して古書に対す
才以老駘駑且駿　才は老駘に似て駑くにめく駿を且はへ
識如秋蜆薄兼虚　識は秋蜆の如く薄にして虚を兼ぬ
唯余一片烟霞癖　唯だ一片烟霞の癖を余て
品水評山臥草廬　水を品し山を評して草廬に臥す
（前同）

この詩に対して、和田利男は、漱石の『道草』に見られる幼少時からの不幸な家庭生活を根拠として、「環境に支配されることなく、まっすぐで清らかな魂を守り通したことは、天稟とはいえ、不思議なことといわなければならない」との疑問を明らかにした上で、改めてこの詩について、漱石はその濁りに染まなかった代わりに、極度にこれを嫌悪するようになった。それはむしろ偏屈なくらい反抗的なものであったらしい。頷聯（第三・第四句）の二句の上に、その異常なほどの反抗心が燃えている。

というように、漱石の深刻な厭世観を見ている。一方松岡讓は、「始末におえない偏屈者」である自身に対して、更に「才能は駑馬にも劣る、鈍でしかもあわて者。知識といえば抜け殻の如く浅薄極まりなき上に、中味がまるでない野郎なのだ」と、かなり自虐的な詩である解釈を下している。

けれども、筆者の立場をいえば、この詩についても、又、これまで何度も述べてきたように、この時期の漱石の身辺を考え合わせると、そうした幼少時の不幸の記憶ばかりでなく、十代の迷いの中で、丁度その青春期に触れた東洋の思想に、何とか自らを近づけたいと思いつつ、それでも大きな悟りの境地に迄達することが出来ず、なお、現実の煩悶の中で戸惑っている自分自身に対する焦燥を、読みとることが出来ると思われるのである。

「白眼　甘んじて世と疎なるを期し、狂愚　亦嘉誉を買ふに懶し」という前半部において、和田氏の訳によれば、「私は世間を相手にせず、名誉を求めようという欲望もないつむじ曲がりの男だ」との意味であるが、これは、決して本意ではなく、むしろそうありたいと願う、漱石の精いっぱいの虚勢として見るのが妥当ではないか。そうでなければ、漢学と英文学との間をあれほどまでに行き来して、しかも、帝国大学英文科の学生となった今、再度こうしてその漢文を用いて自らを綴る心境が理解出来ないようにも思われる。「世間を相手にせず」生きたい、無我の境地で悟りたいと望みつつ、自らはなおその世間のしがらみに、もてあそばれて生きなければならない哀しみを、彼は必死で隠そうと虚勢を張っているのである。

こうした「木屑録」に見られる「正心」への希求は、更に、「悟り」の境地を、どうしても捉え難きものとして、苦悩を繰り返す青年期の漱石の姿として見られるように思われる。

さて、この頃の漱石の東洋思想への思いは更に、別の資料にも確認できる。

明治二十二年、漱石は松山の正岡子規に宛てて、次のような手紙を書き送っている。

五絶一首小生の近況に御座候御憫笑可被下候

抱剣聴龍鳴、読書罵儒生、如今空高逸、入夢美人声

第一句は成童の折の事二句は十六七の時転結は即今の有様に御座候字句は不相変勝手次第御正し可被下候云々

(『漱石全集第十四巻、書簡集』、一〇頁)

この書簡についても又、当時の心境を、漱石自らの言葉でまとめたものとして注目出来よう。

第一句の「成童の折」の心境は、「抱剣聴龍鳴」、則ち、「剣を抱いて龍鳴を聴く」という、不幸な境遇ではあっ

たにせよ、その不幸に押しつぶされることなく、大きな野望を抱いて、何とか進んで行こうとしていた少年時代を振り返っているものであると思われる。又、第二句には、「読書罵儒生」、則ち、「書を読み、儒生を罵る」とあるが、推察すると、「十六七」の当時においては、丁度二松学舎で先に見てきたような陽明学を学んでいた時期であり、その当時に対しての回想と捉えることも出来るだろう。「罵る」という語から、その時期の自身に対して、批判的な態度を連想するが、ここではむしろ、既に考察を繰り返しているように、心が漢詩文の境地を希求しながら、然し、英語を学ばなければならないという、いわば脅迫概念のようなものにとりつかれ、集中してその世界に没頭出来ぬままに、結局、迷いに打ち勝つ事すら出来ず、英文学への道を歩んでしまったことに対する自戒の念ともとれるようにさえ思える。しかもなお希求するその無我の境地には、結局未だにたどり着けないままでいる、自らに対するある種のふがいなささえも読みとれるように思われる。

「転結」の「如今空高逸、入夢美人声」の部分を「即今の有り様」と記しているが、これこそ、「木屑録」にも表出されている、悟り切れない現在の彼自身の姿である。空を見上げても、「正心」の境地、不動心、無我の境地にたどりつくことは叶わずに、まだ、それを希求ばかりしていて動けない、彼の姿を表しているものと思われる。「木屑録」の胸中が、こうした形で改めて、書簡の中にも再び表されているということは、この時期の漱石が、なお、東洋の思想の中に、彼のある理想を見出して、何とかそこに近づきたいと願う、そんな心境さえも伺える。

なお、この詩について、江藤淳は、筆者のこうした考察とは全く別の見解を、次のように述べている。

「美人」はおそらく嫂の登世である。（略）しかもこの場合、登世が金之助とおない年で三ケ月若く、夫の和三郎が無能で怠惰であるのに対して、金之助が秀才の誉れ高い帝大生だという対照の皮肉も存在する。恋愛感情はたぶん登世の側にもあったにちがいない。問題はおそらく登世が既に成熟した女であり、彼女が夏目家に来てから一年あまりの間に、金之助の感情がようやくプラトニックな憧れの域を脱して、二十三才の青年にふさわしい欲情をともなった恋に変質し始めていたところもあったものと思われる。（略）「夢」はもとより「死」と禁忌との間にかけられた浮橋であり、彼はこの通路を伝って登世とともに「彼岸」に達する事が出来る。（『漱石とその時代』第一部）

けれども、筆者の立場としては、明治二十二年の先の手紙を、「木屑録」との関連で見れば、それは、やはり、西洋と東洋との間で、なおも迷う漱石の姿としか捉えることは出来ないように思われる。この時期の漱石が、たとえ、嫂登世にそうした恋愛感情を抱いていたとしても、それは単なる憧憬の領域であって、江藤のいうように、「性衝動」に迄、結びつけるのは納得出来ない。むしろ、そうした、嫂への憧憬さえも、東洋思想の中で希求していた不動心に対して、煩わされるべき、俗界の一事として、自らの英文学を学ばねばならない野望とともに処理できるものなのではないかと思われる。

そう考えるとすると、江藤が、翌明治二十三年八月末頃の正岡子規宛の手紙に添えられた漢詩文の中から、

君痾猶可癒　僕癡不可医　素懐定沈鬱　愁緒乱如糸
浩歌時幾曲　一曲唾壺砕　二曲双涙垂
曲関呼咄々　衷情欲訴誰

の部分を特に抜粋し、「金之助がこのころ制御しきれない激情にとらわれていることは明らかである」と述べていることに対しても、又、検討の余地があるのではあるまいか。

江藤はこの詩の「愁緒乱れて糸の如し」「衷情誰に訴へんと欲す」のあたりにも、そうした道ならぬ恋に苦悩する漱石の衝動を見ているのだろうが、しかし、この手紙の中で書かれている漢詩は、ただこれだけではないのである。その後半部では更に次のようにも綴られていることを決して見落として解釈してはならない。

歳月固悠久　宇宙独無涯　蜉蝣飛湫上　大鵬噬其卑

嗤者亦泯滅　得喪皆一時　寄語功名客　役々欲何為

歳月は悠久の流れを持ち、その中でただ一人の自分を省みている。小さなカゲロウは、水面を飛び回り、大きな鳥たちは、カゲロウの卑しさを嗤っている。けれども皆いつかは滅びてしまうものである。一時の浮き世に浮かれてその都度悲喜を感じても、いったいどうなるというのだろう。――そんな漱石の嘆きが、ここには聴こえるようでもある。

しかも、この漢詩の書かれている手紙には、その前書きとして、「君の説諭を受けても浮世はやっぱり面白くもならず」という一文も記されている。

このような「浮世」に対する煩悶は、この漢詩の書かれる少し前、明治二十三年の八月九日の手紙（先にも少々触れてきたことではあるのだが、ここで改めて呈示する）の中で、やはり同様の心境が次のように告白されていたのであった。漱石は子規宛に、

此頃は何となく浮世がいやになりどう考へても考へ直してもいやで〳〵立ち切れず去りとて自殺する程の勇気もなきは矢張り人間らしき所が幾分かあるせいならんか

（略）

定業五十年の旅路をまだ半分も通りこさず既に息渇き候段貴君の手前はづかしく吾ながら情けなき奴と思へどもこれも misanthropic 病なれば是非もなしいくら平等無差別と考へても無差別でないからおかしい life is a point between two infinities とあきらめてもあきらめられないから仕方ない

We are such stuff
As dreams are made of ; and our little life
Is rounded by a sleep

といふ位な事は疾から存じで居ります生前も眠なり死後も眠りなり生中の動作は夢なりと心得ては居れど左様に感じられない所が情なし知らず生れ死ぬる人何方より来たりて何かたへか去る又しらず仮の宿誰が為の心を悩まし何によりてか目を悦ばしむると長明の悟りの言は記臆《ママ》すれど悟りの実は途方なし是も心といふ正体の知れぬ奴が五尺の身に蟄居する故と思へば悪らしく皮肉の間に潜むや骨髄の中に隠るゝやと色々詮索すれども今に手掛りしれず只煩悩の焔織にして甘露の法雨待てども来らず慾海の波険にして何日彼岸に達すべしとも思はれず已みなん〳〵目は盲になれよ耳は聾になれよ肉体は灰になれかしわれは無味無臭変ちきりんな物に化して
……

という手紙を書き送っているのである。

「浮世がいやにな」ったと嘆く漱石は、生きて行くことに対して、「既に息渇き候」と言う。そうした自分を「misanthropic 病」（〝厭世病〟とでも訳するか）とさえみなしている。「life is a point between two infinities」とは、訳すれば、「人生は二つの無限世界の間の地点であるにすぎない」という意味で、それは、「生前も眠なり死後も眠りなり」と見る如くに無限の空間をさしており、「人何方より来たりて何かたへか去る」ともあるように、その心境を説明するために、『方丈記』を例示しているのである。

「仮の宿」にしか過ぎないとは知りつつも、しかし、迷いを捨てきれない自分に対して憤り、「悟りの実は途方なし」との感想をもらしてもいるのである。

何事にも動ぜず、心を正して進んで行きたいと願いつつ、東洋の思想に学んだような、悟りの境地には到底行き着くことが出来ない自分自身の小ささに嘆き、「正心」出来ない、「心といふ正体の知れぬ奴」に戸惑う漱石の姿が見える。

これらを見ても、やはり明治二十二・三年頃の漱石が感じていたものは、江藤の指摘するようなきわめて俗世的なものでなく、英語に進み行くその途上にて、猶捨てきれない漢学の世界での、自己浄化なのではないかと思われる。

儒学の教えにより、心の外郭の形成を忠実に守ろうとした漱石は、やがて陽明学に触れる中で、何とか不動の心を得ようと試みる。けれども、それが、どうしても解り難く、やがては禅の中に、自らの心の迷い・葛藤をなくす何か、方法があるかとすがりつく。そこで何とか答えを見つけだしたいとする思いがつのればつのるほど、彼は答えを見つける事が出来なかったのであった。

すなわち、この時点において、「陽明学」の不動の心というものは、結局彼にとって、いわば「わかりがたきもの」であることがわかったのみだったのである。

八　「老子」の前に立ち尽くす漱石

さて、そうした漢学の世界への漱石の期待は、更に、明治二十五年に、文科大学東洋哲学論文として書かれた「老子の哲学」の中に、より明確な形で見出すことが出来る。この論文については、大学時代の漱石の、優れた業績の一つとして、その評価も高い。

その「老子の哲学」の中で漱石は、先ず、孟子との相違について次のように述べている。

孟子は惻隠の心を広げて仁となし羞悪の心を誘ふて義となしさてこそ仁義は人心に本有なる物にて邪悪は天性我に具はる者にあらずと我点《ママ》の行く迄百万倍撃して弁論せる人にて其心には仁義より大なる道なく仁義より深き理なしと思ひ込みしなり（「老子の哲学」『漱石全集第十二巻、初期の文章及詩歌俳句』以下同）

孟子は、孔子の「仁」の学説を性善説へと展開したことに大きな特徴があり、人の本性を善と見る立場である。そしてその善が、総ての人間に生まれながらにして備わっている「生得的天性」であるともしているが、ここで注意すべきことは、人は皆生まれつき「聖人」であるというのでなく、いわゆる〝生得的〟に備わっている「善」を、教育や環境によって、顕在化することが出来ると説いていることである。そもそも漱石は、先に見た「居移気説」においても明らかなように、孟子について、ある程度の肯定的理解を示していたと見ることが出来るだろう。孟子のいう、悟りの境地、則ち「仁」の徳性を備えた人間となる為に、「惻隠」(14)の情を初めとする、実践的態度を養って行くという説に対しては、ここでも「これは当り障りのなき議論」とさえ述べている。

そのうえで、老子の学説について彼は、次のようにまとめている。

　偖老子の主義は如何に、儒教より一層高遠にして一層迂濶なりとは如何なる故ぞと云ふに老子は相対を脱却して絶対の見識を立てたればなり捕ふべからず見るべからざる恍惚幽玄なる道を以て其哲学の基としたればなり

中国で初めて人の主体性を確立し、人の道徳を高く掲げたのは孔子であるといわれるが、孔子は、人間が如何に生きるべきかについては諄々と説いている一方で、天についてはほとんど語ってはいないといわれている。すなわち超越的な事柄に対しては、人知の及び得ないものとしてこれを思慮の外におく、というのが孔子の基本的態度であったとみられている。これに対して、老子は、そうした常識的な仁義道徳を重視する孔子をはじめとする儒家の、いわゆる人為的な方法に反対し、「道」に随順することを説く思想である。老子の言う「道」とはある意味では、伝統的「天」への復帰も思わせるようなものであり、漱石が、「捕ふべからず見るべからざる恍惚幽玄なる道」と記しているように、きわめて壮大なる思想であるともいえるだろう。

そして更に漱石は、その「道」について次のように纏めている。

　（一）万物の実体は道なり（二）道は五官にて知る可らず此を前提として結論を作れば「万物の実体は五官に

て知る可らず」と云ふ命題を得然らば吾人が通常見たり聞いたり触れたりする物は実体にあらずして仮偽なりと云はざる可らず尤も老子はこゝ迄は明瞭に論ぜざれども道は万物を塡充（則ち万物を組織）し而して無形無声なりと云ふ前提ある以上は勢ひ此議論を含蓄せざるを得ず故に老子の学は唯道論にて洋人の之を訳してTaoismと云へるは真に其当を得たりと云ふべし此唯道論は当今の哲学にて形而下の点は何処迄行くも分析すべき性質を具する故世界の実体は見るべからざるmetaphysical pointsより成ると云ふ議論とよく似通ひて甚だ面白し

とも述べている。老子の「道」とは、目に見えず、人知を以て計り知れないものである。漱石は、そうした老子の理論が、「Taoism」、すなわち「道教」と呼ばれる所以を、実践的な倫理学に留まらない抽象的根拠を有する奥深さとして感じとっている。

更に、

道の根本は仁の義のと云ふ様な瑣細な者にあらず無状の無物の象とて在れども無きが如く存すれども亡するが如く殆んど言語にては形容出来ず玄の一字を下す（略）

玄とは相対的の目を持って思議すべからざる者を指すの謂にして必ずしも虚無真空を言ふにあらず

とも記している。

老子は、「為学日益、為道日損。損之又損、以至於無為。無為而無不為。」（学を為せば日に益し、道を為せば日に損す。之を損して又損し、以て無為に至る。無為なれば、而ち為さざるは無し。）（『老子』四十八章）[15]と「無為」を説くのだが、その「無為」とは、本来が「無作為」の意味であり、決して何もしないということではない。それは、人の営みにおけるあらゆる虚飾・贅肉（知恵・知識・学問のたぐいから文化・文明、権力や武力など）を徹底的に削り取れ（その贅肉こそが、世を混乱に招いている原因であるとの見方から）ということであり、学（知）の増益が、学（知）の減損に他ならないという、逆説的捉え方なのである。[16] すなわち、無為とは、知の究極に於て到達した極地なのでもあるといえるだろう。

そしてここで漱石は、こうした老子の「無為論」思想について、批判的なる見方を示している。

　老子は一方にては学問を以て事物を研鑽するを悪み又一方にては経験を利用して現象を探求するを無用とし損之又損以至於無為の域に達せんと力めぬ去れど老子の世界観は果して外物に待つなかりしか学問もなく経験もなく宇宙の真理天下の大道を看破せしか

と述べ、又、

　人間の心身の構造は外界の模様にて徐々と変化し周囲の景況に応じて有機的の発達をなし（略）自由自在に外界と独立して勝手次第の変化を無し得る者にあらず

　よし勝手次第の変化をなして結縄の風に復したればとて老子の理想たる無為の境界に任せんこと中々覚束なしそを如何にとなれば人間は到底相対世界を離るゝ能はず

というのである。「学問もなく経験もなく宇宙の真理天下の大道を看破せしか」とは、幼き頃から、学問をすることでこそ、その存在の証明を試み続けて来た金之助にとっては、老子の説く「無為」の考えは、自らの過去全てを否定されるが如き衝撃的見方であったに違いない。「人間は到底相対世界を離るゝ能はず」と、反論をもらしてさえいる。

「道」は、先にも言及したように、『老子』十四章に「其上不皦、其下不昧。縄縄不可名。復帰於無物。是謂無状之状、無物之象。是謂恍惚。」(「其上明らかならず、其下暗からず。縄々として名づく可らず。無物に復帰す。是を無状の状、無象の象と謂う。是を恍惚と謂う。[17]」) とある、「形なき姿なき恍惚なる」、きわめて漠然とした理論なのである。

漱石は、そのとらえ難き「道」に、それまでの東洋への憧憬から、何とか近づきたいとは思いつつ、自らを近づけて考えることの出来ない現実をこの時も強く感じていたに違いない。

　今此相対世界に生れて絶対を説くを得るは知の作用推理の能にて想像の弁なり議論上之れ有りと主張するも実際其世界に飛び込む能はず老子の之を知らずして漫に絶対を説きしは前にも云へる如く外界の刺激に基づきし故にて

と言うように、あくまでも否定的な態度を示しているのである。

　こうした漱石の「老子の哲学」については、これまでに、たとえば「明治二十年代の教養のほどは『老子の哲学』（略）によってうかがうことが出来る」（石井和夫『漱石伝記事典』）や、「首尾整っていて、充分に老子の哲学を理論化して理解した人間でなくては、到底書くことの出来ないものである」（宮井一郎『詳伝夏目漱石』）などのように、これを漱石の「教養」の一部として考える見方があった一方で、「儒学の枠組みと進化論の尺度を用いて『老子』を批判」（江藤淳「漱石と中国思想」）すると捉えたり、「厳しい現実の状況から浮き上がった「老子」のあまりにも超絶的な論策への激しい苛立ち」「漱石には矢張り老子の超絶的な空論がなんとしても我慢ならなかったのである」（重松泰雄「漱石と老荘・禅覚え書」）という論も又、提出されている。

　たしかに、先に引用しただけの、ほんの一部分を見るだけでも、漱石の、そうした老子理論に対する、自らとは相いれない部分への苛立ちのようなものは感じられるのである。けれども、ここには、そうした当時の漱石の、絶対的なものに対する批判面ばかりを読みとるだけでは不十分ではなかろうか。

　これまで辿ってきたような漱石の東洋思想との関わりを考え合わせてみたときに、彼がこの老子の思想に触れたのは、「正心」を理想としていた漱石が、その理想に向かい行く方法を模索する中であったということに、注意する必要があるだろう。

　ここでも再び漱石は、自分にはそれが（理論としては）理解することが出来ても、改めて自身の問題として臨んだ時には、到底行き着くことの出来ない概念であると、悟ることしか出来なかったに違いない。だからこそ、こうした批判的形でしか、それに対峙する術を持たなかったのであろうとも思われる。

現実を見れば先に見たように、どうしても英文学へと向かわねばならない必要性を充分に感じとりながらも、なお、内面において親しみある漢学へとこだわり続けていた彼は、そこに、幼き頃から求めつつあった「正心」（心を正すこと）を、厳しいまでに課し続けていたのであろう。不確かなる自己存在への懐疑を、何とか自身の心の中から払拭し、まっすぐ一心に突き進もうと、何度決意したか知れない。そして、その心の平静を、東洋の思想で保ち続けようと試みていた漱石は、けれどもそこに対しては、どうしようもない「厭世観」を感じることしかできなかったのであった。老子は、そうした自分の心の揺れを、まるで見透かしているかの如く、相対を廃し「絶対」の境地を説くのである。

「無欲」であることや、現実を超越した絶対の境地への到達を、ある意味では、強く望みながら、けれども、なお、彼の心は、現実の中で苦悩するのであった。そこで改めて、到底、そんな迷いは捨てきれるものではないという現実の自身と、対峙することを決意する。

改めて書簡を紐解けば、この「老子の哲学」を脱稿する前年に、子規宛に記された、

僕前年も厭世主義今年もまだ厭世主義なり嘗て思ふ様世に立つには世を容るゝ量あるか世に容れらるゝの才なかるべからず御存の如く僕は世を容るゝの量なく世に容れらるゝの才にも乏しけれどどうかこうか食ふ位の才はあるなりどうかこうか食ふの才を頼んで此浮世にあるは説明すべからざる一道の愛気隠々として或人と我とを結び付るが為なり此或人の数に定限なく又此愛気に定限なく双方に増加するの見込あり此増加につれて漸々慈憐主義に傾かんとす然し大体より差引勘定を立つれば矢張り厭世主義なり（『漱石全集第十四巻、書簡集』、四

三頁）

という述懐の中にみられる厭世観にさえも、既にそれは当時の漱石における、現実の実感として存在していたと思われる。

又、明治二十五（一八九二）年のちょうどこの時期に、漱石が、

幽幻は人の常に喜ぶ所なり幽幻の門戸を開いて玄奥の堂を示す者あれば衆翕然として起つて之に応ず智者も此弊を免かれず昧者は勿論なり詩歌を吟詠する者好んで神秘を説く者想像を以て哲理を談ずる者は上に在つて人の付加を得眩人妖師怪を壇上に演ずる者は下に在つて万金の富を累ぬ思ふに不可思議を説くに一面あり（略）時の古今を論ぜず洋の東西は問はず野蛮人は云ふに及ばず史筆以前の民も亦此境界を免かれざるべし（『漱石全集第十二巻、初期の文章及詩歌俳句』、三〇九頁）

と始められる、Earnest Hart の「催眠術」を翻訳していることも、見逃してはならない事実である。それは、あの哲学的悟り、不動の正心への境地から、次第に心理現象そのものへと興味を持ち始めていた当時の漱石の一面をみることが出来るようにも思われる。

こうして、「鉄心」を求め、漠然と「正心」を希求しながら、漱石はその眼を次第に西洋社会へと向け始めるのであった。そして、「断定」し、迷いを断ち切らんとする東洋思想の世界から、「断定しない」心の揺れをそのまま認めようとする西洋心理学の世界へと、漠然とした答えを探しつつ、彼は進んでゆくことになるのである。ここに、漱石の「意識」に対する眼が、改めて開かれ始めるのであった。

注

（1）夏山英一「生命の誕生　受精から誕生まで」（小林登・宮沢康人・原ひろ子編『新しい子供学　第一巻　育つ』、一

九八五年、鳴海社、八五頁）

（2） Mary Ann Spencer Pulaski『The Baby's Mind and How It Grows Piaget's Theory for Parents』(1978 Harper and Row, Publishers.)

（3） フロイト『フロイト選集一〇』「制止、症状、不安」（一九二六年、井村・加藤訳）

（4） 例えばイギリスの小児科医ウイドウソン（一九六一）は、孤児院の子供に関する調査から、子供の成長が、両親を初めとする周囲の人々の愛情の有無によって大きく影響することを報告している。又、小児期の愛情・情緒の剝奪がもたらす身体的・心理的影響に関して、米国の小児科医ガードナーは、いくつかの臨床例をあげながら、母親が子供を抱くことも遊んでやることも一切せずに育児を行った場合、子供はほとんどの場合、運動機能の発達が遅れ、ひどい抑鬱状態（落ち込み、無表情、自閉的）を呈したとの報告をしている。これは、母親の愛情や笑顔が如何に大切で不可欠なものかを示しているものとして、注目されるものであるという。

さらには、近年、片親又は両親から無視され、何一つ優しい言葉もなく、見放され拒否されている子供たちの場合、身体的発達障害や、感情障害が認められる例も、いくつも報告されているのである。

（＊サイエンス編集部編『赤ちゃんと母親の絆』（ライトサイエンスブックス4）（昭和六十二年、日経サイエンス社）、宮本健作『母と子の絆』（平成二年十二月、中公新書）、『新児童心理学講座』（平成四年六月、金子書房）第一巻「子供の発達の基本問題」、第二巻「胎児・乳児期の発達」、第十二巻「家族関係と子ども」等を参照した。）

（5） これらの子供が将来成人になったとき、小児の心理的退行や社会不適応の原因になることも、現在の研究では報告されているという。（小林登「知能を決める三歳までの栄養」『科学朝日』一九八〇年六月号）

（6） 牟田和恵『戦略としての家族——近代日本の国民国家形成と女性——』（平成八年七月、新曜社）

（7） 元田永孚「幼学綱要」、（『日本近代思想大系六　教育の体系』、平成二年、岩波書店）

「幼学綱要」は、天皇による勅諭によって、編纂されたものであり、全巻で二十の徳目を挙げ、それぞれの章の冒頭にその徳目の趣旨を要約して掲げている。ついで、『論語』を初めとする四書五経など中国の古典から、その徳目にふさわしい章句を挙げて、その後に、日本と中国の古典・故事からの具体例を挙げるという方式をとっているものである。

（8）明治二十五年十一月三十日『時事新報』社説

（9）この「小学入門」が出来る以前には、さまざまなる民間本が、用いられていたらしい。文部省による、初等教育の統一が、はじめてこの教科書の発行によって推進されたようである。

児童はそれぞれ、この「小学入門」を持ち、又、各教室には、同じく文部省が発行した掛図が備え付けられていた。掛図には、「小学入門」と同内容の五十音、単語、連語などとともに、そのそれぞれにちなんだ絵がつけられていたので（教科書には、絵はない）、教師はこの掛図を基として、教えていたという（『明治文化全集』第十八巻、「教育編」を参照した）。

（10）小林勝人訳注『孟子』（平成六年七月、岩波書店）による。書き下し文についても同。

（11）宇野精一・鈴木由次郎編『中国古典新書・大学・中庸』（俣野太郎編、昭和四十三年二月、明徳出版社）。書き下し文は俣野氏による。

（12）『王文成公全書』は、『王陽明全集』。語録三巻（『伝習録』、『朱子晩年定論』）、文録五巻、別録、外集、続編等によって構成される。（岡田武彦著『中国古典新書・王陽明文集』、昭和六十三年三月、明徳出版社）

（13）岡田武彦（『中国古典新書・王陽明文集』、昭和六十三年三月、明徳出版社）の訳による。

（14）「惻隠」の情とは、他人の不幸などを憐れみいたむ心をいう。『孟子・公孫丑上』に、「惻隠之心、仁之端也」（惻隠の心、仁の端なり」とある。孟子の主張する四端の一つ。

（15）中国の思想『老子』（奥平卓・大村益夫訳、昭和三十九年十二月、徳間書店）

（16）老子思想については、前掲書、及び、大濱晧『老子の哲学』（昭和三十七年二月、勁草書房）、森三樹三郎『「無」の思想』（昭和四十四年十月、講談社）、楠山春樹『老子』（昭和五十九年十一月、集英社）等を参照した。（以下同）

（17）（15）に同じ。

第三章　西洋思想と漱石Ⅰ

前章では、漱石と東洋思想との関連を中心として考察してきたが、そこには、どんなに迷いを断ち切ろうと試みても、思うように悟りの境地にたどり着けない漱石の姿が発見できたのであった。そして、そんな若き日の漱石が、求めようとする理想とは裏腹に、不安定なる自己というもの、迷いのある自己というものに、半ば諦観し、そして半ば受容するかのような気持ちを抱いたその結果、次第にその興味関心を向けていったのが、「意識」という問題なのである。

自己内部の苦しみを解決するために、東洋思想で求めたような「道」や「正心」の高みにまで、自身を達観することが、どうしても出来ないことに苦しみ、そうであればいっそのこと、そうした自分をむしろ真正面から受け止めてみようとした彼は、学生時代における心理学や哲学の講義を通じて知るようになった西洋思想の中に、救いの道を探り出そうとし始めたのである。

既に第一章で見てきたように、漱石は、『文学論』などにおいて、意識の独自なる解釈と見解をまとめていくようになるのだが、そうした漱石自身の意識見解を導き出す礎となったのが、ジェームズやベルグソンを中心とした西洋思想からの意識理論であった。

漱石自身、晩年、『思ひ出す事など』の中でも、

　今でも覚えてゐる。一間置いて隣にゐる東君をわざ〳〵枕元へ呼んで、ジエームスは実に能文家だと教へる様に云つて聞かした。其時東君は別に是といふ明瞭な答をしなかつたので、余は、君、西洋人の書物を読んで、

此人のは流暢だとか、彼人のは細緻だとか、凡て特色のある所がその書き振りで、読みながら解るかいと失敬な事を問い糺した。

　教授の兄弟にあたるヘンリーは、有名な小説家で、非常に難渋な文章を書く男である。ヘンリーは哲学の様な小説を書き、ヰリアムは小説の様な哲学を書く、と世間で云はれてゐる位ヘンリーは読みづらく、又其位教授は読み易くて明快なのである。（『漱石全集第八巻、小品集』、二七八頁）

と述べているように、相当のジェームズ愛読者だったことを隠さない。むしろ、単なる「愛読者」であったというだけでなく、かなりの感化をその思想や著作から受けていたらしいということが、この文章からだけでも推測出来るとも言えよう。

確かに、漱石が読んだと思われるジェームズの著書が、「蔵書目録」には、次のように記載されているのである。

W. James : The Principle of psychology. 2vols.
(London ; Macmillan and Co. 1901)（『心理学原理』）
W. James : The Varieties of Religious Experience.
(London ; Longmans, Green and Co. 1902)（『宗教的経験の諸相』）
W. James : A Pluralistic Universe.
(London ; Longmans, Green and Co. 1909)（『多元的宇宙』）


これまでにも、こうした部分を手がかりとして、漱石とジェームズとの関わり、すなわち、漱石がウィリアム・ジェームズから極めて大きな影響を受けたということについての、数多くの指摘がある。

まず初めに、それらについて確認すると、およそ次の通りである。

先行研究の中でも、まず第一に注目出来るのは、杉山和雄の論文「ウィリアム・ジェームズの漱石への影響」

（『比較文学』第三号）であろう。杉山は、ジェームズの著作と漱石の叙述の類似する部分を指摘しながら、（漱石は）ジェームズという人が、「吾人の意識する現象は、皆選択を経たものだといっている」と述べ、ジェームズからの引用をもって説を起こしている。又意識は河のように流れ、焦点を形成し、その焦点の取り具合と、続き具合で、創作家の態度が決定すると述べている。これらのことから、「文芸の哲学的基礎」の少なくとも主要部分は、ジェームズからきているという事ができると思う。（「ウィリアム・ジェームズの漱石への影響」『比較文学』、第三号、昭和三十五年九月）

というように、漱石とジェームズとの「人生観」が「根本に於いて、同じもの」だと断定する。

また、島田厚は、論文「漱石の思想」の中で、

漱石がスペンサー的決定論から抜け出して、自己の文学の基礎を確立したモメントが、ジェームズの提出した独創的な意見との接触に有ったことは厳然たる事実である。（『文学』、昭和三十五年十一月号、同三十六年二月号）

というように、漱石の「意識」に関する思想が、ジェームズを経てこそ確立されたものであるということを、『文学論』や『文芸の哲学的基礎』とのジェームズとの比較を中心としながら導き出している。

大久保純一郎は、『漱石とその思想』の中の、特に、第七章（「漱石とジェームズの哲学――『彼岸過迄』から『行人』へ――」）の中で、「ジェームズの哲学と漱石の文学思想とが互いに呼応しあった」と述べた上、類似部分の検証を進めている。

さらにはジェームズの研究者である桝田啓三郎は、漱石が『文学評論』の中で、「十八世紀に於ける英国の哲学」を概観し、「自然神教」（今日いわゆる「自然科学」）について評した、

要するに我々日本人――ことに耶蘇教に興味を有て居らぬ余の如きものからして見ると、何の為に彼等は貴

重な時間をこんな問題に費やして鎬を削つて喜んで居るのだか殆んど要領を得るに苦しむ（『漱石全集第十巻、文学評論』、七八頁）

という箇所をとりあげた上で、「こういう考え方はジェームズの宗教に対する考え方や態度と全く同じもの」であると指摘した上で、「漱石のこの宗教観はジェームズの影響によってはぐくまれたものではなく、漱石はジェームズを読む以前から既にそのような宗教観を抱いていた」という推測を、明治三十三年秋の英国へ向かう船上で書き上げた、「キリスト教批判の英文」を訳出しながら述べている。

そのほかにも、重松泰雄(1)、小倉脩三(2)、塚本利明(3)ら多くの研究者によって、主に作品論を中心に、漱石とジェームズとの関わりが検討されてきてはいるのである。

本論を進めていく上で、当然、それぞれの論者による業績から得るところも多々あるが、これだけ多くの研究者の視線を魅きつけてなお、完全に解明されているとはいいがたいほど、漱石とジェームズとの関係は深く、また複雑なものであるように思われる。即ち、漱石文学を読みとこうとする上で、決して避けては通れない、極めて重大なる影響の考えられる、ジェームズとの関連なのである。

従って本章に於ては、前述のような数々の先行研究の成果にも、多くの示唆を得ながら、改めて、漱石が実際に眼を通していたと思われるジェームズの著作について、先にあげた蔵書目録にしたがって、具体的な検討を行っていく。そして、それを漱石がどのように論破し、理解しようとしていたか、また、それによって、どのような認識を得るに至ったかを、私なりの視点からここに確認したい。そうした考察を進めるにあたっては、ジェームズの著作に触れた時期や状況についても、漱石の内面の問題として考慮にいれながら、作家夏目漱石の、意識なるものの構築過程を明らかなものとして行くこととする。

但し、本章に於て行うジェームズの著作に関する分析は、ジェームズそれ自体を理解しようとするものではなく、あくまでも漱石文学を読み解くことを目的としたうえで、漱石が読んだ文献として考えようとするものである。従って当然のことながら、「漱石」というフィルターを通してのジェームズ理解であり、分析となる。そこには、漱石を通した曲解や、飛躍的見方も当然出てくる可能性も否定は出来ないが、そうした捉え方も総て含めて、「漱石的解釈」として提出したい。

一　英文学との出会い

漱石とジェームズとの関わりを検討するに当たって、まず捉えておかなければならないのは、漱石と英文学との関係である。

漱石は、心理学者であり哲学者のウィリアム・ジェームズを、英文学を学ぶことを通して出会い、そして、心を魅かれていくようになる。それは、単なる漠然とした興味でも、又、気まぐれな関心によるものでもなく、必然的に彼をジェームズへ、ぐんぐん引き込ませた要素が、彼が英文学を専攻するようになったその時点から既に、存在していたのであった。

そもそも、前章で見たように、幼い頃から漢文を学び、東洋的思想に親しんでいた漱石が、この英文学を志したのは、

私も十五六才の頃は、漢書や小説などを読んで文学といふものを面白く感じ、自分もやつて見ようといふ気がしたので、夫れを亡くなつた兄に話して見ると、兄は文学は職業にやならない、アツコンプリツシメントに過ぎないものだと云つて、寧ろ私を叱つた。然しよく考へて見るに、自分は何か趣味を持つた職業に従事して見たい。それと同時にその仕事が何か世間に必要なものでなければならぬ。何故といふのに、困つたことには自

分はどうも変物である。当時変物の意義はよく知らなかつた。然し変物を以て自ら任じてゐたと見えて、迚も一々此方から世の中に度を合せて行くことは出来ない。何か己を曲げずして趣味を持つた、世の中に欠くべからざる仕事がありそうなものだ。（「処女作追懐談」『漱石全集第十六巻、別冊』、六〇四頁）

という経緯によるのである。

若き日の漱石が「職業」について考え始めた時点では、漠然と、「漢書や小説などを読んで文学といふものを面白く感じ、自分もやつて見ようといふ気がした」程度のものだったようではあるが、強固な兄の反対を受けたため、いったんその「文学」への志それ自体を断念する。

けれども、「自分は何か趣味を持つた職業に従事して見たい」という念は去り難く、「それと同時にその仕事が何か世間に必要なものでなければならぬ」とも思うようになっていた（漱石が、一旦は建築科への進学を希望して、それをすぐに友人米山保三郎に止められたという経緯については、前章で記したとおりである）。

ではここで、再度考察してみたい。「文学」を志した漱石が、あえて「英文学」を選んだのは何故なのか。

文学を志すことに決めたとき、漱石は、「然し漢文科や国文科の方はやりたくない。」という強い思いを心に抱いているのである。この言葉は、かなり衝撃的である。前章の経緯を見れば、ここには、摑み切れなかった東洋的なる世界からの、逃避的な見方も、勿論否めないことは事実である。けれどもこの決心は、決してそれだけの根拠にあるのでなく、また、漢文や国文に、所謂「諦念」を抱いていたというのでもない。彼自身は、この時点でも「漢書」や「小説」が好きだったのであった。しかもそうした「趣味」を生かした仕事をとさえ望みながら、「世間に必要な」職業をと考えたとき、自ら下した結論が、「英文学を研究して英文で大文学を書かうなどと考へて居た」、「たゞ英語英文に通達して、外国語でえらい文学上の述作をやつて、西洋人を驚かせようといふ希望を抱いてゐた」（『漱石全集第十二巻、初期の文章及詩歌俳句』、二七〇頁）というのである。

漱石にとって、漢文学は、ともすれば迷い、揺れがちな内面を何とか不動のものとして、修養するための理想的世界ではあったのだが、それは、進み行く近代化の時代にあって、行くべき将来を見越したとき、決して「世間に必要な」ものとして、彼自身考えることが出来なかったのであろうと思われる。だからこそ、外面的に、必要とされる職業を考えたとき、外国へ外国へと国全体の眼が注がれて、「外」に向かって開かれている時代であったからこそ、「英文学」が、より有用なるものとして感じられたに違いない。

けれども、そのような、いわゆる「打算」的、「妥協的」進路選択は、心からの納得の上で志したものではなかっただけに、当然の如くやがて、行き詰まりを見せてくる。

> 所が愈大学へ這入つて三年を過して居るうちに、段々其希望があやしくなつて来て、卒業したときには、是でも学士かと思ふ様な馬鹿が出来上つた。それでも点数がよかつたので、人は存外信用してくれた。自分も世間へ対しては多少得意であつた。たゞ自分が自分に対すると甚だ気の毒であつた。そのうち愚図々々してゐるうちに、この己れに対する気の毒が凝結し始めて、体のいゝ往生《レシグネーション》となつた。わるく云へば、立ち腐れを甘んずる様になつた。其癖世間へ対しては甚だ気焔が高い。何の高山の林公抔と思つてゐた。（「処女作追懐談」『漱石全集第十六巻、別冊』、六〇五頁）

との感慨は、結局彼にとっての英文学が、「世間」を意識したものに過ぎなかったということを改めて確認できる談話でもある。

こうして彼は、迷いながらも実質的で「有用」なる意義を、英文学科への進学に見出していたのである。

二　ホイットマンへの共鳴

以上のように、本当の自身の内面的希求というよりも、外面的、いわゆる社会的なる自己を確立するという目的の為に進学した英文科ではあったのだが、当然のことながら、その道で何とか「有用」なる人物になりたいと、漱石はかなり奮闘していたらしい。

そうした大学時代の漱石の学問的資質を知る一つの資料として、前章において検討した「老子の哲学」とともに、明治二十五年十月に『哲学雑誌』に発表した論文「ホイットマンの詩について」がある。この論文について、例えば、山内久明は、「漱石と亜米利加文学」という論文の中で、先ず漱石の論文を「日本におけるホイットマン受容の嚆矢として名高い」と紹介したうえで、

「共和国民の気風」の代表者として「己の言ひ度き事を己の書き度き体裁に叙述した」ホイットマンに対して、漱石は「天晴れ一個の快男児とも居丈夫とも称してよかるべし」と賛辞を惜しまない。（略）Edward Dowden の 'The Poetry of Democracy : Walt Whitman (1878)' などに依拠しているとはいえ、この論文はホイットマンの思想や位置を極めて的確に把握したものといえよう。（「漱石と亜米利加文学」『講座夏目漱石』第五巻）

と述べている。このように、大学時代の夏目金之助の英文学に対する実力を、高く評価する見方がこれまでも多く提出されている。当然のことながら、漱石の大学時代の論文が優秀であるか否かの見解は、直接本論において問題にすべきことではない。むしろ、そうした評価云々については、英文学専門の見方から為されるべきものだろうが、ここで注目したいのは、漱石における「ホイットマン」論の中の一節にある、「愛についての霊魂説」の部分に見られる、次のような記述である。

人は愛情を待つて結合し之を待つて進化し之を待つて円満の境界に臻るとは「ホイツトマン」の持説なり然らば其愛情の発する所はと云ふと全く霊魂の作用なり余は何が故に憐愛の情を起すや人間わが傍らにある時は血脈何が故に勃張し彼等の去る時は又何が故に悄然自失するが如くなるやと自問を提出して自答を得んと欲するは全く霊気の分涌して溢出するに異ならず故に愛情の羈絆能く不羈の民を制し鞭撻して之を疾駆せざるも自ら天下の大勢に従つて善美の方向に進行するなり去れば宇宙の歴史は全く霊魂の歴史なり（略）霊魂の進行するや宗教も之を避け技芸も之を避け政府も之を避く他物の進行は皆真似事なり記号のみ独り霊魂は進んで止まる所を知らず常在にして滅する事なし其の之くや何所に之くを知らず最善に向かつて行くのみ之を「ホイツトマン」の霊魂説と見なす。（『漱石全集第十二巻、初期の文章及詩歌俳句』、一〇六頁）

ここで漱石は、一見肉体的愛が実は霊的であることを、「ホイツトマン」の中に読みとっているのである。

一千年来儒教の空気を呼吸して生活したる我々より見れば少しも感心し難き点もあり（略）国体の異なる亜米利加に生長したる詩人故自然其理想の或点に於ては東洋主義と衝突するを免かれざらん兎に角其形質情の進歩よりも精神の進歩を重んじたるは歴然として疑ふべくもあらず（前同）

という部分からは、「其愛情の発する所はと云ふと全く霊魂の作用なり」、「独り霊魂は進んで止まる所を知らず常在にして滅する事なし」と言う如く、決して、外的なものではない「精神」について、ホイットマンの説を理解している一方で、自身の儒教的なる認識を根拠として、それを「感心し難き」点というように、なかなか受容することの出来ない本心をのぞかせている。こうした傾向は、前章でも見たように、ほぼ、これが書かれたと同時期に、「老子の哲学」を書いた漱石が、老子理解に苦しむ姿と相通ずるものがあるであろう。老子については、漱石は「道」を理解する為に、絶対なるものに、何とか近づきたいと願い、けれども、そうした境地までなかなかたどり着けない自分自身に苦悩を感じていた。そして、こうしてホイットマンを読む中で、自分を縛り続けている儒教精神に、まだ固執してはいながらも、英文学の分野の中で表されている、いわば「自由」なる動きである霊魂の作用、決して「道」や「絶対」の境地まで到達し、達観を強いるようなものでなく、もっと自由で流動的、しかも内的なる霊魂の存在について、彼が心を魅かれ始めていると見ることも、ここからは読みとることが可能であろう。

ホイットマンの詩を理解する上で、漱石が注目しているのは、こうした、定義され得ない精神の動きのようなものであろうとも思われる。

迷いながらも、絶対の理想に自己を高めることを望みながら、一方では、自己の内的なる心の領域、決して「不動」なるものではない内面に、次第に気づき始めている漱石の当時の傾向は、次にあげる「人生」（明治二十九年十月）の中にもうかがわれる。

二点を求め得て之を通過する直線の方向を知るとは幾何学上の事、吾人の行為は二点を知り三点を知り、重ねて百点に至るとも、人生の方向を定むるに足らず、人生は一個の理屈に纏め得るものにあらずして、小説は一個の理屈を暗示するに過ぎざる以上は、「サイン」「コサイン」を使用して三角形の高さを測ると一般なり、吾人の心中には底なき三角形あり、二辺並行せる三角形ある奈何せん、若し人生が数学的に説明し得るならば、若し与へられたる材料よりXなる人生が発見せらるゝならば、若し人間が人間の主宰たるを得るならば、若し詩人文人小説家が記載せる人生の外に人生なくんば、人生は余程便利にして、人間は余程えらきものなり

（『漱石全集第十二巻、初期の文章及詩歌俳句』、二七〇頁）

ここに於て、東洋思想のなかで、自らを何とか定義づけようとしていた漱石が、少しずつ柔軟な見方を肯定するようになってきているらしいことが伺える。「迷う」事は、決して否定されるべきものでなく、「不測の変外界に起り、思ひがけぬ心は心の底より出で来る、容赦なく且乱暴に出で来る、海嘯と震災は、（略）三陸と濃尾に起るのみに

あらず、亦自家三寸の丹田中にあり、剣呑なる哉」とさえ、彼は、この後で述べている。

やがて英文学を学んでいく上でこうした捉えどころない心の様相というものに対して、次第に興味を抱いていった漱石が、文学を単なる「文学」それ自体の研究対象としてではなく、人生との関連の中に定義付け、そこに、哲学や心理学をも取り入れて、彼独自の倫理観・文学観を構築させていくのである。

それでは、具体的に、漱石とジェームズとの関わりについて、時期的な問題とも絡めて考察していきたい。

注

（1）重松泰雄『漱石その歴程』（平成六年一月、おうふう）、『漱石その新たなる地平』（平成九年五月、おうふう）など

（2）小倉脩三『夏目漱石、ウィリアム・ジェームズ受容の周辺』（平成一年二月、有精堂出版）

（3）塚本利明「漱石とウィリアム・ジェームズ」（『英語青年』昭和六十年五月）

第四章　西洋思想と漱石Ⅱ

本章においては、漱石とジェームズとの関わりを具体的に考察していく。特に、漱石がジェームズを積極的に取り入れようとしていたのは、漱石の全生涯を鑑みると、具体的に三つの時期について考察出来るように思われる。それは（蔵書目録にみられる）ジェームズのそれぞれの著作に対する漱石の感慨と、受容の問題としても多角的に分析できるものである。

以下、漱石のジェームズの受容について、三期に分けて論じていくものとする。

一　第一期　意識への開眼
――『宗教的経験の諸相』との出会い――

（一）ロンドンにて

漱石が、明治三十三（一九〇〇）年九月から明治三十六（一九〇三）年一月まで、イギリスに留学していたことはよく知られている。

ロンドンに到着してすぐの頃、漱石は友人に

　色々計画あれど時と金なき為め何れもはか〲しからず西洋人と交際抔は時と金による事に候此様子では矢張り英国の事情抔は分り申間敷残念に候然し毎日多少の活きた学問をいたし候（明治三十三〈一九〇〇〉年十一月

十九日、立花鉄三郎宛書簡、『漱石全集第十四巻、書簡集』、一五五頁）

などと書き送ったり、又、

英語モ中々上手ニハナレナイ第一先方の言フ事ガハツキリ分カラナイ事ガアルカラナ金ガナイカラ倫敦ノ事情モ頓ト知レナイ勉強モスル積ダガソウハ手ガ廻ラナイ（同年十二月二十一日、前同）

などと記していたように、ロンドンでの生活それ自体には、かなりの苦しみを感じていたらしい。当時の書簡のなかには、又、

語学其物は到底僕には卒業が出来ないから書物読の方に時間を使用する事にして仕舞た従つて交際抔は時間を損するから可成やらない加之西洋人との交際となると金がいるよ御馳走ばかりになつて居るとしても金が居る（略）二年で語学が余程上達する見込があれば我慢してやるがそれは以上の理由で駄目だから時間を損し金を損して是といふ御見やげがない位なら始めからやらない方がいゝからね僕は下宿籠城主義とした。（明治三十四〈一九〇一〉年二月二十日、夏目鏡子宛書簡、『漱石全集第十四巻、書簡集』、一七二頁）

などの叙述もある。ここには、自分は語学上達を目的としないので、出来る限り交際を止めて、「下宿籠城主義」で暮らすことにする、という決意が示されている。留学費用の不足や、言葉の上での不自由さが原因で、一人下宿にたてこもる孤独の日々の中、漱石は、次第に孤独感を増大させ、やがて神経衰弱をも高じさせていく。

倫敦時代におけるそうした孤独感や、精神的不安は、『文学論』の序文にも、次のように記されている。

倫敦に住み暮らしたる二年は尤も不愉快の二年なり。余は英国紳士の間にあつて狼群に伍する一匹のむく犬の如く、あはれなる生活を営みたり。倫敦の人口は五百万と聞く。五百万粒の油のなかに、一滴の水となつて辛うじて露命を繋げるは余が当時の状態なりといふ事を断言しては憚からず。（『漱石全集第九巻、文学論』、一四頁）

漱石にとって如何にこの時期がつらい時であったかということがここにも切実に述べられている。では、何故漱石は留学先のロンドンで、こうした苦しみからのがれられなかったのか。もちろん今の引用にもあったとおり、言葉の違いに悩み、意思の疎通を自ら断ち切って、「下宿」に籠城したのだが、その中で彼は、今度は自ら極めようと決意したその学問の上においても、更に苦悩を覚えるようになっていくのである。

留学のそもそもの目的は、「余の命令せられたる研究の題目は、英語にして英文学にあらず」（『文学論』、序文）と漱石自身もいうように、語学研究であった。けれども、漱石は、「余は単に語学を上達するの目的を以て英国に来れるにあらず。官命は官命なり、余の意志は余の意志なり」と、早々にその官命を放棄してしまう。

誤解を防ぐが為めに一言す。余が二年の日月を挙げて語学のみに用ゐざりしは、語学を軽蔑して、学ぶに足らずと思惟せるが為にあらず。却つて之を重く視過ごしたるの結果のみ。発音にせよ、会話にせよ、文章にせよ、たゞ語学の一部門のみを練習するも二年の歳月は決して長しとは云はず。況んや其全般に渉つて、自ら許す底の手腕を養ひ来るをや。（略）篤と考へたる後、余は到底、余の予想通りの善果を予定の日限内に収め難きを悟れり。（『漱石全集第九巻、文学論』、七頁）

英語を習得するには留学年限二年の月日はあまりにも短い。けれども、英文学の研究についても、

過去十年に於てすら、解き難き疑団を、来る一年のうちに晴らし去るは全く絶望ならざるにもせよ、殆ど覚束なき限りなり。／資性愚鈍にして外国文学を専攻するも学力の不十分なる為会心の域に達せざるは、遺憾の極なり。（前同、一〇頁）

という心境であったようである。すなわち英文学を「外国人」である自分がいくら極めようとしてみても、自ずとそこには限界があり、又、限られた年限の中にそれを成し遂げようとするのはなお無理であろうというような思いである。

こうして迷いを重ねた末、漱石が、イギリスでのたった二年ばかりの短い年月の中での語学の上達や英文学の研究に限界を感じたその上で、やっと確かな手応えとして、到達した目的が、

余はこゝに於て根本的に文学とは如何なるものぞと云へる問題を解釈せんと決心したり。同時に余る一年を挙て此問題の研究の第一期に利用せんとの念を生じたり。

余は下宿に立て籠りたり。一切の文学書を行李の底に収めたり。文学書を読んで文学の如何なるかを知らんとするは血を以て血を洗ふが如き手段たるを信じたればなり。余は心理的に文学は如何なる必要あつて、此世に生れ、発達し、頽廃するかを極めんと誓へり。余は社会的に文学は如何なる必要あつて、存在し、隆興し、衰滅するかを究めんと誓へり。（『漱石全集第九巻、文学論』、一一頁）

というように、「心理的に如何なる必要あつて、此世に生れ、発達し、頽廃するか」という観点からの文学研究だったのであった。

そして彼は、その「根本的に文学とは如何なるものぞと云へる」「頗る大にして且つ新しき」問題に、ロンドンの孤独に堪えながら、必死に立ち向かっていったのであった。

こうして、漱石が留学における勉学の目的を、改めて問い直し、（文学とは如何なるものぞ）という「新しき」問題に立ち向かおうと決意したこの時期に、まさにその意気込みを伺わせる資料が幾つか発見できる。例えば、明治三十四年頃の断片に、次のような記述がみられるのである。

一普通ノ人間ノフワくナル事　Dichotomy

〇行動、言語、志操　一貫セズ、故ナク変化ス

咄嗟ノ際ニハ修養ノ功果何レカニ飛去ル

一或人ニハ或時ト場所ニ於テ（一）一定ノ嗜好アリ（二）一定ノ徳義心アリ是ハ推移スベキ者ナリ是事実トシテ存ス必要不必要ヲ論ズベキ者ニアラズ、不必要ナラバ己レキタナキ者ヲ見己レ不徳ノ行ヲ人ヨリ受ケテ平気ナラザル可ラズ

「普通ノ人間ノフワ〳〵ナル事」、「行動、言語、志操、一貫セズ、故ナク変化ス」などに見られるのは、東洋思想の中で、不動を志していた漱石が、克服しようとしていた態度でもあるのだが、それを、ここでは、「一定ノ」ものである、人の「嗜好」や「徳義」も、「是ハ推移スベキ者ナリ」「是事実トシテ存ス」と、ある程度是認している傾向が見られる。これは、先の「ホイツトマン」論の中で見た、漠然としただけの思いから、更に一歩進んでの、以前とは、異なる見方である。儒教の中に縛られて、自己における、一貫しない人間の心の有り様に、あれほど後ろめたさを感じていたはずの漱石が、次第に、それを肯定的に捉えようとする、小さな変化がここには、うかがわれるのである。

更には、明治三十五年二月十六日の、ロンドンからの書簡に、

近頃は文学書抔は読まない心理学の本やら進化論の本やらやたらに読む何か著書をやらうと思ふが僕の事だから御流れになるかも知れません（『漱石全集第十四巻、書簡集』、一九六頁）

と書いていたり、妻鏡子の父である中根重一に宛てた書簡のなかにも次のように、その心の内を示しているのである。

私も当地着後（去年八九月頃より）より一著述を思ひ立ち目下日夜読書とノートをとると自己の考を少し宛かくのとを商買《ママ》に致候同じ書を著はすなら西洋人の糟粕では詰らない人に見せても一通はづかしからぬ者をと存じ励精致居候（明治三十五〈一九〇二〉年三月十五日書簡、『漱石全集第十四巻、書簡集』、二〇〇頁）

この、「何か著書をやらうと思ふ」とのもくろみが、この時期の漱石を支えていたともいえるだろう。

また、明治三十五年三月十日の夏目鏡子宛書簡には、

古人の書を読むと無暗に古人の言行が真似たくなる自分で小説的な人間になつて仕舞ふ若い内はこんな弊がよくあるからよく考へて表面上の役者的人物にならない様にしなければいけない（前同、一九八頁）

と書かれているのである。単に「古人の言行」を真似た人間になることを警戒する様子も見せている。これは、妻への忠告であると同時に、古い思想にばかりあまりにも固執しすぎていた自分自身への提言とも捉えることが出来るだろう。

漱石とジェームズとの出会いは、まさにこうした時期に訪れたものであろうと思われる。

（二）ジェームズへの関心

ところで、こうして漱石がイギリスに留学していた当時、欧米の学界では心理学が流行し、政治学も社会学も又、哲学の分野でも、その新興心理学の研究結果を取り入れ応用していた。

一八八二年二月、ロンドンに世界最初の心霊研究協会（ＳＰＲ）(1)が設立され、超心理学と呼ばれる心的・霊的現象に対する人々の注目が顕著になり始めた。それは、ケンブリッジ大学の科学者や哲学者が中心となって、何等の先入観や偏見に捕らわれることなく心霊現象の科学的研究を行うという目的で組織されたものであり、いわゆる心霊現象ばかりでなく、心理学や精神医学の研究対象になっている分野の研究も盛んに行われていたという。心霊研究協会の創立者や協力者には、世界的に著名な研究者が少なくなかった。哲学者、ヘンリー・シジウィック、物理学者Ｗ・Ｆ・バレット、哲学者Ｆ・Ｗ・Ｈ・マイヤーズを始め、ノーベル文学賞を受賞したフランスの哲学者アンリ・ベルグソン、ハーバード大学の心理学者ウィリアム・マクドウーガル、アメリカ心理学会の会長も務めたアメ

リカの心理学者ガードナー・マーフィーなどの錚々たるメンバーがこの協会に参加していたという。又、例のシャーロック・ホームズもので有名なコナン・ドイル（1859–1930）も、当時このSPRに加わっており、それが彼の後の著作に大いに影響を与えたという事実もあるほどである。[2] そして更に、当時アメリカの心理学界の重鎮であったあのウィリアム・ジェームズも、そのSPRの活動に中心的に参加していたのである。

このSPRの創立をきっかけに、英国はもちろん他の多くの国々でも、同様の協会を設立しようとする動きが活発になり、心理学・超心理学や、心霊学に対する人々の関心はますます高揚されていったという。

すなわちジェームズは、その先端を行く心理学者の一人であったのだ。しかも、漱石が留学中ちょうど渡英したジェームズが、一九〇一（明治三十四）年エジンバラ大学で講演を行っていたという事実もある。この講演は、当時ちょうど出版されていたジェームズの『宗教的経験の諸相』という著作に基づいたものである。漱石との関連については、後に改めて触れることになるが、ここでまず抑えておかなければならないのは、このイギリスでの講演が、ジェームズの宗教観と、その基本的思想概念を強く打ち出したものであったということである。ジェームズによると、宗教とは、目に見えない世界の観念的表現として判断されるものなどでなく、我々の中で動いているのがわかるように、その実在性を明確にするものとして判断されるべきであるという（こうした宗教観についても、前章にみたような漱石の、東洋思想に対する思いに照らし合わせて考えれば、共感できる部分が多々あったに違いないとおもわれる）。

そして先にも既に述べてきたように、漱石は、ちょうどこの時期に刊行されたそのジェームズの著作を、ロンドンで購入したのであるのだが、（その他に購入した書物も多数あったにも関わらず）何故この時期、ジェームズについてひときわ高い興味を向けていったかという点について、改めて考えたい。不思議なことにそうした問題については、これまであまり論じられていなかった。けれどもこうしてジェームズと漱石との関係を調査していくうちに、非常に興味深い事実に出くわしたのである。これまで述べてきたように、漱石は英国で、改めて「文学とは何ぞや」という広大なテーマを掲げ、その結果「心理学の本やら進化論の本ややたらに読」むようになったのであるが、ロンドンで漱石が「ジェームズ」の著作に興味を示し、それらを購入したということは、「やたらに読む」という行為の中での、単なる偶然による作用でなく、実は漱石は英国留学以前から既に、心理学における「意識」という点について、ある程度予備知識を持っており、その当時からある程度の興味を覚えていたからこそ、積極的にこの時期にジェームズへと接近していったのであろうと思われる。

漠然とした形であるにせよ、西洋心理学にある程度の知識と関心を抱いていた漱石が、当時のロンドンにおける「心理学」隆盛の状況を目の当たりにしたときに、ジェームズを手にとるに至ったのは、決して無理のない所以である。

では具体的にたどりたい。

そもそも漱石が、西洋心理学における「意識」という点に、関心を抱き始めるようになったきっかけは、英国留学時が最初のものでなく、彼が帝国大学文科大学英文学科に入学した頃既に、具体的に芽生え始めていたとも言える。明治二十三（一八九〇）年九月に文科大学に入学した漱石が、大学で聴講したと推定される講義は、荒正人氏の『漱石年表』によると、次のように記されている。

（1）フローレンツからシラーの『ウィリアム・テル』やゲーテの『ヘルマンとドロテヤ』など購読する。
（2）野尻精一（教育学）
（3）井上哲次郎（東洋哲学）
（4）ルドヴィヒ・ブッセ（哲学講習）
（5）ルドヴィヒ・リース（史学）

（6）小中村清矩（日本歴史・日本古代法制・国文）
（7）ジェームズ・メーン・ディクソン（英語・英文学）
（8）元良勇次郎（心理学・精神物理学）

ここで注目できるのが、「（8）元良勇次郎（心理学・精神物理学）」である。「元良勇次郎」は、我が国で最初に心理学研究者として自立した地位を獲得した人物である。安政五（一八五八）年生まれの彼は、東京帝国大学の理学部選科生として学んだ後、東京英学校（現青山学院大学の前身）での教職経験を経て米国へ留学。ボストン大学からやがて、ジョンズ・ホプキンズ大学へと移り、そこで師G・スタンレー・ホールと出会った。ホールは、一八七八年ハーバード大学でウィリアム・ジェームズの指導のもと学位を取得した人であり、又、元良自身もボストン大学時代に、ジェームズに直接出会っているという背景がある。やがて元良は、ホールとの共同研究で、論文等も発表し、[3]明治二十一（一八八八）年に博士号を取得して帰国している。

帰国後すぐに帝国大学哲学科の教授に就任した元良が、そこで「心理学」と「精神物理学」を担当し始めたのは、まさに漱石が帝国大学へと入学した、明治二十三（一八九〇）年なのであった。そして元良は同じ年、金港堂から『心理学』という本を出版、それは、やがて日本人による初めてのオリジナルな心理学の体系書として評価されるものとなる。

こうして意気揚々たる若き心理学の研究者に触れた漱石が、その感化を受けなかったはずがないのではあるまいか。恐らく、アメリカ帰りの元良は、講義の中でも、自ら彼の地で直接触れてきたホールやジェームズらの、最先端とも言える学問や、また、その直接のふれあい経験から知り得たエピソードなどの数々も、もしかしたら講義の中に取り入れて、熱弁をふるったこともあるだろう。若き学生漱石は、それを静かに、そして萌える眼をもって、聞いていたのかも知れない。

そんな元良の、当時における学問傾向を知るために、明治二十三（一八九〇）年発行の『心理学』を見てみると、「心理学」について次のように定義している部分がまず見つかった。

（心理学は）所謂人ヲ研究スルモノナリ、夫レ人ハ身体ト精神トヲ有スルモノニシテ精神ハ恰モ海中ノ孤島ノ如ク無意識ナル物質世界ノ大海ニヨリ囲繞サレ各自ノ精神ハ互ニ孤立スルモノナレバ其ノ作用ハ独リ心中ニ現ハル、ノミニシテ直接ニ其ノ感覚ヲ他人ニ知ラシムル能ハズ唯外面ニ現ハル、徴号ニ依リ其ノ一部分を知ラシムルノミ（元良勇次郎『心理学』、二頁）

ここで目を引くのは、心理学という学問を「所謂人ヲ研究スルモノナリ」と説明している所である。更に「意識」について、「意識ナルモノハ精神現象ヲ総括シタルノ謂ニシテ別ニ一種ノ観念アルニ非ズ、寧ロ精神現象ノ要素ト云フベキナリ」とも書かれている。

脳中ニハ種々ナル感覚外官ヨリ起リ又漸ク消滅シ大ニ混雑シ居ルモノナリ、而シテ其ノ中感覚ノ度強キ者ハ意識中ニ於テ明白ニ現ハルルト雖モ感覚ノ度弱キ者現ハレズシテ消滅シ、又意識中ニ明白ニ現ハレ居ル感覚ト雖モ何ホ一層感覚起ルトキハ元ノ感覚ハ意識外ニ出テ無意識トナルモノナリ。（前同、五〇頁）

意識が「無意識」の領域と、そうでない領域に分けられて考えられていることを、この時彼は述べている。又、その「意識」を研究する「心理学者の説」が一定していないことを説いている。その例として、例えば、次のような部分がある。

心理学者ノ説一定セズ、一説ニ由レバ我トハ即チ霊魂ニシテ先天的ニ存在スルモノナリ、我ハ感官ノ管理者ニシテ感官ハ我ノ器械ニスギズト云ヒ、他ノ一説ニ由レバ我ナルモノハ感官ノ感覚ヲ離レテ別ニ存在スルモノニ非ス恰モ重量ヲ有スル物体ヲ離レテ別ニ重力ノ中心ノ存在シ能ハザルガ如シト云フ。（前同、五四頁）

この『心理学』は明治二十三（一八九〇）年に発行されたものであるので、漱石がちょうど元良から「心理学」

の講義を受けたのとまさに同じ時期での発行である。すると、彼の講義内容も、ほぼこの書に基づいたものであろうという推定をすれば、漱石に於ける「意識」への関心が、この時点である程度導かれ始めたと推測することは可能であろう。

又、当然漱石はこうした幾つもの一定しない「心理学者の説」として、ジェームズの名前も聞いていたのかも知れない（この書には、ジェームズへの直接的言及は見られないが、後に書かれた元良勇次郎『心理学綱要』（明治四十〈一九〇七〉年）などの著作には、「ゼームス」という表記で数ヵ所にその論究がなされている）。漱石は帝国大学在学中、心理学を担当していた元良の講義の中で恐らく、ウィリアム・ジェームズについてもある程度、知識として得ていたかも知れない。

更には、この元良の元で心理学を修め、当時ジェームズを読み興味を感じていたという松本亦太郎[4]は、漱石と同時期に帝国大学に入学した一人である。哲学科の米山保三郎や狩野亨吉等との交際を通じて漱石も、その松本とも交流をもっていたらしいということも又、事実として分かっている[5]。

元良や松本、そして米山等との交流、及び、漱石が先に見たようなホイットマンに関する論文を『哲学雑誌』に発表していること（当時元良を初めとしての心理学論文や、又、ジェームズについての紹介文なども、この『哲学雑誌』の中に盛んに掲載されていた[6]）なども、それを推定させる材料として充分考えられるように思われる。

漱石がロンドンでジェームズを購入したのは、そして、そのジェームズからの影響を強く受けて、「文学とは何ぞや」というテーマに挑もうと決意したのは、彼が、〝ロンドンで知ったジェームズ〟に感銘を受けたからではなくむしろ、こうした学生時代からの予備的知識や、漠然とした関心が、当時の西欧の学界における心理学隆盛の現況を知ることにより、改めて呼び起こされたからであると思われる。

東洋思想に、自らの限界を感じていた漱石は、ここで改めて、西欧に目を向けた。そしてその時に、ジェームズを崇拝する人々によって過去から少しずつ導かれ、育まれてきていたそのジェームズへの興味関心が、次第に膨らんでいったのである。

こうして、留学中のロンドンで、改めて、出会ったウィリアム・ジェームズを、漱石の著作の中にはっきりと確認できるのが、先ほどから何度も取り上げているあの『文学論』なのである。

そもそも『文学論』とは、明治三十六年九月から同三十八年六月まで、「英文学概説」と題して帝国大学文科大学英文学科で行われた講義内容をまとめたものであるのだが、主たるその構想は、序文にも示されているとおり、漱石英国留学の最中に練り上げられていたのである。

これは、即ち、作家夏目漱石としての第一作「吾輩は猫である」を完成させるよりも、更に以前の段階であるという事実から、ごく初期の漱石を考える上で、見逃してはならないと思われる。

(三)『文学論』(1)

では、具体的に考えたい。『文学論』の中の意識は、どう捉えられているのであろうか。

本論第一章でも既に触れてきたように、漱石の意識に関する見解は、『文学論』の中に顕著な形で見られるものである。改めて詳しくみてみたい。まず、「意識」に関する定義というものが、この『文学論』の時点では、

さきに余はFを焦点的印象若しくは観念なりと説きしが、こゝに焦点的なる語につき更に数言を重ぬるの必要あるを認む。而して此説明は遡りて意識なる語より出立せざるべからず。(略)意識の説明は「意識の波」を以て始むるを至便なりとす。此点に関しては、Lloyd Morgan が其著書『比較心理学』に説くところ最も明快

なるを以て、此処には重に同氏の説を採れり。（『漱石全集第九巻、文学論』、三〇頁）

とあるように、ロイド・モーガンの著述による影響を多大に受けていることを、漱石が自ら示している部分がある。すなわち『文学論』における「意識」の見方は、まず、「モーガン」から出発しているのである。けれども、モーガンの「意識」に対する把握、いわばこうしたモーガンから示唆された意識への視点が、『文学論』の中で、そのまま〝モーガン通り〟、「モーガン」の論を踏襲しながら進行しているのかといえば、そうとも又いえないのである。

例えば岡三郎は、「『文学論』の冒頭の一節を解析しただけでも、漱石の意識理論が直接依拠しているものは、『現代科学叢書』の中のモーガンやクリプチャーによる心理学書であることがはっきりと確認できる」としながらも、当時の漱石が記したモーガンに関するおびただしいメモの分析により、次のような結論を下す。

漱石の思索がモルガンやクリプチャーやリボーの心理学に基づきつつ、独創的な展開を示すのは、その意識理論からの大胆な推論によってである。（岡三郎『夏目漱石研究第一巻』）

それは、更に次のような漱石の『文学論』に関するメモを呈示した上で

余ハ今之ヲ説明セントス（出来ル限リ明瞭ニ）人間ノ意識ノ a moment ヲ捉ヘテ之ヲ解剖スレバ a wave of consciousness トナリ而シテ此 wave ニ focal idea アルヲ認ム他ハ marginal ナリ猶下ツテハ infra conscious ナリ、他人ノ行為、思想ガ我ニ appeal スルハ（言語文章ヲ通ジテ）、此 focal idea ガ等シキ場合又ハ喚起サレ易キ marginal part ニアル場合トス。（村岡勇編『漱石資料――文学論ノート』[7] より）

「此処まではモルガンであるが、この後が漱石の着想である」というのである。岡は、モーガンを経た漱石が、そこからオリジナルな意識論を展開させていく、と分析する。

また更に、それを裏付けるために、漱石による次のような構想メモをあげている。

コハ一個ノ一 moment ニ就テ云フモ一代即ち一個人ノ集合体ニモ亦 a moment ノ consciousness アリ其 consciousness ノ中ニハ矢張 focal idea ト marginal トアリ。此 focal idea をFニテ示セバF＝n・fナリ　fハ一己《ママ》人ノ focal idea ヲ云フ（前同）

すなわち岡はこの部分に見られる漱石の見解が、モーガンの「意識」をそのまま引用しているものとはいいがたいという見解を示しているのである。その根拠として、漱石の論が、「一個人の一瞬の意識の特徴から徐々に類推を広げて、遂に五十年百年に及ぶ集合的意識の構造にまで法則の応用範囲を拡大し」ているということをあげ、それが既にモーガンの『比較心理学』の意識理論を超えたものであるという、詳細なる分析を繰り返す。

ここで岡がしきりに、その論を進める上での基となる、『文学論』における「漱石的」なる解釈とは、次のような見解である。

凡そ意識の一刻にFある如く、十刻、二十刻、さては一時間の意識の流にも同じくFと称し得べきものあるにはあらざるか。今吾人が趣味ある詩歌を誦すること一時間なりと仮定せんに、其間吾人の意識が絶えずaなる言葉よりbなる言葉に移り、更にcに及ぶこと以上の理により明らかなれども、かく順次に消え順次に現はるゝ幾多小波形を一時間の後において追想するときは其集合せる小F個々のものをはなれて、此一時間内に一種焦点的意義（前後各一時間の意識に対し）現然として存在するにはあらざるか。半日にも亦如此Fあり、一日にも亦然り、更に此を以て推せば一年十年に渡るFもあり得べく、時に終生一個のFを中心とすることも少なからざるべし。一個人を竪に通じてFある如く一世一代にも同様一個のFあること亦自明の事実にしてかゝる広義に於てFを分類すれば、

（一）一刻の意識におけるF

（二）個人的一世の一時期におけるF

> （三）社会進化の一時期におけるF
> となり得べきなり。（『漱石全集第九巻、文学論』、三二頁）

確かに、こうした叙述を見てみれば、より広大な「F」の存在について考えるとき、岡のいうように、「漱石が自分の言葉で、モルガンから吸収した一瞬の〈意識の波〉という意識理論を〈一代即チ一個人ノ集合体〉に応用して」いる（傍点・筆者）、すなわち、この部分がモーガンを経て自己の意識論を導き出した漱石の、オリジナル性なのである、と見ることも出来るだろう。

これはまさに適切なものとも思われるが、ただ、モーガンを経た漱石が、そのまま真っ直ぐに、自己理論を構築させるに至ったかというと、まだそれは一概にこの時点では、断定することは出来ないように思われる。

例えば、『文学論』に関する意識の捉え方の論として、杉山和雄は、

> 漱石は『文学論』においては、意識の焦点をFとし、それを中心とし、文学を形式的に叙述説明したのみであった。文学の必要性とか、価値とかいうものには、一切ふれなかった。それ故、そういう方面で、彼がロンドン以来抱いていた思想を、この講演で纏めて発表しようと思い立ったのであろう。（杉山和雄「ウィリアム・ジェームズの漱石への影響」）

というように、漱石とジェームズとの関係を見る上でその基礎となるものは、やはりまずこの『文学論』にあるのであって、後の講演「文芸の哲学的基礎」は、ロンドン時代の『文学論』を「より詳細に引き継いだもの」との見方を示している。

『文学論』の冒頭に示されたモーガンの意識論から出発した漱石は、そのままモーガン通りに進んで行くことを良しとしなかった代わりに、独自の意識論を構築していく過程において、ここでロンドン時代に詳細に読み込んでいたと思われる、あのジェームズに強い興味を示していくようになるのである。

確かに、『文学論』の中には、ジェームズからの直接的引用が、いくつも確認されるのである。実際に、漱石蔵書として遺された、ジェームズの著書の原本には、漱石自身の手による書き入れや線引きが数多く発見できるので、これらが、ジェームズの影響を考える絶好の材料となるのである。

中でもまず第一に、当時購入し読んでいたと見られるジェームズ著『心理学原理』の中の、上巻第九章「思考の流れ」にのみ、漱石の線引きが集中していることから、これを根拠として、『文学論』の第一章で定義されている「意識の推移」の部分に、その影響を見るというものがこれまでの多くの見方でもあった。「意識」という言葉を手がかりに、ジェームズを見ていけば、まずは『心理学原理』に行き当たるのは、もっともであると思われる。

『文学論』における

意識の一小部分即ち意識の一瞬時をとりこれを検するに必ず其うちに幾多の次序、変化あることを知る。（略）

意識の時々刻々は一個の波形にして（略）波形の頂点即ち焦点は意識の最も明確なる部分にして、その部分は前後にいわゆる識末なる部分を具有するものなり。而して吾人の意識的経験と称するものは常に此心的波形の連続ならざる可らず。（『漱石全集第九巻、文学論』、三一頁）

という意識の解釈が、『心理学原理』においてジェームズが定義する意識に関する基本的性質、意識の四つの性質―それはどのように進行するのか。

（1）すべての「状態」は、人格的意識の一部をなす傾向を持つ。
（2）すべての人格的意識の中においては、状態は常に変化しつつある。
（3）すべての人格的意識は連続したものと感じられる。
（4）すべての人格的意識はその対象の中のある部分にのみ興味を持ち、他の部分を除外し、絶えず歓迎排除

―ひとことでいえばその中から選択―をする。（ウィリアム・ジェームズ『心理学原理』）

という、「意識」のあり方と非常に共通性を持った考えであることは、たしかに否定できない。けれども、だからといって、『文学論』が、ジェームズの、特に『心理学原理』からの応用であるということは、ここからだけの判断ではまだ早急であり、更に深い考察が必要であるように思われる。

（四）『文学論』（2）

ここで改めて、『文学論』におけるジェームズへの直接的論究をまとめてみたい。

まず、第一には、第二章の「文学の基本的成分」のなかで、次のような引用がある。

James曰く　是等の下等情緒を論ずる自然の経路は、先づ、或事実を知覚し、其結果として情緒と名づくべき心的感情を誘起し、此状態更に進んで肉体的表白を発するに至るべきなれども、余の説は全然この反対に出づるものにし、即ち興奮的事実の知覚に次ぐに直ちに肉体的変化を以てし、此変化はやがて情緒として現るゝものなるべきを信ず。（Principles of psychology『心理学大綱』第二巻、四四九頁）（『漱石全集第九巻、文学論』、七五頁）

ここで「恋」についての文学的見方として、漱石は、「所謂恋情なるものより両性的本能即ち肉感を引き去るの難きは明らかなりとす」と、いうのであるが、その根拠として、ジェームズの論を引用している。確かに『心理学原理』の第二十四章「情動」に、次のような部分がある。漱石の訳出したものとほぼ同じとは思われるが、参考の為に、今田寛氏の訳にて、改めてここに呈示する。

我々がこれらの粗大情動（筆者注・ジェームズは前項において、「怒・恐・愛・憎・喜・悲・恥・誇・及びそれらの変形は、比較的強い身体的反響と結合しているので、粗大情動ということが出来る」と述べている）について考えるとき、自然な考え方は、ある事実の心的知覚が、情動と呼ばれる心的感動を喚起し、この心の状態が身体的表出を巻き起こすと考えることである。私の説はこれに反して、身体的変化は刺激を与える事実の知覚の直後に起こり、この変化の起こっている時のこれに対する感じが即ち情動であるというものである。（ウィリアム・ジェームズ『心理学原理』）

但し、漱石の手沢本には、この部分への書き込みや線引きは見られない。単に、紹介としてこの部分を引用したに過ぎないのかも知れない。けれども漱石がジェームズをこうして引用し、自己の『文学論』の中に取り入れていたという事実は、即ち、ジェームズの思想、原理が漱石の中で、影響を与え始めているということが十分に推測できるものである。

『文学論』の中でのジェームズの引用は、まだ他にも見られる。

凡そ宗教的情緒の強烈なることは古今東西に通じて争ふ可からざる事実にして、読者若し其一般を窺はんとせば宜しく宗教史或は高僧伝を繙くべし。宗教に冷淡にして、神の何たるものたるやを解し得ざる日本人にありては到底其猛烈の度合を夢想だに入るゝこと能はざるべし。然からば何故同じく抽象的の性質を帯びるFが場合によりて之に伴ふｆにかくの如き強弱の差異を生ずるかは趣味ある宿題なるを以て後段に詳述するところあるべし。（参考書としてはLombrosoのMen of Genius ; JamesのReligious Experience ; Lives of Saints等適当なるべし）

　而して此種の情緒が精神及び肉体に及ぼす影響はVisionと云ひ、Ecstasyと云ひ、Raptureと云ふ。其の著しく生理的なるを見ても如何に其力の猛烈なるかを知るに足らん。（『漱石全集第九巻、文学論』、一一六頁）

ここでは、焦点的印象又は観念として定義されていた「F」について、それを「文学的内容たり得べき」ものとして、分類している。「感覚」（自然界）である「F」、「人事」（人間の芝居、即ち善悪や喜怒哀楽を鏡に映したるもの、として）の「F」、「知識」（人生問題に関する観念）の「F」と、同時に、「超自然」としての、所謂宗教的なる事象に対しても、「F」が存在するとして、宗教的なる焦点的意識について述べた上で、「宗教的情緒の強烈」さを示す実例の「参考書」として、「James」の「Religious Experience」などを呈示しているのである。

漱石が参考として上げる『宗教的経験の諸相』の中でも、この部分については、おそらく次のように述べられている箇所であろう（下線部は、漱石手沢本の中に、アンダーラインが見られる箇所である）（注・以下、手沢本に、明らかに漱石のアンダーラインが見られる部分については、出来る限り原文も引用して、明示することとする。但し、メモや線引きの見られない部分について、又、全体を漠然と示すような線引きについては、敢えて原文を提示せず、訳出のみの引用とする）。

Consider also the 'religious sentiment' which we see referred to in so many books, as if it were single sort of mental entity.

In the psychologies and in the philosophies of religion, we find the authors attempting to specify just what entity it is. One man allies it to the feeling of dependence ; one makes it a derivative from fear ; others connect it with the sexual life ; others still identify it with the feeling of the infinite; and so on. (＊＊＊＊) and the moment we are willing to treat the term 'religious sentiment' as a collective name for the many sentiments which religious objects may arouse in alternation, we see that it probably contains nothing whatever of a psychotically specific nature. There is religious fear, religious love, religious awe, religious joy, and so forth.

多くの書物が、「宗教情操」を目して、心という実体の一種であるかの如くに記すが、この宗教情操について考えたい。

宗教心理学や宗教哲学の著者たちは、宗教情操の実体が何であるかを明示しようと企てている。著者甲は、宗教情操を依頼の感情と関連せしめ、乙は、これを恐怖心から催し、丙はこれを制欲生活と連絡せしめ、さらに丁は、宗教情操を目して、無限者への思慕の感と同視し、その他種々の異見がある。（略）世には宗教的恐怖、宗教的愛、宗教的畏敬、宗教的歓喜など、様々なものがある。しかし、宗教的愛とは、人間が宗教対象に面する時の、自然なる愛の感動に他ならない。宗教的恐怖とは、交際に起る通常の恐怖であって、いわば神罰という観念がこれを起こすときの、人心の通常なる戦慄である。宗教的畏敬とは、我々が幽冥の森や峡間において感ずると同じような身震いである。かかるとき、即ち我々が己の超自然的結縁を思うときにのみ、宗教的畏敬が我々におそうて来る。また招かれて宗教信者の生活に働くらしい種々の情操一般についても、同じことがいえる。感情に特殊の対象を加えて成立した具体的精神状態として考えて見ると、宗教的感動ももちろん、他の具体的感動と異ならない心理的実体である。去ればとて、単一の抽象的「宗教的感動」が、判然たる基本心情として孤立し、各宗教経験に漏れなく存在す、という説を推定すべき根拠は、少しも存しない。（邦訳は、W・ジェームズ著、比屋根安定訳『宗教的経験の諸相』、昭和三十二年六月、誠信書房による。以下同。なお、邦訳文については、その内容を更に詳しく呈示するために、英文引用より広範囲に渡って引用する場合もある）

手沢本の調査によれば、この第二講の「項目の範囲」に、漱石は、「Religious emotion ハ distinct elementary affection ニアラズ」というメモをかきこんでいる。

ジェームズはこの第二講で、宗教的情緒も、制度や戒律などに縛られた特殊なものではない、極めて通常なる心理的状態であることを強調する。

そして漱石は、ジェームズの宗教的情緒の捉え方を高く評価していることが発見できるのである。

又、『文学論』第三章では、章の目的について、「此章に於て説くところは、己を以て物を解するを主脳とする投出語法にあらず、物を以て己に適応するを眼目とする投入語法にもあらず、全く自己なるものを離れたる外物間の聯想なり」と述べた上で、

人間の聯想は頗る放逸なる性質を有するを以て、かゝる大膽なる総合も尚斯道の大家を瞞着し得たるなり。心理学者Prof. James曰く「同一の国語より成立し、文法上の誤りなきときは、全然無意味の文字の集合も咎められずに受けとらるゝこと屢なり」と。（前同、二八九頁）

と、ジェームズを引用している箇所がある。これは、ジェームズの『心理学原理』「意識の流れ」の中の、次のような部分によるものである。

我々が聞く言葉のすべてが同一国語に属し、またその国語の中の同じ特殊な語彙に属し、また文法上配列もよく知っているものであることが漠然とわかるということは、我々が聞いていることは意味があると認めているのと事実上同じことである。（略）

逆に、語が同一語彙に属し、文法上構造が正しいときには、全く意味を為さない文でも、語られると信じられ攻撃を受けないですむことがある。

ここにおいて漱石は、「人間の聯想は頗る放逸なる性質を有する」ことをジェームズを引き合いに、論証しようとしているものと思われる。

更に『文学論』には、次のような部分もある。

Prof. Jamesは其著The varieties of Religious Experienceに於いてかゝる例を挙げたり。（一七九頁）曰く某なるものあり、二年間一女子を愛したるに、一日忽然として其愛を失却して遂に回復するを得ず。女より寄贈せる手翰及び物品を悉く火中に投じて已めりと。Star buckはこれに反して其著The Psychology of Religion（一四一頁）に、憎念の突如として愛情に変化せるの例を引けり。曰く某あり。知る所の女教師某を厭ふ事甚し。一日両人廊下にて、はたと出会す。女教師に特異の挙止動作あるにあらざりしも、其時より不図之を慕ふに至れりと。斯如きは漸移の原則を以て説明すべからざるが如し。James の解釈によれば此現象を以て識域下の胚胎となすに似たり。是漸移論を識域下に応用せると異なるなし。只識域下の事に関しては漸移を立すると共に何事をも立し得べくして、而して遂に之を験するの期なきが故に余は此説の余に近きにも関はらず、賛否を表する能はず。（『漱石全集第九巻、文学論』、四七四頁）

これも、ジェームズの『宗教的経験の諸相』の中の、第八講「分離せる自我、其統一への過程」の中に見られる部分である。漱石は、ジェームズの文章を殆どそのまま引用しているのである。

当時二カ年の間、自分は頗る悪い経験を味わったので、気が狂いそうであった。自分は一少女と激しい恋仲になった。彼女は若かったけれど、猫のような淫靡な性質であった。（略）当時自分は熱病に罹り、他のことは一つも考え得なかった。

奇妙なことに、自分は急にしかも予期しない仕方で、恋愛を止めてしまった。（略）自分は今迄蔵した彼女の遺物全体をすぐに取り出した。その中には、髪数筋、書付、手紙、硝子写真があった。自分は、毛髪、書付、手紙を焼き、写真は実際にかかとで踏みにじり、復讐と刑罰を加えたとて、激しく喜んだ。今や自分は、全く彼女を嫌悪し、侮蔑した。

スターバック教授は、これと同じ例を示し、憎悪が愛に激変した例を、その著書『宗教心理学』一四一頁で挙げた。（『宗教的経験の諸相』、一八四頁）

そしてジェームズは、この部分の解釈として、「もし恋に陥ることの反対である失恋を回心と称し得るならば、この文書は頗る珍しくない回心を、如実に示している。無意識層の潜在的過程は、取り返しのつかない災害が起こる事実を、しばしば未然に感ずるものである。恋に陥ることが、この消息を知ることはしばしばである」と、述べている。これが、先に挙げた漱石の、「此現象を以て識域下の胚胎となすに似たり」という部分に相当するのである（手沢本については、この部分の書かれている節全体に、線引きが為されている）。

以上簡単にではあるが、『文学論』の中でのジェームズの引用箇所を改めて検討してみると、多くの諸氏が指摘するように、明らかに『文学論』の時点から、ジェームズの影響が強く見られるのは事実である。特に、当時漱石が所蔵していたと見られるジェームズの著作からいえば、『心理学原理』というよりは、寧ろ『宗教的経験の諸相』について、この『文学論』でのより強い影響を感じとることが出来るように思われる（それは、又、先にも見たように、ロンドン留学時におけるジェームズの講演活動が、この『宗教的経験の諸相』を中心に為されていたという事実にも、大いに関わりのあるものであろうと思われる）。

具体的なる検証からの、筆者のこうした印象を根拠として、以下、『宗教的経験の諸相』を中心として考えたい。

（五）『宗教的経験の諸相』

そもそも、『宗教的経験の諸相』は、副題として「——人間性の研究——」と付けられていることからもわかるとおり、宗教と言う言葉を用いてはいても、心理学者であるジェームズの立場からいえば、主題となっているものは、宗教制度や宗教史などでなく、宗教的感情と宗教的衝動と定義されているものである。ジェームズは宗教を示す範囲として制度宗教と個人宗教との区別をあげ、礼拝と教義・手続き・組織などを以て制度と見なす、いわゆる外的仕業としての制度宗教を否定して、人間の内的性質（感情・思想など）を構成する、一個人の心的世界を凝視しているのである。

『文学論』の中で、先に呈示したように、岡によって指摘された、いわゆる漱石的なる意識の解釈の中に見られた、「モーガンを超えた、漱石的解釈」が、改めて、こうしてジェームズの引用を見てみると、明らかに、『宗教的経験の諸相』を経由した見方が強いように思われる。

『宗教的経験の諸相』の中に見られる漱石のメモ書きは、蔵書全体に渡って多く残されているのであり、例えば、『漱石全集』に見られるだけでも次のようなものがある。

○ Ribot モまた此効能ヲ述ベタリ

○然り

○ Conversion ヲ受ヌ人ニテモ同様ノ Natural goodness ヲ有　スルナリ

○ Photisms 無尽燈論ニ所謂幻境ナル者カ

○ Saints は Ideal Society ニ　adapt スルナリ

○ James ノ解釈、普通ノ consciousness ハ意識ノ一種ナリ

○ Bucke ノ cosmic consciousness 禅者ノ口吻ト似ルコト甚シ

ここで、特に、注目できることは、「James ノ解釈、普通ノ consciousness ハ意識ノ一種ナリ」とあるメモが、ジェームズの説く「潜在意識」の講に遺されているということである。それは、次のように示される。

我々の通常意識、いわゆる合理的意識が意識の特殊型に過ぎず、その周囲には頗る薄い膜を隔てて、全く違う意識の可能が存する、ということである。我々は、これの存在を思わずに、人生をたどる事が出来るかも知れない。しかし、過度の刺激を与えると、忽ちにして上述の意識が完全に現れて来り、おそらくこれは何処かに応用と適応との境界を有する確然たる精神現象の型を為すであろう。（『宗教的経験の諸相』三九五頁）

漱石はこのあたりにも、（特にジェームズの強調したい部分——原著ではイタリック体で示されている——に）アンダ

ーラインを付している。それは、次の通りである。

Not only do they, as contrasted species, belong to one and the same genus, but one of the species, the nobler and better one, *is itself the genus, and so soaks up and absorbs its opposite into itself*.

世界の反対的諸相は、対立せる種属として、全く同一の種類が所属するのみならず、もっと高尚な良い種属の一つが、それ自ら一つの種類であり、かくて反対者を自身の中に吸収し、溶解している。

すなわち、我々が実際に認知する印象や、通常の覚醒意識というものは、一つの意識のサンプルにすぎず、その見えざる部分には、さまざまなる形を呈した「多」「他」の意識が、潜在的に存在しているというのである。

また、「〇 Bucke ノ cosmic consciousness 禅者ノ口吻ト似ルコト甚シ」のメモは、ジェームズが引用する「ブッケ博士の理論」について述べているものである。少々長くなるが、それは以下の通りである。

カナダの精神病学者R・M・ブッケ博士曰く「宇宙意識のもっとも顕著な例は、我々の熟知する自意識的精神の単に拡大や膨張せるものでなく、尋常人の有する機能とは異なる機能を付加せるものである。極端な宇宙意識の機能が、尋常人の機能と異なる有様は、あたかも、人の自己意識が、他の高等動物の機能と違うが如きである」と。

「宇宙意識の主要なる特徴は、宇宙に関する意識、即ち宇宙の生命及び秩序に関する意識に存している。宇宙に関する意識に伴って、知力上の啓蒙が起こる。この啓蒙は、新しい方面の存在に、個人を捉え——かれをして、ほとんど新種族の一員たらしめるであろう。これに加うるに、道徳的向上の状態、向上、上機嫌、喜悦の名状しがたい感、道徳観の勃興がある。これは、十分に顕著たるもので、知力の増進より重要なものである。これらのものとともに、霊魂不滅の感と称せられるもの、永遠的生命の意識が来る。これは彼が不朽の生命を握るはずであるという確信でなく、既に獲得しているという意識である。」

（『宗教的経験の諸相』四〇六頁）

漱石はこの部分については、「Cosmic consciousness」（宇宙意識）の部分にアンダーラインを示している。

このほかにも、『宗教的経験の諸相』の中には、数々の線引きが、主にこうした潜在意識に関する部分に多く見られる。

先にも指摘したように、『宗教的経験の諸相』の中の漱石の線引きは、全編に渡ってかなり為されているので、その一つ一つをここに提示することは紙幅の都合上不可能であるが、例えば、その最終章である、「第二十講、結論」の部分だけを示せば、それは次の通りである。

まずは、第二十講、冒頭にジェームズが「宗教的生活の特徴」を纏めている部分、

一、見ゆる世界は、もっと霊的な宇宙の一部分であり、見ゆる世界は、その主要なる意義を、この霊的宇宙から引いている。

二、かのもっと高い宇宙と融合し、調和的関係を結ぶことが、我々の真の目的である。

三、祈禱、あるいは、上述の霊との内的融合――その霊が、「神」であろうが、「法則」であろうが、構わない――は、仕事が真実に為される過程である。霊的精力が現象世界の中へ流れ込み、心理的あるいは物質的の効果を生むのである。（『宗教的経験の諸相』、四九八頁）

に全体的に線引きをしている。又、信仰心は極めて個人的な性格を持つものであること（「全く同一の困難に遭ったものが二人とはいない、我々は同一の解決をなそうと、期待してはならぬ。各人は彼独自の見地にたち、各人独自の仕方で処さねばならぬ事実と困難とのある境界を占めている。」）や、宗教に対して、知識を持つことと、信仰心とは全く別のものであるということ（「事物に関する知識は事物そのものではない。科学は宗教の原因や要素について、全て了解するに至ったかもしれない。」「（けれども）もし宗教とは、神の本源や人の本源を真に発達させる機能であるなら、たとえ、偏

狭にせよ、宗教生活を営む人は、たとえ多くとも単に宗教を知るものよりも、もっと良い僕である。生命について知ることと、生命の中に有効に地位を占め、生命の動的流れをして何時の実体に貫通せしむることとは別物である。」）という部分、意識界の内的性質を説く部分（「意識界に、意識界が感じ或は考える対象を加え、これに対象に対する態度を加え、これに態度が属する自我の感を加える。――」）などにも線引きが見られる。そして、ジェームズがこうした宗教的考えを「他の科学と関連させて」説明している部分、「The subconscious self」に太い線を引いているのである。

更にジェームズが、纏める次のような箇所、

意識する人は、救いの経験の通路であるもっと広大な自我と連続するという事実であって、この事実の中に宗教経験の明白なる内容がある。

我々の実体のもっと広い限定は、私の見るところ、感じ得る又単に「了解し得る世界」から去って、全く別種の存在範囲の内に飛びいるらしい。これを神秘的領域と称するも良し、超自然的領域と呼ぶも良し、名称は諸君の選択に任せる。（略）我々は、この可見的世界に属する感よりも、もっと親密な感を以て、上述の神秘的又超自然的領域に属している。（『宗教的経験の諸相』、五三一頁）

にも傍線が引かれており、その関心の強さを示しているのである。

漱石はこの段階で、「潜在意識」の問題、「神秘的又超自然的領域」に、ひどく興味を覚えており、それに対する何らかの見解を、自らの中からもどうにかして導き出そうとしていたようにさえ思われる。

漱石が、ジェームズの『宗教的経験の諸相』の中でも特に、通常の意識を超越した、未知なる意識空間に多大なる感心を示していたという傾向を、こうした分析より、我々は知ることが出来るのである。

又それは先ほどのメモからも明らかなように、ジェームズにふれる前、あれほど混沌として、自らのものとしてはっきりと確信することが出来なかった「悟り」の境地にさえ、こうした「広大なる」「潜在意識」の存在を認識

することで、漱石はそれを理解しようとしているようにも思われる。

ここにおいて再度言及すると、漱石は東洋的なる見方を引きずって留学した彼の地英国において、当初、モーガンを初めとする、多くの心理学の分野から「意識」の概念を取り入れて、文学解明を試みた。それが『文学論』なのである。やがて当時ちょうど手に入れたジェームズの著作にふれたとき、自らの意識をも含めて、見えざる部分の存在を、肯定的に捉え直す勇気というものを得ていたのだろうと思われる。東洋思想の前で、絶対なるものの前に成すすべもなくただ佇んでいた漱石が、この著によって「潜在意識」や、「広大なる意識」の存在を知ったとき、彼の意識に対する新たなる見解が、ここで次第に確立し始めたのであった。

そして、モーガンを超えて、彼自身の見解として、自己を含めてそれを理解するための手がかりを、持つように至ったと思われる。

『宗教的経験の諸相』において、「潜在意識」の存在に、こうして何らかの手応えを感じた漱石は、より広大な自己の存在が、いわゆる「意識」を超えたところで存在するという示唆をえた。それは、彼が、「悟り」としてあれほど希求した、自己を超越した自己というものにまで、彼を導くことの出来るようにさえ感じられる、決して強固でも、厳格なるものでもない、何か柔らかなる誘いとして、その潜在意識の存在を感じることが出来たのではあるまいか。

例えば、漱石の処女作で、明治三十八年に発表された「吾輩は猫である」の中で、漱石の一分身とも見られる迷亭に、ジェームズを引き合いに出して語らしめている部分が見られるが、それが明らかに、この「潜在意識」に関する言なのである。

迷亭が主人公苦沙弥先生と寒月君に向かって、「誰でもこの松の下へ来ると首がくくりたくなる」という「首懸の松」にいったときの事を語る言葉で、

「見ると、もう誰か来て先へぶら下がつて居る。たつた一足違ひでねえ君、残念な事をしたよ。今考へると何でも其時は死神に取り憑かれたんだね。ゼームス抔に云はせると副意識下の幽冥界と僕が存在している現実界が一種の因果法によつて互に感応したんだらう。実に不思議な事があるものぢやないか」迷亭は済まし返つて居る。（『漱石全集第一巻、吾輩は猫である』、六九頁）

と述べているところがある。「副意識下の幽冥界」とは、明らかに、ジェームズの説く「潜在意識」の問題であると思われる。

また同じ「吾輩は猫である」の中で、

「ハ、、、是は面白い。僕の経験と善く似て居る所が奇だ。矢張りゼームス教授の材料になるね。人間の感応と云ふ題で写生文にしたら屹度文壇を驚かすよ。そして其〇〇子さんの病気はどうなつたかね。」（『漱石全集第一巻、吾輩は猫である』、七二頁）

という部分もある。

作品の中に直接ジェームズを引用しているのは、初期の段階では、この「吾輩は猫である」のみではあるが、初期作品の中に、それを反映させていると思われるものについては、外にも更にいくつもの部分において考えられるものがある。それこそが、漱石的意識の、この時期における解釈であろうとも思われるが、そのような具体的作品論としての更なる分析は、後の章に譲ることとして、まずは、ジェームズに関する漱石的理解の分析について、更に、蔵書の中から探っていくことにしたい。

二　第二期　流れる意識
――『心理学原理』への共感――

既に見たように漱石は、ジェームズの『宗教的経験の諸相』と『心理学原理』の二冊について、英国留学中に買い求めていたのであった。けれども、そのときの漱石は、同時に購入した二冊のうちでも、まずは特に『宗教的経験の諸相』のなかのジェームズの主張にこそ、強く心を動かされていたようである。それは（後に提示する作品論に至ってよりはっきりとした確証を示すことが出来るのであるが）、前章における分析から導いた、筆者の一つの結論でもある。

けれども、次第に時を経て、漱石はその「意識」に対する関心を変化させていくようになる。すなわち、『宗教的経験の諸相』では、何度も繰り返して述べている様に、主に潜在意識の部分にのみ、その興味を集中させていたのだが、次第に、その意識なるものの流動的なる性質へと、興味のまなざしを向け始めていくようになる。それが、漱石蔵書目録中にある、ジェームズの著作のうちの更なる一冊の『心理学原理』における受容の問題と深く関わってくるのだが、では、その『心理学原理』は漱石の中で、どう取り入れられているのであろうか。

それは、作品『坑夫』の執筆の問題としても、いくつもの資料から分析できることである。従って、『心理学原理』について、漱石がもっとも強く影響を受けたと推定される時期は、『宗教的経験の諸相』より遅れて、明治四十年前後の頃ではないかと思われるのであるが、まずは、その頃の漱石について、時代や社会との関わりの中で、関連性を辿りたい。

（一）揺れる心

そもそもジェームズの影響を多大に受けて、書かれたと思われる作品『坑夫』は、明治四十一（一九〇八）年の一月から四月にかけて、「東京朝日新聞」と「大阪朝日新聞」に連載されたものである。この作品は、漱石が、前年の明治四十一年朝日新聞入社の後、六月から十月まで始めて連載小説として手がけた『虞美人草』に続く、第二作目のものであった。

では、この辺りからまず、漱石の軌跡を辿りたい。

漱石が朝日新聞社に正式に入社を決意したのは、彼が、東京朝日新聞の主筆、池辺三山の来訪を受けた明治四十年三月十五日のことである。

当時漱石は、東京帝国大学文科大学講師、及び、第一高等学校教授としての職にあった。これは、明治三十三年から満二カ年間の英国留学を終えて後、着任した地位である。

しかし、このときの漱石の心境は、自らを教育者たらしめておくことに、大きな憤りを感じていたらしい。明治三十八年五月九日、彼は愛媛県今出町に住む、松山時代からの友人、村上半太郎宛に、次のような手紙を送っている。

小生は教師なれど教師として成功するよりはヘボ文学者として世に立つ方が性に合ふかと存候につき是からは此方面にて、一奮発仕る積に候然し何しろ本職の余暇にやること故大したものも不出来ただ御笑ひ草のみに候

（『漱石全集第十四巻、書簡集』、二九七頁）

又、明治三十九（一九〇六）年四月十一日には、鈴木三重吉に宛てて、

僕多忙で困る。昨日から講義を書きかけたら半ページ出来た。講義を書くより千鳥を読む方が面白い。（『漱

石全集第十四巻、書簡集』、三九一頁）

と書いており、更には同年七月十八日、小宮豊隆には、

来月は講義をかゝなければならん。講義を作るのは死ぬよりいやだ。それを考へると大学は辞職仕りたい。

（『漱石全集第十四巻、書簡集』、四二一頁）

と記している。これらの書簡からも伺えるように、当時の漱石は、思うように創作に身をゆだねることの出来ない学者としての生活に、不愉快を感じていたのである。

では、ここで漱石の教職歴を簡単に振り返る。

漱石が始めて教師という職に就いたのは、彼がまだ帝国大学文科大学英文学科在学中でもあった、明治二十五（一八九二）年五月のことである。(8) 主として学費補給の目的で東京専門学校（現在の早稲田大学）講師として、週に二回、John Milton（ミルトン）の“Areopagitica”（『アレオパジティカ』1644）や、Oliver Goldsmith（ゴールドスミス）の“the Vicar of Wakefield”（『ザ・ヴィカー・オヴ・ウェイクフィールド』）などを、かなり苦心しながら教えていたらしい。彼はここで、明治二十八年三月まで、教鞭をふるっている。

次いで翌明治二十六（一八九三）年には、大学を卒業して大学院へと進んだ漱石が、学長外山正一の推薦を受けて、東京高等師範学校の英語科講師に就任した。この時期の漱石は、まだ弱冠二十七歳の青年であったのだが、彼の学者としての航路は、ここでいよいよ始まったということにもなる。

その後、四国松山の愛媛県尋常中学校で一年、熊本の第五高等学校で約四年に渡り、教育者としての生活を送り、更にその第五高等学校在職中に、現職のままで、英国留学を命じられていることは、既に前章でも述べている。

帰国後は再び、第一高等学校と東京帝国大学で教壇に立つようになるのだが、更に、明治三十七年からは、明治

大学講師をも兼任しているのであった。

以上、簡単に確認したように、のべ十九年間にも及ぶ教師生活を送りながら、しかし漱石は常にその「教師」としての職に、決して満足することはなかったらしい。

そのような時期にあっての朝日招聘の話である。読売新聞社からも朝日より先に、主筆竹越与三郎（三叉）の命を受けた正宗忠夫（白鳥）によって、入社を懇請されてはいたのだが、条件が折り合わぬままに、立ち消えていたところでもあった。

又、丁度この頃の漱石は、東京帝国大学から、英文学の講座を担当し、教授になってはどうかとの交渉をも受けていた。しかし彼はこれを辞し、明治四十（一九〇七）年四月十二日、東京帝国大学に辞表を正式に受理されたのを以て、一切の教職から身を引いたのである。

けれども、そうした漱石の「大学は辞職仕りたい」という、いわば、教職嫌悪の感情は、この朝日入社を決意する直前に限ったことでなく、かなり早い時期から、彼の心に澱んでいた苦悩でもあったのだった。

例えば、明治二十八（一八九五）年十一月二十五日、愛媛県尋常中学校の『保恵会雑誌』に載せられた、「愚見数則」の中にも、

余は教育者に適せず、教育家の資格を有せざればなり、其不適当なる男が、糊口の口を求めて、一番得易きものは、教師の位地なり。（『漱石全集第十二巻、初期の文章及詩歌俳句』、二六〇頁）

という一節が見られる。又、明治三十（一八九七）年には、書簡の中で、

教師をやめて単に文学的の生活を送りたきなり。換言すれば文学三昧にて消光したきなり。月々五六十の収入あれば、今にも東京へ帰りて勝手な風流を仕る覚悟なれど、遊んで居つて金が懐中に舞ひ込むといふ訳にもゆ

かねば衣食丈は小々《ママ》堪忍辛抱して何かの種を探し（但し教師を除ク）其余暇を以て自由な書を読み自由なことを言ひ自由な事を書かゝ《ママ》ん事を希望致候（『漱石全集第十四巻、書簡集』、一〇〇頁）

と綴っている。

これらの記述からも伺うことが出来るように、この当時から既に漱石は、自らの身を教職にゆだねておくことに対して、一種の焦燥感や嫌悪感のようなものを感じていたらしい。教師を辞めて執筆活動に専念したいという強い願望が、彼の中には常に潜んでいたのであった。そんな漱石に、いよいよ教職を辞して、朝日新聞入社の本格的決意を固めさせたのは、彼が本来没頭したかった作家という職に対し、朝日新聞社側が「二百円」という月給を保証したということも、大きな理由の一つである。

この時、漱石が、長い間の念願叶って、教師を辞め、作家一本の生活に没頭出来る身となった事実に対し、大きな安堵感と解放感を抱いていたことは確かであろう。

しかしそれとともに、以後の作家としての新生活に対する不安、確固たる社会的位置から降り立ってしまった事に対する新たなる漂白感が、彼の胸に存在していたことも又否めまい。

明治四十（一九〇七）年三月二十三日、野上豊一郎宛て書簡の中で、漱石はその心情を次のように語っている。

世の中はみな博士とか教授とかを左も難有きものゝ様に申し候。小生にも教授になれと申候。教授になつて席末に列するの名誉なるは言ふ迄もなく候。教授は皆エラキ男のみと存候。然しエラカラざる僕の如きは殆ど彼等の末席にさへ列するの資格なかるべきかと存じ、思ひ切つて野に下り候。生涯は只運命を頼むより致し方なく前途は惨憺たるものに候。それにも拘はらず大学に噛みついて黄色になつたノートを繰り返すよりも人間として殊勝ならんかと存候。小生向後何をやるやら何が出来るやら自分にも分からず。只やる丈やる而己に候

（『漱石全集第十四巻、書簡集』、五六三頁）

又、夏目鏡子の『漱石の思ひ出』の中にも、

教授になつた、その代りには内職はまかりならぬとあつては、第一あがきがつかない。それにいつまで教師になつてゐても仕方がない。さういふ事もあつて迷つてゐたところへ、折よく朝日新聞社の方から、うちの新聞へ入つて小説を書く気はないかといふ話を持ち込まれたのです。渡りに舟のわけなのですが、こゝは謂はば一生の道の岐れ目なのですから、夏目も大事を取つて慎重に考へたやうです。大学は元々好かないので、此の先きともに長く居りたくはない。けれども教授となれば、仮令収入は少くとも、一個独立の地位安全な人間で、滅多に他から動かされる心配もない。又かうやつてずつと末長く勤めて居れば、恩給もつけば月給も上がる。さういふことも家族のものの為には考へなければならない。そこへ行くと新聞社は結局一つの商売だ。いつ何時どういう変動がないとも限らない。主筆が呑み込んで居ても、社主の気がどうだかわからない。いろ〳〵考へた挙句、ともかく大学で教はつて識つてるからとあつて使者に立つて来られた今の能楽批評の坂本雪鳥さん、其頃の白仁三郎さんに自分の希望を腹蔵なく申し上げて、「朝日」の方へ伝へて貰つたやうです。(夏目鏡子述、松岡譲著『漱石の思ひ出』、一六四頁)

書簡の中での、「思ひ切つて野に下り」、「生涯は只運命を頼むより致し方なく前途は惨憺たるもの」などの言葉や、『漱石の思ひ出』のなかの、「謂はば一生の道の岐れ目なのですから、夏目も大事を取つて慎重に考へた」、「新聞社は結局一つの商売だ。いつ何時どういう変動がないとも限らない」などの言が示すように、漱石は、朝日新聞への入社に際して、自分本来の願望が「作家に専念」することそのものであったにも拘わらず、その前途に矢張り、計り知れないほどの不安感を感じていたのである。

そしてこのときの彼の中に、きっぱりと背を向けていたはずの、「安定」に対する、後ろ髪を引かれる思いが、決してなかったとはいえないようにも思われる。

（二）「文芸の哲学的基礎」

こうして朝日新聞社の社員として新たなるスタートを果たした漱石は、明治四十（一九〇七）年六月二十三日から、紙上に連載される作品『虞美人草』をもって、作家としての正式なるデビューを果たすのではあるが、その連載開始に先だって、「朝日新聞社員として、同紙に自説を発表すべし」という条件で、「東京美術学校文学会」の講演依頼を引き受けて、同年四月二十日、「文芸の哲学的基礎」を語っている。その内容については、既に第一章でも触れてはいるが、ジェームズとの関連を確認するために、改めてここで取り上げたい。

まずこの講演で漱石は学生達に向かって次の様な導入を試みる。

先づ——私は此所に立つて居ります。さうして貴所方は其所に坐つて居られる。私は低い所に立つて居る、あなた方は高い所に坐つて居られる、斯様に私が立つて居るといふ事と、あなた方が坐つて居らるゝと云ふ事が——事実であります。此事実と云ふのを他の言葉で現して見やうならば、私は我と云ふもの、貴所方は私に対して私以外のものと云ふ意味であります。（略）

するとかうですな。此世界には私と云ふものがありまして、貴所方と云ふものがありまして、さうして広い空間の中に居りまして、此空間の中で御互に芝居をしまして、此芝居が時間の経過で推移して、此推移が因果の法則で纏められて居る。と云ふのでせう。そこで夫には先づ私と云ふものがあると見なければならぬ、貴所方があると見なければならぬ。空間と云ふものがあると見なければならぬ。時間と云ふものがあると見なければならぬ。又因果の法則と云ふものがあつて、吾人を支配して居ると見なければならん。是は誰も疑ふものはあるまい。私もさう思ふ。

所が能く〳〵考へて見ると、それが甚だ怪しい。余程怪しい。通俗には誰もさう考へて居る。私も通俗にさう考へてゐる。然し退いて不通俗に考へて見るとそれが頗る可笑しい。どうもさうでないらしい。(『漱石全集第十一巻、評論・雑篇』、三五頁)

そして更に、自我に関して、次のように語っているのである。

要するに意識はある。又意識すると云ふ働きはある。是丈けは慥であります、是以上は証明する事は出来ないが、是丈けは証明する必要もない位に炳乎として争ふ可からざる事実であります。して見ると普通に私と称して居るのは客観的に世の中に実在しているものではなくして、只意識の連続して行くものに便宜上私と云ふ名を与へたのであります。(『漱石全集第十一巻、評論・雑篇』、三五頁)

漱石の意識理論が、ジェームズによっているということは、既に述べたように、杉山和雄をはじめとする多くの論文の中でも指摘されていることではあるが、ここでは、改めて該当箇所等に関する詳細な分析を行って、その関係を明らかにしてみたい。

例えば、ここに引用した「文芸の哲学的基礎」の中での漱石の、意識現象への定義は、実は『心理学原理』の中でジェームズにより、次のように述べられている。

この部屋、例えばこの教室の中に、多数の考えがある。諸君のものも、私のものもある。その有るものは相互に矛盾しないし、又有るものは矛盾する。それらは個々別々で互いに独立したものでもなければ、すべてが同類でもない。どちらでもない。(略)私の考えは私の他の考えと同類であり、諸君の考えは諸君の他の考えと同類である。この部屋のどこかに、誰の考えでもない単なる考えが有るかどうか、われわれはこの様なものを経験したことがないから、確認する方法はない。われわれが自然に研究出来る唯一の意識状態は、人格的意識、心、自我、具体的で特定的な私および君の中にあるものに限られている。

これらの個々の心は各自の考えをもっている。その個々の心の間には譲与も交換もない。どの考えも自分自身の意識以外の他の個人の意識の中にある考えを直接見ることなど到底出来ない。

これらの意識に関する説明の進め方は、両者共、非常によく似ているのである。すなわち、ジェームズの『心理学原理』から直接引用しながら、漱石はこの講演を語り始めたのである。ロンドンで購入し、同時期に読み込んだと思われる二冊の内、この講演の中で用いたのが、以前にはあれほど興味をいだいていき、全編に渡って、メモや線引きをしていたはずの『宗教的経験の諸相』ではなく、『心理学原理』に、何故このとき、漱石はそうこだわっているのだろうか。

どうやらそれを解く鍵は、この講演がなされた時期が、先にも述べたように、大学を辞して朝日入社をした直後であったという点にあるのである。それを確認するために、更に、この講演の中での漱石の言を追う。

普通に物の存在を確めるには先づ眼で見ますかね。眼で見た上で手で触れて見る。手で触れたあとで、嗅いで見る、或は舐めて見る。——貴所方の存在を確めるには夫程手数はかゝらぬかも知れぬが。けれども前にも申した通り目で見やうが、耳できかうが、根本的に云へば、只視覚と聴覚を意識する迄で、此意識が変じて独立した物とも、人ともなりやう訳がない。見るときに触るゝときに、黒い制服を着た、金釦の学生の姿を、私の意識中に現象としてあらはし来ると云ふ迄に過ぎないのであります。是を外にしてあなた方の存在と云ふ事実を認めることが出来やう筈がない。すると煎じ詰めた所が私もなければ、貴所方もない。あるものは、真にあるものは、只意識ばかりである。（略）

まづ是丈の話であります。すると通俗の考へを離れて物我の世界を見た所では、物が自分から独立して現存して居ると云ふことも云へず、自分が物を離れて生存して居ると云ふ事も申されない。換言して見ると己を離れて物はない、又物を離れて己はない筈となりますから、所謂物我なるものは契合一致しなければならん訳になります。物我の二字を用ひるのは既に分り易い為めにするのみで、根本義から云ふと、実は此両面を区別し様がない、区別する事が出来ぬものに一致抔と云ふ言語も必要ではないのであります。だから只明かに存在して居るのは意識であります。さうして此意識の連続を称して俗に命と云ふのであります。(『漱石全集第十一巻、評論・雑篇』、三七頁)

少々長い引用となったが、ここで、漱石は実在するのは意識のみで、その意識の連続が「命」であると述べている。

『心理学原理』においてジェームズは、「心理学における直接的データとしては、考えではなく、むしろ人格的自我が扱われるべきであろう」、「普遍的な意識的事実は、『感じや考えが存在する』ことではなく、『私は考える』『あなたは考える』ことである」というように、意識の性質が、「要素的心的事実」ではなく、人格そのもの、「私」という存在そのものであることを主張することと共通する。

そして更には、その「意識の連続」について、

吾人は生きたいと云ふ傾向を有つてゐる。(意識には連続的傾向があると云ふ方が明確かも知れぬが) 此傾向からして選択が出る。此選択から理想が出る。すると今迄は只生きればいゝと云ふ傾向が発展して、ある特別の意義を有する命が欲しくなる。即ち如何なる順序に意識を連続させやうか、又如何なる意識の内容を選ばうか、理想は此二つになつて漸々と発展する。(前同、四一頁)

と述べている漱石の言も、

意識は常にその対象中の一部分に対して他の部分に対してよりも多くの興味を感じ、対象を歓迎排斥、或は選択するものである。

選択的注意及び思慮的意志の現象は、もちろんこの選択作用のよい例である。然しふだんこの様な名前で呼ばれていないものの中にも、選択作用が如何に絶えず働いているかということに気づいているものは少ない。

というジェームズの見解と相通ずるものである（漱石手沢本によれば、このあたりにも、全体的に傍線が引かれている）。

すなわちジェームズによれば、意識には全対象のある部分を選択して、それに興味を注いだり、排斥したりする特質があり、その選択の傾向は、人々に多く共通することであるが、ただ全ての人々の心はそれぞれ自己又は自己のものに対して丈は、全く独自の興味関心を示して、他に対しては、自分の自己に対すると同じ興味を持つことが出来ない。それぞれ全く違ったところで、自己と「非自己」との範疇を設定しているというのである。そして、漱石の場合、その意識の連続の選択基準は「理想」であることをここに強調しているともいえるだろう。

漱石は、更に繰り返す。

意識の内容が分化して来ると、内容の連続も多種多様になるから、前に申した理想、即ち如何なる意識の連続を以て自己の生命を構成しやうかと云ふ選択の区域も大分自由になります。（前同、五二頁）

理想とは何でもない。如何にして生存するが尤もよきかの問題に対して与へたる答案に過ぎんのであります。（前同、七九頁）

ジェームズから示唆を得た漱石が、ここで到達したものは、「生」が「意識の選択作用」によって導かれた「理想」によるものであったのである。そして、こうした「理想」は、ジェームズによっても、

人は誰しも対象のことを考える時には、ある典型的態度において、ある標準的大きさのものをある特徴的距離で、ある標準的色合いにおいて好んで考える傾向がある。（略）心が自分に都合の良いように選択して、数ある感覚の中でどの特定の感覚が真正かつ確実なものであるかを決定するのである。

と語られ、又、その、「自分に都合の良い選択」が、

更に水準を上げて倫理の水準に達すると、そこでは選択が断然君臨している。

特に優れた倫理的エネルギーは更に進んで、同じような力で迫ってくる幾つかの興味の中から、どれを最高のものにすべきかを選択しなければならない。ここで論じている問題は、人の全生涯を決定する問題であるから極めて意味深長である。（略）その人についての問題は、どのような動作をしようと今決心しているかではなく、どのような人間になることを彼が今選択するかということである。

ということに、常に意識によって為されているということを述べている。

すなわち、意識の選択が、「理想」とする「より良き生」へと向かって行く道を呈するということに、漱石の関心は集中しているのであった。それは、当時の漱石が、確固たる位置を捨て、下野してしまった自らの生き方に、不安を覚えることのないように、必死に、自己の生き方を肯定しようとするために、自らを導いて居るようにさえ思えて仕方がない。

英国留学時にあって、『文学論』を練り上げようとしていた時点でも、同時に読んでいた筈の、ジェームズの二作において、当時は、先にも見たように、むしろ潜在意識のありようにあれほど心惹かれていた漱石が、ここにおいて改めて『心理学原理』を思い出しているのは、取りも直さず、彼自身の当時のこうした心情に深く拘わっていると考えられるものでもある。

理想は、よりよい生活のために必要であって、そのよりよい生活を求めて意識は絶えず分化と統合作用を行っているという考えは、彼が、自らの理想に従って選択した、作家としての生き方を、ここで何とか自己肯定しておきたいという、強い動機としてさえ感じられるのである。

前章でも見たように、幼少の頃から、あれほど、「世の中に有用な」人となることを繰り返し説かれて彼は成長して来たという経緯を持つ。それが、社会的なる、外的なる位置の為に、それまで自ら選んできた教師の道を、もうわずかの段階で極めることが出来るというその時期に、封じ込めていた筈の、興味の行方に眼を馳せて、作家の道を選んでしまったのであった。そこで、どうしても振り切ることの出来ない後悔にも似た不安感を払拭するために、煎じ詰めれば、人間というものは、「意識」が只あるだけの、自我が存在するだけのものに過ぎないと、何度も説くことで、必死に自己援護していたようにも思われる。

ここに、漱石がこの時期に、再びジェームズの、しかも『心理学原理』に触れた理由があるのである。漱石の人生観と、ジェームズのそれが「全く一致」するものであったから、漱石はジェームズに惹かれたと、多くの論者は結論を急ぐが、当然そのような見方も出来る一方で、又、別の事実がこうして確認できたのであった。漢文学を志向しながら、「出世」の為に英文学を選んでしまった漱石が、今度は、全く反対の志向から、真なる自己に忠実に、振り捨ててしまった大学教授の地位を、それが自身にとってもっとも忠実で、正しい選択であったと自身に改めて言い聞かせ、どこか躊躇する思いをすべてきっぱりと断ち切ろうとするかの如くに、この『心理学原理』を読んだのであった。

「文芸の哲学的基礎」という講演は、当時の背景を考えると、その意味が改めてはっきりと見えてくる。「意識」しかない「命」の、「如何にして生存するが尤もよきかの問題」に対する解答を導き出したのであった。これは、漱石の必死なる、自己肯定なのである。

だからこそ、この「文芸の哲学的基礎」の中では、逆にいえば、「ジェームズ」という名への直接的言及も、その論に対するストレートな講釈も、全く見つからないのである。多くの論者が指摘するように、又、先に本稿でも対比させて分析を繰り返したように、この「文芸の哲学的基礎」が、ジェームズに基づいているものであることは確かにいえることではあるが、漱石は、ここで、ジェームズを〝完全に引用〟してはいないのである。ジェームズを思い出し、それを経てはいるものの、ここでの彼は、真っ向からのジェームズ信者とはなっていない。これはジェームズを土台とした上での、あくまでも、自己との対峙なのである。だからこそ彼は「理想」なる言葉を押し出した。理想、とは、換言すれば、彼自身の内なる欲求に忠実な、生き方そのものでもあったのだ。

こうして、「基礎」は語られた。語ることによって、幾分かの確信と、そして安堵感を得た漱石は、間もなく、朝日入社第一作『虞美人草』を、新聞紙上に連載開始するのである。

(三)『虞美人草』の気負い

「文芸の哲学的基礎」の中で、ジェームズの意識理論である、意識の選択作用から「理想」を導き出した漱石は、それを作家としての、自らの立場に改めて引きつけた上で、小説家の理想について更に次のように述べている。

理想を実現するのを人生に触れると申します。是以外に人生に触れたくても触れられやう訳がありません。さうして此理想は真・美・善・荘の四種に分られますからして、此四種の理想を実現し得る人は、同等の程度に人生に触れた人であります。(略)

四種の理想は分化を受けます。分化を受けるに従つて変形を生じます。変形を生じつゝ進歩する機会を早めます。此変形のうち、尤も新しい理想を実現する人を人生に於て新意義を認めた人と云ひます。変形のうち尤も深き理想を実現する人を深刻に人生に触れた人と申します。変形のうち尤も広き理想を実現する人を、広く人生に触れた人と申します。此三つを兼ねて、完全なる技巧によりて之を実現する人を、理想的文芸家、即ち文芸の聖人と云ふのであります。文芸の聖人は只の聖人で、之に技巧を加へるときに始めて文芸の聖人となるのであります。(『漱石全集第十一巻、評論・雑篇』、九〇頁)

ここで漱石は、これから朝日新聞社の専属作家として、出発する自己の生き方を、「意識」の「如何にして生存するが尤もよきか」の問題に還元し自己肯定を叫んでいたのではあるが、ここにおいて、「文芸家」としてのあり方を、全く別の方向へと導いてしまっている自身の矛盾に気づいていない。

人間の観察と云ふ者は深くなると狭くなるものです。世の中に何が狭いと云つて専門家程狭いものはないのでも御分りになるでせう。（略）世の中は広いものです、広い世の中に一本の木綿糸をわたして、傍目も触らず、其上を御丁寧にあるいて、さうして、是が世界だと心得るのは既に気の毒な話であります。（前同、六七頁）

自由なる「意識」の連続である世界で、その「意識の連続」がいわゆる「理想」を生み出すと定義する漱石が、当然作物に対しても、「専門家の如き」、「狭き」見解を否定して、更に

真は深くもなり、広くもなり得る理想であります。然しながら、真が独り人生に触れて、他の理想は触れぬとは、真以外に世界に道路がある事を認め得ぬ色盲者の云ふ事であります。東西南北悉く道路で、悉く通行すべき筈で、大切と云へば悉く大切であります。（前同、八九頁）

とまでもいいながら、こうした抱負を受けて、取り組んでいったはずの次作『虞美人草』では、それは全く実現されぬ方向へと進んでいってしまったのであった。

『虞美人草』は明治四十（一九〇七）年六月二十三日から同年十月二十九日まで、「東京朝日新聞」と「大阪朝日新聞」に、百二十七回に渡って連載されたものである。

連載開始を前にした五月二十八日、漱石は「東京朝日」に「『虞美人草』予告」を発表したが、東京大学辞職後始めての連載とあって前人気も大きく、早くもこの日から三越呉服店では「虞美人草浴衣」を、玉宝堂では「虞美人草金指輪」を、大々的に売り出し開始をしたという。

こうした状況の中で、漱石も、入社一作『虞美人草』に対して相当な意気込みをもっていたに違いない。けれど

もその意気込みとは裏腹に、新生活に対する不慣れさや連載開始を前にした緊張感なども重なって、思うように筆が進まず、ある種の焦燥感にもさいなまれていたようである。

例えばそれは、明治四十（一九〇七）年五月二十七日、中村蓊宛書簡には、

世の中にはまだ〳〵苦しい連中が沢山あるだらうと思ふ。おれは男だと思ふと大抵な事は凌げるものであるのみならず、却つて困難が愉快になる。君抔もこれからが事を成す大事の時機である。僕の様に肝心の歳月をいも虫の様にごろ〳〵して過ごしては大変である。大に勇猛心を起して進まなければならない。（『漱石全集第十四巻、書簡集』、五七八頁）

と書き送っているのが見られ、又、「『虞美人草』予告」が掲載された翌日の、明治四十（一九〇七）年五月二十九日、奥太一郎に宛てた手紙の中では、

日々書斎にて読書瞑想ひる寝も折々致し候。然し夫から〳〵と雑用出来心事は存外等閑ならず候御察し可被下候。小児も見る間に成長致候何となく後ろから追ひかけられる様に覚え候。早く何事かして死にたく候。一日が四十八時間になるか、脳が二通り出来るかいづれにか致し度候。去りながら半世の鴻爪《ママ》全く是癡夢にひとしく此儘枯木と相成候とも苦しからずそこへ行くと頗るのん気に候。（前同、五八〇頁）

とも書き送っていることからも伺える。

さらには同年六月四日には小宮豊隆に宛てて、「今日から愈虞美人草の製造にとりかゝる。何だかいゝ加減な事を書いて行くと面白い。」（前同、五八四頁）との執筆開始を告げている。この書簡に対して小宮は、漱石のいう「いゝ加減な事」や「面白い」という表現は、実際の漱石の心情とは全く裏腹のものであり、「せめてさうでも言つて平気にならうと努めるのでなければ、緊張してゐる事が自分にも分かつて、少し困つたのではないかと思ふ」（小宮豊隆『夏目漱石二』、二六二頁）と、分析する。「愈」という言葉にこめられた漱石の心情は、たしかに、身近

にあった小宮をしても感じられていたように、そうした気負いに満ちたものだったに違いない。

こうして、強度の緊張と意気込みと、そして世間からの大きな期待の中で書き進められた『虞美人草』は、漱石自らの、人間というものに対する、高き理想と倫理とを具現化した、強固にして不動なる性格を持つ人物らによる、絢爛豪華な舞台であった。藤尾をはじめとする登場人物は、誰一人として曖昧な印象を与えることを許さずに、作者によってきっぱりと規定されていたのである。漱石自身、本文中においても、

わが世界と他の世界と喰ひ違ふとき二つながら崩れる事がある。破けて飛ぶ事がある。あるひは発矢と熱を曳いて無極のうちに物別れとなる事がある。凄まじき食ひ違ひ方が生涯に一度起るならば、われは幕引く舞台に立つ事なくして自らなる悲劇の主人公である。天より賜はる性格は此時始めて第一義において躍動する。（略）小説は自然を彫琢する。自然其物は小説にはならぬ。（「虞美人草」『漱石全集第三巻、虞美人草・坑夫』、一一〇頁）

と、「性格」は「天より賜はる」確固たるものであることを何の躊躇もなしに言い放ち、さらには、「小説は自然を彫琢する。自然其物は小説にはならぬ」というように、極めて人工的なる世界を作り出していることを明言する。

例えば主人公である藤尾を、漱石は作品の冒頭で、次のように登場させているのである。


紅を弥生に包む昼酣なるに、春を抽んずる紫の濃き一点を、天地の眠れるなかに、鮮やかに滴らしたるが如き女である。夢の世を夢よりも艶に眺めしむる黒髪を、乱るゝなと畳める鬢の上には、玉虫貝を冴々と菫に刻んで、細き金脚にはつしと打ち込んでゐる。静かなる昼の、遠き世に心を奪ひ去らんとするを、黒き眸のさと動けば、見る人は、あなやと我に帰る。半滴のひろがりに、一瞬の短かきを偸んで、疾風の威を作すは、春に居て春を制する深き眼である。此瞳を遡つて、魔力の境を窮むるとき、桃源に骨を白うして、再び塵寰に帰るを得ず。只の夢ではない。模糊たる夢の大いなるうちに、燦たる一点の妖星が、死ぬる迄我を見よと、紫色の、

眉近く迫るのである。女は紫色の着物を着て居る。（『漱石全集第三巻、虞美人草・坑夫』、二三頁）

この「虞美人草」に見られる、人物造型、その心情・出来事の一切を、例えば〝内面から湧き上がる力〟を動因として委ねる事など決してせず、あらかじめ引かれた線上を、作者側の意図に従って展開せしめる方法を、あまりにも鮮やかに漱石はここで成し遂げているのである。この方法については当時から、正宗白鳥によって、

宗近の如きも、作者の道徳心から造り上げられた人物で、伏姫伝授の玉の一つを有つてゐる犬江犬川の徒と同一視すべきものである。「虞美人草」を通して見られる作者漱石が、疑問のない頑強なる道徳心を保持してゐることは、八犬伝を通して見られる曲亭馬琴と同様である。知識階級の通俗読者が漱石の作品を愛誦する一半の理由は、この通俗道徳が作品の基調となつてゐるのに基づくのではあるまいか。（正宗白鳥『文壇人物評論』、五一頁、中央公論社）

というように、その通俗性について厳しい批判を向けられている。

又桶谷秀昭も、「勧善懲悪と性格描写」という論の中で、

『虞美人草』のおもしろさは、意外なことには、これが「勧善懲悪」のあの古くさいイデーに支えられた世界に他ならぬからであった。そしてそういう世界の中で生きる人物たちの「性格」（キャラクター）が、単純な強い線で描かれているからであった。（桶谷秀昭『夏目漱石論』、河出書房新社）

と述べている。かなり手厳しい批評である。

では、何故、漱石は、こうした確固たる性格描写と、「古くさい」設定を「虞美人草」に求めたか。倫理と道義が、ごてごてと飾りたてられた「絢爛豪華」なる文体と、劇的構成の中で展開されたこの作品について、作者である漱石は、果たしてどう感じていたのか。

まず、連載開始約一ケ月後、明治四十（一九〇七）年七月十九日、小宮豊隆に宛てて次のような書簡を送ってい

る。

虞美人草は毎日かいてゐる。藤尾といふ女にそんな同情をもつてはいけない。あれは嫌な女だ。詩的であるが大人しくない。徳義心が欠乏した女である。あいつを仕舞に殺すのが一篇の主意である。うまく殺せなければ助けてやる。然し助かれば猶々藤尾なるものは駄目な人間になる。最後に哲学をつける。此哲学は一つのセオリーである。僕は此セオリーを説明する為に全篇をかいてゐるのである。だから決してあんな女をいゝと思つちやいけない。小夜子といふ女の方がいくら可憐だか分りやしない。(『漱石全集第十四巻、書簡集』、六〇四頁)

この文面からはまだ、「虞美人草」に対する漱石の大きな自信が伺える。又、此作品が「一つのセオリー」を前提としてかき進められているということも、ここからはっきり分かるのである。

そのセオリーとは、頑強に築き上げられた力強さを持ち、そこには、「自然」の関与する隙間など、全く認められはしない。

けれどもこのような漱石の自信も、やがて執筆が進むにつれて揺れ動き、そして崩れて行くのである。同年の八月五日、鈴木三重吉宛書簡の中で彼は、

トルストイ。イプセン。ツルゲ子フ。抔は怖い事実なければ只自然の法則は怖い。もし自然の法則に背けば虞美人草は成立せず。(前同、六二〇頁)

と言っている。このとき既に漱石は、現在手がけている観念小説が、自ら語った『文学評論』の「小説の組立」に直結する作品となってしまっていることに気づき始めているのである。

世の中は冗漫かも知れないが、これを観察する人が、一定の態度で、此冗漫の人生を部分に区切つて、一種の纏まりを付けてゐると、其人は其纏まりを付けた為に、それ〴〵便宜を受けてゐる。纏りをつけると云ふ事

はある結果に達したといふ事で、結末をつける事、即ちある目的を立てゝ其方面に進むと云ふ事はあらゆる活動の源である。(『漱石全集第十巻、文学評論』、四二六頁)

従つて小説も此公式に外れぬ様に仕上げるのが尤も人情に適つた組織である。必ずしも自然を枉げようと云ふのではない。直き自然の其儘を、此公式に合う様に切り取り得る様な態度で、自然に向はなければならぬと云ふのである。(前同、四二七頁)

『文学評論』は、もと『十八世紀の英文学』という題で、明治三十八(一九〇五)年九月から明治四十(一九〇七)年三月までの一年半に渡り、一週三時間ずつ、漱石が大学で講義したものである。

ここに引用した、「小説の組立」は、一七一九年『The Life and Strange Surprising Adventures of Robinson Cruse』(『ロビンソン・クルーソー』)を著したDaniel Defoe(ダニエル・デュフォー、1661-1731)を題材として取り上げ、語られたものであるのだが、漱石は新聞連載を進めつつ、自ら語ってきた「十八世紀文学」の「組立論」を念頭に浮かべて、「虞美人草」の規制と自然の法則について考え始めていたようにも思われる。それは又、先に取り上げた鈴木三重吉宛書簡の中で、漱石が、自然主義作家たちが好んで使う外国人名を、あえて、対照化させるように並べていることからも伺うことが出来るのである。

この「虞美人草」発表当時、明治末期の日本文学界にあっては、実はそうした自然主義による客観描写と激しい自己告白が叫ばれて、我が国独特の「私小説」へと新たなる歩みを開始したばかりの時期でもあった。そんな中での、ただ「道義」ばかりを第一にごてごてと飾りたてた美文によって語られる「虞美人草」の登場なのである。

日本自然主義に先鞭を付けたと言われ、又漱石自らも「明治の小説として後世に伝ふべき名篇也」(明治三十九〈一九〇六〉年四月三日「森田草平宛書簡」『漱石全集第十四巻、書簡集』、三八八頁)と激賞した島崎藤村の『破戒』という作品は、実はこの『虞美人草』よりも以前に出版されていたのである。

『虞美人草』に対する、「道義的でありすぎ、不自然な拵えもの」だという見方は、当時もっとも好意的なる発言者であったという、戸川秋骨であっても、

『虞美人草』の教ふる教訓も結構である。道徳や教訓を口にするのは、文芸上の異端かも知れぬ。時勢遅れかも知れぬ。然し異端でも時勢遅れでもかまはぬ。面白いのは面白い。殊に近頃は肉情文学に恐縮してゐる。幾何理屈があつても、此ばかりは恐縮する。理屈があるからなおさら恐縮せざるを得ぬ。余は飽まで『虞美人草』に見えるやうな道徳教訓に団扇を上げる。（戸川秋骨「『虞美人草』を読みて」、「東京朝日新聞」明治四十〈一九〇七〉年十二月十七日）

というように、この作品の中心に道徳・教訓をおいた上で、論を進めていることからも又明らかである。この戸川評について、山田輝彦は、「道徳や教訓を口にすることが、文芸上の異端であり、時勢遅れであったということは、『小説神髄』によって開かれた文学近代化路線が馬琴的世界を、その包含する豊かな可能性も含めて、如何に強烈に排除していったかを語って余りある」（山田輝彦『夏目漱石の文学』、五〇頁）との見解を纏めている。

世間的には好評を博していたはずの、朝日入社第一作の『虞美人草』は、けれども、文学者の間では、以上のように、決して受け入れられるべき作品とはならなかったのであった。

当然のことながら漱石も、後年になってから、同様の辛辣なる見解を、自身の作品に対して述べている。

偖御申越の小生著作翻訳の件光栄の至りには存じ候へども愚存一通り河田君並びにエ《ママ》夫人へ申述候、御指名の虞美人草なるものは第一に日本の現代の代表的作者《ママ》に無之第二に小六づかしくて到底外国語には訳せ不申、第三に該著作は小生の尤も興味無きもの第四に出来栄よろしからざるものに有之。是等の諸件にて右翻訳の義は平に御免を蒙り度と存候小生も単に芸術上の考よりはとくに絶版に致し度と存居候位に候へども時々検印をとりにくると幾分か金が這入る故又どうせ一度さらした恥を今更引込めても役に立たぬ事と思ひ其儘に致し置候

様の始末、現に去る劇壇の人あれを芝居にしたらと人づてに（申し込む程判然たる形式をとらねど）小生に伝へ候節も夫丈は勘弁してもらひたしと辞退致し候事実も有之、此上独乙迄恥をさらすのは外聞わるく候故願くはやめに致したく候。（『漱石全集第十五巻、続書簡集』、二九六頁）

この書簡は、大正二（一九一三）年十一月二十一日、漱石四十七歳の時に、ベルリン在住の高原操から切望された『虞美人草』翻訳出版の件に対して、「『虞美人草』は断るが、『それから』、『門』、『彼岸過迄』、『行人』なら相談に応じる」と綴った返事の一部であるので、当然の事ながら、『虞美人草』発表からは六年後の書簡ということもあって、当時の漱石の心情には、匹敵するものとはいえない。

けれども、執筆当時の漱石にあっても、「何かが違う」、そう思い始めていたのは事実である。作品の結末に、甲野さんの日記を介して、漱石は、次のようにかいている。

悲劇は喜劇より偉大である。之を説明して死は万障を封ずるが故に偉大だと云ふものがある。取り返しが付かぬ運命の底に陥て、出て来ぬから偉大だと云ふのは、流るゝ水が逝いて帰らぬ故に偉大だと云ふと一般である。運命は単に最終結を告ぐるが為にのみ偉大にはならぬ。忽然として生を変じて死となすが故に偉大なのである。（略）襟を正して道義の必要を今更の如く感ずるから偉大なのである。人生の第一義は道義にありとの命題を脳裏に樹立するが故に偉大なのである。道義の運行は悲劇に際会して始めて渋滞せざるが故に偉大なのである。道義の実践はこれを人に望む事切なるにも拘はらず、われの尤も難しとする所である。悲劇は個人をして此実践を敢てせしむるが為に偉大である。道義の実践は他人に尤も便宜にして、自己に尤も不利益である。人々力を茲に致すとき、一般の幸福を促がして、社会を真正の文明に導くが故に、悲劇は偉大である。（『漱石全集第三巻、虞美人草・坑夫』、四二九頁）

ここで漱石は、「道義」を「人生の第一義」であると説く。「自己に尤も不利益」なるものでありながら、それを、

「一般の幸福を促がして、社会を真正の文明に導く」ものである、極めて対他的なる見方をしめす。即ち、ここにおいて、あれほど「文芸の哲学的基礎」のなかで語っていたはずの、自由なる「意識」も、「理想」も再び消え去って、「社会」のなかの自己存在を、がんじがらめに導いてしまっているのである。この日記を記している甲野でさえ、極めて利己的に見えて、実は、社会的なる哲学や美学に縛られた、古い制度に操られる。

朝日入社をきっかけとして、留学時以来再びジェームズに思いを馳せて、自らの生き方に対する自信を確立させ、「意識」なるものを、自身の手中に収めた筈の彼が、そこで安心して、取り組んだ作品の中では、そうした自らのあり方とは、全く反対の人物を、「作家」であるが故に、いかにも作中人物然として、描き上げてしまっていたのである。

「文芸の哲学的基礎」の「意識の選択」は、やがて「理想」を導くのであるが、それは、いわば、人間の内なるものへの希求であり、それこそが「意識」そのものでもあるという、内的自己の勝利であった。けれども、ここで書かれた作品は、それとは全く逆の方向へ、即ち、東洋思想を離れたとき、既に捨ててきたはずの、「道義」を第一とする世界、いわば外的なる枠組によって自己をがんじがらめに規定する、古き「道」へと逆進してしまっているのである。

「要するに意識はある。是丈が事実であります」と漱石自身が言っていたはずの、その「生」の意味というものは、ここでは又、再び、「道義・道徳」という枠、「社会」という枠によってまず縛られて、そこに自己を当てはめようとする、古風な哲学によって再構成されている。

それは漱石が自身の肯定の為、あのジェームズから導かれたはずの自由なる人生観とは、全く正反対の人物造型でもあった。即ち、そこには、「意識」の選択も、意識によって導かれるはずの「理想」の姿も無いのである。

こうして自らの矛盾に次第に気づき始めたとき、漱石は改めてジェームズに思いを馳せて行き、作品の中にも、ジェームズ的人生観を容れる作業にとりかかる。
それが次作『坑夫』なのである。

(四)『坑夫』の試み

そもそも筆者がこうして漱石とジェームズの関係に注目するきっかけとなったのが、数ある漱石作品の中でも、もっとも人気がないといわれ、又、失敗作だと断言するものさえある、(9)『坑夫』という作品だが、ここには前作『虞美人草』とはあまりにも異なる、まるで飄々とした語りの世界が、作品全体に繰り広げられているのである。

この作品には、確かに「意識」が在る。

漱石の作品を、彼の軌跡をたどりながら眺めたとき、(これらの事については、後の章において、更に詳しく分析する)前作『虞美人草』での、あまりにもきらびやかで、絢爛豪華なる語りの口調から一転した様な、『坑夫』の留まるところなき、捉えどころのない意識世界への、その急激なる作風の変化には、読者としてやはり、どうしても、とまどわざるを得ない。けれども、その一変した荒涼たる世界にこそ、改めて漱石の、ジェームズに対する積極的なる試みを、我々ははっきりと伺うことが出来るのである。

では、具体的に考える。漱石は、『坑夫』をどのように描いたか。それは作品の冒頭部、

さつきから松原を通つてるんだが、松原と云ふものは絵で見たよりも余つ程長いもんだ。何時迄行つても松ばかり生えて居て一向要領を得ない。此方がいくら歩行たつて松の方で発展して呉れなければ駄目な事だ。いつそ始めから突つ立つた儘松と睨めつ子をしてゐる方が増しだ。

東京を立つたのは昨夕の九時頃で、夜通し無茶苦茶に北の方へ歩いて来たら草臥れて眠くなつた。泊る宿も

なし金もないから暗闇の神楽堂へ上つて一寸寝た。何でも八幡様らしい。寒くて眼が覚めたら、まだ夜は明け離れて居なかつた。夫からのべつ平押しに此処まで遣つて来た様なもの丶、かう矢鱈に松ばかり並で居ては歩く精がない。(『漱石全集第三巻、虞美人草・坑夫』、四三五頁)

などの描写からも、すぐに気づくことが出来るように、連続した意識を次々と語らしめていくという、その叙述方法なのである。

これが、「意識の流れ」を用いた漱石的な叙述でもあるのだが、では、何故漱石が、このような方法を『坑夫』に用いることになったのか。それを詳しく分析する前に、この「意識の流れ」という言葉そのものについて、まずは確認しておきたい。

そもそも「意識の流れ」——Stream of consciousness——とは、人間の心理の動きが、ぽつぽつと断片的に切れるのでなく、川の流れの如く、まるで連続的なリズムを持つような動きであることを意味する考え方である。

ジェームズは、『心理学原理』の中で、「意識」について次のように述べている。

誰もが自分の内面経験に属していると認める第一の具体的事実は、ある種の意識が進行しているという事実である。「心の状態」が彼の中で相継いで起こっている。もし英語で'it rains'とか、'it blows'とかいうように、'it thinks'ということが出来れば、事実をもっとも簡潔に、そして憶測を最小にして言い表しているのであるが、それが出来ないので、ただ考えが進行する (thought go on) といわなければならない。

意識は断片的に切られて現れるものではない。「鎖」とか「列」という言葉は、それを聞いた最初の印象の意味では、意識を適切に言い表してはいない。意識は断片をつないだものではなく、流れているのである。

「川」或いは「流れ」という比喩がこれをもっとも自然に言い表している。今後これについて語るとき、我々はこれを考えの流れ、意識の流れ、或いは主観的生活の流れと呼ぶことにしたい。（ウィリアム・ジェームズ『心理学原理』、今田寛訳）

と述べて、人間の意識の流動性について、初めて明確な定義を付けた。

今日でも、この「意識の流れ」という言葉の説明は、たとえば、改めて『心理学事典』[10]を紐解くと、

ジェームズは、有名な意識の流れ Stream of consciousness, stream of thought という言葉をつくった。すなわち意識は流動的で、瞬時も停止することがない。イギリス連想派からヴントに至る諸家の観察・記述した意識は、ある瞬間における断面にすぎず、実際の経験は個人的意識の一部として絶えず変化している。これらの集大成である人格は、連続性を保ち、絶えず何かを志向する。そして、多くの意識要素の中から一群のものだけを選択して、統一体を保とうとする。その中核となる意識が自我である。

＊　＊　＊

ジェームズ自身、意識観察の大家であったが、全体の中における役割、機能を扱うべきであるという主張は、その後デューイ Dewey, J.、エンジェル Angell, H. R.、カー Carr, H. A. を中継者として、アメリカ心理学の主流派として育っていった。そこでは、意識の構造を扱う構成主義とは違って、意識の機能が重視されるが、意識そのものが捨て去られることはない。

と紹介されており、ここからも確認出来る通りに心理学者としてのジェームズが、現在に至るまで、後進の研究者に与えた影響は、かなり大きなもののようである。

注目すべきことは、この「意識の流れ」を定義した、そのウィリアム・ジェームズを、漱石が早くから愛読し、しかも、その彼の理論を作品として、明治四十一年のこの時期に、極めて忠実なる形で実践化していたという事実

なのである。

では、何故、漱石は、ここでそれを用いたのだろうか。先程からの分析においても明らかなように、漱石はこの『心理学原理』を、ロンドン時代に購入し、又、『文学論』の中にも引用さえしていたのである。作家として作品を手掛けるようになってから、もう随分時が経過しているはずであるにも関わらず、何故、ここで漱石は、ジェームズの「意識の流れ」を思い出したのだろうか。

時期的なる問題としては、『虞美人草』との関わりからも、多少触れてきたことではあるが、ここでは更に、『坑夫』との関連について、具体的にどのように、それが試みられたのかということを、改めて検証する。

まずは、明治四十一（一九〇八）年四月、『ホトトギス』に掲載された「創作家の態度」を呈示する。これは、明治四十一（一九〇八）年一月から連載されていた『坑夫』の開始から約二ケ月後（同年二月十五日）、東京青年会館で講演されたものである。いわば、『坑夫』の最中に、作者自ら語った文学観ともいえるだろう。

この講演についても既に漱石的意識の抽出として、その独自性を立証するために、第一章でも取り上げてはいるところではあるが、ジェームズとの関わりを考える上で、重要な示唆を得られるものでもあるので、改めて本章で、取り上げる。

次に挙げるのは、その一部分である。少々長い引用になるが、ここにこそ、ジェームズから漱石が受け継いだ、「意識の流れ」が要約されているのである。

……只我と云ふものは常に動いてゐるもので（意識の流）がさうして続いてゐるものだから、之を区別すると過去の我と現在の我とになる訳であります。（略）現在の我が過去の我を振り返つて見る事が出来る。是は当然の事で記憶さへあれば誰でも出来る。其時に、我が経験した内界の消息を他人の消息の如くに観察する事が出来る。

（略）

そこで我々の内界の経験は、現在を去れば去る程、恰も他人の内界の経験であるかの如き態度で観察が出来る様に思はれます。かう云ふ意味から云ふと、前に申した我のうちにも、非我と同様の趣で取り扱はれ得る部分が出て参ります。即ち過去の我は非我と同価値だから、非我の方へ分類しても差し支ないと云ふ結論になります。

斯様に我と非我とを区別して置いて、夫から我が非我に対する態度を検査して懸ります。心理学者の説によりますと、我々の意識の内容を構成する一刻中の要素は雑然膨大なものでありまして、其うちの一点が注意に伴れて明瞭になり得るのだと申します。是は時を離れて云ふ事であります。前に一刻中と云つたのは、まあ形容の語と思つて頂けばよろしい。

（略）

先ず我々の心を、幅のある長い河と見立ると、斯幅全体が明らかなものではなくつて、其うちのある点のみが、顕著になつて、さうして此顕著になつた点が入れ代り立ち代り、長く流を沿ふて下つて行く訳であります。さうして此顕著な点を連ねたものが、我々の内部経験の主脳で、此経験の一部分が種々な形で作物にあらはれるのであるから、此焦点の取り具合と続き具合で、創作家の態度もきまる訳になります。一尺幅を一尺幅丈に取らないで、其うちの一点のみに重きを置くとすると勢ひ取捨と云ふ事が出来て参ります。さうして此取捨は我々の注意（故意もしくは自然の）に伴つて決せられるのでありますから、此注意の向き案排もしくは向け具合が即ち態度であると申しても差支なからうと思ひます。（「創作家の態度」『漱石全集第十一巻、評論・雑篇』、

一一九頁）

人間の意識とは、常に流れている「川」とみなすことが出来、それ故に、その川の表面に「入れ代り立ち代り」顕著になりつつ流れているそれぞれの「一点」の要素を如何に選択すべきか、如何なる「焦点の取り具合と続き具合」にすべきかが、「創作家」にとって重要であると、ここで漱石は纏めている。これは明らかに、ジェームズの『心理学原理』における「意識の流れ」そのものである。そしてこれが、当時連載途中にあった作品『坑夫』のなかにこそ、実践的に取り入れられている理論でもあるのである。

『坑夫』と『心理学原理』については、これまでの研究においても、例えば、「意識の流れ」の手法に注目した中村慎一郎（「『意識の流れ』小説の伝統――漱石の『坑夫』」『群像』昭和二十六年十二月号）や、意識の連続に関する一連の叙述がジェームズからの「借り物」であったことを解いた島田厚（「漱石の思想」『文学』昭和三十五年十一月号）、又、『心理学原理』と『坑夫』との「近似」性を報告した小倉脩三（『夏目漱石――ウィリアム・ジェームズ受容の周辺』、評者によっては、此の小倉氏の解釈に、ジェームズの訳出の問題に関して、難を示しているものもある。氏は自らジェームズの翻訳を試みている）等によっても、かなり積み上げられている。又、「〈意識の流れ〉理論が、この作品に与えた影響を過大視するのは禁物」、「『心理学原理』の影響だけでは、決して『坑夫』は成立しなかった」という「意識の流れ」受容説を否定的に見る論文も、重松泰雄によって提出されてはいるのだが、いずれにせよ、漱石が『心理学原理』から何らかの示唆を得ているということは、先の引用等からも明らかに見られる事実ではあるので、改めて、ジェームズと漱石との共通性というものを、『坑夫』という作品のなかで、筆者なりの見解から、ここで一通り確認してみたい。

例えば『坑夫』のなかには、次のような描写がある。

実を云ふと此の男の顔も服装も動作もあんまり気に入つちや居ない。ことにさつき白い眼でぢろ〳〵遣られた時なぞは、何となく嫌悪の念が胸の裡に萌し掛けた位である。夫がものゝ二十間とも歩かないうちに以前の感情は何処かへ消えて仕舞つて、打つて変つた一種の温味を帯びた心持で後帰りをしたのはなぜだか分らない。自分は暗い所へ行かなければならないと思つて居た。だから茶店の方へ逆戻りをし始めると自分の目的とは反対の見当に取つて返す事になる。暗い所から一歩立ち退いた意味になる。所が此立退が何となく嬉しかつた。其の後色々経験をして見たが、こんな矛盾は到る所に転がつてゐる。決して自分ばかりぢやあるまいと思ふ。近頃はてんで性格なんてものはないものだと考へて居る。（『漱石全集第三巻、虞美人草・坑夫』、四四一頁）

この部分に表れる意識の矛盾、すなわち、意識作用は常に変化し、極めて確定しにくいものであるという事について、ジェームズの『心理学原理』においては、次のように表されているのである。

THOUGHT IS IN CONSTANT CHANGE

The change which I have more particularly in view is that which takes places in sensible intervals of time ; and the result on which I wish to lay stress is this ; that no state once gone can recur and be identical with what it was before.

(William James, The Principles of Psychology p224)

意識は絶えず変化している

私がここで強調したいのは、一度過ぎ去った心的状態は、以前と全く同じ状態では決して再生起しないということである。（ウィリアム・ジェームズ著・今田寛訳『心理学原理』、二一五頁）

手沢本の調査によれば、漱石はこの箇所に、はっきりと傍線を記しているのである。

We all recognize as different great classes of our conscious states. Now we are seeing, now hearing ; now reasoning, now willing ; now recollecting, now expecting ; now loving, now hating ; and in a hundred other ways we know our minds to be alternately engaged.

われわれは今見ていると思うと次には聞いており、今推理していると思うと次には意思しており、今回想していると思うと次には予期しており、今愛していると思うと、次には憎んでいる、など、われわれの心は次から次へとさまざまに入れ替わって行くことを知っている。（前同）

こうしてジェームズによって指摘され、漱石が傍線を付記した箇所でもある、意識の絶え間ない変化についての言及が、『坑夫』において具体的に表されているのである。

意識状態の不定性については、更に『坑夫』の中で、その他にも幾つもの部分において指摘できることであるので、ジェームズと漱石の関係、すなわち、『心理学原理』に対する漱石の見解を立証するためにも、そのうちの幾つかについて、以下、具体的に指摘していきたい。

同時に自分のばら〳〵な魂がふら〳〵不規則に活動する現状を目撃して、自分を他人扱ひに観察した贔屓目なしの真相から割り出して考へると、人間程的にならないものはない。約束とか契とか云ふものは自分の魂を自覚した人にはとても出来ない話だ。（『漱石全集第三巻、虞美人草・坑夫』、四五六頁）

「ばら〳〵な魂がふら〳〵不規則に活動する現状」という、その意識の流動的なる状態への注目は、

For there it is obvious and palpable that our state of mind is never precisely the same. (P. 227)

われわれの心の状態が正確に同一ではあり得ないのは明白である。（前同、二一八頁）

Often we are ourselves struck at the strange differences in our successive views of the same thing.

われわれはしばしば、同じものについての自分の見解が次々と不思議な程変って行くことに驚くことがある。

（前同）

などのようなジェームズの言及に読みとることができるだろう。

又、更に、次のような部分においてもそれは指摘できることである。

病気に潜伏期がある如く、我々の思想や、感情にも潜伏期がある。此の潜伏期の間には自分で其の思想を有ちながら、其の感情に制せられながら、ちつとも自覚しない。又此の思想や感情が外界の因縁で意識の表面へ出て来る機会がないと、生涯其の思想や感情の支配を受けながら、自分は決してそんな影響を蒙つた覚えがないと主張する。其の証拠は此の通りと、どし〳〵反対の行為言動をして見せる。が其の行為言動が、傍から見ると矛盾になつてゐる。自分でもはてなと思ふ事がある。はてなと気が付かないでも飛んだ苦しみを受ける場合が起つて来る。（『漱石全集第三巻、虞美人草・坑夫』、四七三頁）

これは、ジェームズに照らし合わせて見るとすれば、意識のいわば表層的部分である「流れ」のその奥の、未だ選択されない時点での意識状態を示しているとみることが出来るものである。又更には、

此の景色は斯様に暢達して、斯様に明白で、今迄の自分の情緒とは、丸で似つかない、景気のいゝものであつたが、自身の魂がおやと思つて、本気に此の下界に対ひ出したが最後、いくら明かでも、いくら暢びりしてゐても、全く実世界の事実となつて仕舞ふ。実世界の事実となると如何な御光でも難有味が薄くなる。仕合せな事に自分は自分の魂が、ある特殊の状態に居た為、（略）此の真直な道、此の真直な軒を、事実に等しい明かな夢と見たのである。（『漱石全集第三巻、虞美人草・坑夫』、四八五頁）

などの部分についても、既に前章で見たように、漱石が傍線を施している「意識の選択作用」に通ずる考え方である。意識は、意識する主体を中心に選択を行って行くのである。

所が――此処で又新しい心の活作用に現参した。というのは生憎、此の状態が自分の希望通同じ所に留つてゐてくれなかつた。動いて来た。（略）意識を数字であらはすと、平生十のものが、今は五になつて留つてゐた。それがしばらくすると四になる。三になる。推して行けばいつか一度は零にならなければならない。自分は此経過に連れて淡くなりつゝ変化する嬉しさを自覚してゐた。（略）

所が段々と競り御して来て、愈零に近くなつた時、突然として暗中から躍り出した。こいつは死ぬぞと云ふ考へが躍り出した。（『漱石全集第三巻、虞美人草・坑夫』、六二七頁）

ここに見られる意識の変幻についても、まさにジェームズが、

変化の波はたしかに所によって強度が異なり、そのリズムも時によって遅速がある。同じ速さで回転する万華鏡のように、形は常に配列が変わって居るのであるが、時にはその変化はごくわずかで間隔があり、まるで変わらぬ瞬間があるかと思うと、次の瞬間には驚くべき速さで変わり、比較的安定した形と次に見たときには前に見たものと区別がつかないような形とが、交互に起こる。（ウィリアム・ジェームズ著・今田寛訳『心理学原理』、二三九頁）

というように、人間の意識の尽きることない変化の様相を万華鏡に例えて説明している箇所があるのである。漱石が『坑夫』で見せた意識の変幻、先の引用部分に見られるようなその描写は、まさにジェームズの比喩である「万華鏡」そのものなのである。

更に、逐一指摘することは、もはや割愛するが、『坑夫』のなかにおけるこうしたジェームズ理論の引用は、外

にも多くの箇所に見つけることが出来るのである。

けれども、又一方で、この『坑夫』には、ジェームズの『心理学原理』における、忠実なる試作とばかりは言い切れないように思われる部分もある。

例えばジェームズは、流動する意識の、その状態について、「われわれの意味する人格的自我というのは、相互に結合しているとわれわれが感じている通りの結合した考えである」という見方を示している。そして、ここで述べられている「相互に結合している」と考えられる「人格的自我」は、更に次章の中でも詳しく説明されている。

ジェームズはそこで、自我に関する問題を体系的に纏めているのであるのだが、彼は、「自我」を「客我」と「主我」とに分け、更に「客我」を物質的、精神的、社会的なものに分けている。「客我」は観察された自我であり、「主我」は知るもの、観察者としての自我である。そして、自己の意識の中で「客観的に知られた事物の集合体が客我」であり、又、「意識そのものを所有し、記憶する実体が主我」であるとしている。

前の章に於いて、われわれが実際にその存在を知っている考えは勝手に飛び回るものではなく、ある一つの考える主体に属し、その他の誰にも属していないことを述べた。一つ一つの考えは、それが考え得る無数の他の考えのなかから自分に属するものとそうでないものとを区別することが出来る。自分に属する考えは、そうでない考えには完全に欠けている暖かさと親しさがあり、その結果昨日の客我は、現在判断を行っている主我と、ある特異な微妙な意味において同じであると判断される。（『心理学原理』、二八五頁）

流動する意識は、当然のことながら「勝手に飛び回るものではなく、ある一つの考える主体に属し」ているのだと、ここで改めて強調しているのである。そしてその「意識」の断片が属する「主体」とは、いわゆる「構成された集合体」などではなく、又、「霊媒」のような、非科学的不変の実体などでもない。こうして流れる意識を、自我の連続性と、同一性を表す概念として、「人格的同一性」という言葉を用いている。

それは一つの考えであり、各瞬間毎にその一瞬前の考えとは異なるものであるが、この一瞬前のものをも、それが自分のものとしていたすべてのものと共に包摂しているものである。すべての経験的事実はこの記述のなかに尽くされているのであって、経過する考えと経過する心の状態が存続することを仮定する以外に何も仮定する必要はない。（『心理学原理』、三〇〇頁）

ところで漱石についていえば、『文学論』の中において、潜在意識との対応から、意識の諸状態の概括的見方として、いわゆる「広大なる自己」への言及が見られた。

けれども、その時点では、モーガンの説にも引かれながら、「集合体」としての「より広大なるF」として、それを捉えたのみだった。

余は此講義の冒頭に於て意識の意義を説き、一個人一瞬間の意識を検して其波動的性質を発見し、又一刻の意識には最も鋭敏なる頂点あるを示し、其鋭敏なる頂点を降れば其明暗強弱の度を減じて所謂識末なるものとなり、遂に微細なる識域以下の意識に移るものなるを論じたり。而して吾人の一世は此一刻々々の連続に異ならざれば、其内容も亦不限刻の連続中に含まるゝ意識頂点の集合なるべきを信ず。（『漱石全集第九巻、文学論』、二一五頁）

と漱石は、その第三編の冒頭で、改めて意識の意義を説き、より広大なる意識について、詳しく定義している。

個人に就いて云ひ得ることは、其個人と同様の他の者に就いても云ひ得るが故に、（少なくとも、しか仮定し得るが故に）又其個人と時を同じくする人類は其数幾億に上るべきが故に、吾人一代の内容たる焦点的意識の集合は一世の集合意識の一部分と云ひ得べし。（前同）

この時点における「集合的意識」というものは、

凡そ吾人の意識内容たるFは人により時により、性質に於て数量に於て異なるものにして、其原因は遺伝、性格、社会、習慣等に基づくこと勿論なれば、吾人は左の如く断言することを得べし。即ち同一の境遇、歴史、職業に従事するものには同種のFが主宰する事最も普通の現象なるべし。（前同、二一八頁）

とも纏められているように、個人の内部における意識に関しても、より範囲を広げて捉えてみれば、それは、社会的なるものとして、考えることが出来るということであったのだ。

同一の対象を認識しても、どのように認識するかによって、認識の結果、意識のありようは異なったものになる。いわゆる個人差である。けれども又、それぞれの個人がどのように、その対象を認識するかということは、その個人が、背景としてどのような概念体系を学び知っているかという事に大きく依存するのである。すなわち、「意識する」という行為自体が、まず、第一に、その所属する社会集団が用いている言語の中に定着されている概念に基づくものであるということがいえる。そしてその社会集団に属するすべての個人が、必ずしもその言語機能や、それに付随する概念のすべてを学び知っている訳ではないものの、その基礎的なる部分は、子供が成長する過程で、必ず習得されるものであるから、言語の中に定着されている概念の体系は、その言語を使用する社会集団の全員に共有されていると考えても差し支えない。すると、同一の対象に対する認識は、その個人がどのような階層に属し、どのような生活環境で生育し、どのような教育を受けたかにも左右されることになる。これが、ここで漱石の捉える「集合的意識」であり、それは、又（第一章でも既に意識論として見たような）マルクスの言う「意識はそもそものはじめからすでに一つの社会的産物である」というあの考えにも共通する見方である。

漱石が『文学論』にいう、広大なる意識とは、以上のような社会的なる意識としての捉え方であって、個人の内面における、異なった意識内容については、「要素」又は「分子」として、感情を分析しているのみであり、ジェームズが『心理学原理』で捉えているような「人格的同一性」の存在については、一切ふれられていなかった。

かつて『宗教的経験の諸相』でより深く、漱石がその感銘を受けたのは、先述の如く（「James ノ解釈、普通ノconsciousness ハ意識ノ一種ナリ」とのメモが明白に示しているように）、我々にははっきりと認識することの出来ない潜在意識があるということに関する部分に於てであった。ジェームズは、その意識下の領域もすべて含めて、自己を自己たるもの、いわゆる「実相」であるとする。

漱石は、『文学論』では、現在時における我々の意識の実体は、揺れ動きながらも、この見えざる意識部分と不規則なる融合や分離を繰り返しながら、主観的「今」を形成している、いわゆる「意識の波」という部分にこそ、より強い感銘を受けていた。そして、その波の焦点が向かう「意識下の世界」の様相にも思いを馳せていたのである。

ジェームズは、『宗教的経験の諸相』の中では、「我々の意識的実体は、このもっと大いなる背景（筆者注・このことについて、更に、「自ら知る以上に、はるかに広大なる心理的実体」という言葉を用いている」）に対して、浮き彫りをなし、この大いなる背景の内容の多くは不鮮明である」と、述べていたのであった。そして、この広大なる自我こそが、いわゆる「神」としての存在へも通ずる「信仰」となり、「意識する人は、救いの経験の通路であるもっと広大な自我と連続するという事実であって、この事実のなかに宗教経験の明白な内容がある。」と、通常宗教に見られるような、「神」の存在そのものを問題化するよりも、自己をよりよく見つめ、充実させることにこそ、生きる力をしめしていた。

だからこそ漱石は、先の『宗教的経験の諸相』により強く触れた時点では、現在時の意識をより超越して存在する、そうした「神」をも想起させる「自己」についてはある程度の理解を示していたようではあるのだが、『心理学原理』を再び読み込んだこの時期に、改めて彼が立ち止まったのは、連続する意識の波が、すべてバラバラであるその状態を、「人格的同一性」すなわち、「人格意識」として共感するには、まだ充分にいたっていなかったように思われる。

要するに、少なくとも『坑夫』執筆開始の時点では、その「人格」的意識というものが何であるのか、その大いなる自己存在については、漱石としての見解を、まだはっきりと摑み切れてはいなかったのであった。「文芸の哲学的基礎」をはじめとするこれまでの多くの資料でも指摘してきたように、この「意識」の選択するものが、人生観へと繋がる理想となるというように解釈していた漱石にとって、東洋思想的「理想」、「道」にさえも繋がりかねない、すべての流動する意識を纏め得る、より広大なる「人格」それ自体を、どうしても認めることが出来なかったのだろうとも思われる。

そして漱石は、「無性格」論へと行き着いた。

例えば、『坑夫』の主人公が、次のように語る場面がある。

近頃ではてんで性格なんてものはないものだと考へて居る。よく小説家がこんな性格を描くの、あんな性格をこしらへるのと云つて得意がつてゐる。読者もあの性格がかうだの、あゝだのと分つた様な事を云つてるが、ありや、みんな嘘を描いて楽しんだり、嘘を読んで嬉しがつてるんだらう。本当の事を云ふと性格なんて纏つたものはありやしない。本当の事が小説家抔にかけるものぢやなし、書いたつて、小説になる気づかひはあるまい。本当の人間は妙に纏めにくいものだ。神様でも手古ずる位纏まらない物体だ。（『漱石全集第三巻、虞美人草・坑夫』、四四一頁）

こうした「坑夫」の述懐は、同時に、この当時の漱石の思いでもあるようにさえ思われる。「性格なんて纏つたものはありやしない」とその主人公に言わしむる、いわゆる「性格」の否定と、その矛盾の呈示には、前作『虞美人草』に描いたあの不動なる世界への否定の意味が込められており、ここで引き合いに出された「小説家」とは、その『虞美人草』作者自身に対する厳しい自己反省のなかからの言葉でもあると考えられる。

更に漱石は『坑夫』の作意について、その新聞連載が終了直後、明治四十一（一九〇八）年四月十五日、『文芸世界』に、次のような談話を発表している。

　だから歴史的研究は先づ止めて、心理的の物の見方の研究なぞから入ると、やり易くはないか、その極く単純な最初の経験から出立して、次第に複雑になる所を調べて見れば面白くはあるまいか、と私は考へた。（「『坑夫』の作意と自然派伝奇派の交渉」『漱石全集第十六巻、別冊』、五八一頁）

漱石のこうした意欲は、明治四十・四十一年頃の「断片」に収められた、次のようなメモによって、なお一層明らかにされる。

長いメモでもあるので、一部のみ引用する。

　然シ是ハ character delineation の observation カラ云ツテモ execution カラ云ツテモ未ダ幼稚ナ者デアル。自然ノ character ハ単ニ一ノ contrast デ全部ヲ描出サル、程ニ単調ナモノデハナイ

ソコデ尤モ accurate ナ observer 若シクハ executor ガ尤モ truthfully ニ character ヲ（whole side 勿論）カ、ウトスルト云フ迄モナク今迄ヨリモ遥カニ different　phases ガ出テ来ルニ違ナイ。サウシテ phases ガ different デアルガ故ニ互々ノ phases ノ間ニ consistency ガナイ様ニ見エル。一ノ矛盾位デハナク several inconsistencies ガ出テ来ル様ニナル。従ツテヤリ口ガ subtle デアレバアル程 whole side ガ写サレ、バ写サレル程マトマリノツカヌ character ニナリ易イ。一言ニシテ云フコトノ出来ナイ character ニナル。記臆《ママ》ニ不便ナ character ニナル。A・B・C ノ symbol デ現シ難キ character ニナル。（『漱石全集第十三巻、日記』、三〇四頁）

ここでは、全体の性格を表現しようとすれば、複雑な性格の種々の相を、まとまった筋に結びつけて行くことが不可能になってしまう、という漱石の観察であり、それ故に、意識が流動的である為の、固定された性格への疑問を感じているのである。

又、別の部分には、

Successive Psychoses ノ change ノ rate. James Vol. Ⅰ. 243-Resting places, transitive parts.

低回趣味トノ関係（前同、三一二頁）

というようなメモもあり、漱石がこうした考えを自らの一つのテーゼとした上で、ジェームズの意識の連続に関わる、停止部分、推移部分の概念を、低回趣味、即ち、写生文の手法と関連させることは出来ないかという、構想に結びつけている部分であると思われる。

よく調べて見ると、人間の性格は一時間毎に変つて居る。変るのが当然で、変るうちには矛盾が出て来る筈だから、つまり人間の性格には矛盾が多いと云ふ意味になる。矛盾だらけの仕舞は、性格があつてもなくても同じ事に帰着する。嘘だと思ふなら、試験して見るがいゝ。（略）

自分はよく人から、君は矛盾の多い男で困る〳〵と苦情を持ち込まれた事がある。苦情を持ち込まれるたんびに苦い顔をして謝罪つてゐた。自分ながら、どうも困つたもんだ、是ぢや普通の人間として通用しかねる、何とかして改良しなくつちや信用を落して路頭に迷ふ様な仕儀になると、ひそかに心配してゐたが、色々の境遇に身を置いて、前に述べた通りの試験をして見ると、改良も何も入つたものぢやない。是れが自分の本色なんで、人間らしい所は外にありやしない。それから人も試験して見た。所が矢つ張り自分と同じ様に出来てゐる。苦情を持ち込んでくるものが、みんな苦情を持ち込まれて然るべき人間なんだから可笑しくなる。（『漱石全集第三巻、虞美人草・坑夫』、五一八頁）

と、性格の否定ともとれる見解すら記している。

では、何故に漱石はこうして揺れたのか。

『虞美人草』で、極端に絶対化された「道義」が、「坑夫」によって、これほどあえなく否定されなければならなかったのは何故なのか。矛盾が多いという人間の性格は、意識の流れによって、矛盾を矛盾として示しながら「自己」としてあり続けているというのだが、そうした「自己」とは何であるのか。

朝日入社を契機として、揺れる自身の心に、必死で自己肯定を試みた漱石は、ジェームズの『心理学原理』に、「意識の流動性」を見た。そして、そこに生きる意味を見出して、意欲を持って取り組んだはずの『虞美人草』で、一度は「道義」を第一とする世界に、自己の「意識」認識とは無関係の、作家としての態度をもって作品世界に臨み、作中人物の意識を造型した。それは、いわば、自己解釈とは全くの、逆進的な世界であった。

そのような時に、『坑夫』は、書かれたのである。

ところで、明治四十一（一九〇八）年に書かれた『鶏頭』序の中で、漱石は次のように記している。

余は禅と云ふものを知らない。昔し鎌倉の宗演和尚に参して父母未生以前本来の面目はなんだと聞かれてぐわんと参つたぎりまだ本来の面目に御目に懸つた事のない門外漢である。（略）自分は元来生れたのでもなかつた。又死ぬるのでもなかつた。増しもせぬ、減りもせぬ何だか訳の分からないものだ。しばらく彼等の云ふ事を事実として見ると、所謂生死の現象は夢の様なものである。生きて居たとて夢である。死んだとて夢である。生死とも夢である以上は生死界中に起る問題は如何に重要な問題でも如何に痛切な問題でも夢の様な問題で、夢の様な問題以上には登らぬ訳である。（『漱石全集第十一巻、評論・雑篇』、五五八頁）

漱石は、「坑夫」執筆直前の、明治四十（一九〇七）年十一月九日の夜、この『鶏頭』序を書いているのである。すなわち、ジェームズを意識した漱石が、漠然と思いを馳せたのは、若き日に試みて、未だその悟りの境地には達することの出来ていない、あの参禅の体験だったのかもしれない。

そして『坑夫』を開始した。

再び、「意識」に挑んだのであった。ジェームズの方法を用い、意識を極限まで分化させ、さらには、彼なりの方法で、無性格論へと導いた。そこで、『坑夫』の主人公は、こうつぶやいたのである。

——纏まつた性格などありやしない——

けれども、そこで、漱石は又立ち止まる。

「文芸の哲学的基礎」で語ったように、流動する「意識」が、選択し、やがて見えてくるはずの、即ち、その「意識」によって導かれるはずの「理想」の姿（人生）というものが、この無性格論に行き着いたままの状態では、どうにも動きがとれなくなってしまうということに、彼は気づいたのであった。そして、漱石は、『坑夫』脱稿後、談話の中で次のように述べている。

智力上《インテレクチユアル》の好奇心《キユリオシテイ》のない人は、これを余り面白がらん。だからかういふ人の眼から見れば、（『坑夫』は）活動が鈍くてたゞ徒らに長たらしく、同じ処に何回も徘徊するものと思はれるだらう。然しこんな書方は私の主義ではない。ある時、ある場合にやつて見たくなる事があるばかしなんだ。（「『坑夫』の作意と自然派伝奇派の交渉」『漱石全集第十六巻、別冊』、五八〇頁）

既に先の引用からも指摘したように、ジェームズは「意識」をただ人間の精神生活における心的現象として捉えていたのではあるが、そうした心的現象を統一するものこそが、「自己」という主体そのものであることに、『坑夫』を経ることによって漱石も、自らの中の問題として、改めて受けとめる事が出来たのではないかと思われる。

漱石は、より広大なる自己、すなわち、人格意識の存在が、何ものでもない、すべての自我を総括する本来の人間それ自身であるということに、ようやく到達出来たのかもしれない。そして、そこには、神の存在そのものよりも、生の拡充をこそめざす、あの「禅」的思考さえも思い浮かべられたに違いない。そうした「自己」というものの、何よりも主体的なることこそ、以後漱石をより自己本位の立場へと導いていく基礎となるものでもあったのだ。

こうして漱石が摑んだものは、人間というものは道徳や絶対なるものなどの外枠からによって規定され、動かされるものでなく、取り留めもなく流動的な「意識」の流れの内部から自然とわき上がってくる純粋なる自己が、人間を創り、うごかしめていくものだという、新たなる意味である。

即ち、『坑夫』において彼が真に呈示したものは、道義的なるものから逃げ出した「個」の姿でもなく、単なる心的描写の方法を実験的に用いた、人間の心中の一方的自己告白などでない、内面からわき上がる、真実の「個」の姿そのものであったのである。それは、矛盾する数々の意識状況を、いわば「統一」できない存在である「自己」というものへの、若干の懐疑を含めた、けれども決して否定的でない、極めて人間本位の見方であったのではなかろうか。

それまでは意識というものに対して、いわゆる「興味」的側面から「行く末」を書くことに専念していた「作品」が、本質的な生き方そのものを捉えようという方向に、こうして変化を見せ始めて行くのである。

中期の漱石が『心理学原理』を経たという事実は、ジェームズへの単なる興味関心から引き起こされたものでも、また、それを手段方法として必要としたからでもなく、自らの生き方を何とか肯定したいという漱石自らの内なる強い欲求が導いた、必然的意義があったということであると思われる。

漱石中期作品に見られる、ジェームズを経た意識傾向を、作品としてどう分析していくか、それは、更に後で詳しく行うこととして、次に、漱石がジェームズにはっきりと接触する時期を、次章において更に確認してみたい。

三　第三期　修善寺の大患以後
――『多元的宇宙』からの示唆――

漱石のジェームズへの接近の、第三期と思われるのが、明治四十四（一九一一）年の、修善寺の大患を前後した頃のことである。

漱石朝日新聞社入社第七作目となる『彼岸過迄』が、明治四十五（一九一二）年一月二日から連載開始となるのだが、それに先立って、まず同年一月一日に、『彼岸過迄』の序としての、漱石の言葉が同紙に掲載されている。その中に次のような箇所がある。

事実を読者の前に告白すると、去年の八月頃既に自分の小説を紙上に連載すべき筈だつたのである。ところが余り暑い盛りに大患後の身体を打通しに使ふのは何んなものだらうといふ親切な心配をして呉れる人が出て来たので、それを好い機会に、尚二箇月の暇を貪ることに取極めて貰つたのが原で、とう〳〵其二箇月が過去つた十月にも筆を執らず、十一十二もつい紙上へは杳たる有様で暮して仕舞つた。（『漱石全集第五巻、彼岸過迄・行人』、五頁）

ここに「大患後」とあるように、その『彼岸過迄』は、自らの生命の危機を乗り越えて、書かれた作品なのである。それが、新たなるジェームズとの出会いへと彼を再び誘って、やがては、更に新たなる意識理論を構築していくことにもなるのであった。

ジェームズとの直接的な関わりを見る前に、まずは、この「序」を書くまでの作家に何があったのか、前作

『門』から『彼岸過迄』執筆に至る迄の漱石について、その内面的変遷を、諸々の資料を確認しながら、辿って行くものとする。

（一）修善寺の大患

漱石は『門』脱稿直後の明治四十三（一九一〇）年六月、以前から患っていた胃潰瘍の悪化により入院。生死の境をさまようことになる。それが、「修善寺の大患」である。

この時期については、『思ひ出す事など』に詳しい。

漸くのことで又病院まで帰つて来た。思ひ出すと此処で暑い朝夕を送つたのも最早三ケ月の昔になる。（略）病院を出る時の余は医師の勧めに従つて転地する覚悟はあつた。けれども、転地先で再度の病に罹つて、寝たまゝ東京へ戻つて来ようとは思はなかつた。東京へ戻つてもすぐ自分の家の門は潜らずに釣台に乗つたまゝ、又当時の病院に落ち付く運命にならうとは猶更思ひ掛けなかつた。（『漱石全集第八巻、小品集』、二七一頁）

漱石は、六月の半ばより入院していた長与胃腸病院を、翌七月初めには退院していたのではあるが、その後療養の為に、しばらく修善寺に滞在することを決意する。

夏目鏡子『漱石の思ひ出』によると、当時知己松根東洋城が、北白川宮の付き添いで修善寺に在留していたので、「知った人がいる方が何かと心強い」と思ったことや、「話相手に一緒に俳句でも作ろう」という気になったことなどが、彼の地を選択した理由であるという。

けれども、「転地先」修善寺での漱石は、そのような、いわば〝悠長な〟療養生活を送ってなどはいられなかったのである。到着したその日から体調を崩し、それから十八日後、ついに大吐血に見舞われる。

前出『漱石の思ひ出』では、それは次のように記されている。

私が側へ寄つて話でもしようと近づきまして、あんまりいやな顔をしてゐるものですから、

「気持悪いですか」

と尋ねますと、いきなりすげなく、

「彼方へいつてゝくれ。」

と申します途端に、ゲエーツといふいやな音を立てます。様子が只事でありません。（略）

又ゲエーツと不気味な音を立てたと思ふと、何ともかんとも言へないいやな顔をして、眼をつるし上げて了ひました。と鼻からぽた〳〵血が滴ります。私は躍気になつて通りがゝりの番頭を呼んで医者を招はせます。お医者さんたちは中庭を隔てて向うの部屋に居るのですから、その後姿などが、ちら〳〵見えてゐるのです。其間に夏目は私につかまつて夥しい血を吐きます。私の着物は胸から下一面に紅に染まりました。（夏目鏡子『漱石の思ひ出』、二〇五頁）

これが明治四十三（一九一〇）年八月二十四日の出来事である。後になって漱石も、次のように回想する。

余は今でも白い金盥の底に吐き出された血の色と恰好とを、あり〳〵とわが眼の前に思ひ浮べる事が出来る。況して其当分は寒天の様に固まり掛けた腥いものが常に眼先に散ら付いてゐた。さうして吾が想像に映る血の分量と、それに起因した衰弱とを比較しては、どうしてあれ丈の出血が、斯う劇しく身体に応へるのだらうと何時でも不審に堪へなかつた。人間は脈の中の血を半分失ふと死に、三分の一失ふと昏睡するものだと聞いて、それに吾とも知らず妻の肩に吐き掛けた生血の容積を想像の天秤に盛つて、命の向ふ側に重りとして付け加へた時ですら、余は是程無理な工面をして生き延びたのだとは思へなかつた。（『漱石全集第八巻、小品集』、三一五頁）

生死をさまようようなこの大吐血を経て、漱石は改めて「生」の重みを、そして「死」の意味を認識するに至る

のであった。彼は、この時実際に「死」を経験したという。

強ひて寝返りを右に打たうとした余と、枕元の金盥に鮮血を認めた余とは、一分の隙もなく連続してゐるとのみ信じてゐた。其間には一本の髪毛を挟む余地のない迄に、自覚が働いて来たとのみ心得てゐた。程経て妻から、左様ぢやありません、あの時三十分許は死んで入らしつたのですと聞いた折は全く驚いた。（前同、三一二頁）

吐血直後には、むしろ動揺せぬように心がけていたためか、自らの状態をそれほど深刻には感じ得なかったような漱石ではあるが、やがて、それまで漠然としか捉えてはいなかった「死」を、否応なく眼前に突きつけられ、そして、戸惑うことになる。

余は一度死んだ。さうして死んだ事実を、平生からの想像通りに経験した。果して時間と空間を超越した。然し其超越した事が何の能力をも意味さなかつた。（前同、三二〇頁）

死は身近なものであった。

いつかは誰もが死を迎える運命にあるにせよ、それは所詮「遠い先」の事である、今、身近にある「死」とは、自分以外の出来事である、誰もが心のどこかで、当然の事のようにそう捉えている。我々は「生」の世界を生きているのである。いかに生きるか、どう生きるかを考える。「死」に向かって、「死」ぬために（たとえ、客観的事実はそうであっても）、刻一刻をこうして生きているのではない。だから「死」が常に隣り合わせにあることが、観念の上では認識していても、今現在の自分の命には、決して関わってくるものでない、そう思うことにすら、余裕があある。これはおそらく、今「死」に直面せずにすんでいる、いわゆる〝幸福なる万人〟について、いえることであるだろう。

漱石も又然り。いくつもの作品の中で死を描き、彼自身、身近な人の死を目の当たりにした経験も少なからずあるにせよ（そして、ちょうどこの時期は、多くの死をこれでもかというくらい見せられて、非常な哀しみに打ちひしがれていた時期でもあったのだが）、それでも結局、その幾つもの「死」という事実についてさえ、「自分以外」の範疇の、いわば、他者の「生」の災難であったに過ぎないのであった。

漱石は、それまで、

> 死後の生！　名からしてが既に妙である。我々の個性が我々の死んだ後迄も残る、活動する、機会があれば、地上の人と言葉を換す。スピリチズムの研究を以て有名であつたマイエルは慥に斯う信じて居たらしい。其マイエルに自己の著述を捧げたロツヂも同じ考への様に思はれる。（前同、三一八頁）

という記述もあるように、真剣に「常に幽霊を信じ」ていた[11]人でもあった。そして、死後の世界にいくらかの興味を抱き、それに関する書物を随分積極的に読んでいたらしい。「マイエル」や「ロツヂ」[12]への言及が、それを如実に示している。死してなお、魂は、そして「意識」は、この世に残るのかも知れない。そんな漠然とした思いでもあったろう。

　しかし漱石は、先にも引用したように、一度自らの意識を完全に失い、死線をさまよう体験をして、「余は余の個性を失つた。余の意識を失つた。たゞ失つた事丈が明白な許である」（前同、三二〇頁）と嘆息するに至るのである。

　「死」はそれほどミステリアスなものでも、ファンタスティックなものでもない。ただ「無」に返るだけかも知れない。「自分」という人間が、すべて無くなってしまうこと、そんな科学的単純なる事実にすぎないのかも知れない。そう、彼は考える。

　「死」は、ごく身近に、日常の他の出来事と同様に、他愛なくそこに存在する。一見、大変重大な試練の如く思える「死」ではあるのだが、ふと気を許した瞬間に、すぐ側まで忍び寄る。漱石は改めて、そんな「死」というものの存在に、戦慄を覚えていたのである。

「眠から醒めたといふ自覚さへな」い、「陰から陽に出たとも思」えぬ程の、こうした死の体験が、漱石に与えたものは、いったい何であったのか。

四十を越した男、自然に淘汰せられんとした男、左したる過去を持たぬ男に、忙しい世が、是程手間と時間と親切を掛けてくれようとは夢にも待設けなかつた余は、病に生き還ると共に、心に生き還つた。余は病に謝した。又余の為に是程の手間と時間と親切を惜まざる人々に謝した。さうして願はくは善良な人間になりたいと考へた。さうしてこの幸福な考へを打壊す者を、永久の敵とすべく心に誓つた。(『漱石全集第八巻、小品集』、三二五頁)

死線からの脱出を経て彼は、「死」というものと常に隣合わせにある、自身の存在の儚さに気づき、改めて「生」の重みというものを、実感として認識するに至ったのであった。

この「生」の実感が、漱石に与えたものこそが、新たなる意識への挑戦として、再びよみがえってくるのである。

(二)さまざまな死を越えて

漱石が修善寺において生死の境をさまよい、やがて「生」たるこちら側の世界へと、再び戻ってきたことに、深い安堵を感じていた時に、時を同じくして、あまりにもあっけなく、「死」の世界へと旅立ってしまった人物があった。「長与称吉」、漱石が入院していた長与胃腸病院の院長である。

漱石は、明治四十三(一九一〇)年六月に、胃潰瘍と糖尿病の悪化により、その長与胃腸病院に入院したが、同年七月に退院、修善寺での転地療養を行っていた。その修善寺で彼が瀕死の状態に陥った事実は前述の通りであるのだが、長与院長が亡くなったのは、まさに、その間の出来事であったようである。

日記には次のように記されている。

明治四十三（一九一〇）年十月十二日（水）

今朝妻が来て実はあなたに隠してゐました病長《ママ》は死んで、葬式には香典を以《ママ》て東さんに行つてもらひました。死んだのは先月の五日のよし。森成さんが最初に帰つたのは危篤のため後に帰つたのは葬式のためだといふ。わるくなつたのは八月二十四日頃即ち余の吐血したる頃なり。初め余の森成さんを迎へたる時、院長はわざ〳〵電報で其地にて充分看護せよとの電報をかけたり。治療を受けた余は未だ生きてあり治療を命じたる人は既に死す。驚くべし。（『漱石全集第十三巻、日記』、五六〇頁）

又、このことについて、『思ひ出す事など』にも、その心境を詳しく語っている。

院長の容態が悪くなつたのは余の危篤に陥つたのと同時ださうである。（略）

当初から余に好意を表して、間接に治療上の心配をして呉れた院長は斯くの如く次第に死に近づきつゝある間に、余は不思議にも命の幅の縮まつて殆ど絹糸の如く細くなつた上を、漸く無難に通り越した。院長の死が一基の墓標で永く確かめられたとき、辛抱強く骨の上に絡み付いてゐて呉れた余の命の根は、辛うじて冷たい骨の周囲に、血の通ふ新しい細胞を営み初めた。（『漱石全集第八巻、小品集』、二七五頁）

漱石は、信頼を置いていた院長の死に強い衝撃を受けた。そして、自分の命の危機であったあの「忘るべからざる二十四日」の大量吐血で「三十分の死」に陥ったまさにその日に、院長の容態も悪化していた事実を知り、不思議なる運命の巡り合わせに、驚嘆をもらさずにはいられなかったのである。

こうした生と死の偶然が、漱石の心に鋭い刺激を与えた。そして自らの命の重みをも含めた、人間存在の不可思議に、改めて思いを馳せていくようになるのである。

又、何たる偶然か、漱石にとって、まさに運命的ともいえるもう一つの重大なる「死」が、丁度この同じ時期に、漱石の前に突きつけられていたという、驚くべき事実もある。

それは、長年愛読した、あの、ウィリアム・ジェームズ（筆者注・William James について、漱石は「ジエームス」と片仮名表記している）、その人の死であった。

『思ひ出す事など』には次のように綴られている。

　ジエームス教授の訃に接したのは長与院長の死を耳にした明日の朝である。新着の外国雑誌を手にして、五六頁繰つて行くうちに、不図教授の名前が眼に留つたので、又新らしい著書でも公けにしたのか知らんと思ひながら読んで見ると、意外にもそれが永眠の報道であつた。その雑誌は九月初めのもので、項中には去る日曜日に六十九歳を以て逝かるとあるから、指を折つて勘定して見ると、丁度院長の容体が次第に悪い方へ傾いて、傍のものが昼夜眉を潜めてゐる頃である。又余が多量の血を一度に失つて、死生の境に彷徨してゐた頃である。思ふに教授の呼息を引き取つたのは、恐らく余の命が、痩せこけた手頸に、有るとも無いとも片付かない脈を打たして、看護の人をはらくさせてゐた日であらう。（『漱石全集第八巻、小品集』、二七六頁）

漱石はこのジェームズの突然の訃報にも、又強い衝撃を受けたのであった。自らも、死線をさまよったその同じ時期に、かねてから敬愛するジェームズの死を知って、漱石は、改めて何を思ったか。

明治四十三（一九一〇）年十月十三日の日記に「ジエームスの死を雑誌で見る。八月末の事、六十九歳」と記されているその出来事が、改めて彼をこの時期に、ジェームズへと向かわせる直接の契機となったのであった。

何故なら、修善寺での大量吐血からのショックも漸く落ちつき、病後を過ごす静かな日々の中で、漱石がジェームズの死に、こうして一方ならぬ衝撃を受けたのそのときが、まさに、数年ぶりにジェームズの著作を、大いなる感動をもって読み終えたばかりの時期でもあったためだった。

ジェームズの死を知る二十日前、九月二十三日の日記には、

〇昨日は雨終日。午前にジエームスの講義を読む。面白い。

〇午前ジエームスを読み了る。好き本を読んだ心地す。（『漱石全集第十三巻、日記』、五四五頁）

と書き記していたほどである。そしてそのとき彼が手にしていたのが、ウィリアム・ジェームズ『多元的宇宙』なのである。

いまだ修善寺の病床の中で、再び触れたジェームズを、漱石はどう読んだのか。漱石とジェームズとの新たなる関わりを、この『多元的宇宙』を中心として読み進め、それを漱石がどのように受容して、何を確立していったのか、これまでのジェームズ観との相違なども含めて、更に詳しく考えてみたい。

（三）断片の検証

漱石がこの『多元的宇宙』をどう受容していたかを解く手がかりとして、まずは、彼が残した複数のメモからの考察を行う。

明治四十三頃に書かれた断片に、次のような部分がある。これは、全集の分類に従えば、「明治四十三（一九一〇）年夏胃腸病院入院中頃」の記載であるという。

例（性格描写ノ如シ。original conception ヲ以テ、其 conception ニ合フ様ニカクト屹度型ニ落チル。particular デ universal ダケレドモ死ヌト云フ弊ニナル。ダカラ original conception ヲ捨テテ particular カラ出テサウシテ其結果ガ一種ノ conception ヲ興ヘル様ニスベキデアル。要スルニ性格ハ conception カラ来ルモノデハナイ。conception ハ数多ノ実際ノ character ノ generalization デ人間カラ二等親ニモ三等親ニモ離レテ

ゐる。ダカラ性格ハ consistent ナルヨリハ活動スル方ガ好イ。consistent デ死ンダ character ハヨクアル。矛盾シテ活動スルノモアル。要スルニカヽル人ヲ書カウトキメテ掛ツテハ死ニヤスイ。たゞ斯ク云フタ斯ク行ツタ、斯ク考ヘタト云フ図ヲツヾケテ行ツテ其図ガ一枚々々ニ生キテゐれば前後ハ矛盾シテモ活タ人間ガ出来ルナリ。如何トナレバ実際ノ人間ハいくらでも矛盾シテゐるからである。たゞ活躍スル様ニ書かんと力むべし。かゝる性格ヲ書かうと力むベカラズ。性格ガ出ルト云フ事ハ（余ノ考デハ）取モ直サズ其人間ガ生キテゐると云ふ事也其人ノ quality ガ describe サレルト云フ意味ニ取ツテハ間違である。今の評家は性格云々と云フガ、此点ニ於テ注意ヲ払ツテゐないらしい）（『漱石全集第十三巻、日記』、五一九頁）

少々長い引用となったが、この部分で述べられていることは、まず、人間の性格にはもともと典型的な概念など存在しない、だから性格は概念から生まれるものではない、そして、「こういう人間を書こう」とするのではなく、ただ、その行動と生き様を書くことによってこそ、「生きた」人間を書くことが出来るのだということ、なのである。

小倉脩三はこの断片について、「ジェームズのベルグソンを紹介するあたりと、この漱石の作家として人間をいかに描くべきかという考えとが、いかに近似していることか」というように、ジェームズとの関連を述べている。小倉の指摘する、「ジェームズのベルグソンを紹介するあたり」とは、ジェームズ『多元的宇宙』の中の第六講「主知主義に対するベルグソンの批判」に相当する部分である。

では、果たしてこのメモが、ジェームズのその箇所に相当するものかどうかという点について、改めて考察してみたい。

それを検討する為には、まず、時期的な問題を取り上げる必要があるだろう。

まずこの時点で漱石が、『多元的宇宙』に触れていたかどうかは、確定出来ないのである。なぜなら、『思ひ出す事など』には、

教授の最後の著書『多元的宇宙』を読み出したのは今年の夏の事である。修善寺へ立つとき、向へ持つて行つて読み残した分を片付けやうと思つて、それを五六巻の書物とともに鞄の中に入れた。所が着いた明日から心持が悪くて、出歩く事もならない始末になつた。(『漱石全集第八巻、小品集』、二七六頁)

とあるので、明治四十三（一九一〇）年の夏には読み始めているらしいことは分かるのであるが、その後、先に触れたような病状の悪化により、読書など出来る状態ではなかったのであった。

そして、同年九月二十三日の日記には、先にも引用したように、

〇昨日は雨終日。午前にジエームスの講義を読む。面白い。
〇午前ジエームスを読み了る。好き本を読んだ心地す。(『漱石全集第十三巻、日記』、五四五頁)

とあったことから、この明治四十三（一九一〇）年夏頃の断片が書かれた時点では、『多元的宇宙』に漱石が触れていたかどうか、微妙なところのようである。この点については、小倉も、同様の見方を示してはいるが、それでもなお、ジェームズとの関連を、強く示しているのである。

確かにジェームズは、『多元的宇宙』の第六講「主知主義に対するベルグソンの批判」において、「人間の生の躍動の中に共感をもって生きて見よ」と言ってはいるのだが（この部分に関する筆者の見解は、後に再度詳述する）、この明治四十三（一九一〇）年の時点のこの断片を、真っ直ぐにジェームズへと結びつけるのは、そもそも早急すぎる感もある。何故ならこの部分の断片は（小倉は、ここの箇所だけを単独に引用し、いわば強調した形に取り上げているのだが）、そもそもただこれだけが単独で残されているのではない。先に引用した箇所は、他にも残された膨大なるメモの一部にすぎないのであって、実は次のような記述から開始されているものなのである。これは、重要な

示唆を得られる部分でもあると思われるので、以下にある程度引用し、改めて検討してみたい。

○芝居（筋ト技巧）、下手な筋を優れたる技巧を以て表現するは腐つた鶏卵に第一流の cookery の極致ヲ尽すが如し。上手な筋を愚かなる技巧デ演ズルハうち立ての蕎麦を露なしに食ふが如し。

創作（人生と芸術）もこれニ似たり。

○創作の depth は其内容のまとまりにあり。一句ニまとまるにあり。人生を道破セル一句にまとまるにあり。故ニまとまる様に書いてなければならず、又まとまる様に読まねばならず。（略）

○一句ニまとまるといふ事は particular case ガ general case ニ reduce サレルト云フ意味なり。更ニ云へバ particular case ノ application ガ広キナリ。particular case ガ孤立セル particular case デナクテ given species ノ type トシテ見ルヲ得ルガ故ナリ。（此意味の type ハ平凡トカ型トカ云フ type ニアラズ）、ツマリ融通ノ利ク particular case ナル故ニ深キナリ。

故ニ particular デアルト共に universal ナル tendency ヲ有スルナリ。permanent ナル感ジヲ興フルナリ。

○ Particularity ト universality ノ一致スル所ガ極トナル。

真ノ意味ニ於ル particular ハ名ノ示ス如ク particular ナリ。generalize シ難キモノナリ。scientist ノ collect スル零砕ノ instance ナリ。

故ニ information ニハナル。然シナガラ夫以外ニハ感興ナシ。要スルニ一種ノ surprise モシクハ stimulus ヲ興フル丈ナリ。

（略）

所謂 depth ノアル創作はカク generalise サレタ truth ヲ代表スベキ particular case ナリ。model example ナリ。

○けれども　此 generalization ニアフ particular ヲサガサウトスルト出来損フナリ。

まず第一に漱石は、ここで「芝居」や、「創作」における「depth」について述べているのである。すなわち、奥行きや深さ（難解さ）についての問題である。「所謂 depth ノアル創作はカク generalise サレタ truth ヲ代表スベキ particular case ナリ」として、単に、個々の体験を披露するだけでは、いわゆる「文学」とはなり得ず、又、ただ一般的なるものを漠然と描写することにも、警鐘を発しているのである。

それぞれに固有の体験である事実の描写は、決して安易に一般化されるものでなく、それぞれに酷く「特殊」な、そして重要なる事情がある。けれども、それを、「文学」としての高みにまで到達させるには、「Particularity ト universality ノ一致スル」ことが何よりも重要であると、メモとして残しているのである。

そうした観念が、次に、先に挙げた断片の部分へとつなげられている。「例（性格描写ノ如シ……）」として、続けられるのである。小倉は、その論の中で、先に挙げた部分のみを引用しているのであるから、確かにあの部分だけを見れば、漱石が、ジェームズの『多元的宇宙』観を、そのまま自己の心境に通ずるものとして見ることが可能かも知れない。けれども、こうしてその断片全体を見れば、まだ、この時点では、漱石は、『多元的宇宙』に対する感慨と言うよりも、事物の描写そのものに対して、「particular case」と「general case」との相反する立場の問題について、自己の作品等も改めて振り返りながら感じているものと思われる。

漱石のそうした感慨は、ちょうどこの時期明治四十三（一九一〇）年の夏頃に、朝日文芸欄に掲載された幾つかの文章の中にも見つけることが出来るのである。

例えば、七月十九日の「文芸とヒロイツク」では、

自然派の人が滅多にないからと云ふ理由でヒロイツクを描かないのは当を得ている。然し滅多にないからと云ふ言辞のもとにヒロイツクを軽蔑するのは論理の昏乱である。（『漱石全集第十一巻、評論・雑篇』、二四一頁）

と、客観主義に対する矛盾を指摘したり、又、同年七月二十一日の「鑑賞の統一と独立」では、各自の舌は他の奪ひがたき独立した感覚を各自に鳴らす自由を有つてゐるに相違ない。けれども各自は遂に各自勝手で終るべきものであらうか。己れの文芸が己だけの文芸で遂に天下のものとなり得ぬであらうか。それでは情けない、心細い。散り〴〵ばら〳〵である。何とかして各自の舌の底に一味の連絡をつけたい。さうして少しでも統一の感を得て落ち付きたい。（『漱石全集第十一巻、評論・雑篇』、二四九頁）

と、それぞれ「個」としての特殊な部分と、それぞれに共通する普遍的な部分への思いを綴っている。更には、同年七月三十一日から八月一日にかけて掲載された「好悪と優劣」の中では、

趣味の統一とは、多種多様の作物の個々を鑑賞する場合に甲乙が其評価に於て一致することを指して多く云つたのである。苟くも或程度迄此統一を許さぬ以上は、文芸界に在つて同じ空気を吸ひながら、同じ飯を食ひながら、同じ文明と社会に住みながら、友人と他人とに論なく、人は皆石片の如く何等精神的に交渉なく只ごろ〳〵してゐるといふ不合理な結論に到着しなければならない。さうすれば文芸の成立に必要なる相互の同情といふ本義を滅して仕舞ふと云ひたいのである。（『漱石全集第十一巻、評論・雑篇』、二五七頁）

とも述べている。この時の漱石は、病の身でありながら、作品を通じてではなく、「朝日文芸欄」の場に於て、当時の彼の文学に対する心境、すなわち、客観と主観という問題について論じたのであった。

こうした資料によっても、又、当時書き残された先のような断片が、ジェームズに直接対するものでなく、文芸欄に臨む為に、改めて、当時の漱石の文学観を確認するためのものであったことが伺われる。

そして、そう考えたとき改めて、『坑夫』によって到達した無性格論に似たものを、彼は思い起こしているのであると思われる。

ここには、「particular ハ名ノ示ス如ク particular」とかかれていたのである。要するに個々の特殊性、独自性

というものの重要性を説いている。そして、「scientist ノ collect スル零砕ノ instance ナリ。」ともいっている。当時の心境としては、『思ひ出す事など』にある、「物理学者は分子の容積を計算して蚕の卵にも及ばぬ（長さ高さともに一ミリメートル）立法体に一千万を三乗した数が這入ると断言した。」、「よし物理学者の分子に対する如き明確な知識が、吾人の内面生活を照らす機会が来たにした所で、余の心はついに余の心である」と見られるように、このとき、漱石の心に「性格」描写に対する漠然とした思いがまだ、存在していたのであった。

『心理学原理』の分析の際にも指摘してきたことではあるが、ジェームズによって示唆され、そこから、意識の流動性と、その複雑なる有様に、漱石は、その独自の見方を模索していたのでもある。そこで、どうしても解きれない「自我」そして、「個」という存在に、いまだ明確なる答を見いだせぬまま、彼は、このメモを書いたのだ。

ただ、こうした断片の観点から改めて、ジェームズの『多元的宇宙』を見てみると、概念としての固定化された性格の否定と、「かゝる性格ヲ書かう」とすることを否定して、「たゞ活躍スル様ニ書かん」ということを力説するこうした見解は、『多元的宇宙』の第一章の、次のような部分と交わって、考えることもできるのである。

絶対主義は、問題の実体は全体性の形においてのみ、全く神的なものとなるのであり、全体形においてのみ真の自己であるのである、と考えているのに対し、私がとりたいと考えている多元論は、次のことを喜んで信じようとしている。結局、全体形というものは決して存在しないかも知れない、実在の実体は、決して完全に集めることは出来ないかも知れない。それをどんなに大きくつなぎあわれてもそこに入らない部分が残るかも知れない、全体形が自明なこととして、通常暗黙のうちに受け入れられているが、各個形も全体形と同様、論理的に可能なものであり、経験的にはありそうなものであるかも知れない。（W・ジェームズ著、吉田夏彦訳『多元的宇宙』、二八頁）

一元論的世界観にたいして、「世界は寄せ集めではなく、ただ一つの大きなすべてを抱合する事実であり、その外には無しかない―全体か無しかありえないのである」と手厳しく評価するこうしたジェームズの見解は、漱石が、性格を「概念」として固定したものと捉えることを否定するものと同一である（そして漱石は、手沢本に於て、「各個形」(each-form)、「全体形」(all-form) の単語に、アンダーラインを残している)。そしてこれらのことからは、少なくとも作家である漱石と心理学者としてのジェームズとの、両者の人間に対するまなざしが、こうして共通するものを備えていたということは出来るのである。

又さらには、この後に続く断片を見てみると、『多元的宇宙』に於ける次項（すなわち第二講）に明らかに相当する断片のメモが存在し、その内容がジェームズ通りに移っていくので、恐らく、先の断片は、小倉の指摘するように、『多元的宇宙』に関する部分であると見なす事が可能であるとしても、それは第六講に相当するものでなく、むしろこのような前半部（最初の講辺り）に基づいて記されたものであることが、そうした外的なる事実からほぼ推定できるものと思われる。

従って以上のような分析から、まだこの時点では、小倉の指摘するように、当時の漱石が（明治四十三年夏頃、すなわち大患前頃において)、「ジェームズのベルグソンを紹介するあたり」まで深く読み進んでいたということ、しかも、そこからかなりの感動を受けていたということを、推定してしまうのは、少々早急であるようにも思われるのである。

さて次に、明治四十三・四十四年頃の「断片」を取り上げる。

この時期のメモについても、正確な記入年月日が不明なので、はっきりとした断定はし難いが、少なくとも「明治四十三・四十四年」頃には書かれたものであること、加えてその記載内容などから、明らかに漱石が『多元的宇宙』を読み進めて行くうちに、或いは、読後の構想段階で、書き留めていたものであることは推測出来るように思われる。

改めて確認作業を進めたい。

まずは「明治四十三・四十四年」頃の断片の、始めの部分に、次のような三つのメモがある。

○ Art and Life and Philosophy

Life is art : analyzability, synthesizability. Its changeability, its dependence on the environment.

○ Philosophy ; its isolated character, its unmovability, its fixity and void, it leaves out the sum total of life's content.

○ Philosophy is form, art content ; formal : unification possible, at the same time its application possible. Art is never united in principle, its myriad variety, its powers, its application in real life.（『漱石全集第十三巻、日記』、五八九頁）

簡単に訳してみるとおよそ次のようになろう。

○芸術、人生、そして哲学

生は芸術である。分析も合成も可能。変化に富み、環境にも左右される。

○哲学。孤立、不動、そして固定化され、寧ろ空虚ですらある。生の総合的な本質を無視するものである。

○哲学は形態であり、芸術は中身である。形態とは、即ち単一で、応用も利かない。芸術は決して単一でなく多様性に富んだもの。それは生きる力であり、実生活へのさまざまなる応用が可能である。

漱石はここで、哲学と芸術とをはっきりと区別し、その違いを纏めている。哲学とはあくまでも形式的な、外形から固定化され、適応されるものであり、それに対して芸術は、決して固定されるのではなく、無限の可能性に富み、生の躍動感がみなぎっているもので、個々の人間の、内面の変化によって表現されるものである、と述べている。哲学的なるものと、芸術的なるものの対比は、この時点では、漱石が哲学を、自身の芸術に対して、否定的に見ているというようにも受けとめられるのではあるが、一方、『多元的宇宙』との関わりから考えてみれば、ジェームズが、その第二講で、

哲学者達は常に、世界が一見それで満たされているように見えるごみをはき清めることを心掛けて来た。彼等はまず第一に目に付くもつれを退けて、経済的で秩序に適った概念を其代わりに導き入れた。こういう概念は道徳的に高いものである場合もあったし、単に知的に清潔なものであるに過ぎないものもあったが、いずれにせよ純粋で、明確なものであり、この世界の内部構造に清くて知的なものを期することをめざすものであった。

（W・ジェームズ著、吉田夏彦訳『多元的宇宙』、三六頁）

と厳しく断罪する、従来の哲学者の観念に共通するものではなかろうか。それに対して、漱石が「芸術」と定義するそのあり方は、ジェームズによって、

絶対主義者が最も強調するのは「無時間的な」性格である。一方、多元論者にとっては、時間は他のすべてのものと同じく実在的であって、宇宙の中には、全然歴史を持たないほど、大きく、安定していて、永遠なものは何もないのである。（略）

多元論は絶対者を追い払うことによって、我々に一番近しい生活の破壊者を追い払ったのであり、従って、実在の性質から本質的なよそよそしさを取り除いたのである。あらゆる目的、理由、動機、欲望や嫌悪の対象、我々が感ずる哀しみや喜びのよってくる所、これらは有限な多様性の世界の中にある。なぜならば、物事が実際に生じ、事件が起こるのはこの世界の中においてのみだからである。（前同、三九頁）

というように、「多元論者」としての見方をもって示される（漱石は、このあたりに、文章全体に対するメモや線引き

は残してはいないが、ジェームズが本文中で特に強調しているとみられるイタリック体で記された単語や、固有名詞に、漱石も断続的にアンダーラインを引いて、その関心を示している）。

こうした見解、特に、兼ねてから性格描写について、先のような疑問を抱いていた漱石にとって、従来の哲学者が説くあの「全体」としての「概念」ではなく、それぞれの生の瞬間、多様性の世界を主張するこのジェームズの世界観こそ、多大なる共感を感じうるものとして、理解することが出来たのかも知れない。

ここにおいて、『思ひ出す事など』の、あの「作家のヘンリーは哲学のような小説を描き哲学者のヰリアムは小説のような哲学を書く」という漱石の言葉が思い起こされる。ジェームズの哲学は、漱石にとって、生に対する芸術観ともうけとれていたのではなかろうか。

更に、そうした漱石の、ジェームズに対する共感を知るうえで、断片には、こうも記されているのである。

○ Cosmogony—
low temperature—gas
liquid
solid —human life
—teleological int.

○ Fechner—consciousness of the earth
Physicist—molecular activities of cr〔y〕stal ）—analogous ?

（『漱石全集第十三巻、日記』、五九一頁）

断片のメモであるが簡単に訳してみよう。

○宇宙創造
　　低温状態―気体
　　　　　　　液体
　　　　　　　固体
　自然論的主知主義
　　　　　　―人間の生命

○フヒナー―地球の意識
　物理学者―水晶における分子の活動 ）―類推？

これらは単なるメモに過ぎないのかも知れない。けれども、これが一体何を意図し何を意味するものなのかということを、改めて考察してみると、漱石を解く上での重要な手がかりが又見えてくる。

これらの内容をよく見ると、これもやはり明らかに、『多元的宇宙』を読んだ漱石が、それを考察するにあたり、書き留めたものであることが、ジェームズの著作と実際に対応させることによって立証出来よう。

このメモにはまず、宇宙という大きな自然への思いが伺える。そして、ガスや液体などの物質的なもので構成されている宇宙が、物理学者のいう分子の働きという、ミクロレベルでの考察と非常によく似ている、ということが記されている。

断片中の、「フヒナーの地球意識」という言葉を手がかりに、ジェームズの『多元的宇宙』を見れば、丁度第四講に、「フヒナーについて」という章がある。

The vaster orders of mind go with the vaster orders of body. The entire earth on which we live must have, according to Fechner, its own collective consciousness. So must each sun, moon and planet ; so must the whole solar system have its own wider consciousness, in which the consciousness of our earth plays one part. So has the entire starry system as such its consciousness ; and if that starry system be not the sum of all that is, materially considered, then that whole system, along with whatever else may be, is the body of that absolutely totalized consciousness of the universe to which men give the name of God.

精神の秩序が広大になれば、身体の秩序も広大になる。フヒナーによれば、我々が住んでいる地球も、それ自身の集合的な意識を持っているに違いない。又太陽や月や遊星もそうに違いない。太陽系全体も、それ自身の更に広い意識を持っていて、吾が地球の意識も、このより広い意識の中で一役買っているに違いない。だから又、全天体もその意識を持っている。そうしてもし全天体系が、質量的に見た場合、ある所のすべての総和でないとすれば、この全体系は、そのほかのすべてのものと共に、宇宙の絶対的に全体化される意識の体となっているであろう。この宇宙の絶対的に全体化された意識を、人は神というのである。（一一七頁）

（＊アンダーラインは、漱石手沢本のメモによる。以下同）

すなわち漱石メモに見られる、「フヒナーの地球意識」という点については、『多元的宇宙』の第四講にて述べられているのであるが、簡単に纏めれば、地球も、宇宙も、物質的な集合体というよりはむしろ、我々の体が視覚・聴覚などのさまざまな意識がより包括的なる意識（自我）というものの下に存在しているのと同様、個人の意識、人類の意識、動植物の意識など、さまざまな多くの意識が統合されて、地球全体の一つの意識として総合的に到達する、という見方である。ジェームズはこのフヒナーについて、「意識的な経験は、自由に複合しあい、又はなれ合う、とする彼の仮定は、絶対主義が我々の精神の永遠な精神に対する関係を説明するのに使うのと同じ仮定であり、又経験主義が、人間の精神はより下級の精神的要素から合成されていると説明する際使ふのと同じ仮定であるが、この仮定は厳密な検査なしに通してよいものではない」というように、否定的見解を示している。

又、他の断片には次のようなものもある。

○変化、antagonism. fossilized.
○Continuity? -Gap?
　　life-death
　　organic-inorganic
　　light-darkness
○Uniformity. (law of) = both assumption and fact.
Generalization = fact. One generalization excludes all others, ∴ fact becomes untrue, or partial truth is made use of as if it were the whole truth.

このあたりのメモは、ある事実を一つの原理として一般化すれば、他の事実は抹殺されてしまう危険性があるということについての記載である。内容に関しても、『多元的宇宙』を見ると、対応する部分が見られる。第五章「意識の複合」に見られる、次のような箇所である。

So first we identify the thing with a concept and then we identify the concept with a definition, and only then, inasmuch as the thing is whatever the definition expresses, are we sure of apprehending the real essence of it or the full truth about it.

我々はまず事物をその概念と同一視し、次に概念をその定義と同一視する。そうして事物が、その概念が表現する所のものである限り、その事物の真の性質、つまりそのものの完全な心理を理解すると思いこむのである。

Concepts, first employed to make things intelligible, are clung to even when they make them unintelligible. (……) you must proceed deny any possible forms or modes of unity among things which you have begun by defining as a 'many'. We have cast a glance at Hegel's and Bradley's use of this sort of reasoning, and you will remember Sing wart's epigram that according to it a horseman can never in his life go on foot, or a photographer ever wash his hands, or do anything but photograph.

概念は、そもそも、物事をわかりやすくするために使われだしたものなのに、最後には物事を理解出来ないものとしてまで執着されるようになる。（略）一旦「他者」と定義した事物の間には、如何なる統一の形式もあり得ない、としなくてはならない。我々はヘーゲルやブラットリがこの種の推論を用いているのを、一瞥した。そうして諸君は、こういう考え方に従えば、騎手は一生自分の足では歩けないし、写真師は、写真を撮る以外の事はできないことになる、というジークヴァルトの警句を思い出すであろう。

漱石のメモ「fact becomes untrue, or partial truth is made use of as if it were the whole truth.」の内容と、この『多元的宇宙』第五講に見られる、ジェームズの主張とは、まさに正確に適合するものである（漱石手沢本の、このジェームズの引用部には、全体的に漱石による傍線が引かれている）。漱石は、ここにおいて、特に断片的意識が、どう連続していくか、その断片的意識の一部分を、意識の全体像として見てしまう危険性、ひいてはただ、一つの概念から、それを全体像として一般化することの危険性について、特に心を動かしていることがこのあたりからは伺える。

更に「明治四十三・四十四年頃の断片」には、こうした同じようなメモが多く続いているのではあるのだが、最早これ以上、ジェームズの『多元的宇宙』との対照ばかりに紙面を割いても無意味であろう。このとき、漱石はジェームズの『多元的宇宙』に多大なる関心を寄せ、しかも、それを詳細に纏めていたという事実は、疑い様はない。メモは、『A pluralistic Universe』の各章の配列順序に従って、こうして正確に記されているのである。

ただ特筆すべきことは、こうしたメモの内容から鑑みると、そのどれもが、特に、「連続と、断続」、「複合と、分解」など、ジェームズが『多元的宇宙』の中で特に強くいうように、細かな断片と、その融合された全体像との関係について、漱石は強い関心を抱いているということが伺われる。

又、その『A pluralistic Universe』からの、要点メモに引き続いて、おそらくは漱石自身の言葉と見られる記載がある。次はその一部である。

Science ハ law of uniformity of time and space ノ上ニ樹立ス、ダカラ世界ノ果ヲ断ジ数万年ノ昔ヲ断ジ、又数千年ノ未来ヲ断ズ。所ガ human beings ヲ govern スル law ハ（モシアリトスルトモ）application ガ利カナイ。是ハ uniformity ガナイノカ又ハ uniformity ガアツテモ非常ニ複雑デ all cases ガ all different デアルタメデアル。（略）

law ハ nature ノ world ニ於クル如ク human world ヲ govern シテ居ル。但シ個々人々infinite variety ヲ構成スル故ニ apply スル law ヲ発見スルノハ人間ノ手際トシテ too complicate ナモノデアル。ヨシ之ヲ見出シタ所デソレヲ乙ニ apply スル「ハ猶更出来ヌナリ。従ツテ law ハアツテモナイト一般ニ chaotic デアル。夫ダカラ人間ハ昔カラ盲目ダト云ハレテ居ル。始終遣リ損ナツテバカリ居ル。此所ニ人間ノ変化ノアル所ガアリ学者ノ及バザル所ガアリ、不可思議ニ見えル所ガアリ、面白イ所ガアリ、口惜イ所ガアルノデアル。

人間は一般論としては、同じ様な「law」（筆者注・ここでは「法律」というより、「道理」、「道義」、「概念」などか）に支配されているが、個人個人ではそれぞれが違った個性があり、又、各々なりの意識・感情も持っている。理論では分かっていても、又理論上では、そうなるだろうと明らかに思われることでも、それぞれによって、結果は異なり、従って、過ちや誤解も生じてしまう。こうした個々の人間の違いや、その人それぞれの「世界」に対して、漱石は、「人間ノ変化ノアル」、「学者ノ及バザル」、「不可思議ニ見えル」、「面白イ」、「口惜イ」ところとして、興味を抱いているということが、このメモからも伺える。

『多元的宇宙』の中でも特に、意識の断片的なるところ、流動的であり、しかもそれが、前著作では、これほどはっきりと示されていなかった個々の意識のありように、相当なる関心が示されているのである。

（四）『思ひ出す事など』から

さてその大患を経て漱石は、改めて何をこの『多元的宇宙』の中に思ったか。これまでのメモの検証に加えて、それはその『思ひ出す事など』の中で更に詳しく知ることが出来る。

漱石は、『思ひ出す事など』の中で、「殊に教授が仏蘭西の学者ベルグソンの節を紹介する辺りを、坂に車を転がす様な勢で駆け抜けた」と感想を綴っているほど、強い感銘を受けた部分について、更に具体的に取り上げて考えたい。

『多元的宇宙』第六章、「主知主義に対するベルグソンの批判」で、ジェームズは次のようにいう。

The essence of life is its continuously changing character; but our concepts are all discontinuous and fixed, and the only mode of making them coincide with life is by arbitrarily supposing positions of arrest there in. With such arrests our concepts may be made congruent. But these concepts are not parts of reality.

生の本質は、その連続的に変化していく性質にある。しかし我々の概念は、すべて不連続で固定されたものであり、この概念を、生と一致させる唯一の方法は、生の中に恣に停止点を設けることである。こういう停止によって、我々の概念は生に一致するかも知れない。しかし、これらの概念は、実在の部分ではない。

When we conceptualize, we cut out and fix, and exclude everything but what we have fixed. A concept means a that and no other. (……) Whereas in the real concrete sensible flux of life experiences compenetrate each other so that it is not easy to know just what is excluded and what not. Past and future, for example, conceptually separated by the cut to which we give the name of present, and defined as being the opposite sides of that cut, are to some extent ,however brief, co-present with each other throughout experience.

我々は概念を使うとき、切り出し、定着し、定着した以外のものはすべて排除してしまう。一つの概念は、一つの、これであってほかのものではないものを意味する。（略）ところが、実際の具体的な生の感覚的な流れに於いては、諸々の経験は、お互いにひたしあっているので、何が排除されていて何か排除されていないかを知ることは難しい。例えば、過去と未来とは、概念的には、現在という名の切断によって切り離され、この切断のお互いに別の側にあると定義されているが、実際には経験のどの部分においても、ほんのわずかの間にせよ、共存しあっているのである。

＊（アンダーラインが、漱石の手沢本によるものであるが、この辺りには、全体的に文章の側面に渡って線引きが為されている）

ジェームズは、ベルグソンの説、すなわち、従来の主知派の主張した、事象をすべて停止したものとして捉えようとする見方を批判し、「一定した概念が、そのものの本質のすべてではない」ということ、又、それらの個々の概念も、「互いに融合しあって、決して固定されたものではない」という説を紹介している。

漱石は、この章の中でも特に、

It is just intellectualism's attempt to substitute static cuts for units of experienced duration that makes real motion so unintelligible. The conception of the first half of the interval between Achilles and the tortoise excludes that of the last half, and the mathematical necessity of traversing it separately before the last half is traversed stands permanently in the way of the last half ever being traversed.

主知主義が、経験される持続の単位を、静的な切断で置き換えようとするからこそ、真の運動は理解出来ないものとなるのである。アキレスと亀の間の間隔の前半という概念は、後半の概念を排除する。そうして後半を横切る間に、前半をまず横切ることが数学的に必要である、という事情が、いつも後半を横切ることを妨げているだけである。

というところから始まるアキレスと亀の詭弁を例に取った主知派の考えの誤りを指摘する部分にも強い印象を受けたのだろう。『思ひ出す事など』の中で、漱石は次のように、それを取り上げているのである。

もし想像の論理を許すならば、（略）希臘の昔ゼノが足の疾きアキリスと歩みの鈍い亀との間に成立する競争に辞を託して、如何なるアキリスも決して亀に追い付くことは出来ないと説いたのは取も直さず此消息である。わが生活の内容を構成する個々の意識も亦此の如くに、日毎が月毎に、其半ば宛を失つて、知らぬ間に何時か死に近づくならば、いくら死に近付いても死ねないと云ふ非事実な論理に愚弄されるかもしれないが、斯う一足飛びに片方から片方に落ち込む様な思索上の不調和を免かれて、生から死に行く経路を、何の不思議もなく最も自然に感じ得るだらう。（『漱石全集第八巻、小品集』、三一四頁）

ここで、漱石は、生死の関係が、「緩急、大小、寒暑」と同じように、「普通の対照と同じく同類連想の部に属すべきものと判ずるにしたところで」、「唐突なる懸け離れた二象面を、何うして同性質のものとして、その関係をあと付ける事が出来よう」と述べて、自らが体験した「死」の経験に、再び思いを馳せている。「死」をも経験したとはいいながら、実際には、全く意識に留め得なかった不可思議と、空恐ろしさを感じとり、その二つの対照的なる事実を、「何の不思議もなく最も自然に感じ得」られた体験から、より一層、「断片」的なる概念への批判をも含めて、ジェームズを共感をもって、読みとっているようにも思われる。

では、そうして読みとった、意識の部分は、果たしてどのような形を持っていたのか。決して独立していないその意識の一つ一つはどのようなものであるのか。『心理学原理』においては、川の流れの様に、蛇行しながらも、いわば平面上を一方向に向かって進んでいた意識のその流れの様態は、『多元的宇宙』においては、更に複雑化したものとなっている。

それが、「坂に車を転がす様な勢いで駆け抜けた」ほどに、「いたく推服した」と告白するこの第六講に、次のように著されている。

まずは、

> 実在を概念に分解してしまえば、最早、その全体性を再建することは出来ない。ばらばらになったものをいくら寄せ集めても、具体的なものを作り出す事は出来ない。しかし、実在の生きて能動的に動いている厚みの中に一気に飛び込んで見よ。そうすれば、すべての抽象と区別とを手に入れる事が出来る。そうすれば、主知主義的な代用品を心のままに作り出すことが出来る。

と、概念として分解することに否定的な考えを示した上で、

> Place yourself at the point of view of the things interior doing, and all these back-looking and conflicting conceptions lie harmoniously in your hand. Get at the expanding centre of a human character, the elan vital of a man, as Bergson call it, by living sympathy, and at a stroke you see how it makes those who see it from without interpret it in such diverse ways. It is something that breaks into both honesty and dishonesty, courage and cowardice, stupidity and insight, at the touch of varying circumstances, and you

> feel exactly why and how it does this, and never seek to identify it stably with and of these single abstractions.
>
> 事物が内部で物事を行っている観点に立ってみると、これらの後ろ向きで互いに争っている諸概念がすべて調和するようになる。ある人間の性格の中心、すなわち、ベルグソンのいわゆる人間の生の躍動《エラン・ヴィタル》の中に、共感をもって生きてみよ。そうすれば直ちに生の躍動を外から見ている人々が、これをかくもさまざまなやり方で理解している所以をみてとることが出来るだろう。

と、その「生の躍動《エラン・ヴィタル》」の中心に、入り込んで行くことこそ、そのものの本質を理解する為の、重要なる見方であるというのである。そしてまさにこの部分に対しても、漱石は、アンダーラインをはっきりと、その手沢本の中には示している。

こうして死を体験した漱石は、これまでの「生」と「死」に対する自らの認識が、ジェームズのいういわゆる「主知派」の侵しやすい、「外側に立って」「再建しようとする」試みでしかなかったことを改めて感じとり、その渦中にあるものにしか理解することに出来ない「ヴイジヨンの中心」に眼を向け始めたのである。

彼の「人間」への思いは、ここからはっきりとした方向へと動き始めていくのである。そして、そうした性格への、人間への洞察の試みを、やがて着手することになる、あらたなる次の作品で改めて確認するのである。

（五）「多元論」との関わり

ところで、『彼岸過迄』の冒頭文、「彼岸過迄に就て」の中に、次のような漱石の言葉がある。

> かねてから自分は個々の短篇を重ねた末に、其の個々の短篇が相合して一長篇を構成するやうに仕組んだら、

新聞小説として存外面白く読まれはしないだらうかといふ意見を持してゐた。が、つい夫を試みる機会もなくて今日まで過ぎたのであるから、もし自分の手際が許すならば此「彼岸過迄」をかねての思はく通りに作り上げたいと考へてゐる。けれども小説は建築家の図面と違つていくら下手でも活動と発展を含まない訳に行かないので、たとひ自分が作るとは云ひながら、自分の計画通りに進行しかねる場合が能く起つて来るのは、普通の実世間に於て我々の企てが意外の障害を受て予期の如くに纏まらないのと一般である。従つて是はずつと書進んで見ないと一寸分らない全く未来に属する問題かも知れない。けれどもよし旨く行かなくつても、離れるとも即《ママ》くとも片の付かない短篇が続くだけの事だらうと予想は出来る。自分は夫でも差支へなからうと思つてゐる。（明治四十五・大正元〈一九一二〉年一月「此作を朝日新聞に公にしたる時の緒言」）（『漱石全集第五巻、彼岸過迄・行人』、七—八頁）

ここで漱石の言う、「個々の短篇が相合して一長篇を構成するやうに仕組」んだ小説を書きたい、との「兼ねてから」の「思はく」とは、いったい何であったのか。

この「彼岸過迄に就て」の中で、先の引用箇所よりはやや前の部分で、漱石はこうも述べている。

実をいふと自分は自然派の作家でもなければ象徴派の作家でもない。近頃しば〳〵耳にするネオ浪漫派の作家では猶更ない。自分は是等の主義を高く標榜して路傍の人の注意を惹く程に、自分の作物が固定した色に染付けられてゐるといふ自信を持ち得ぬものである。又そんな自信を不必要とするものである。たゞ自分は自分であるといふ信念を持つてゐる。さうして自分が自分である以上は、自然派でなからうが、象徴派でなからうが、乃至ネオの付く浪漫派でなからうが、全く構はない積である。（『漱石全集第五巻、彼岸過迄・行人』、六頁）

よく読むとこの言は、漱石が明治四十一（一九〇八）年四月、「『坑夫』の作意と自然派伝奇派の交渉」を語ったとき、彼自身の口から出た言葉と非常によくにているということに気づかされる。改めて振り返るとそれはおよそ次のようなものである。

いや、誤解といふ事は世の中にあるもんで、この頃の自然派の議論が益々熾となるにつれて、私は到底その派とは相容れないもののやうに目されて了つた。一体今の自然派はローマンチシズムを攻撃するんでなくて、積極的に自然派の主義を主張してゐる。もうローマンチシズム対自然主義ぢやない。絶対的に自然主義万能論となつて、其余のものは一顧の価値もなく排斥されてゐるのだ。（略）私は自然派が嫌ひぢやない。その派の小説も面白いと思ふ。私の作物は自然派の小説と或意味ぢや違ふかも知らんが、さればとて自然派攻撃をやる必要は少しも認めん。誰が書いても出来損ひは悪く、善い物は善いに極つてゐるんだから、そこで殊更になんといふ意見も発表しなかつた訳なのだ。（略）

……ローマンチシズムと自然主義とは、世の中で考へてるやうに相反してるものぢやない。相対して一所になれんといふものぢやなくて、却つて一つの筋がズート進行しているやうなものだ。その筋の両端に二主義を置くと、丁度中央の部では半々に交はるところが出来てくる。（『漱石全集第十六巻、別冊』、五八一頁）

この談話を語ったとき、漱石は「坑夫」を脱稿していた。それは先にも見たように、ジェームズを積極的に受け入れて、そこから自らの自己意識のあり方を何とか捉えようとした、意識に対する実践でもあった。

『坑夫』を終了するにあたって、その最後の部分に於て、

――自分が坑夫に就ての経験は是丈である。さうしてみんな事実である。その証拠には小説になつてゐないんでも分る。（『漱石全集第三巻、虞美人草・坑夫』、六七四頁）

と主人公に語らせているように、自らの見解としてはそれを「試作」だとみなし、むしろ「小説」としては「失敗作」だとも受けとめていたらしい。『坑夫』を経て漱石は、先にも既に指摘したように、「自己」という統一された存在そのものに対しては、依然漠然とした状態ではあるにせよ、ジェームズの受容にばかり固執せず（むしろ、方

法という点に於ては、その傾向は顕著にいえる事であろう)、人間の「生」の姿というものを、周囲の状況との関わりのなかで、より積極的に描くことに取り組んでいた。それが、中期三部作『三四郎』、『それから』、『門』である(詳細については後述)。

けれどもこの『彼岸過迄』執筆の直前に、彼は、再び、ジェームズへと対峙した。そして、このときの接近は、過去における二度の著作への関心より、更に大きな感銘をもって、漱石はジェームズを受けとめているものである。まずは、全部で八章からなるこの『彼岸過迄』という作品が、それぞれの章毎に独立した、全く異なった視点から成り立っているということに、大きな意味を見いだす事ができるだろう。これまでの漱石作品には、こうした視点の転換は、みられなかった傾向なのである。

冒頭部から登場する、全編に渡って顔を出す、いわゆる主人公的存在として、田川敬太郎という人物を設定してはいるのだが、それが、作品内に於ける中心人物かといえばそうではない。寧ろ、彼の眼を通して語られる、周囲のそれぞれの人物こそが、それぞれなりに、各「章」毎に於ける重要人物となり、作品は展開するのである。

すなわちその序文にもあったように、漱石はこの作品を、「個々の短篇が相合して」「一長篇を構成する」作品に仕上げているのである。そう考えると、このいくつかの短編を組み合わせて作り上げられたような「彼岸過迄」という作品こそ、ジェームズにみられる多元論「Pluralistic universe」、幾つもの小宇宙が点在している、あの世界観へと繋がっているものと言うことは、たしかに考えられることである。

(六)『彼岸過迄』の中の「多元性」

では、「多元的」なる世界観を意識して構成、執筆された「彼岸過迄」の中で、それがどのように著されているか、具体的にみていきたい。

この「彼岸過迄」が、明らかに『多元的宇宙』を経ての作品だと思われる理由として、先に言及したような独立した各章立ての形態はもちろん、更にその細部においても、そうした多元論的なる考えがところどころに見えている。

まずこの作品において、客観的視線をもって登場してくる敬太郎の性格、すなわちその好奇心旺盛という人物像である。

作品冒頭部、敬太郎がまだ高等学校にいた時分のことが語られる。スチーブンソンの「新アラビア物語」をきっかけとして、英語の教師からロンドンについての話を聞いた敬太郎が、次のように感じている部分がある。

辻馬車とロマンスに至つて敬太郎は少し分からなくなつたが、思ひ切つて其説明を聞いて見て、始めて成程と悟つた。夫から以後は、此平凡極まる東京の何所にでもごろ〳〵して、最も平凡を極めてゐる辻待の人力車を見るたんびに、此車だつて昨夕人殺しをする為の客を出刃ぐるみで乗せて一散に駆けたのかも知れないと考へたり、又は追手の思惑とは反対の方角へ走る汽車の時間に間に合ふ様に、美くしい女を幌の中に隠して、何処かの停車場へ飛ばしたのかも分らないと思つたりして、一人で怖がるやら、面白がるやらしきりに喜んでゐた。（『漱石全集第五巻、彼岸過迄・行人』、二一頁）

平凡極まる風景の中にも、それぞれをよく見つめてみれば、そこには何かしらドラマがある。人生がある。自らの日常や又いろいろな苦悩を抱えた我々には、ともすれば、気がつく余裕すら失いがちになってしまう、「他」の人生。敬太郎は、英語教師の何気ない一言から、世の中に潜んでいる多くのドラマに興味を抱くようになるのである。

これは先に取り上げたように、ジェームズのいう、人それぞれが、それぞれなりに有している小宇宙の深い存在を示唆するばかりでなく、渦中にあること、まさに、「生の躍動《エラン・ヴィタル》」の中に飛び込むことによって知り得る、その意味をも示している。

それを、この敬太郎という人物の、旺盛なる好奇心をして、渦中にあるそれぞれの人物に注意を注いでみようとするものである。

作品には、敬太郎のこうした、「他」に対する好奇心を、更に次のような部分にもみることが出来る。同じ下宿の森本に、未だ「位置」の極まっていない自分について、わざと抵抗するような語気で語る場面である。

「だつて、僕は学校を出たには出たが、未だに位置などは無いんですぜ。貴方は位置々々つて頻りに云ふが。——実際位置の奔走にも厭々して仕舞つた。」と投げ出すやうに云つた。（『漱石全集第五巻、彼岸過迄・行人』、三二頁）

ジェームズのいう小宇宙的世界、それぞれの人生にそれぞれが演じるドラマがある。それは敬太郎にとって、最も興味ある、面白い対象ではあるけれども、決して同一視出来るものではないし、又、彼にとっては、同一視などする気もない、というところがおもしろい。「貴方のは位置がなくつて有る。僕のは位置があつて無い」というそれぞれの立場の違いは、興味を持って覗いたり、ときには深入りして踏み込んだりすることは出来ても、決して互いに入れ替わることも、成り代わることも不可能な、独立した存在なのである。

「罷めるが好からうとも罷めないが好からうとも云はなかつた」敬太郎には、他人の人生に深入りしようとする姿勢はみられないし、寧ろ彼に取ってはそんなことは「他の進退などは何うでも構はない気」がする程度のことでもあった。

これは敬太郎の、森本との関係が、単なる同じ下宿の住人同士という設定に過ぎないことからの「何うでも構はない気」とも受け取れるが、又、同時に、それは結局はどんなつながりのある肉親さえも、自己に対して「他」であるところの世界、人生はどうあっても、渦中の人物以外には、到底踏み込むことの出来ない不可侵なる世界であるともいえるのではなかろうか。

ジェームズのいう多元的宇宙とは、ただ単にその存在の、すなわち人それぞれが所有する世界の複数性、多元性に着目するばかりでなく、それが互いに同じ時代、同じ時間、そして同じ空間を共有して存在しながらも、本質的なところでは決してぴったりと交わったり、介入したりすることの不可能な、完全に独立した世界を、それぞれが生きているのだという絶対的なる宿命のようにも思える。

この敬太郎の好奇心とその役割について、小宮豊隆は、

敬太郎は数珠の紐であつただけに、一つ一つの珠の中を通り抜けて、通り抜ける事によつて言はばばらばらな珠を一つにつなげる役目を果たしてゐる。（『漱石の芸術』）

と分析する。

漱石は、敬太郎の好奇心をして彼の周囲のさまざまな人々を観察させ、のぞき見をさせて、その視線から多くの人々の有様、生き様を描こうとしているが、それはひいては、垣間みることは出来ても、決して成り代わる事の出来ない、大きな運命との対峙であるとも受け取れる。

だから敬太郎が、森本に対して「他の進退など何うでも構はない気がした」と感じるこの意識のあり方は、当然、敬太郎以外の他者にとっても、自分以外の「他」について感じるあり方なのである。それを我々は、次の章「停留所」の中で、須永の口を通して、再び気づかされて行くのである。

次の引用は、自分の位置のなかなか決まらぬ敬太郎が、「何だ蚊だと手前勝手ばかり並べて、今以て愚図々々してゐる」友人須永を訪ねて言う場面である。須永は、亡き父が「比較的立派な地位にゐた所為」や、「為になる」

親類の多くあることから、いくらでも就職口はあるという、敬太郎に取っては羨むべき立場にある。

「さう贅沢ばかり云つてちや勿体無い。厭なら僕に譲るがいゝ。」と敬太郎は冗談半分に須永を強請ることもあつた。すると須永は淋しさうな又気の毒さうな微笑を洩らして、「だつて君ぢや不可ないんだから仕方がないよ」と断るのが常であつた。断られる敬太郎は冗談にせよ好い心持はしなかつた。（『漱石全集第五巻、彼岸過迄・行人』、四二頁）

「だつて君ぢや不可ないんだから仕方がないよ」というこの須永の言葉も、敬太郎が、前章で森本に対して感じる「他の進退」と同等であり、この様な形をして、漱石はまずジェームズの説くそれぞれの小宇宙的世界を書き表そうとしているのである。

そもそも冒頭部において「敬太郎は夫ほど験の見えない此間からの運動と奔走に少し厭気が注して来た」（『漱石全集第五巻、彼岸過迄・行人』、九頁）と紹介される敬太郎は、「運動と奔走」の必要性を感じながらも、進退よりも頭の方が段々言うことを聞かなくなつて」動こうとしない男なのである。そして、「まあ当分休養する事にするんだ」とつぶやきながら、彼なりの時間をのんびり過ごしているかのようである。

夜中に二返眼を覚ました。一度は咽喉が渇いた為、一度は夢を見たためであつた。三度目に眼が開いた時はもう明るくなつてゐた。（『漱石全集第五巻、彼岸過迄・行人』、一〇頁）

こうして眼を覚ましても、たとえ、外が明るくなって「世の中が動き出してゐた」と気づいても、敬太郎は、「休養々々と云つて又目を眠つて仕舞」う。彼にとっての世界は彼のものであり、世の中がどう動こうとも、又、それがどうあろうとも、結局最終的には誰をも介入させることの出来ない宇宙的存在とも受け取れる。敬太郎の描き方、その旺盛なる好奇心は、この様にして、ジェームズを経た漱石の大いなる運命的な世界を前にしての、挑戦のようにも受け取れる。

しかし漱石の挑戦は、決して多元的なるだけでは収まらなかった。ジェームズを経た漱石が「彼岸過迄」に描いたものは、幾つもの意識世界が混在する、多くの「宇宙」、それをただ一人物の視点に集中させると言うに留まらない、更に深い人間意識への挑戦でもあったのである。

（七）ベルグソンと漱石

漱石に於ける意識の問題をこうして改めて考えたとき、ジェームズの『多元的宇宙』をいかに読んでいたか、そしていかにそれを受容していたかとの関わりについて、更に、もう一つ、別の面からの推測が可能である。それは、『思ひ出す事など』第三章に付加された、次のような部分が手がかりである。

（ジエームス教授の哲学思想が、文学の方面より見て、どう面白いか、こゝに詳説する余地がないのは余の遺憾とする所である。又教授の深く推賞したベルグソンの著書のうち第一巻は昨今漸く英訳になつてゾンネンシヤインから出版された。其表題は、Time and Free Will（時と自由意思）と名付けてある。著者の立場は無論教授と同じく反理知派である。）（『漱石全集第八巻、小品集』、二七九頁）

すなわちここで、もう一つ、検証が必要であろうと思われる。漱石はベルグソンを読んでいたか、という疑問である。

蔵書目録によれば、ベルグソンの著作について、

『Time and Free Will』（1910）

『Creative evolution』（1911）

『Laughter』（1911）

の三冊を、漱石は所有していた。それぞれの発行が明治四十（一九〇七）年から明治四十一（一九〇八）年の頃に

かけてのものなので、漱石がジェームズを盛んに読み砕き、先に取り上げたメモを書き残していた時期（明治四十三〈一九一〇〉年）とベルグソンを購入し、読んだと思われる時期が、果たしてどちらが先であったのか、不明である。仮に『思ひ出す事など』の中に、先のようなベルグソンについての記載がみられることから考えて、ベルグソンをも同時期にと考えることは出来ても、それが、どれほどの大きさをもって、漱石の中に受けとめられていたかは、はっきりとは分かり得ない。

それを探り出すために、いくつかの資料を呈示する。

まず、明治四十三（一九一〇）年頃の断片に、次のような部分が見つけられた。

一九一〇、十月 6th, Bergson ノ translator Monc blanc ノ上デ死ス、青年、Pogson.、Heart Collapse（『漱石全集第十三巻、日記』、五九〇頁）

これは邦訳すれば、「ベルグソンの翻訳者、モンブランの上で死す。青年、ポグソン。心臓病のため」ということである。ここにはベルグソンの名こそ記されてはいるものの、その著作や思想に関するものではない。よってこの時期に起こり、たまたま眼についたニュースの一つとしてメモしたものではないかと考えられる。当時の新聞を紐解くと、たしかに明治四十四（一九一一）年七月六日に、モンブランの頂上で、かの翻訳者は亡くなっているのである。

一方、日記には、次のような記載がみられる。

明治四十四年六月二十八日

○昨日ベルグソンを読み出して「数」の篇に至つたら六づかしいが面白い、もつと読みたいが今日は講演の頭をとゝのへる都合があつて見合せる。

同七月一日
○ベルグソンの「時間」と「空間」の論を読む
大正五年「断片」より
○科学的一元説（テイン）トベルグソン《ママ》（『漱石全集第十三巻、日記』、六四五頁）

これらの事から考え合わせると、漱石がベルグソンを読み始めたのは、（特に『時と自由意思』）明治四十四（一九一一）年六月頃であることが分かる。

すると、『思ひ出す事など』執筆当時には、まだ読んではいなかったのかも知れない。『思ひ出す事など』にみられる添え書きがいつ描かれたか、定かではないが、ただ、ジェームズが『多元的宇宙』の中で盛んにベルグソンに言及するのに触発されて、漱石も、そのベルグソンに接近していったのではないかという推測は可能であろう。

さて、改めて考える。漱石がベルグソンの『時と自由意思』を読んでいたのは、先の引用の通り、明治四十四（一九一一）年六月二十八日前後のことであるのだが、ここで、その日記に記されている具体的な部分をみながら、漱石の視点を考える。

そもそも、ベルグソンは、この『時と自由意思』において、何を表そうとしていたか、それはその序文にも、我々は自分の考えを必ず言葉によって表現し、又大抵の場合、空間内で考える。言い換えるなら、言語が、我々の持つ観念相互の間に、物質的対象の間と同じ明確な区別、同じ不連続を設定するように要請する。このような同視は現実生活において有用であり、大部分の学問においても必要である。しかし次のような疑問が生じ得るだろう。ある種の哲学上の問題が引き起こす克服しがたい難しさは、空間を占めていない諸現象を空間内に並置しようとこだわることに由来するのではないか、又、その周辺で行われている粗雑な像《イメージ》を除き去ることによって、往々論争にけりをつけることになるのではなかろうか。非延長的なもの（広がりを持たぬもの）を延長（広がり）に、質を量に、不当に翻訳したために、提起されている問題の核心そのものに矛盾を宿してしまったとき、その問題に与えられる解決の中にも再び矛盾が発見されることに驚くことがあるだろうか。
さまざまな問題のうちから我々は形而上学と心理学に共通のもの、自由の問題を選んだ。決定論者とそれに反対する人々との間のすべての論争には、持続と延長、契機と同時性、質と量との混同があらかじめ含まれていることを我々は確証しようとする。ひとたびこの混同が一掃されると、自由に対して唱えられる異論も、それに下される定義も、更にある意味では、自由の問題自体も、解消するのがみられるであろう。（ベルグソン著、平井啓之訳『時と自由意思』、一三頁）

と、示しているように、我々が混同しやすい「意識状態」のあり様について、通常の日常生活において言語化され、「翻訳」されてしまっている姿と、意識本来の純粋なる姿とを区別して、解きあかそうとしているものである。ベルグソンは、双方の相違について、時間と空間、質と量、内面性と外面性、相互浸透と相互排除などの対比によって解明を試みる。

漱石の日記に記された「「数」の篇に至ったら六づかしいが面白い」とあるのは、このベルグソン『Time and Free Will』によると、第二章「意識の諸状態の多数性」――持続の概念――に於ける第一節「数的多数性と空間」辺りである。

この部分について検討する。

数とは一般に単位の集まり、或はもっと精確に言うなら、一と多との綜合と、定義される。実際、あらゆる数は一である。なぜならそれは精神の単一の直感によって表象され又それには単一の名が与えられるのだから。しかし、この単一性とは、総和の単一性であって、切り離して考える事の出来る多数の部分を内包している。

（ベルグソン著、平井啓之訳『時と自由意思』、七五頁）

これは漱石が興味を持って読んだと記す、第二章の冒頭部分である。

ベルグソンがこの著において解明を試みているのは、意識というものについてであるのだが、この第二章では、引用として示したように、「数」についての概念を確認することから始めている。そして、我々が数を数える時にはいつも、ある「単位」にのみ着目して、「総和」を出しているのだが、その場合、数の概念は「絶対に同類同士である部分或は単位の多数性についての単的な直観」を含んだものであるとする。しかし、厳密にいえばその事物、又は個々の特徴を考えると、それらはすべて、「混ざりあってただひとつのもの」にはなり得ないのであるから、すべて区別されるものとして、「総和」を出すことが出来ないというのである。群をなす羊を例に挙げて、本来、その一頭一頭は、決して同一であるとは言えず、又、仮に同一だと仮定してみても、群をなす羊について、空間内について占めている位置的な問題については、相当異なっているものと思われるので、総和として数えられる時には、我々は、すべての羊を同一の像《イメージ》の中に包括して、考えるという行為に至る。そうすることによってのみ「総和」として出されるが、それぞれにおいて「個」としての存在を一旦認めるとするならば、それは決して、同一の単位で、処理されるものではない、という。

漱石は、このあたりのベルグソンによる説明の、特に、

…… as soon as we wish to picture number to ourselves, and not merely figures or words, we are compelled to have recourse to an extended image. What leads to misunderstanding on this point seems to be the habit we have fallen into of counting in time rather than in space.（HENRI BERGSON『TIME AND FREE WILL』, Page. 78）

単に数字や言葉ではなく数そのものの表象を求めようとすれば、延長をもった（広がりのある）像《イメージ》にどうし

ても戻らざるを得ない。この点について錯覚を生じさせるものは、空間の中よりも寧ろ時間の中で数を数えるという身に付いた習慣であるらしく思われる。（ベルグソン著、平井啓之訳『時と自由意思』、七七頁）

というあたりに、全体に傍線を記しているのである。

「数」の概念について、「あらゆる数」は、「単位の集まり」であり、又一方、それは、「それを構成する単位の総合として、それ自体が一つの一主体でもある。」という、「二種類の単位」をベルグソンはまず呈示する。漱石はこのうちの、特に「The discontinuity of number」の部分にアンダーラインを引いて、その関心を示している。更には、

In a word, we must distinguish between the unity which we think of and the unity which we set up as an object after having thought of it, as also between number in process of formation and number once formed. The unit is irreducible while we are thinking it and number is discontinuous while we are building it up: but as soon as we consider number in its finished state, we objectify it, (……) (Henri Bergson『TIME AND FREE WILL』, Page. 84)

要するに、現に思考されている時の単位と思考された後に物とみなされてしまった単位との間には、又同様に、形成途上の数と形成されてしまった数との間には、区別が無ければならない。単位はそれ自体が思考されている間はなにものにも還元され得ないし、又数はそれが構成されて行く間は非連続なものである。しかし完成した状態で数が考察されるようになると、直ちに、それは客観化されてしまう。（以下略）

という、このあたりにも線引きを残しているのである。

ベルグソンはそのうえで、「意識」というものについての、心のうちにある状態を考察する。そして、「意識」状態の多数性は、数の単位の多数性の性質とは異なることを指摘する。

複合感情はより単純なかなり多数の要素を含んではいるが、これらの要素は完全に明瞭に表面に出ない限り、全面的に実現されたとは言えないであろうし、又意識が、それらについてのはっきりとした知覚を持つようになるや否や、それらの要素の綜合の結果である心的状態はまさにそのことのために変化してしまっているはずだ。（ベルグソン著、平井啓之訳『時と自由意思』、八二頁）

として、「数」の上で、1＋1＝2となるような単純性を否定する。

そして、我々の自我には、「外的」なるもの、外部の生活に触れていて、常に、外部から影響を与えられる意識と、「内的」なる自我、すなわち、考え込んだり決心したりする、より純粋なる自己の、二つの面があり、意識は、それぞれが別個で、独立している部分ではあるけれども、外部の世界から離れて、内的自我の範疇に入り込んで行くに従って、互いに「溶けあい」「変容する」というのである。

そして、こうした意識の傾向について、更に「結論」部で、次のようにまとめている。

Hence there are finally two different selves, one of which is, as it were, the external projection of the other its spatial and, so to speak, social representation. (……) The greater part of the time we live outside ourselves, hardly perceiving anything of ourselves but our own ghost, a colourless shadow which pure duration projects into homogeneous space. Hence our life unfolds in space rather than in time ; we live for the external world rather than for ourselves ; we speak rather than think ; we 'are acted' rather than act ourselves. (Henri Bergson『TIME AND FREE WILL』, Page. 231)

結局二つの自我があることになり、その一方の自我は他方の外的投影のようなもの、その空間的で、いわば社会的な表象だ、ということになるだろう。（略）我々は自分自身に対して、外的に生きており、我々は自分の自我については、その色あせた亡霊、等質の空間に純粋持続が投ずる影しかみていない。それで我々の生活は時間の中よりも寧ろ空間内に展開される。自ら行動するよりもむしろ「行動させられている」。自由に行動するとは、自己を取り戻す事であり、純粋持続の中に我が身をおき直す事である。（ベルグソン著、平井啓之訳『時と自由意思』、二二一頁）

ベルグソンは、我々の「自己」というものが、表面では外界に接触しているということから「表面的なる自己」と、それに左右されない「純粋なる自己」の意識状態があるという。漱石も、アンダーラインが示しているように、この部分に強い興味を抱いている。これはいわば意識の二重構造、それも、互いに重なり合った、縦型の二重構造であり、外部に接触して揺れ動くその表層面を取り除くと、そこには意識本来の姿である、純粋な自己が存在するというのである。

さて、こうしたベルグソンの『時と自由意思』を、漱石が「彼岸過迄」のほぼ半年前という時期に、「面白く」読破していたというのは、非常に興味ある事実である。

ジェームズの『多元的宇宙』を読んだ漱石が、そこに紹介されているベルグソンの著作に触れて、興味を覚え、そして、自ら受容しようとしたことは、もはや間違いあるまい。

たしかに、ジェームズが『多元的宇宙』第六章の中で、盛んに引用していたベルグソンの考えは、なるほどよく似ているのである。

ただし、漱石の著作の中におけるベルグソンへのメモや言及は、ジェームズに於けるそれから比べるとはるかに少ない[13]。そのうちの主なものを挙げるとすれば、先に引用したもののほかには、まず、このベルグソン『時と自由意思』の手沢本そのものの中の、扉の部分に、次のようなメモを残しているのが見られる。

文学書ノ面白イモノヲ読ンデ美シイ感ジノスルノハ珍シクナイガ哲理科学ノ書ヲ読ンデ美クシイト思フノハ殆ドナイ。此書ハ此殆ドナイモノ、ウチノ一ツデアル。第二篇ノ時間空間論ヲ読ンダ時余ハ真ニ美クシイ論文ダ

ト思ツタ。（『漱石全集第十六巻、別冊』、一九五頁）

○余ハ常ニシカ考ヘ居タリ、ケレドモ斯ウシステムヲ立テ、遠イ処カラ出立シ此所ヘ落チテ来ヤウトハ思ハザリシ。（前同、一九五頁）

これは、いかに漱石がベルグソンについても感銘をもって読み終えたかということを証明しているともいえるだろう。

ただ、このほかに於けるベルグソンへの言及を探しても、講演の中で時折、その名前が挙がる程度で目立ったものはないのである。大正四（一九一五）年に描かれた評論「私の個人主義」の中に、

近頃流行るベルグソンでもオイケンでもみんな向ふの人が兎や角いふので日本人も其尻馬に乗つて騒ぐのです。ましで其頃は西洋人といふ事だと云へば何でも蚊でも盲従して威張つたものです。だから無暗に片仮名を並べて人に吹聴して得意がつた男が此々皆是なりと云ひたい位ごろ〳〵してゐました。他の悪口ではありません。斯ういふ私が現にそれだつたのです。（『漱石全集第十一巻、評論・雑篇』、四四三頁）

という部分がみられるが、これは、今解きあかそうとしている、明治四十四（一九一一）年時点での、ジェームズとベルグソンからの受容の問題とは直接関わりのないもので、当時の漱石がジェームズを読み、続いて開いたベルグソンの著作から受けた印象とは多少違った見解を示している（恐らく時を経て、こうして、其著作からの直接的な感化というよりも、一旦自己の中にとり入れられたそれらの理論が自身の内部で再構築され、改めて漱石的意識として導かれていったということを、この段階においても漠然と、推測する事は可能である）。

但し、この明治四十四（一九一一）年のこの時期にあっては、漱石はジェームズに導かれ、ベルグソンに触れていたのである。そしてこの事実こそが、漱石文学への更なる力強い影響を与えるものともなっていくのである。

それを裏付けることとして、直接的なる言及とは言えないが、明治四十四（一九一一）年八月十五日、和歌山県

会議事堂で「現代日本の開化」を講演しているその中で、漱石が、意識について語る部分が次のようにみられる。

我々の心は絶間なく動いて居る。あなた方は今私の講演を聴いておいでになる、私は今あなた方を前に置いて何か言つて居る。双方共に斯う云ふ自覚がある。それに御互いの心は動いてゐる。働いてゐる。これを意識と云ふのであります。此意識の一部分、時に積れば一分間位の所を絶え間なく動いてゐる大きな意識から切り取つて調べてみるとやはり動いてゐる。(『漱石全集第十一巻、評論・雑篇』、三三五頁)

と、意識のありようを定義した上で、その動きを次のように示している。

凡て一分間の意識にせよ三十秒の意識にせよ其内容が明瞭に心に映ずる点から云へば、のべつ同程度の強さを有して時間の経過に頓着なく恰も一つ所にこびり付いた様に固定したものではない。必ず動く。動くにつれて明かな点と暗い点が出来る。其高低を線で示せば平たい直線では無理なので、矢張り幾分か勾配の付いた弧線即ち弓形の曲線で示さなければならなくなる。(前同、三三六頁)

こうした、現在時の外的対象に対する意識の波については、『心理学原理』においても漱石の中で認識されていたものではあるが、この講演において、更に新しい認識とみられるものが次のように語られているのである。

私は今此処で演説をして居る。(略)私が無理に此処で二時間も三時間も喋舌つては、あなた方の心理作用に反して我を張ると同じ事で決して成功は出来ない。何故かと云へば此講演が其場合あなた方の自然に逆つた外発的のものになるからであります。いくら咽喉を絞り声を嗄らして怒鳴つて見たつて貴方がたはもう私の講演の要求の度を経過したのだから不可ません。あなた方は講演よりも茶菓子が喰ひたくなつたり酒が飲みたくなつたり氷水が欲しくなつたりする。其方が内発的なのだから自然の推移で無理のない所なのである。(前同、三三八頁)

こうして非常に分かりやすい例を示して、それは語られているのであるのだが、漱石は「外発的意識」「内発的意識」という言葉を以て、外界に接し、そこから刺激を受けて変容する意識と、自己の中から自然にわき上がってくる内面からの意識の二つの存在を示している。更にこの講演では、それを、次々と速度を増して近代化しつつある、当時の社会に対して、外国からの圧迫で成し遂げられつつあるもの、即ち、「外発的」「上滑りの開化」と手厳しく評しているのである。

漱石の自己意識についての捉え方、特に、内なるものと、外的なる世界との対比を中心としてそれを考えたとき、次に描かれたあの『彼岸過迄』という作品がより鮮明なる形を持って見えてくるとも思われる。

ところで『彼岸過迄』は、過去に於ても岡崎義恵によって、「須永を中心とする世界をめぐって存在するもの」(「彼岸過迄」『夏目漱石』昭和四十五年七月、東京大学出版会)と指摘されるほど、須永市蔵という人物のしめる位置は重いと考えられている。作品の後半部、「須永の話」は、須永の独白体によって展開され、そこには、周囲に孤立し苦悩する、一人の青年が描出されているのである。

須永は、叔父の松本から、「世の中と接触する度に内へとぐろを巻き込む性質」と評される、極めて深刻なる自意識に苦悩する男である。

一つ刺激を受けると、其刺激が夫から夫へと回転して、段々深く細かく心の奥に喰い込んで行く。さうして何処迄喰い込んで行つても際限を知らない同じ作用が連続して、彼を苦しめる。(『漱石全集第五巻、彼岸過迄・行人』、二九九頁)

須永の苦しみは、外的なるしがらみや世間、社会に接触し、それが自身にかかわり合うことだと判明した瞬間から、彼の中に起こる作用でもあるのである。果てしのない内的自我への拘泥を、松本は「市蔵の命根に横たはる一大不幸」であると断定し、その内なる葛藤から逃れるには、「内へ内へと向く彼の命の方向を逆にして、外へとぐろを巻き出させるより外に仕方がない」、「外にあるものを頭へ運び込むために眼を使う代りに、頭で外にあるものを眺める心持で眼を使ふやうにしなければならない」と、叔父の立場からの、暖かな忠告の意味も込めて語られる。

　これらに対する詳しい作品分析についてはあとに譲るが、この時点で指摘しておかなければならないのは、こうした「内」なる自己意識の世界へと、次第次第に「とぐろを巻き」込みながら、更なる意識に脅かされ、苦悩する、その須永の姿にこそ、『彼岸過迄』に於ける、ジェームズやベルグソンを経た漱石の、「意識」認識が伺えると言うことであろう。

　多元論によって導かれた漱石は、やがてジェームズのいう「意識」という概念が、その多元論にばかり固執するのでなく、『多元的宇宙』のその中で、次第に意識の複雑なるあり様に問題を焦点化していくことに注目していくのである。そして、そのジェームズによって導かれ、かのベルグソンを読むことで、より明確に、意識状態の様相を、自身のものとして理解するようになるのである。それが、この『彼岸過迄』なのである（『彼岸過迄』に描かれた須永の意識のあり様は、後の作品論において詳述する）。


　さて、以上見たように、周囲の近しい人々の幾つもの死という悲しみを越え、自らの命の試練をも乗り越えて、彼の心は自己を見つめることにのみ固執せず、自らの回りに渦巻くさまざまな「生」の存在をも、よりはっきりと認識した。それぞれの世界を改めて垣間みて、そこに自身と同様に、息吹く多くの人生を、世界を、そして、意識の織りなす空間を改めて発見したのである。その思いがジェームズの『多元的宇宙』に呼び起こされ、ベルグソンの一つ一つの意識の世界に押され出て、やがて、かねてより興味のあった幾つもの、それぞれの世界の垣間見を、『彼岸過迄』という作品の中に実現させた様にも思われる。

　敬太郎をして、さまざまな人々の生活やその生き様に眼を注がせているのは、そうしたそれぞれの世界を、すなわち、決して「一つ」にはまとめあげることの出来ない「心」の世界の有様を、ただ、傍観する自分の側から描こうとした、そんな試みとも受け取れる。従って、ジェームズやベルグソンを考えるとき、『彼岸過迄』の中に、そんな幾つもの小世界的世界が繰り広げられているのには納得出来るのでもある。

漱石は、ジェームズに於ける多元的世界を描こうとするうちに、より広角的視野から、やはり、それぞれが奥深い、深遠なる心の世界を抱いていることに気づいて行くに至ったのであった。そして、ベルグソンのいうように、幾つもの感情が入り乱れ、まるで、とぐろを巻く様な、「外部に接触して揺れ動くその表層的な面を取り除いた、意識本来の姿」としての「純粋なる自己存在」のあり様を、捉えようと試みる。

それこそが深い自己洞察のはじまりなのである。

（八）渦巻く意識

漱石が『多元的宇宙』をあれほどまでに感動を持って読んだのは、彼自身が体験した「死」という事実を省みて、それが、ジェームズのいうように、概念として、きっかりとあちら側にあるのでなく、いつのまにか到達し、いつのまにか帰還したその境界線の不明確さを、実感として得ているからなのである。

けれども漱石には、ジェームズをどうしても受け入れることが出来ない部分も又『多元的宇宙』にはあったのである。

『思ひ出す事など』の中には、しきりにジェームズからの引用が見られたのではあったのだが、その中でも特に次のような部分があることにも、又、注目してみたい。

大いなるものは小さいものを含んで、其小さいものに気が付いてゐるが、含まれたる小さいものは自分の存在を知るばかりで、己等の寄り集つて拵らえてゐる全部に対しては風馬牛の如く無頓着であるとは、ゼームスが

意識の内容を解き放したり、又結び合わせたりして得た結論である。(『漱石全集第八巻、小品集』、三二九頁)

こうしたジェームズへの漱石の言を見るとき、以前漱石が『心理学原理』を読んだ段階で、どうしてもはっきりとは解きあかすことが出来ぬまでいたあの問題、「より広大なる自己」、「統一された自我」の存在を、改めて思い起こすことが出来る。

先にも詳しく見たように、朝日入社を契機とし、作家としての必死なる意気込みで挑んだ『虞美人草』の造型に、内なる自己意識に対する認識とは、かけ離れたものを見つけたとき、再びジェームズを振り返った漱石は、その流れる意識の様相を、ありのままの姿で綴ることにより、無性格論を導いた。けれどもそこまでたどり着いたとき、ジェームズの言う「バラバラなる意識をより広大なる自己が包み込むようにして纏める」という理論には、どうしても行き着くことが出来ないままでいたのであった。

そこで漱石は、そうした矛盾にあえて背を向けたまま、一旦社会や周囲の状況から、離脱を果たした「意識」のその行く先を、再度他者と関わり合う、しがらみの渦中へと引き戻した(暗い「坑」の底から再びかの主人公が地上へと戻ってきたように)。どうしてもかかわり合っていかなければならない「生」と運命の問題に、正面から立ち向かうことを決心して、再び作品へと取り組んだ(『坑夫』以後の作品で、意識が、現実という外界の表層を、何とか忠実に辿ろうと進み行くその状況は、改めて、次章作品論の中で、私見として具体的に示している)。

けれどもこの明治四十三(一九一〇)年、自ら命の危機に見舞われて、「三十分の死」を経た漱石が、再びジェームズに触れたとき、真っ先に感じとったのは、先の引用部の通り、かねては解きあかせぬままだった、あの「広大なる自己」「大いなる自己」の姿そのものであったのだ。

『多元的宇宙』第一講でジェームズは、「我々は所詮部分である。」と、絶対者の存在を示唆するが、次第に後半部へ行くに従って、そうしたすべてを包み込む筈の、その絶対者の存在が、「宇宙はそれ自体が他者である」という、別の観点からの捉え方に変化していることに注目したい。この部分に対する感慨として、漱石が「どうして自分より大きな意識と冥合出来よう」といったのは、「ジェームズの仮説する、小なる意識を含む大なる意識の存在を強く否定している」（小倉脩三『夏目漱石』）というような、『多元的宇宙』のジェームズに対する批判と見る分析も、一考の価値はあるように思えるが、しかし、ジェームズ自らが結論部において、

> 実在的なものは全て、絶対的には単純ではあり得ない。経験のどんな小さな断片も、含蓄豊かなものであって、その中に複数の関係を持っている。そうして、その関係のそれぞれが、この断片が取り上げられる際の、あるいはこの断片が何かを取り上げる際の、一つの側面、又は性格、又は機能なのである。そうして、これらの関係の一つに実際に入り込んでいる、実在の一片は、まさにこの事実によっては、他の全てに関係に同時に入り込んでいる訳ではないのである。

漱石はここにも傍線を記している。そして更に、

> 我々の「多元的宇宙」は依然として「宇宙」なのである。何故ならばすべての部分は、外のどんなに遠い部分とも、現実的ないし、直接的でないにせよ、可能的に、ないしは、間接的に結ばれているからである。これはどの部分も、そのすぐ隣の部分と密接に解け合っているからである。なるほどこのタイプの結合は、一元論的なタイプの全一性とは違っている。それは普遍的な絡み合い、すなわち全ての事物がお互いに絡み合っている統合ではない。（W・ジェームズ著、吉田夏彦訳『多元的宇宙』、二四六頁）

というように（傍線は、漱石のメモによる）、宇宙それ自体が、全体として確固たる絶対者という存在なのでないというのである。すなわち、ジェームズのいう「自我」や「自己」の存在は、あくまでも「多元的」なる意識の複合された一つの具体的形だと言うように、捉えることも出来るだろう。又各個人の意識空間の中においては、それぞれが絡み合い、密接なつながりを持って「経験の最も小さな部分も、其隣の部分とは完全に結合しており、具体的

に感ぜられる経験の、どの過ぎゆく瞬間も直接それに続く瞬間と合流する」ということが、ひいては、「宇宙」としての全体像に貢献しているというのである。

するとと漱石は、この辺りでジェームズが述べている「大いなる意識」というものについての見解を、「絶対者」というよりはむしろ、自己の中における「宇宙」的なるその意識世界として、改めて、目を向けようとしていたのかもしれない。

やがてそうした「広大なる自己」の存在は、ベルグソンを経ることによって、より確実なるものとして彼の中で自己消化されていったのである。すなわち、ベルグソンのいうように、内なる自我に潜入し、次第に純化される意識は、一方に於て、外界とどうあっても接触していなければ存在し得ない宿命を持つ。そうした道理が、純化され、細分化された意識を統一し、「自己」を「自己」たるものとして、存在化させているのである。すると、大いなる自己というものは、ベルグソンの結論部にいう、「二つの自我」、すなわち、「外的事象」に接触し、社会生活や言語の便宜のために空間化され、固定化され、分離された外的なる自我と、その本来の姿を取り戻して行くに従って、「互いに浸透しあい」「変形する」意識の純粋なる持続である自由で内的なる根元的自我を、すべて含めて総括する、より広角的な「自己」であるというように、漱石は次第に考え始めていたのではなかろうか。

若き日に、解き切れぬままに、苦悩を抱き続けていた「自己」存在に対する懐疑は、こうして僅かずつではあるにせよ、漱石の中で一つの形として、結ばれ始めていたともいえるだろう。それは、ジェームズやベルグソンのストレートな受容というよりは寧ろ、彼自身が自らの手で探り出し始めた、新たなる人間洞察の始まりでもあったのである。

さて、漱石の「意識」に対する見解と、西洋思想、特にジェームズとの関わりを中心とした考察はここにおいてひとまず閉じることとする。

では、漱石がどのようにその「意識」を自己との関わりの中で追求していくか、それは具体的に各作品を読み解くことを中心とする分析として改めて次章に委ねたい。

注

(1) SPR=Society for Psychical Research
心霊現象の研究を目的とする公的機関。

(2) ドイルは、SPRへの参加について、次のような見解を残している。「闇の中で光を求める者にとって、SPRの几帳面な仕事は大いに役立っている。それは今日の私の思想の基盤を築いてくれた要素の一つであることには間違いない。」(コナン・ドイル著、近藤千雄訳『コナンドイルの心霊学』、平成四年二月、新潮選書)

(3) 「圧の漸次変化に対する皮膚の感受性」と題した論文を『アメリカ心理学雑誌』に発表している。

(4) 松本とジェームズとの関わりについては、松本亦太郎『元良博士と現代の心理学』(大正二年、弘道館)、松本亦太郎『遊学行路の記』(昭和十四年、第一公論社)、『日本の心理学』(佐藤達哉・溝口元著、平成九年、北大路書房)などを参照した。

(5) 哲学科の友人達との交流について、『落第』の中に、次のような部分がある。「僕は落第したのだから水野、正木などの連中は一つ先へ進んで行つて了つたのであるが、僕の残つた級には松本亦太郎なども居つて、それに文学で死んだ米山と云ふ男が居つた。之は非常な秀才で哲学科に居たが、大分懇意にして居たので僕の建築科に居るのを見て切りに忠告して呉れた。」(『漱石全集第十六巻、別冊』、五〇三頁)
また、大正二年に書かれた野上弥生子訳『伝説の時代』の序としてかかれた文章の中にも、漱石は「私が高等学校にゐた頃同級生に松本亦太郎(今の文学博士)といふ人がゐました。」ともある。

（6）元良の『哲学雑誌』発表論文には、
明治二十二（一八八九）年「心理学と社会学の関係」

明治二十三（一八九〇）年「思想の発達と形式論理の関係」

明治二十五（一八九二）年「物理界と人事界との比論」

など、多数ある。

又、明治二十三（一八九〇）年に『心理学』を出版。これは、日本人によるオリジナルな心理学の体系書として最初のものであったといわれている。

（7）このメモは、漱石『文学論ノート』「Monoconscious Theory」の項にみられる。村岡氏は、この項の概要を次のように纏めている。
意識の波は常に流れ去り流れ来たりつつある。意識の波の頂点即ち意識の焦点は最も明確な部分であって、その前後に識末という部分がある。意識の焦点が他のものに移る時は、前の意識の焦点は辺端的意識となって存在する。意識の状態の強度の合計は変わらない。（村岡勇編『漱石資料——文学論ノート』昭和五十一年、岩波書店）

（8）大西祝《はじめ》（操山）（元治元年—明治三十三年）の推薦によるものであったらしい。

（9）『坑夫』を否定的にしか見ていない主要論文の例は、たとえば、
○唐木順三『夏目漱石』（昭和三十一年、修道社）
「明治四十一年以後の作である『坑夫』は、全くネグレクトしても差し支えない程の価値しかもっていない」
○山岸外史『夏目漱石』（昭和三十三年、弘文堂書房）
「漱石が自分でも認めないほどのヒドイ失敗作である」

などの見方がある。

（10）『新版　心理学事典』（昭和五十八年二月、平凡社）による。

（11）「常に幽霊を信じ」ていた人

ウィリアム・ジェームズ著、『宗教的経験の諸相』と漱石との関係において、触れてきた「幽冥界」も、この「死後の世界」に共通する考え方である。例えば、『吾輩は猫である』の中の迷亭の言葉に、「ゼームス抔にいわせると副意識下の幽冥界と僕が存在している現実界が一種の因果法によつて互に感応したんだらう。実に不思議なこともあるものぢやないか。」とある。又、『漾虚集』の「琴のそら音」などに見られる、その「幽冥界」への漱石の視線も、前期作品の意識の傾向を見る上で、重要なる視点である。詳細については、次章参照。

(12)「マイエル」や「ロッヂ」

漱石蔵書目録には、「Lodge. The Survival of Man : A Study in Unrecognised Human Faculty」とある。この書には、「霊媒」や、「霊」についての言及が盛んに見られる。

(13) 手沢本の調査によれば、ベルグソンの著作に関して、本文中にも示したように漱石は、全部で三冊を所蔵していたらしい。『Time and Free Will』(1910)については、本文中にその詳細を示したが、その他については、およそ次の通りである。まず『Laughter』(1911)には、冒頭から数ページに渡って、所々に多少の線引きの後が見られるが、それはあくまでも冒頭から数ページにすぎず、その後は全く何の書き込みも見られない。又、『Creative evolution』(1911)については、いっさい書き込みが見られず、しかもそのどちらについても、漱石の日記やメモにこれらに関する記録が残されていないので、それほど関心を寄せてはいなかったということが伺える。

第II部　漱石の作品

第一章　前期作品

——「こちら側」と「あちら側」——

第Ⅰ部では、いわば漱石の周辺事情とも絡み合わせてその思想形成を追ってきたが、このⅡ部においては、漱石文学作品そのものを取り上げて、作品に見られる意識傾向を分析し、漱石における意識の意味というものを探り出して行く。

特に本章は、漱石が作家として、始めて筆を取った『吾輩は猫である』からの、いわゆる初期の作品群における意識のあり様を検証する。前章で詳しく見たように、特に『文学論』に見られる意識傾向や、又ちょうどその辺りを前後して読まれたとも思われるジェームズの『宗教的経験の諸相』の中からの影響が、顕著であると推察されるのではあるが、それらの手がかりを元として、以下具体的に見ていきたい。

一　『吾輩は猫である』

——「猫」の役割——

（一）やってきた「猫」

『吾輩は猫である』は、明治三十八（一九〇五）年一月から明治三十九（一九〇六）年八月まで、雑誌「ホトトギス」に、十回に渡って断続連載された作品である。

吾輩は猫である。名前はまだ無い。

どこで生れたか頓と見当がつかぬ。何でも薄暗いじめ〳〵した所でニャー〳〵泣いて居たこと丈は記憶して居る。（『漱石全集第一巻、吾輩は猫である』、五頁）

これは有名な冒頭の文章であるが、まず第一にこの「猫」が、その出生の時点から「何処で生まれたかとんと見当がつかぬ」というように、自らの存在すらも不明確である存在として、描かれていることに注目してみたい。突如としてやってきた現実の、まさにこの世の中は、「猫」にとっては極めて狭い世界である。それは、「猫」にとってただ、眼前にある周囲のみに限定されており、所属も位置も分からない、極めて不明瞭なる場でしかない。ここで「吾輩」が自覚できるのは、ただそこに「存在」するということだけであったのだ。

この冒頭部において、「猫」に表されているものは、自己というものを相対化して捉える姿でなく、ただ自己のみが認識されている、絶対的なる視線である。それは又、「猫」が世間というものに対して、全く無垢なる「位置」であるからこそ把握する、自己認識でもあるだろう。

こうして「猫」は、やってきた。どこからか分からぬ世界から、我々の世の中へ突然姿を表した。

ところで「猫」の登場について考えを進めて見るならば、この猫が、生まれて間もない設定にも関わらず、即座に、高度の、いわゆる「人格」を備えた存在として登場しているということに対しても、考えられることがいくつかある。

当然のことながら人間は、身体的・精神的発育の未熟さから、出生時からほぼ十数年に渡っての年月を、通常の場合、「親―子」、とりわけ「母―子」を中心とした家族や社会との関わりの中で存在しなければならないものである。従って、人間の（幼少期に遡る）初期記憶というものは、必ずそうしたつながりに依存したものとなっている。やがて青年期を迎え、心理や自我の発達とともに、改めて「個」という立場で、自身を捉えていく傾向に移行して行くが、どんなに遡ろうとも、全く「個」であるだけの初期記憶というものは、人間の場合は存在しないといえるだろう。

すなわち、ここに登場した「猫」が、自己存在というものに、何の相対化もせぬままに、ただ自身だけがいるという事実を知る位置に、突如として出現したことを、まずは重視してみたいと思われる。

とかく周囲との関わりや関係性の中でこそ、その「生」を全うできるこの人間社会にあって、こうした猫の位置は、作者漱石の人間認識とも深くかかわり合ってくるように思えよう。先にも既に見たように、漱石は、その初期記憶としての段階から、通常の「母―子」関係の結びつきを剥奪されていたのであったのだ。「古道具屋の店先の小さな笊の中に、多のがらくたと一緒に入れられてさらされていた」(『思ひ出す事など』)というその生い立ちや、やがて、その里親の元から帰っても、すぐに養子として出された自らの、幼児期の事実を知る彼が、こうした猫の状態に、自身を重ね合わせていたと推察することは、可能であるとも思われる。

夏目鏡子『漱石の思ひ出』の中の一つのエピソードとして、この『吾輩は猫である』が書かれる少し前、

> 夏の始め頃かと覚えて居ります。どこからともなく生まれていくらもたゝない小猫が家の中に入つて来ました。猫嫌ひの私はすぐに外へつまみ出すのですが、いくらつまみ出しても、いつかしらん又家の中い《ママ》上がつて来て居ります。そこで夜雨戸を閉める時なぞは、見つけると因業につかまへては外へ出したものです。しかし翌朝雨戸を繰るが早いか、にやんといつては入つて来ます。(略)腹が立つやら根負けがするやらで、私もたうとう誰かに頼んで遠くへ捨てて来て貰はうと思つてゐると、或朝のこと、例のとほり泥足のまゝ上がり込んで来て、おはちの上にいい具合に蹲まつてゐました。そこへ夏目が出て参りました。
>
> 「此の猫はどうしたんだい。」
>
> と、どこかで貰つてでも来たのかと思つたものと見えて尋ねます。どう致しまして、此方は何とか打遣らかして了ひたいのだけれど付き纏はれて困つてる始末、

「何だか知らないけれども家へ入つて来て仕方がないから、誰かに頼んで捨てて来て貰はうと思つてゐるのです。」

と申しますと、

「そんなに入つて来るんなら置いてやつたらいいぢやないか。」

といふ同情のある言葉です。ともかく主人のお声がかりなので、そんならといふわけで捨てることは見合せました。（夏目鏡子『漱石の思ひ出』、一三二頁）

といういきさつが語られている。こうした猫の出現が、漱石に、自らの幼き頃を想起させたに違いない。寂しさに苛まれ、気持ちの上で決して満たされていたとはいえない幼き日、何とか無視されぬ存在として生きようと、特に肉親に対して必死に訴えかけていた自分自身の姿へと、猫を見ることによって漱石は、思いを馳せていたということも、十分に考えられるように思われる。それは、又、この作品が、彼の第一作であるということにも、大いに関係するであろう。まだ作家として、一向に自覚さえしていなかった時期の処女作品だからこそ、突然訪れた猫に自分の過去を重ね合わせ、改めて思い起こしてみたのかも知れない。

そして、そうした幼き自分の姿へのどうすることも出来ない同情と憐憫が、猫の登場を、当初から、子猫としてでなく、完成された人格へと結びつけているとも思われる。社会を、世の中を、そして人間を見るこの「猫」に、決して、その社会とともに（いわば妥協となれ合いの中で）成長することを許さずに、超然として、いわば世の中とは別なる意識存在の目として、登場させたのであった。

やがて、この「薄暗いじめ〳〵した所」で鳴いていた猫は、「吾輩はこゝで始めて人間といふものを見た」ことにより、人間社会に関わりを持つことを開始して、その中で、自身の存在を確認する作業を開始して行くのである。「猫」のこうした冒頭の、いわゆる「相対的でない」認識は、この「猫」が全編に渡って「名」を持たないという状況からも察せられるといえるだろう。

越智治雄[1]が、「猫の無名性」という言葉を用いて、猫に名が付けられていないことを早くから問題化している。それは、「社会的存在でない」猫が「他者」に縛られず、自然で自由な存在として描かれていることに、漱石の憧憬が込められているとの指摘である。確かに越智氏のいうように、一見すればこの「猫」は、「社会に帰属しない」「自由な存在」ではあるのだが、

　然しながら猫と雖も社会的動物である。社会的動物である以上は如何に高く自ら標置するとも、或る程度迄は社会と調和して行かねばならん。（略）吾輩は頭を以て活動すべき天命を受けて此娑婆に出現した程の古今来の猫であれば、非常に大事な身体である。千金の子は堂陲に坐せずとの諺もある事なれば、好んで超邁を宗として、徒に吾身の危険を求むるのは単に自己の災なるのみならず、又大いに天意に背く訳である。猛虎も動物園に入れば糞豚の隣りに居を占め、鴻雁も鳥屋に生擒らるれば雛鶏と俎を同うす。庸人と相互する以上は下つて庸猫と化せざるべからす。庸猫たらんとすれば、鼠を捕らざるべからす。――吾輩はとうとう鼠をとる事に極めた。（『漱石全集第一巻、吾輩は猫である』、二〇七頁）

ともあるように、自らを「猫と雖も社会的動物である」と認識し、「好きではない」はずの鼠取りに挑戦しようとする行為を考えてみても、社会に明確に所属はしていなくとも、出来る限り、社会的一員としての一般的役割を果たそうとしているという態度も、この「猫」は示しているのである。こうした行為は「自由」を謳歌して、悠々と人間社会で動き回っているはずの猫が、実は、「社会的」一員としての自己の位置を確保したいという願望を抱いているというようにも受け取れる。

又、前田愛は、「幼い猫の無垢なまなざし」に、「作者は写生文の視点を定めようとしていた」と指摘する[2]。猫がある特定のカラーを持ったり特定の視野に属して偏った視点からものを見ぬように、登場人物の誰からも気にかけ

られる存在でない、いわば無視されているものとしての役割を担っていると説くのである。猫が「『私は誰か』という問いかけを自らに投げかけようとしない」、「純粋で抽象的な語り手」であろうとするために、敢えて無名を通しているると見ているのである。「猫」の名前がないことに対する見解として、こうした論があるのである。

けれどもこの「猫」の無名であることが、自由や無垢のイメージを作者によって付与されているとばかりに見るだけで、本当に、それは説明できるものなのか。

例えば作品内部で、この猫は、

吾輩が此家へ住み込んだ当時は、主人以外のものには甚だ不人望であつた。どこへ行つても跳ね付けられて相手にしてくれ手がなかつた。如何に珍重されなかつたかは、今日に至る迄名前さへつけてくれないでも分る。

(『漱石全集第一巻、吾輩は猫である』、八頁)

というように、名前を「つけてくれない」と嘆く姿勢を見せている箇所がある。「名」とは本来、当然のことながら、誰もが出生時に於て、「自らつける」ものではなく、「つけられる」、「あたえられる」性質を有するものである。それによって、自己存在を世に示し、他者から認識を得る「呼称」が、名前なのである。そして、与えられなければ成立しないその「名」というものを、「吾輩」は、こうして望んでいるのである。もしこの「猫」の設定が、人間としてあったなら、是程の思考活動を堂々と遂行していることから考えても、当然の如く、自ら名乗り、他者認識を得るという手段をとることが可能ではあるのだが、「猫」は、その身体的機能上、人間達との言葉による交信の手段を持っていない。

吾輩は猫として進化の極度に達して居るのみならず、脳力《ママ》の発達に於ては敢えて中学の三年生に劣らざる積りであるが、悲しいかな咽喉《のど》の構造丈はどこ迄も猫なので人間の言葉が饒舌れない。よし首尾よく金田邸へ忍び込んで充分敵の情勢を見届けた所で、肝心の寒月君に教へてやるわけに行かない。主人にも迷亭にも話せない。話せないとすれば、土中にある金剛石の日を受けて光らぬと同じことで切角《ママ》の智識も無用の長物となる。（『漱石全集第一巻、吾輩は猫である』、一一八頁）

思考活動や生活空間は同等であっても、言葉に関しての交信を絶たれている猫は、自ら名乗ろうとしても、自己の内部にただ心情としてそれが認識されるだけで、「世の中」へ伝える術を持たない。出来るのは、ただ存在証明としての「名」を、人間の側、社会の側から「つけて頂く」のを待つという行為のみである。

だから「猫」は、一面に於ては極めて受け身の姿勢で、「名」を待つばかりなのであるが、又一方では、自身を「吾輩」と称している通り、この社会の一員としての自己の位置を既に決定してしまっているような部分もあるのである。

「猫」の「吾輩」という一人称名詞については、既に、荒正人(3)（「『吾輩は猫である』の一人称について」）、佐藤泰正(4)（「猫の笑いとその背後にあるもの」）、伊豆利彦(5)（「『猫』の誕生――漱石の語り手」）らによる、優れた考察があるが、それらによれば、漱石は元来この「吾輩」という呼称を「倫敦消息」において、

吾輩が二斤のベーコンを五分の四食ひ了つた所へ田中君が二階から下りて来た。（略）妻君の妹がGood Morningと答へた。吾輩も英語でGood Morningといつた。田中君はムシヤ〳〵やつて居る。吾輩はExcuse meといつて食卓の上にある手紙を開いた。（『漱石全集第十二巻、初期の文章及詩歌俳句』、一三頁）

などと用いていた事実から、発しているものであるという。英国留学中に正岡子規に宛てて書いた私信の中で、自由な気持ちで書き進むうちに、始めは「僕」であった自称が、次第に滑稽化して「吾輩」「我輩」となったというのが、そもそもの始まりでもあった。

ただ、明治期における「吾輩」「我輩」の呼称については、事実を調査してみると、多少居丈高な態度や心理を伴って使用されていた傾向も存在するようなので、「猫」は、自身について、ここに於ても、交わりを拒否して、

超然と存在しようとしていたということが推測としては伺える。そしてこの呼称により、この社会の一員としての存在が、いわゆる庶民レベルと同等ではない位置として、自らの基準によって既に決定づけているとも言えるだろう。

呼称を持たないこの「猫」は、自身の手によって、この世の中における位置と立場を選びとっていたのである。

では、自らをこの世において位置づけた「猫」について改めて考える。「猫」はやってきたこの人間社会のその中で、実は、幾つもの世界に生きている。

作品内には、苦沙弥先生を中心とした人間社会の有様が、その「猫」による厳しい目によって語られている一方で、「吾輩」が「猫」として所属する「猫社会」の存在も、そこには描き出されているのである。しかもこの多少居丈高なる「吾輩」は、その「猫社会」に関わるとき、先に見たような無垢なる存在というよりはむしろ、「猫」としての立場と個性が鮮やかに、（むしろ人間社会の中にある時よりも鮮明に）描出されているようにさえ思われる。果たして何を意味するものなのか。猫の位置と役割について、更に考察を進めたい。

（二）「猫」の世界

「どこで生れたか頓と見当がつかぬ」という未知なる場所から、この世の中という現実社会に出現し、「生」を継続していく上で、この「猫」が関わるのは、先にも指摘したように、大きく分けて二つの世界なのである。一つは前述の通り、苦沙弥先生を始めとする人間達の世の中で、又一方は、「車屋の黒」や「筋向ふの白君」達と、自由に会話を楽しむ、いわば猫同士のコミュニケーションを展開する猫社会である。

「猫」は、苦沙弥先生の家の廊下に寝転んで、半分薄目を開けながら、そこを訪れる迷亭や寒月ら多くの人間達に対して自由なる批評を繰り返してはいるのだが、ただ、そうして寝転ぶだけでない、時には自らが主役ともなり得る、猫社会へと移動する。

　或る日例の如く吾輩と黒は暖かい茶畠の中で寝転びながら色々雑談をして居ると、彼はいつもの自慢話しを左も新しさうに繰り返した後で、吾輩に向つて下の如く質問した。「御めえは今迄に鼠を何匹とつたことがある」智識は黒よりも余程発達して居る積りだが腕力と勇気とに至つては到底黒の比較にはならないと覚悟はして居たものゝ、此問に接したる時は、さすがに極りが善くはなかつた。けれども事実は事実で詐る訳には行かないから、吾輩は「実はとらう〳〵と思つてまだ捕らない」と答へた。（『漱石全集第一巻、吾輩は猫である』、一六頁）

こうした猫同士の会話に見られる吾輩は、無垢で客観的な存在などであるはずもなく、むしろ積極的なるその社会の一員として描かれてさえいるのである。

そして、この「吾輩猫」が自らの「猫」社会へと移行していく情景は、第一章においては随分盛んに見られるが、しかし、作品の進行に従って、それが次第に疎遠になり、やがて、第三章に於ての、

　三毛子は死ぬ、黒は相手にならず、聊か寂寞の感はあるが、幸ひ人間に知己が出来たので左程退屈とも思はぬ。（略）段々人間から同情を寄せらるゝに従つて、己が猫である事は漸く忘却してくる。猫よりはいつの間にか人間の方へ接近して来た様な心持になつて、同族を糾合して二本足の先生と雌雄を決しやう抔と云ふ量見は昨今の所毛頭ない。夫のみか折々は吾輩も又人間界の一人だと思ふ折さへある位に進化したのは頼母しい。（略）かう猫の習癖を脱化して見ると三毛子や黒の事許り荷《ママ》厄介にして居る訳には行かん。矢張り人間同等の気位で彼等の思想、言行を評質したくなる。（前同、八四頁）

を以て、自身の決断で、猫社会に背を向ける。そして改めて人間社会のその中に、かなりの接近を試みるようにな

るのである。そしてこれ以降、「猫社会」での交流場面は影を潜め、「猫」はあくまでも人間の側に密着した立場を固定化させていくのである。

(三) 扉を隔てて

以上具体的に見たように、「猫」は第三章の半ばから人間社会の中にかなり接近し、人間社会の有様を詳細に見つめて同化を試みんとする。「猫」の目に映し出されているものは、苦沙弥先生を始めとする「太平の逸民」達による饒舌なる会話の風景であるのだが、そうした描写は、「猫」の意思による接近が、敢えて為されたということを示すものでもあるだろう。

一般的にもし猫が、猫社会との関わりから抜け出して、(たとえ自発的であれ、又は何らかの事情によりそれを余儀なくされた状況であったとして) 人間の住まうその家に、自らの生活の場を定めても、周囲に全く興味を示そうとしなければ、主人の「あばた」の様子から、来客一人一人の仕草まで、あれほど綿密に観察することなど出来ることではないのである。どんなに慣れた飼い猫であってさえ、この「猫」と同じ視線を常に、人間社会に向けているとはいいがたく、むしろ自らの意思により、いつでもすぐに人間たちの日常を見ないようにと目を閉じて、すべてを雑音と決めつけて聞き流すことさえ選択可能なのである。

しかし、作品内の「猫」は、自らの意思を以て「猫社会」の中よりもこの人間社会の有様に大いなる興味関心をもったうえ、それらをその目に忠実に映し出しているのである。「猫」の目に映るその人間達の世の中は、彼にとって恰好の風刺対象でもあるのだが、中でも、煩雑なる日常の細々とした生活や、苦沙弥先生と金田家との確執などの描写には、極めて現実的な写実さえ込められて、「猫」の冷静で、しかも人間に、かなり一体化した思考さえ感じられもするのである。

けれども時折そのような傾向とは全く正反対の「世界」が、猫社会ではないこの現実に存在しているということを、読者である我々は次第に気がつき始めてくるのである。そしてこの作品全体に設定される場である「世界」の様相が、まるで二重写しに描かれているような感さえ抱きだす。「猫」は、「猫」社会に背を向けて、人間社会の中でぴったりと同化して、シニカルな笑みを浮かべているようで、けれどもその目は一方で、その現実をただ真っ直ぐに平面的に見つめずに、どこか遠くを見ている様でもある。『吾輩は猫である』の中に描かれる、現実世界の描写が精密であるほどに、「猫」が時折ふと思いを馳せて見る、遠くの世界がぼんやりと、けれども確実に存在することを、我々は知るようになるのである。

例えば、「猫」が自らを次のようにいう場面がある。

猫の足はあれども無きが如し、どこを歩いても不器用な音のした試しがない。空を踏むが如く、雲を行くが如く、水中に磬を打つが如く、洞裏に瑟を鼓するが如く、醍醐の妙味を嘗めて言詮の外に冷暖を自知するが如し。

（略）

此時吾輩は我ながら、我が力量に感服して、是も普段大事にする尻尾の御蔭だなと気が付いて見ると只置かれない。吾輩の尊敬する尻尾大明神を礼拝してニヤン運長久を祈らばやと、一寸低頭してみたが、どうも少し違ふ様である。可成尻尾の方を見て三拝しなければならん。尻尾の方を見様と身体を廻すと尻尾も自然と廻る。追付かうと思つて首をねぢると、尻尾も同じ間隔をとつて、先へ駆け出す。成程天地玄黄を三寸裏に収める霊物丈あつて、到底吾輩の手に合はない。（『漱石全集第一巻、吾輩は猫である』、一二一頁）

これは作品前半部はじめて金田家へ侵入する吾輩が尻尾の力を借りて旨く事を運んでいく場面であり、「尻尾大明神」や、「ニヤン運長久を祈らばや」などの言葉には、戯れ言の様なおかしみさえ感じられるのではあるが、その猫が自身を「霊物」として定義して、まるで第三者である如く捉えていることにも又注目できる。このような不可思議なる、又未知なる事象や空間への言及は、外にも幾つも猫の周囲に登場する。見えない世界の無限なる広がりは、然し『吾輩は猫である』の中でははっきりと、その実相の輪郭さえ示さぬままに、只漠然と、そのときどきのユーモアの中でさりげなく、登場するに留まる。我々に見えるのはただ、作品の中に突如として現れる未知なる世界への扉の部分だけである。

例えば迷亭によって語られる「首懸の松」のエピソードには、未知なる世界へのいくつもの扉が潜んでいるといえるだろう（既にジェームズを論ずる際、取り上げた部分ではあるが、『吾輩は猫である』との関わりから、敢えてもう一度呈示する）。

「見るともう誰か来て先へぶらさがつて居る。たつた一足違ひでねえ君、残念な事をしたよ。今考えると何でも其時は死神に取り付かれたんだね。ゼームス抔に言はせると副意識下の幽冥界と僕が存在して居る現実界が一種の因果法によつて互に感応したんだらう。実に不思議な事があるものぢやないか」迷亭は済まし返つて居る。

これは、漱石の一分身とも見られる迷亭が、苦沙弥先生と寒月君に向かって「誰でも此松の下へ来ると首が括りたくなる」という「首懸の松」に行ったときの体験を話している場面である。ここで語られる「不思議な経験」は、神秘的な会話がいよいよ佳境に入ろうとするところで、途端にパロディと化して笑いの中に吸収されてしまうという落ちがついているということから、これまでの研究の中ではいわゆる「滑稽」なものとしてだけ見ようとする評価が多い。作品全体の流れとしては、文字どおり単なるエピソードとして通り過ぎてしまうだけのものではあるのだが、我々読者の眼前に、「副意識下の幽冥界」の存在を、突如こうして示されるということそれ自体、何か意味を持つのではあるまいかとも思われる部分である。

ここではまず第一に、「昔からの言ひ伝へ」として、その由来が示されて、さらには、「幽冥界」が語られているのである。しかも「首懸の松」の場面には、過去への時間的世界の広がりを「昔」という未知空間なるものとして呈示して、さらには、この現実界のその渦中にも、まるでぽっかりとそこだけ時間の断片が切り取られたような空間を、「幽冥界」の扉として我々の前に指し示してさえいるように考えられる。

これは、先の「猫」の尻尾に対する感慨と、どこか似通っているものであり、明確に捉えられているようで、実はそうとは限らない、日常の、いわゆる空白の瞬間に、我々の意識のベクトルがふと気を許した一瞬の隙を狙って引き込まれてしまう、そんな危険性を忠告しているようでもある。

(四) 神秘への憧憬

ところで、『吾輩は猫である』が描かれる直前まで、東京帝国大学の講義の中で語られたあの『文学論』に、先の章でも具体的に見たように、漱石の意識理論が展開されていた。このころの漱石の意識認識の様相は、焦点的印象又は観念であるところの「F」(認知的要素)と、それに付随する情緒としての「f」(情緒的要素)であって、それはあくまでも、現実の事象に触れることによって、増減する意識の波というものによる捉え方であった。すなわち、「対象」に向かっての「意識」の動きがそれであり、それこそが、現実界に鋭い観察を示すこの「猫」の眼に、象徴されているともいえるだろう。しかし、そのような世の中にあって、極めて小さな部分、極めて些細なる瞬間に、確固として存在するこの現実界の裏側に広がりを見せる別の世界、何か未知なるものとしての広大なる霊的世界が、存在しているのではないかという見方をも又、この『猫』の中には伺われる。

そしてそこには、ジェームズの説く、あの「潜在意識」という世界の前に、呆然とたたずむ漱石の姿が見られるようにさえ思えてくる。それは、『宗教的経験の諸相』で論じられているものである。

ジェームズは『宗教的経験の諸相』の中で、次のように言うのであった。

われわれの通常の覚醒意識、いわゆる合理的意識が意識の特殊型に過ぎず、その周囲には頗る薄い膜を隔てて、全く違う意識の可能性が存在する、ということである。われわれは、これの存在を思わずに、人生を辿ることが出来るかも知れない。しかし過度の刺激を与えると、忽ちにして、上述の意識が完全に現れて来り、恐らくこれは、何処かに応用と適応の境界を有する、確然たる精神現象の方を為すであろう。これら別種の意識形式を全く無視しては、如何なる宇宙観と雖も、その全体から見ると、終極のものたるを得ない。これらの意識を如何に見るかが、問題である。——何となれば、上述の意識は、通常の意識より断絶するからである。（『宗教的経験の諸相』三九四頁）

「通常の覚醒意識」の向こうには、「薄い膜」で隔てられた別なる意識世界が存在する。手沢本の中で漱石は、自らこの辺りに線引きを示す一方で、処女作『吾輩は猫である』において、所々その「頗る薄い膜を隔て」た向こう側の世界のあることを、可能性として示そうとしたのである。向こう側の世界、それは、現在時における「通常意識」を越えた位置にある、どこか未知空間の世界である。そしてその遥かなる潜在意識の世界へと、われわれが潜入していくのなら、日常生活における通常の意識というものは、全く対立するものとなってしまう。

未知なる意識下の様相は、現実という、過去から未来への直線的なる時間の流れの中で、敢えて、それに対して垂直に、ベクトルを突き刺せば、潜入を果たすことが可能となろう。そしてその潜入は、ジェームズが、「通常の意識より」の「断絶」と説く様に、現実の世界の中で時間の経過に伴って流れる通常意識を、一旦その瞬間に停止させ、別なる未知の世界へと漂わせる意味を持つ。

ジェームズは、著書の中で、そのような未知空間へと意識が潜入する具体的な例を、「神秘経験」として幾つも紹介しているのである(7)。だからこそ、漱石も、そうした神秘的なる場と意識の状況を、『吾輩は猫である』の中にも表した。

けれども、その未知なる扉の直前に立ち止まり、いざ進み行かんと一歩を踏み出した瞬間に、漱石の作品はどの場面でも、一瞬のうちに現実世界へと引き戻され、パロディの中として吸収されてしまうのである。ジェームズの如く真剣に、大真面目に、神秘へと立ち向かうことを拒絶する。

催眠術にたいして、

診察を終るのを待ちかねた主人は、突然大きな声を出して、「先生、先達て催眠術の書いてある本を読んだら、催眠術を応用して手癖のわるいんだの、色〳〵な病気だのを直す事が出来ると書いてあつたのですが、本当でせうか」と聞く。（『漱石全集第一巻、吾輩は猫である』、三三一頁）

との興味を示し、「一つ懸けて下さい。私もとうから懸かつて見たいと思つたんです。」と言う苦沙弥が、医者から何度も試みを受けながらも、「遂に不成功に了」ってしまうのも、近づこうとして近づけない、そんな未知なる意識に対する視線なのである。

そして、その「潜在意識」の存在に興味を引かれながらも、どこかしら分からぬものとして、信じきることもできない漱石の姿も又、そこには表れている。

ところで漱石がこうして、ジェームズの『宗教的経験の諸相』に感化され、未知なる扉の前に立ったのは、既に見たようにロンドン時代に於てであった。

当時書き綴った英詩には、「生」と「夢」の間が歌われているものがある。

I looked at her as she looked at me ;
We looked and stood a moment,
Between Life and Dream.

We never met since;
Yet oft I stand
In the primrose path
where Life meets Dream.

Oh that Life could
Melt into Dream,
Instead of Dream
Is constantly. Chased away by Life!（『漱石全集第十二巻、初期の文章及詩歌俳句』、三八三頁）

＊（この詩に題は付けられていない）

英文学者亀井俊介が、その論「漱石の英詩を読む」（『講座夏目漱石第五巻』所収）の中で、漱石の英詩のいくつかに邦訳を付けているので、それを引用すると次のようになる。

私は女を見つめ、女は私を見つめた。
私たちはしばし見つめて立ち尽くした。
生と夢のはざまで

それ以来私たちは二度と会わなかった。
けれどしばしば私は立つ。
さくら草花咲ける道

生と夢あい逢う道に

ああ生が
夢一つに融けあうとよい
夢がいつも
絶え間なく
生に追いはらわれるのでなく。

この「夢」の世界こそが、その扉の向こう側に存在する遥かなる意識世界への視線のようなものとも見ることが出来るだろう。「Between Life and Dream」の解釈をめぐっては、幾つかの論があるのだが、例えば、吉田六郎[8]は、「人間はあらゆる邪念から洗い去られた本当の人間に立ち返る」、「夢」と「生」とが「一つに溶けあう」瞬間を想起していると説き、又、亀井俊介は、「どう見ても優れた詩とは言えない」と酷評しながらも、「生の現実と夢の間で、自分の存在を反転させている作者の心の動きを感じとることも可能」であると見る。

それらの評価もそれぞれ感心させられるところではあるのだが、私はむしろ、吉田のいうような「溶けあう」という意味ではなく、現在時に二重写しの如く存在する、ジェームズの説く「神秘」の世界が、現実の所々の空間に、異次元への扉として出現させている詩ではないかと解釈する。

そして、漱石はこのころに、同じような英詩を他にも幾つか書き残しており、例えば、次のようなものもある。

Silence

I hail form the Kingdom of Silence,

Where I knew no sun, no moon,
No man, no woman, nor God even,
I lived in Silence and Silence reigned all.
What a difference to me now! Oh my life!

これが第一連である。亀井は、この詩について、

私は沈黙の王国から呼びかける、
日もなく、月もなく、
男も女も、神さえもいなかった国から。
私は沈黙の中に生き、沈黙が全てを支配していた。
今は何という違いだろう！　ああ、我が生よ！

と訳出した上で、「魂を完全に満たす夢への願望と、それが失われた生の現実への嘆き」と解釈するが、確かにこの詩には、そのような「沈黙」に対する作者の思いが感じられる。この詩は全七連の長いものであるので、全文をここに引用することは割愛するが、最後の第七連は、次のように描かれている。

I looked back and I look forward,
I stand on tiptoe on this planet
Forever pendent, and tremble-
A sigh for Silence that is gone,
A tear for Silence that is to come. Oh my life.

私は後を振り返り、先をのぞむ、

私は永遠に宙ぶらりんのこの惑星に
つま先で立ち、そしてふるえる——
失せてしまった沈黙のための嘆息、
これから来る沈黙のための涙。ああ、我が生よ！

ここで、当時の漱石は恐らく、「永遠に宙ぶらりんのこの惑星」と表現するその現実に、「つま先で立」っているような、不安定さとそして緊張感さえ感じているのであった（ロンドンでの生活がまさに、そのものであったと思われる）。そして同時に遥かなる別の世界への憧憬を表現しているのではあるが、そうした意識の世界への確かな手応えはどうしても彼には実感出来ぬものでもあったようにも思われる。

そして、改めて『宗教的経験の諸相』を見れば、先程から問題としているちょうどその同じ講に、ジェームズは、こうした神秘的意識状態、「超越的意識状態」を紹介する例として、テニソンの次のような詩を挙げているのである。

More, something is or seems,
That touches me with mystic gleams,
Like glimpses of forgotten dreams-

Of something felt, like something here;
Of something done, I know not where;
Such as no Language may declare.

さらに、あることがあり、あるいはあったらしい。

そのものは、神秘の光を以て、自分に触れる。
忘れし夢の、ほの見ゆる如く――
現存せるものの如く、感ぜられしあるもの、
何処か分からぬところで、なされしあるもの、
かかるものは、不言不語である
(訳は、『宗教的経験の諸相』による)

このテニソンの詩にも表されているような、夢の空間、神秘の空間へと漱石はジェームズによって次第に誘われて行くのである。事実、漱石手沢本には、このテニソンの詩の部分にも、右のようなアンダーラインが記されている。そして、先に挙げたあの英詩の作成は、日付が、一九〇三年の十一月頃のものであり、漱石がジェームズの『宗教的経験の諸相』を購入し、読んだと思われる時期の直後であることも又見逃せまい。

すなわち漱石にとっても、ジェームズの説くその潜在意識の神秘なる世界とは、現実世界とは全く対照的なる、いわゆる「向こう側」の世界であって、その境地にあってこそ、意識を自由に漂わせ、深い安らぎすら与えることの出来る、幻想の場のようなものとして、感じられていたのかも知れない。

(五)還って行く「猫」

留学中の漱石が、絶えず孤独にさいなまれ、強度の神経衰弱となったのは先にも言及してきたが、やがて帰国した祖国でも、大学においては、

小生は存外閑暇にて学校へ出て駄弁を弄し居候大学の講義わからぬ由にて大分不評判(『漱石全集第十四巻、書

簡集』、二二一頁）

と、当時の手紙に綴るほど、学生たちの理解を得ず、又家庭においても、既に子供と妻を中心とした「場」として出来上がっていたその家に、突然戻ってきた父親の居場所はなく、ますます彼を人間から遠ざけた。『吾輩は猫である』の作品のその中で、「吾輩猫」が「人の説く法のうち、他の弁ずる道のうち、乃至は五車に余る蠹紙堆裏に自己が存在する所以がない。」というように、現世において、「自己」が「自己」として、存在できる可能性を否定して、さらには、

風呂場にあるべき鏡が、しかも一つしかない鏡が書斎に来て居る以上は鏡が離魂病に罹つたのか又は主人が風呂場から持つてきたに相違ない。（『漱石全集第一巻、吾輩は猫である』、三四五頁）

というように、「離魂病」さえ語るのは、現実を対照的に映し出す鏡のその奥にこそ、現実のようでありながら、何か未知なる深い世界が広がっていることを予感させるものである。又、そうした世界に潜入をはたすことによって、自己を自己として回復し、苦悩を癒すことが出来るということを、思念しているということの何よりの表れであるのかも知れない。

けれども結局はそれも、作品としては一時的なるパロディとして、通り過ぎて行くのみに終わっている。すなわちこの時点での漱石は、ジェームズの神秘も、潜在的意識の奥行きにも、深い興味や関心を抱いて視線を集中させてはいるのだが、それに対する具体的実感というものは、彼自身の内部においては何も得ていない。あるのはただ一つ、あの若き日の苦悩を解き明かそうと試みて結局は、再び「待つ」日々を始めようとした自分の姿だけである。そしてこのときも漱石は、やはり何も動きだせぬまま、不可思議なる世界の扉の前に立ち尽くし、ひたすらそれを見つめる丈でもあったのだ。

苦悩の慰藉の方法を、「猫」の眼を通して冷静に辿る作業を続けながら、漱石はここで改めて、生というものに

対する模索を繰り返そうとしたのかも知れない。

この『吾輩は猫である』の中で、描かれた現実の世界と錯綜する「あちら側」の世界の存在は、到底行き着くことの不可能な場であったのだ。それでも、この作品は、現実を絶対視すればするほど深まっていく、現実に密着した意識の裏側に、果てしなく存在すると思われる、未知なる世界の存在を、曖昧ながらも示している。すなわちこうして提示したということそれ自体、作者漱石の思いとして捉えることが出来るのではなかろうか。

「猫」は突如として、完成された大人としての人格を備えてこの人間社会に出現し、「猫」界との接触を次第に減少させながら、限りなく人間社会の中へと接近を試みる。

その「猫」の眼を通して描かれる人間は、現実に翻弄され、愛想を尽かし、けれども結局はそこから離れることの出来ない、どうしようもない宿命を負っている。

その煩雑なる現実には、ふと気を許した瞬間に、誰もの心にも憧憬的なる念をもって垣間みせる、不可思議なる世界の扉が出現してくるのである。自己回復を願う意識は、その向こう側の世界へと潜入を、喜んで試みようとはするのだが、結局はすぐに現実に戻されて、誰もが即座に忘れ去る。

そして、そんな人間社会のあり様を、つぶさに映し出すことに一応の成功を収めたとき「猫」は次第次第に、再び自らの世界へと、戻る準備を始め出すのである。未知なる所からやってきて、この世と同化を試みて、やがてそれが何たるか一通りの自己解決を見たときに、再びそこから離れて、「猫」は元の位置へと戻っていく。

物語の終盤で、「猫」はビールを飲んで瓶から落ち、死を迎えるのであるが、この「猫」の死は、再び「猫」が人間社会を離れ、現実というものに背を向けて、未知なるあちら側の世界へと、帰還することを意味している。本論（一）でも論じてきたように、不明確なる空間から突如として出現したこの「猫」が、再びその、同じ未知なる世界へと逆戻りを果たしているのである。意識は、現実のこの世界に「猫」の姿を借りてやってきて、自らに与えられたその意味を、いったんは探り出そうとしながらも、現実レベルでの模索をひとまずあきらめて、神秘の世界へと再び戻ったのであった。

現実のこの世界に密着して進んでいるような意識のベクトルは、やはりジェームズの言うように、薄皮一枚をへだてて向こうにあるという神秘へと向かい行く、そんなふとした瞬間があるのである。意識への漱石の関心は、こうして『吾輩は猫である』という作品のその中で、現実に沿っているようでありながら、全く無関係の次元において、独立している存在でもあるような潜在意識の空間を、われわれに示唆しているのである。

「猫」は死を以て再び闇に帰る。

そして帰ったその先は、『漾虚集』に見られる、現実の薄皮隔てた裏側の、幻想界なのであった。

「猫」の存在は、客観的なる写実の眼としての手段などでなく、作者漱石の極めて冷静なる「意識」の具現化としての存在でもあったと考えられる。だからこそ改めてその無名性を問えば、そこには社会に対して規定されるべき「名」などは必要とせぬのが当然のことなのであり、故に彼にはなんらの束縛も生じない。「意識」は、常に、何者の目にも、それ自体としては見えないものなのである。

「猫」の姿に見られるのは、人間界・現実界にやってきて、再び静かに帰って行く、そんな意識の姿である。この時点ではまだ、現実の世の中に、意識は厳然と存在するのみで、現在時レベルでの、生に対する不安や揺らぎは全く見せていない。漱石がその意識の姿をよりはっきりと自覚するまで、更なる現実界での葛藤が、ここから展開されていくのである。

従って以上見たように、この「吾輩猫」の存在こそが、作者漱石の、内側からの意識の視線そのものだったとも、ここにおいて読むことが出来るように思われる。

二『漾虚集』
——遥かなる夢の旅路——

さて、初期漱石の意識を考えるとき、『吾輩は猫である』との対照として、同時に考えなければならないのが、この『漾虚集』の問題であろう。

『漾虚集』は、明治三十九（一九〇六）年五月に刊行された漱石にとって最初の短編集で、「倫敦塔」、「カーライル博物館」、「幻影の盾」、「琴のそら音」、「一夜」、「薤露行」、そして「趣味の遺伝」の七編が収められている。『漾虚集』に対するこれまでの評価としては、まず、早々に小宮豊隆(9)が、「内に『夢』と『詩』とを抱いて生きてゐた」漱石の、内部から沸き上がり「押し出されてきた」「ロマンティシズムの世界」である、と論じて以来、それを忠実に辿る解釈が、しばらくの間定着し、ほぼ中心的なものとなっていた(10)。すなわち、『漾虚集』に表現された世界を甘美なものとする見方である。けれどもしばらく立った後、江藤淳(11)により、論壇のそうした流れに一石が投じられることとなる。江藤は、『漾虚集』に漱石の「実生活とその低音部との相互作用」があると指摘して、更に『吾輩は猫である』と『漾虚集』との対立を示した上で、

『猫』の冷酷な風刺の背後から浮かび上がってくる孤独な作者が、『漾虚集』のある作品の中ではその内面を断ち割って、自らの内部に暗く澱んでいる深淵をさらけ出しているのである。

という、あの有名な「深淵説」を提出した。この見解が契機となり、『漾虚集』に対する評価は次第に一元的でなく、「夢」と、「暗部」との、二つの方面から論じられるようになっている。例えば、瀬沼茂樹(12)の、「いらだつ自己の存在の底にある謎の部分に暗い眼を静かにそゝぎ、美しく粧う場所」である、という捉え方や、三好行雄(13)の、「猥雑な日常で夢想された夢」の世界であるとの見解もある。

小宮の捉えるように、「内部から沸き上がる力」としての「夢の世界」と、江藤の示す「深淵説」は、全く対立的な見方ではあるが、それが、漱石の内部に潜んでいる潜在意識空間に位置するものであることは、両者とも一致した見方であろう。それぞれ、卓越した指摘であると思われる。

又、内田道雄[14]が、『吾輩は猫である』第一章を書き上げたばかりの頃の漱石書簡（明治三十八〈一九〇五〉年一月一日、野間真綱宛）の中に、

猫伝をほめてくれて難有いほめられると増長して続篇続々篇抔をかくきになる実は作者自身は少々鼻について厭気になつて居る所だ読んでもちつとも面白くない陳腐な恋人の顔を見る如く毫も感じが乗らない。（略）猫伝中の美学者は無論大塚の事ではない。大塚はだれが見てもあんな人ぢやない。然し当人は気をまはしてさう思ふかも知れぬがそれは一向構はない。主人も僕とすれば僕他とすれば他どうでもなる。兎に角自分のあらが一番かき易くて当り障りがなくてよいと思ふ。人が悪口を叩かぬ先に自分で悪口を叩いて置く方が洒落ているぢやありませんか。（『漱石全集第十四巻、書簡集』、二六九頁）

とあることを手がかりに、「（『吾輩は猫である』の）出来上がりに不満な漱石が、より自己の本領たるものとして書こうとした」ものであると、『漾虚集』執筆動機を探りだしている。この書簡について、「決して謙辞であるとか、一般的な自己嫌悪（創作後に作者をおそうところの）であるとのみは受け取れず、スイフトを始め多くの西洋の文学を知っている漱石の偽らざる自己評価」と氏は見る。確かにここには、「少々鼻について厭気になつて居る」、「読んでもちつとも面白くない」という表現を用いた述懐はあるのだが、けれども、ここで私見を述べるとするならば、そのすぐ直後に、漱石は「兎に角自分のあらが一番かきやすくて当り障りがなくてよいと思ふ」とも述べている。これが、氏のいうように、それほどの「自己批判」に結びつけられるかどうか、多少の疑問もある。漱石がここで「鼻について厭気にな」っているというのは、作品の出来それ自体などでなく、むしろ、自らの手で描いた

作品の中に、どうしようもない（自身ではどうすることも出来ない）「（自身の）現実」の姿が、実にありありと映し出されているということに対する（自虐をも含めた）「厭気」ではあるまいか。

「――ああ、世の中とは、何故にこうであるのか」

そんな嘆息なのではあるまいか。

なぜなら当時の漱石は、前段でも既に触れてきたように、職場でも、家庭でも、心から交わることの出来ない苦悩を感じていたのであった。そうした現実の、「一番書きやすくて当り障りがな」い「自分のあら」が、忠実に又、誇張的にさえ描写されているこの『吾輩は猫である』という作品全体に、「厭気」を感じていたのであろうと思われる。

ところで、以上のように、まずは先行論による代表的な評価を見た上で、私は、この『漾虚集』に対して、『吾輩は猫である』という作品自体に対する不満から成立したもの、とするこれまでの見方とは、少々異なって捉えなおしたいのである。そして本論においては、更に、「意識」を中心として、この『漾虚集』の世界を改めて分析してみたい。

（一）遥かなる空間へ

第I部でも見た様に、この時期における漱石の意識の問題としては、まず『文学論』から考えることが出来ると思われるが、同時に、もし、『漾虚集』に描かれたこの空間が、漱石内部に潜む「夢」であるとするならば、作者による現実逃避の行為から、それが描かれたと見るのも難しくない。けれども、その「夢」と評される空間のその中で、漱石は慰藉を得られているのだろうか。

ここに描かれているのはむしろ、当時においても催眠術や心霊学などに対する社会的な話題として興味関心を向けられていた未知空間、不可思議なるものへの視線であるように思われる。そして、そうした未知なる空間に、煩わしい現実の日常から断絶したいという作者自身の願いを遊ばせて、改めて人生のむなしさというものを、漱石は感じとっている。

例えば暗い「倫敦塔」の中で、「ボーシャン塔の歴史は悲惨の歴史である」といわれているその塔を、ゆっくりと昇っていく途中の壁に、幾つもの筆跡を発見したとき、主人公である「余」は、しきりに、過去の時代への想像力を働かしている場面がある。

そこには、「斯んなものを書く人の心の中はどの様であつたらうと想像してみる」と、ある。

そして次の段も、「又想像してみる」というような、同種の言葉を以て開始されている。

こうして「想像」「想像」と、何度も繰り返されていることから、読者である我々は、当然この「想像」という行為に及んだ「余」の眼前に、そのとき浮かんできたものは、一体どんな光景か、と考える。けれども作品においてまず第一に語られていることは、決して具体的風景そのものなのではなく、彼によって「想像」された、

凡そ世の中に何が苦しいと云つて所在のない程の苦しみはない。意識の内容に変化のない程の苦しみはない。支へる身体は目に見えぬ縄で縛られて動きのとれぬ程の苦しみはない。生きるといふは活動して居るといふ事であるに生きながら此活動を抑えらるゝのは生といふ意味を奪はれたると同じ事で、その奪はれたを自覚する丈が死よりも一層の苦痛である。（『漱石全集第二巻、短篇小説集』、一八頁）

という生に対する強い論理なのである。それは、当時の人々の心の中を想像するというよりも、彼の独断的論理であり、定義であり、彼独自の生に対する認識なのである。こうした現在時における、思想（自己理論）を（いわば自分勝手に）当時の人々の心中に当てはめて、彼は規定してしまっている。それは「想像」という行為を遥かに越

えた、彼による絶対的断定のようでもある。そして、引き続き改めて、その想像の主である「余」は

此壁の周囲をかく迄に塗抹した人々は皆此死よりも辛い苦痛を嘗めたのである。忍ばるゝ限り堪へらるゝ限りは此苦痛と戦つた末、居ても起つてもたまらなく為つた時、始めて釘の折や鋭き爪を利用して無事の内に仕事を求め、太平の裏に不平を洩し、平地の上に波瀾を画いたものであらう。彼等が題せる一字一画は、号泣、涕涙、其他凡て自然の許す限りの排悶的手段を尽したる後猶飽く事を知らざる本能の要求に余儀なくせられたる結果であらう。（『漱石全集第二巻、短篇小説集』、一九頁）

というように、当時のこうした風景を、その脳裏に浮かび上がらせている。

彼はこうしてまず、自己の論理に基づく断定を下してしまったその後で、改めて当時の人々のその情景を想像することにより、彼等の心情に、ゆっくりと潜入を果たしているのでもあったのだ。

そしてそれを成し遂げた瞬間に、突然当時の人々が、「余」の前に出現してくる。「忍ばるゝ限り堪へらるゝ限りは此苦痛と戦つた」人々、その戦いの末「居ても起つてもたまらなく為つた時、始めて釘の折や鋭き爪を利用して無事の内に仕事を求め、太平の裏に不平を洩し、平地の上に波瀾を画いた」人々の苦悩の状況が、ありありとした動きを以て、実際に「余」の眼前に出現したのである。

次の「想像」の場面も又然り。

生れて来た以上は、生きねばならぬ。敢て死を怖るゝとは云はず、只生きねばならぬ。生きねばならぬと云ふは耶蘇孔子以前の道で、又耶蘇孔子以後の道である。何の理屈もいらぬ、只生きたいから生きねばならぬのである。凡ての人は生きねばならぬ。（前同）

という論理が「余」の中に確立し、やがてこの論理が、引き続き、

此獄に繋がれたる人も亦此大道に従つて生きねばならなかつた。同時に彼等は死ぬべき運命を眼前に控えて居

つた。如何にせば生き延びらるゝだらうかとは時々刻々彼等の胸裏に起る疑問であつた。一度び此部屋に入るものは必ず死ぬ。生きて天日を再び見たものは千人に一人しかない。彼等は遅かれ早かれ死なねばならぬ。という具体的なる場面へと、展開して行っている。

この想像は、この後更にたくましく膨らんで、「爪を磨いだ」獄中の人々が、「尖れる爪の先を以て堅き壁の上に一と書」き、「剝がれたる爪の癒ゆるを待つて再び二と書」く様子まで、「余」の脳裏には見えてくるのである。

こうした思考活動は、一体何を意味するか。

外界の風景からの刺激によって、呼び起こされた彼の思考活動は、まず第一にそこに相応する、自己の「論理」を想起して、彼を納得させようと試みる。その論理に基づいて、「想像」という行為が改めて、彼の思考として再度活動を始める。そこにおいて更に具現化したドラマが、その先の思考の中に具体的に現れて、「状況」というものを設定し、そこに当時の様子を鮮やかに再現させるに至っている。

これは先の先行論に見たような、「夢」の世界でも、「無意識」の空間でもなく、むしろ、「猫」が作品内で時折立ち止まっては試みた、不可思議なる異次元の世界の扉への潜入を、具体的に成し遂げようとしている、その方法を表現しているものではなかろうか。

「余」が倫敦塔で見たものは、過去の時間と現実の世界がオーバーラップすることで出現した、未知なる異空間なのである。こうして意識は、突如として、現実を超越したのである。

同じ『漾虚集』の中にある、「カーライル博物館」という作品にも、同様の行為が見られるように思われる。カーライル博物館を訪れて、「天に近き」四階にあるカーライルの書斎に、訪問者である「余」が上っていったそのときにも、こうした意識は働いた。

> 彼は彼の文章の示す如く電光的の人であつた。彼の癇癖は彼の身辺を囲繞して無遠慮に起る音響を無心に聞き流して著作に耽けるの余裕を与えなかつたと見える。洋琴《ピアノ》の声、犬の声、鶏の声、鸚鵡の声、一切の声は悉く彼の鋭敏なる神経を刺激して、懊悩已む能はざらしめたる極遂に彼をして天に最も近く人に尤も遠ざかれる住居をこの四階の天井裏に求めしめたのである。（前同、四〇頁）

これが四階に上ったその直後における「余」の感じたものである。彼は、ここでもまずは、自分自身の論理により、強い断定を下している。カーライルは、「電光的の人」であり、「癇癖」の激しい人でもあったということを、脳裏に思い浮かべて断定する。

文学者である「余」の中に、これまでの学問により認識しているカーライルの横顔が、智識として思い出されたとき、突如として、そのカーライルそのものが動き出しているのである。

> 成程洋琴の音もやみ、犬の声もやみ、鶏の声、鸚鵡の声の案の如く聞えなくなつたが下層に居るときは考だに及ばなかつた寺の鐘、汽車の笛、偖は何とも知れず遠きより来る下界の声が呪いの如く彼を追いかけて旧の如くに彼の神経を苦しめた。（前同）

そんなカーライルと同じ苦痛を「余」も、同時に感じているようにさえ思われる。カーライルを苛んだあの「声」を、このとき、もしかしたら「余」もまた聞いていたのかもしれない。

「どうです下りませうかと促す」「婆さん」に、そんな「瞑想」を突然中断された「余」は、一瞬時に現実へと戻ったが、このとき「余」の心の半分は未だ十九世紀にいたのである。

『吾輩は猫である』の中では、時折示されていた不可思議なる世界の空間に、我々は、決して介入を許されず、ただ佇むことしか為す術を持たなかったのであった。そこへ繋がるはずの「薄皮一枚」の「扉」は、どうしても現実の世界に阻まれて、容易に開かれはしなかった。けれども、この『漾虚集』においては、その現実が、非常に余裕を持って設定されているだけに、われわれは漸く、その未知なる扉の向こう側へそろそろと入っていくことを許されたようである。

すなわちこうした意識ベクトルの、未知なる空間、ジェームズのいうあの「幽冥界」への潜入が、更に、さまざまなる形をして果たされていくのがこの『漾虚集』の世界であると思われる。

(二) 閉じた世界の中で

更に具体的に検討する。『漾虚集』に収められている短編の内、「幻影の盾」と「薤露行」は、言うまでもなくアーサー王伝説の、英国中世騎士の世界に因っている。これらは、
ところで問題は、それならこの二篇の「騎士道もの」が、果して小説なのだろうかというところにありそうである。何故ならこの二篇は、下敷きにしている叙事詩と不可分のものだからであり、叙事詩の世界とは完結してしまった遠い過去の世界で、その構成要素を何一つ勝手に変えることが出来ず、そこから未来へ抜け出す道を全く閉ざされた世界だからである。(岩波文庫『倫敦塔・幻影の盾』解説、平成二年四月改訂版、岩波書店)という江藤淳の評価があるとおり、歴史の中に閉ざされた作品であるとも言えるだろう。けれどもこの閉じた世界の中にこそ、先の「倫敦塔」に見たような、意識の潜入を認めうるとも思われる。
「倫敦塔」や「カーライル博物館」では、まず始めに「余」の現在時が示されて、そこから次第に、異次元の、現在時とは異質の世界への潜入が始まっていくのだが、この「幻影の盾」や「薤露行」に於ては、既に、場面設定が、始めから全ての読者(作者自身をも含んだ)を、異空間に置いている。
「幻影の盾」の冒頭の、「目に見えぬ怪力をかり、縹緲たる背景の前に写し出さうと考へて」とことわり書きにもあるように、ここでは現実世界における観念や思考活動のすべてを疎外して、遥かなる歴史のベールのその中に、

我々を即座に配置してしまうという試みがなされている。

そして、それぞれに付記されたその冒頭文の効果と、加えて多少なりとも持ち合わせている歴史的文学的知識の要素から、ここに描かれている世界が過去の物語であるということを、読者はすでに認識している。そう、いわゆる「過去」のメルヘンのような世界の中に、本文に入ろうとするその前に既に我々は入り込んでいるのである。

我々の背後に潜む、大いなるその意識の世界とは、過去における世界、過去の幻想の世界をも、含むものでもあるだろう。

そもそも我々がこうした現在時に密着していない異空間、その遥かなる世界を眺めるときの姿勢には、二つの態度がある。まず第一は、この我々自身が今この「現在」という位置にあり、客観的に遠き歴史の一コマを眺めるという方法と、又第二は、完全に当初から、扉を開けているその異世界に没入し、絶対的なる（同等の）位置にいることで、それを体験する方法の、二つの姿勢である。そして『漾虚集』の世界では、「倫敦塔」や「カーライル博物館」は前者の方法を、「幻影の盾」や「薤露行」では、後者の方法を用いていると言えるだろう。

ここで、再び我々は思い出す。この時期の漱石が一体何を得ていたか、ということを。すなわち、『文学論』を書き、漠然とではありながらジェームズを捉えようとしていた漱石だからこそ、『吾輩は猫である』に見たような、通常意識、現実世界のその向こう側にある、遥かなる意識世界を、『漾虚集』という作品群に表しているのである。

『文学論』の見地からいえば、意識の波というものは、いつも対象に向かい、そしてその対象を捕らえようとするものではあるのだが、その対象が、現在その中にあるものなのか、それとも、時を越えた空間（幽冥界）にあるものなのか、によっても意識の進む方向は、異なってくるのである。ジェームズの理論とともに、更に深く掘り下げたい。

(三)『宗教的経験の諸相』の神秘

さて、ここで再びジェームズの『宗教的経験の諸相』を捉えると、「幻影の盾」や「薤露行」に描かれる、こうした過去の閉じた世界に対する作者の目、漱石の意図が解かれてくると思われる。

「人間性に関する研究材料が、今や我々の前に広がっている。」という言葉で始まる、第二十講「結論」の冒頭で、ジェームズは、人間意識のあり様を、次のようにまとめている。

一、見ゆる世界は、もっと霊的な宇宙の一部分であり、見ゆる世界は、その主要なる意義を、この霊的宇宙から引いている。

二、かのもっと高い宇宙と融合し、調和的関係を結ぶことが我々の真の目的である。

『吾輩は猫である』において、「扉」の存在を示した漱石は、その扉の中にある、遥かなる「霊的宇宙」の有様を探していたのではあるまいか。確かに、漱石は手沢本の中で、このあたりのジェームズの主張全体にも、傍線をはっきりと残している。

そして、その一つの答として、この『漾虚集』が書かれたのである。過去の歴史と伝説に、幻想を思いめぐらせて、新たなる不可思議なる世界として、作品化することで、我々の意識ベクトルを、完全にその「大いなる意識」空間「霊的」世界に〝埋没〟させている。だから、この二編には、現在時に戻る扉がない。我々は最初から最後まで、扉の向こうに居るのである。埋没した意識は、異空間の中に漂うばかりで、現在時には戻れない。現実から完全に切り離された異次元に、意識が漂う様相を、この二編には感じうる。

「倫敦塔」、「カーライル博物館」では、瞬間的にしか果たせなかった過去への潜入を、この「幻影の盾」と「薤露行」によって、改めて、明確に果たしているようにも思われる。

さて、『漾虚集』には更に、「一夜」、「琴のそら音」、「趣味の遺伝」が収められている。これらの意識についても考える。ここにおける意識の様相は果たしてどうあるのか。

先に見た、『宗教的経験の諸相』におけるジェームズの「結論」から理解することが又可能である。以下は、先の引用に続くものである。

三、祈禱、或いは上叙の霊との内的融合――その霊が、「神」であろうが、「法則」であろうが、構わない――は、仕事が真実になされる過程である。霊的精力が現象世界の中へ流れ入り、心理的あるいは物質的の効果を生むのである。宗教は、又以下の心理的特徴をも含んでいる――

四、新しい妙趣が、賜のごとく生活に加わり、これは叙情詩的魅力をなし、あるいは誠実や勇気を鼓吹する。

五、安全であるという確信や、平和であるという気分がある。他人と交際するとき、愛情が優勢をしめる。

（先にも指摘したように、漱石は、ここにも傍線を引いている）

ところで、『漾虚集』における、この三編（「一夜」、「琴のそら音」、「趣味の遺伝」）の状況設定は、既に見た四編とは異なって、現実の中での、霊的なる部分との接触をその要素として持っている。時間的隔たりを越えて、過去という異次元に潜入する意識でなく、現在という世界のその向こう側に存在する「幽冥界」、「不可思議なる世界」へと、その意識が向かい行く。

「琴のそら音」では、そろそろと、幽冥界が探られる。「僕も気楽に幽霊でも研究してみたいが――」と呑気に構える「余」は、やがて、津田君の示す「青白い妻君の病気にやつれた姿が（戦地の夫の鏡の中に）スーとあらわれた」という不思議な話に引き込まれ、その夜には図らずも、「今夜のうち、夜の明けぬうち何かあるに相違ない」

との懸念を抱くようになる。結局はそれは、（考えようによっては『吾輩は猫である』の時と同様に）「自分ながら愚の至り」「何だか馬鹿々々しい。馬鹿々々しい」という笑い話にも吸収されてしまうほど他愛ないもの、すなわち「琴のそら音」のようなものであると見なされる。その霊界や、霊の感応は、ここでは茶化されてしまっているような印象さえ受けるのだが、やがて「趣味の遺伝」に於ては、時空を越えた男女の愛の感応を、「遺伝」の作用において、大真面目に証明しようと試みた「余」の姿が描かれる。

「一夜」はもとより、文中に「八畳の座敷に髭のある人と、髭のない人と、涼しき眼の女が会して、斯の如く一夜を過ごした。彼等の一夜を描いたのは彼等の生涯を描いたのである。」とあるように、それぞれの人物に象徴される「生」が、相互に集まり、影響を受け合いながら存在する、ということを、幻想的に描いたものであるのだが、それは又、意識の漂う有様を、いわば可視的なるものとして、作品に表現しているのかも知れない。それは、現実に密着している世界であり、又、現実を超越した、ひどく不可思議なる世界でもあるとも言えるだろう。

現実の世界と霊的なる感応の世界との接触という点に関しては、『吾輩は猫である』の場合も同様の構図だったのではあるが、この「琴のそら音」や「趣味の遺伝」にあるものは、単なるエピソードとしてでなく、その主要テーマの一つとして真っ向から「霊的」なる世界に我々を改めて対峙させているともいえるだろう。そしてそのような霊的現象を果たしてどう捉えるか、漱石は自らその答を探しつつ、一方において読者にも、それを探り出させようとしているのである。

『琴のそら音』の後半に、「狸」の話が語られて、それを「なあに、みんな神経さ。自分の心に恐いと思うから自然幽霊だつて増長してでたくならあね」という神楽坂の床屋の言葉には、こうした霊的世界の存在に、半ば懐疑的なる作者の姿もまた伺える。漱石は不可思議なる世界へと、読者である我々を強引にも導いてはいるものの、そこに示しているものは、「霊界」それ自体でなく、又「夢」としてのメルヘン空間などでもない。それは、対象を探しつつ動き回る意識が、如何に自由に現実を越え、異次元にまで漂い行くかという、その姿なのである。『吾輩は猫である』において、時折現実の中で垣間見えてくる不可思議なる世界への扉を、『漾虚集』において漱石は、こうして意識の向かう対象として我々に示し得た。

収められたそれぞれの作品は、『吾輩は猫である』の現実描写に対する対極的位置にあり、更に、そのそれぞれが、独立した作ではありながら、『漾虚集』としてまとめられていることにも重要なる意味を持つのである。現実の中にあって、その背後に厳然と、大きく広がるかも知れない、いわゆる「幽冥界」というものを、さまざまなる形で模索を繰り返しながら、漱石はここに描いている。そして意識は現実の、世界を越えて、真っ直ぐに、その不可思議なる世界へと、自由に潜入して行くことが、こうして可能なのである。

（四）水底の感

ところで、漱石は、『吾輩は猫である』を書き始める約一年前、明治三十七（一九〇四）年二月八日、寺田寅彦に不可解な葉書を書き送っている。

水底の感　　　　　　　　　　　　藤村操女子

水の底、水の底。住まば水の底。深き契り、深く沈めて、永く住まん、君と我。
黒髪の、長き乱れ、藻屑もつれて、ゆるく漾ふ。夢ならぬ夢の命か。暗からぬ暗きあたり。
うれし水底。清き吾等に、譏り遠く憂透らず。有耶無耶の心ゆらぎて、愛の影ほの見ゆ。（『漱石全集第十四巻、書簡集』、二三七頁）

この詩について、越智治雄[15]は、「これは女性からの夢の境域への誘いなのだ」と言うように、漱石の夢の世界を重視した見方を示している。一方、江藤淳[16]は、嫂登世に対する金之助の思慕に拘って、ここにかかれた「水底」を、

「彼が必死に模索していた薄明の世界の安息」であると分析する。又、これが寺田寅彦宛私信にかかれた内容であるという事実に飽くまでも固執して、ちょうどその時期結核のために夭逝した寅彦の妻夏子への、寅彦の深き思いを土台として、漱石がこの詩を書いたのだというように指摘する藤井淑禎の論もある。[17]

更には、当時漱石が水彩画に凝っていて、イギリス浪漫主義の画家ワッツの素描をしきりに模写していたことなどとの関連から、詩の具体的解釈を否定して、そこに抽象性のみを見た上で、「漱石の心情がイマジネーションの中で解放され、自由に飛翔していることを示している」と見る、中島国彦の見方もある。[18]

けれども、意識という観点から、もう一度この詩を見てみると、改めて、当時の漱石の見る世界が明らかにされる様に思われるので、以下に具体的にその分析を行いたい。

まずこの「水底の感」という詩の筆名が「藤村操女子」とあることから、華厳の滝に身を沈めた当時の事件が想起されるのは、当然のことでもあるが、それを重みのあることとして、これまでの論においては余り触れられていなかった傾向が見られる。わずかに前出の越智の論のなかでのみ、筆名の「藤村操女子」とあるのに着眼し、それを「女性」からの「夢への誘い」と見るその根拠としているだけである。

果たして、漱石の「水底の感」は何故、「藤村操女子」として書かれたものであるか。

改めて事実を具体的にたどるとすれば、その「藤村操」は明治三十六（一九〇三）年五月二十六日、華厳の滝の絶頂にある楢の大樹に、「巌頭之感」と題する一文を彫りつけて投身自殺したのである。当時第一高等学校の授業も担当していた漱石は、授業中、予習をしてきていなかった藤村を、「勉強する気がないのなら、もうこの教室へ出て来なくてよい」と叱責したことがあったという。藤村の自殺はちょうどその後だったので、漱石は、それが新聞報道として公になったその日の授業の冒頭で、最前列に坐っていた生徒に「藤村はどうして死んだ」と、心配そうに問い糺していたというエピソードが残っている。

後に藤村操の妹恭子と結婚した阿部能成[19]は、藤村の自殺には、失恋の痛手がその原因としてあったのかも知れないと推測していたようである。後年このことについて阿部は、「これは他人にわからぬ謎であらうが、私は彼の少年らしい学問的大望の幻滅に加へて、失恋の跡がみられるやうな気がする」と回想しているのである。

もしかしたらそのときの漱石も（藤村が、全く見ず知らずの学生でなく、多少の面識もあった為）、それが世間で騒がれていたような「哲学的なる自殺」でなく、その背後には、恋愛の苦しみや、失恋があるのではないかということも、どこかに感じとっていたのかも知れない。それが、「水底の感」を、「藤村操女子」という女性の名をもって、書かれる要因となったのかも知れないとも思われる。

ところで、当時の時代的風潮を更に追っていくことで、この「水底の感」を、藤村自殺を通過した「作品」であるとして、改めて考察して見たい。

『吾輩は猫である』の中で、「猫」が、鼠を捕ろうとあれこれと作戦を企てる場面に於て、

夫でもまだ心配が取れぬから、どう云ふものかと段々考へて見ると漸く分つた。三個の計略のうち何れを選んだのが尤も得策であるかの問題に対して、自ら明瞭なる答弁を得るに苦しむからの煩悶である。（『漱石全集第一巻、吾輩は猫である』、二一〇頁）

と（注・傍点は、筆者）いうように、当時漱石も自ら用いている言葉ではあるが、藤村の自殺を契機として、当時その「煩悶」するということが、学生たちの間で、一種のブームをもたらしていたという。それは藤村が死の直前に、華厳の滝のその上で、「巌頭之感」と題した辞世を残していたことにも由来する。その「巌頭之感」は、次のように記されていたのである。

悠々たる哉天壌、遼々たる哉古今、五尺の小軀を以て此大をはからむとす、ホレーショの哲学竟に何等のオーソリチーを価するものぞ、万有の真相は唯一言にして悉す、曰く「不可解」、我この恨を懐いて煩悶終に死を決す、既に巌頭に立つに及んで胸中何等の不安あるなし、始めて知る、大なる悲観は大なる楽観に一致するを。

（明治三十六年五月二十七日「報知新聞」）[20]

こうした藤村操の自殺に代表される当時の青年達の「煩悶」は、例えば、明治三十六（一九〇三）年八月号の『太陽』に掲載された姉崎正治の論、「現時青年の苦悶について」の中で、

今日の社会も教育も共に形式が定まりすぎておる、生れて始めて「我れ」といふ者に逢着して、其の「我れ」の自由の発露を生命とする青年に少しも自由を与へない、彼等をして萎靡せしめ畏縮せしむる型の中に投じなければ已まぬ、たまに本能の尊厳を主張する者があれば、やれ危険だそれ不都合だといつて之をたゝきつけようとする、其結果多くの青年をして其の天真の本性を発揮するの機会を失はしめて、或は平凡化して老成した若年寄とならしめ、或は位置名利の奴隷とならしめ、或は懐疑の苦悶に陥らしめ、或は失望の極自暴自棄して堕落せしめておる、

（略）

個人の「我れ」がまだ十分に知れておらぬ、其の「我れ」の問題の為に煩悶しておる青年に、大な国家の影を持て来て之を拝めといふ（略）青年は外部から来る壓制束縛の苦痛の為に一層多く自分の「内」の煩悶を感ずるのである、

と述べられているように、個人と社会といった二元論的なる分裂に基づくものであった。

そのような分裂を止揚するものとして、当時の藤村の事件に対して、最も有効に機能したのが、黒岩涙香であるという。涙香は、明治三十六（一九〇三）年五月二十七日の『万朝報』に、「少年哲学者を弔す」と題した文を載

せている。

那珂博士の甥、藤村操、年十八にして宇宙の疑問解けざるとを《ママ》恨み、日光山奥の華厳の滝に投じて死す。哲学《ママ》の多くは信仰を有せず、全く暗室に、無き黒帽を探るなり、唯だ心的一元論に至りて、初めて信仰あり、暗室を去りて明所に移るなり、人之に依りて光明に接するを得。

（略）

余天人論を著す、人をして明白々の室に黒帽を看認めしめんと欲するの微意なり、恨むらく巌頭に感を書して、六十丈の懸泉に投じたる此の少年哲学者に一冊を寄献するを得ざりしとを。

ここで涙香が、自らの著名を「天人論の著者」としたことや、更に文中に、「余天人論を著す、人をして明白々の室に黒帽を看認めしめんと欲するの微意なり、恨むらく巌頭に感を書して、六十丈の懸泉に投じたる此の少年哲学者に一冊を寄献するを得ざりしとを」とその中に記したことから、涙香の『天人論』は、藤村の自殺の背景を読み解く為の解説書といったイメージを獲得する効果をもたらし、多く読まれるようになっていった。高橋新太郎の調査（「『巌頭之感』の波紋」、『文学』、昭和六十一年八月）によれば、それは発売後すぐに大評判となり、大変なる売れ行きを呈したともある。

一柳廣孝[21]は、『天人論』が、その冒頭で「廿世紀の学問は『心霊』を以て第一の問題と為すなるべし、今既に学者の頭脳は之れに集中せんとする傾向あり」というように「霊魂論」復活を指摘していることから、「『煩悶の時代』における精神優位の思想を『科学』の側から補強する」役割を果たした書であると位置付ける。

では、それらの見解を重く受けとめた上で、改めてその涙香の『天人論』をみてみたい。

明治三十六（一九〇三）年五月に、朝報社から出版された『天人論』にはまず、興味ある部分が発見できるのである。例えば、その第四章第三項、「心霊」と題された章に、次のようにかかれている。

心霊は性格にも意志にも感情にも拘らず発動して、時々に人の内心を衝き、刻々に人の良心に警告す、故に吾人は感情の暗に立ちても、肉欲の底に溺れても、酒色に沈湎しても、栄華を極めても、常に内より心に針せらるゝが如き痛みを覚え、自ら安んずる能はざる所あり、（略）

人の意志は自由に非ず、此の心霊のみが自由なり。

同様に、別の箇所でも涙香は、「心霊は人間の自観の根底なり」と説いている。「心霊」があって、それが人の心を支配するというのである。すなわち我々が眼にする物象の世界とは、決して現実の世界でなく、人間に内在する心霊の世界があるという。その部分を実際に証明し、そこに人間の精神性を回復しようとするのが、涙香の『天人論』である。

藤村は、華厳の滝の絶頂から、身を投げ出して死に至り、そして、世に、「煩悶」を目覚めさせ、涙香に代表される如く、世を心霊界へと誘った。空前の心霊学ブームがここから国中に広がっていくのである。

藤村操の死に関心を示し、ある種自責の念までも感じていた漱石が、この『天人論』に、まるで無関心だったとはいいがたい。では、漱石は、この『天人論』をどのように読んだのか。涙香や『天人論』に対する漱石の直接的言及は日記や書簡の中にも何も残されてはいないので、確定的なものは立証しがたいが、私はかの「水底之感」こそが、涙香の煩悶青年たちに示した見解に対する、漱石的な回答ではなかったかと、見ることが出来るように思われる。

「水底之感」という題名が、先に取り上げた藤村の「巌頭之感」と対照的なる題であること、「藤村操女子」と敢えて女性として、かかれていることも又、深く拘わるものとして受け取れる。

漱石は、社会と個人との間の苦悩、いわゆる二元論的なる分裂として「煩悶」を捉える苦悩それ自体にも、また、それを心霊学的一元論へとつなげる涙香にも、結局は同調出来ずにいたのであろうと思われる。

「巌頭」からみた世界は、一体どのような世界として、かの藤村青年の眼に映ったか。漱石は、その疑問を抱いたまま、上ではなく、藤村が飛び込んだ水底の、深き場から静かに眼をあけた。それが「水底之感」である。「水の底、水の底。住まば水の底。深き契り、深く沈めて、永く住まん、君と我」確かに中島氏のいうように、この「君」や「我」が示すのが、具体的にだれであるかを探るのは、無意味なことかも知れない。深きその水底に漂うのは、我らの意識そのものであるように思える。我々の意識がふとした瞬間に扉を開けて迷い込んだその世界で、意識は自在に漂う。広大なる、捉えどころなき「幽冥界」、その異次元の空間に漂う「我」としての存在が、心地よく、休らいだ思いを感じているのが、すなわち「水底之感」なのである。

「猫」の中で寒月によって語られたあのエピソードの中で、「水底」からの静かなる呼びかけに、何度も彼が振り向くのも、寒月の意識が、未知なる潜在意識の奥底から、呼びかけられたからである。扉の向こうに広く繋がっている幽冥界、寒月が、無意識的にそれを思念していたからこそ、それが、暗き川の水の底という象徴を伴って、表現されているのである。

意識それ自体は、いわゆる幽霊や妖怪などによってもたらされる心霊現象のように、決して自己にとって未知である、他の力によって支配されているものではない。自己認識においては、全く無感覚のものであっても、そのベクトルは、我々の深層の部分から、独力でやってきて、独力で進み、又還っていく。

既に見たように、留学時代に手にした書によって、漱石は、ジェームズを読み込んで、特に『宗教的経験の諸相』を中心に、その心理現象に、独自の見方を確立しつつあった時期である。

「意識は、流れ行く」という定義。その意識があって、それが、背後のより大いなる意識へと融合する。「意識する人は、救いの経験の通路である、もっと広大な自我と連続する」とジェームズの説くそれは、あくまでも個々人自らを通過して、移行して行くものであり、意識ベクトルの根元的力は、自己にある。

　現実世界を認識する通常意識が、その背後に広大に存在すると思われる潜在意識の前に立ち尽くしているのと同様に、この現実というものが、未知なる不可思議な世界と二重に存在している。その幻想界に潜入し、迷うことは、心地良く、現実のしがらみの一切、苦悩の一切を、切り離して漂うことが出来る快感すら生ずるものである。青年藤村が逝ってしまった水底は、そうした漂いの異空間、遥かなるあちら側の世界である。けれども、現実に生を持つ我々は、そうして逃げてばかりはいられない。心霊の世界、精神の世界の優位性ばかりを幻想していることは、結局は現実逃避でしかない。そうして幻想にただ漂うことだけでは、実際に存在するこの現実世界の苦しみや悩みは、何も解決することなどできないと、漱石は気づいたのであった。やがて、異空間を漂っていたその意識は、改めて現実へと、自らの力で戻ってくる。再び始まる、生への対峙である。

　そして書かれた『漾虚集』は、そうした当時の漱石の、意識的側面から読み説けば、更に、その位置が確定できるように思われる。

　「琴のそら音」における霊の感応が、半ば否定的に語られるのも、又、「趣味の遺伝」で、遥かなる過去からそれが誘われてくるのも、意識のベクトルが、ふと迷い込む、不可思議なる空間を、何とも明確に捉えきれない漱石が象徴されているからなのである。

　ジェームズを経た漱石、特に『宗教的経験の諸相』によって、自らの苦悩を、『吾輩は猫である』でも既に否定されていたような絶対的なる境地へと高めることで解決するのでなく、揺れる自己をあくまでも揺れるものとして是認することが可能な意識理論を得た漱石は、あくまでも自身の捉え方によって、意識の進み行く対象の世界をここに表現したのである。それが、この時期における漱石的解釈なのである。

　そして、この時点では、意識は現実と、異次元との往復であり、自己の内部への潜入はまだ確実に為されていないということが、ここにもはっきりと確認することが出来るのである。意識はまだ、ベクトルとしてその認知すべき対象を探しているのみである。現実の世界に不安を抱えたまま、それを抹消するために、自己自身の内部に対する詮索や自己の内なる変化を課すというのでなく、遥かなる安息の未知なる世界へと潜入することで、逃避的に存在しようと試みた。すると意識は、自己存在への不安を一時的に、一旦、空白化することを達成したかのような、錯覚を得るのである。美しく、真理に満ちた、幻のようなその世界で、現世の苦悩は一瞬癒される。けれども他の世界へと届くその視線の根元は、常に現実の世に生きる自己自身につながれているのである。藤村のように死を選ばぬ限り、どんなに逃避したとしても、結局は現実から逃げられない。ふとしたことがきっかけで、それはすぐに戻ってくることが可能なので、どっぷりとは浸りきれず、現実と、異次元が錯綜したようにさえ感じられている。

現実は、厳然と、矢張り存在するのである。『吾輩は猫である』によって、示された扉の向こう側の世界、そして『漾虚集』によって、漂うことも許された幽冥界の異空間に、結局は完全に同化せず、意識は、何処か醒めていたのであった。通常意識を越えた意識空間は、幻想的で、夢幻的ではあったけれども、自己が存在する位置としては、確定することは出来ない。こうした未知なる空間は、自己をより広大なる自己へと導くような、慰藉をもたらす場所ではない。そして、その開かれたはずの幽冥界への扉は、やがて静かに閉じられることになるのである。漱石は、ジェームズのいう「通常意識」を越えた遥かなる意識というものを、こうして探りだしたのであった。それが、『漾虚集』の意味である。

三　『草枕』
――還ってきた意識――

さて、明治三十九（一九〇六）年に書かれた『草枕』に、前期作品における更なる意識の特徴を見てみたい。

イギリス留学当時の漱石が、積極的にジェームズに触れたことにより、次第に意識に対する認識を、自身の力で深めつつあったということは、これまでの作品論における分析の中でも、少しずつ明らかになってきたと言えるだろう。すなわち『吾輩は猫である』では、生という意識が密着する現実世界と同時に、遥かなる幽冥界なるものも、まるで二重写しのようにして存在するものであるということが示唆されていたのであり、『漾虚集』においては、その深き世界に迷い込む意識の様相が具体的に示されたのであった。

この時期における漱石の意識の捉え方、すなわち、幽冥界と現実の世界との対立は、あのジェームズの説く、通常意識の領域と、潜在意識の領域との対照的見解から導かれたものでもあった。そしてその潜在意識の領域を、この時点での漱石は、現実の苦悩を忘却し、自我を解放するための幻想の場として位置したのであって、そこに現実を離れた通常意識は解放され、安らぐことさえ許された。けれども、ちょうど先に見たような、時代的動向と相まって、幽冥界が神秘として強調されればされるほど、結局はそこに完全に頼ることの出来ぬ自身を自覚して、改めて現実に目覚めるということに帰還したともいえるだろう。

次なる作品の『草枕』は、そうした作家の過程を経たあとで改めて完成された作品として、その漱石的意識世界のあり様を、随所に伺うことが出来る。

意識という観点から『草枕』を見つめたとき、前期作品の意識的特徴として感じつつある通常意識と潜在意識との対立の構図が、この作品においても発見できると思われる。そしてこの『草枕』には、そうした対立が、改めて別の角度から、すなわち異次元ではない現実という空間の中で、捉えられているのである。

そのこちら側とあちら側の構図は、まず第一に、同時代、同時間という空間の中で、近代化された都会と、那古井といういわば桃源郷の土地空間に、発見できるものである。

以下具体的に、分析を行う。

（一）俗世からの脱出

この作品の冒頭に、主人公である画工の「人世」に対する見方がよく表れている部分がある。

> 世に住むこと二十年にして、住むに甲斐ある世と知つた。二十五年にして明暗は表裏の如く、日のあたる所には屹度影がさすと悟つた。三十の今日はかう思つて居る。――喜びの深きとき憂愈深く、楽しみの大いなる程苦しみも大きい。之を切り放さうとすると身が持てぬ。片付けやうとすれば世が立たぬ。（『漱石全集第二巻、短篇小説集』、三八八頁）

加齢によるこの人生観の変化が、画工にもたらしたものは、「喜び」と「憂」、「楽しみ」と「苦しみ」という、対立的心理状態が同時に存在する矛盾である。その具体的なる例が、「金は大事だ、大事なものが殖えれば寝る間も心配だらう。恋はうれしい、嬉しい恋が積もれば、恋をせぬ昔がかへつて恋しかろ、閣僚の肩は数百万人の足を支へて居る。背中には重い天下がおぶさつて居る。旨いものも食はねば惜しい。少し食へば飽き足らぬ。存分食へばあとが不愉快だ。……」と示される。「二十」の時には「住む甲斐有る世」として、その一面だけを素直に受けとめ感じられていたものが「二十五」で、その裏面のあることに気づくようになり、やがて、「三十」の今、それを自身の心理として実感しているのである。

画工が「那古井」を訪れたのは、そうした「人世」に、直接的関わりを持つ感情を排する境地に立つ為である。

恋はうつくしかろ、孝もうつくしかろ、忠君愛国も結構だらう。然し自身が其局に当れば利害の旋風に巻き込まれて、うつくしき事にも、結構な事にも、眼は眩んで仕舞ふ。（前同、三九二頁）

「自身が其局に当れば」「利害の旋風に巻き込まれ」てしまうことをひどく畏れている画工は、それを避ける手段として、那古井を訪れる。那古井の温泉に、自らを「余裕有る第三者の地位」に位置させようとする為に、一人画工は歩き行く。「少しの間でも非人情の天地に逍遥したいからの願」いを実現させる旅である。

では、ここで考える。何故彼は、こうして非人情の旅にでたといえるのか。それはすなわち、見えてしまう「世」を捨てて、見えざる「世」に自らを置いて画を書くためと、作品内では示される。「人情世界に堕在」している現状では、どんなに超然と構えていても、どんなに眼をそらしても、「利害損得」も、「汽船、汽車、権利、義務、道徳、礼儀」などというものも、それに囲まれて翻弄される人々の「浮世」の事情として、否が応でも眼に入る。画工の旅は、そうした「見える」位置から自らを脱出させることにまず意義を持つのである。

画工のこうした俗世からの脱出という行為には、これまで何度も見たように、見えすぎる現実から身を放し、あちら側の世界を希求する、あの意識の志向性が見えてくる。『草枕』も又、前期漱石作品の「意識」として捉えれば、幽冥界と現実と、又、潜在意識と通常意識との対立と、同等の構図が確立されているということが出来るのである。すなわち、画工の「俗」との関わりが、通常の現実を関知する意識領域として捉えられ、一方、それを否定して非人情の境地としてめざすのが、現実を超越した幽冥界、混沌とした潜在意識界の果てしなき世界であるとして、捉えることが出来るように思われる。

旅に向かい行く途中、画工が決意しているのは、「余も之から逢ふ人物を――百姓も、町人も、村役場の書記も、爺さんも婆さんも――悉く大自然の点景として描き出されたものと仮定して取りこなして見」ることであった。

ここで改めて気づくのは、作者漱石がこの作品の中に、随所にこうした「悉く大自然の点景として描き出」す、いわゆる遠近法の効果を取り入れようとしていることである。それが、芸術家である主人公の設定を、詩人でなく、音楽家でなく、「画工」としていることで、更に効果を増している。すなわち作品内でこの画工がめざすのは、自らも「画中」の人となり、徹底して写実的具現的に周囲の風景を画こうとするのでなく、自らはまず遠くの位置にいて、遥かなる風景を他者的視点から、抽象的に何事をも見る境地にたって作品を完成させることなのである。それが、彼の願う「非人情」の世界である。

すると訪れる那古井という場所は、画工にとって、あくまでも「遠景」として存在しなければならない場所となる。

第一章の後半で、突然の雨に降られた画工は、「茫々たる薄墨色の世界を、幾條の銀箭が斜めに走るなかを、ひたぶるに濡れて行く」自身の姿をも、「降る雨の心苦しくて、踏む足の疲れたるを気に掛け」る態度でなく、「我ならぬ人」として、「有体なる己れを忘れ尽して純客観」として、眺めようとしている場面がある。すなわち、彼は、その自身のすがたさえ、「自然の景物」としてあらんことを、自身に強制しているのである。画工はこの旅に、全てを「自然の景物」として眺める眼を、自身に養おうとしているのであった。

こうして画工が入り込んでいったのが、彼にとっては全く現実的しがらみも関わりも無垢なる場、那古井という温泉なのである。

(二)　画工の意識

さて、那古井の温泉場に逗留する、画工の意識について考えたい。

那古井で画工はただひたすら、先に指摘したように当初の目的、すなわち、「悉く大自然の点景として」見る意識を、周囲に作用させている。

例えば、「志保田」に始めて投宿した夜に、那美の姿を眼にした彼は、それが、確信できぬまま、恐怖心を抱いてしまう場面がある。「よもや化け物ではあるまい。化け物でなければ人間で、人間とすれば女だ」と、ひたすら詮議をめぐらすが、すぐにそうした己の「俗」なる姿に気がついて、画工は、「折角の雅境に理屈の筋が立つて、願つてもない風流を、気味の悪さが踏みつけにしてしまつた」との念を抱くようになる。そして、「こんな事なら、非人情も標榜する価値がない。もう少し修行をしなければ詩人とも画家とも人に向かつて吹聴する資格はつかぬ」と自省する。彼はこのとき、那古井に向かう道すがら、あれほど誓った「非人情」への境地への移動を、まだ内面においては、為し得ていない自分自身にあらためて気づいている。

そのうえで、彼は、再び非人情を希求して、彼の意識そのものを、現実という俗世のしがらみから全ての面で脱却し、ただ漂う混沌に位置するようにと、その方向を定め行く。但しこの場合、彼が脱却しようと試みている「現実」とは、二十世紀の近代や、ましてや、彼が生活していた東京の、世の中そのものの意味でない。あくまでもこの時点では、もはや既に、那古井の地やその自然すら、彼にとっては「現実」なのでもあったらしい。那古井という地における、自然の風景それ自体をも、彼は現実の醒めた目で見ることを拒絶して、その自然と同化することを試みようとしていたのでもあった。そしてその更に具体的なる方法は、那古井という地にあるさまざまなる実体に、「土地の人」と同化する如く入り込み、隔たりをなくするということでなく、俗世を超越した曖昧なるままのイメージで、まるで、自身の存在それ自体を無化させる如く、生活感、現実感を完全に払拭することを希求していたのでもあったのだ。

自らの意識を、こうして未知なる土地に開放し、どこからも束縛と強制を受けない自由なる空間を漂わせることは、『吾輩は猫である』の現実が、しばしば「扉」の向こう側の世界として示唆した幽冥界のあり様を、この実在の世界に於て具現化しているものとしても受け取れる。画工がこうして果たしつつある、現実的対象の世界から、遥かなる神秘の世界への意識の潜入は、この『草枕』においては、前作において示し来た異次元空間への移動としてでなく、現実の世界に於てはどのようにそれを果たすことが出来るかと言うことを、具体的に示そうとしているものである。

『漾虚集』において、結局は超現実なる世界にのみ、傾斜しきれない自身を確認した漱石が、改めて、別天地としての場を、現実の世に設定し、そこに画工の意識をおいている。

余は明らかに何事をも考へて居らぬ。又は慥に何物をも見て居らぬ。わが意識の舞台に著しき色彩を以て動くものがないから、われは如何なる事物に同化したとも云へぬ。去れども我は動いて居る。世の中に動いても居らぬ、世の外にも動いて居らぬ。ただ何となく動いて居る。花に動くにもあらず、鳥に動くにもあらず、人間に対して動くにもあらず、ただ恍惚として動いて居る。（『漱石全集第二巻、短篇小説集』、四五五頁）

こうした意識の混沌した様態は、現実のどんな対象に対しても、決して詳細を捉えることを拒絶して、常に遠くから見ようとする態度である。だからこそ彼の意識は、この彼にとって生活感のないこの土地空間で、対象を求めてあちこちと飛び回ることを決してしない。ただ、漂うのみである。

通常、意識がどこまでもそうして「停滞」することは、意識そのものが、そもそも対象を認識する性質のものである限り、不可能ではあるのだが、彼がここで、それを、実行できるのは、那古井というその土地の、都会から離れた場にある「幻境」としての性格と、それに加えて、画工がその地にあって、周囲の現実を全く見ようとしていない態度を保っていたためでもある。

すなわち那古井の地とは、先に見たように、閉ざされた位置にある、桃源郷であると同時に、現実の土地という意味を越えて、画工により内包される固有の世界、イメージによって作り上げられている、幻の世界でもあるといえるだろう。

那古井に向かう入り口で、「嬢様と長良乙女とはよく似て居ります」と、土地の婆さんから、わざわざ伝説を聞かされたことも、画工の、その土地への思いを幻想化させるのに、一層効果を上げている。まだ見ぬ「那古井の嬢様」が、このとき若者の内部では、土地が「幻」の世界として、位置づけられていくのと同様に、現実に生きる人そのものに対しても、「幻」のイメージを加えていく。「長良乙女」に似ているという境遇のその「嬢様」の、詳しい過去を老婆が語りはじめたとき、画工は途中で、それを停止させ、「是からさきを聞くと、折角の趣向が壊れる」と、茶屋を後にと立ち上がる。このときの画工の心中は「漸く仙人になりかけた所を、誰か来て羽衣を帰せ〳〵と催促するような気がする」、「さう無暗に俗界に引きずり下されては、飄然と家を出た甲斐がない」という言葉で表されているが、まだ見ぬ「那古井の嬢様」と、長良乙女とのイメージが、彼の中では、次第に同一化されていく過程にあったからこそ、老婆の語る「俗」なる事情に対してそのように、一切眼をつぶろうとしているのである。

作者漱石は、こうして、土地への入り口に、異郷への扉を設置した。そして主人公が潜入していくその土地が、現実の地ではありながら、幻想の空間、イメージとしての空間でもあるように、彼の意識を導いているのである。

それは、あくまでも、画工の、理想の世界である。「俗界」ではない理想のイメージを、こうして次第に膨らませながら、画工は那古井へと入り込んでいったのである。

ところで、明治三十九（一九〇六）年十一月十五日、漱石は、「余が『草枕』」という談話を『文章世界』に発表している。その中で、次のようにいう。

文学にして、苟も美を現はす人間のエキスプレツシヨンの一部分である以上は、文学の一部分たる小説もまた美しい感じを与へるものでなければなるまい。勿論、定義次第であるが、もし此定義にして誤つて居らず、小説は美を離るべからざるものとすれば、現に、美を打ち壊して構はぬものに、傑作と云はれるもののあるのは可笑しい。私はこれが不審なんだ。
私の『草枕』は、この世間普通にいふ小説とは全く反対の意味で書いたのである。唯一種の感じ――美しい感じが読者の頭に残りさへすればよい。それ以外に何も特別な目的があるのではない。さればこそ、プロットも無ければ、事件の発展も無い。(『漱石全集第十六巻、別冊』、五四四頁)

「唯一種の感じ――美しい感じ」と、漱石がこの作品の中に設定するものは、画工のイメージの中に造型された世界である。そうしたイメージであるからこそ、俗世を離れ、「美」の世界に漂うことが許容されるのである。そして、画工は自ら入り込んできたこの那古井という土地で、彼のその混沌とした状況を、絵画に表そうとするのである。彼がそこにめざすのは、やはり、「時間の流れに沿ふて、逓次に展開すべき出来事」ではない、「始めから窈然として、同所に把住する趣」として存在する、「抽象的」なる「興趣」である。

こうして、非人情の世界に、非人情の自身を置いて、そこで、混沌とした抽象画をめざすという画工ではあるのだが、更に具体的に、その意欲を、次のように言っている。それは、「ミレーはミレー、余は余であるから、余は余の興味を以て、一つ風流な土左衛門をかいてみたい」という言である。

ここで「土左衛門」と「風流」が結びついているところにも、画工のそうした意識状況を象徴する態度、先にも触れてきたような、いわゆる遠景的視線が存在するといえるだろう。

彼は、決して内への潜入を望まない。近景からの描写には、「人世」の、煩わしくもあるさまざまな事情が、苦悩が、そして世間が表出されてしまうのだ。彼はそれに対して怖れすら、抱いているのである。「風流なる土左衛門をかいてみたい」という思い、すなわち、わからぬ世界をわからぬままに、又、わからぬままの意識で見ようとする、極めて遠景からの効果を求めていることからもそれは伺える。

又那古井に画工が求めるイメージは、例えば、『文学論』に漱石が「文学的内容」を定義して、特に、「超自然的なる世界」に対して我々が抱く情緒を考察し、「吾人が現実の世界に飽きたらず、この実在界において求めて得る能はざる欲望を満さんがため、是等の渇望の念、理想の考を放射して建立したるもの」と定義する、いわゆる「極楽」の世界へと繋がっていくようにさえ思える。

『草枕』全体が神秘の様相を示すのは、超現実の異空間を示す『漾虚集』と同様の世界が、意図されているからなのである。現実のしがらみの一切の事情から遮断された「生」の世界。那古井は、画工の内部には、あくまでもそうした幻想としてのみ構築されている場なのである。

更に漱石は、「極楽」を定義するその章に、参考として、ジェームズの『宗教的経験の諸相』を示していたのであるのだが、改めてここでジェームズに即して見てみると、こうした画工のイメージとしての把握を、矢張り通常意識と神秘状態との対比として、確認することが可能である。「我々が通常意識からでて、神秘状態へ入るとき、小より大へ移り、狭きより広きへはいるが、同時に不安から安定へはいるのである。」（『宗教的経験の諸相』、四二三頁）とジェームズが言うように、画工の「俗」的意識を、神秘なるその那古井という「極楽」の中に閉じこめていくようになる。

以上見たようにこの那古井の地は、あの「桃源郷」的世界として規定されるのと同時に、画工のイメージの中に構築された幻想世界ともいえるのである。

（三）　那美という女

その那古井の地にあって、画工は「出戻り」の女性「那美」と出会うことになる。那美は、口は一文字を結んで静かである。眼は五分のすきさへ見出すべく動いて居る。顔は下膨の瓜実形で、豊かに落ち付きを見せてゐるに引き易へて、額は狭苦しくも、こせ付いて、いわゆる富士額の俗臭を帯びて居る。のみならず眉は両方から迫つて、中間に数滴の薄荷を点じたる如く、ぴく〳〵焦慮て居る。鼻ばかりは軽薄に鋭くもない、遅鈍に丸くもない。（『漱石全集第二巻、短篇小説集』、四二二頁）

というように、画工によって観察されている。この那美の容貌は、画工には「画にしたら美しからう」という嘆息が思わず漏れてしまうほど「美しい女性」として映っている。ここまでは、ごく通常の、男性が女性を見る目であるとも言えよう。けれども、その「美」を観じる態度が作用して、那美という生きた生身の存在をも、画工は自己の意識のなかで、やはり飽くまでも、非人情の対象としてのみ、捉えようとしてしまっているのである。

たとえば画工がこの那美を、

あの女は家のなかで、常住芝居をして居る。しかも芝居をして居るとは気がつかん。自然天然に芝居をして居る。あんなのを美的生活とでも云ふのだらう。あの女の御陰で画の修行が大分出来た。

あの女の所作を芝居と見なければ、薄気味がわるくて一日も居たゝまれん。義理とか人情とか云ふ、尋常の道具立を背景にして、普通の小説家の様な観察点からあの女を研究したら、刺激が強すぎて、すぐいやになる。（『漱石全集第二巻、短篇小説集』、五二四頁）

と言うように、「芝居をする女」、すなわち、本当の自己というものをひたすら押し隠して生きる女性であると捉えてしまう態度である。画工は、そうした姿勢をとる那美に気づいていながらも、「現実世界に在つて、余とあの女の間に纏綿した一種の関係が成り立つたとするならば、余の苦痛は恐らく言語に絶するだらう。」と警戒するに留め、その「芝居」を敢えて覆し、本物の彼女自身を見ようとすることなど考えない。そして、ここでも再び、

余の此度の旅行は俗情を離れて、あく迄画工になり切るのが主意であるから、眼に入るものは悉く画として見なければならん。能、芝居、若しくは詩中の人物としてのみ観察しなければならん。（前同）

との自らの姿勢を認識するにさえ至るのである。そして、「此覚悟の眼鏡」から、那美を見つめている彼は、「今まで見た女のうちで、尤もうつくしい所作をする」、「自分でうつくしい芸をして見せると云ふ気がない丈に役者の所作よりも猶うつくしい」と評価する。

画工は、こうして、自らの意志により、この地においては全てを「遠景」としてしか捉えようとしていないということを、この辺りからもはっきりと感じることが可能である。

一方那美の芝居がかった振る舞いは、作品の冒頭の、茶店の婆さんのうわさ話から既に開始されていたといえるだろう。婆さんが、那古井へ向かおうとする若者に、「嬢様と長良の乙女とはよく似て居ります」と、わざわざ告げたあの行為には、実は当初から仕掛けがあったのだ。それは、作品が進行するにつれ、那美の口から、「私がまだ若い時分でしたが、あれが来るたびに長良の話を聞かせてやりました。うた丈は中々覚えなかつたのですが、何遍も聞くうちに、とう〳〵何も蚊も暗誦して仕舞ひました」とその真相が語られて、明確化するのでもあるのだが、そうした長良乙女と那美のイメージの重複は、そもそも、その那美自らが、企てていたものだったのである。那美は自分自身のイメージを、「長良乙女」に結びつけ、その幻想の中に生きている実在の女として、この那古井にいるのであった。

すなわち先に指摘したように、画工は、作品冒頭部あの那古井の入り口で、茶屋の婆さんから聞かされたその長良乙女の伝説に導かれ、それを同じ宿命を持つという、まだ見ぬ女のイメージに重ね合わせていくのだが、それは、実は那美自身が、自らの存在そのものをその伝説に近づけようとするために、積極的に婆さんに教え込み、操作を行っていた結果、もたらされた効果なのである。話好きな婆さんが、那古井の入り口で、旅人にこうして積極的にもらすだろうことをも予測して、彼女はそれを仕組んだとも言えるだろう。その思惑通りの婆さんの行為から、那美と乙女のそれぞれの、ただ虚像のみが噂として先行し、次第に一人歩きを始めてしまう。那美としては、後はただその流れに身を任せ、そのイメージ通りの女として、那古井に生きればよかったのである。

那美と画工は幾度となく、さまざまな形で接触するのであるのだが、それらの二人の遭遇は、画工が自ら求めて那美に会いに行く場面は少なくて、むしろ那美の方からかなり故意的に、その機会を設定していることが多く見られる。例えば、那古井へ到着した最初の晩の、

余が寤寐の境にかく逍遥して居ると、入口の唐紙がすうと開いた。あいた所へまぼろしの如く女の影がふうと現はれた。余は驚きもせぬ。恐れもせぬ。ただ心地よく眺めて居る。（略）まぼろしはそろり〳〵と部屋の中に這入る。仙女の波をわたるが如く、畳の上には人らしい音も立たぬ。（『漱石全集第二巻、短篇小説集』、四一九頁）

という場面や、

注意をしたものか、せぬものかと、浮きながら考へる間に、女の影は遺憾なく、余の前に、早くもあらわれた。漲り渡る湯烟りの、やはらかな光線を一分子毎に含んで、薄紅の暖かに見える奥に、漾はす黒髪を雲とながして、あらん限りの背丈を、すらりと伸ばした女の姿を見たときは、礼儀の、作法の、風紀のと云ふ感じは悉く、我が脳裏を去つて、只ひたすらに、美しい画題を見出し得たとのみ思つた。（前同、四六九頁）

というあの風呂場の場面のような、幻想的なる接近はもちろんのこと、二人の間に通常の会話が交わされる場面であっても、その殆んどが、那美の方から一方的に画工へと近付いて、会話を開始させているのである。そうして、芝居然として、イメージの中に生きているように、自ら演じている那美ではあるのだが、その姿勢がはからずも崩れかけてしまう場面がある。

ある時画工から、「時にあなたの言葉は田舎ぢやない」、「東京に居た事がありませう」と問われたとき、「ええ

（東京に）居ました。京都にも居ました。渡りものですから、方々に居ました。」と、那美は自らの過去の一端を語り始めた。このとき、常に構えていたはずの那美の、その根の部分、「素」の部分が、わずかに見えてしまったのであった。もともとはこの那古井の人でありながら、東京や京都にいた経験を、彼女はさも得意げに口にした。その告白の中には、自分は、この自分だけは、こんな田舎に染まりきっている人間ではない、外の世界も充分すぎるほど知っている、多くの過去があるのだという、そんな自尊心が含まれていたのと同時に、又、そうでありながら、現在は、過去の全てを断ち切って、この田舎に住まざるを得なくなってしまったという自分自身に対しての、一種自嘲的なる思いさえも、含まれてもいるのである。ここで「渡り者」と自らを定義した彼女の姿には、それまで、必死に「芝居」の中に隠していた、素顔の部分が、ほんのわずかな瞬間に、見えてしまっていたのである。

「こゝと都とどっちがいゝですか」

「同じ事ですわ」

「かう云ふ静かな所が、却つて気楽でせう」

「気楽も、気楽でないも、世の中は気の持ち様一つでどうでもなります。蚤の国が厭になつたつて、蚊の国へ引越しちや、何にもなりません。」（『漱石全集第二巻、短篇小説集』、四三五頁）

という那美の発言には、もはやどうすることもできない自身の運命に対するあきらめの念と、けれども、それに対して、決して弱みを見せようとはしない、無理なる強がりを見ることも出来るように思われる。

すなわち、那美は自分が今この生まれ育った土地に戻ってしまっていることを、どうしようもなく不本意で、そんな自己のあり方に納得出来ずにいるのである。

そうした自責が彼女を、この土地や、現状での生活に同化することを許さずにいる。那美がこの地で、「狂」と人に映るよう、その振る舞いを見せるのは、敢えて、土地の人と同化せぬことを、みずから誇示して行くことで、自分はこの田舎の人間ではない自負心を、辛うじて保ち続けているとも思われる。

だからこそ、那美はよそ者としてやってきた外部の人間に、自身の苦しみを少しでも伝えようと試みる。東京から流れてきたという、外界の人間である画工に、自らの心にこびり付くように、いつまでもあり続けている苦しみ、疎外感、焦燥感というものを、何とか理解して貰いたいと訴える。そして、出来ることならば、もう一度、この地を去ることを願いつつ、それを手助けしてくれる存在を、那美は希求していたのかも知れない。

作品中に既に過去のこととして示される、那美と泰安との関わりも、観海寺にやってきた、その修行僧に対しての、同様なる那美の思いと解釈することが出来るだろう。しかし、泰安は、そんな那美からの訴えを、そのまま彼女自身の苦しみとしては、理解しきれなかったのであった。泰安は、閉鎖されたこの地における焦燥を、彼女の姿に見た時に、それを、自身の生き方に対する問いかけとして、受け止めてしまっていたのである。だから、彼は一人再びここを出た。「一人発憤して、陸前の大梅寺へ行つて、修行三昧ぢや。今に知識になられやう。」という進路、自身の手でもう一度、更なる道を極めていくことを選びとっていた。

そしてその時、那美は、置き去りにされていたのである。一度失敗していたのである。だからこそ、再び訪れたよそ者の、この画工に対しては、より積極的なる態度で、近付いているようにも思われる。

けれどもそんな那美の苦しみも、思いも、この画工にはいっこうに通じない。それは先にも見たように、画工にとってはこの那古井そのものが、非人情の地であって、芸術としての遠景でしか、那古井の全てを捉えようとしていなかったからである。那美がいくら訴えを繰り返しても、画工は、それを非人情として、全てを包み込んだ「美」の世界として見ているので、その世界から抜け出したいと願う那美の心の苦しみを、到底理解することなど出来ないのである。

画工はこの那美に対しても、自らの観念の中にいわば手前勝手に作り上げている、イメージの女としてのみ接触しているのである。

「全くです。画工だから、小説なんか初から仕舞迄読む必要はないんです。けれども、どこを読んでも面白いのです。あなたと話をするのも面白い。こゝへ逗留して居るうちは毎日話をしたい位です。何ならあなたに惚れ込んでもいゝ。さうなると猶面白い。然しいくら惚れてもあなたと夫婦になる必要はないんです。惚れて夫婦になる必要があるうちは、小説を初から読む必要があるんです。」（『漱石全集第二巻、短篇小説集』、四八七頁）

「何ならあなたに惚れ込んでもいゝ。」、「さうなると猶面白い。然しいくら惚れてもあなたと夫婦になる必要はないんです」という画工の論理は、全く一方的なる彼の論理でしかない。「夫婦になる必要はない」という言は、那美を、生身の那美として決して見ようとするのでなく、全てを自身の基準に置き換えて、見据えているようにも思われる。それに対して那美は、「すると不人情な惚れ方をするのが画工なんですね」というように、精いっぱいの反論をするのだが、ここにも那美の、自ら構築したイメージの女を演ずることからふと逸脱してしまっている、素のままの女の顔が覗いている。画工が、「夫婦になる必要がない」と言うことを、自らの思いに当てはめて、それを「不人情」と思ってしまうそのことに、彼女の願いが象徴されているとも思われる。

けれども思わずもらしたその一言に、画工に対する望みを抱いていた、物欲しげにさえ見える自身の姿に気づいた那美は、まるでそれに全く気づかぬように振る舞って、すかさず会話の焦点を、「本」の中身へと向けていく。

画工が読むその本の内容に、実は那美はそれほど興味を抱いているのではないのだが、彼女は、そうした本心が露見するのを畏れ、それをただ隠したいとする焦燥から、画工の読む世界に心を取られていくように、ここでも芝居を演じているのである。

那美は、「狂」を演じながら、時折ふと漏れ出てしまう、自らも驚くような本心に、戸惑いながらも平然と、こうして時をやり過ごそうとするのである。

那美とは、そういう女である。

（四）「水底之感」再考（水に浮く女）

さて、先に『漾虚集』との関連から、「水底之感」を考察し、当時の漱石の意識、特に通常意識と潜在意識との関わりの点から論じてきたが、『草枕』には、当時の煩悶青年（藤村操）に対する言及が、再び見られる箇所がある。それはまず、画工が

芝居気があると人の行為を笑ふ事がある。うつくしき趣味を貫かんが為めに、不必要なる犠牲を敢てする人情に遠きを嗤ふのである。自然にうつくしき性格を発揮するの機会を待たずして、無理矢理に自己の趣味観を衒ふの愚を笑ふのである。真に個中の消息を解し得たるものゝ嗤ふは其意を得て居る。趣味の何物たるをも心得ぬ下司野郎の、わが卑しき心根に比較して他を賤しむにいたつては許し難い。（『漱石全集第二巻、短篇小説集』、五二五頁）

というように、「うつくしき趣味を貫かんが為めに、不必要なる犠牲を敢えてする」「人情に遠き」行為を、「嗤ふ」ような人々を非難する所から開始されている。そして彼はそのような者たちを、「趣味の何物たるをも心得ぬ下司野郎」であると言い放ったその後で、その引き合いに、

昔し巌頭之吟を遺して、五十丈の飛瀑を直下して急湍に赴いた青年がある。余の視る所にては、彼の青年は美の一字の為めに、捨つべからざる命を捨てたるものと思ふ。死其物は洵に壮烈である、只其死を促がすの動機に至つては解し難い。去れども死其物の壮烈をだに体し得ざるものが、如何にして藤村子の所作を嗤い得べき。彼等は壮烈の最後を遂ぐるの情趣を味ひ得ざるが故に、たとひ正当の事情のもとにも、到底壮烈の最後を遂げ得べからざる制限ある点において藤村子よりは人格として劣等であるから、嗤ふ権利がないものと余は主張す

る。（『漱石全集第二巻、短篇小説集』、五二五頁）

というように、「薤頭之吟」に言及している。この時の画工の心情に込められた意味は果たして何なのか。漱石の思いとも絡めて考えると、およそ次のような推測が出来るように思われる。

画工にとって、「死」の選択というものは、非人情の境地にあると見なされ、受け止められているのだろう。だからこそ彼は、ここで「藤村子」の死の意味を、「美」として捉えているのである。

こうした画工の設定に、改めて思いを巡らせば、作者である漱石が、あの「水底之感」を記したときの心情を、再現しているのではないかという推察も、又出来るようにも思われる。

何故、漱石は再びここで藤村の死に言及するに至ったか。それは、『草枕』の中で、既に、画工によって、

余は余の興味を以て、一つ風流な土左衛門をかいて見たい。然し思ふ様な顔はさう容易く心に浮かんで来さうもない。

湯のなかに浮いた儘、今度は土左衛門の賛を作つて見る。

雨が降つたら濡れるだろ。
霜が下りたら冷たかろ。
土のしたでは暗からう。
浮かば波の上、
沈まば波の底、
春の水なら苦はなかろ。

と口のうちで小声に誦しつゝ漫然と浮いて居る……。（『漱石全集第二巻、短篇小説集』、四六七頁）

というように、水に浮く女というものを、画工が既に構想していたことから開始されていた。

すなわち先に見たような藤村自殺のその直後、漱石の書簡中「水底之感」に記された、「深き契り」を「深く沈めて」行くというその意味を、この『草枕』における画工と那美の、いわゆる「恋」というものへ、発展させて改めて、彼は提示しているようにも思われる。

現実にはあり得ない、「水底」の中の空想の「生」、非人情を決め込んだからこそなお、その恋の思いを、深く沈めなければならない。あの藤村は、思いを達し得ずに自殺した。画工は死を選択しないそのかわり、彼の深き思いを、静かに水底に、那美の幻像とともに沈めてしまおうとしているのである。

先に私は、那美の側から画工への誘いの意味を分析してきた。

水に浮く女の図は、先の引用の通りまず、画工によって構想されたことではあるのだが、実はその後、那美により、

「貴方は何所へ入らしつたんです。和尚が聞いて居ましたぜ、又一人散歩かつて」

「えゝ鏡の池の方を廻つて来ました」

「その鏡の池へ、わたしも行きたいんだが……」

「行つて御覧なさい」

「画にかくに好い所ですか」

「身を投げるに好い所です」

「身はまだ中々投げない積です」

「わたしは近々投げるかも知れません」

余りに女としては思ひ切つた冗談だから、余は不図顔を上げた。女は存外慥かである。

「私が身を投げて浮いて居る所を――苦しんで浮いて居る所ぢやないんです――やすく〱と往生して浮いて居る所を――奇麗な画にかいて下さい」（前同、四九六頁）

というように、具体的に彼に持ちかけられた図でもある。彼は、那古井の地にあって、漠然と抱いていたあの構想が、改めてこうして那美の口から発せられたことに対して、一瞬茫然としてしまう。「え？」とただ一言発したきり、彼はそこに立ち尽くしているのである。そして、その後やっと気を取り戻した彼は、実際にその鏡が池に赴いて、那美を水底に沈める姿を、画として想起し始める。

こんな所へ美しい女の浮いてゐる所をかいたら、どうだらうと思ひながら、元の所へ帰つて、又煙草を呑んで、ぼんやり考へ込む。（略）あの顔を種にして、あの椿の下に浮かせて、上から椿を幾倫も落とす。椿が長へに落ちて、女が長へに水に浮いてゐる感じをあらはしたいが、夫が画でかけるだらうか。（『漱石全集第二巻、短篇小説集』、五〇〇頁）

この時画工はかつて漠然と抱いていたあの「風流な土左衛門」が、彼の中では当の初めから、既に、那美をイメージし、希求していたということに、改めて気づかされているのである。那美に対するその思いが、ここではっきりと彼の心にも自覚されてくる。だからこそ画工は真剣に、鏡が池のほとりに佇んで、その構想を巡らしているのである。

彼のほうからも又、那美に対してある種「恋」のような感情を、抱いていたのであったのだ。当然のことながら、彼の思いには男女の結びつきに繋がるような極めて人間的視線さえ、含まれていたことは否めまい。けれども、彼女に対するそうした思いを、肉欲的な、人間的な恋から出来るだけ遠ざけて、極めてセンチメンタルな恋へと昇華することを、敢えて画工は、希求していたのでもあったのだ。

ここは、那古井の土地である。そもそも彼がこの地を訪ねたのは、自らを非人情に、完全に委ねる為である。その地で、敢えてそのような、極めて人間的なる、情欲の恋をすることは、彼にとっては許されない。画工の心中に、那美へと芽生えたその思いは、彼にとっては、禁忌の恋であったとも言えるだろう。

だからこそ、画工は、その「美しき土左衛門」を書きたいと願うのだ。彼は、那美への恋を昇華させ、ただ恋を恋としてのみ捉えることを希求する、（決して、肉欲としてや、生活を伴う極めて人間的結びつきたる結婚には繋がらない）観念的な理想の世界へと、自らを無理にでも導いていこうとするのである。そして、「美しき土左衛門」というテーマそれ自体にも、そのような画工の理想のイメージが、はっきりと提示されている。

画工は那美に恋をした。那古井の地で恋をした。けれども画工の恋は、飽くまでもイメージの恋であり、現実に、目の前に坐る那美の姿そのものは、全くは見ようとはしないのだ、彼は、自身に、そう信じ込ませているのである。

ここで再びあの「水底之感」と合わせて、画工の口ずさむ、先の「土左衛門」賛歌を考える。漱石が「水底之感」に込めた恋、その中に秘められた恋の姿というものは、だからこそ、例えば潜在意識としての連想で、「父母未生以前」にまでも拘わっていくような、情念の恋、運命の恋などは、ここでは決して意味していないのではあるまいか。又例えば江藤氏が指摘するような、作者漱石の思いとして存在する、嫂「登世」という具体的なる人物を、「水底」の恋に指摘することにも賛成出来ない。

そもそも、藤村の自殺に端を発して、漱石が「水底之感」に示した「煩悶」への懐疑が、こうした非人情を生み、この恋を出現させたのであるようにも思われる。「煩悶」は、「社会」と「個人」としてでなく、漱石にとってはあくまでも、現実世界に寄り添うように存在する、別なる次元の世界での、観念的意識の動きだったのではあるまいか。

桃源郷としてのイメージを持つ、異次元空間としての那古井の地で、非人情を決め込んで、彼があえてその恋を、こうして水底深く沈めきり、「美しき土左衛門」を描こうと希求するのは、恋も通常の場合は、極めて人情的なる世界のものだからでもあるといえるだろう。

以上の通りの推測から再度言及するならば、画工は、全てを「非人情」の境地に位置させようと決意して、この那古井に来たのであったのだ。だからこそ、その地で経験する恋も、非人情の恋でなければならなかったのである。それは、男女の情念の絡み合う極めて生臭い世界でなく、あくまでも恋のまま、恋に恋する形のままに、維持させなければならない。そうであればその恋は、その非人情の世界での、美しい幻想になっていく。けれども、それが、一旦その恋の、イメージとしての境界を一歩でも踏み出せば、人情のどろどろとした関係のなかで、翻弄される宿命を持っている。

だからこそ、彼は、「美しき土左衛門」を希求した。「恋」を水底に沈めることでしか、非人情の世界に、成就させることは出来なかったのである。

水底に浮く女が、画工のイメージに上るのは、それが非人情の恋だからなのである。

さてこうして『草枕』の中で、超然と、自らの位置を決め込む画工という設定ではあるのだが、ここまでただひたすらに、非人情を豪語していても、実際に拒絶すべき対象が、彼には明確に存在しないということに、我々は改めて気づく必要があるように思われる。

あくまでも俗世を否定する画工ではあるのだが、一方においては、彼が本来所属して、厭う場所でもある「非人情」でない世界、いわゆる「人情世界」のその中で、どれほどわずらわしい現実が、彼を束縛していたのかが、明確ではないのである。たとえば、家族、世間や、人情の煩わしきしがらみというものを、少なくとも作品内から我々は、一向に感じることができない。むしろ画工は俗世でも、「住みにくき世から、住みにくき煩ひを引き抜いて、難有い世界をまのあたりにうつす」芸術家を是認してさえいるのである。芸術家である自身をして、

かく人世を観じ得るの点に於て、かく煩悩を解脱するの点に於て、かく清浄界に出入し得るの点に於て、又この不同不二の乾坤を建立し得るの点に於て、我利私欲の羈絆を掃蕩するの点に於て、――千金の子よりも、

万乗の君よりも、あらゆる俗界の寵児よりも幸福である。（『漱石全集第二巻、短篇小説集』、三八八頁）

というのである。この画工の認識は、第十二章においても、次のように示される。

余は画工である。画工であればこそ趣味専門の男として、たとひ人情世界に堕在するも、東西両隣りの没風流漢よりも高尚である。社会の一員として優に他を教育すべき地位に立つて居る。詩なきもの、画なきもの、芸術のたしなみなきものよりは、美しき所作が出来る。人情世界にあつて、美しき所作は正である、義である、直である。正と義と直を行為の上に於て示すものは天下の公民の模範である。（前同、五二六頁）

画工は、自身が「人情世界」にあってさえ、社会的にはかなり「高尚」な位置にあることを、自ら告白しているのである。人情の世界に位置しても、そこに埋没などしていずに、画工は画工としてあくまでも、芸術を操る立場にあるのである。「天下の公民の模範」と豪語する彼の、「余自らも社会の一員を以て任じては居らぬ。純粋なる専門画家として、己さへ、纏綿たる利害の累策を絶つて、優に画布裏に往来して居る」との言からも、あくまでも、人情世界にあっても超然としてあろうとする彼の姿だけがただ、われわれに示されているに過ぎない。

すなわち、那古井の地にあって、ひたすら非人情の境地に完全に没入する画工が、那美の極めて人間臭い仕掛けには、とうとう乗ることがないのも、むしろ当然のなり行きでもあろう。

そして、恋を恋として成立させる感情すらも、遠景のままに、静かに水底深く沈めきり、非人情の境地においてしまう画工という人間の、那古井へやってきた本当の目的が、作品の進行に伴って、次第に明らかになって来るのである。それらの問題について、改めて、意識という観点から考えたい。

（五）近景への帰還

通常意識の確かなる認識として、現実世界（周囲）を捉えようとせず、あくまでも現実の曖昧なる部分、夢と現実との境界で、「美」を捉えようとしている画工が希求しているのは、すなわち解脱の境地だといえよう。これは、先に見たように、那美が那古井の地にあって、同化してしまうことを拒絶しているのと同様に、世間を拒否する眼でもある。

「出来るならば鼻から呼吸もしたくない」、「畳から根の生えた植物の様にじつとして」暮らしたいと、自然との同化を願う態度を示す彼の、更に本当の姿を考えると、そこには、現実を酷く畏れている、一人の青年が浮かび上がってくるようにも思われる。

先にも指摘したように、彼は、那古井に来る前も、常に超然とあり続け、世間へ同化することを、敢えて拒否していた傾向が見られたのであった。その辺りから伺えるのは、彼が求めているものが、結局は彼の幻想する「理想」のようなものでしかなく、だからこそ現実を直視することに、酷く畏れを抱いていたともいえるだろう。

そうした画工の意識は、当然のことながら、解脱の境地を目指す東洋的な詩としては表現できても、絵にはならないのであった。

画工が作中に記すその東洋的なる詩の数々は、

嬉しいことに東洋の詩歌はそこを解脱したのがある。彩菊東籬下、悠然見南山。只それ切りの裏に暑苦しい世の中を丸で忘れた光景が出てくる。垣の向ふに隣の娘が覗いている訳でもなければ、南山に親友が奉職して居る次第でもない。超然として出世間的に、利害損得の汗を流し去つた心持ちになれる。（『漱石全集第二巻、短篇小説集』、三九四頁）

という意味を持つ。それに対して、画工が自らの専門の、「画」の中に目指すのは、そのような東洋的なる思想に込められた、「解脱」の境地というよりも、

色、形、調子が出来て、自分の心が、あゝ此所に居たなと、忽ち自己を認識する様にかゝなければならない。

生き別れをした吾子を尋ね当てる為め、六十余州を回国して、寝ても寤めても、忘れる間がなかつたある日、十字街道に不図邂逅して、稲妻の遮ぎるひまもなきうちに、あつ、此所に居た、と思ふ様にかゝなければならない。それが六づかしい。此調子さへ出れば、人が見て何と云つても構はない。画でないと罵られても恨はない。（『漱石全集第二巻、短篇小説集』、四五八頁）

というような、いわゆる現在という世界を生きている「自己」の表現なのである。画工はその中に「只眼前の人事風光を有の儘なる姿」を写すということでなく、「自身の感興」がそのまま表れることを望んでいる。けれども、その「画」に対して彼は、着手することさえ、なかなかままならない。むしろ、彼の望んでいるそうした感興の表現は、漢詩の中にこそ、しっくりと収まってくるのであった。

青春二三月
愁随芳草長
閑花落空庭
素琴横虚堂
蠨蛸挂不動
篆烟繞竹梁

青春二三月
愁いは芳草に随って長し
閑花　空庭に落ち
素琴　虚堂に横たう
蠨蛸　挂かりて動かず
篆烟　竹梁を繞る

（書き下し文は、吉川幸次郎『漱石詩注』による。以下同）

春の浅い頃、萌え出す草のように、我が愁いものびる。静かに咲く花が、ひっそりと人影のない庭に散り、飾り気のない琴は、人なき部屋に横たわっている。蜘蛛は巣にぶら下がっていて動かず、香煙は屋根のひさしあたりにたゆたっている。

独坐無隻語　　独坐隻語無く
方寸認微光　　方寸　微光を認む
人間徒多事　　人間　徒らに多事
此境孰可忘　　此の境　孰か忘る可けん
会得一日静　　会たま一日の静を得て
正知百年忙　　正に百年の忙を知る
遐懐寄何処　　遐懐　何処にか寄せん
緬貌白雲郷　　緬貌たり白雲の郷

ただ一人座って物言わずにいると、心にほのかな光が見えてくる。人世はいたずらに多忙であるが、今の此の澄み切った境地は、そんな多忙な人の世に滅多にないものなので、忘れてはならない。たまたま一日静かに過ごすことの出来る日を得て、かえって人間の一生が忙しさに明け暮れているのを知った。せっかく得た此の遥かなる思いを寄せるところは、遥かなる白雲渦巻く世外の郷であろう。

これは、漱石が明治三十一（一八九八）年にかきあげた、「春日静坐」という漢詩を、改めて『草枕』の中に引用し、画工の作としているものである。漱石と漢詩との関わりは、既に先にも見てきたが、漱石はこうした漢詩の中に、単なる風景描写でない、心情を表現しているのである。

それが、画工の感興として、ここでは詠まれている。既に考察をしたように、そもそも漱石が漢詩の世界に求めたものは、本業の英文学に対する苦悩（学問的義務感、生活維持手段としての束縛感など）から抜け出して、無我の境地へ到達することであった。過去における漱石が、実際にそうであったように、今、この作品内の画工も、同様なる無我を目指している。

同じ『草枕』の作中で、画工は、更に別の詩を詠じている部分がある。（かなり長い詩なので、引用は割愛するが）その中でも又、「逍遥随物化。悠然対岔非。」などと詠んでいる。それは、画工自身もいうような、「寝ながら木瓜を観て、世の中を忘れて居る感じがよく出」ている詩なのである。

詩のそれぞれには、自然と一体化してしまい、俗世を、そして現実を、全て超越した様な、忘我の境地に達しようとしている画工の興趣というものが、読みとれるともいえるだろう。

画工はこうして、自然と一体化することを、強く希求しているのである。けれども彼にとって、それは本当に望んでいるものなのか。

実は、作者である漱石は、「春日静坐」を実際に描いたとほぼ同じその時期（明治三十一年頃）に、次のような詩も詠んでいた。

吾心若有苦　　吾が心　苦しみ有るが若し
相之遂難相　　之れを相《み》るも遂に相難し
俯仰天地際　　天地の際に俯仰して
胡為発哀声　　胡ん為れぞ哀声を発するや
春花幾開落　　春花　幾たびか開き落ち
世事幾迭更　　世事　幾たびか迭《たが》いに更《かわ》る
烏兎促鬢髪　　烏兎　鬢髪を促し
意気軽功名　　意気　功名を軽んず
昨夜生月暈　　昨夜　月暈を生じ
飀風朝満城　　飀風　朝　城に満つ

夢醒枕上聴　　　夢醒めて枕上に聴けば
孤剣匣底鳴　　　孤剣　匣底に鳴く
慨然振衣起　　　慨然として衣を振って起ち
登楼望前程　　　楼に登りて前程を望む
前程望不見　　　前程　望めども見えず
漠々愁雲横　　　漠々として愁雲横たわる

吾が心の中に苦悩が潜んでいるようではあるのだが、幾ら探しても見あたらない。天地の果てまでも探すが、ただ哀しそうな声ばかりが聞こえるだけである。そのうちに春の花は、何度も咲いたり散ったりして、社会の物事も何度も変わっていった。年月がただ徒らに過ぎ去って、いつしか白髪が鬢に目立つようにさえなった。（若者達の）意気込みは盛んで、世間的名声や立身出世などはまるでものともしない様子である。夢から覚めてみると、孤高な一本の名剣(22)が、箱の底でどうしてくれようと騒いでいる。このままでは居られないと心を高ぶらせて、起きて高楼に掛け登り、行方を望み見ようとする。けれども前途はただ、真っ暗で、心の苦しみも、決して解放されるものではない。

これも又、当時の漱石の偽らざる心境でもあったのだ。

漱石もこの『草枕』の画工のように、明治二十一（一八八八）年の、箱根に遊んだ頃を契機をして、次第に人間の虚偽と我欲に満ちた世界から超越することを希求して、同時に、「自然」というものに、心を向けるようになっていた。けれども彼は、その無我の境地を、志向するその「自然」に求めてはいながらも、この詩が示すように、どうしても、その遥かなる行方を仰ぎ見て、不安を感じることを禁じ得ないでもいたのであった。彼もまた、『草枕』の「余」のように、自然、自然と叫んではいながらも、俗世を完全には超越出来ずにいたのである。

こうした漱石の思考の方向は、かつて「老子の哲学」において、あの「絶対の境地」への「同化」を願いながらも、結局は、「今此相対世界に生れて、絶対を説くを得るは知の作用推理の能にて想像の弁なり」と批判したものへと通じている。

いくら自然を愛しても、その自然に浸ることのみでは、自らの不安を癒すことなど出来ないことに彼は、もう既に気が付いていていたのであった。

すると、「無我の境地」を希求するあまり、徹底して現実を見ようとせぬ画工が、その場に生きる「自己」表現としての画を描けぬという設定は、むしろ当然のことであるとも思われる。彼が那古井の地に暮らす、那美の焦燥や不幸に気づかぬままなのは、自分自身の、世間へ同化出来ぬという不幸を負っているからで、彼自身も又、(那美と同等に) この世における敗北者の位置にあると、見ることさえも出来るだろう。

画工によるこの『草枕』の旅を、東郷克美は、「文明社会から自然の中への退行」であるという。(23) 自然への志向が、進み行く文明というものを基準とすれば、たしかに「退行」ではあるのだが、画工のなかではむしろ、より高い位置への飛躍として受け止められていたのだろう。

そして、この作品の中にしばしば死のイメージが描かれているように、それは最終的には、解脱を志向して、更には黄泉の世界へと、結ばれていくものなのかも知れないと思われる。現世のしがらみに見切りを付け、現世を去り、その向こう側に位置する遥かなる彼岸への希求というものも、彼の旅には内在されていたのではあるまいか。

画工のこの那古井という地への訪れは、(作品内には確実なる思いとしては現出してはいなかったのであるのだが)、もしかしたら「死」への旅立ちを、心の奥底では志向していたのかも知れないともいえるだろう。出世間的生き方を限りなく希求する彼が、無我の境地を追うことにばかり固執して、徹底して現実を見つめようとしなければ、最終的に到達し行くのは、すなわち、「死」の世界でしかないのである。そして彼にとってその「死」とは決して悲惨でも恐怖でもなく、美そのものの幻影化された世界という意味でもある。

けれども、それほどまでに俗を否定して、非人情を願いつつ、更には心の奥底に、究極なる形として、「死」までをも希求しながら、訪れたこの那古井という土地で、画工は次第に変化を見せ始める。那美という女との出会いをきっかけとして、確かに彼は変わっていったのであった。始めの内は、全てを客観視して、那美の必死の訴えにも、気づくことすらなかった彼が、作品の最終章、

茶色のはげた中折帽の下から、髭だらけな野武士が名残り惜気に首を出した。そのとき、那美さんと野武士は思はず顔を見合せた。鉄車はごとり〱と運転する。野武士の顔はすぐ消えた。那美さんは茫然として、行く汽車を見送る。其茫然のうちには不思議にも今迄かつて見た事のない「憐れ」が一面に浮いてゐる。（『漱石全集第二巻、短篇小説集』、五四七頁）

と、那美の顔に憐れを感じた時、彼ははっきりと自覚した。それはこの時、「生」への新たなる決意が、より確実なる形をして、画工の中でも生動し始めていたという事実である。

さて、このときの画工の思いを絡み合わせて、改めて考察してみたい。この那美の顔に浮かんだ「憐れ」の情感は、一体どのような意味を持つものか。

作品としては、この最後の場面でのみ、はっきりと表出されてはいるのだが、実は既に、画工のなかでは、こうした「憐れ」の情趣が那美に潜んでいることを、予感していたのかも知れない。それは、偶然散歩にでていた山中の、雑木林のその中で、那美と元亭主との逢瀬の場面を見たときから、生じつつあったものである。如何にも非人情然として、「私」を隠し構えて生きる那美のその中の、本当の「私」の部分、人情に、憐れに愁う心中を、彼が密かに見たときに、彼のなかにも改めて、そうした「世の中」とのしがらみが、「現実世界」が見えてきた。この

あたりから次第に、画工は、それまで、完全に背を向けていたはずの、現実の世界というものに、敢えて対峙することを、改めて開始させようとするのである。

だからこそ画工は、「川舟で久一さんを吉田の停車場まで見送る」というその一行に、共に加わって町まで出ていったのであった。そうでなければ、非人情を求めるつもりで赴いた那古井から、再び彼が、「二十世紀の文明を代表」し、「汽車の見える所」である「現実世界」のその中へ、自らの意志により、いとも簡単に戻って行ってしまうことなどないであろう。幾ら彼がその時に、「御招伴でも呼ばれゝば行く」、「何の意味だか分からなくても行く」、「非人情の旅に思慮は入らぬ」と割り切っていたとしても、ただ、「呼ばれ」ただけで、そう易々と、旅地である那古井から逆行してしまうことは、腑に落ちない。

彼は、こうして、「非人情」にこそ、そして、最終的には「死」にこそ「美」が存在するという観念に、固執することを止めたのであった。那美の表情に見た憐れの感情に、新なる「美」を見出して、自らも、再び元の、非人情でない、俗世という中で、生きる意味を摑みとろうとしたのである。結局、画工の絵が完成されるのは、こうして那美に憐れを感じたからこその結果ではあるが、それこそが、画工が再び「生」を、決意した表れとしても見なすことが出来るだろう。

森田草平によると、漱石は憐れというものを人情の一部として考えていたようだというのである。漢詩の世界に没頭していた頃の作者の姿とともに更にもう一度考えてみるとそれは、「非人情」、「非人情」と、ひたすら人間を厭い、自然に同化しようとすることが、結局のところ、彼が本当に、自然を愛し積極的にそれを感受しようとするような思いなどでは決してなく、単に、そうした自然の風景を、自らを慰藉する人間や周囲の代わりとして、希求していたからとも思われる。

人間とは、世の中とは厭わしいもの、だから非人情を決め込んで、自然に没入しようとするのではあるが、その場合の自然はあくまでも、人間の対照にあるものとして、愛されていたのに過ぎない。例えば、この画工が本当に、「非人情」を決め込んで、「淵明、王維の詩境を直接に自然から吸収し、非人情の天地に逍遥したい」と願うなら、更なる自然の奥に入り込み、完全なる無我の境地にと、位置することも出来るのに、彼はそれは行わない。人間を厭うて、しかしその苦しみに徹しきれず、自然を愛して、けれども、自然だけではいたたまれない、極めて曖昧なる位置に、画工は佇んでいたのである。

那美が、あのように「狂」を演じていたのは、別れた亭主との思い出を、どうしても捨てきることの出来なかったからである。「俗」の世を避け、現実に背を向けて、那美は「狂」という芝居のなかで、生きていたのであったのだ。だからこそ、最後の場面の停車場で、那美の表情に浮かんだ憐れの情感は、改めて、その現実という世の中でこそ、「生」が「生」として生きてくる、生かされるものであるということを、まさに象徴しているとも思われる。

そして画工もまた、それ程、固く閉ざされていたはずの、那美のいわゆる人情の部分、憐れの感情に触れたその瞬間に、改めてそれを確信するのである。彼女の、本当の姿、俗世間に対する執着を、目の当たりにして彼は、「それだ、それだ、それが出れば画になりますよ」という。そして再び、彼自身、画に向かう意欲をも起こしていく。彼が絵を描かなかったのは、単に「描けなかった」からというのでなく、世の中を生きるための「手段」として、その絵を利用することを拒否していたからでもあったのだ。芸術を生活の手段に利用するということは、彼にとって、最も厭うべき行為であったはずである。

漱石は、後に、「余が『草枕』」という談話の中で、「普通に云ふ小説、即ち人生の真相を味はせるものも結構であるが、同時に又、人生の苦を忘れて、慰藉するといふ意味の小説も存在していゝと思ふ」と述べている。彼が意味する「慰藉」を得るためには、桃源郷的世界や、現実の世界とは隔絶した異空間に逃避することだけが、手段ではないのである。それは、むしろ、安易な、単純すぎる方法の選択なのかも知れない。「人生の苦」は、敢えて、そのつらい俗世に身を置いた、煩雑なる日常のなかでこそ、「慰藉」され癒されなければならないものである。われわれは、自ら生きるこの世の中に、そう簡単に背を向けることをしてはならない。漱石は『草枕』を終えて、そう警告しているようにさえ思われる。

美と真理のみでは、「生」を捉え尽くすことは出来ない。そして、俗世間に眼を瞑り、異空間に逃避することだけでは、「生」を貫くことなど不可能である。それをこうして漱石が悟ったとき、あれほど異空間に自在に漂っていたはずの「意識」が、改めて現実へと戻ってくる。それはもはや、別世界への潜入によってでは、現実を再構成することは出来ないということに、彼は気が付いている証でもある。ここにおいて、漱石は、『吾輩は猫である』からの前期作品の中で、ひたすら試みてきたあの構図、未知なる世界、あちら側の世界への意識の視線を中止して、新たに、現実界の姿そのものとして、自己をもっと忠実に見つめ始めていくのである。

先に私は、ジェームズの意識からの影響を受けた漱石が、『吾輩は猫である』や『漾虚集』に於て、潜在意識と通常意識との対立として、その作品を読み解くことを一つの方法として示唆したが、そうした方向性が又、この画工における、那古井の地に漂うその姿にも、象徴されていたのだ。そして、那古井という異空間に漂泊していたその意識は、最終的には、こうして、画工が辿ったのと同様に、現実へと再び対峙することを開始した。

『草枕』の中で漱石は、現実の世界にありながら、現実を越えて、さまよう意識の有様を描き、「那古井」を描出したのであった。けれども結局は、その意識が、異空間などでなく、その現実のなかでこそ、ありつづけなければならないという結論に、再び到達したのである。

意識はこうして帰還した。

やがて漱石は、この現実の世の中で、新たなる模索を開始する。果たして、意識は、どのように、彼のなかで再構築されていくのであるか。それは、更に続くいくつもの作品を読み進めることから又明らかにされてくる問題でもある。

注

（1）越智治雄「猫の笑い、猫の狂気」『漱石私論』（昭和四十六年六月、角川書店）

（2）前田愛「猫の言葉、猫の論理」『作品論夏目漱石』（昭和五十一年六月、双文社出版）

（3）荒正人「『吾輩は猫である』の一人称について」『言語生活』（昭和四十八年七月）

（4）佐藤泰正「猫の笑いとその背後にあるもの」『夏目漱石論』（昭和六十一年十一月、筑摩書房）

（5）伊豆利彦「『猫』の誕生――漱石の語り手」『日本文学』（昭和六十三年一月）

（6）「漱石の一分身とも……」

夏目鏡子『漱石の思ひ出』に、次のようにある。

迷亭などといふ人物は誰をモデルにしたものか私には見当はつきませんが、大方、自分のもつて居る性格を、あのものぐさなむつつり屋の変人苦沙弥と、軽口屋の江戸つ児迷亭とに二つにわけて書いたものでありませう。

（7）ジェームズは、『宗教的経験の諸相』の中で、実際にその体験をした人々の具体的な例を紹介している。例えば、次のようなものがある。

「自分は一警官吏を知っている。彼の告ぐるところによると、彼が勤務を終えて夕方家路につくとき、無限力と一体に化した、といういきいきとした鮮明な体験をしばしば味わった。この無限的平和の霊は、彼を強く捕らえて彼を満たせたので、恰も彼の足が石道を踏み得ないかの如く、感じられた。かほどに彼は、この流れ入る潮の理性《ママ》のため、気持ちが快く浮き立ったのである。」

「嘗て、不思議な幻想がしばしば自分を襲ったが、私は再び、あの幻想中のあるものを味わうことが出来ようか。青年時代のある日、日が出る頃、ファウシニイの城址に座した時、又真昼の日の下、ラヴェイの上の山間にて、三羽の蝶が訪れる樹下に横臥せるとき、さては夜淋しき北海の砂浜にて、砂上に背を横たえ、自分の現象が、天の銀河に漂浪したとき、――かかる偉大広漠永遠なる宇宙組織の幻想が、出現する。この瞬間、人は星辰に達し、無限者を所得する。……」

など、幾つものこうした体験が『宗教的経験の諸相』の中には紹介されている。漱石は、この辺りにも当然目を通しており、アンダーラインが随所に見られる。

(8) 吉田六郎『作家以前の漱石』（昭和五十九年一月、勁草書房）

(9) 小宮豊隆『漱石の芸術』（昭和十七年十二月、岩波書店）

(10) 森田草平『漱石の文学』（昭和二十一年、東西出版）、板垣直子『漱石・鷗外・藤村』（昭和二十一年、巌松堂）、岡崎義恵『漱石と微笑』（昭和二十二年、生活社）などがある。いずれも、小宮豊隆説に同調した見解である。

(11) 江藤淳『夏目漱石』（昭和四十年六月、勁草書房）

(12) 瀬沼茂樹『夏目漱石』（昭和三十七年三月、東京大学出版会）

(13) 三好行雄「人生と夢」『国文学』（昭和五十一年十一月）

(14) 内田道雄「『漾虚集』の問題」『文学』三四巻七号（昭和四十一年六月）

(15) 越智治雄「漱石と夢の極点」『国文学』（昭和四十九年十一月）

(16) 江藤淳『漱石とその時代――第二部――』（昭和四十五年八月）

(17) 「〈先立つ女〉をめぐって――「水底の感」と「琴のそら音」――」『不如帰の時代――水底の漱石と青年たち――』、（平成二年三月、名古屋大学出版会）

(18) 中島国彦『夏目漱石の手紙』（平成六年四月、大修館書店）

(19) 阿部能成『我が生ひ立ち』（昭和四十一年十一月、岩波書店）

(20) 『新聞集成明治編年史』第十二巻（昭和九年十二月、明治編年史頒布会）、『明治ニュース事典』第七巻（昭和六十

一年一月、毎日コミュニケーションズ）等も参照した。

(21) 一柳廣孝『こっくりさんと千里眼』（平成六年八月、講談社）

(22) 吉川幸次郎『漱石詩注』によると、「孤剣」とは「孤高な一本の刀」の意。「名剣は竜の化身であるから、竜のごときうなり声を立てる。このイメージは漱石によって早くから愛好されており、明治二十三年『故人到』にも『うちゐみてわれもなほおぼえ侍り君が竜鳴とやらんいふものきかんとて、枕辺に太刀かけ給ひしをといふ』」とある。

(23) 東郷克美「『草枕』水・眠り・死」『別冊国文学　夏目漱石必携II』（昭和五十七年二月）

第二章　中期作品

本章においては、中期として分類される作品からその主なるものを取り上げて、再び「意識」を中心として考察を行う。

ここで私が中期という範疇に見ようとする作品は、先のジェームズとの関わりにおける分析から、特に漱石が『心理学原理』を中心に彼の意識理論を構築していたと思われる時期と対応させ、『虞美人草』から、『三四郎』・『それから』・『門』といういわゆる中期三部作と呼ばれる作品群である。

一　『坑　夫』
――流れる意識――

例えば、伊藤整の「題材がその資質に合わない点で失敗作である(1)」という手厳しい論に代表されるように、多くの論者が否定的な見解を示しているのが、この『坑夫』という作品である。

けれども、中村真一郎が、「『坑夫』は「無名」の主人公の、無意識世界探究の物語であり、無償の行為の分析である。」、「もし、これを意識の流れの表出によらずに、事件の進展によって、物語ろうとしたなら、小説が成立しない程の、外見的には無意味な事柄なのである。(2)」と指摘したことを契機として、それまで殆ど価値を認められていなかったこの作品が、改めて注目されはじめ、今日に至っては、佐藤泰正の、「今日〈意識の流れ〉小説の範型あるいは祖型とも目される(3)」との見方などにも継承されて評価されている。

漱石が『坑夫』執筆に当たって、ジェームズをどのように受容していたかの問題については、第Ⅰ部において詳しく分析してきたが、ここにおいては改めて作品論として、ジェームズとの関連を追った上、中期作品の意識のありようについて、筆者の視点に沿って考察を行う。

特に、前期作品が主に幽冥界と現実界との往復運動として捉えることが出来たその意識の方向が、この辺りから、どう変化していくのかと言うことを、作品に沿って明らかにしてみたい。

（一）歩いている男

さて、『坑夫』は、まず、主人公である「自分」が、ただ歩き続けている次のような場面から開始されている。

さつきから松原を通つてるんだが、松原と云ふものは絵で見たよりも余つ程長いもんだ。何時迄行つても松ばかり生えて居て一向要領を得ない。此方がいくら歩行たつて松の方で発展して呉れなければ駄目な事だ。いつそ始めから突つ立つた儘松と睨めつ子してゐる方が増しだ。（『漱石全集第三巻、虞美人草・坑夫』、四三五頁）

彼には、どこといって行くあてなどない。ただ「休むと後ろから追っ掛けられる」ような気がして、ひたすら歩いている。

この場面をまずは考えてみたい。彼は、ただ歩き続けるという「行為」をここで行っているのだが、その行為と併行して、外界に認知されるさまざまなる客観的事象を、言葉として表現する作業をも同時に行いつつ、更には、それに付随して起こる感想や印象を、その都度表出させているのである。例えば、「松原を通つてる」という行為に付随して、「松原と云ふものは絵で見たよりも余つ程長い」という、事実に即した感想を持っている。こうした思考の方向は、同様に、次の事実認知においても続けられる。「何時迄行つても松ばかり生えて居」る、という事実に対して、「一向要領を得ない。此方がいくら歩行たつて松の方で発展して呉れなければ駄目な事だ。いつそ始めから突つ立つた儘松と睨めつ子してゐる方が増しだ」という感情を持つのである。

まず外界というものが周囲に存在するいわば絶対的なるものとして規定され、そこからある種の感想や感情が次々と発生しているという方法で、この『坑夫』は、語られ始めている。

こうした外界の事象をまず第一に、認知するという方法は、松林を進むという行為が更に継続し、その結果やがて見えてくる別の風景に対しても、同様に行われている。

掛茶屋がある。葭簀の影から見ると粘土のへつゝいに、錆た茶釜が掛かつて居る。床几が二尺許り往来へ食み出した上から、二三足草鞋がぶら下がつて、袢天だか、どてらだか分らない着物を着た男が背中を此方へ向けて腰を掛けてゐる。（前同）

これは、「自分」が認知した外界の事象についての、客観的なる描写である。ここには、まだ何も感想や感情的なる意識要素は表されてはいない。そして、その後その「掛茶屋」という風景が、「自分」に「休まうかな、廃さうかな」との思考活動を呼び起こさせているということが、すぐ次の文章から示される。彼のそうした思考はその直後、「通り掛りに横目で覗き込んで見」るという行為によって、引き継がれ、次の事象の認知へと、意識は機能を働かしていくのである。

こうして、事実認識と、それへの感慨、そして行為による具現化が次々と繰り広げられては、物語が進行するのである。しかも、その事実認識は自分の眼前に時の経過に沿って順次出現する事象に対する認知的活動であり、時が決して止まらぬのと同様に、時間の流れを越えた世界へと意識が逆行することはない。

さて先の掛茶屋を覗き込むという彼の行為は、すぐに、中にいた「男」によって受けとめられ次の展開へと進んでいく。

例の袢天とどてらの中を行く男が突然此方を向いた。煙草の脂で黒くなつた歯を、厚い唇の間から出して笑つ

てゐる。（前同）

意識が、こうして、客観的事実や事象を忠実にまずは認知した上で、それに付随して、さまざまなる感情を表出させていくということは、これまでの作品の中ででも、当然行われてきたことではある。先にも既に見たように、漱石の『文学論』に、「凡そ文学的内容の形式は（F＋f）なることを要す。Fは、焦点的印象又は観念を意味し、fはこれに付着する情緒的要素を意味す」と表されていた、あの認識的要素と、情緒的なる要素の、忠実なる描写としてもそれを捉えることが出来るだろう。

けれども、そうした「認知」としての描写と、それに伴う「感情」の表出は、これまでの作品の中では、作者の側からの眼、又は語り手の立場から、いわば客観描写としての説明と、それに伴う登場人物の心中の解説等として、捉えられていたことでもあるのである。けれどもこの『坑夫』において、特に見られることは、それが主人公という人物の、いわゆる直接的視点（「意識」の目）から、現実の世界における時間的事象の流れにまかせて、進められているということに、特徴を見ることが出来るのである。

すなわち、眼前の風景が時間の流れに沿って移動していくのと同様に、自らの心に浮かぶ意識も、決して一つ所にじっくりと固定されて練り上げられているものではなく、常に変化し、過去と現在の往復さえも見られない、流れとしての独白なのである。

それでは、そうした視点から改めて考察してみたい。

「自分」は、歩き続けているのである。まず、この事実がある。これに付随して、さまざまなる感情が、枝分かれしながらも派生して、思いは実に多くのさまざまなる要素を導き出して行く。

たとえば、松林を歩く間に、「自分」は、実に多くのことを「考へて」いる。

東京を立つたのは昨夕の九時頃で、夜通し無茶苦茶に北の方へ歩いて来たら草臥れて眠くなつた。泊る宿もなし金もないから暗闇の神楽堂へ上つて一寸寝た。何でも八幡様らしい。寒くて目が覚めたら、まだ夜は明け離れて居なかつた。(『漱石全集第三巻、虞美人草・坑夫』、四三五頁)

まず、ここに「自分」は歩いているという事実がある。その事実に対して、現実として認知していることを前提に、そこから、意識の焦点は、くるりくるりと移動する。常に現実の対象に固定されているというのではなく、ただ単に、歩いている自分は漠然と認識しながらも、その意識は、自身の過去の時間に至る回想をめぐらしているのである。そして、その過去への回想も、そう長い時間じっくりと考えられているものではなく、彼の意識は、すぐに現実の自分へと再び帰着するのである。

「夫からのべつ平押しに此処迄遣つて来た様なもの〻、かう矢鱈に松ばかり並んで居ては歩く精がない」、ということに対して、再び、

足は大分重くなつてゐる。脹ら脛に小さい鉄の才槌を縛り附けた様に足掻に骨が折れる。袷の尻は無論端折つてある。

というように、その思いは戻ってくる。

こうして彼の視覚的認知の焦点は、あくまでも彼の眼前にある松林の風景を捉えながらも、そこを基点として意識の目(焦点)は次々と、多くの要素を派生して、飛び回っているのである。

そしてその意識がどんなに飛び回っていこうとも、結局、最終的には、現実の事象から完全に離れて行くことはなく、最後には再びもとの場所へと帰着して、寧ろ忠実に随行して来ているということも又、発見出来るのである。

先に私は、ジェームズの意識の流れと『坑夫』が、極めて近しい関係にあることは指摘した。さらには、そのジェームズの理論が、『坑夫』の中で実際に引用されていると思われる部分についての具体的箇所もとりあげた。

それは例えば、「よく調べてみると人間の性格は一時間毎にかわっている。」という無性格論へと繋がる部分や、

そして、意識の絶え間ない変幻については、『坑夫』と『心理学原理』における共通性として論じて来たのではあるのだが、この描写との関連から改めてみてみると、こうした心的活動の大前提が、矢張り、ジェームズの言に直接結びつけられて考えられるものであるということを、確認できるように思われる。

ジェームズは、『心理学原理』の序章で、まず、

心的事実はこれが認知する物的環境と切り離して研究することは適当でない。過去の合理的心理学の大きな誤りは、霊魂を固有の諸能力を持つ絶対的精神的実体として設定し、記憶、想像、推理、意志などの諸活動を、これらの諸活動が扱う外的世界の諸特質とほとんど関係なく、霊魂に固有の諸能力として、説明したことであった。然し近年の豊かな洞察によって、我々の内的諸能力は、我々の住んでいる世界の諸相にあらかじめ順応しているという見方がなされるようになった。すなわち世界の真っ直中にあって、我々の安全と繁栄を確保するように順応しているのである。新しい習慣を形成し、順序を記憶し、事物から一般的性質を抽象して、これとその当然の結果として結びつける能力、すなわち、この混沌と整然が混じりあった世界の中で我々の方向を定めるのに必要な諸能力のみでなく、情動や本能もこのような世界の極めて特殊な諸相に順応しているのである。（今田寛訳『心理学原理』、二四頁）

と言うように、現実の事象に即した心的活動をその研究対象としているのである。これまで多くの論者によって述べられてきた、『坑夫』における意識の流れ理論は、前章に指摘してきたように、ともすれば、意識の流動的、変幻的性質のみに注目してしまいがちではあるのだが、こうして、改めて作品として、それを丁寧に捉えなおしていくことにより、そうした意識の変容が、すなわち、現実に対するある認知活動を契機として、常に起こっているということを、確認できると思われる。

そうして変幻する意識が常に、『坑夫』の主人公が進む時間軸上に沿って展開されているということにも注目で

きるのである。

彼の向かおうとする方向は、「曇つたものが、いつ晴れると云ふ的《あて》もなく、只漠然と際限もなく行手に広がつてゐる」世界として示されるが、それは実際には、彼の観念の中にあるのみで、向かい行くその将来は、未知なる世界である。彼は、歩けば歩くほど、「到底抜ける事の出来ない曇つた世界の中へ段々深く潜り込んで行く様」に感じながらも、猶歩くことを止めなかった。ここにも、歩くという行為は常に継続されている。

そして、それは、「生涯片付かない不安の中を歩いていく」彼自身の内面の、心的状況が進み行く姿の表出的行為でもあるのであり、「どこまでも半陰半晴の姿で、どこまでも片付かぬ不安が立て込めて居る」、「行き甲斐がない、さればと云つて死にきれない」彼自身の現在の姿としても象徴されていると見ることが出来る。

「意識の流れ」が中心に用いられているということにばかり固執していると、つい見落としがちなこの時間軸について、私は特に重要視して考えたい。

すなわち『坑夫』は、最初から最後まで、常に過去から現在へと向かう時間軸に沿った意識の変容を、そこに忠実に表しているということである。

所々に見られる過去回想も又、その現在時に意識が認知した事象から派生した心的模様として示されているのみであり、決して単独で、例えば、潜在意識の世界や、無意識界の表出というような、心理研究の例として、それが表出されているのでは決してない。

「文芸の哲学的基礎」の中で漱石は、こう定義していたことを再び思い出すことも重要である。

通俗の考へを離れて物我の世界を見た所では、物が自分から独立して現存して居るといふ事も云へず、自分が物を離れて生存して居ると云ふ事も申されない。換言して見ると己を離れて物はない、又物を離れて己はない筈となりますから、所謂物我なる物は契合一致しなければならん訳になります。（『漱石全集第十一巻、評論・雑

篇』、三六頁）
要するに、この現実の世界の存在を、私と私以外の物、すなわち「我」と「物」として捉えているのである。このことからも、『坑夫』が、常に現実の世界を「見る」という行為を起点とし、そこから意識の流れが発生して、すすんでいるのだということを改めて確認する必要があるのである。

私自身も、勿論多くの論者が言うように、ジェームズの意識の流れを漱石がここに受容して、それを作品の中で、手法として用いていることはたしかに先にも分析したとおり、同意する立場にある。しかし、それを前提とした上で、漱石がどのように作品内に現していったかという点については、更に考察の余地があるように思われる。小倉脩三[4]は、意識が、自己の深い部分に潜り込んでいくことを、「無意識的領域との遭遇という神秘体験」という言葉で言い表し、それをさも当然の如く捉えているようであり、又、重松泰雄[5]は、『心理学原理』よりも『宗教的経験の諸相』との関連に於て、この『坑夫』を捉えようとする立場から、『坑夫』の主人公の意識も「潜在意識」へと向かっているように分析されているのだが、果たして、本当にそうであろうか。

先にも見たように、漱石は、『心理学原理』を初めて読んだ時点では、その意識の様相には、共感を示していたものの、ジェームズのたびたび指し示す「より広大なる自己」に関しては、まだ完全に捉えていないのが実状であった様に思われるのである。

前期の作品における「意識」は、『宗教的経験の諸相』との関連から鑑みて、「現実世界」と、「不明瞭なる幻想世界」との、錯綜する世界を縦横に、進行していくものとして捉えることが出来た。それは現在の「生」をより充実したものにするための、逃避的な移動でもあったのではあるのだが、この中期作品に至っては、そのような不可思議な幽冥界への移動は見られない。前期作品に見たような、「神秘」が現在の「生」を癒そうとするのでなく、あくまでもこの「現実」という世界に、忠実に生きることを正面から受け止めようとしている意識が、ここには見られるように思われる。

この『坑夫』冒頭も、どこまでも続く松林という現実の風景の、時間的なる移動を契機として、そこから次々と派生する意識の流れの様相をこうして表しているのである。意識が、時間の流れに忠実に、現実と、さらには意識が意識として感じうる情緒的なる部分を、写し出している。

従ってこの『坑夫』では、決して、意識は、それほど神秘なる領域、不可解な潜在意識世界には、潜入することはないのである。あくまでも、現実世界に即した時間的移動を繰り返し、意識はそれに付随して、対象を捉え、自己を捉えようとしている、いわゆる「流れ」からの派生である。

だからこそその意識は、現実の時の流れの中だけでなく、過去にも時間を遡り、回想という形でその実証風景を捉えることを是認する。そして、そこに付随した情緒をも又表出するのであるのだが、そうした方向をもたらす契機は、やはり、現実の意識の中に認知される事象にあるのである。過去が、ただ過去として、存在する世界では決してない。『坑夫』の中で、しばしば過去への回想が起こるのは、意識が現実世界の風景から、連想されて沸き上がっていった感慨が、やがて過去の記憶を呼び起こし、そこに改めて、更なる情緒をもたらして、その時間軸に沿った移動を試みているものである。

例えば「実を云ふと自分は相当の地位を有つたものゝ子である」という述懐で始まる主人公の過去回想の叙述部は、単独で、そこに語られているというのでなく、この回想を起こすきっかけとなった事実というものが、すぐ直前に示されているのである。

「ぢや、歩くことにしやう」

と長蔵さんは歩き出した、自分も歩き出した。向ふを見ると、今通つた馬車の埃が日光にまぶれて、往来が濁つた様に黄色く見える。そのうちに人通りが段々多くなる。町並みが次第に立派になる。仕舞には牛込の神楽

坂位な繁盛する所へ出た。（『漱石全集第三巻、虞美人草・坑夫』、四六二頁）

「自分」と「ポン引きの長蔵さん」は、やはりまだこうして歩いていたのであったのだ。それが現実の事実として、示される。冒頭部の時間的なる延長上にある場面である。そして、この「歩く」という行為の継続によって、もたらされる風景の移動、「町並みが次第に立派になる」という事実から、過去の記憶として「神楽坂」を想起した「自分」は、ふと、それまで、この土地の地名にも、全く無頓着であったことに気づき、長蔵さんに質問する。

「此所は何と云ふ所です」

と聞いたら長蔵さんは、

「此所？　此所を知らないのかい」

と驚いた様子であつたが、笑ひもせずに教へて呉れた。（略）自分が此繁華な町の名を知らなかつたのを余程不思議に感じたと見えて、長蔵さんは、

「お前さん、一体生れは何処だい」

と聞き出した。（前同）

ここで「自分」が「東京です」と答えても、全く興味を示さない長蔵は、「さうかい」と言うだけで、その場の会話は停止した。そして、「自分を引っ張る様にして、ある横町を曲がった」という場面へと続いて描写されていく。

すなわち、「自分」が、自身の過去について、思いを巡らせるようになったのは、その過去回想が、単独で意識の中に突出してきたものでなく、こうして長蔵と自分との、出身地をめぐる会話が為されたすぐあとであるということが重要なのである。「自分」は、「東京です」と、長蔵に返答したことをきっかけとして、その「東京」の地でこれまで起こったいきさつを、脳裏に思い浮かべているのである。意識は、単独に、ただ、無暗に、取り留めもな

く流れているのではなくて、現在の認知におけるある事柄をきっかけとして、さまざまに派生しているのである。

こうして、『坑夫』の物語が全体として、「自分」の時間的なる経過に即して忠実に、全てが語られているということを、その意識のあり様としてまず第一に、捉えることが可能である。

(二) 逃亡者

さて、そもそもこの『坑夫』の主人公が、逃亡の途にこうして足を踏み入れた根本的原因は、本文中の彼の述懐によると、彼をめぐる三角関係にあったということが読みとれる。

この三角関係については、例えば、竹盛天雄(6)や熊坂敦子(7)らの指摘のなかで既に言及されてもいるとおり、前作『虞美人草』における設定、すなわち、藤尾と小夜子との間に立つ小野さんの状況と、この『坑夫』の「自分」の立場とが、同一であるという見方が出来るといえるだろう。三角関係そのものを見れば、それはまさに両者類似しているものである。けれどもその共通性について、改めて私の立場から、一言を呈するとするならば、前作『虞美人草』から『坑夫』への、書かれた作品としてその流れを見たときに、それは、敢えて指摘する迄もなく、むしろ当然のようにも思われる。作者は、もしかしたら意図的に、前作からの構想を、ここでも応用しようという程度に考えて、それを設定したのかも知れない。だからこそ、『坑夫』というこの作品自体には、その三角関係によるしがらみが、明瞭なる形で提示されているのでなく、むしろ、主人公の意識が流動する中で、到達した過去の記憶の一端として、漠然と示されているだけに過ぎないのである。

従ってむしろここで問題化すべきなのは、その入り組んだ関係というよりも、彼の「逃亡」という行為それ自体についてであるように思われる。

さて、彼の、その逃亡という行為は、果たして一体何を示すのか。改めて考える。
原因の発端は、先にも触れてきたように、主人公である「自分」が、自らが好きになった少女と、親の決めたいいなづけの少女との間で、

三方四方から両立しない感情が攻め寄せて来て、五色の糸がこんがらかつた様に、此方を引くと、彼方の筋が詰まる、彼方をゆるめると此方が釣《ママ》れるという按排で、乱れた頭はどうあつても解けない。色々に工夫を積んで自分に愛想の尽きる程ひねくつて見たが、到底思ふ様に纏まらない。（『漱石全集第三巻、虞美人草・坑夫』、四六五頁）

というように、動きが取れないままに苦しんで、悩んだ末の結論でもあったのだ。彼は、「自分が苦しんでるんだから、自分で苦みを留めるより外に道はない訳だ。」というように決意する。そして、「此の入り組んだ関係の中から、自分丈をふいと煙にして仕舞はう」と、実際に行動を起こすのである。

何故、彼はそのような選択をしたといえるのか。まずは、「逃亡」の意味を解明するために、その辺りから、改めて考えをすすめていくこととする。

そもそも、二人の少女の間で、「戸惑う主人公のその迷いというものは、「恋」という現実の、異性に対する思いであるのは当然ではあるが、それは極めて、抽象的心理の動きである。「好意を持つ」、「人を恋う」ということは、理屈や論理で解決出来るような範疇には存在しない思いである。だからこそ、そうした恋の問題は、いくら関係者の心中に訴えて、理解を求めようとしたところで、また、自らの、恋に燃える内面を、他者に説明しようとしたところでも、結局は、無駄な努力でもあるだろう。恋に理屈はないのである。

恋と恋とのしがらみで、二人の少女の間に戸惑う主人公が、その直面する事態に、実際取り得た方法は、当然の如くいくつかあったに違いない。通常の場合、三角関係の解決法として、例えば『虞美人草』の小野が最終的に小

夜子を選ぶ決意をしたように、どちらか一方に対する選択が行われることが多い。しかし、その選択行為を行った事実に対して、当事者は、苦悩という形で、心理に呵責を負ってしまう。小野は、小夜子を選択し、小夜子に安堵と幸福をもたらしたその代償に、藤尾の心を引き裂いた。彼女のプライドを粉々に、砕き散らしてしまったのであった。その結果藤尾は、深く傷ついて、自ら命を絶つのである。そして、小野は一生涯、その責任を負って生きていくことをも強いられた。恋の選択は、苦悩の選択なのである。

けれども、この『坑夫』の主人公については、どちらか一方に対するそうした選択を、あくまでも拒否したそのうえで、且つ、そのどちらに対しても平等に〝旨く〟行く行為、しかも同時に、自身の心に対しても、責任も負担をも感じないままですむような、そして、なるべく全ての関係が、無難に収まりつくような、すなわち「逃亡」という道を、敢えて選んでいるのである。この「あれかこれか」という二者択一でない選択方法について、土居健郎(8)は、「現代人的思考の特色」であると見なし、「昔の人間であれば、この葛藤に直面したとき直ちに二者択一を強いられ、泣く泣くそのどちらか一方に身を委ねたものである」との分析を示すが、そう考えると、この主人公のとった逃亡という手段は、「入り組んだ関係の中から、自分丈をふいと煙にして仕舞はうと決心」した上での、義理にも人情にも屈せずに、自己を生かそうとした選択なのである。

恋に理屈は通用しない。どちらを選択することでも、一方を傷つけることが避けられず、周囲の人間からも結局は、理解を求められぬままにその場に生き続けるくらいなら、彼はその全てを捨てようと決意したのであったのだ。そして、恋というそもそもの、極めてわかりにくい世界から、全く別の現実へと、すっぱり身をうつしていったのであった。

主人公は言う。

やつと気がついた。つまり自分が苦しんでるんだから、自分で苦みを留めるより外に道はない訳だ。今迄は自分で苦しみながら、自分以外の人を動かして、どうにか自分に都合のいゝ様な解決があるだらうと、只管《ひたすら》に外のみを当にしてゐた。つまり往来で人と行き合つた時、此方は突ツ立つた儘、向ふが泥濘へ避けてくれる工面ばかりしてゐたのだ。此方が動かない今の儘の此方で、夫で相手の方丈を思ふ通りに動かさうと云ふ出来ない相談を持ち懸けてゐたのだ。（『漱石全集第三巻、虞美人草・坑夫』、四六五頁）

ここにも、あの「文芸の哲学的基礎」に言及されていた、「物」と「我」との対立の、明確なる作者の視線が感じられるように思われる（既に第Ⅰ部第四章で示したように、「文芸の哲学的基礎」は『坑夫』の書かれる前年の、明治四十（一九〇七）年四月に東京美術学校で、漱石によって行われた講演である）。

『坑夫』の主人公の意識は、この作中で、まず第一に、自身の周囲に存在する、「物」としての現実世界、それを、認知するということから開始され、やがて、そこから派生して進んで行くのである。すなわち、自己以外の範疇にある、「物」としての世界は、意識の中に常に客観的に対象化されているに過ぎないので、自身の力で、それを移動させたり、ねじ曲げさせたりすることは、どうあっても不可能であると、考える。

『坑夫』の主人公である、「自分」を中心としたその恋に翻弄される、家族や周囲の人々は、自己以外の「他者」である。「我」以外の「物」である。だからこそ、そうした「物我」の「物」の領域に、自己の理論を当てはめて、自己の思い通りに動かそうとすることそれ自体、所詮初めから無理な行為なのである。彼は、そう感じていたとも言えるだろう。

「自分」は、さまざまに変わり行く人間の心の様相について、「人間のうちで纏つたものは身体丈である」と言っている。そして、

自分のばら〳〵な魂がふら〳〵不規則に活動する現状を目撃して、自分を他人扱いに観察した贔屓目なしの深層から割り出して考へると、人間程的にならないものはない。約束とか契とか云ふものは自分の魂を自覚し

た人にはとても出来ない話だ。又其の約束を盾にとつて相手をぎゆ〳〵押し付けるなんて蛮行は野暮の至りである。（『漱石全集第三巻、虞美人草・坑夫』、四五六頁）

と、その意識の不確かさを自覚するにまで至る。自分の意識それ自体であってさえ不確実なるものであり、それさえも自身の思い通りに動かない。ましてや、他者の意識など、問題外でもある。

こうして彼は逃亡した。彼にとっての逃亡は、現実の世界の窮屈なしがらみから脱出するための、いわゆる、別世界や理想世界への（後ろ向きなる）「逃避」などでは決してない。漱石前期作品に見たような、意識の深き（異空間への）潜入を、漱石はここには示さない。理想や幻想、ましてや神秘の世界等のなかに一時的に逃避することでは、現実の問題は、結局何も解決など出来うるはずはないのである。

だからこそ、『坑夫』のなかで主人公のとったこの「逃亡」という行為は、新たなる世界に「生」を全うするための、彼自身にとっては極めて現実的なる手段であったといえるだろう。彼は、逃避はしていない。「逃亡」の途に在るだけである。

作品の進行は、こうした彼の過去への想起を経た後に、再び場面は冒頭の、彼が歩き続けるという行為の描写へと戻って、現実を忠実に進んで行くのである。「意識」が常に、現実の中における自己の存在を起点とし、そこからさまざまなる想念を派生して、さまよっている姿というものが、ここでも明確に表出されているといえるだろう。主人公はあくまでも、現実の世界を直視して、さらに前へと進んでいる。彼は今なお、その逃亡の途にいるのである。

ところで、この主人公が自己内外における葛藤の解決として、自己存在の関係性からの離脱を決意したその極限状態で、初めて「個」としての自分に目覚めているということも、「逃亡」の末にある、新たなる「生」への対峙として、極めて象徴的に捉えることが出来よう。

人は、自らが窮地に追い込まれ、周囲の誰からも何の解決策をも得られないと悟った時、自分はやはり「ひとり」であったということを自覚する。こうした何ものにも頼ることの出来ない、裸のままの自己との対面は、しばしば、人を茫然とさせるものである。

ただひたすら「暗い所」を目指して歩き続けてきた主人公が、より明確に「個」としての自分を認識し、それ故、もはやどうすることも出来ない疎外感を味わうのは、ポン引きの長蔵につれられて、銅山へ向かう途中、ふいに目が覚めて、乗っていた汽車から降り立ったときのことである。(9)

自分は肺の底が抜けて魂が逃げ出しさうな所を、漸く呼び止めて、多少人間らしい了簡になつて、宿の中へ顔を出した許りであるから、魂が吸く息につれて、やつと胎内に舞ひ戻つた丈で、まだふわ〳〵してゐる。少しも落ち付いてゐない。だから此世にゐても、此の汽車から降りても、此の停車場から出ても、又此の宿の真中に立つても、云はゞ魂がいや〳〵ながら、義理に働いてくれた様なもので、決して本気の沙汰で、自分の仕事として引き受けた専門の職責とは心得られなかつた位、鈍い意識の所有者であつた。(『漱石全集第三巻、虞美人草・坑夫』、四八三頁)

ここに見られるような、「ふわ〳〵して」「少しも落ち付いてゐない」魂は、自らの現在の状況を、視覚的には認知していながらも、関係性のなかでは、捉え切れていない状態を示しているといえる。自己という存在を、この世界の全ての関係の中に位置づけることが不可能であるというように、意識は捉えている。何物にも所属していないという不安。誰からも必要とされてない、孤独なる自分。それが、「逃亡者」である彼には、この時はっきりと認識できたのでもあった。

もし人が、全てのしがらみを拒絶して、社会的、相対的位置を確定することが出来ず、全くの孤独の状態に追い込まれてしまったとするならば、その魂の殆どは、死をも含めた別世界への逃避を試みるだろう。実際自暴自棄になり、想念の世界に迷い込み、自己のなかに埋没して、暗闇のなかを進み行く。

けれども、『坑夫』の意識は、ここでも決してそうではないのである。それは先に引用したように、「ふわ〳〵」していた魂が、次の瞬間にはもう既に別の現実の風景を捉えそれを認知しているのであり、新たに進むことを開始している。ここではそれは次のように表されているものである。

自分の魂は二日酔の体たらくで、何処迄もとろんとしてゐた。所へ停車場を出るや否や断りなしに此の明瞭な——盲目にさへ明瞭な此景色にばつたり打つかつたのである。魂の方では驚かなくつちやならない。又実際驚いた。驚いたには違ひないが、今迄あやふやに不精々々に徘徊して居た惰性を一変して屹となるには、多少の時間がかゝる。自分の前に云つた一種妙な心持ちと云ふのは、魂が寝返りを打たないさき、景色が如何にも明瞭であるなと心付いたあと、——其の際どい中間に起つた心持ちである。此の景色は斯様に暢達して、斯様に明白で、今迄の自分の情緒とは、丸で似つかない、景気のいゝものであつたが、自身の魂がおやと思つて、本気に此の外界に対ひ出したが最後、いくら明かでも、いくら暢びりしてゐても、全く実世界の事実となつて仕舞ふ。（前同）

彼の魂は逃避しない。長蔵に身を任せ、坑夫となることを承知して、半ば自暴自棄になってはいながらも、彼の意識は忠実に、現実を辿って進んでいこうとしていた。彼は、驚くほど素直に、現実を直視しているのである。その現実に、自らの身を委ね、そうした極限の状態のなかでさえ、なお、生きていこうとしているのであった。『坑夫』のこの主人公が、逃亡という行為の果てに目指すのは、あくまでも現実世界の中における新たなる「場」なのであるということが、その辺りの意識のありようからも伺えるといえるだろう。

彼は、決して諦めきってはいないのだ。達観せず、自虐せず、又、観念や解脱の境地に迷い込もうとするのでもなく、しっかりと今ある目の前を直視して、意識を進行させている。すなわち、彼の意識は、更に、生を希求して、さまよい出している。

（三）坑の底

さて、『坑夫』の主人公は、こうして逃亡を試みて、「坑」の底へと堕ちていくのであるが、そこは、「死」の世界でも、又、「狂」の世界でもない、あくまでも現実の世の中の一部である。

『坑夫』の主人公は果たして気づいているのだろうか。「入り組んだ関係の中から、自分丈をふいと煙にして仕舞はう」という希望を叶える為に、「逃亡者」となったその彼が、新たなる関係性の中に自分を追い込んで行くという、矛盾した選択を行っているその事実を。

彼は、自身を見捨てているような、諦念を抱こうとはしながらも、何処かに生を希求して、銅山へとやってきたのである。

けれども、そうしてたどり着いたその銅山は、「死」や「狂」と、まさに向き合っている感のある、陰惨きわまりない世界でもあったのだ。そして、その地は、地獄でも、死の国でもなく、現実の、実際の、この世の姿であったのだ。

「坑の底」についての見解は、酒井英行[10]が、その『坑夫』論のなかで、「暗い所の具象的表現」、「胎内潜りの様な行動に潜行していった主人公」のおりたった「生の深み」「地底の迷宮」であると捉えているように、自己心理の深い部分の具現化と見る見方が多いのであるが、私はあくまでも、この暗い坑の底を、主人公の目に映る、現実の姿として捉えたい。

例えば、当時の社会的状況[11]を振り返ってみると、当時の現実の姿が発見できる。この『坑夫』が執筆された明治四十（一九〇七）年頃の明治とは、資本主義の発達と工場制工業の勃興に伴って、工場等で働く賃金労働者の数が急増していた時代でもあった。しかも、高度経済成長により、短期間のうちに急速なる成長を成し遂げた明治という社会は、その反面、工業と農業、あるいは大企業と中小企業抔の格差、又劣悪なる労働条件などの、さまざまなるひずみをも、同時に出現させていた。村の貧しい小作人の次・三男や婦女子らは、貧しい家計を助ける為に家を去り、都市の労働者となっていた。彼等は、当時の欧米諸国のそれとは比べ物にならないほど、遥かに低い賃金で、過酷な労働に耐えながら、黙々と働いていたという。彼等をとりまく労働条件は著しく劣悪で、そのために病魔に侵される者も多かったようである。

一方、ちょうどこの頃は、社会主義思想に導かれたさまざまなる社会運動が引き起こされていた時期でもある。堺利彦等が、日本社会党[12]を結成し、その最初の仕事として、市電値上げ反対の市民大会を開催したのも、この時期の出来事であった。

又、その社会運動に扇動されて、多くの労働争議も頻発するようにもなっており、明治四十（一九〇七）年には、統計的に見ただけでも、それらは二四〇件にまで達していたという。例えば、足尾銅山鉱毒争議（二月）、夕張炭坑ストライキ（三、七月）、幌内炭坑争議（四月）、別子銅山争議（六月）などが、この『坑夫』の描かれた年に起こっている。全国の主な炭坑や鉱山・工場で、次々とストライキが起こり、労働争議件数・参加人数とも過去最高を見せていたという。

このような時代状況の中で、漱石が『坑夫』を表したということは、漱石が自ら、現実に生きている近代日本の社会の有様に、強い関心を示しているあらわれと、受け止めることもできるだろう。

そして、よく知られているように、荒井某という一人の青年が、漱石のもとにやってきたのも、これらの暴動が世間を騒がせた、同じ明治四十（一九〇七）年の末のことなのである。

「断片」のメモによれば、その「若い男」も足尾から来た青年であったらしい。漱石が彼に、「坑夫の生活の所だけを材料に貰ひたいが差支へあるまいかと念を押」したとき（「『坑夫』の作意と自然派伝奇派の交渉」より）、当時、大きな社会問題として世間を騒がせていた、「足尾」を始めとする数々の鉱毒事件などにたいして、漱石の中に時事的関心が、全くなかったとは言えないように思われる。

しかし、漱石はそんな自らの社会的関心を、そのまま、この小説の中に反映させようとはしなかった。作者漱石の目は、むしろ、淡々と、それを冷静にさえ、捉えようとしているのである。

主人公がたどり着いたその世界は、彼が生まれて初めて見る、想像以上に陰惨極まりない世界であった。「肉と云ふ肉がみんな退却して、骨と云ふ骨が悉く吶喊展開」している獰猛な顔、「壁土」にも似た「南京米」、「南京虫」だらけの極めて不衛生な部屋、これらはそのまま、当時の社会の底辺の姿であると思われる。瀕死の病人「金さん」に、「ジャンボー」（葬式）を見せつける坑夫たちの笑いには、乾いた冷たさのみが表出されている。

そしてそれらの全てが、現実であったのだ。『坑夫』の主人公は、こうして始めて目の当たりにする現実に、決して同化しようとするでなく、淡々とした事実として捉え、そして彼なりの思いをそこに付着させていく。彼は、銅山のその世界で、実に多くの事実を見、数々の印象と判断を、心中に展開させていく。

それでは、その坑の底の地で、彼が実際に見たものと、その事実認識に対して派生させ、起こした心的状況を、以下、具体的にみてみたい。

まず、第一に、初めて足を踏み入れた飯場で、多くの坑夫達からの嘲笑を受けながら、『坑夫』の主人公が、次のような思いを抱く箇所がある。

無教育は始めから知れてゐる。教育がなければ予期出来ない程の無理な注文はしない積だが、なんぼ坑夫だつて、親の胎内から持つて生まれた儘の、人間らしい所はあるだらう位に心得てゐたんだから、此の寸法に合はない笑声を聞くや否や、畜生奴と思つた。俗語に云ふ怒つた時の畜生奴ぢやない。人間と受取れない意味の畜生奴である。(『漱石全集第三巻、虞美人草・坑夫』、五五四頁)

彼は、坑夫の現実を、冷たく見据えて、軽蔑にも似たこうした判断を下している。そして、このように坑夫達を見据える主人公の目は、これ以降、最後まで決して変わることはない。

作品の後半で、健康診断の結果が判明し、結局は「坑夫」になれなかった主人公が、「飯場の帳附」として新たなる職を得るのだが、その際、それまで完全に、(不甲斐ない者として)彼を軽蔑していたはずの荒くれた坑夫達が、「却つて向ふから御世辞を取るようになつた」というように、その態度をがらりと変える場面がある。そして主人公である彼は、この時に、「自分も早速堕落の稽古を始めた」という言い方をしている部分にも又、彼の、そうした視線は象徴されているともいえる。

彼は、決してこの銅山で働く坑夫達に、同じ人間として同等の眼を注ごうとはしていなかったということが、これらの彼の言から、察することが出来るのだ。これらの叙述には、明らかに、銅山の現実を見た上で、そこで働く坑夫達を、見下している「自分」が表出されている。

すなわち、彼のこうした視線からも又、そこまで堕落したくない、自分は彼らと違うのだというような、彼なりの「生」に対する一種の理想や誇りというものを感じ取ることが出来る。そして、そうした彼らとは異なった「生」を生きるのだ、という意欲が自ずと示されてもいる。

加えて、この作品が、物語の進行においては、主人公である彼の意識の時間的なる流れの中で、周囲をその意識の眼から捉えていくという手法を取ってはいるのだが、実はこの作品全体は、過去回想の形で語られているということも、忘れてはならない見方である。

現実の世の中から逃亡したはずの、その主人公である青年が、めぐり巡って、漸くたどり着いた坑の底。そこは、社会の底辺の場であって、悲惨な状況にはあったのではあるのだが、けれども多少に拘わらず、そこで生活を共にして、いわゆる「同じ釜の飯を食」った記憶がある限り、彼ら同士に対する同情や、憐憫のような感情がほんの一握りの程度でも、生じるものではあるまいか。ましてや先にも指摘したとおりこれは過去の思い出として語られているものなのである。過去は時間の経過とともに時としては美化され又は懐古意識を呼び起こし、イメージ化されて心中に留まることもある。

けれども、『坑夫』の主人公である彼には、そうした傾向は皆無である。彼が、坑夫であった自分自身を懐かしみ、銅山を回想していても、彼は一切の郷愁を、「坑夫」達に抱くことはしていない。むしろ、彼の坑夫を見る目の奥底には、常に銅山労働者に対する、自身の側からの、ある種の優越感のようなものが、存在しているのであって、しかも、彼等と自分との間には、決して越えることの出来ない、宿命的な壁というものを、自らの意志により築いてしまっているのである。

彼は、これを回想している「今」を生き、現在も事実として生を全うしているのであって、決して暗中に逃避して、迷ってなどいない。すなわち、こうした意識の在り方は、決して、消極的なるものでない。

『坑夫』の意識は、この意味においてさえ、漱石前期作品群に見られたような、あの異空間に漂う迷いや神秘性などは表出されてはいないと捉えることが出来るだろう。

さて、そこまで考えを進めたそのうえで、こうした「坑夫」を見つめる主人公の眼が、この時点において、極めて固定的なるものへと変化していることに、我々は改めて気づく必要があるように思われる。すなわち作品の前半で、あれほど、「性格なんて纏ったものはありやしない」と豪語して、外界の事実や事象に対して、様々に派生しながら進みゆく意識というものを、捉えどころなき流れとして表出していたにもかかわらず、この辺りに至っては、主人公の側から「坑夫」らを見つめているその眼というものは、「獰猛」「畜生」「冷酷」などと言うように、常に一定しているような、性格類型を押し付けてしまっている。

『虞美人草』での性格描出に深く反省し、この作品において、流動する意識をそのままに描き出した上で、無性格論をさえ導き出していたはずの作者漱石ではあるのだが、この目の固定化は果たしてどう捉えられるものなのか。これは多くの論者がいうように、やはり作品が、ここにおいて一貫性を失って、破綻した失敗作としてしか見ることが出来ぬものなのか。

けれども結論を出すのを急がずに、作品に沿っての更なる検討を行って、改めてそれを考えたい。

(四)　出会いの風景

さて、「自分」は、こうして、獰猛な「畜生」としての「坑夫」達がひしめくその山で、二人の印象的なる人物に出会うのであるが、性格の類型化という点に関しては、この場面でも又、ある種の規定された視点というものが、表出されているように思われる。

それは、主人公に対して決してぞんざいな態度をとらなかった飯場頭の原さんについてであり、又、坑の底で黙々と生きている安さんという人物についてでもある。

主人公である彼は、飯場頭の原さんを、次の様に捉えている。

飯場頭は突然自分の方を向いた。其の顔附が変つてゐる。人を炭俵の様に取扱ふ男とは、どうしても受取れない。全く東京辺で朝晩出逢ふ、万事を心得た苦労人の顔である。

「あなたは生れ落ちてからの労働者とも見えない様だが……」

飯場掛の言葉を此処迄聞いた時、自分は急に泣き度なつた。散ざつぱらお前さんで、厭になる程遣られた揚句の果、もう到底御前さん以上には浮ばれないものと覚悟してゐた矢先に、突然あなたの昔に帰つたから、……（『漱石全集第三巻、虞美人草・坑夫』、五三八頁）

この部分に見られるとおり、彼は原さんを「全く東京辺で朝晩出逢ふ、万事を心得た苦労人の顔」と捉えて、そこに安堵感をさえ得ているのである。すなわち、それまで、豪語した「性格なんて纏つたものはありやしない」どころか、その「纏まった容貌」にある程度、決定されているような、「纏まつた性格」、すなわち、彼が分別のある人間として規定する人物像を当てはめて、心をなごませてさえいるのである。

また、坑の底で出会った安さんは、主人公によって、次の様に認識されている。

足の長い、胸の張つた、体格の逞しい男であつた。顔は背の割に小さい。其輪郭が稍判然する所迄来て、男は留まつた。さうして自分を見下した。口を結んでゐる。二重瞼の大きな眼を見張つてゐる。鼻筋が真直に通つてゐる。色が赭黒い。たゞの坑夫ではない。

更に彼は、

第一に驚いたのは、彼の教育である。教育から生ずる、上品な感情である。見識である。熱誠である。最後に彼の使つた漢語である。——彼れは坑夫抔の夢にも知り様筈《ママ》がない漢語を安々と、恰も家庭の間で昨日迄常住坐臥使つてゐたかの如く、使つた。（前同、六四二頁）

とも感じている。彼は、安さんの内面にまで、強い感銘を受けているのでもあるのだが、ここにも、無教育で獰猛な、「悉く理非人情を解しない畜類の発達した化物」の「坑夫」たちなどでない、相当な「教育」と「見識」のある人物としての安さんを認めているのであった。すなわち、主人公の人間認識の基準として、「教育」が極めて重要視されていることを、我々はここにおいて、改めて知るのでもある。

この安さんに対する主人公の思いは更に、「坑夫の仕事はしてゐるが、心迄坑夫ぢやない」とも示される。無性格論を豪語しながらも、やってきたこの山では、主人公はこうして、何故か容貌や外見からの極めて独断的な性格・人物判断と、その先入観による他者認識を、いとも安易に行ってしまっている。

これを果たしてどのように見るべきか。

一方においては、これは、作品自体の大きな矛盾とも受け取れる。『坑夫』が、多くの論者によって失敗作だと指摘されるのも、ここに大きな要因があるのかも知れない。

けれども、敢えて、『坑夫』という作品を、漱石の意図を忖度し、あえて好意的に捉えるならば、先に示した「坑夫」の存在そのものに対する類型化も、又、安さんや原さんに対する見識も、作品の後半部において、再び無性格論を提示する為の、伏線となっているというように、みることができるのではあるまいか。

作品を更に進めて、考える。

（五）意識の様相

安さんとの出会いにより、主人公は、たとえどんな奈落の底でも「安さんが生きている以上自分も死んではならない。」と、一旦は離れたはずの元の人生の場に、自己を再び戻す決意を示すようになる。こうした人間たちとの出会いの場面に見られるものは、既に何度も述べたように、ある現実の対象を忠実に捉え、そこからさまざまに派生して流れ行く意識現象の姿である。

先にも取り上げたように、当初、この主人公は坑夫達について、明らかに隔絶意識を持っていたのではあるが、一方においては、このように原さんや、そして特に安さんに対しては、かなりの親近感を以て、彼等に近づいてさえいるのである。

現実という事実をまずは忠実に認知して、多くの感慨や印象をその現実の事象に沿って引き起こし、それをさまざまに派生させ、意識は流れていくのである。このとき意識というものは、たとえ、「他者」の存在であってさえ、自分以外のものとして、「物」の領域に規定して、捉えていくのだということを、先にも私は、触れてきたのではあるのだが、それが更に、きわめて個人レベルの（いわば、自分勝手なる）認識作用であるということも、この辺りの彼の意識から、改めて感じることが出来るように思われる。

すなわち、あれほど自身とは違った種類の人間として、見下しきっていた「坑夫」であったにも関わらず、原さんと安さんというその二人に関しては、全くその見方を当てはめようとはしないのである。彼自身の意識が、ここにおいて、「坑夫」に対するそれまでとは、全く異なった方法で、捉えなおしている態度が示されている。いわば、彼は、過去の自己というものを、百八十度転換させている。

そう考えると、我々は再びジェームズの、『心理学原理』における「意識の流れ」の中のあの一節、「我々はしばしば、おなじものについての自分の見解が次々と不思議なほど変わっていくのに驚く」という部分を思い出す。そして、「本当の事をいうと性格なんて纏ったものはありやしない」と嘆く主人公の述懐も、ここで再び想起出来るのでもある。

『坑夫』という作品のいわゆる「無性格論」なるものは、〃性格が纏まっていない〃という本来の意味に加えて、更に又、別の意味としても解釈することが出来る様に思われる。それは、他者をも含めた自己以外の外界の事象、すなわち物我の「物」の領域に属する一切を、意識が認知する時点での、まずはその第一段階において、受け止める側である自己が、常に一定の状態ではありえない、極めて不安定なるものであることを、示しているのではあるまいか。

『坑夫』における無性格論は、「坑夫」達の造型や、「原さん」・「安さん」の設定に、再び性格類型を持ち出して、作品を型にはめたということで、作品それ自体を、破綻させてしてしまっているのでは決してない。むしろ、無性格論というものは、描出されている主人公側の意識作用が、けっして固定化されていないということ、多くの矛盾を含んでいるということに、重きをおいて見ることが出来るようにも思われる。

ところで、『坑夫』に表されている意識というものが、意識世界の様相を、暗い坑の底に象徴させるかのように、人間の意識の深層を示しているという指摘が幾つもあるのだが（これについては、先にも取り上げた）、意識の深層というものは、この場合、閉じた世界として幻想的に探り出されてはいないのであって、どんなに漂い、さまざまに流動する意識であっても、それは常に（他者という存在をも含めた）現実の事象、事実に即して、この世に表出されているものとして、描き出されていると思われる。

だからこそ、改めてここで纏めなおしてみるとするならば、『坑夫』には、例えば『吾輩は猫である』に表れていたような、現実界に固定された目から見た、「幽冥界」や、神秘や幻想の異空間は、決して存在せぬ代わり、「坑の底」という、実際のしがらみの存在する、日常生活の世界とは異なった、別枠なる現実に、その意識を漂わせている。

これは、意識の流れというものを、ジェームズによって改めて捉えなおした漱石が、この時点において抱いている「意識」の様相であると思われる。それが作品としてこうして具現化されているのである。あくまでも現実世界の中に於て、流動する認識作用としての意識。また、その作用から始まって、さまざまなる想念が派生するという事実、それが、やがては、一瞬一瞬の意識作用に翻弄され動いてしまう、纏まりのない「自己」として表されている。

前期作品群に見たように、宗教ででもない限り、神秘で、不可思議なる世界に潜入することそれ自体では、現世に迷う自己というものを、慰藉することなど出来ないことに気づいた漱石は、こうして改めてその現実に忠実に即して、さまざまなる方向へと派生する意識の有り様を、作品として示したのであった。

又一方、先に前期作品群の中で見た『草枕』に描出されていた、あの「那古井」という地についても、ともすれば、この『坑夫』と似た設定であったということは、否定出来ない事実である。その両者とも、現実に存在する別空間の世界であり、彼らが所属する現実の日常を脱却したある土地に、主人公を潜入させたという点では、同じような試みとも見て取れる。けれども、絶対的に異なるのは、『草枕』における那古井とは、もちろん現実の地でありながら、画工という青年の理想にあくまでも忠実に、その世界が捉えられていたのであって、それは、一方においては、画工のイメージの中で再構築された、桃源郷的世界でもあったのだ。

けれども『坑夫』の場合、その土地は、あくまでも、坑の底、社会の底辺で、人々が、うじゃうじゃと蠢いている、そんな生活空間の地であって、主人公である自分にとっても、別なる、そして新たなる、現実空間でしかなったのであった。理想でなく、夢空間でなく、又桃源郷的異郷でなく、ただの現実世界が、そこにも又、あったということなのである。

従って、「意識の流れ」論をジェームズから受容して、それを作品化しているのが、この『坑夫』なのではあるけれども、それは、これまでの指摘にもあったような、忠実なるジェームズ理論の実現、意識の流動する流れの世界というのではない。「意識の流れ」が、果たして、どのように為されるか、その流れは、〝何に即して〟、〝どう、すすみ行く〟のかを、改めて、漱石が模索しつつ、具体的に彼なりの解釈で示した作品として、これをみることが出来るように思われる。

だから、漱石の表した、この『坑夫』に表出された意識の流れというものは、後にウルフや、ジョイスによって具体的に示される、あの意識の流れの手法とは、随分異なっているのである。意識は、ただ意識として（観念世界の中で）進んでいっているのではない。飽くまでも現実という、事実を認知した上で、そこから観念が開始され、派生して進んでいくのである。

『坑夫』が、「坑の底」へ落ちたのは、恋という三角関係に象徴されていたように、現実の自己をとりまくしがらみの煩わしきその世界から、一度自らを脱出させることにより、意識を現実から解放させようと試みた為である。けれども、いくら脱出した様に見えてさえ、この現世に「生」を全うする限り、どこまでも人間社会の現実は、存在しているのであって、決してその現実から逃れることなど出来ないのでもある。すなわち、そうした現実の、さまざまなる事象に、あくまでも即して生きていかなければならない宿命を、『坑夫』の意識は示している。

漱石が無性格論を示すのは、性格がいくら外枠から、自己を規定しようとしてみても、結局は、そこに現実社会がある限り、翻弄されることが必至であるという、大きな理由があるのである。例えば、前作の示していた様な、「幽冥界」や「潜在意識」の世界に行くのなら、自己を一瞬ではあるにせよ、現実のわずらわしさから分離させ、そこからは慰藉さえも獲得することは出来るのかも知れないが、けれども、そう逃避ばかりしていては、この世を生きていくことなど到底出来ないのでもある。どんなに避けようとしてみても、この世が他者との関わりで成り立っている以上、自己を自己の理想としてのみで、全うすることなど、出来ないということをも又示している。

すなわち、『坑夫』という作品は、意識の現実への流れをこうして描き出しているということに於て、重要なる意味を持つと考えられ、それが、あのジェームズの『心理学原理』を経た漱石の、中期作品群の特徴だと思われる。

漱石中期作品を読み説くキーワードがここに発見されたのである。それは、時間軸に沿った現実認識を基本とし、そこからさまざまに派生をしながら進み行く、そうした意識の流れの様相なのである。

二　『夢十夜』

明治四十一（一九〇八）年四月、漱石は『坑夫』脱稿後、「『坑夫』の作意と自然派伝奇派の交渉」という談話を発表しているが、その中に、次のような部分がある。

此処に一つの行為がある。例へば活人画を見物するとする。と、その見方に三つの趣味がある。願くは活人画の人物が動かずに、長くあの好ましい姿勢を取つてて呉れゝばいゝと希望する趣味が一つ。第二はあの状態が変じたら今度は如何なるんだらうといふ事を考へるんで、これは事件の筋を悦ぶ人なんだ。また第三は何でも事件の内幕に興味を持つ。即ち活人画を見せるに至るまでの成立、事情を知らう〱とするのだ。私の先に云つた書方はこの第三に属するので、つまりコンポジションをやつた要素を知る所が面白い。『坑夫』の書振は第三のつもりだ。智力上《インテレクチユアル》の好奇心《キユリオシテイ》のない人は、これを余り面白がらん。だからかういふ人の眼から見れば、活動が鈍くてたゞ徒らに長たらしく、同じ処に何遍も徘徊するものと思はれるだらう。（『漱石全集第十六巻、別冊』、五八〇頁）

だから歴史的研究は先ず止めて、心理的の物の見方の研究なぞから入ると、やり易くはならないか、その極く単純な最初の経験から出立して、次第に複雑になる所を調べてみれば面白くはあるまいか、と私は考へた。（前同、五八一頁）

先にもジェームズとの関連から、取り上げた箇所である。先の考察の中でも見たように、確かに『坑夫』という作品は、一つの現在時におけるまずは事実認識を、第一に経た上で、そこから意識が派生して、更には次の行動の起因となっていくような、漱石が、「心理的の物の見方の研究なぞから入る」、「コンポジションをやつた要素」がそのままに書かれている作品だといえるだろう。

それを理解した上で、改めてこの談話を読み返してみると、以前はさほど重要視して取り上げようとはしなかった箇所までが、改めて鮮明に見えてくる。

それは、「その極く単純な経験から出立して、次第に複雑になる所を調べてみ」ようとする行為（傍点・筆者）というものについてである。このときの漱石の、心理研究の方法は、あくまでも先に見たとおり、現実の印象、すなわち「最初の経験」が、起点とされているのである。心理そのものを独立した、何か特別なる世界と限定したり、また、やがて後期作品に追求される如き深層領域への潜入というよりも、そうした心理現象が起こるきっかけというものを、現在における経験（事象）にまずは見て、そこから意識を発展させようとする方法である。

さて、『坑夫』に続く作品として、ここでは『夢十夜』を取り上げたい。『夢十夜』は、明治四十一（一九〇八）年七月二十五日から、同八月五日まで、東京・大阪の両朝日新聞に連載されたものである。小品ではあるが、多くの研究者によって、さまざまな論が提出されている。まずは、それについて、簡単に触れてみる。

（一）夢とは何か

第一に、『夢十夜』論の先駆けともいえるのが、伊藤整による分析で、次のようなる指摘である。

> 簡単に言えば（『夢十夜』は）、漱石の中にあった夢幻的な詩的なものが散文らしい散文、「坑夫」以後の写実性の中で捉えられている。そしてその結果、美文的な調子が失われたために、詩的なものの本質はかえって正確に描き出されている。現実のすぐとなりにある夢や幻想の与へる恐ろしさ、一種の人間存在の原罪的な不安が捉えられている。この試作的な作品によって彼はその内的な不安な精神にはっきりした現実感を与えたので

ある。(13)

伊藤はこの論で、「現実のすぐとなりにある夢や幻想の与へる恐ろしさ」を、「一種の人間存在の原罪的な不安」と見る根拠を何も示していないので、ただ漠然とこの部分から推測するしか手がかりはないのだが、恐らく、「夢」という言葉そのものに内在する、いわゆるフロイト以来の心理学的な捉え方からの判断であると思われる。

すなわちフロイトによれば、夢とは、抑圧された願望の、幻覚による、偽装された充足だというのである。(14)又、その夢は多くの場合、現在の願望を表しているだけでなく、決まって幼児期にまで遡る、願望の充足表現であるという。フロイトは、夢を神経症状の一種とも、見なしてさえいる。

荒正人(15)は、この伊藤の論を受け、更に詳しい分析として、そのフロイトにも結び付く夢判断を、次の様に述べている。

父親への反感と憎悪と、幼くして別れた母親への思慕の情である。母親の愛情を奪うものとしての父親への反撥は、第一次的な形ではむしろ微弱であり、第二次三次的な形で後年付加されたものが多いように思われる。従って「父親殺し」は『夢十夜』の中の一編の主題にはなったが、（略）それは隠れた大きな鉱脈の小さい露呈なのだ。私はこの奇妙な小品文を、漱石における暗黒の部分の重要な指摘と解釈する。

この分析は、恐らく先にも述べたように、「夢」という言葉の持つ本質的な意味を、心理学的なる領域に求めたその上で、漱石の生い立ちをそこにぴったりと当てはめて、解釈しているものである。まさに的を射たような、的確なる判断であるようにも思われる。

たしかに、夢は、こうしてそのフロイト以来、無意識空間の不安、幼児期に迄遡る怖れを表出する恰好の材料として、さまざまに分析の対象とされているのだが、それをそのままこの文学にまで応用し、この『夢十夜』という作品を、解釈してしまってよいものか、多少の疑問も生じてくるように思われる。

例えば、当時明治四十一（一九〇八）年の七月に、漱石は『夢十夜』の執筆を、高浜虚子宛書簡の中で、次のように告げている事実がある。

小生夢十夜と題して夢をいくつもかいて見様と存候。第一夜は今日大阪へ送り候。短きものに候。御覧被下度候。盆につき親類より金を借りに参り候。（『漱石全集第十四巻、書簡集』、七〇四頁）

江藤淳は『漱石とその時代』の中で、この書簡に書かれている「盆につき」という言葉を重視して、「漱石はいわば、お盆の特別企画の注文と受け止めて『夢十夜』を構想したのである」と見る。そして、「お盆の怪談噺を期待する新聞小説の読者の存在を、最初から抜け目なく計算に入れていた」という推測のもと、「現実の生活を決定している論理と道徳の束縛を無視して、あり得べからざることを告白」した作品として、この『夢十夜』を分析する。いわば「夢」という空間に、作品内におけるさまざまな拘束から脱却し、自由を得た漱石が、自在に想像力を駆使して書き上げた作品としてそれを捉えている。

たしかに、『夢十夜』は、「盆」の時期の執筆なのである。これまでにも漱石は、特に新聞小説作家となって以来、例えば『坑夫』執筆時について見てみても、時の足尾銅山鉱毒事件など、多くの社会問題に、まるで、直接それを狙ったかのように、ぴったりとその時勢を反映させたその上で、作品を発表してきた経緯がある。従ってそれらのことから判断しても、江藤のいうような創作態度が彼の中にあったことも十分に考えられる。

しかし又、こうした解釈に対しても、私は全面的には賛成しがたい部分がある。そのような単なる書簡の中に表れた、作家の言を手がかりに、『夢十夜』の創作動機を探り出そうとするのなら、その他にもまだ更なるヒントは幾つでも、そうした形で見つけることが出来るように思われる。例えば、同じ書簡の中でも、同年五月十八日付の小宮豊隆宛の中で、

飛んだ夢を御覧になつたものに候。あんな夢はかいてくるに及ばず候。近頃の様になまけて居ては駄目に候。

もう少し勉強をなさい。(『漱石全集第十四巻、書簡集』、六九五頁)

と、漱石が記しているのが発見できるのであるが、江藤流に解釈するとするならば、これも『夢十夜』執筆の、一つの要因として見ることが出来るのではあるまいか。そもそもこの書簡以前の段階で、(文面からも明らかなとおり)小宮側からの「夢」を記録した手紙を漱石は受け取っていたのである。その記述に関しては、「あんな夢はかいてくるに及ばず候」と、けんもほろろに追い返しているのだが、しかし、何らかの形で、それに触発された漱石が、改めて自身に於ても、その方法でやってみたいと思うようになったのではないかと、推測出来るようにも思われる。

(二)現在時からの浮遊

けれどもそうした客観的事情より、先ず何よりも、この『夢十夜』が、『坑夫』を経た作品であるという事実から、改めて「夢」という点について考えたとき、われわれは、再び『坑夫』のあの一節を思い出さずにはおられない。

所が、――此処で、又新しい心の活作用に現参した。

といふのは生憎、此の状態が自分の希望通り同じ所に留つてゐてくれなかつた。動いて来た。油の尽きかかつたランプの灯の様に動いて来た。意識を数字であらはすと、平生十のものが、今は五になつて留まつてゐた。それがしばらくすると四になる。三になる。推して行けばいつか一度は零にならなければならない。自分は此の経過に連れて淡くなりつゝ変化する嬉しさを自覚してゐた。此の経過に連れて淡く変化する自覚の度に於て自覚してゐた。嬉しさは何処まで行つても嬉しいに違ない。だから理屈から云ふと、意識が何処迄降つて行かうとも、自分は嬉しいとのみ思つて、満足するより外に道はない筈である。所が段々と競り卸て来て、愈零に近くなつた時、突然として暗中から踊り出した。こいつは死ぬぞと云ふ考へが躍り出した。すぐに続いて、死

んぢや大変だと云ふ考へが躍り出した。自分は同時に豁と眼を開いた。(『漱石全集第三巻、虞美人草・坑夫』、六二七頁)

これは、「死んでもいい」というような、ある種自らの生命そのものに対する諦念をも抱きつつ、現実のしがらみの一切を切り捨てて、銅山へとやってきてしまった主人公が、その「坑」の奥底で、たった一人だけにとり残されてしまった瞬間に、感じる意識の様子である。ここで、彼が実際に、現在の自分の状況を離れて、次第に「淡くなりつゝ変化する」という意識現象を、体験している場面である。いわば、当初望んでいた通り、その先には「死」があることも、まるで予測出来るような、魂の遊離というものを、彼は感じている。けれどもそれにも関わらず、そのすぐ次の瞬間には、「死んぢや大変だ」と、急速に「死」へのベクトルを、百八十度翻し、「生きたい」と、彼は願っている。こうしてすぐに自身の自覚によって、彼は、現在時における意識状態に、引き戻されているのだが、『夢十夜』の夢空間に関しても、これと同様の見方が出来るのではあるまいか、と私は分析するのである。

すなわち、「夢」というものは、(フロイト的なる判断を一旦離れ、ただ純粋に、単純に解釈するとするならば)あくまでも現在時における自分、夢を見ている自分という存在がまずあって、そうした自分が睡眠中、その自己の現在時である認識を、一時的に遊離して動き出す、そうした意識の様相なのだと、言えるものなのではあるまいか。だから、この『夢十夜』という作品は、正にその部分を具体的に描出しているというように、判断することも出来るように思われる。

そもそも夢そのものは、外界との関わりが完全に遮断された状況に於て経験する、極めて主観的なる意識作用ではあるのだが、『坑夫』における「坑の底」で、かの主人公が経験したような、あの意識の遊離現象こそ、その漱石的なる「夢」の前兆として、既に示されていたといえる。すると、その夢空間は、決して別世界や、怪異の世界のものでなく、また、フロイトの判断するような、原罪的なる不安まで回帰するものでもない、恐らく、自己の意識が「現在」という時をすすみ行くその瞬間に、ふと時間のレールを離れでて、現実の対象から遊離して、そこに偶然見出した、そんな世界ではあるまいか。だから、その世界は、いつも全く離れているようで、実は必ず夢見る人の現在と、結びつけられている部分があるのである。この『夢十夜』に見られる夢世界というものも、ただ深層心理のみが露呈しているというのではなく、その夢を見る人の、極めて現実的なる何かに、常に何処か繋がっているような、意識の世界であるように思われる。

先に示したフロイトによる夢分析も、夢の素材として、夢の中に具現化されたある記憶を重視する見方ではある。それは、些細な日常生活における断片的なる印象や、副次的経験、遠い幼少の頃の記憶などでもあるのだが、その学説の眼目はあくまでも、夢を睡眠中の偶発的で無意味なばらばらの映像としてでなく、複雑な心的機能によって生起する、有意味な現象、特に、現実世界にあっては果たすことの出来ない願望のひそかなる充足作用と見るのである。

伊藤や荒が述べるのは、まさにその部分であって、例えば、第三夜に見られる「子殺し」を、「漱石は父親を嫌っていた」、「母親を愛していた」、そして「母親を奪うものである父親を、意識下の領域では、実は殺してしまいたいほど憎んでいた」というエディプス・コンプレックスにも結び付く願望と、捉える見方として示される。

作品に何らかの分析を加える場合、そこに潜む作家自身の生活背景・個人的履歴などに対しても、検討の対象に加えることは当然ではあるのだが、ただそれのみに固執しすぎてしまうのも、危険な感が否めない。

(筆者自身に対する自戒も含め) 多くの論者は漱石作品の分析を、その生い立ちにまで遡り、根元的意味を強く求めてしまう傾向が見られる。漱石の、いわば「通常ではない」その生育歴を考えれば、「第三夜」に見られる子殺しが、父親憎悪へと結びついていることも、否定する言を持たない。けれども、私が『夢十夜』を読んで感じるのは、そうした過去の記憶へと、帰還していこうという視線が、見られるのと同時に、一方においては、現在に生きる漱石の、その捉えがたい意識の奥底に、漠然と潜んでいるような、その苦悩、さらにはこれから先へと続き行く、彼自身の生の行方を遥かに臨んでいるような、視線そのものの様相でもある。

すなわち、以上指摘してきたように、夢を、あくまでも夢現象として捉えようとするならば、その夢空間に表出されているものを、作家の過去の意識にばかり求めるのは、恐らく片手落ちの作業である。夢が夢である以上、「現実に夢を見る」という「行為」を伴っているのであるから、現在時における状況についてまで、分析の対象に加えることが必要であるように思われるのである。

以下その判断に従って、作品を考察してみたい。

(三)「母と子」の示すもの

『夢十夜』を論じる時、これまでは、論者の多くが、特に「第三夜」の情景に拘って、そこに漱石という作家の過去をも炙りだそうとする傾向が、多く見られたのであった。

もし、『夢十夜』に表れた、母と子の示すその意味が、(先の荒の論にも代表されるように)漱石の母に対する思慕と判断出来るとするならば、では「第九夜」に描かれた、戦に出ていった夫の無事を祈って必至にお百度参りを繰り返す母親と、それを傍らで待つ子供の情景に、見られるものもまた同様に、考えられるものなのか。

一通り夫の身の上を祈つて仕舞ふと、今度は細帯を解いて、背中の子を摺り卸ろすやうに、背中から前へ廻して、両手に抱きながら拝殿を上つて行つて、「好い子だから、少しの間、待つて御出よ」と屹度自分の頰を子供の頰へ擦り附ける。さうして細帯を長くして、子供を縛つて置いて、其の片端を拝殿の欄干に括り附ける。それから段々を下りて来て二十間の敷石を往つたり来たり御百度を踏む。(『漱石全集第八巻、小品集』、五八頁)

過去へと記憶を回帰させたものとして、この夢を考えるのであれば、当然この情景は、幼き日「道具屋の我楽多と一所に、小さい笊の中に入れられて、毎晩四谷の大通りの夜店に曝されてゐた」という漱石の記憶の部分と結びつき、第三夜との関連も明確に示されよう。すなわち、そう考えた場合に言えるのは、「細帯」で「括り附け」られて、「烈しく〳〵」「ひい〳〵」泣き叫んでいるその「子」こそが、かつての昔に、「笊の中に入れられて」「夜店に曝されてゐた」金之助の姿であって、いくら必死で訴えても、優しい母は一向に、自分のところに来てくれない、そんな愛に飢えていた、不幸な記憶を象徴させていると、とれるのだ。

こうした見方については同様に、佐藤泰正の「(第九夜は) 漱石の不幸な幼児体験の、深い刻印を写したものとも言えよう(16)」という見解や、柄谷行人の、「(第九夜が) 象徴しているのは、明らかに幼年期における家族解体の経験だろう(17)」などの論がある。

どれも卓見であることは認めるが、けれども私は、この「第九夜」が、そうした金之助少年の、過去への苦い経験としてばかり、結び付けられては考えられないようにも思われる。

何故なら、「第九夜」の夢の中、まず、その子供は母親の、「実の子」であって、漱石の記憶に残るその風景、すなわち「古道具の売買を渡世にしてゐた貧しい夫婦」が、「里子である金之助」を「笊の中」へ放り出していた状況とは、かなり異なっている設定である。しかもその母は、自分が御百度を踏む間、待たせておかなければならないわが子に対し、かなりの苦痛をも感じているということが、表現されているからである。彼女は、わが子にそのような、無理な我慢をさせることを、何よりも切なく忍びなく思うのであった。母はわが子に、「好い子だから、少しの間、待つて御出よ」と言って、しかも、「屹度自分の頰を子供の頰へ擦り附け」てもいるのである。

その夢の中で母親は、「拝殿の欄干」に、子を括り附けておくことを、相当に後ろめたくも感じている。「縛つた子にひい〳〵泣かれると、母は気が気でない」とある。「御百度の足が非常に早くなる。大変息が切れる。仕方のない時は、中途で拝殿へ上つて来て、色々すかして置いて、又御百度を踏み直すこともある」ともある。

ここに見られる母親は、誰よりも我が子を思いやり、決して冷酷な態度を示したりはしていない。子を思う母の、深く暖かなる心が、きめ細かに描写されているともいえるだろう。こうした母の姿に通じるのは、漱石自身の胸に残る（一部理想化された）母親像なのである。そして、それとともに、彼の当時の状況から、そんな「母」というものに対しての、新たなる思いも又、この作品には見ることが出来るように思われる。

すなわち、これまでの見解は、先にも指摘したように、「第三夜」を経た当然の如き解釈として、ここで、作者漱石が、母を待ち、母を恋う、「泣く子」であるというように、判断されていたのではあるが、けれども又一方では、もし、この夢の中に、作者である漱石が、どうしても登場していると仮定するならば、それは「泣く子」などでなく、それを何とかなだめようとしている、親の側の視線のなかにあると、見ることが出来るのではあるまいか。

もちろん、幼き日、十分に両親に愛されなかった漱石がいる。それは明白なる事実である。そうした体験を経て、現在自身が、今、人の「親」という立場にいる時に、そこには、果たして子供をどのように愛するか、戸惑っている姿も見えてくるように思われる。妻が「女」であるという、いわば母性の本能によって、既に「親」たるに充分な、いわゆる「母」の顔をして、その自信にさえも満ち満ちているように見えたとき、では自分は果たしてそこまで、「父親」たり得ているのかという疑問、そしてある種の不安をも覚えたのではあるまいか。彼は、幼少期、十分に愛されぬままに成長した。そうした過去の不満が、ここに来て、彼を充分に「親」として、成長させることをはばんでいたのではないかとも思われるのである。

(四)　成長してしまった「子」

実際、父としての漱石は、子供達に対して、全面的に愛情を注ぎ込むようなタイプではなかったらしい。漱石の次男である夏目伸六の随想[18]によれば、成人後も、そして年老いてまでもずっと氏の脳裏には、「小さい私は絶えず父の顔色を猫のようにいじけた気持で窺っていた」、「私の心の底には、いつ怒られるか解らないという、不安が絶えずこびりついて離れなかった。当時の私にとっては、いつ怒鳴られるか――確かにそれが父に対する最大の恐怖だった」という幼児の頃の思い出があり、漱石は自分の幼き子供たちにさえも、(神経症が高じたり、気分の優れない時などには特に)かなり厳しく接していたらしいのであった。

そのような「親」としての漱石の側面を、日記や書簡に探そうとしても、子供に関する記載は、余り多く見あたらない。そしてその少ない記載の殆どは、かなり断片的で、淡々としたものばかりである。例えば、「昨夜子供が活動写真を見に行つたら、蘆花の不如帰をやつたさうだ。さうしたら恒子が泣いたさうだ。恒子は九つである。どうして泣けるか不思議でならない。」という日記(明治四十二〈一九〇九〉年七月四日)が見られる。漱石は、当時流行していたその大悲劇に、子供が感動などするのは、むしろ不思議な現象で、どうしても腑に落ちなかったらしい。彼には、それ程子の心、感受性の鋭さや、理解力の鋭利さなど子供特有の心の有様などには、一切無頓着であったようにも思われる。もしかしたら彼は、自らの基準でしか、子供を理解しようとさえしていなかったのかも知れない。このようなエピソードなどからも、当時の漱石の子供観というものを、自ずと知ることが出来よう。

又、明治三十八・九年頃の手帳の断片に、「小人は恐るべきものか、もしくは賤しむべきものなり」、「小人の恐るべきは何をなしても憚からぬが故なり。小人の賤しむべきも亦何をなしても憚からぬが故なり」などという、子供に対するかなり冷静で、批判的見解が、膨大に綴られている部分が見られる。こうしたメモの検証からも、漱石が、どこか、子供に対して、常に距離を置いた見方をしていたということが、伺われるものである。

そのような視点から改めて、作品を見てみるとするならば、「第四夜」にも、考察できる点がある。

神さんが、

「御爺さんの家は何処かね」と聞いた。爺さんは長い息を途中で切つて、

「臍の奥だよ」
と云つた。神さんは手を細い帯の間に突込んだ儘、
「どこへ行くかね」と又聞いた。すると爺さんが、又茶碗の様な大きなもので熱い酒をぐいと飲んで前の様な息をふうとふいて、
「あつちへ行くよ」と云つた。（『漱石全集第八巻、小品集』、四三頁）

そして最後に、この爺さんは、「ざぶ〳〵河の中へ這入」っていき、やがて、「髭も顔も頭も頭巾も丸で見えなくなつて仕舞」うのだが、これまでの解釈に於ては、当然「第三夜」を経た見方として、「存在への回帰願望」、「胎内回帰願望」をここに捉えているものが多く提出されている。(19)

けれども、当時の状況として、ちょうどそのころ鏡子が妊娠中であったことを思えば、まだ見ぬ次の子に対する、親としての、半ば屈折した様な思いをも、そこには伺うことが出来る様に思われる。その、未だ見ぬ子は、この夢の中で、「爺さん」になって登場しているのである。その「爺さん」を、自分は（子供の姿となって）追いかけて行くのである。追いかけても追いかけても、その「爺さん」はつかまらない。やがて、爺さんは、一人、川底へと消えていってしまうのだ。

この夢世界では、漱石が追いかける子として登場しているのであって、臍の奥に消えていく爺さんは、未だ見ぬ我が子である。こうした親子逆転は、「第三夜」にも既に見られた設定で、「第三夜」の中で背負っていたわが子が実は、過去の因縁を持った「子殺し」の記憶の再起であるというあの夢も、漱石の眼は、決して自らが「子」である当時の自分の苦しみや哀しみばかりを回帰しているのでなく、そうした幼き運命を、容赦なく弄んでしまった大人達への憤りと哀しみをかみしめるように、今大人になった自分の眼を通して感じとっているようにも思われる。

すると、「第一夜」の、幻想的なる百合の話においてさえ、「星のかけ」、「真珠貝」、「月の光」など、まるでメル

ヘンのような材料を提示しているが、これを、従来通り、父母未生以前の運命の恋の象徴と見るのと同時に、又、別の捉え方としては、ここに表されているものを母のイメージとしてさえも、読み解くことが出来るようにもおもわれる。百年の「生」を託して、死んでいくのは、母である。母はやがて、百合の花として、彼にふたたび会いに来る。親はいつでも、子を思うもの、それを、自らの、亡き母に今でも求めているのと同時に、又、妻の姿にも、子供達に対するそうした純粋なる愛情を、漱石は感じているのではあるまいか（そして、それに対照させると、我が身は未だ、過去の母の姿を追う余り、十分に自らの子に対し、親たり得ていない未成熟さが、感じられているのかも知れない）。

また、いささか時代劇めいた「第二夜」と、「第五夜」は、時代が近代へとまさに進み行くさなかであるが故に、「遠い昔」を語ることにより、より現実を浮き彫りにさせている効果を持つ。「無だ、無だと舌の根で念じ」ていても、「矢張り線香の香がし」てしまう。悟りをいくら開こうとしても、そこにある現実に、現在のその「時」の状況に、やはり気が付かぬ訳には行かない。現在の世を生きるためには、完全に悟りを得てしまっては、かえって克服出来ないしがらみが、この現実には存在する。

運慶の話もまた、しかり。「母」が子に対するような愛情を、親として自分自身も我が子に示そうと切に願い、又実行さえもしているが、思うように愛を表現することが出来ない。思うように子らと接することが出来ない。それならばせめて昔から、「親の背中を見て子が育つ」といわれているその通りに、自らの生きる姿をそのままに、子らに示そうとしている、そんな親心の表れと、この夢を解釈することも出来るのではあるまいか。運慶が一心不乱に彫っているその姿は、まさに自分がこうして苦悩しながら作品を創り出している姿そのものなのである。自分は、母のように真っ直ぐに、親としての愛を子供達に注ぐことは出来ない。だからこうしてせめて態度を以て示そうぞ。親として、人間として懸命に生きる姿をここに見よ。そんな意味が込められているとも読めるのではあるまいか。

そう見ると、『夢十夜』は、従来の、いわば過去を背負った作家の「夢」、幼き頃「笊」に入れられて愛薄く育てられた姿へと、全てを収斂させていくような、潜在意識の分析の方法ばかりでなく、現在の漱石自身の立場から、捉えられる部分も多く見られるように思われる。子供時代に充分に、愛を受けられぬまま成長してしまった漱石、愛されることを希求しながらも、結局は十分に満たされることも無いままに、時は止まることなく流れ来て、彼はもう既に、大人に、いや、初老に近い年齢に達してしまっているのでもあった。そんな自身に対する諦念と、それに相応しきれていない自身の姿に対する焦燥というものも、ここには受け取れるようにさえ思われる。

大人になった自分は、充分に、その社会的立場にも、又義務にも責任にも、納得したうえでこうして生きているのにも関わらず、心の何処かで漱石は、子供としての過ぎ去ってしまった時代にまだ未練を感じている。だからこそ、十分に「大人」として、「親」として達し切れていないそんな自分の元にいる、わが子供達に対して、何処か、後ろめたさを感じていたところがあったのかも知れない。

ところでこの『夢十夜』を書いた明治四十一（一九〇八）年は、漱石にとって、どんな時代だったといえようか。朝日入社から約二年。『虞美人草』、『坑夫』と順調に、専属作家としての道は滑り出しているのだが、当時を知る手がかりとして、『漱石の思ひ出』を紐解くと、次のように記されている。

何しろ其頃の私の家と来たら、子供が五人で、赤ん坊がいるといふわけで、女中の一人が風邪を引く、一人が親の病気でかへるなどと、手が狂ひだしたら最後始末がつきません。さういふ時には野上さん小宮さんなどといふ御連中が、床を敷いて下さるやら、御飯がないとあつて鮨を取りに走り使ひをして下さるやら、随分深切にして下すつたものです。それから子供なんぞもよく遊ばして貰つて、上の方の子供なぞは、小宮さん辺りからよくせがんではお話しを聞いてゐました。側で聴いてるとどうやら口から出まかせらしいのですが、それが面白いと見えて子供達は悦んで居ります。出まかせにしろそれを見て夏目はつく〴〵感心して、とても俺にはあゝは出来ないなどと言つてゐたことがありました。（夏目鏡子『漱石の思ひ出』、一八一頁）

漱石は、小宮豊隆や森田草平らが、器用に子供達と遊ぶ姿や、「口から出まかせらしい」話を上手にしながら子供らを悦ばせる様子を見るたびに、かなり感心していたというのである。「とても俺にはあゝは出来ない」というつぶやきが、親としての漱石の思いを象徴的に表しているかのようにも思われる。そして、鈴木三重吉のように、童話などは書かなかったけれども漱石は、別なる形で、子供らに、何らかのメッセージを残そうというような、思いも心のどこかには、あったのではなかろうか。

いささか強引ではあるけれど、『夢十夜』を読むときに、そこに「親と子」の関係を見るならば、そのような読み方をすることも、もしかしたら出来るかも知れないとも思われる。

すなわちこの夢の世界は、過去への回帰や深層の露呈などでなく、極めて近しい現実の反映されている世界だと、見ることが出来るものである。

（五）夢の語り手

さて、この作品の殆んどは、「こんな夢を見た」という一文によって、開始されている。果たして、これはどう解釈出来るのか。『夢十夜』の意識が、現実に密着し、反映した意識だということを、更に論じて行く上で、改めてそれを手がかりに、以下考察を進めたい。

この夢の語り手は、「こんな夢を見た」と、過去形で、夢を語り始めている。これは、明らかにその人物が、現在時に生きている人間で、「夢」は、彼が睡眠時に見た世界であることを示している。すなわち、その「夢」というのは、彼が眠っていたときに、現実から一瞬遊離して、その瞬間に表れた意識現象にしか過ぎないのであって、「夢を見た」本人は、もはや今、その夢の中を漂っているのではない。語られているその夢は、あくまでも、彼が見た過去の夢の世界である。

ところで、睡眠中の夢は、概して、そのほとんどの状況はばらばらで、眼が醒めた直後でも完全な形で思い出すことは難しく、しかもすぐ忘れてしまうことが多いということを、精神神経学の分野では言っている。従って他人に話す夢の内容は、通常の場合、その夢に関する断片的な記憶を後になってから再構成し、時には補充し、改めて、完成されたものであるという。こうした場合、部分的にはそこで創作が加わっているのがほとんどなのでもあって、この夢の語り手も、断片的に記憶している事柄を、この場にあって再構成しながら語るという行為を、当然行っているのではないかとも思われる。

時には強烈な音や、におい、味の経験を伴ったりすることも多い夢世界というものは、夢を見ている当人が夢を夢と気づかぬまま、その夢の渦中の人となり、かなり真剣に夢の中で、「生きて」しまうこともあるけれども、そうした夢の世界で感じる喜び、苦しみや怒り、哀しみも、全ては、覚醒したその瞬間に、無化され、癒される。そして、代わって彼が住む、現実がふたたび、眼前に現れる。

それが、「夢を見る」という行為である。

『夢十夜』の中に表れたその夢の内容に、何処までも続く生への不安や、また死のイメージ等を読みとることも出来るという従来の論には、（先にも少々示したように）示唆される部分も少なくない。けれども、私がむしろここで強調したいのは、何よりも、『夢十夜』のその夢が、あくまでも、「夢本来の夢」という意味を持つものである事実である。

先にも述べたように、この語り手は「こんな夢を見た」といって夢の描写を開始する。すると夢は、あくまでも、現実世界に対応する「夢世界」、睡眠時に見たその夢の、語られている世界なのである。

従って、聞き手の側（すなわち、われわれ読者の側）も、その冒頭の一文（「こんな夢を見た」）により、それが、「夢世界」の出来事であることを先ず、前提として理解する。語り手も聞き手も、夢を夢として、いわば承知しながら、進み行く。すると、それらはもはや、未知なる異空間にさまよい出していくような、神秘性はなくなって、あくまでも、現在という時点から、その過去に見られたという「夢空間」へ、意識のベクトルを潜入させていくに過ぎない。

又、『夢十夜』のそれぞれの「夢」には、具体的なる色や、音などが、極めて現実感を伴って描かれていることにも、注目出来るだろう。

例えば、第一夜に登場する「瓜実顔の女」の「真白な頬」「赤い唇」そして、「大きな赤い日」や「白い百合」、又、第二夜の「チーンと鳴る」「時計の音」、第三夜の、「鷺の声」、第四夜の爺さんの「ざぶ〳〵と河の中へ這入る」音、第五夜の「ぱち〳〵と鳴る」「篝火」の音や、「こけこつこう」と鳴く「鶏」など、それは挙げればきりがない。

こうした夢の性質も、夢が、原罪不安を象徴する、無意識空間にある夢などでなく、極めて現実に近しい部分でもあるような、具体的事象に密着した想念であることが伺える。

作品に語られている夢は、夢の姿のままで閉じられて、どの章も結局「語り手」が、覚醒を告げるまで、語り尽くされてはいないのだが、どの章においても、その唐突な終わりかた、しかも余韻を含んだような幕切れは、その次に続くのが、限りなき夢幻の「夢世界」などでなく、ここで、結局はその夢は、醒めてしまったのであって、「こんな夢を見た」と言ったその語り手は、再び現実に戻ったと、誰もが暗黙のうちに知っている。

するとこの『夢十夜』の夢は、（「夢」の中だけの出来事それ自体として表されているのなら、フロイト的なる判断も、また、可能ではあるようにさえ思われるのだが）まずは現在という時を基準として語り始められている、「夕べの夢」（過去の夢）としてみれば、それは、決して深層心理の様相というものばかりでなく、現実におけるいわば一種の醒めた眼を、内在化させている様に思われる。

前作『坑夫』の主人公は、あの暗く深い坑の底で、意識が現在の瞬間を離れて、遊離する現象を体験した。それがあてどなくさまようままに飛んでいくと、どうすることも出来ない、もしかしたら果てには死があるかも知れないと、彼は、あわてて、意識を現在時にと引き戻したのであった。その「坑」の底の意識の遊離現象が、より現実的、誰もが睡眠時にはよく経験するというあのとても身近なる意識現象、すなわち「夢」として、語られたのである。

従ってこの作品は、『坑夫』が暗い坑の底で、現実の世に進む意識を、一瞬その現在時を遊離して、そして漂いついた空間に、こうした「夢」という、観念的世界を見たとして、描かれたようにさえ、思われる。けれども意識は、覚醒する。夢は、夢である以上、いつもふたたび現実へと帰る宿命があるのである。どんなに夢の世界に遊ぼうとも、夢は、いつかは醒めるもの。そして現世へと帰る。意識を、どれほど、過去へと遡らせて、そこに、自己の原点を探り出そうとしてみても、また、夢世界へ遊離して、意識を分岐させてみても、結局はふたたび現実へと引き戻され、そこに暮らすことを宿命とされるのである。

こうして、夢空間に、意識を遊ばせた漱石は、意識がどうあっても結局は、現実と対峙した中で、生きなければならないその宿命を、自ら深く感じたのであった。従って、『夢十夜』の世界は、重ねて強調するように、決して無意識領域などではないのである。『坑夫』が、彼の住む現実社会から抜け出して、新たなる生の場を模索して、やがて暗き坑の底へ落ちてしまったのと同様に、現実に極めて密着した位置にある、睡眠下という場に於て、自らの存在を、その束縛の中から開放しようと試みた、意識の世界、それが『夢十夜』なのである。

夢は、いつまでも見続けてはいられない。意識は、再び、覚醒し、現実へと戻って来る。やがて、そうして覚醒した意識は、次作『三四郎』の中に示された、極めて現実的なる文明世界のただ中で、現在という時に忠実に、再び対象を模索し始めて行くのである。

三　中期三部作の意識
――『三四郎』、『それから』、『門』――

ジェームズから示唆を受けた漱石が、この時点において、意識に関する新たなる認識を得ていたことが、『坑夫』脱稿後行われた講演、「創作家の態度」の中に見られる。

そこで「意識」は、およそ次の様に語られている。

創作家の態度と云ふと、前申した通り創作家が如何なる立場から、どんな風に世の中を見るかと云ふ事に帰着します。だから此態度を検するには二つのものゝ存在を仮定しなければなりません。一つは作家自身で、かりに之を我と名づけます。一つは作家の見る世界で、かりに之を非我と名付けます。（『漱石全集第十一巻、評論・雑篇』、一一六頁）

意識は、常に、我と非我とに分けられ認識され、しかもそれは先にも既に見た如く、「過去の我」と「現在の我」というように、過去の我についても既に「非我」の領域として、観察される自己の存在を示している。

一方、「見られる側」である非我の領域は、その全てが、等しいレベルで認識されるというのではなく、

我々の心を、幅のある長い河と見立てると、此幅全体が明らかなものではなくなつて、其うちのある点のみが、顕著になつて、さうして此顕著になつた点が入れ代り立ち代り、長く流を沿ふて下つて行く訳であります。さうして此顕著な点を連ねたものが、我々の内部経験の主脳で、此経験の一部分が種々な形で作物にあらはれる

のであるから、此焦点の取り具合と続き具合で、創作家の態度もきまる訳になります。一尺幅を一尺幅と取らないで、其うちの一点のみに重きを置くとすると勢い取捨と云ふ事が出来て参ります。さうして此取捨は我々の注意（故意もしくは自然の）に伴つて決せられるのでありますから、此注意の向き按排もしくは向け具合が即ち態度であると申しても差支なからうと思ひます。（前同、一一九頁）

というように、「注意」に伴って決定づけられるものであるとする。

意識の流れが、人間に内在する精神活動の本質であるという考えが、ジェームズの『心理学原理』から受け止められていることは既に述べてきたことではあるが、それが、「創作家の態度」の中では、更に、その意識の流れにおける意識の選択作用が、「注意」によって、決定づけられると、漱石は説くのである。たしかに、全ての認知活動において、一個の人間の、心的世界のその中で、それを全知的に処理することは不可能で、それをどのように、選択していくのかが、創作という活動はもとより、人間の意識を解く上では重要なる問題となるのである（そうしたいわゆる「意識の選択」については、既に、漱石の『心理学原理』受容の問題として、具体的検討を行ってきたことである）。

「人間——個人——というものは、道徳や絶対の性格などからによって規定せられ、動かされていくというような、いわゆる『虞美人草』的ものではない」——こうしたアンチ・テーゼから起筆された『坑夫』によって漱石は、とりとめもなく流動的な「意識の流れ」の内部から、自然と沸き上がってくる「生」を探り出したのであった。『坑夫』の主人公が自己の内部の心の変容の有様を見、更には、「生」への強い思いと執着を自覚するに至ったのは、「明るい東京」を背に、「暗い坑の底」へと逃亡することで、自らをとりまく一切の関係の中から一旦離脱したからこそ、自らの純粋なる意識状態に触れることが出来、そして達成し得たことでもある。社会のわずらわしさの中にもしあり続けることをしたならば、『坑夫』の主人公は、その現実から曖昧に、逃げることばかりを考えて、「生」

へ立ち向かうことなど考えもしなかったかもしれない。

しかし、『坑夫』を書き、やがて、『夢十夜』を語った漱石は、ここに至って改めて、人間――個人――のそうした「我」という意識状態は、外的状況と離されて、「特別な場」でのみ感じられるものでは決してないと言うことに気づいたのであった。すなわち、彼が本当に語ろうとするものは、道義的「個人」のあり方ではなく、単なる心的描写による一方的なる自己告白なのでもない、道義や社会という周囲と、個人との併存における、真実の「個」のあり方でもあったといえるだろう。

明治という時代を改めて見つめたとき、そこには個人が存在すると同時に、個人を越えた、より大きな力が常に、何よりも絶大に存在していることに、改めて思いを馳せるに至ったのであった。社会との関わりを、『坑夫』によって、一旦は力の及ぶ範囲外へと離脱させ、そこに、純粋なる意識の存在を模索して、さらには次作『夢十夜』によって、いわば、『坑夫』の主人公が暗く深い坑の底で見た夢の、隔世された世の中を、見ている自身を焦点化して表した。しかし、あくまでも、自らの周囲に厳然と存在する、現実というしがらみを、決して無視出来ないことに気づいたとき、漱石の新たなる悲劇が始まったともいえるだろう。苦悩は、「悟り」と「高み」を希求する漠然とした自己存在の不安でなく、社会の中に生存する、社会的なる人間であるからこその、自己存在の不安として、改めて追求されるに至ったのであった。

「創作家の態度」によって、漱石は、意識という活動そのものが、まさに、「注意」によって、さまざまに分化していくということを、冒頭部でまず強調し、さらには、我々の内界の経験（いわゆる過去における経験も）「現在を去れば去る程」「恰も他人の内界の経験であるかの如き態度で観察が出来る」というのである。

この、「注意」により、「内界の意識」活動の方向性が決定づけられるという点について、漱石は、断片のメモに、次のように記している。

Complex apperceptive functions
Synthesis-aggregate idea
Imagination-perceptive
combining
Analysis-Understanding　-Judgment-inductive
deductive（『漱石全集第十三巻、日記』、三一二頁）

「Complex apperceptive functions」（複雑なる知覚機能）が、さまざまに分化したり、統合されたりして、判断や、想像という心的機能に結びついていくというこのメモの次に、第二章でも簡単に紹介した、あのジェームズの『心理学原理』に関する覚え書きが記されているのである。

Successive Psychoses ノ rate, James Vol I. 243
-Resting places, transitive parts.
低徊趣味トノ関係

すなわち、連続する意識には、停滞する部分と推移部分とがあるということ、ジェームズの『心理学原理』にいうあの部分、（改めて提示するとするならば、すなわち次のような箇所である）

我々の意識の不思議な流れを概観するときに、まず、注意を惹くのはその各部分の進行速度の違いである。それは鳥の生活のように、飛行と停止との交替のように見える。（略）停止した場所を、考えの流れの「実質的部分」と言い、飛行する場所を「推移的部分」と言う。そこでわれわれの考えは常に、その直前のものとは違った実質的部分へと向かって行くようである。そして推移的部分の主な用途は、一つの実質的結論から、他の実質的結論へと導くことであると言って差し支えない。（『心理学原理』、二二三頁）

と対応する見方が、漱石自身の手によって、こうして記されているのである（再び手沢本を見れば、この部分についても漱石の線引きが残されているのである。特にメモに記されてもいる「resting places」、「transitive parts」の単語には、はっきりとアンダーラインが引かれている）。

ジェームズがいう「意識の流れ」には、そのように「停滞部分」と「推移部分」があるということに、改めて注目した漱石が、その「推移」というものを、彼なりにどう、作品中で表そうとしたのかを知るために、われわれは、更に『夢十夜』に続いて書き上げられた、次なる作品の幾つかを、具体的に検証していかなければならないのである。

（一）『三四郎』

これまでの作品でも、例えば『坑夫』に、当時社会運動にまで発展していた鉱山労働者の悲惨が、現実的に描かれてはいたのだが、それはあくまでも、文明社会が発展するに伴って、二次的に、発生してしまった社会問題でもあった。従って（作中人物ら、銅山関係者等にとっては、当然の如く現実そのものだとしても）、ほとんどの読者にとっては（更に作者である漱石に於ても）、その暗き「坑の底」というものは、結局は、異空間、別世界の出来事でもあったのだ。

けれども次に書かれた『三四郎』という作品には、作中人物が関わる社会として、当時の世の中そのものが、極めて具体的に設定されているのである。中期三部作と呼ばれる『三四郎』・『それから』・『門』における意識のあり様を読み解こうとするために、まずはそのあたりから注目して考えたい。

是から東京に行く。大学に這入る。有名な学者に接触する。趣味品性の具つた学生と交際する。図書館で研究する。著作をやる。世間で喝采する。母が嬉しがる。と云ふ様な未来をだらしなく考へて、大に元気を回復し

て見ると、別に二十三頁の中に顔を埋めてゐる必要がなくなつた。(『漱石全集第四巻、三四郎・それから・門』、一五頁)

熊本の田舎から出て来た三四郎にとって東京は、こうした目的の地としてまず確認されている。それは、まさに壮大なる目標で、東京生活への期待を改めて自覚することで、彼は自分自身に発破を掛けているようにも思われる。

この明確なる目的意識は、田舎出の三四郎が、今後進み行くその方向を、読者であるわれわれにも期待させるような導入となっている。三四郎は、「別に二十三頁の中に顔を埋めてゐる必要がなくなつた」ことを確認し、東京の地で顔を上げることから開始した。

そして実際に東京の地に足を下ろし、彼が感じた印象は、「電車がちん〳〵鳴る」ことや、「非常に多くの人間の乗降、そして、「丸の内」の巨大な風景など、それまで全く眼にしたことのなかった都市の姿そのものであった。

此激烈な活動そのものが取りも直さず、現実世界だとすると、自分が今日迄の生活は現実世界に毫も接触してゐない事になる。洞が峠で昼寝をしたと同然である。それでは今日限り昼寝をやめて、活動の割前が払へるかと云ふと、それは困難である。自分は今活動の中心に立つてゐる。けれども自分はたゞ自分の左右前後に起る活動を見なければならない地位に置き易へられたと云ふ迄で、学生としての生活は以前と変る訳はない。

(『漱石全集第四巻、三四郎・それから・門』、二三頁)

三四郎は、今自分の立つこの東京こそが「現実世界」であると受け止めて、それまでの田舎暮らしを、異郷とさえ見始める。けれども、いくらその大都市に、憧憬さえ抱いて、同化を試みようとしてみても、結局はその巨大な都市を目の前にただ佇むばかりしか術はなく、「現実の世界が、かやうに動揺して、自分を置き去りにして行って仕舞ふ」不安を、感じていただけである。

やがて、彼には「三つの世界」、すなわち、「明治十五年以前の香」がする故郷の世界、「書物」に象徴される学問の世界、そして、「春の如く動く」恋愛の世界があることが、自覚されて行くようになるのである。彼は、第一の故郷を次第に離れ、第二・第三の世界へと、接近を試みてはいても、所詮彼には全てが遠いものとしてしか感じられないのであった。

そして、三四郎は、そうした「遠い」存在である東京の、巨大な流れに身を任せ、その流れの心地よさに漂っているうちに、その「巨大さ」そのものに、次第に愚鈍になっていく。

「迷羊」とは、まさに、そうして流される三四郎の姿そのものなのである。

『坑夫』の主人公が、しばしば意識の遊離現象に出会ったように、三四郎の意識も漂う姿が描かれる。

　三四郎の魂がふわつき出した。講義を聴いてゐると、遠方に聞える。わるくすると肝要な事を書き落す。甚だしい時は他人の耳を損料で借りてゐる様な気がする。三四郎は馬鹿々々しくて堪らない。仕方なしに、与次郎に向つて、どうも近頃は講義が面白くないと言ひ出した。（『漱石全集第四巻、三四郎・それから・門』、六八頁）

三四郎は、こうした魂のふわつきを、実際にあちこちを歩き回るというように、行為として「ふわつく」ことで、解消しようと試みる。

　ふわ〳〵して諸方歩いてゐる。田端だの、道灌山だの、染井の墓地だの、巣鴨の監獄だの、護国寺だの、——三四郎は、新井の薬師迄も行つた。

　三四郎はふわ〳〵すればする程愉快になつて来た。初めのうちは余り講義に念を入れ過ぎたので、耳が遠くなつて筆記に困つたが、近頃は大抵に聴いてゐるから何ともない。講義中に色々な事を考へる。少し位落しても惜しい気も起らない。よく観察して見ると与次郎始めみんな同じ事である。三四郎は此位で好いものだらう

と思ひ出した。(前同、七〇頁)

ふわつく意識の存在を、ふわつくままで置くことに、こうして次第に三四郎は満足してしまう。三四郎の意識における認知活動は、「東京」という現実の世界に、あえて〝対峙〟することでなく、むしろ、力を抜いて全てを流れに委ねてしまうというものとなったのであった。結果として、その現実の「見える」部分に心地よく、意識を漂わせるばかりに終始して、その奥の深い部分、物事の深層に入り込んでいこうとすることを、彼に忘れさせてしまったのでもある。

「現実」という見える部分にのみ漂いつつ、東京という華やかなる近代の姿に眼を見張っている三四郎の意識は、あくまでも、そうして眼前の現実の中にいることの、心地よさを感じるばかりになっていた。それが、すなわち、『三四郎』という作品に、見ることが出来る意識のその姿である。

そして彼の意識は、文明の華やかさに目が眩み、そこに身を任せている余り、もっと本質的なもの、他者の心の様相や、社会の深刻な真相などの一切に、目を向けようとはしなくなっている。そしてさらには、その態度は、彼に、自己をも見ようという姿勢さえ、忘れさせてしまっているのである。すなわち外部的なもの、社会や他者の「生」についてばかりでなく、自己における宿命や、しがらみ等、母との関係や故郷との繋がりも、もはや、遠いものとしてしか認識できなくなっていく。既に、それらは彼にとって、「全てが寝坊気」にさえなっていた。

明治四十年代の東京帝国大学の学生である三四郎が、意欲を持って、東京にやってきて、その東京と相そぐわないような「田舎もの」の自分を発見しながら、けれども実際は、その東京という社会の大勢となって「何となく」合流し、その場からはずれないような、又、突出した存在とならないような、言ってみれば、「無難」で安全な選択を、東京の流れの中で、次第に行っているのである。

こうした三四郎の意識のあり様は、ジェームズの解く、あの「非我」の範疇に、自己の過去さえも埋没させることにより、意識の流れを、現実の、見える世界の現象に、ただ委ねさせて進ませる、そんな漱石の意図としての描写であるようにも思われる。

漱石は、明治四十一（一九〇八）年八月十九日の、「『三四郎』予告」の中で、

田舎の高等学校を卒業して東京の大学に這入つた三四郎が新しい空気に触れる、さうして同輩だの先輩だの若い女だのに接触して色々に動いて来る、手間は此空気のうちに是等の人間を放す丈である、あとは人間が勝手に泳いで、自ら波瀾が出来るだらうと思ふ、さうかうしてゐるうちに読者も作者も此空気にかぶれて是等の人間を知る様になる事と信ずる、もしかぶれ甲斐のしない空気で、知り栄のしない人間であつたら御互いに不運と諦めるより仕方がない、たゞ尋常である、摩訶不思議は書けない。

——明治四一、八、一九『東京朝日新聞』——（『漱石全集第十一巻、評論・雑篇』、四九九頁）

と述べている。ここにも、例えば『虞美人草』と遥かに異なった、性格造型を目指している、作家のそうした意図を、より明確に、伺うことが出来るだろう。

すなわち、『虞美人草』の絶対的性格造型でなく、又、『坑夫』による、周囲を逸脱した中の意識の露呈というのでもない、周囲によって「造られていく」人間性というものを、漱石は目指していたのである。

ところで、『三四郎』には、所々『吾輩は猫である』の中で、時折、「猫」や「迷亭」らが佇んだ、あの幽冥界へと繋がる扉のように、不可思議なるあちら側の世界というものが見える箇所がある。意識を考察する視点から、これらをどうとらえるか。

作中の、描出部分をよく読むと、『三四郎』に登場する、幽冥界や不可思議は、けれども前期作品に見られたようなものとは異なって、いつも、「現実」という流れの中でのみ意識され、簡単に、行き過ぎてしまうばかりのものである。『三四郎』は、『猫』のようにその箇所で、意識をその不可思議なる奥へ潜入させたり、または交錯させたりしていない。

例えば、野々宮の家に偶然一人で泊まる事になった夜、見てしまった轢死事件に、三四郎は、

眼の前には、ありくと先刻の女の顔が見える。其顔を「あゝあゝ……」と云つた力のない声と、其二つの奥に潜んで居るべき筈の無惨な運命とを、総合《つぎあ》はして考へて見ると、人生と云ふ丈夫さうな命の根が、知らぬ間に、ゆるんで、何時でも暗闇へ浮き出して行きさうに思はれる。三四郎は慾も得も入らない程怖かつた。たゞ轟と云ふ一瞬間である。其前迄は慥に生きてゐたに違ない。（前同、五七頁）

との思いを抱きつつ、死を儚いものと見て、その奥に、果てしない暗闇を見てはいるのだが、更にその先の深く続くだろう真相を、彼は、真剣に考えようという気は起こさない。

そして、その夜彼が見た夢が、「轢死を企てた女は、野々宮に関係のある女で、野々宮は、それと知つて家へ帰つて来ない。只三四郎を安心させる為に電報だけ掛けた。妹無事とあるのは偽で、今夜轢死のあつた時刻に妹も死んで仕舞つた。さうして其妹は即ち三四郎が池の端で逢つた女である」というように、三四郎の、そうした意識の在り方を、より明確に示しているともいえるだろう。彼によれば、あの昨夜のおぞましい光景も、「ゆうべの夢」のその中で、極めて自己の周囲に限定された人物達により、再構成されていて、ただ、次の朝に「昨夜の事は、全て夢の様」であるという、その一言で終えてしまえるものなのだ。

『夢十夜』でも触れてきたことではあるが、再度確認しておけば、この時期の漱石の意識の方向性は、あくまでも意識の流れが、その主体を、現在という「時」の上においているということであり、意識はそこから派生して、

さまざまなる方向へと進み行く。それが、即ち『夢十夜』をも、フロイト的なる「無意識領域」にただ固執するばかりでなく、「夢」を語る「意識」主体の存在を考慮する必要があるといえる所以である。

この作品の後半で、子供の葬式に出くわしたときでさえ、三四郎のその感慨は、「遠くから、寂滅の絵を文字の上に眺めて、夭折の憐れを、三尺の外に感じたのである。しかも、悲しい筈の所を、快く眺めて、美しく感じた」というのみである。子供の葬式に、哀しさや悲惨さを感じない。全体を「美」とさえ捉えているばかりなのである。

こうして、この三四郎という若者は、巨大な都市東京で、一人暮らして行く内に、決して外部のものに対して、又他者に対しても、深く入り込まない様になっていたのであった。

彼は、東京の生活に次第に馴染んで行くに従って、自らのその足で、この東京の地に立っているような気にはなりながら、実は、その文明という世の中に、流されていただけであり、そうした態度を改めようとはしなかった。だからたとえ女達が、三四郎に近付いても、彼の目は、いつも外側から彼女らを見るばかりに留まって、他者意識の本質を、真剣に見ようとはしなかったのでもあった。菊人形を見に行って、美禰子と二人きりにはぐれたとき、三四郎が彼女に対して、「三四郎はこの女にはとても叶わない様な気が何処かでした。」、「同時に自分の腹を見抜かれたという自覚に伴ふ一種の屈辱をかすかに感じた」というその印象が、その後もずっと、彼の頭を離れない。それは、三四郎が、こうした自らの印象の中でのみ断定し、彼女を捉えてしまったからであり、もはや、それ以後一切、彼は、別の見方で彼女を見ようとはしなくなってしまったのであった。

作品内では、三四郎のそうした意識は次のように書かれている。

三四郎は美禰子を余処から見る事が出来ない様な眼になつてゐる。第一余所も余所でないもそんな区別は丸で意識してゐない。たゞ事実として、（略）美禰子に対しては美しい享楽の底に、一種の苦悶がある。三四郎は此苦悶を払はうとして、真直ぐに進んで行く。進んで行けば苦悶が除れる様に思ふ。苦悶を除る為めに一歩傍へ退く事は夢にも案じ得ない。(『漱石全集第四巻、三四郎・それから・門』、二四六頁)

この辺りからも明らかなように、要するに三四郎が美禰子を思う感情は、ただ進むことでしか実現させることが出来なかったといえるだろう。

作品内を見る限り、美禰子が三四郎に、恋愛感情を挑発しているかのように認識できる部分もたしかにあるのではあるが、それでも彼は最初から、「東京の女」として、彼の意識に登場している美禰子という女性には、結局は自分が「田舎もの」としか映らないと、断定してしまっているのである。そしてその見方は最後まで、三四郎の意識として、変わることはない。三四郎が、次第に美禰子に対して「苦しい思い」を抱いても、その解決の方法を、「真直に進んで行く」、「進んで行けば苦悶が除れる様に思ふ」とのみ感じ、「苦悶を除る為めに一歩傍へ退く事は夢にも案じ得ない」のは、まさにそのためなのでもある。彼は決して彼女の内面を、真っ向から考えようとはしなかった。だからこそいつでも積極的に行動することが出来なかったのである。むしろそうして彼女について、常に飄々としてあり続ける自身の態度に、何処か心地よさをも感じていたかも知れないと、思われもするのである。

要するに仮面を付けているようなその美禰子の態度にも、彼は、その仮面をとって、内側を理解しようとはしなかった。そして、現実という壁に阻まれて、本質を見ようとしない三四郎は、結局、自己の迷いに於てさえ、ただ時が解決してくれるのを漠然と待つだけで、時の流れる空間を真っ直ぐ進むことでしか、その糸口を見つけることが出来なかったといえるだろう。

一方美禰子は、恐らく当然のことながら、自分に向かってくると思われたその三四郎という若者が、何時までたっても距離を置き、遠くを見ているだけで、決して近づいてこないのに、驚きを隠せないでいたように思われる。

「貴方は索引の付いている人の心さへ中て見様となさらない呑気な方」という言葉には、そうした三四郎の態度への、美禰子のもどかしさがこもっている。

後に作者漱石が、

この女が非常にサツトルなデリケートな性質でね、私は此女を評して「無意識の偽善家」――偽善家と訳しては悪いが――と云つた事がある。其巧言令色が、努めてするのではなくほとんど、無意識に天性の発露のままで男を擒にする所……もちろん善とか悪とかの道徳的観念も無いで遣つてゐると思はれるやうなものですが、こんな性質をあれ程に書いたものは他に何かありますかね、――恐らく無いと思つてゐる。（文章雑話）

という言を残しているように、美禰子には「天性の発露のままで男を擒にする所」があるにも関わらず、三四郎が余りにも瓢然としていることに、彼女は却って焦りを覚えていたのかも知れない。

三好行雄が「その愛は自意識の拡張を伴う事で三四郎を傷つけ、流血を強いる」と評しているように[20]、これまでの多くの研究は、美禰子に愛に関する「自意識家」を見る指摘が多い。けれども、もしかしたら美禰子は、当初から、三四郎を自分の恋の対象としては、真剣に見ていたとはいいがたいのではあるまいか。それは、彼女が、極めて都会的なる女性として描かれていることも手伝って、田舎出の三四郎の、遠い心を、自身に引きつけようとして、ただ単に〝演じていた〟に過ぎないのではないかとも思われるからである。『草枕』で那美さんが、「狂」を演じていたように、美禰子も又、そう生きることによってのみ、「天性の発露」で男を擒にするそのプライドを、「女」としての自信に結びつけて、保っていたのかも知れない。

美禰子が、三四郎でも野々宮でもない、全く別の他人と結婚するのは、そうした彼女が、強い女として振る舞った、その華やかな「青春」という時代に別れを告げ、ますます近代化の進むその明治の世の中で、生きることの本質、「生活」の本質に眼を向けなければならない現実を、自己の中に漸く受け入れたからでもある。

強引なる自己解釈にばかり拘って、他者の本質を見るでなく、ただ遠くに感じているだけで、そして相手が近づいてくれるのを待っている丈の態度では、心は決して通じない。そういう意味においては、美禰子の三四郎に感ずるもどかしさというものこそ、あの、ジェームズの指摘する、「非我」と「我」という、その意識のありようにさえも通じているのかも知れない。「我」と「非我」の対象をここにおき、漱石は、その具体的有様を明確に示したのではないかとも思われる。三四郎の意識はあくまでも三四郎の側からのみ自覚されるものであって、どんなに、周りが動いても、それは、彼にとって、意識を派生させる要因となるだけの、結局は「周囲」でしかなかったといえるだろう。

『三四郎』の中にキーワードとして語られる、「迷える羊」のその意味を、更に深く考察しようとするならば、現実に迷い、都市に迷い、そして、自身の内部の本質さえ見つめることをも忘却し、ひたすら見える部分だけを追い求め、さまよっている意識のありようを、示しているとも思われる。そして、その意識は、常に現在という時間の流れに沿って、さまざまに派生することを繰り返しながら進んでいたのでもあったのだ。（生活に対して何ら束縛も義務もない）青春という彷徨の時期を舞台としたことで、文明進化の世の中で、現実に翻弄されているこうした意識の有様を、よりはっきりとこの作品には見ることが出来るように思われる。

「意識」という側面から三四郎を読みとくと、『虞美人草』を経、『坑夫』を経て来たからこその漱石の、その捉え方がより鮮明に見えてくる。すなわち坑の底から帰ってきた「意識」は、こうして改めて、現実の世界に極めて直結した形として、進むことを開始した。

これが、中期三部作の第一作、『三四郎』に見られる意識の姿である。

（二）『それから』

『それから』の主人公代助は、三四郎が世の中にあれほど身を任せ、現実の中で、動いていたのとは対照的に、あくまでも現実に背を向けて、「個」として生きることを望んでいる。社会に同化することを拒絶して、働くことさえも嫌悪する、そんな男として描かれている。例えば、そうした彼の姿勢というものは、

丁寧に歯を磨いた。彼は歯並びの好いのを常に嬉しく思つてゐる。肌を脱いで綺麗に胸と背を摩擦した。彼の皮膚には濃やかな一種の光沢がある。香油を塗り込んだあとを、よく拭き取つた様に、肩を揺かしたり、腕を上げたりする度に、局所の脂肪が薄く漲つて見える。かれは夫にも満足である。次に黒い髪を分けた。油を塗けないでも面白い程自由になる。髭も髪同様に細く且つ初々しく、口の上を品よく蔽ふてゐる。代助は其ふつくらした頬を、両手で両三度撫でながら、鏡の前に我が顔を映してゐた。（『漱石全集第四巻、三四郎・それから・門』、三一五頁）

という、過剰なほどの自意識にも表出されているのである。代助の意識が、対象として焦点化するものは、自己の満足にのみ適合する、所謂ナルシズムなのである。

代助は、自分の肉親からの（必要以上の）束縛を逃れて、一人家を構えて暮らしている。けれども、干渉されない自由なる近代人を自認する彼の、生活の基盤というものは、結局は、「月に一度は必ず本家へ金を貰ひに行く」、「親の金とも兄の金ともつかぬものを使つて生きてゐる」という程度の、はかないものである。

彼は、そのような自分について、「決してのらくらして居るとは思はない」、「ただ職業の為にけがされない内容の多い時間を有する、上等人種と自分を考へてゐる丈である」とさえ認識し、決して負い目は感じない。いかにも当然たる、自信満々なる自己理論により、それは定義されている。

まずは、代助の意識の在り方について、考えたい。

こうした代助の「遊民性」が、父の財産に因っているということは、確かな事実ではあるのだが、一方において彼は、「父と兄の財産が、彼等の脳力と手腕だけで、誰が見ても尤と認める様に、作り上げられたとは肯はなかった」、「父と兄の如きは、此自己にのみ幸福なる偶然を、人為的に且つ政略的に、暖室を造つて、拵え上げたんだらうと代助は鑑定してゐた」というように、その財産の築き上げられた経緯について、又、彼等の職業そのものについても、一種の軽蔑を抱いている。彼が、それ程までに、父や兄を軽蔑し、その財産の形成過程を嫌うなら、きっぱりとそれを否定して、彼らや彼らの財産と、無関係な位置で生きていこうとすることが、本来選択されるべき道である。けれども結局は、そうしたいわば「見たくない」事情の部分に代助は、一切目を背けるという姿勢を保ったまま、自らの「有意義」なる生活に必要な部分としての、その恩恵と特典の部分のみを認めて、極めて都合よく、生きていくことを選んでいる。

だからこそ、代助の生活は、「孤立」したものなどでは決してなく、いわば「個立」しつつはあるけれども、決して自立とはいえぬ、極めて不安定なる位置にあるのである。自分自身に都合よい部分のみ、全てを見ようとするその意識的傾向は、先にも引用した、ジェームズの「意識の流れ」の中における、いわゆる「意識の選択」が作用しているということを、まずはここにも確認することが出来るだろう。

(意識の流れの特性として注意しておかなければならないことは) 意識は常にその対象中の一部分に対して他の部分に対してよりも多くの興味を感じ、対象を歓迎、排斥あるいは選択するものである。選択的注意及び思慮的意志の現象は、もちろんこの選択作用のよい例である。

これまでにも何度も見たこのジェームズの説くその意識選択の方法を、改めて、現実の時間の流れの中において見たときに、代助の生き方が、より鮮明に、理解出来るものとなる。彼には、自己をとりまく状況を一通りは認識していながらも、その中でも、極めて自身に都合の良い部分のみを自己に当てはめることのみを行って、それ以外の（いわゆる自己の理論に「ふさわしくない」）部分には、完全に気づかぬ様子を保ったまま、平然として生きていたのである。

それでは、そんな代助の、三千代への愛とは一体何であるといえるのか。再び意識に沿って考える。

するとここにおいても、代助のその「意識の選択」が行われていると見ることが出来るように思われる。

まず、三千代が平岡と結婚したときに、「其間に立つたものは代助であつた」、「身体を動かして、三千代の方を纏めたものは代助であつた」という過去の事実がある。けれども代助は、そうした過去、はからずも自ら設定してしまった過去ではあるにせよ、そうした事実には一切見ないようにと背を向けて、しかも、「平岡、僕は君より前から三千代さんを愛してゐたのだよ」との、極めて手前勝手なる解釈により、現在の三千代への愛に対する言い訳を、形作ってさえいるのである。すなわち代助は、不都合なる過去の事実に眼を瞑り、今直面している「現実」の、三千代を愛そうとしている自分、三千代を奪おうとしている自分自身の姿しか、見つめようとはしていない。

そして、当然のことながら、周囲の状況や、長井家の思惑、これからの生計に対しても、彼の思いは及ばない。結局は自分自身の願望や要求を中心に、意識が流れるのみである。

又、加えて代助は、結局三千代自身にも、彼女を「対象」として認識しているばかりであり、代助に「我」があるように、彼女にも「我」があること、そして、その本質を、見なければならないことには気づかない。

代助の心には、三千代に対しての過去における負い目、告白出来なかった自責が存在しているのである。

（故郷を出て、兄の住む東京へ）三千代が来てから後、兄と代助とは益親しくなつた。何方が友情の歩を進めたかは、代助自身にも分らなかつた。兄が死んだ後で、当時を振り返つて見る毎に、代助は此親密の裡に一種の意味を認めない訳に行かなかつた。（略）兄は存生中に此意味を私《ひそか》に三千代に洩らした事があるかどうか、其所は代助も知らなかつた。代助はたゞ三千代の挙止動作と言語談話からある特別な感じを得た丈であつた。

（『漱石全集第四巻、三四郎・それから・門』、五六一頁）

当時「三千代の挙止動作と言語談話からある特別な感じ」を受けていた代助は、三千代の愛が自身の方に向いているのを確信していたようである。けれども、それすら、結局は、代助の「感じ」に過ぎないのでもあって、それに対して、彼の方からは結局何の意志表示さえせずに、ただ、三千代と兄と代助の三人の関係が、「有意識か無意識か、巴の輪は回るに従つて次第に狭まつて来」る自然の成り行きに、身を任せていたに過ぎない。だからこそ、「遂に三巴が一所に寄つて、丸い円にならうとする少し前の所で、忽然其一つが欠けたため、残る二つは平衡を失つた」というその時も、結局彼は何も語らずにいたままで、むしろ現在の（三千代と平岡との結婚という）結果を導いてしまったのでもある。

それから三年が過ぎた今、代助は、三千代と当時を語る間に、「現在の自己が遠退いて、段々と当時の学生時代に返つて」行くような気になったのではあるが、これも又、極めて強引な、代助の側の意識であり、三千代の事情は一切、彼の考慮に含まれていないといえるだろう。百合の香の漂う部屋の中で、「二人の距離は又元の様に近くなつた」と感じているのは、ただ代助の意識のみである（たとえ、三千代と平岡の結婚生活が不幸に見えたとしても、それは事実に即して彼の側から判断した、いわゆる状況的判断に過ぎぬのであって、三千代の心として判断できるものでない）。

「僕は、あの時も今も、少しも違つてゐやしないのです」という代助に、けれども三千代の返した言葉は、「だつて、あの時から、もう違つてゐらしつたんですもの」というのである。

「今日始めて自然の昔に帰るんだ」という重大なる決意は、代助の意識が選択した結果であって、このとき、彼は三千代について、その内なる思いなど、決して深く追求することをしていない。寧ろ彼女の心の奥底を、真っ向から見つめたりすることを避けてさえいるようで、しかも同時に、今後起こりうるさまざまなる困難に対しても、直視することを拒否したまま、ただ自身の求める「三千代」像だけを願っている。

代助の意識は、こうして作品内において、終始変化は見られない。

ところで、明治四十一（一九〇八）年三月に実際に起こされた森田草平と平塚雷鳥との心中未遂事件という一つのモチーフが、『それから』には見ることが出来るという。確かに漱石は、この作中で、新聞小説の『煤煙』を読んで「誠の愛で、已むなく社会の外に押し出されていく様子が見えない」と批判している代助を登場させている。このことについては、猪野謙二が「この小説は何よりもまず、日本の近代小説中まれにみる、純乎とした一編の恋愛小説である」(21)というように、代助と三千代の「姦通」という罪をも超越した「恋」が、『それから』の重要なテーマと指摘している見方がある。『それから』という作品が、代助と三千代が中心の、いわゆる恋物語であることに、私も何の異論もない。けれども、先にも見たように、その恋が代助の側からの、極めて一方的なるものだということも、忘れてはならない見方であると思われる。

代助が三千代にその思いを告白する、あの圧巻の場面においての、「僕の存在には貴方が必要だ」という言葉は、彼の三千代への愛の深さを何よりも強く感じさせる部分であるとも思えるが、又、見方によっては、それは、酷く強引なものとも受け取れる部分なのである。「僕の存在には、貴方が必要だ」――、恋愛小説であるにも関わらず、主人公たる代助が語るこの言葉には、もしかしたら少しも三千代への愛が、含まれていないのではなかろうか。そんな解釈も又可能ではなかろうか。すなわち、ここで彼が言う「存在」という言葉に潜むのは、三千代によってようやく全うできるとさえ思われる、極めて独善的なる代助の「生」なのである。

「僕の存在」には、「貴方が必要」であると彼は、考えているのである。けれども、彼女（三千代）の存在に、果たして彼は必要であるといえるのか、代助の意識は、決してそこまでは達しない。代助の側からの描写には、三千代の内面理解に通ずる描写は、全く感じられないのである。

すなわち、彼は、今ある三千代の姿、平岡の妻として暮らす三千代の姿に、不幸であるという勝手な判断を当てはめて、一方的に同情を感じているだけであるともいえるだろう。そこに、自身の負い目、自らの手で生計を立てる事をせず、未だ、もっとも軽蔑しているはずの「父親の経済」に一切を依存して生きているという負い目を覆い隠そうと、三千代の前に立っている。こうした彼の心のあり様は、さながら、弱者が、より弱者を見ることで、自らの弱者性を忘却しようとして見たり、若しくは、自らの優位性を確認しようとしたりする、そんな心理にも通ずる所もあるのではなかろうか。

「僕の存在には貴方が必要だ」という代助の言、それはなるほどもっともなる愛の告白の言葉であるともいえるだろう。代助にとっては、今の三千代という人間が、彼の存在の正当性を認めうる、唯一の人であったのかもしれない。

こうして代助はただ三千代の存在をもとめているだけだった。三千代への同情はあるにせよ、その現在の立場から彼女を救いたいという、献身的なる愛よりも、それは、結局は自身の為に、三千代を必要としているのみである。作品内に示されているように、代助は「自然」の児として生きることを願っている。「今こそ自然の昔に帰」るための、その手段として三千代の存在を必要としているにすぎないようにさえ思われる。先にも触れてきたように、現実の三千代の姿に対しての同情が、眼を背けていたはずのさまざまなる負い目と相乗し、自己を救済する手段として、彼は三千代を求めているだけであったのだ。

だからこそ、その極めて独善的なる意識のみに促され、こうして行動してしまった代助は、三千代にその愛を受け入れる覚悟を語られたとき、かえって動揺してしまうのだ。


「では、平岡は貴方を愛してゐるんですか」

三千代は矢張り俯つ向いてゐた。代助は思ひ切つた判断を、自分の質問の上に与へやうとして、既に其言葉が口迄出掛つた時、三千代は不意に顔を上げた。其顔には今見た不安も苦痛も殆んど消えてゐた。涙さへ大抵は乾いた。頬の色は固より蒼かつたが、唇は確として、動く気色はなかつた。其間から、低く重い言葉が、繋がらない様に、一字づゝ出た。

「仕様がない。覚悟を極めませう」

代助は背中から水を被つた様に顫へた。社会から逐ひ放たるべき二人の魂は、たゞ二人対ひ合つて、互を穴の明く程眺めてゐた。さうして、凡てに逆つて、互を一所に持ち来たした力を互と怖れ戦いた。（前同、五六八頁）

代助はここで、「背中から水を被つた様に顫へ」てさえいるのである。もしかしたら、ただ自らの基準による流れの儘に動いていただけの、彼の意識は、その恋を全うすることの重大さなどは、十分に把握されていなかったのかも知れない。だからこそ彼はこうして狼狽えているのではあるまいか。

三千代へ向けられている「愛」ではありながら、どこかそうした自身への理想的「生」を追い求めようとして、三千代を奪う決意をした丈のようにさえ見えてしまう。「自然の児」として生きることも又、冒頭で、代助が自身の身体をうっとりと眺めていた、あの自意識のとらわれたナルシストとしての、必須の選択でもあったに違いない。

そして代助のこの恐るべき「他者性の欠如」こそ、この『それから』に描かれた意識の真相ではあるまいか。

ところで、これまでの研究の中に、熊坂敦子が、ジェームズの意識の流れと『それから』の関係を指摘して、「生きたがる男」代助は、ながれゆく生命の連続を意識し、その意識の選択した理想を、具体的に取り戻さなければならなくなる。時間と空間を縮め、三年前の時点に立ち帰って、真の存在意識を取り戻さなければ現在の意味を補足することができないという考えに帰一される。

こうした意識の連続した流れの観念は、ウィリアム・ジェームズの考えに負うところが多い。

と述べているものがある。(22) 漱石とジェームズとの関連については、筆者もこれまで多く指摘しているように、考察すべき部分が多々あるが、けれども、熊坂がここでいう、「三年前の時点に立ち帰って、真の存在意識を取り戻さなければ現在の意味を補足することができない」という、その部分に関しての、「意識の連続した流れ」の捉え方は疑問がある。そもそもジェームズによるその「意識の流れ」とは、これまでにも詳しく見たように、この場合あくまでも「現在時」における意識現象そのものの流動性を指しているものなのである。

その根拠を示すため、再びジェームズを辿りたい。

そもそもジェームズが「意識の流れ」についていう、その第一の定義とは、「ある種の意識が進行しているという事実」であり、それは「心の状態が相次いで起こっている」という、まさにその状態を指している。「過去」という記憶に対する意識でも、それは「現在」の意識が感じている対象として扱われているのであって、漱石の見解も、既に「創作家の態度」の中で見たように、「過去の我」さえも「非我」の領域にあるとして示されているのである。

従って、ジェームズの「意識の流れ」を熊坂氏のいうように、過去から現在に流れる、〝連綿とした意識〟の流れにおける自己同一性として受け止めることは、方向性として、異なっているように思われる。

すなわち、「代助の過去の掘起こしは、まずこの意識は連続しているということを根強く持ったことがあげられる」という熊坂氏の論は、時間的・歴史的命の流れに根ざして捉えられているものである。それは、一個の生命という点においては、たしかに「連綿と」あり続けているということもいえることではあるのだが、意識は、ジェームズが「我々の感性は常に変化しているので、同じ対象が二度と同じ感覚を与えることはほとんどあり得ないと信ずるようになる」、「感性の差は、物事に対する刺激が、年齢の違いや異なった有機的気分の時に異なることによって最もよく示される」というように、常に変化していくものであるともされている。現在のこの時の流れの中で、認識し、又経験する様々な事象によって、それは、捉えどころなく動き、又派生していくものでもあって、漱石はその意識の流れの具体的描写を、既に『坑夫』によっても試みてさえいる。

仮に、代助の三千代への愛情が、過去から継続して現在に至っているものであるにせよ、それは、ジェームズが「我々の心の状態が正確に同一ではあり得ないのは明白である」とさえいうように、三年前の三千代への思いと、現在時におけるそれとは、結局は、同一なものではない。

再びジェームズに当てはめれば、代助の、現在時におけるその意識は、今の（平岡との結婚生活に苦しむ）三千代の姿を見た瞬間から、改めて動きはじめたものである。それは、彼女の現況をより詳しく認識することで、さまざまな方向へと分岐して更に進んでいる。そして、三千代に関して一旦は、あの三年前の時点で停止していたはずの、過去の記憶でさえも、彼のその他の感情や感覚とともに、今の時点において、より彼に都合よく、変化してさえいるのである（このことについては、先にも指摘してきているように、極めてエゴイスティックなる見識を、三千代に対して当てはめて、自己を正当化しながらの、変化でさえもあるのである）。

以上、代助という人物に描出されているように、『それから』の意識は、『三四郎』よりも更に、「我」としての姿、すなわちエゴイズムとしての性格を、より強固に示しているともいえるだろう。それが、現在というこの時の流れのただ中で、他者をも強引に巻き込んで、なおも進もうとさえしているのであった。あのジェームズの『心理学原理』に見たような、いわゆる時の流れに忠実な、「推移的」なる部分の解釈は、漱石によって、このように具現化されている。

けれども意識はこのままの、推移の部分だけでは決して解かれるものでない。本当の意識の姿とは、果たしてどのようなものなのか。更に漱石の模索は続いていく。そして読者であるわれわれは、次なる作品に於て、それを更に具体的に知ることが出来るのである。

(三)『門』

さて、では『門』はどう読まれるか。

『それから』によって表された、現在時における「意識の流れ」の、しかも極めて独善的なる意識選択の様相は、『門』によって、更に、現実の生活に密着した形で描かれる。そして、ともすれば、意識の中に出現してしまう「過去の罪」を、敢えて見ないようにするために、必死で現実にしがみつこうとしている夫婦の物語として、この『門』を見ることが出来るようにも思われる。

『門』の意識の様相を、以下具体的に見てみたい。

主人公である宗助は、まず作品の冒頭で、「先刻から縁側へ座布団を持ち出して日当りの好さそうな所へ気楽に胡座をかいて見たが、やがて手に持つてゐる雑誌を放り出すと共に、ごろりと横になつた」という姿をして、象徴的に描かれている。

周知の通りこの『門』という作品は、『それから』の代助と三千代の行く末として捉えることが出来る。宗助と御米という二人は、「一所になつてから今日迄六年程の長い月日をまだ半日も気不味く暮した事はな」い、「仲の好い夫婦」として見える。彼等の日常丈を見れば、それは、疑いのない事実に違いない。けれども、二人は、何故、それほど仲が良いのか。何故、「気不味く暮らした事はな」いのであるか。それは、互いが完全に、その日常生活だけをただ、見つめているからに違いない。『門』に、実に平凡な日常性が描かれているのは、そんな夫婦の視線が象徴されているからなのである。

生活の諸々には追われてはいながらも、そこに煩雑さを描いているのではない。ただ夫婦の穏やかなる「時」の物語として『門』は書かれている。

ただその日常の中で、主人公である宗助が、ふと心を停止させ、茫然としている風景が時折見られるのであるが、さてこれをどうとらえるか。まずは、その辺りから考える。

例えば、「二」に描かれる

宗助は暗い座敷の中で黙然と手焙へ手を翳してゐた。灰の上に出た火の塊まり丈が色づいて赤く見えた。其時裏の崖の上の家主の家の御嬢さんがピヤノを鳴し出した。宗助は思ひ出した様に立ち上がつて、座敷の雨戸を引きに縁側へ出た。妄想竹が薄黒く空の色を乱す上に、一つ二つの星が煌めいた。ピヤノの根は妄想竹の後ろから響いた。（『漱石全集第四巻、三四郎・それから・門』、六四〇頁）

という部分では、赤い火の色と、ピアノの音が動きを見せているだけで、ふと縁側へでた宗助は、そこで静かに沈黙してしまう。彼の視線がその風景に止まるとき、彼の意識も又、そこに停止しているかのようである。

『門』におけるこうした意識の静かなる停滞は、他にも多くの箇所に発見できるものなのである。

（四）において、「小六の帰つた姿を見送つた宗助」が、「暗い玄関の敷居の上に立つて、格子の外に指す夕日をしばらく眺めて」いる風景がそうである。又、同じく（四）に描かれる夫婦の日常の、「夫婦は毎朝露の光る頃起きて、美しい日を廂の上に見た。夜は煤竹の台を着けた洋灯の両側に、長い影を描いて坐つてゐた。」という場面の中で言及されている、ふと「話が途切れた時」の「ひそりとし」て、ただ「柱時計の振子の音丈が聞える」静けさも、又、（九）の「暮方の色が萌してゐ」る座敷に「手枕をして、何を考へるともなく、たゞ此暗く狭い景色を眺めてゐ」る宗助の、「凝として動かずにゐ」る様子などについてさえ、ふとすると、そうしてただ静かに沈黙し、何を見つめている訳でもなく、意識を停滞させている、そんな彼の姿が描かれているのである。

『門』に描かれるこうした夫婦の日常についてこれまでにも、多くの論が提出されてきている。例えば、越智治雄[23]は、「傷口が開けば一気にくずれそうな不安定さ」を伴いつつ、「密着する事によって、かえって見失ってしまう」そんな「現実の生活」が、「東京に住みながら、ついまだ東京といふものを見た事がない」という宗助の言葉に象徴されていると見る。又瀬沼茂樹[24]は、「彼等の日常の論理の影」には「茫漠とした恐怖の念」があり、作者漱石は、『門』に日常を描いているのでは決してなく、「日常性の裂け目から顔を出す、夫婦の過去に対する不安・焦燥・恐怖のような非日常性」を、追求していると解いている。

彼等の沈黙の裏に常に位置しているものは、たしかに、「罪の意識」であり、耐え難い恐怖観念でもあるであろう（このことについては、後段で詳しく論じたい。今はまだ少し、宗助の意識の停滞について、更に考察を進めて行くとする）。

ところで宗助の視線が止まるその瞬間、すなわち意識の停滞は、先にも指摘したように、『門』のなかでいくつも見られるものではあるのだが、作品の中では、こうした空白の「時」を、敢えて次のように説明している箇所がある。

二人の間には諦めとか、忍耐とか云ふものが断えず動いてゐたが、未来とか希望と云ふものゝ影は殆んど射さない様に見えた。彼等は余り多く過去を語らなかつた。時としては申し合はせた様に、それを回避する風さへあつた。(『漱石全集第四巻、三四郎・それから・門』、六五九頁)

「未来」にも又「過去」にも目を瞑り、彼等はただ「現実」を見つめているだけなのであることが、その多くを語らぬ日常の、静けさの理由であるという。それも、彼等が見つめるその「現実」というものは、明治という世の中やその社会全体の動きなど、また夫婦が属する東京の風景などを意味するものでもないのであり、それは、「世の中の日の目を見ないものが、寒さに堪へかねて、抱き合つて暖を取る様な具合に」、ただ唯一の頼りとしてすがりつく、「御互い」の存在でしかないのである。

すると、宗助が、そんな日常の中で、ふと立ち止まるその瞬間というのは、そうしてひたすら見つめようとしている「御互いの存在」としての御米をも、又夫婦の生活そのものさえも、見ることをまるで厭うようにして、ただ佇んでいるだけの、そんな「時」を示しているのであって、まさに言葉通り、意識の空白でもあるといえるだろう。

私はこの意識の流れの停滞の瞬間を、あくまでも現実の時間の中でのみ押さえたい。例えば、先に示した瀬沼氏の、「日常性の裂け目から顔を出す、夫婦の過去」という見方が示しているように、こうして宗助が一瞬佇んでしまうのを、過去をゆり戻している(過去を再考して、そこに苦悩している)瞬間として捉える事もできるだろう。けれども、停滞しているというこの意識状態は、そこに留まっている時には、むしろ、特に何を思い描いているというのでなく、ただその意識活動を止めている、意識の空白の瞬間なのである。そのような意味としてこの瞬間の彼の意識活動を私は見つめたい。

過去の表出を怖れ、過去の罪の意識を封印するために、ただひたすら、目の前のみを見つめていなければならないことを、半ば強引にも課されたその意識の流れというものは、ともすれば、「流動的」であるが故に、さまざまなる方向へと派生していってしまう危険性をも実は常に持っている。それを何とかくい止めようとするためには、もはや、現実の、互いの存在を見つめようとすることだけでは、防ぎようのなくなっているからこそ、この宗助の意識停滞の瞬間が彼に時折訪れるのである。その時、意識はただ、目前の風景を、追っているだけである。風景は彼の、まるで死んでいるような、乾いた目に映る。そして、そうした態度を敢えて取るということで、何も意識しない、何物をも考えないという姿勢を、宗助は必死に保とうとしているのでもある。

こうした意識の停滞の瞬間は、やはりこれまでもその関連性から幾度となく見てきたあのジェームズの『心理学原理』を考えて、読み解くことが可能であるように思われる。宗助のこの意識の状況は、『心理学原理』が示すあの、意識の停止部分である。

しかも、その停滞は、『三四郎』の意識が、所々、激しく変化し進み行く東京の現実の中で、自己の位置をふと確認しようとするために、留まっていたのとは異なって、ここでは、当事者である宗助が、自身の存在さえも、そしてその命の鼓動さえもただ、気づかぬ様な振りをして、息を潜めている時である。

改めてジェームズを振り返ろう。ジェームズはいうのである。「我々の意識の不思議な流れを概観する時に、まず注意を惹くのは、その各部分の進行速度の違いである。それは鳥の生活のように飛行と停止との交替のように見える」、「停止場所は普通ある種の感覚的想像によって占められており、それはいつまでも心に浮かべて変化のないままで熟視できることを特徴としている」と。既に何度も引用してきた箇所なので、改めて解説の必要もあるまい。漱石手沢本の『心理学原理』には、この部分にたしかにアンダーラインが引かれている。宗助の意識は、このジェームズに説明されている如く、その瞬間、ともすれば、過去を想起してしまう危険性をはらんでさえいるような、混沌とした時であるのである。だからこそ、彼は意図的に、そうした過去の一切が、沸々とわき出ようとする前に、全ての意識活動を、停止させ、必死で防ごうとさえしている。

　意識は流れる。まずは、それが、この時期の漱石に於て、認識された概念である。そして、その意識の流れに忠実に、現実という世の中に沿って動きを辿ったとき、『三四郎』では、自己というものを、東京という風景の中で確認し、『それから』の代助は、ひたすら自己にのみ都合よく、周囲を捉えようとするだけであったのが、『門』の宗助は、自己の意識がともすれば、過去の罪へとそのベクトルを向けて進行してしまうのを警戒して、意識をただ周囲の状況にのみ、必死に密着させることにより、ただ彼の眼前のその現実を見るという行為に固執することで、自己存在さえも無化しようと試みているのである。

　けれども、彼がそうすればするほど、意識は、彼の意志とは反対に、見ないように見ないようにとしている「あの世界」へと入り込んでいくのである。

　それは、次のような箇所によっても明らかに、示されている事実である。

　彼等は人並以上に睦ましい月日を渝らずに今日から明日へと繋いで行きながら、常は其所に気が付かずに顔を見合はせてゐるようなものゝ、時々自分達の睦まじがる心を、自分で確と認める事があつた。その場合には必ず今迄睦まじく過ごした長の歳月を遡のぼつて、自分達が如何な犠牲を払つて、結婚を敢てしたかと云ふ当時を憶ひ出さない訳には行かなかつた。彼等は自然が彼等の前にもたらした恐るべき復讐の下に戦きながら跪づいた。(『漱石全集第四巻、三四郎・それから・門』、七七六頁)

　こうして、ふとした瞬間に、その恐るべき過去は突然に、彼らの前に表れ出てしまうのであった。だからこそ、それを恐れる宗助が唯一手段として自衛出来るのは、意識を周囲の風景に同化させ、暗い因果を持つ自己を、その風景の中に抹殺してしまったかのようにして、息を潜めることだけなのである。

さて、これほどまでに宗助が恐れている過去が、彼らの背後には、何かあるらしいということは、早々に読者であるわれわれも気づいているのではあるが、けれども作品は、なかなかその真実を語らない。何故、宗助がそれほど過去を恐れるか、過去に向かう意識さえ、想念さえも恐れて、全てを警戒しようとしているのだろうか。そして何故、それほど御米とたった二人だけの、静かな生活に拘るか。

作品が宗助の意識を中心に、追っている方向にあるからこそ、ひたすら、現実の見える部分にのみ、それは焦点化されているだけであって、なかなか真相が明かされることはない。読者は苛立ち、そして、宗助はただ、怯えているのである。

いくら読者が焦っても、作品の中の宗助は、しばらくはまだ視線を現実に集中させることにより、過去が、彼等の生活を脅かそうとしていることを、無視して過ごしている。彼は、そうすることで、何とか心の平衡を保とうとさえしていた。

すると作品が進行するに従って、その過去が宗助の意識の中に出現し、読者である我々に対しても明かされるその瞬間というものは、そんな宗助の心の緊張の状態が、ふとゆるんでしまったという「時」を、示しているともいえるだろう。

二人の過去は、次のようにして示される。

全ては、学友の安井から、御米を紹介されたときに始まった。

安井は御米を紹介する時、

「是は僕の妹だ」といふ言葉を用ひた。宗助は四五分対座して、少し談話を取り換はしてゐるうちに、御米の口調の何処にも、国訛らしい音の交つてゐない事に気が付いた。

「今迄御国の方に」と聞いたら、御米が返事をする前に安井が、
「いや横浜に長く」と答へた。（『漱石全集第四巻、三四郎・それから・門』、七八八頁）

宗助と安井と御米、その三人の関係が平衡を失うまでには、そう長い時間はかからなかったらしい。更に作品はこう語る。

宗助は当時を憶ひ出すたびに、自然の進行が其所ではたりと留まつて、自分も御米も忽ち化石して仕舞つたら、却つて苦はなかつたらうと思つた。事は冬の下から春が頭を擡げる時分に始まつて、散り尽くした桜の花が若葉に色を易へる頃に終つた。凡てが生死の戦であつた。青竹を炙つて油を絞る程の苦しみであつた。大風は突然不用意の二人を吹き倒したのである。二人が起き上がつた時は何処も彼所も既に砂だらけであつたのである。
（『漱石全集第四巻、三四郎・それから・門』、七九四頁）

（これは漸く十四章で、始めて我々に示されたのであって、ここにおいて、我々読者に、宗助と御米が、何故、世間を隠れて生活しているかが知らされたのであった）これが、彼らが意図的に、見ないように見ないようにと避けていた過去の真実なのである。

何故に宗助は、自らの心中にさえ、そうした過去が出現するのをそれほど迄に恐れているのだろうか。「世間」が「容赦なく彼等に徳義上の罪を背負した」からなのか。その「世間」に「棄てられ」てしまったためなのか。もちろん、そうした社会的制裁は、彼等にとって、どれも真実ではあった。けれども、彼等はそうした徳義上の罪に苛まれる前に、みずから犯した罪の深さにうろたえて、まさに「不合理な男女として」認めあい、「云ふに忍びない苦痛」に心を苛んでいたのである。その苦しみがそれから六年を経た今も、同じようになお彼らには存在していたのである。

夫婦は、その苦しみを、互いに分かち合いたいと望み、又心の中では、互いのそんな苦しみを、十分に共有し、理解さえ、している積でもあるのである。ならば、そうした苦しみを、再び覚えたその時は、やはり互いに手を取りあって、再び慰めあうことをしないのか。けれども彼らは必死にそれを避けている。すなわち、相手に、自らの苦しみを、知らしめてしまうことを極度に恐れているのである。

それは、まだ、その過去を一人心に想起するだけの段階であるのなら、観念の中だけに行き過ごしてしまうことも出来るものではあるのだが、互いに再び認め合い、苦しみを分かち合うという、具体化した行為に及ぶということは、とてつもない罪としてのその過去を、再び彼らの眼前に、はっきりとした形で現出させてしまうことになるからなのである。彼らはその瞬間、真っ向からもう一度、過去の罪に対峙してしまうことにもなる。それが彼らにとって、何よりも、恐怖であったのではなかろうか。

この『門』には、そうした過去を「見ないようにしている」姿が描かれている。ただひたすらに、今ある現在の風景を、「敢えて見ようとし」、過去を忘れようとする姿が、表されている。

だからこそ、この現実の中で、意識は停滞するのである。

「彼等は自然が彼等の前にもたらした恐るべき復讐の下に戦きながら」暮らしていた。そんな彼らの日常のふと心を許した瞬間に、容赦なく襲い来るその過去を、必死で見ないようにして、ただひたすら彼らは、現実に強く固執したのであったのだ。(過去を)見ないようにするために、(現在を)見るという努力である。

それでも、彼らは、「今迄睦まじく過ごした長の年月を遡のぼつて、自分達が如何な犠牲を払つて、結婚を敢えてしたかと云ふ当時を憶ひ出さない訳には行かなかつた」という。その罪を罪として、認めなければならないことも又、解っていた。「我々は、そんな好い事を予期する権利のない人間ぢやないか」と二人して言葉を交わしながら、一見呵責として心に留めるその罪を、厳粛に受け止めようという努力も、続けようとはしていたのであった。けれども、その制裁らしき現実が、彼等にふりかかろうとする瞬間には、彼等はより一層互いの手を握りしめ、その罰を蒙らぬようにと身構える。彼等が互いの過去について、本当にそれを「罪」として受け止める姿勢をとるのなら、もっと正面からそれを正視することができるようにも思われるのであるが、かれらは、ただそのやってきた現実を、後ろ向きにのみ感じながら、そのときもただひたすら見つめようとしているのは、お互いの、今の姿だけなのである。

苦悩の忘却、過去の抹殺、そして未来の塗抹……。それらをひたすら念じ、全てから目を背けて敢えて現実を見ることで、一瞬でもそこから離れることが出来ればと、彼等は願うのみである。

こうしてひたすら、彼らは、眼前の現実にただ意識を固着させながら、現実の事象に忠実に、それを対象化させることだけに拘って、今を生きようとしていたのであった。それでも、意識は彼らの意志に背いて自由に飛び回り、派生して、過去からのさまざまなる想念を、彼らの中に呼び起こしてしまうのでもあった。これこそが、この『門』に描かれた、現実という時の中に、流れる意識のその真実のあり様であると、まずは捉えることが出来るように思われる。

さて、『門』における意識を考えていくときに、そんな宗助と御米にも、どうしても分かり合えない部分が存在しているということに、われわれは改めて遭遇する。彼らは現実の互いの姿のみを追い求めようと、現実に固着しようとする姿勢があまりにも強すぎたそのために、苦しみを分かち合い、手を取り合って生きているはずの、そんな互いの内面さえも、見えなくなってしまっている部分があるのである。この『門』の意識には、そうした意識のずれが見られる。

運命さえも分け合って、親子の関係よりも濃い因縁で結ばれあった夫婦さえ、結局の所、意識のその本質的なる部分では、到底理解し合うことなど出来ないままであるという、そんな意識の宿命が、『門』には読みとれるともいえるだろう。

三四郎の心が、美禰子を真っ直ぐ見つめていぬように、そして『それから』の代助が、三千代の真実を見つめずに、自らの一方的意識のそのままに、彼女を捉えていたように、この『門』の宗助の意識のその姿にも、他者意識は、あくまでも「我」ではない部分のものとして、描かれているのである。

それではここで改めてそうした意識のずれというものを、作品に沿って見ることで、具体的に検証してみたい。まず先にも既に見たように、寄り添っているはずの二人が、ただ一人の頼れる存在であるはずのその一方に、自身の心の内の真実を決して語ろうとはしないのは、今の生活に、何よりの「生」の基盤を求めているからこその、方法でもあったといえるだろう。それにのみ、ただひたすら固執して、心という見えない暗部の存在には、もはや、互いに気づかぬ振りさえすることで、辛うじて平衡と安定を保とうとしているのでもあった。それは、又、他者を思っているようで、けれども、自己の生活を必死に保とうとしているだけの、そうした保身とも受け取れる。そして、その保身は夫婦それぞれに、違った形で描出されている。

御米にとって度重なる不幸な出産の失敗は、現実世界における「二人の血を分けた情けの塊」の出現がどうしても許されない過去の罪として、重く彼女にのしかかっているものだった。彼女にとって子供は、二人の愛の確証であるはずであった。その「子」が生まれないということは、過去の罪を、罰として、運命によって、突きつけられていると受け止められる意味を持つものである。

二人の生活の裏側は、此記憶のために淋しく染め付けられて、容易に剝げさうには見えなかつた。時としては、彼我の笑声を通してさへ、御互の胸に、此裏側が薄暗く映る事もあつた。（『漱石全集第四巻、三四郎・それ

から・門』、七六九頁)

彼らには、ふと気を許した瞬間に、互いの「生活の裏側」が「薄暗く」見えてしまう。それをひたすら避ける為に、一層、互いの「現在」の「生活」の部分を凝視する。

けれどもそんな日々においてさえ、互いの苦しみを共有しているただ唯一の同士でもある宗助に、御米は、三度目の胎児を失つた時、夫から其折の模様を聴いて、如何にも自分が残酷な母であるかの如く感じた。自分が手を下した覚がないにせよ、考へ様によつては、自分と生を与えたものの生を奪ふために、暗闇と明海の途中に待ち受けて、これを絞殺したと同じ事であつたからである。斯う解釈した時、御米は恐ろしい罪を犯した悪人と己を見傚さない訳に行かなかつた。さうして思はざる徳義上の呵責を人知れず受けた。しかも其呵責を分つて、共に苦しんで呉れるものは世界中に一人もなかつた。御米は夫にさへ此苦しみを語らなかつたのである。(前同、七七〇頁)

という態度を保ち続けているのである。

忘れよう、忘れようと、ひたすら日常の中に生きることにのみ固執して、日々を過ごしてきていた彼女に、運命は子供の死を突きつけた。いくら小さな命をその胎内に宿しても、これでもかと言うように、その小さな命は、母に姿を見せることなく流れていってしまう。

子が流れる。個が流れる。運命が流れる。それも又、見ようとしていないその過去の、苦しい宿命でもあった。

そんな御米が傷を負っているのは、そうした過去からの苦しみが、彼らの未来に対して、これでもかこれでもか、と、影響を及ぼそうとしていることなのである。出産の失敗は「過去の罪」の呵責として御米の心に重くのしかかっているのだが、彼女にとっての何よりの不安は、「自分が将来子を生むべき、又子を育てるべき運命を天から与へられるだらうか」という思いであるといえるだろう。未来の互いの生活に、彼女は思いをつなげている。だからこそ彼女にとってのその苦しみは、もしかしたら、まだ完全に否定されたわけではないともいえるだろう。子を生み育てることで、彼女の苦しみは、いつか癒されるものでもあるのである。御米の苦しみのその先は、常に未来へと向かって派生していくものである。それが御米の意識である。

けれども、宗助は、御米のそんな心中には気づかない。過去に苦しむ一方で、御米の意識が一縷の望みを抱いて彼らの未来に向かって思考していることなど、宗助には到底考えられないことだった。彼の心の奥底は、御米とは違った方向性を潜ませている。彼は安井の出現の予告を、御米には決して口外していない。宗助は、御米の苦しみを理解しようとする前に、自ら犯してしまった罪の重さにおののいて、ともすれば、同士である御米が側にいることすら、見えなくなっているのである。

彼は黒い夜の中を歩るきながら、たゞ何うかして此心から逃れ出たいと思つた。其心は如何にも弱くて落付かなくつて、不安で不定で、度胸がなさ過ぎて、希知《けち》に見えた。彼は胸を抑えつける一種の圧迫の下に、如何にせば、今の自分を救ふ事が出来るかといふ実際の方法のみを考へて、其圧迫の原因になつた自分の罪や過失は全く此結果から切り離して仕舞つた。(前同、八二二頁)

この部分にも表されているように、宗助が、今この現在にあって、何より恐れているものは、「今の自分」が壊れていってしまうということである。「其圧迫の原因になつた自分の罪や過失は全く此結果から切り離し」、ただ、今の自分というものが、やがてやってくるだろうその安井によって否定され、全てを崩壊させられてしまうかも知れないという予測に、怯えと恐怖を感じている。この現実の崩壊予告が、宗助にこれ程までの動揺を与えるのは、何よりもただ「互を目標として働らい」て「淋しいなりに落ち付」きを保っている現実の生活が、宗助にとって唯一の頼りであり、慰藉であり、そして命そのものでさえあるという意味を、より一層明確に示しているといえるだろう。

こうした夫婦のいわゆる心のずれというものは、この部分にもまた表出されているのである。御米の出産に対する呵責は、先にも述べてきたように、未来の絶望に対する怖れであったのではあるが、宗助の怖れは何よりも、現在の生活に対する、過度なる固執にある。

いたたまれなくなった宗助は、やがて、参禅という場に逃げていく。作品内で宗助は、運命であり、宿命であるその「過去」といくら対峙してみても、御米との現実がそこにある限り、逃げることは出来ないという思いをただ思い知らされたそれだけで、結局は御米の待つその家へ、再び帰っていくしかなかったのであった。

覚悟の上で宗助が家へと戻ったとき、それ程までに恐れていた日常の崩壊は、ひとまず、避けられていたことが知らされる。彼は一旦は安堵するが、やがて再び来るかも知れぬその恐怖を見つめ始めているのである。御米は、未来に希望を託し、宗助はただ御米との日常の維持に、希望を託していることが、こうした心の方向性によって読みとれる。

彼らが見ようとしているのは、ただ現実の風景である。この風景の裏側の苦しみに気づかないでいようとする余り、彼らは自分自身だけでなく、相手の心の裏側をも、ともすれば、見ることを拒絶して、ただ互いの存在のみに心の安定を保っているかのようである。意識は直線的に流動する余り、他者なる意識のその真実に、気づくことを忘れてしまっているかのようである。

すなわち代助が自己の論理のみで三千代との結婚を決定したのと同様、ここにも描かれているのは他者を無視した意識の流れであるといえるのかも知れない。

さて、以上見たように、『門』に描出されているその意識の流れというものは、時間の経過に即応して、さまざまなる対象を、極めてその主体者自身の意図のもと、忠実に写し出そうとしているものである。現実の知覚や認識の過程において、その意識は、やがて、様々な形に派生され、過去や未来に対する数々の想念も、同時に派生させているものではあるのだが、それがいくら出現してきても、『門』の中に登場する宗助もそして御米も結局は、それらを真っ向から認めようとはしなかった。あくまでも現実にのみ固執して、現実の日常に必死にしがみついていた。

互いの内面を、見つめなければならない。罪を罪として、正面から対峙しなければならない。それを十分の承知していながら、それでも彼らは、敢えて何も見ようとせず、ただひたすら眼前をその目に映すしかなかったのであった。

現実の流れの中で、忠実に辿ってきていたその意識というものは、またその現実に忠実であればあるほど、停滞し、その活動を風景の中に停止させる姿も描かれた。ともすれば、何かを追い求めるように、深く深くどこまでも派生し、動き出してしまう意識の流れが、そこで、彼らの意志により、必至でくい止められていたのである。意識は流れていたのである。現実に即して、時折、停滞部分は見せながら、こうして流れていたのである。けれども、意識は、現実にただ忠実にあるだけでは、結局はその全容を、示すまでには至らない。新たなるベクトルが、やがて見られるようになる。それは宗助が必死に逃げてきた、心の深い部分との、真正面からの対峙である。

御米は障子の硝子に映る麗かな日影をすかして見て、

「本当に難有いわね。漸くの事春になつて」と云つて、晴れぐ〵しい眉を張つた。宗助は縁に出て長く延びた爪を剪りながら、

「うん、然しぢき冬になるよ」と答へて、下を向いたまゝ鋏を動かしてゐた。（『漱石全集第四巻、三四郎・それから・門』、八六四頁）

『門』に描かれてきた意識は、現実を見ることによって、敢えて、その奥を見ないようにする、現実の風景に忠実に身を任せているかのような、そんな様相をしめしていた。主人公である宗助は、けれども自分が現実の、平穏かのように「見える」部分にのみ、逃げていたことを知っている。もはや、もっと深い部分、心の苦しみに真正面から対峙しなければ、何も解決しないことに気づき始めてもいるのである。

そして、そのような罪の意識は、逃げることをせず、敢えてその罪に対峙することでしか、結局は慰藉も、又、解決もされないという宿命も、この『門』には、その現実の問題と絡み合わされた形で、提示されているとも思われる。

こうして意識は改めて現実に慰藉を求め逃げることを諦めて、奥深い部分へとそのベクトルを進行させていくことになるのである。そこにこそ真実の意識の姿、そして真実の人間のそのあり様が見えてくるのかも知れない。作者である漱石は、更にその真実を、作品によって追求していくのである。

静かなる現実の闇の部分に潜むものの、その予告らしきものが、『門』最終部にも、先の引用の通り宗助の最後の言葉に象徴されているといえるだろう。

さて改めてこうして見ると、中期三部作といわれるこれらの作品は、内在している意識の目が、その作品世界に設定されている「現実」というものの中にあり、その時間的流れの中で周囲を懸命に見つめようとしている様相が、まずは見られるように思われる。中期の漱石の意識とは、あくまでも現実という状況に身を委ね、その中に自己を開放さえすることで、自己の不安も儚さも、全てを処理しようとする試みを、個々の作品の中でそれぞれに伺うことが出来るのである。それは、ジェームズの特に『心理学原理』を通過した漱石の意識把握として、重要な見方であるようにも思われる。

『吾輩は猫である』や、『草枕』に見られたような、異次元や別世界に進行していたあの意識ベクトルは、こうして中期に至っては、現実の生活や自己の身辺を、まずは忠実に辿ることにより、さまざまに派生するという心理状態となって、変容を遂げたのでもあった。

やがては、こうした直線的進行方向を保っていた意識ベクトルは、更なる漱石作品のその中で、どのように変化していくものか、その意識のあり様を、漱石後期作品群の中において、次章の中で具体的に検証を行っていくものとする。

注

（1）伊藤整「夏目漱石の人と作品」『近代文学鑑賞講座5』（昭和三十三年八月、角川書店）
（2）中村真一郎「『意識の流れ』小説の伝統」『文学の魅力』（昭和二十八年五月、東京大学出版会）
（3）佐藤泰正「『坑夫』――意識の流れの試み――」『講座夏目漱石』第二巻（昭和五十六年八月、有斐閣）
（4）小倉脩三『夏目漱石論』（平成一年二月、有精堂出版）
（5）重松泰雄『漱石その歴程』（平成六年三月、おうふう）
（6）竹盛天雄「夢と低徊――『坑夫』論」『国文学』（昭和五十一年十一月号）
（7）熊坂敦子「『坑夫』――生死の実相」『夏目漱石の世界』（平成七年八月、翰林書房）
（8）土居健郎『漱石の心的世界』（昭和五十七年十一月、角川書店）
（9）『坑夫』に、「…此の赤い山が不図眼に入るや否や、自分ははつと雲から醒めた気分になつた。色彩の刺激が、自分にかう強く応へ様とは思ひ掛けなかつた。実を云ふと自分は色盲ぢやないかと思ふ位、色には無頓着な性質である。―そこで此の赤い山が、比較的激しく自分の視神経を冒すと同時に、自分は愈銅山に近づいたなと思つた。虫が知らせたと云へば、虫が知らせたとも云へるが、実は此山の色を見て、すぐ銅を連想したんだらう。」とある。
又、明治四十年頃の断片に、「翌日足尾着。草木モアルガ段々赤クナル」とも書かれている。

(10) 酒井英行「『坑夫』論」『日本文学』(昭和五十八年十月号)

(11) 『シリーズ日近現代史　構造と変動』二、「資本主義と自由主義」(平成五年、岩波書店)、加藤文三『日本近現代史の発展』(平成六年九月、新日本出版社)、朝倉治彦・稲村徹元編『明治世相編年辞典』(平成七年六月、東京堂出版)等による。

(12) 一九〇六年二月、日本社会党結成。知識人の他、人力車夫、職工、書生、失業者、小作人、兵卒ら、約二百人が参加したという。東京市電の運賃値上げ反対の市民大会は、明治三十九年三月から始まり、世論の高まりとともに次第に激化して、九月には日比谷公園で、大集会が開催されたという。この時激高した市民は暴徒となり、警官隊と各所で衝突、一部市民は、鉄道会社を襲撃して破壊活動を行った。(前掲書を参照した)

(13) 『現代日本小説大系』一六、(「解説」)(昭和二十四年五月、河出書房)

(14) 精神医学・精神分析学を専門とするアンソニー・ストー(Anthony Storr)のフロイト研究による。著作に、『人格の成熟』(岩波書店)、『ユング』(前同)、『フロイト』(鈴木晶訳、平成六年二月、講談社)、『精神療法と人間関係』などがある。

(15) 荒正人「漱石の暗い部分」『近代文学』、一九五三年十二月号

(16) 佐藤泰正「『夢十夜』――方法としての夢――」『夏目漱石論』(昭和六十一年十一月、至文堂)

(17) 柄谷行人「内側から見た生」『畏怖する人間』(昭和四十六年二月、冬樹社)

(18) 夏目伸六『父・夏目漱石』(昭和三十一年十一月、文芸春秋社)

(19) 例えば、越智治雄「父母未生以前の漱石――『夢十夜』」、佐藤泰正(前出)などがある。

(20) 三好行雄「迷羊の群れ」『作品論の試み』(昭和四十二年六月、至文堂)

(21) 猪野謙二「『それから』の思想と方法」『明治の作家』(昭和四十一年十一月、岩波書店)

(22) 熊坂敦子「『それから』」『夏目漱石の研究』(昭和四十八年三月、桜楓社)

(23) 越智治雄「門」『漱石私論』(昭和四十六年六月、角川書店)

(24) 瀬沼茂樹「『門』」『夏目漱石』(昭和四十五年七月、東京大学出版会)

第三章　後期作品

本章に於ては、漱石作品の中でも特に後期作品と呼ばれる諸作品を中心に漱石文学における意識をあきらかにする。

明治四十三（一九一〇）年に書かれた『門』から、次作『彼岸過迄』へと向かう間に漱石は、第一部に於て明らかにしてきたとおり、いわゆる「修善寺の大患」を経験している。そして、その「忘るべからざる」日々の体験から、生と死というものを改めて自身の問題として受け止めたこの時期は、まさに作家として、そして人間としての漱石の転機であったともいえるだろう。

『思ひ出す事など』にも、「『多元的宇宙』は約半分残つてゐたのを、三日許りで面白く読み了つた……」と表されていたように、漱石は改めてこの時期に、ジェームズの、更なる著作に感化されていた。そして「意識」というものが、中期作品群に表されていたように、時間的流れの中で、さまざまに流動しながら進み行く、認知概念でのみ構成されているのでは決してなく、「個々の世界」が幾つもに散在する、いわゆる「多元的」なものであることに、「いたく推服し」、深い感銘を受けていたということも、既に言及してきたとおりである。すなわち、修善寺の大患を経ることで、漱石は、新たなる意識というものへの認識を、確立させていたともいえるだろう。

ここでは改めて、そうした漱石の意識の捉え方に対する変容を、作品論として、解き明かす。後期作品における意識のあり様を、作品に沿って、明らかにしてみたい。

一　『彼岸過迄』

『彼岸過迄』における漱石の意図、「かねてから自分は個々の短篇を重ねた末に、其の個々の短篇が相合して、一長篇を構成するやうに仕組んだら、新聞小説として存外面白く読まれはしないだらうか」という「思はく」に対する分析は、『多元的宇宙』との関係から既に論じてきたことであるので、本章において敢えて詳細に繰り返すことはしない。

ただ、『多元的宇宙』と、特に『思ひ出す事など』との関わりにおけるそれらの検証から、当時の漱石が、ジェームズの説く「多元論」ばかりでなく、特にそのジェームズが強い関心を示しているベルグソンの論にまで強い影響を受けていたこと、そして、その漱石の意識に対する見解が、それまでの直線的意識の流動から、個々における意識のその内部の様相にまで、深く踏み込んで捉えようとする傾向に変化を見せていたことが、改めて明確化されたということとは、作品論を進める上でも欠かせない、重要なる事実であると思われる。

従って、ここでは改めて『彼岸過迄』の中に、そうした、内部に潜入し、純化され行く意識の様相と、外部との関わりが、どのように表現されているのかという点を中心に作品を捉え、論じてみたい。それは、具体的にいえば、『彼岸過迄』の後半部「須永の話」の中に見ることが出来るように思われる。

(一)　主人公の登場

漱石は、この『彼岸過迄』を、まずは敬太郎という一人の男の視線を通して、先のジェームズの『多元的宇宙』との関わりから、「個々の短篇を重ねた末に、其の個々の短篇が相合して一長篇を構成するやうに仕組んだら、新聞小説として存外面白く読まれはしないだろうか」という意図のもとに描き進めていたのであった。

作品の前半部、その敬太郎は、周囲の人々との関わりの中で、好奇心旺盛に動き廻り、時には妙な依頼から、探偵行為なども行って、我々に彼の周囲の人物を、面白おかしく伝えてくれる役割をもっていた。森本という隣人の残した蛇のステッキを軽妙に廻しつつ、明治という東京の（当時に於ての）現代を、何の束縛も受けることなく自由に歩き回っている彼の姿から、当初我々はこの人物が『彼岸過迄』の中心的な存在で、漱石には珍しい肩の凝らない冒険談がこれから展開していくのかという印象を、感じてさえもいたのである。

けれどもその後半の、「須永の話」から「松本の話」の章に至って作品は、中心的なる存在を、敬太郎から「須永」に移動させることを開始した。そして、その須永という男自らの口から語られる、迷いと苦悩の入り乱れる意識の世界、歯がゆいほどの想念の世界が、そこに展開されて行くことを知ったのであった。

ここに明らかにされてくる須永市蔵という男こそ、この『彼岸過迄』の、本当の主人公でもあったのだ。

そもそもその須永という人物は、作品の前半から、敬太郎の友人として、既に登場していたのではあった。

敬太郎に須永といふ友達があつた。是は軍人の子でありながら軍人が大嫌で、法律を修めながら役人にも会社員にもなる気の無い、至つて退嬰主義の男であつた。少なくとも敬太郎にはさう見えた。（『漱石全集第五巻、彼岸過迄・行人』、四二頁）

「停留所」の第一章で、須永はこう紹介されていた。「至つて退嬰主義の男」であるという彼は、敬太郎の友人として、当初は別段強い個性なども見られない、静かなる存在だったようにも思われた。

けれども作品が進行するに従って、彼の意識の真相が、次第に明らかにされていく。彼は酷く思い悩んでいたのである。彼が、敬太郎のいうように、「退嬰主義」になったのは、そこに深い背景があったのだ。

やがて彼は作中で、「世の中と接触する度に内へととぐろを巻き込む性質である」と、叔父の口から評される。

従妹の千代子を誰よりも深く愛していると心の底には意識していないながらも、それを当人であるその千代子にはおろか、自分自身に対しても、認めようとせず悩み、苦しんでいる男、須永市蔵。『彼岸過迄』を読む上で、この真なる主人公の意識こそ、漱石がここに本当に明らかにしたかった、意識の様相そのものの姿でもあったのだ。この須永の姿に我々は、一体何を見いだし得るといえるのか。

『彼岸過迄』の後半部で、特にじっくりと語られて、かつて小宮豊隆が、「『彼岸過迄』は要するに『須永の話』であり、『須永の話』は須永の苦悩の物語である。しかも須永の苦悩の物語の中で、最もアクテュアルな物語は、須永と千代子の恋愛問題にほかならない」(1)とまで言い切った、『彼岸過迄』の中心的位置にある「須永の話」に潜むその意識世界の真相を、『彼岸過迄』の意識の問題として考える。

以下、それぞれの要因に潜む苦悩や怯えのあり様を、出来る限り忠実に且つ具体的に抽出し、その一つ一つの形としての意識の様相を、ここに捉えなおして行くことで、須永という人物の、全体像へとつなげたい。

(二)　母の存在

さて、須永を詳しく見る上で、まず第一に確認しておかなければならないのは、彼が所属する家族という問題、しかも彼にとって極めて近い位置にある、母の存在であるといえるだろう。『彼岸過迄』の中では、この須永と母との関係が、須永の意識を構成する上で、大きな位置を占める要因となっている。

須永は、作中、自身の性格について、「引込み思案」で、「時めく為に生れた男ではない」、「世間に対しては甚だ気の弱い癖に、自分に対しては大変辛抱の好い男」というように、かなり自虐的に述べている。けれども、彼の口から語られるその少年時代の記憶というものは、決してそのイメージと合致するものではないのである。文中に示される「僕は母に対して決して従順な息子ではなかつた」という言葉の数々は、「内気」で「気の弱い」という今現在のその性格からはほど遠い、かなり腕白な少年像を浮かび上がらせるものである。

少年須永市蔵は、「父の死ぬ前に枕元へ呼びつけられ意見された」という記憶を持っている。「今の様に腕白ぢや」だめだ、「もう少し大人しく」しなさい、と父はその時注意した。この父の言葉から、写し出されている少年も、やはりどちらかといえば、元気で活発な動きの激しい少年なのである。

そんな少年であった彼が、何故に成長するに従って、「内気」な性格へと変容していったのか。

それは、「父が死んで以後」「母に対しての一人息子」となった彼が、「母を出来る丈大事にしなけば済まない」と感じ始めたことに端を発するものである。

そもそも父が須永に、そのように「腕白」を諭したそのわけは、

父は死ぬ二三日前僕を枕元に呼んで、「市蔵、おれが死ぬと御母さんの厄介にならなくつちやならないぞ。知つてるか」と云つた。僕は生れた時から母の厄介になつてゐたのだから、今更改めて父からそれを聴かされるのを妙に思つた。（『漱石全集第五巻、彼岸過迄・行人』、二〇六頁）

という辺りに明らかにされている。

この言葉を告げられた時の少年須永は、「父の小言を丸で必要のない余計な事の様に考へ」て、その意味を理解しようとさえしなかった。けれどもある種の予感めいたものは、何か感じていたらしい。更には、父の葬儀で彼に「御父さんが御亡くなりになつても、御母さんが今迄通り可愛がつて上るから安心なさいよ」と言った母の言葉と共に、以後それは、彼の脳裏に深くこびりついていくことにもなったのである。

「生長の後に至つて、遠くの方で曇らすものは、二人の此時の言葉であるといふ感じが其後次第々々に強く明らかになつて」行った彼の中で、その不安は、更に疑惑へと変わっていく。

「何の意味もつける必要のない彼等の言葉に、僕は何故厚い疑惑の裏打をしなければならないのか、それは僕自

身に聞いて見ても丸で説明が付かなかつた」とは感じながらも、一度生じてしまったその疑惑の念は、以後彼の中から消えることはないのである。

時々は母に向つて直に問ひ糺して見たい気も起つたが、母の顔を見ると急に勇気が摧けて仕舞ふのが例であつた。さうして心の中の何処かで、それを打ち明けたが最後、親しい母子が離れ〴〵になつて、永久今の睦ましさに戻る機会はないと僕に耳語くものが出て来た。夫でなくても、母は僕の真面目な顔を見守つて、そんな事が有つたつけかねと笑ひに紛らしさうなので、さう剝ぐらかされた時の残酷な結果を予想すると、到底も口に出された義理ぢやないと思ひ直しては黙つてゐた。（『漱石全集第五巻、彼岸過迄・行人』、二〇七頁）

こうして彼は母のもとで、成長を遂げていくのである。

須永にとってこの疑惑の存在こそが、幼き日の記憶に重なって、常に離れない影となっていたといえるだろう。そして、父の遺言の意味と、母がその時言ったあの言葉、それらの意味に対しての疑念を持ってしまったその日から、彼はその後長年に渡って、「母と自分と何処がどう違つて、何処がどう似ているのか詳しい研究を人知れず重ね」ては、母と自分との存在を何とか肯定しようとしてみたり、又一方では、「母の云ふ通りにはならな」いで、いつも距離をおき、「決して従順」でない態度をとり続けたりする、そんな青年となっていたのである。須永が、あの父の遺言に拘って、「母を大事に」と思うほど、「実際は同じ原因が却つて」彼の我儘を導くようにもなったと言うこともいえるだろう。

こうした須永について土居健郎(2)は、「彼はそのような反抗を行うことによって、二人が本当に生れて以来の母子かどうかを無意識のうちに試そうとしていたと考えることも出来る」と分析している。たしかに土居の言うように、彼のいわゆる反抗が、母子二人の関係を改めて模索しようとする過程において生じているものと見ることが出来るが、加えて、先に見たように、幼少の頃は「腕白」であったと言う事実をも考えあわせると、更に次の様なことも分析できると思われる。

須永市蔵は、幼き日の疑念が彼の中で次第に大きくなって行くに従って、最も近しい母の存在でさえも、完全に信じることが出来ない不安に、次第に苛まれるようになっていたのである。それは、成長過程における精神的発達の上に、通常の子供以上に「個」としての自身を自覚してしまう意識をもたらして、母に対しても、他人に対しても、彼は常に距離を置いて接するようになっていたものと思われる。それが幼年時代の様にただ「無闇に腕白に振る舞う」ことを、必要以上に自制するように、彼を変えて行ったのかも知れない。果ては、自分以外の人間に対して、決して心を許すことの出来ない「壁」を、須永は自らの周りに築き上げていたのである。

それが、彼を外的に生きることへの意欲も、又闘志さえも失わせ、「学校を卒業してから今日迄」「就職といふ問題について唯の一度も頭を使つた事がない」という、そんな事態をもたらしているのである。

須永が今、一向に定職にもつかないで「退嬰主義」を貫くのは、一つには彼がいうように、「父が遺して行つた」「財産」のおかげもあるのだが、それと同時に、そうした成長する過程において次第に強化されていったその性格によるところもかなり多くあるのである。幼き頃から疑念を抱きつつ、けれども直接母へ問いただすことを極度に抑えようとしていたそのために、「世間に対して甚だ気の弱い」人間として成人し、しかも、「就職」という問題に対して「頭を使つた」り、「世間と戦かはなければならない」現実からも逃避して、対人関係に対して、極めて閉鎖的な人間となってしまったのであった。

こうして須永は、彼の心の奥底に、その成長段階から既に、最も基本的なる母子関係においてさえ、心を許すことの出来ない閉鎖的意識の壁を形成していた。この母との関係を、まず須永の性格の大きな要因としてみることで、それが、単に先天的・決定的なものでなく、ある運命によって導かれ、成長段階において次第次第に少しずつ形成されて、現在に至っているということを、我々は知ることが出来る。

このような須永という人物設定、換言すれば、幼少におけるその体験が、それ以後の自我の形成に、多大なる影響をもたらして、一個の人間の心中を、ある点で決定づけてしまっているというこの設定は、複雑に絡まる「意識」の世界が、決して単純に、現在時における認識作用からさまざまに派生するばかりではないという、そんな作者側の見方を示しているといえるだろう。そして、漱石は改めてそうした「生い立ち」の問題に、自身の過去をも重ね合わせることにより、視線を投じていくのである。

漱石は、自己の力の及ばぬ所での、過去からの宿命的なるつながりを、いまある意識の様相の、その背後の世界に含ませているのである。それは前期作品の、『吾輩は猫である』などに見られたあの不動の現在や、中期作品に伺えた、現在という時の流れに忠実に、流動していた意識の様相に、一層の深みを加えていることを示しているともいえるだろう。意識は、現在時に於て、その現在の自身の存在そのものに対しても、不安と懐疑を見せている。そして、過去からの糸をも断ち切ることが出来ぬまま、自己の内部に向かって烈しく揺らぎ始めているのである。

叔父である松本は、こうした須永の性格を、

市蔵といふ男は世の中と接触する度に内へとぐろを巻き込む性質である。だから一つ刺激を受けると、其刺激が夫から夫へと回転して、段々深く細かく心の奥に喰ひ込んで行く。さうして何処迄喰ひ込んで行つても際限を知らない同じ作用が連続して、彼を苦しめる。仕舞には何うかして此内面の活動から逃れたいと祈る位に気を悩ますのだけれども、自分の力では如何ともすべからざる呪ひの如くに引つ張られて行く。さうして何時か此努力の為に斃れなければならない、たつた一人で斃れなければならないといふ怖れを抱くやうになる。さうして気狂の様に疲れる。是が市蔵の命根に横はる一大不幸である。（前同、二九九頁）

という。須永の性格に関するこの表現は、これまでの漱石作品に見たような意識の流れの方向とは、一種異なった様相を示しているのである。

幼少時の疑念の束縛から離れることが出来ない苦しみと、それを明らかに出来ない焦燥と諦めが、外部世界に直接対峙することを拒否して、自己の中へと深くはいりこんでしまう、市蔵の意識世界。

即ち、再言すれば、中期作品においては自らに関わる現実の流れに即して、さまざまなる方向へと派生していたはずの意識の流れが、ここでは、「内へとぐろを巻き込む」様にぐるぐると、次第に自己の精神の内部への潜入をも見せ始めているのである。そしてそれには、自己の出生にまつわる運命や、幼少時における体験も、現在の意識に深く作用して、なおも絡み合ってさえいるのである。代助や宗助の苦悩は、彼等の過去から導かれたものではあるにせよ、それは、自己の責任においてもたらされた、「結果」としての苦悩であり、後悔の念であるに過ぎない。後期作品の意識は決してそれだけの苦悩でなく、もっと深い所からの運命の糸をつなげているのではあるまいか。

更に、須永の意識を考える。

(三) 千代子への思い

そうした須永市蔵の、「内へとぐろを巻き込む性質」は、先に見たような、母への懐疑の念だけでなく、彼の恋愛観、千代子への思いとしても、描出されているのである。極めて曖昧なる千代子への思い。果たして彼は本当に千代子を愛していたといえるのか。

彼女の存在を意識の中に常においていながらも、決して踏み込もうとしない須永の愛について考える。

須永が千代子に対して抱く気持ちについて、先ず「高等学校へ這入つた時分」のこととして、次のように語っている部分がある。「子供の時から一所に遊んだり喧嘩をしたり、殆んど同じ家に生長したと違はない親しみのある少女は、余り自分に近過ぎるためか甚だ平凡に見えて、異性に対する普通の刺激を与へるに足りなかつた。」これは、須永の思いではあるのだが、同時に彼は、千代子に対しても、「恐らく同感だらうと思ふ」、「其証拠には長い交際の前後を通じて、僕は未だ嘗て男として彼女から取り扱はれた経験を記憶することが出来ない」という、勝手な推定を下している。そして、「彼女から見た僕」について、「常に変らない従兄に過ぎない」という断定的な見方を自身に対して示している。

まずはこうしたあたりにも、須永の意識の方向性がはっきりと示されているといえるだろう。彼がその目で外的に認識している事実はただ一つ、千代子が、「子供の時から一所に遊んだり喧嘩をしたり」した兄妹同様の「親しみのある少女」であったという事実である。そこから彼は強引に、彼女の心中を推測し、判断を下していく。千代子は自分にとって、「余り自分に近過ぎる為か甚だ平凡に見えて、異性に対する普通の刺激を与へるに足りな」いというような存在であり、しかも、彼女の側も、自分に対して同様の見方、即ち彼女も決して自分を異性として、恋愛の対象としては見ていないという判断である。

この意識の方向は、先に示したように、須永の性格が、幼少時においてのあの刺激から、徐々に自己閉鎖的傾向に構築されていったことと関わりのあるものである。須永は母子の関係についてもあれほど懐疑的であり続けていたのだから、当然異性としての千代子にも懐疑的になり、まず、初めに自己防衛してしまっている。

須永はそこで考える。彼女が、彼に対して何も意志表示しないのは、結局は自分のことを「従兄」としてのみしか関心のない証拠であり、しかも、自分自身さえも、これまでの長きに渡って彼女と関わってきたのであるから、当然何とも感じない。だから所詮、結ばれるような運命には、当の初めからないのだと、彼は断定しているのであった。

一つの事実の認識について、あくまでも自己的視点方向から、須永は判断を下していく。それは、もしかしたら実際に、何らかの行動や言動を千代子に対して起こしたとき、結局は、傷ついてしまうかも知れない事態をあらかじめ予測して怖れをなし、何とか傷つかない方向で自己弁護しながら、千代子の心中を察している態度である。

しかし逆に須永はもしかしたら幼き頃から千代子を恋愛の対象として、常に考えていたのかもしれない。これほど迄にかたくなに、千代子を拒否するということが、かえってそれをあからさまに見せているようにさえ思われる。

彼が千代子を何よりも掛け替えのない存在として、意識していたということは、例えば、

> 千代子の言動なり挙動なりが、時に猛烈に見えるのは、彼女が女らしくない粗野な所を内に蔵してゐるからではなくつて、余り女らしい優しい感情に前後を忘れて自分を投げ掛けるからだと僕は固く信じて疑がはないのである。(『漱石全集第五巻、彼岸過迄・行人』、二二九頁)

というように、彼が周囲のどんな評価をも否定して、「女として」千代子を見よう見ようとしている所からも指摘できるであろう。母親が、「御前の様な露骨のがらくした者」と言ったり、叔父の松本が、「(千代子は)少し猛烈過ぎる」と表したりするように、親戚からとかく粗雑さばかりを指摘される彼女を、須永は心の奥で、弁護する。それは須永が、千代子を認めているということであり、それほど「女らしい」千代子が、卑屈な自分を認めることなどないと、徹底して否定した態度をとりながら、彼の心の奥底は、彼女を求めていたのである。

けれども母に対して、あの疑念についての問いかけを、未だ成し遂げていないのと同様に、千代子に愛を告白し、彼女の心を問うことは、(たとえそれがどのような結果に終わろうと)それまでの彼等の関係を破壊してしまうことに繋がって行くと言うことに、彼は酷くおびえている。しかももし、万が一、彼女から拒否されたときに、どれだけ自身が傷ついて、母の期待をも裏切る結果をもたらすのかということを、須永は極度に恐れていたのである。

「長い交際の前後を通じて、僕は未だ嘗て男として彼女から取り扱はれた経験を記憶する事が出来ない」という

彼の言は、裏を返せば、千代子から何らかの意思表示を示されていれば、自分も受け入れることが出来るのではあるが、彼女にとって自分は、「怒らうが泣かうが、科をしようが色眼を使はうが、常に変らない従兄に過ぎない」存在としてしか映っていない事実に、半ば失望しているのである。そんな彼女に改めて愛を告白したとしても、きっと千代子は、自分を一瞬に笑い飛ばすかも知れない。そんな危惧さえ感じている。

だからこそ、須永はただ待っていた。千代子の愛の意思表示を、ただひたすら待っていたのであったのだ。自身の傷つくのを恐れる余り、須永の愛は決して積極的に進めなかったともいえるだろう。

こうした千代子への思いの中に見えるのも、又須永の意識の様相の、真実なる姿の一つなのである。

（四）家というもの

ところで、こうした須永の怯えは、更に千代子だけでなく、千代子の家である「田口家」に対しても向けられている意識としても表れる。

ある時叔母と僕との間に斯んな会話が取り換はされた。

「市さんも最う徐々奥さんを探さなくつちやなりませんね。姉さんは疾うから心配してゐるやうですよ」

「好いのがあつたら母に知らして遣つて下さい」

「市さんには大人しくつて優しい、親切な看護婦見た様な女が可いでせう」

（略）

「妾行つて上げませうか」

僕は彼女の眼を深く見た。彼女も僕の顔を見た。けれども両方共其所に意味のある何物をも認めなかつた。叔母は千代子を振り向きもしなかつた。さうして、「御前の様な露骨のがらくした者が、何で市さんの気に入る

ものかね」と云つた。（『漱石全集第五巻、彼岸過迄・行人』、二一七頁）

須永はこの叔母との会見に、大きな衝撃を受け、「低い叔母の声のうちに、窘める様な又怖れる様な一種の響きを聞」き、「形式を具へない断りを云はれたと解釈」しているのである。

又同様に千代子の父である田口の叔父に対しても、彼は、次のような場面から、決定的な叔父の態度というものを、一方的に受け止めてしまっていたのであったのだ。

――縁談なんてものは妙なものでね。今だから御前に話すが、実は千代子の生れたとき、御前の御母さんが、これを市蔵の嫁に欲しいつてね――生れ立ての赤ん坊をだよ」

叔父は此時笑ひながら僕の顔を見た。

「母は本気で左う云つたんださうです」

「本気さ。姉さんは又正直な人だからね。実に好い人だ。今でも時々真面目になつて叔母さんに其話をするさうだ」（前同、二二〇頁）

千代子と自分との結婚問題が、話題としてもちあがっていた時に、田口の叔父が、まるでばかげた冗談でも言うように「大きな声を出して笑つた」と、自分勝手に決めつけて、須永は傷ついているのである。そして、「叔父は親切で又世慣れた人である。彼の此時の言葉は何方の目で見て好いのか、僕には今以て解らない。ただ僕が其時以来千代子を貰はない方へ愈傾いたのは事実である」と、改めて決意を見せているのである。

叔父も叔母も、もし自分が千代子に対して何らかの意思表示をしたとしたら、やはりこうして再び嗤いとばすかも知れない。何かの冗談話でも聞くように、また、生活能力さえない卑小な自分をさげすんで、あきれかえってしまうかも知れない。又は、もしかしたら、自分の一切を拒否するようにして、彼に背中を向けてそそくさと去っていくのかもしれない。須永はそう考えて、恐ろしかったのだ。千代子に軽蔑されるのと同様に、田口の叔父や叔母からも、嘲笑されたり、又、拒否されたりするのを恐れていたのである。

そして、こうした彼の怖れの根本は、田口という仲睦まじい家族の集まるその「家」の前で、自分という人間が、母に対する関係をも含めて考え合わせても、結局は部外者でしかないという、須永の極度なる余所者意識にあるともいえるだろう。

既に何度も見たように、作者である漱石は、生後すぐに里子に出され、しかもその後は正式に、塩原家の養子となり、家をでていたという過去がある。その後成長するに従って、漸く夏目家に戻っても、その姓は、依然「塩原」のまま放置され、彼が二十一歳になるころまで、改められることはなかったという過去である。家や家族の結びつきというものに対して、幼き頃からどこか部外者としての認識を、常に感じていなければならなかった漱石は、恐らくその一家というまとまりが外部のものにとっては非常に越えにくい、そして融合しにくい、又それだからこそ、非常に羨ましいものでもある、厚い壁に囲まれ守られた別空間であるとの思いが強かったのではあるまいか。だからこそ、この須永の場合にも、千代子に対する思いを自らの中に見つめたとき、母の縁者でもある田口家が、血によって、自分だけが受け入れられない存在であることを、必要以上に強く感じとっていたのかも知れないと思われる。

「家」の大きな存在が、彼の意識をますます、自己内部の自己存在そのものに、向かわせていったものとも思われる。

すなわち、こうした田口家に対する姿勢も又、部外者である自身の立場を思い、結局は外側の事実から、自身の傷つかない方向へと次第次第にその視点を転換させていく須永の意識の方向を、明確に示しているものである。

これも又、須永の意識なのである。

（五）結婚する不幸

更に須永の意識は、内なる方向へと進み行く様相を見せている。それは、彼が、千代子との、未来の生活に対する思いに対しての怯えとしても表れる。

僕はまづ恐ろしくなつた。さうして夫婦としての二人を長く眼前に想像するに堪へなかつた。（略）新一口に云ふと、千代子は恐ろしい事を知らない女なのである。さうして僕は恐ろしい事丈知つた男なのである。だから唯釣り合はない許でなく、夫婦となれば正に逆に出来上るより外に仕方がないのである。（『漱石全集第五巻、彼岸過迄・行人』、二三〇頁）

須永が千代子を受け入れることが出来ない理由が、ここでも又示されているといえるだろう。須永が怯えるのは、現実の千代子の姿だけでなく、未来における「妻」としての千代子でもあったのだ。

まだ結婚する以前から、彼は、「もし千代子を妻にするとしたら、妻の眼から出る強烈は光に堪へられないだらう」と考える。それは、「年の行かない、学問の乏しい、見識の狭い点から見ると気の毒と評して然るべき」千代子が、夫としての自分に要求するのは「頭と腕を挙げて実世間に打ち込んで、肉眼で指す事の出来る権力か財力を攫」むことであり、しかも彼女は、「要求さへすれば僕に出来るものと」思いこんでいることに対する怯えとして示される。それが解っているからこそ、須永には到底「受け入れる事の出来ない」ものと恐れている。

結婚とは、果たして如何なるものなのか。須永は、どうしてそこまで考えを進めて悩むのか。

結婚についての問題を明らかにしようとすれば、我々は、まず先の『それから』の中で代助の、平岡に対するあの言葉を思い出さずにはいられない。

「矛盾かも知れない。然し夫は世間の掟と定めてある夫婦関係と、自然の事実として成り上がつた夫婦関係とが一致しなかつたと云ふ矛盾なのだから仕方がない。僕は世間の掟として、三千代さんの夫たる君に謝る。然し、僕の行為そのものに対しては矛盾も何も犯してゐない積だ」（『漱石全集第四巻、三四郎・それから・門』、六〇七頁）

「世間の掟として定めてある夫婦関係」と、「自然の事実として成り上がつた夫婦関係」が一致しない場合の不幸というものを、この須永の場合も、恐れているように思われる。

何故ならまず第一に、千代子との結婚は、彼の母が強く望んだことでもあったということをその理由として上げられよう。「千代子の生れた時呉れろと頼んで置いたのだから貰つたら可いだらう」という母の言からは、須永はどうしても、その「世間の掟と定めてある夫婦関係」を成立させる義務を感じてしまっているのである。けれども既に、恐らくその千代子自身から拒絶され、田口家からも拒絶されるだろうことを内心（勝手に想像し）感じとっている彼は、ただ母の希望に従って、田口家や千代子がいわば妥協した形を取って、「世間の掟として定めている夫婦関係」を成立させてしまうことを、極度に恐れてさえいたのである。それは、代助の言うような「自然の事実として成り上がつた夫婦関係」というものに、いつか、何らかの形で押され出て、崩壊してさえしまうかもしれないという怖れにも、無意識のうちに繋がっているのかも知れない。

そして、又第二には、須永が結婚という形態に、それ程怯える要因を、千代子の要求に、思うように応えることの出来ない自分自身に対しても感じているということが、その理由として上げられよう。「妻としての彼女の美しい感情を、さう多量に受け入れることの出来ない至つて燻ぶつた性質」であるとして、自らを見なしている須永を、千代子は、いつか完全に失望し、見放してしまうかも知れないと、彼は怯えているのである。

彼は、千代子が「恐れ」ずに、先の見えない感情を一度に胸に湧き出たせながら風の如く自由に振る舞って、夫に夫たること、彼女の理想とする結婚のあるべき形態といったものを要求するのではないかと恐れている。そして、おそらく、「妻としての美しい感情をそう多量に受け入れることの出来ない」だろう自分に対して、まだ、こうして結婚する以前から、不甲斐なくも思うのだ。「千代子が美しいものを僕の上に永久浪費して、次第々々に結婚の不幸を嘆く」ことを、このとき既に予期して、まるで取り越し苦労をするように、彼は苦しんでいるのである。

『それから』の中に、更に次のような一節がある。

三千代は精神的に云つて、既に平岡の所有ではなかつた。代助は死に至る迄彼女に対して責任を負ふ積であつた。けれども相当の地位を有つてゐる人の不実と、零落の極に達した人の親切とは、結果に於て大した差異はないと今更ながら思はれた。死ぬ迄三千代に対して責任を負ふと云ふのは、負ふ目的があるといふ迄で、負つた事実には決してなれなかつた。代助は悄然として黒内障に罹つた人の如くに自失した。(『漱石全集第四巻、三四郎・それから・門』、五八五頁)

「死に至る迄彼女に対して責任を負ふ積」ではあるけれども、その実感を得てはいない代助。「責任を負ふと云ふのは、負ふ目的があるといふ迄で、負つた事実には決してなれなかつた」のは、暗黙の内に、代助に課せられる「結婚」の重圧に対して、代助が全く考えを進行させていない為であり、このあたりにも市蔵と代助の意識の様相に違いが確認できると思われる。代助は現実のただ目の前の認識に忠実に意識を進行させている余り、そこから派生するさまざまなる感情や推測に対しては酷く敏感であるけれども、その現実認識を放れて意識を進行させ、真実を正しく客観的に見つめようとはしていないのである。代助の意識は常に彼自身の自己中心的見方に根ざしていたものであったのではあるが、けれども市蔵は、現実の事実のほんの一端と接触した途端、意識はそこから自身の内なる方向へと、半ば、現実の事実をもはや見ようともせずに潜入していってしまっているのである。

中期に見られる数々の作品の世界では、他者に対して決して、その心中を推察し、それを判断しようとはしなかった自我意識というものが、この作品では、極めて自己本位の側からではあるけれども、自己を中心として、他者の意識をも推測することを始めている。けれども逆にそれに自身が縛られて、動きが取れなくなっている須永の姿が、こうして描かれている。彼が、行動するよりも先ず「考え」て、そこから結果を予測して、一人苦しみに沈むのは、そうした意識傾向の現れでもあるといえるのである。

これも又、須永の渦巻く意識の要素の一つなのである。

（六）嫉妬

須永は、自己の怯えや弱さというものを、自分自身に対しても、敢えて見せない様にするために、又当然のことながら、千代子にも決して知られないようにするために、「固より僕が千代子に対して他意のないといふ事を示」したり、又、「千代子が常に畏れる点を、幸いにしてたゞ一つ有つてゐた。夫は僕の無口である。」などと、全く正反対の自尊心や自負心を、敢えて引き出すことにより、彼女に対する姿勢をかろうじて保っていたのではあった。それは彼のプライドであり、又生き方そのものでもあった。けれどもそうした彼の姿勢は、あっけなく、新たなる他者の出現によって、崩されてしまっているのである。

それは千代子の結婚候補者としての、高木という男の出現によって引き起こされた。「見るからに肉の緊つた血色の好い青年」高木は、須永にとって、その生気、容貌、そして態度など全てに渡って、羨望に値する人物であった。そして須永は、「僕は此男を始めて見たとき、是は自然が反対を比較する為に、わざと二人を同じ座敷に並べて見せるのではなからうかと疑つた」とすら思う。彼の出現は、須永の予測不可能な事態でもあったので、辛うじて、自らの思いを隠して体面を保とうとしていた須永の意識を、再び内部へとむかう潜入を開始させてしまったのであった。彼は、ここから、再び深く悩み始めているのである。

須永の怯えは、やがて、高木に対しての動揺へと変わっていたともいえるだろう。それまでは、決して表面化することのなきように、警戒し続けていたはずの千代子への思いが、その動揺によって、あからさまに外面に表出されてしまう事態をも、もたらしたのであった。

それが、あの嫉妬なのである。

やがては、遂にそれを千代子にまでも見すかされ、千代子から烈しく攻撃を受けることとなる。そしてその時の「何故嫉妬なさるんです」という彼女の言葉にただ彼は、茫然とたちつくすしかなかったのであった。

これも又、須永の意識なのである。

複雑に絡み合い、さまざまに派生して、そして、内部へとも潜入し、須永の意識は描かれる。彼のその心の様相は、決して留まることをせず、これら多くの要素がぐるぐると、複雑に絡み合う。

須永市蔵に表されているその意識傾向は、何度も指摘したように、それまでの「意識の流れ」とは異なり、ひたすら自己の内部へと潜入していく傾向を見せているのである。

それは、あの前章で見たような、ジェームズによる『多元的宇宙』によって導かれただけとはいいがたい、「個」の内部への潜入であるとも思われる。

それを詳しく見る前に、更に作品に沿って更に須永の意識を辿りたい。

（七）個の自覚

やがて、千代子とのあの「言い合い」から、完全に拒絶されたと思いこむ須永は、自分が、そして母親が、何故これほどまでに千代子に拘るのかという原点に再び立ち返ることを決意する。

自身は一体何なのか。どうしていつもこうなのか。そして母の真意は何なのか。

幼少の頃から母を、全てを分かり合える存在として、見ることが出来なかった須永にとって、真実を知ることは、衝撃ではあったけれども、他者に対する認識の、ある種の救いをもたらす結果をあたえたことは事実のようである。先の土居健郎が、「真実こそは人間を自由にするもの」というように、須永にとって、真実を知らされたことは、効果的な開眼的な出来事ではあったように思われる。

しかし、そのことによって須永は更に大きな事実に気づかされてもいるのである。彼は言う。「もう怖い事も不安な事もありません。其代り何だか急に心細くなりました。淋しいです。世の中にたつた一人で立つている様な気がします」と。

自らの中にわだかまり続けていた懐疑の念。それは、自分の力の及ばぬ所で既に決定づけられてしまっていたという、動かしようもない事実でもあったのだ。それは、もはや彼の力では、どうすることも出来ない運命のしがらみなのである。

心の内に思いを秘め、最も近しい異性として、いつも意識の中にいた千代子への挫折、母や叔父との血の断絶、それは父のいない現在、この世界で彼がたった一人であるという事実に、彼を改めて立ち向かわせる結果をもたらした。そして彼は「世の中にたつた一人で立つてゐる様」な自身を、実際に見出していくのである。

須永はやがて旅に出る。知ってしまった現実の、重苦しさからの逃避である。それは全てのしがらみを脱して、文字どおり「一人」の位置に身をおく為の行為だともいえるだろう。

けれども作者である漱石は、須永をこうして旅に立たせることによって、何の解決をも示さない。ただ、須永が旅に見たものが、彼の旅先からの手紙に詳しく綴られているように、自らとは全く異なった世界であり、そこから客観的認識を得たということだけが、示されているのみである。

「旅」に位置した須永は、『彼岸過迄』の冒頭から「傍観者」として、登場したあの敬太郎の位置とぴったりと重なり合っている様にも思われる。敬太郎は、さまざまなる人々の小世界を垣間見た。須永は自らのさまざまなる怯えの存在を、自らの意識の中に一つ一つ、改めて、静かに捉えることを始めている。

そして、そうした行為そのものが、須永における「個」というものの、新たなる自覚でもあるように思われる。全てのしがらみを超越し、そこにただ「個」としてだけの自分を自覚したとき、我々は否応なくそこで自身と対峙しなければならない。旅にでた須永が、自身の心のあり様の、複雑なるそれぞれの想念を、一つ一つ紐解いて、見つめることを始めたとき、改めて、読者である我々は、大きな命題を思い出す。巨大な社会の営みと、大きな運命の力によって決定づけられているようなこの世において、どんな力も、そして宿命も、根本の所では決して縛りつける事の出来ない人間の心の世界、内面の世界の存在というものが、ここに於て改めて、我々にも静かに想起されるのでもあった。

（八）複雑なる意識

以上具体的に見たように、こうした須永の意識には、さまざまなる要因によってもたらされ、今も複雑に蠢く、多くの苦悩が潜んでいることが確認できたといえるだろう。

さて、私は先に、『多元的宇宙』と漱石との関係を解くにあたって、漱石の興味が、修善寺の大患を経ることにより、次第にこうして「生」そのものへと深みを増していったという事実を、それぞれの著作やメモ等の検証により、客観的に確認した。そして、まず第一に、「多元論」そのものとしての、「個々の短篇」が結びついて一つの作品を形成するという独自の方法を、漱石がこの作品に用いていることに注目し、『彼岸過迄』の世界を検討したのでもあった（詳細は、第一部・第三章を参照されたい）。

やがて、そうした検討は、漱石の意識認識が、次第に、ジェームズがしきりに推賞する、あのベルグソンの「意識」の様相に導かれ、新たなる「意識世界」というものを、自らの手で探り出そうとしていた事実にも到達したのであったのだ。

すなわち、改めて纏めれば、ジェームズの説くあの「生の躍動《エラン・ヴィタル》」の中心に入り込んで行くことこそ、人間を理解し、ものごとの本質を知る上で、重要な視点であることに気づいた漱石が、改めて意欲を持って取り組んだ作品であるとして、この『彼岸過迄』を見ることが出来る様に思われる。

ジェームズは、

　複雑な精神的事実は、すべて、誤ってその部分と呼ばれている多数の心的な本体の上に位置し、機能においてこれらの部分を凌いではいるが、文字どおりこれらの部分から構成されているのではないところの、それ自身独立な心的本体である。

ということを、その著の中で述べていた。漱石が『彼岸過迄』の、この須永の意識のその複雑なる様相に、そのジェームズの主張する、そうした「部分」である、数々の要因をともなう苦悩や、迷いというものを表現し、そして、その部分が全体となって、「退嬰主義」で「とぐろを巻き込む性質」の須永という一人の人物をつくりあげていたということをも、改めてここにそれらの分析の結果から、明確化できたようにも思われる。

この『彼岸過迄』に描かれる意識は、個の内部の中で、複雑なる幾つもの様相が、更に複雑に絡み合い、時には互いに解け合って、影響を及ぼし及ぼされながらあるということを、具体的に須永という人物に象徴するようにして、こうして表されていたのである。

ただ、内なる意識はまだここで、自己という真実の姿を探りだそうとするために、渦を巻き始めたばかりである。

須永は、自己に拘る余り、前へ進むことをしていない。旅という、異空間の中に、意識の断片を解放し、慰藉させただけであったのだ。けれども「個」は、「個」ではありながら、決して完全に孤立しているものではなく、この社会に生を全うする以上、常に外部世界そのものや、他者の存在をも、受け入れなければならないという、宿命をも又持っている。旅に出た須永市蔵も、やがて再び日常の取り巻く世界へと一旦は戻らねばならないのでもある。

それでは果たして、こうして自己拘泥を開始して、内なる模索の道を歩みはじめた意識は、時間軸の中でどう流れ、そして現実の世の中との関わりにおいて、どう進んでいけるのか。『彼岸過迄』に、それはまだ示されていないままである。従って、この作品は、ジェームズやベルグソンを経た漱石の、新たなるスタートにしか過ぎない。

こうして、内部に内部にと、とぐろを巻き込んでいく意識は、更に、深みを増しながら、新たなる発露を模索して、苦悩を重ねて行くのである。

二『行　人』

『行人』は明治四十五・大正元（一九一二）年十二月六日から大正二（一九一三）年十一月十七日まで、全六十七回に渡って東京・大阪両朝日新聞に連載された作品である。

『彼岸過迄』における漱石の意識の捉え方は、先に見たように多元論に立脚した固有なる意識世界の提示である。意識は、自己についての不確かなる思いを対他的にまず捉え、他者の目に映る自己なる者に自信を持つことができなかったそのために、怯えとして表出したのであった。意識はその時点では、表面的な把握、認識にしか過ぎなかった。自己世界の内部への、まだほんの導入部であった。もちろん「須永の話」の中で、「内へとぐろを巻く」という性格を、深遠なる自己への洞察と見ることは出来るのであるが、それはあくまでも、他者との関係性の中にあって常に現実との関わりを維持したいが為の葛藤であり、揺れである。その意味では、須永の意識のベクトルの方向性は、外部という表層部分への接触と、内部への潜入をいわば蛇行しながらの往復運動を繰り返し、次第にその振幅の幅を大きくしたその結果として、「内へ」向かう「とぐろ」として潜入する、そんな進行とも見られる。

『彼岸過迄』の最後に、「敬太郎の冒険は物語に始つて物語に了つた。彼の知らうとする世の中は、最初遠くに見えた。近頃は目の前に見える。けれども彼は遂にその中に入つて何事も演じ得ない門外漢に似てゐた。」とあるように、各個の世界（「多元的」に存在するそれぞれの意識世界）の提示と、同時にそれぞれの意識からは、様々に錯綜する他の意識の内部など、理解することなど出来ないという、いわゆる全知視点の否定としても、示されているのである。

『彼岸過迄』の後に描かれた『行人』は、前作である『彼岸過迄』と、それぞれの視点の設定（「敬太郎」と「二郎」）も、又独立したいくつかの章立てによる構成も、類似している様に見える作品である。けれどもそこに描かれる世界は、その闇を更に増し、苦悩が提示されている。須永の苦悩は、他者の目に自己なるものがどのように映っているかを懸念する理性的なるこだわり（「頭《ヘッド》」）と、あくまでも自己を中心に拘った感情的なる思いと（「胸《ハート》」）とが分裂し、「常に頭の命令に屈従」する所にあったといえるだろう。須永市蔵に対応する人物が、『行人』では、「学者」で「見識家」、「そのうえ詩人らしい純粋な気質を持って生まれた好い男」とも記される、長野一郎なのである。一郎の場合は、須永以上に、「頭」が常に独走し、その「整った頭」の働きが「乱れた心」を導いて胸《ハート》がさいなまれてしまっている。一郎は常に孤独を感じ、そうした自分に苦悩さえしているが、その苦悩とは具体的にどのようなものであり、どういう方向へと向かっているといえるのか。

一郎の意識について考える。

(一)　生い立ち

まず第一に、その生い立ちについて考える。

長野一郎は「長男」である。それは文中に、何度も示される。二郎は、兄を語ろうとするその中で、「長男丈に何処か我儘な所を具えてゐ」るといい、「自分から云ふと普通の長男よりは大分甘やかされて育ったとしか見えなかつた」とも彼を判断している。

「母」は兄を日頃から大事にしているだけあって、無論彼を心から愛していたのは事実である。けれども何処かにいつも遠慮があるらしかった。些細な注意をするにせよ、「成る可く気に障らないやうに、始めから気を置いて」、「長男に最上の権力を塗り付ける様にして」ともあるように、一郎はその幼少の頃からかなり特別なる育てられ方をしたということが、本文中には示される。それは、例えば、兄に対しては常に「さん」付けで接している母親の姿からも伺える。母は、弟・二郎に対しても時折「さん」を付けてはいるものの、「これは、単に兄の一郎さんのお余り」に過ぎない二郎には、かなりの被差別観もあったらしい。

又日常の言葉遣いに関しても、一郎には必ず敬語を使う母。けれども二郎やお重に対しては、母は平生ぞんざいな言葉でものを言う。そのような待遇の全てにおいて、他の兄弟達とは一線を画すように育てられてきた一郎であったのだ。けれどもそうした自分の位置に、どこか釈然としない不満を感じ続けていたのだろう。大切にされればされるほど、周囲に気を遣われればより一層、孤独感が増大し、ますます彼は孤立した。

『彼岸過迄』の須永の場合は、前章でみたように、幼少の頃のある疑問をきっかけとして、その孤独感は始まったのであった。母と二人きりの生活の中で、どうしても解明したい幼時からの疑問。近しい存在であればあるほど、「母の顔を見ると急に勇気が挫けて仕舞ふ」のが常で、「それを打ち明けたが最後、親しい母子が離れ〲になつて、永久今の睦ましさに戻る機会はない」と囁くその内なる心にとらわれて、どうしてもその疑問を母へ問いただすことが出来ないままに成長した須永。もしかしたら「血」によって結ばれたものではないのかと、母との関係に対する疑念は、更に叔父である松本や田口の家からの疎外感としても意識され始めるようになる。「慈母」という言葉の意味そのままに、「母」が余りにも真っ直ぐに彼を見つめていたために、かえって自らを閉ざし、結果として、何も問い糺すことができないで、ただ一人、閉じこもる。自分は母に果たしてどういう人間であるのかと、彼は自信を失って不安に苛まれてもいる。

一郎の場合、紛れもなく母は、実母である。だからこそ、誰よりも「長男」として彼に気を遣う。「何処かに遠慮」しながら「機嫌」をとり、「成る可く気に障らないやうに、始めから気を置いて」いつも接してきたのであった。けれども彼はもっと真っ直ぐに、自分を見つめてほしいと母に願っていたのかもしれない。

例えば、二郎がいよいよ家を出る決意をしたとき、「風呂場と便所の境にある三和土の隅に寄せ掛けられた大きな銅の金盥」を見つめて、感慨に耽る場面がある。ここには幼き日の一郎の、そうした姿が読みとれる。

自分は子供の時分から此金盥を見て、屹度大人の行水を使ふものだと許り想像して、一人嬉しがつてゐた。金盥は今塵で佗しく汚れてゐた。低い硝子戸越しには、是も自分の子供時代から忘れ得ない秋海棠が、変らぬ年毎の色を見せてゐた。自分は是等の前に立つて、能く秋先に玄関前の棗を、兄と共に叩き落して食つた事を思ひ出した。自分はまだ青年だけれども、自分の背後には既に是丈無邪気な過去がずつと続いてゐる事を発見した時、今昔の比較が自から胸に溢れた。さうして是から此餓鬼大将であつた兄と不愉快な言葉を交換して、わが家を出なければならないといふ変化に想ひ及んだ。（『漱石全集第五巻、彼岸過迄・行人』、五九五頁）

この兄弟の、子供時代の過去である。それは、二郎のこの回想にあるように、幼児期の一郎が、どちらかといえば「餓鬼大将」であり、弟・二郎を引き連れて、「無邪気」に遊んでいたという過去である。腕白で餓鬼大将、それは母に対してより我がままに振る舞って、もっと真なる母の目で、自分を見つめてほしいという、一郎の願いの表出だったのかもしれない。

又子供時代を過ごしてきた家に、兄弟が二人とも未だ住んでいることも、今の一郎の孤独の要因になっているといえるだろう。二人としての関係は、昔と変わらぬそのままの、兄弟同士でありながら、二人の立場はもはや完全に異なってしまっているのである。この家の中で、二郎は変わりなく「子」の立場であって、独身で何の責任も負わず自由に気ままに暮らしている。だから、そんな二郎にとっての過去はただ、安易に振り返ることの出来る「無邪気」なものにしか過ぎない。それが一郎にとってはなおも又、「頗る気に入らない」ものとして映るばかりであったのだ。一郎は、「長男」であり、「夫」であり、「父親」にさえもなっている。立場が彼をより一層、型という中に押し込めているのである。

未だに時折小遣いまでも与えているというように、二郎には子供の待遇を与えてさえいる両親は、けれども一郎に対しては、「尋常の父母以上にわが子を愛して来たといふ自信が、彼等の不幸を一層濃く染めつけた。彼等はわが子から是程不愉快にされる因縁がないと暗に主張してゐるらしく思はれた。」と思っているということも、又、一郎の孤独を深めているのだろう。そこには、一郎自身と、父母との、親子の関係における期待感のずれが歴然と表れてしまっている。先にも見たように、両親は、幼き頃から誰よりも愛し、大切に特別に「長男」として育ててきたという自負がある。だからこそ、現在こうして大成し社会的にも相当な位置にある一郎に、彼らが与えたと同様の、愛といたわりを期待してしまっているのである。

それに対して一郎は、特別視され大切にされてきた過去を自覚する反面、それが常に「長男」としての自分に向けられたものであり、純粋に「自分」というものを見てくれていなかった両親に、どうしても真っ直ぐに対峙することを果たせない。

「愛される」ばかり、「気を遣われる」ばかりの立場にいつもおかれていただけで、「愛する」ことを知らぬままに成長した一郎に、今になって急に、年老いた両親に対する愛といたわりを期待しても、それは所詮無理であるのかもしれない。

作品中には、二郎によって、「我儘に育った兄」という言葉がよく使われている。又、芳江を思うようにあやせない一郎自身の口からも、「俺は自分の子供を綾成す事が出来ないばかりぢやない、自分の父や母でさへ綾成す技巧を持つてゐない。夫れ所か肝心の我が妻さへ何うしたら綾成せるか未だ分別が付かない。」という苦悩が語られているのだが、これは、一郎が、ただ単に「我儘」なのでなく、そう育てられてしまった経緯によるものでもあると考えられるものだろう。彼に子供や、又家族をあやすことが出来ないのは、それを強いなかった家族の側にも責任の一端があるともいえるかも知れない。そこに一郎の孤独は蓄積されているのである。

後に見られるHさんの手紙に、次のような部分がある。

私は旅へ出てから絶えず兄さんの気に障る様な事を云つたり為たりしました。ある時は頭さへ打たれました。それでも私は貴方の家庭の凡ての人の前に立て、私はまだ兄さんから愛想を尽かされてゐないといふ事を明言出来ると思ひます。（『漱石全集第五巻、彼岸過迄・行人』、七四三頁）

Hさんは、一郎に、「絶えず」「気に障る様な事を云つたり為たり」してもなお、彼の信頼を得ていると感じている。果たして、こうした行動を、家族はそれまで一郎に取ってきたことがあるのだろうか。家族の誰もが暗黙の内に下す「一郎は変人」という評価、加えて、常に一郎の神経ばかりに気を遣い、あたらず障らず接してきた態度などの要因が重なって、一郎は、家庭を心の許せる場として受け入れることが今不可能となっているのである。

Hさんは「一種の弱点を持つた此の兄さんを、私は今でも衷心から敬愛してゐる」という。これは、「弱点」の部分から常に、眼を背けている家族とは異なった視線なのである。「兄さんは私のような凡庸な者の前に、頭を下げて涙を流す程の正しい人です。それを敢えてする程の勇気を持つた人です。」という見方を、最も近しい、最も理解者であるはずの家族は、結局誰一人として、なしえなかったのであった。「兄さんを只の気難しい人、只の我儘な人と解釈許りしてゐては、何時迄立つても兄さんに近寄る機会は出来ないかも知れません」というHさんの指摘は、それをまさに示しているといえるだろう。

一郎が常に我を捨て去ることが出来ず苦悩を重ねて迷うのは、こうした生い立ちにも深く関わっているのである。

さて、その一郎の性質を象徴するものとして、長野家の一郎の部屋を考えることができるだろう。それは本文中で、次のように描かれている。

兄は車で学校へ出た。学校から帰ると大抵は書斎へ這入つて何かしてゐた。家族のものでも滅多に顔を合はす機会はなかつた。用があると此方から二階に上つて、わざ〳〵扉を開けるのが常になつてゐた。（『漱石全集第五巻、彼岸過迄・行人』、五八〇頁）

ここに明らかなる通り、一郎の部屋は二階に位置しているのである。彼はいつも階段を上がり、部屋に行く。家族とともに暮らしながら、その書斎は平面に同列で並んでいるのではなく、上下の位置にあるのである。一郎が、家族にものを言うときは、その階段を下りるか、又は家族がその階段を上がっていかなければならない。

彼は「大抵は書斎へ這入つて何かしてゐ」たというのであるから、かなりその位置に、固定化されていたということであろう。この部屋が一郎の家族内における位置というものを、まさに象徴しているように思われる。一郎は、先にも見たように、家族には「一旦旋毛が曲り出すと、幾日でも苦い顔をして、わざと口を利かずに居る」ほどの、「我儘な所を具へて」いる人物であるのだが、一方世間に対しては、「他人の前へ出ると、又全く人間が変つた様に、大抵な事があつても滅多に紳士の態度を崩さない」、「穏やかな好い人物」であるという。それは一郎のその部屋がまさに示している態度なのである。

彼の部屋の一方は、窓によって世間と接する側にある。一郎は普段その二階にある窓から、並行に平面的に、外を眺めて暮らしている。彼の目に映る世の中は、客観的に遠くに広く見渡せはするけれど、結局は手をふれたり、近づくことさえあまり必要ない、距離のある世界なのである。けれどもまたその部屋の一方には例のドアがあり、家族は常に階下《した》にいて、一郎と位置を隔てている。家族はいつも自分を見上げるようにして、暮らしているというその構図、それはまさしく長男として大切に育てられた、彼の立場を的確に示しているようにも見えてくる。

その部屋の中に常に籠りがちな一郎は、結局は本当の自分というもの、あからさまな自己の姿そのものを、そのどちらかに対しても（世間にも、家族にも）結局は開くことが出来ず、ますます自己の中に引きこもり、誰とも心を通わせることのできぬ不安に苛まれているばかりである。

この一郎の部屋の内部というものは、我々読者に、はっきりと示されないままである。けれどもそれは（語り手が二郎であることからの、視野の制限もあるのだが）独立した一つの空間としてある部屋の内部（すなわち、彼の精神の内部ともいえるだろう）は、常に、階段を上り、ドアをたたいて、その外から、そろそろとのぞいて見ることしか許されない世界であることを示しているからともいえるだろう。

この世間で、最もやすらぐ場であるはずの家族と、上下で隔てられている。それは一郎にとって家族というものが、同じ場には形式的にはあるにせよ、心をすべてさらけ出せるような慰藉の関係にはないのである。

ところで部屋という観点から捉えれば、

父は常に我々とは懸け隔つた奥の二間を専領してゐた。簀垂の懸つた其縁側に、朝顔は何時でも並べられた。従つて我々は「おい一郎」とか、「おいお重」とか云つて、わざ〳〵其処へ呼び出されたものであつた。（『漱石全集第五巻、彼岸過迄・行人』、五三九頁）

とあるように、父親の部屋は一階の奥の間で、用件があるときは、そこに家族を呼び寄せるという。縦関係というより、平面的なつながりの場にあって、しかも奥まった位置にある。父の家族間における存在性というものが、ここにも象徴されているといえるだろう。先代の厳しい父ではあるけれど、「生来交際好の上に、職業上の必要から大分手広く処方へ出入してゐ」たという程の交際家であって、しかも、「人に見られない一種剽軽な所」さえある、気さくな人柄だということも、決して家族内で上下の位置にあるのでないということを表していると思われる。

一方、一郎の妻である直にも部屋は用意されているようである。「彼女は単独に自分の箪笥抔を置いた小さい部屋の所有主であつた。」と文中に書かれている。けれども「彼女と芳江が二人ぎりで其処に遊んでいる事は、一日中で時間に積ると幾何もなかつた。」、「彼女は大抵母とともに裁縫その他の手伝いをして日を暮らしてゐた」ともあるように、直は、一日の内のほとんど、その部屋で過ごすことはないという。嫁である直の立場が、部屋との関わりにも示される。

従って、一郎の孤独がこうして最も近しい関係の家族の中で構築されているということが改めて様々なる事情から確認できるといえるだろう。

(二)　夫婦

ところで、以上見たような生い立ちを持つ一郎ではあるにせよ、妻である直に対して、もっと自身から近づいて行くことが出来れば、孤独もいやされたかも知れない。又、そうすれば、直も又、夫に心を開こうと、歩み寄る姿勢を示したろう。それは、一郎自身が、「夫が妻を変える」と自ら口にしているように、彼にも十分に認識出来ている。

けれども一郎の「頭」が邪魔をして（すなわち、自分のプライドや位置を崩すことができない、というその為に、心から他者を受け入れられない気質が災いし）、夫婦の関係はぎこちない。

このことについては、「一郎に対しては固く閉ざされ、〈魂の抜殻〉だというお直の心が、夫と姑を離れ二郎と二人で和歌山に赴いたとき、どんなに自然に流露したことであったろう」、「二郎は確かに直を愛していた」というように、『行人』を、直と二郎の愛に焦点を置いて読もうとする伊豆利彦の論がある。伊豆は「愛なき結婚に苦しむ」夫婦の不幸として、一郎と直をみているのでもある。けれども一郎の孤独を見た上で、改めて妻との関係を考察してみれば、果たして両者に本当に、愛というものは存在していなかったといえるのか、筆者としては、疑問である。例えば、本文中に、次のような箇所がある。

彼女は決して温かい女ではなかつた。けれども相手から熱を与へると温め得る女であつた。持つて生れた天然の愛嬌のない代りには、此方の手加減で随分愛嬌を搾り出す事の出来る女であつた。自分は腹の立つ程の冷淡さを嫁入後の彼女に見出した事が時々あつた。けれども矯め難い不親切や残酷心はまさかにあるまいと信じてゐた。（『漱石全集第五巻、彼岸過迄・行人』、四五〇頁）

すなわち直は夫一郎からのその愛を待っているという女なのである。又本文には、次にようにも記される。

不幸にして兄は今自分が嫂について云つた様な気質を多量に具へてゐた。従つて同じ型に出来上がつた此夫婦は、己れの要するものを、要する事が出来ないお互いに対して、初手から求め合つてゐて、未だにしつくり反りが合はずにゐるのではあるまいか。（『漱石全集第五巻、彼岸過迄・行人』、四五〇頁）

ここで二郎が評しているように、この二人の関係は、決して「愛なき」夫婦などではなく、むしろ、二人が〝よく似た〟性格を備えているということにこそ、分かり合えない夫婦としての不幸が描かれている。それは、互いが求めるばかりで、相手が自分に何を求めているのかを気づこうとしていない不幸である。

一郎は、前述のように、幼き頃から「長男」としての型の中で縛られて、両親からも、常にそのように接せられ、成長してきた過去を持つ男である。その型から自ら未だ解放されないままである為に、全面的に己をさらけ出すことが出来ず、今なお孤独感に苦しんでいる。

一方、嫁に来る前の直についての生い立ちは定かではないが、長野家に嫁してからの立場を考えると、それは、また、一郎の場合とかなり類似する部分がある。嫁という立場は婚家の中で、唯一血縁関係を持たない。夫という存在だけが、ただ一人、気心を開いて頼れる人物ともいえるだろう。けれども直の場合、その夫が、実の両親にさえも、何処か余所余所しい境界線を引いている。加えて、妻である自分や実子であるわが子に対しても、全面的に心を開こうとしない姿を見る以上、「持って生れた天然の愛嬌のない」彼女に出来ることは、ただ、待って構えることしかないのである。「いくら旦那がそつけなくしていたつて、此方は女だもの。直の方から少しは機嫌の直るように仕向けてくれなくちや困るぢやないか。」という母の言葉は、今の時代においては比べものにならない位に、周囲に合わせて生きていかなければならない「女」の宿命を暗示させているものでもある。

孤独なる直は一郎と同様に、夫に、そして周囲にも迎合しない女なのである。

先の引用部にもあったように、直は一郎と同じ性質・気質を持っていると描かれており、又、二人は、「お互いに対して、初手から求めつ合て」ばかりいる。すなわち彼等二人の関係は、愛し合っていない冷たい夫婦などではなく、夫婦としてより深くありたいと思えばこそ、より一層まず相手に求め、自身はただ待つことに徹してしまうというような、極めて悲しいものとして、理解することが出来るだろう。

二郎は、一郎と直が「未だしつくり反りが合わずにいる」と判断しているのではあるが、これは、弟である二郎だからこその見解で、彼が、結局は夫婦という関係においては全くの部外者で、単なる傍観者であるからに過ぎない。

『彼岸過迄』の中で、「恐れない女」として描かれている千代子は、「僕がもし千代子を妻にするとしたら、妻の眼から出る強烈な光に堪へられないだらう」、「彼女は美くしい天賦の感情を、有に任せて惜し気もなく夫の上に注ぎ込む代りに、それを受け入れる夫が、彼女から精神上の栄養を得て、大いに世の中に活躍するのを唯一の報酬として夫から予期するに違ない」と須永が懸念するように、「恐れ」ずに、一直線に夫たる男性に向かって、自らを表していく女であった。

直は、そうした天真爛漫な様子は持っていない。けれども嫁してきたという事実だけを頼りに、一郎に夫たる姿を期待して、決して何物にも動ぜずに、常に待っているという点においては、直もまた、「恐れない女」であるのかも知れない。彼女は、自らの側から変わることにより、夫の愛を得ようとするのではなく、夫が自分の方に歩み寄ってくれるのを待っている女なのである。

「何うせ妾が斯んな馬鹿に生れたんだから仕方がないわ。幾ら何うしたつて為るやうに為るより外に道はないわ」

という彼女の言葉には、あるいは自分の側から媚びを売り、男に迎合できるような、そんな女であるならば、もっと楽に暮らすことさえできるのに……という、彼女の悲痛な叫びも含まれる。

「男は厭になりさへすれば二郎さん見たいに何処へでも飛んで行けるけれども、女は左右は行きませんから。妾なんか丁度親の手で植付けられた鉢植えのやうなもので、一編植られたが最後、誰か来て動かして呉れない以上、とても動けやしません。凝としてゐる丈です。立枯になる迄凝としてゐるより外に仕方がないんですもの」（『漱石全集第五巻、彼岸過迄・行人』、六四〇頁）

と、直はいう。

「誰か来て動かして呉れない以上」というのは、『それから』の三千代と代助や、『門』の宗助と御米がそうであったように、許されぬ不倫愛の果ての逃避行を、直が二郎に求めているというのでは決してない。それは、ただ、夫が夫の側からもう少し、自分に近い所へとやってきて欲しいとただひたすら願っているだけなのだ。彼女は、自分から動こうとしない。「立枯になる」まででも、夫を待っているのである。

下宿を出た二郎が久しぶりに実家に帰ったときに、次のような会話が直と母親によって交わされている部分がある。

「もう好い加減に芳江を起さないと又晩に寝ないで困るよ」

嫂は黙つて起つた。

「起きたらすぐ湯に入れて御遣んなさいよ」

「えゝ」

彼女の後姿は廊下を曲つて消えた。（『漱石全集第五巻、彼岸過迄・行人』、六九五頁）

この何気ない場面の中にも、直のそうした性質が示される。ここで直は義母の言葉に対し、まず返答をしていない。ただ、承知したことを態度で伝える為に、「黙つて起つた」だけだった。しかも、その返事のないのを気にしてか、改めて念を押されるように言われた姑からの、次なる言葉に対しても、彼女は「はい」ではなく、「えゝ」と答えているのである。直は周囲に決して迎合したり、自分から心を開いて歩み寄る、そんな態度を示さない。たとえ姑に対しても、彼女は自分から近づかない。そんな女なのである。

ところで、一郎と直との関係を見る視点からはいったん離れてしまうのではあるが、この作品には、なにもこの直だけにはとどまらない、束縛や強制を受けぬ女性の姿というものが、他にも書かれているのである。そこには作者漱石の、ある意味においては暖かいまなざしが表出されるようにも思われる。

例えば、三沢の話に登場する「娘さん」である。「片付いた先の旦那といふのが放蕩家なのか交際家なのか知らないが、何でも新婚早々度々家を空けたり、夜遅く帰つたりして」、「心を散々苛め抜」かれたその挙げ句、結局は婚家から出されてしまったという「娘さん」。彼女がそのために精神を病み、やがては、発狂したという結末は、確かに不幸な話ではあるのだが、反面、作品中で一郎が、「凡て世間並の責任は其女の頭の中から消えて無くなって仕舞ふに違なからふ」という如く、「世間並の責任」に基づいた、苦渋の忍耐は、もはや彼女には課せられないのでもある。彼女は今後一切他者からの、強要や束縛などから解放され、決して強いられることはない。すなわち、正気な倫理の世界から、その娘さんを脱出させているという点においては、むしろ不幸なこととばかりは言い切れない面もある。「純粋なる精神」のままで、この現実世界に存在することを許された、いわゆる狂の世界に彼女は真っ直ぐに生を貫いていたのである。すると、一郎の言はまさしく彼女の生そのものを、羨望をも含めて凝視した発言であるとも受け取れよう。

そうした視線は、又、「お貞さん」の結婚話にも見られるものである。作品の冒頭で、お貞さんの結婚相手を見るために、先に岡田の家へとやってきた二郎が、そこから東京の長野家へ手紙を出す場面がある。その時二郎は、「自分は此手紙を封じる時漸く義務が済んだやうな気がした。然し此手紙一つでお貞さんの運命が永久に決せられるのかと思ふと、多少自分のおつ猪口ちよいに恥入る所もあつた。」という感慨を抱いている。彼の書面で、貞の運命が決まる。明治の当時にあって、女の運命など男のそれに比べれば、取るに足りないものであったろう。むしろ服従や忍従を強いていた時代の中で、長野家の下女とも養女とも判断の付かないような貞の運命に、これほどの責任を二郎が感じていることが、ある意味では不思議にも思われる。二郎という人間の、性差なく個を見つめる優しさが、ここには表出されている。

けれども又一方で、そうした二郎の気遣いを余所に、当の貞自身は、恥ずかしがりながらもただ喜んでいるというだけの女として描かれて、極めて対照的な感もある。すなわち貞にとっての結婚は、考えただけでも「耳まで赤く」なるような、いわゆる初々しい恥じらい（もしかしたらそこには性的意味をも含まれて考えられているのかもしれない）の、ごく単純なるものであり、それに対して長野家の家族に関わる結婚の意識には、そんな低俗な肉の匂いなどは一切無く、むしろ「魂のつながり」というものが、何よりも求められているということが、改めてここに感じ取ることができるだろう。一郎の苦悩を含めて、精神的レベルにおいての夫婦という絆の意味を、ここに問うているのである。

父親が盲女の話をする場面で、普段は気難しい一郎が、珍しく、「男は情慾を満足させる迄は、女よりも烈しい愛を相手に捧げるが、一旦事が成就すると其愛が段々下り坂になるに反して、女の方は関係が付くと夫から其男を益々慕ふ様になる。是が進化論から見ても、世間の事実から見ても、実際ぢやなからうかと思ふのです。夫れで其男も此原則に支配されて後から女に気がなくなつた結果結婚を断つたんぢやないでせうか」といっている部分が見られる。

けれども読者である我々は、一郎の直への愛情が、そんな情欲の範疇などにあるのでなく、魂の希求であるということを、とうに知っている。それは、このあたりの描写の中で、「自分は女の容貌に満足する人」や「女の肉に満足する人」がうらやましいと言いながら、苦悩する彼の姿の中にも表出されているのである。「自分は何うあつても女の霊といふか魂といふか、所謂スピリツトを攫まなければ満足が出来ない。夫れだから何うしても自分には恋愛事件が起らない」という一郎。「おれが霊も魂も所謂スピリツトも攫まない女と結婚してゐる事丈は慥だ」との悩みを洩らすのは、夫として、妻の心中が攫みきれない苦悩を抱いているあかしであり、又裏を返せば、妻を完全に自分の所有として、その意識の先端までをも理解したいとする一郎の思いであろうとも思われる。だからこそ彼は、直の節操にあらぬ疑いを掛けてしまったり、実弟である二郎に愚かなる実験を頼むのだ。

一方、こうした一郎の要求や、又その苦しみさえも、妻である直は、とうに気づいていると思われる節もある。それを知りながら、やはり動かぬまま、ただ夫の譲歩を待っている。例えば夫が、先の「男の情慾」についての話をしたときに、「妙な御話ね。妾女だからそんな難しい理屈は知らないけれども、始めて伺つたわ。随分面白い事があるのね」と答えている言葉から、そうした直の内面を読みとることができるだろう。「進化論から見ても、世間の事実から見ても」当然のごときその男の情欲の話を、ここで夫の口から聞くことに、目を見張り、空とぼけているような直。彼女は、やはり知っている。一郎が、妻の精神を、そして心の理解を彼女に求めていることを。けれども、こうしてその夫の口から、「情欲」だけで愛情を左右される男の論理を聞いたとき、直は、若干の驚きと、（いかに精神のつながりを求めてはいても結局は、肉を希求してしまう男の性への若干の）あざけりとを、同時に感じていたのだろう。それが、「随分面白い事があるのね」という言葉としても表出されている。

他方、その一郎は、直の言葉を耳にして「厭な表情」をしたのだが、一郎も彼女の心中に何か含みのあることに、気づいていたのかも知れない。けれどもそれは、やはりこのときも、「孤独」の中に籠ることだけで、自分からその主観的心証を、妻に確かめようなどせぬまま、彼は言葉を閉じてしまう。

そして一郎の苦悩は、更に深まっていくのである。

これこそが、他者との深い関わりを心の底では求めつつ、けれども決して果たし得ない、孤である苦しみに満ちた意識の様相なのである。

（三）深まり行く苦悩

作品内で二郎は、「他《ひと》の心なんて、いくら学問をしたつて、研究をしたつて、解りつこ無いだらうと僕は思ふんです」、「心と心は只通じてゐるやうな気持がする丈で、実際向ふと此方とは身体が離れてゐる通り、心も離れて居るんだから仕様がないぢやありませんか」という。各個人の意識世界は、到底不可侵なるものであり、他者から理解出来るものではない。それは通常の観念からすれば、二郎のように、「仕様がない」という言葉で、あっさりと通過出来る事実であるのかも知れないが、「人の心は外からは研究は出来る。けれども其の心に為つて見る事は出来ない。夫れ位の事なら己だつて心得てゐる積だ」と言う一郎にとってそれは、決して安易に行き過ごすことを許せぬ場でもあったのだ。「あゝ、己は何うしても信じられない。たゞ考へて、考へて、考へる丈だ」と苦悩を深めていく彼の中に生じている問題は、他者の内面を、他者の振る舞いや表情や言葉を通して知ることで、心を許しあい、理解したいという願いと、けれどもそれが決して充たされない孤独である。

「兄さんは鋭敏な人です。美的にも倫理的にも、知的にも鋭敏すぎて、つまり自分を苦しめに生れて来たやうな結果に陥つてゐます。兄さんには、甲でも乙でも構はないという鈍な所がありません。必ず甲か乙かの何方かでなくては承知出来ないのです。しかも其甲なら甲の形なり程度なりが、ぴたりと兄さんの思ふ坪に嵌らなければ肯ないのです。」と語るHさんの言葉には、他者の意識の中にまで介入し、それを自己の目の前に引きずり出してでも、奥の真実の部分まで、通じ合いたいと願う一郎の苦悩が示されている。彼がそこに目指しているものは、いわゆる「他者」の承認などでなく、あくまで、「僕は絶対だ」「神は自己だ」といい放ち、一元化したいと願う「自己」存在の確立なのである。

そして、こうした一郎の意識の問題を考えるとき、我々は再びあのジェームズを思い出さずにはいられない。この一郎の意識と合わせて考えを進めて行くそのために、再びここでもう一度、『多元的宇宙』についてまとめたい。『多元的宇宙』の中でのジェームズの主張は、第一部でも見たように、各個の世界の呈示と、それに付随した他者という意識に対しての全知視点の否定でもあった。

主なる部分をもう一度ここで整理する。

絶対主義は、問題の実体は全体性の形においてのみ、全く神的なものになるのであり、全体形においてのみ真の自己であるのである、と考えているのに対し、私が取りたいと考えている多元論は次のことを喜んで信じようとしている。結局、全体形というものは決して存在しないかも知れない、実在の実体は決して完全に集めることは出来ないかも知れない。それをどんなに大きくつなぎ合わせてもそこに入らない部分が残るかも知れない。全体形が自明のこととして暗黙のうちに受け入れられているが、各個形も、全体形と同様論理的に可能なものであり、経験的にはありそうなものである。（W・ジェームズ著、吉田夏彦訳『多元的宇宙』、二八頁）

このようにジェームズは、『多元的宇宙』の前半部において、「世界はただの寄せ集め」ではなく、「一つの大きな全てを包含する事実」であるという「一元論」を悉く批判して、多元論を呈示しているのであった。ジェームズが、意識を「多元的で不完全に統合された宇宙」であると主張するとき、一元論者たちはそろって、「存在するすべてのものの全体的な意識」として、「全意識」が定義されると反論する。そして彼等一元論の主張によれば、「絶対者は、存在する全てのものの全体的な意識として定義されている」のであるから、「全体的な意識」の「部分」とは、「それ自体、断片的でなければならない」と主張する。こうした「絶対者の仮説」に対し更にジェームズは、

われわれは所詮部分である。そうして常に絶対者をあたかも全くよそ者であるかのように見なさなくてはならない、と率直に言おうではないか。

と読者に訴えることにより、「絶対者」がその構成要素に依存して存在しているというそれ自体が、もはや、合理性を欠いたものであると反論するのである。

（一元論的見方によれば）「絶対者」が「理想的に完全な全体として、定義されて」いる以上、「その部分は不完全なものとして認められている」はずであるという概念と、「理想的に完全な全体」であるはずの絶対者であるならば、同時に、その部分もまた理想的に完全な全体」でなければならない矛盾とを、「明らかに内的な整合性を欠いている」と指摘して、そこに多元論を導いたのであった。

漱石もまずは、こうしてジェームズが定義する、多元論なるものの基本的認識に強く関心を示しており、手沢本

では、ちょうど引用部のあたりを中心に、所々傍線が引かれているのである。

こうして、論理的にうまく防衛しながら、意識の多元性を主張してきたジェームズではあるのだが、しかし、その後半部においては、その内部に含む矛盾、論理的非整合性というものを自ら自覚してしまい、その立証に、いささかの困難を見せ始める。

具体的に言えば、後半部において、そうした論理そのものの限界を彼が自覚し出すのは、

(意識全体を) 構成する部分と同一のものであるといわれながら、しかも部分とは全く違ったふうに物事を経験しているとも言われる、集合的経験が私の良心を苦しめたのである。もしこのような集合的経験が、一つでも存在しうるなら、その限りでは絶対者も存在しうるかも知れない。(前同、一五四頁)

というあたりにおいてである。すなわち、「複雑な精神的事実」は「その部分と呼ばれている多数の心的な本体」の上に位置し、「機能においてこれらの部分をしのいでいる」という見方と、文字どおり、「これらの部分から構成されているのではない」、「それ自身独立な心的本体」であるという、二つの見方における矛盾に対して、「この結果生ずる非合理性は真に耐え難いもの」であると苦しんでいる。そして、「多くの意識が同時に一つの意識であり得るのは如何にしてであるか、いかにして、同一の事実が、それ自身をかくもさまざまな形で経験しうるか」というその葛藤を、「人生は論理的には非合理なものである」ということを認めてしまうことにより、矛盾のない、整合的論理それ自体を投げ捨ててしまうのでもあった。

やがて、ここからジェームズは、すでに我々が先に見たようなベルグソンの意識理論へと傾倒していくのであり、それが、『多元的宇宙』においては次章なる「主知主義に対するベルグソンの批判」として、まとめられているのである。

さて、ここで、改めて漱石に戻ると、こうしたジェームズにおける苦しみに満ちた論証が、漱石において、如何

に受け入れられているかを、我々は先に指摘したような手沢本におけるメモ書きと、そして何よりも彼の表した作品の中に忠実にみることが出来るように思われる。

既にみたように『彼岸過迄』が、多元論に導かれて書かれたものであるといえるのは、こうしたジェームズの『多元的宇宙』を改めて分析すると、それが、更に確信できると思われる。幾つもの短編を重ね合わせたあの個々の世界の呈示は、敬太郎という視点人物によって、さまざまな角度から垣間みられてはいるのであるが、作者はむしろそこには何も感慨を抱かずに、それぞれの独立した世界観を淡々と、ただ強調させるようにして、彼の視点の中に映し出そうとすることに徹している。

改めて事実を問えば、その『多元的宇宙』を漱石が読んだのは、修善寺の大患のあとなのである。すなわち、死の恐怖を実感として受け止めて、個の生命の儚さに、思いを馳せていた時である。そして、ちょうど又それは、愛娘ひな子の死(3)や、敬服するジェームズの死の事実など、さまざまな事件が彼をとりまいていた時期でもあったのだ。まさにそうした時期において、漱石は『多元的宇宙』に触れていた。世界があくまでも「多元」であるという事実を認識したときに、彼の中にまず第一に、最も印象的なるものとして残ったのは、あの遥かなる道の追求や、理想への到達などでなく、我々が現実にいきるこの世界が人と人との日常的なつながりによって支えられているということであり、しかもそこにはさまざまな「他者」の存在をも、確実に認めなければならないという、自明の理でもあったのだ。

だからこそ、それまでの漱石の手法の一つでもあった、作中にたびたび顔を出す作者自身によって規定される、時間軸上を流れる意識の断定的視線から構築された作品世界などでなく、「見えない」部分も存在する多元的世界として、『彼岸過迄』が表されていたのである。

『行人』は、その『彼岸過迄』の次の作品として、なお一層、その「見えない部分」、「不可解なる部分」をも、そのままの形として受容することを読者にさえも強制し、意識世界が追われているといえるだろう。直の真実の心中が、一郎によっては、最後まで理解されずに終わるのも、また、嫁に行く貞を、一郎が部屋に呼び寄せた理由さえも、結局最後まで全く読者に解らぬままに、作品が閉じてしまうのも、他者の介入することの出来ない独立した個の世界を、一郎の精神世界として、集中的に追求しているからである。

ところで、『行人』連載開始の頃、漱石の書簡には、悲痛な叫びがしばしばみられた事実がある。「私の小説を読んで下さるのは難有いどうか愛想を尽かさず読んで下さい。私は孤独に安んじたい。然し一人でも味方の有る方がまだ愉快です。人間がまだ夫程純乎たる芸術［家］気質になれないからでせう」（十二月四日、津田青楓宛書簡）、「大兄は自己を孤立と仰せられ候が孤立の意味はよく承知致居候小生もあなたに劣らぬ孤立ものに候」（十二月二十六日、沼波武夫宛書簡）、などのように、それは表現されている。『漱石の思ひ出』によれば、このころの漱石は、「またも例の頭が酷くなつて参りました。」と、異常に猜疑心が酷くなっていたことをエピソードとして伝えている。確かにちょうどこのあたりから、漱石は次第に孤独感に苛まれて行くのだが、ジェームズに寄せて考えれば、それは、又、あの「意識」内部の問題が、このころから次第に、再び彼の中で自覚されるようになっていたとも思われる。それは、又、自らの命の、辛うじて救われた運命をただ自覚して、けれどもあっけなく逝ってしまったひな子の死を見つめつつ書いたあの、『彼岸過迄』の頃には、ただ現実という過酷なその運命に翻弄される許りで、気づかずにいた、真なる意識世界への目なのである。

（四）純粋意識への憧憬

ところで、この『行人』執筆中に漱石は、再び胃潰瘍の発作におそわれて、やむを得ず執筆を一時中断している時期がある。

『漱石の思ひ出』には、

終ひには胃と（頭の）両方を悪くしたので、一時執筆を中止致しました。それは『行人』でしたが、こんな頭で書いたものか、この小説は随分疑り深い変な目で人を見てる所が書いてあるかと思はれます。

と記されている大正二（一九一三）年四月八日から九月十五日までのこの休載機関についての心境は、日記としては具体的に残されていないが、書簡の中に見ることが出来る。その多くには、「病気は漸く回復しました」（五月三十日）、「漸く本復又しばらく人間界の御厄介に相成る事と相成候」（六月三日）と、回復を知らせるものが見られるが、同時に、「見事な血便が出ました丸で履墨の如く鮮なものでした」（五月三十日）「潰瘍です血がたくさん下りました。生きてゐますがいつ死ぬか分からないと思つてゐます。」（六月十八日）などのように、相手によっては、その病状を報告しながら、いつ訪れるとも分からない死への不安をかいま見せ、訴えかけているものもある。

『行人』の後半部「塵労」は、こうした休載期間を経て描かれた章である。再び訪れた死の恐怖、そこから漸く戻った時期でもあり、ここにはそうした漱石の、「生」に対する一層の深刻さが表出されているともいえるだろう。それが作品の中で、一郎の意識として切実に書き表されている。

先の伊豆利彦は、「二郎のお直に対する秘められた心がこの作品の主題」であると見て、「『塵労』を、特にHさんの手紙をこの作品から切り離」して考える。けれども「塵労」は、この『行人』からそうたやすく引き離されて考えられるものでなく、ましてやこの章にこそ漱石の意識の問題が、更になお色濃く表出されているとも思われる。

一郎の直に対する苦悩は、ただ単に夫婦のずれに留まるものでなく、宗教や哲学を含んで更に「生」そのもの、人間存在そのものについての苦悩にまで、発展・深刻化している。

「人間の不安は科学の発展から来る。進んで止まる事を知らない科学は、かつて我々に止まる事を許して呉れた事がない。徒歩から車、車から馬車、馬車から汽車、汽車から自動車、それから航空船、それから飛行機と、何処迄行つても休ませて呉れない。何処迄伴れて行かれるか分らない。実に恐ろしい」という一郎の不安は、まずHさんによって、「君のいふやうな不安は人間全体の不安で、何も君一人丈が苦しんでゐるのぢやないと覚れば夫れ迄ぢやないか」と拡大され一旦は、慰藉の可能性を示される。けれども、「人間全体の不安を、自分一人に集めて、そのまた不安を、一刻一分の短時間に煮詰めた恐ろしさを経験してゐる」と一郎は、どうしても消すことが出来ない。一郎の不安は、時代によって流される知識人の不安であり、それは、また周囲の中で、翻弄される「個」の運命を、他の無頓着なる人々と同様にただ黙って見逃すことの出来ないという自覚でもある。

こうした一郎の不安は、「塵労」以前の段階でもしばしば、表面化されていた。例えば、三沢と娘さんについての「人間は普通の場合には、世間の手前とか義理とかで幾ら云ひたくつても云へないことが沢山あるだらう」、「けれども夫れが精神病になると――というと全ての精神病を含めて云ふやうで医者から笑れるかも知れないが――もし精神病になつたら大変気が楽になるだらうぢやないか」、「全て世間並みの責任は其女の頭の中から消えて無くなつてしまうに違ひなからう。消えて無くなれば胸に浮んだ事なら何でも構はずに露骨に云へるだらう」という一郎の言の中には、全ての「他」の存在を無視して、自己を自由にするために、いっそ精神病にさえなることを希求する、彼の苦しみが示される。周囲との接点に無頓着に存在できることで、ありのままの意識が露呈する。

「己は講義を作る為許に生れた人間ぢやない。然し講義を作ったり書物を読んだりする必要がある為に肝心の人間らしい心持を人間らしく満足させる事が出来なくなつてしまつたのだ。でなければ先方で満足させて呉れる事が出来なくなつたのだ」と語る一郎は、けっして大きな高みでもなく、とてつもない理想でもない、ただ「人間らしい心持」を維持して行きたいと願い、純粋なる心を希求しているのである。決して特殊でなく、ただ、人間らしく生きたい、すなわち自己を自己として生きていきたいと願っているその要求は、けれども、生活の手段として仕事をし、世間の道義に忠実なる人となり、しかも家族に対しても妥協して、生きなければならない現状に、どうしても迎合することを許さない。自己として純粋に生きることを願うばかりの一郎は、その自己に対する純粋性を固持しようとするために、結局は、他者と如何に接触したとしても、他者そのものを見ることは一切しようとしないで、あくまでもその接触に応じて生じる自己内部の現象に、目を向けることでしか果たせない。そして、それは、実弟である二郎に「兄さんが考えすぎるから、自分でそう思うんですよ」と軽くはぐらかされてしまうので、一郎の苦しみは一向に癒されることはないのである。

「二郎己は昔から自然が好きだが、詰まり人間と合はないので、已を得ず自然の方に心を移す訳になるんだらうな」と言う一郎の言葉すら、二郎は、正面から受け止めようとはしないのでもある。

一郎が、「死ぬか、気が違ふか、夫れでなければ宗教に入るか。僕の前途には此の三つのものしかない」とまで苦悩しながらも、なおも、そのどれにも入り込むことが出来ずに、「神は自己だ」、「僕は絶対だ」と言い放つのは、結局は、周囲との迎合、併存なしではあり続けることが出来ないということを、彼自身、一方に於ては認めてはいながらも、絶対なる自己存在、純粋なる意識の存在を、もはや信じ続ける事でしか、生を全うできないところまで、一郎の意識が内側をむいてはいりこんでしまっているからなのである。

漱石は、大正二（一九一三）年七月十二日の書簡に次のように記している。

ベルグソンは立派な頭脳を有したる人に候あの人の文を読むと水晶に対したるが如く美くしき感じ起り候夫カ《マ》ラ《マ》其態度が超然として逼らず怒らず余計なことを云はず又必要な事をぬかさず。人格さえ窺はれ候。奥ゆかしき学者に候

この書簡からいえるのは、少なくとも漱石が、『行人』の休載期間に改めてベルグソンに触れていたか、又は思い出していたという事実である。ベルグソンについては先にも詳述したのではあるが、改めて繰り返せば、それは、「その表層によって外部世界と接触している」という「外的自我」と、そうではないもっと深遠なる部分に位置す

る「内的自我」に分けて意識を捉えているということを、その大きな特徴としてみることが出来るのである。ジェームズは、このベルグソンに導かれるようにして、論証による意識説明を放棄して、やがて、ベルグソン支持の姿勢を『多元的宇宙』の中で深めていくのである。漱石が、『行人』の最終章において、一郎の意識世界をこれほどまでに追求していることは、ベルグソンにおける意識の捉え方とも重なってくるように思われる。一郎は、自己に忠実でありたいと願い、「人間らしい」生き方をしたいと望むほど、夫が、結局は、外的世界と接していかなければ、真に成立することが不可能な宿命を、知識人であるが故に一層重く知っている。

だからこそ、自己が絶対であることをあれほどまでに説きながら、そうした自己という存在それ自体、他者意識の中へ入り込んでいくその時には、絶対であったはずのその「自己生」そのものが、極めて不安定なる存在となってしまうことにおびえている。そして、まさにその他者である意識によって再構成されてしまうとき、絶対であるはずだったその自己存在は、もはや既に自己でなく、自己としての意味そのものが（他者の中では）崩壊してしまう、そんな悲劇を捉えている。

千代子の心を須永が自身の内部に再現していたように、一郎もそれを試みているのであった。直を疑うくらいなら離縁すればよいという二郎の単純なる考え通りに動けぬのは、彼が直の心を読めずに苦悩しているからであり、又、自分という人間が、世の中でどうあり続けることができるかを、考えあぐねて苦しんでいるからである。そこには夫婦という関係をより深化したものとして導きたいという、望みが存在するからだ。離縁したいという方向ではなく、夫婦として更にありたいと願うからこそその苦悩でもある。

「僕は明らかに絶対の境地を認めている。然し僕の世界観が明らかになればなるほど、絶対は僕と離れていってしまう」

「多元」を自身の中にそして周囲に対しても認めながら、けれどもなお、本来の自己を確立させていきたいと願う苦悩。周囲と切り離すことが出来ない苦悩として、『行人』の意識は描かれているのである。

すなわち、改めて言えば、自意識における、最も純粋なる部分へと向かう一郎の意識拘泥が、この『行人』には示される。他との迎合を良しとせず、ただ「人間らしく」、「自己本来の姿」として生きたいと願う意識が、結局は、この世界において生を全うする以上、他との共存なしでは、存在すら出来ない宿命を、一郎の諦念の中に描いている。

そしてこの一郎の苦悩は、更に、次の作品『こゝろ』において、悲劇として展開されていくのである。

三『こゝろ』

そもそもこれまでの筆者の考察は、ジェームズの意識世界が漱石作品の中でどのように受容され、またどのような発展を見せているかを探るということが中心的課題であった。そして既に見た様に、後期作品に於ては、修善寺の大患を経て、また、ジェームズの『多元的宇宙』との出会いを経て、漱石は、新たに生というもの、意識というものの認識を自身の中に築きあげている。

『彼岸過迄』によって、それぞれの意識世界のジェームズ的見方、すなわち、多元的なる個々の意識世界の描出にひとまず成功し、次の『行人』においては、閉塞された意識世界の自己拘泥を描いてきた漱石は、この『こゝろ』によって、更に何を描こうとしているのか。

先にも具体的に見たように、「多元」を認めながらも、同時にこの現実世界において、「僕は絶対だ」といいきるまでに、自己存在を確立させていきたいと願う、苦悩に満ちた意識のあり様が、『行人』の中に描かれた。『こゝろ』は、更にそれを発展させ、他者と自己との関係を追求する。

それぞれの独立している意識は、他者の意識を懸命に理解し、了解しようとしながらも、反面「私」という存在は、他者の内面では決して生き続けられるものではなく、又逆に、他者を理解しようとした瞬間に、他者であったはずのその対象は、既に「私」という世界のものになってしまう。こうした個々なる意識の宿命を、漱石は、『こゝろ』の中に描いていると思われる。

自己なる者が他者を理解しようとする瞬間に、既に崩壊してしまっている、その他者生（他者意識）（筆者注・本論に於ては、ジェームズの『多元的宇宙』との関わりから、自己意識、他者意識についてを重要なる観点として論じていく。そのために、特に「他者生」という言葉を、他者意識全体、他者の生命、人生、全てを含んだ決して表層的でない、内面をも含んだ「生」として捉え、「他者生」という言葉を用いる。以下同）について、自己意識世界との関わりから具体的に検討を行いたい。

（一）「先生」と私

「私」と「先生」との関係は、「私」が「先生」を発見し、接近していったことからその全てが始まっている。そして作品は以後、この「私」の視点からしばらく「先生」なる人物が語られていくのだが、「私」は何故わざわざ見知らぬ人である「先生」へ近づいていったのか。この場面において、まず、「私」の口から語られた、「先生と知り合いになつたのは鎌倉である」という言い方に敢えて拘れば、そこには、一方的なる青年の思いこみが存在することが、次第に明確化されてくる。すなわち、二人が「知り合いになつた」のは、この青年によっての極めて強引なる接近が、「先生」に向けてもたらされた結果なのであり、もちろんその当初から、「先生」の側にはその意志は存在しなかった。

「私」が、「海の中が銭湯の様に黒い頭でごちや〳〵してゐる」「混雑し」た「浜辺」で、その「先生」を見つけだしたきっかけは、このとき「先生」が、「西洋人」と一所にいたからであったのだ（しかもその西洋人の風体は、「優れて白い皮膚の色」をして、「純粋の日本の浴衣を着」、海に入る際には「猿股一つで済まして皆の前に立つてゐ」た、とあり、かなり、印象的なるものだったことが伺える）。このことから、「私」が、「如何にも珍らし」いと、まず「好奇心」を覚えたのは、その西洋人の方であって、「先生」は、その西洋人と話をする、その場での唯一の日本人という程度の関心しか、彼にはなかったともいえる。

ところで、冒頭部を読む限り、当時の「私」が、少なくとも表面的には、孤独だったとはいいがたい。「暑中休暇を利用して海水浴に行つた友達から是非来いといふ葉書を受け取つたので」彼はその海岸に出かけていた。「私」が「先生」に出合ったのは、一緒にきていた友人が「母親が病気」との電報を受けたので、急いで故郷へ帰った後のことである。だからこそ、「屈託がないといふよりむしろ無聊に苦しんでゐた」のである。そして彼が「翌日も亦」その日と同じ「時刻を見計らつて、わざ〳〵掛茶屋まで出かけて見」たのも、あのおかしな「西洋人」の方にこそ、興味があったからだといえるだろう。

けれどもその「翌日」は、かの「西洋人」は現れず、連れと思われた日本人の方だけが、彼の目に映ったのであった。西洋人と何処か親しげに話をしていた風変わりな日本人。それが、「先生」であったのである。

以後、しきりに「先生」の目に留まるべく、知り合いになるきっかけを探し続けていた彼は、漸くのことでそれを実現した。そして、始めて「先生」の宿を訪ねた晩、「私」の口から出た質問も、やはりあの「西洋人の事」であった。

「無聊に苦しんでゐた」私の漠然とした西洋人への興味は、そのときの「先生」の、「（彼は）もう鎌倉にゐない」という報告で、すぐに消滅させられてしまったのではあるのだが、その代わりであるかの様に、西洋人の隣にいた

「先生」へと、彼の興味が向いていったことは事実である。

このように「私」と「先生」との関係は、「私」による極めて恣意的接近がそのきっかけであったのだ。全くの他人が、敢えて、興味を持って接近した事実。それは何を意味するか。

ここで、まず「私」の意識のなかに登場する、「何処かで先生を見たやうに思ふ」という「私」の既視感によって、他者との関係の深化の要求が、具体的に示される。けれどもそれは、「先生」が、しばらく「沈吟したあと」で、「何も君の顔には見覚がありませんね。人違ぢやないですか」という言葉で、突き放されてしまっている。

われわれはまずこのあたりの描写において、改めて、あのジェームズの説く「多元的」なる意識世界、その個々の存在を想起させせられるのであるが、過去からの何らかの因縁や、つながりによって、私が「先生」の前に運命的に登場したことをきっぱりと否定しているこの場面は、すなわち私の位置をも又、「先生」に対するいっさいの関係性のしがらみから、完全に独立させ、全くの個として厳然と存在する立場であることを示しているといえるだろう。

これまでの研究を見てみると、「私」と先生との関係を、「同質の存在」であるとする畑有三[4]の論や、「精神的同族」と指摘する、熊坂敦子[5]の論、又、佐藤泰正[6]の「精神的血肉をわかつ密接な存在」という見方など、「先生」と私との関係に、極めて近しいつながりを認めている見方が多数ある。一方で幾人かの批評家によっては又、別の見方が指摘されている。例えばそれは、石原千秋による次のような意見である。

ここに語られているのは、「先生」への敬愛の情の表明の形を借りた隠微な批判であるだろう。「先生」の遺著の全体をも否定するような言葉で青年の語りが始められている以上、青年を「先生」への単なる随伴者と考えることは、青年の語りの本質を見失わせることになる。というのも、自分を先生への単なる追随者のように見せかけることこそが青年の語りのねらいだからである。[7]

「私」が先生に対して「随伴者」でないというこの石原の指摘は、「先生」と「私」との不可解なる部分、共感し得ない批判的なる視線の存在を、示唆しているとも思われる。実際彼等が次第に接近しつつあるその最中にあってさえ、そうした心の些細なるすれ違いの表れが、「私」によって、認識されていくのである。

例えば、鎌倉の避暑地で別れるときの、

私は先生と別れる時に、「是から折々御宅へ伺つても宜ござんすか」と聞いた。先生は単簡にたゞ「えゝ入らつしやい」と云つた丈であつた。其時分の私は先生と余程懇意になつた積でゐたので、先生からもう少し濃な言葉を予期して掛つたのである。それで此物足りない返事が少し私の自信を傷めた。

私は斯ういふ事でよく先生から失望させられた。（『漱石全集第六巻、心　道草』、一二頁）

という場面において示される、こうした当初からの「失望」が、完全に自己のなかでは、理解しきれない他者の存在を示しているともいえるだろう。

江藤淳(8)は、「先生と私」は、「すでに体験したものと、やがて体験するもの」との関係にしかすぎないと言い、「孤独な人間が、同じ様に孤独な人間の『こゝろ』を断ち割って全てを理解したいという切迫した意思を示したとき、そこに最小限の善意の人間関係が成立しうる」と見ているが、先生と私の関係は、むしろ、それほど「善意」に満ちたものでも、純粋に共感を満たすものでもなかったのではないか。少なくとも「私」の意識は、常に先生に対して、不安を感じていたのである。何故なら、「先生は始めから私を嫌つていたのではなかつたのである」、「先生が私に示した時々の素気ない挨拶や冷淡に見える動作は、私を遠ざけやうとする不快の表現ではなかつたのである」ということを、私が漸く気づくのが、「先生の亡くなつた今日になつて、始めて解つて来た」と告白していることからも、推察される部分である。しかも、それは、先生の死後である「現在時」においてさえ、「解つて来た」と言う言葉が使われているように、未だ完全なる理解としては、共感されていないのでもある。

そこには、どうあっても理解することの不可能な、他者という宿命が見られよう。

既に指摘してきたように、「他者生」は、自己意識の中で再構築される時、既に自己意識の規定に左右されて存在するものとなる。すると、いくら「善意のつながり」を、維持したいという願望の上に、その両者の関係を構築しようとしてみても、必ず「裂け目」は、存在してしまう。すなわち、「私」がいくら望もうとも、先生への、完全なる接近、そして、先生の心の全ての掌握などというものは、到底不可能なのだということを、私の視線は示している。

先生を語る私の目は、所詮、結局は「私」の側からの視線でしかないのである。

（二）「お嬢さん」の真実

ところで、こうした多元的意識の観点から、自己意識のなかに反映される他者生について考える時、忘れてはならないのは、先生の妻、すなわち、「お嬢さん」との関係である。

「私」が「先生」の妻である、「奥さん」に初めてあったときの印象は、

先生の奥さんには其前玄関で会つた時、美くしいといふ印象を受けた。それから会ふたんびに同じ印象を受けない事はなかつた。然しそれ以外に私は是と云つてとくに奥さんに就いて語るべき何物も有たないやうな気がした。（『漱石全集第六巻、心　道草』、二三頁）

と示される。「たゞ美くしいといふ外に何の感じも残つてゐない」ともあるように、又、「静」というその名にも象徴されているように、私の目に映る奥さんは、極めて平凡で、常に大人しい控えめな女性としてのイメージである。それは、又、

座敷で私と対坐してゐる時、先生は何かの序に、下女を呼ばないで、奥さんを呼ぶ事があつた。（奥さんの名

は静といつた）先生は「おい静」と何時でも襖の方を振り向いた。その呼びかたが私には優しく聞えた。返事をして出て来る奥さんの様子も甚だ素直であつた。ときたま御馳走になつて、奥さんが席へ現はれる場合抔には、此関係が一層明らかに二人の間に描き出される様であつた。（『漱石全集第六巻、心　道草』、二六頁）

という場面にも明らかである。先生の呼びかけに、常に「素直」に応える妻。二人の過ごす日常は、静かな夫婦の時間である。

けれども、その夫婦の日々というものは、いわば贖罪の時間であるように、「先生」には意識されている。「先生」は、自分ら夫婦の存在を、「子供」を授かることが出来ない、いわば絶望的天罰をを負った夫婦として、「私」の前で認めるが、その時もやはり、「奥さん」は、ただ静かに控えているだけで、何も反応を示さない。

作品では、常に「先生」と、又「私」との関わりのその中で、彼らの視線の方向からしか映し出されてもおらず、少しもその内面の実体は示されないこの「静」という女性。「先生の遺書」の中に記されたあの「お嬢さん」でもある、彼女の意識というものは、実はどのような様相を示すのか。

これまでは、そのように作中に（そして、当然、恋愛に対して極度に純粋である先生の「遺書」のなかにも）彼女の内面が、一向に示されていない以上、読者側の見解としては、ただ単に、「純白なもの」という先生の言葉だけを手がかりに、優しく清らかな女性像をイメージしているものが多かった。けれども果たして、この「静」は、本当に、その言葉通りの女性であるといえるのか。筆者がこの疑問を抱いたとき、どうしても気づかずにはおれないのが、漱石作品を順を追って見てみたときの、作者が描く女性像というものである。

それは、『虞美人草』に描かれた、我の女としての「藤尾」であり、又、『三四郎』の美禰子にも、『それから』の三千代にも見られたが、人間存在としての極めて強い個性というものが彼女たちには描出されていたといえるだろう。特に後期作品に至っては、『彼岸過迄』の「恐れない女」としての千代子の存在や、『行人』の、自分の運命に居直る直の強さなどに、その傾向はより鮮明に示された。例えば、その時々の作品の傍役として登場する、『彼岸過迄』の「作」や、『行人』の「貞」というような、当時の女性軽視の社会的慣習や倫理を真っ向から受けて成長してきているような、極めて弱い位置にある端役たちとは対照的に、ヒロインとして登場する個性豊かな女性達は、時として男性と対等の座にも上がりつつ、必死にその存在を主張する。

では、果たして、この『こゝろ』における「お嬢さん」の場合、どう解釈するべきか。彼女についてまず第一にいえることは、先にも詳しく見たように、非常に美しく純白な心を持った、大人しい女性としてのイメージが、作品の前面に非常に強く押し出されているということであろう。前出の佐藤泰正は、これまでの作品における女性像とは、ある種異なったこの「お嬢さん」の設定について、「〈恐れない女〉と〈恐れる男〉とは、『彼岸過迄』のみならず漱石の多くの作品を貫く、一つの基本的な構図であった。しかし『こゝろ』の世界では、夫人も、ここに登場する女性たちも、ついにこのような役割を果たしてはいない。」というように、「お嬢さん」が、「漱石作品の多くを貫く」、「恐れない女」の系譜を全うしていないとする見解を示している。けれども、筆者にはどうしてもそれが腑に落ちない。更に一歩踏み込んで考えてみると、先生の妻として今生きているこの「お嬢さん」の内部には、千代子や直にも劣らぬほどの、いやそれ以上更に強い自我とエゴイズムの存在が、実は潜んでいるのではないかと思われる節が多くある。

例えば、あの遺書に語られた若き日に、「先生」との結婚に際して、「お嬢さん」には当然のことながら、「私」(「先生」)でなく、「K」を選ぶことも、彼女自身の意思として可能であったともいえるのである。けれども「私」から受けた申し出を、母の言うとおり、難なく受け入れてしまったというその態度について、疑問に思うことも出来るようにも思われる。

先生が結婚の申し込みをした際に、当時の「奥さん」、即ち「お嬢さん」の母親は、「宜ござんす、差し上げませう」と二つ返事ですぐに承諾しているのであった。「私」としては、散々思い悩んだ末の告白だったにも関わらず、話が余りにも簡単に収まってしまったということで、むしろ拍子抜けした様子も見せていた。

このとき、

最初から仕舞迄に恐らく十五分とは掛からなかつたでせう。奥さんは何の条件も持ち出さなかつたのです。親類に相談する必要もない、後から断ればそれで沢山だと云ひました。本人の意向さへたしかめるに及ばないと明言しました。そんな点になると、学問をした私の方が、却つて形式に拘泥する位に思はれたのです。（『漱石全集第六巻、心　道草』、二五九頁）

と「私」は感じているのである。結婚についての娘の意向など、何も確かめる必要のないことを、強調するこの母親の態度、具体的にいえば、「大丈夫です。本人が不承知の所へ、私があの子を遣る筈がありませんから」というその言葉は、もう当初から娘の意志は母に示されていたのだということを我々に示唆するものである。もはやこの段階で、母娘の意思（すなわち、「K」ではなく、「私」を結婚の対象として考えているという意思）の統一が、二人の間では既に為されていたものと思われる。

又、「先生」の遺書のなかに示される、「K」とお嬢さんの関わりも、そう考えるとお嬢さん側からのきわめて巧妙なる仕掛けとして、仕組まれていたものであるようにも思われる。それが更に読者の側からの、筆者の疑いを色濃いものとしていった。

例えば、「私」がちょうど帰宅する頃に限って「K」のそばにいる、お嬢さんの姿があるのである。「いつもの通りKの部屋を抜けやうとして、襖を開けると、其所に二人はちやんと坐つていました」、「一週間ばかりして私は又Kと御嬢さんが一緒に話してゐる室を通り抜けました」とあるように、それは度重なる事実であったらしい。更には、するとKのすぐ後ろに一人の若い女が立つてゐるのが見えました。近眼の私には、今迄それが能く分からなかつたのですが、Kを遣り越した後で、其女の顔を見ると、それが宅の御嬢さんだつたので、私は少なからず驚ろきました。御嬢さんは心持薄赤い顔をして、私に挨拶をしました。（『漱石全集第六巻、心　道草』、一二三〇頁）

というように、「K」と二人そろって帰宅するお嬢さんの姿も「私」の目の前に示された。こうした度重なる偶然に、いわば導かれるようにして、「私」の御嬢さんへの思いと、「K」への嫉妬心が、次第に大きくなっていたのでもあったのだ。けれどもこれをよく見ると、これらの偶然なる「K」と「お嬢さん」との接触は、全て何か「仕組まれたもの」であるようにも思えるのではあるまいか。

「Kと私が一所に宅にゐる時でも、よくKの室の縁側へ来て彼の名を呼」ぶという行為を繰り返す御嬢さんの態度が、初めのうちは遠慮がちであったのが、次第にあからさまなものとなっていったり、「K」によれば、「真砂町で偶然出会つたから連れ立つて帰つてきたのだ」と言うだけに過ぎないその帰宅風景を、さも一所に何処かへ外出していたかのような場面として、私の前に示したりしているその態度（しかもその時、お嬢さんは「心持ち薄赤い顔をして」「私」に挨拶までしたのである）、これらはむしろ「偶然」などでなく、軍人の妻だった「御嬢さん」の母親を首謀者とした、母娘二人による、極めて作為的な所作であったと考えることも出来るようにも思われる。そして、こうすることでいつまでたってもぐずぐずと、結婚についての態度を明らかにしない「私」に対して、早くその「決断」を促して、私を彼等のなかに取り込もうとしていたのではあるまいか。そう考えることもできる。

そもそも母親である「奥さん」は、「私」が「K」との同居を提案したはじめには、「成るべくなら止した方が好い」といって、「不賛成だつた」のであった。けれども結局は「私」が押し切るようにして、奥さんを「説き伏せ」て、「K」を家のなかに入れたのであった。若い青年を二人も下宿人として、自宅に住まわせることになった奥さんは、当然のことながら、「私」と「K」とを同じ台に並べて、自分の娘の夫として、ひいては、自身の将来設計をも含めて、その二人を比較していたに違いない。

そして、「私」が彼等にとって、すでにその当時、気心の知れている家族の一員のような存在になっていたということに加え、「K」の抱える過去や境遇をも細かに比べることにより、奥さんによって、また、お嬢さんによって、密かに「私」の方に軍配が、あげられていたのではないかと考えることも出来るだろう。そして、その選択は、当然のことながら、「金に不自由のない私」と、どうやらそうではないらしい「K」との比較も重要な彼等の検討資料でもあった。私は、「K」の経済問題について、（勘当され、もはや学資の仕送りさえも止められていることなど「一言も奥さんに打ち明け」てはいなかったけれども、「養家との折合が悪」く、「実家と離れて」いるということなどの、断片的情報を判断の材料とした上で、彼らは決めていたのかも知れない。

その密談は、二人が夏休みを利用して、房州旅行に行った際、具体的に為されていたと考えられる。二人が、久しぶりに帰宅したときに、「御嬢さんの態度が少し前と変つてゐるのに気が付きました」と、「私」は感じているのである。「御嬢さんが凡て私の方を先にして、Kを後回しにする」という態度をとるようになっていた事実が何よりも、明確にそれを示しているのである。

一方、母娘は同時に、「K」の心が次第に彼等の家に和み始めていることを見て、きっと「K」も少なからず娘に対して、恋愛感情を抱いているのではないかということも、気がつきはじめたに違いない。一向に態度を明らかにしない「私」と、少しずつ前向きになってきた「K」。こうした二人の若者を前にして、母娘は早く何とか対策を、と急ぎ始めたのかも知れない。

だからこそ二人は、どうしても、「K」が具体的なる行動をとる（「御嬢さんに対する切ない恋」を告白する）その前に、そして、常に「K」の理解者として同情的な立場にある私が、そんな「K」の告白に、万が一にも同意を示すのを、何としても避ける様にするためにも、「私」に少しでも早く、告白させねば成らなかったように思われる。

個々の意識の独立した世界、そして外部と複雑に絡み合い、何とか自己を貫こうと目指すその自我の真実は、他者には決して見えないものであるという、その自明の理が、ここでも、更に強固なる形として、示されているのである。決して見えない他者の意識、というテーゼは、この「お嬢さん」の真実のなかに完全な形で、描かれているともいえるだろう。

何故ならこの遺書の語り手が、恋に盲いた「先生」であり、又その遺書を読んでいる相手でさえ、「私」というまだ若い第三者の青年である以上、彼女等の本当の策略は、もはや過去という中に完全に埋没されているのであり、後はただ、美しく、純粋なるままの妻の顔をして、彼女は、今現在の時を過ごすことだけに、専念していればよかったのである。

すなわち「私」が奥さんに恋を告白したのは、表面的事実としては「K」を出し抜いた形を取ってはいるが実はそうでなく、母親と御嬢さんの、周到に練り上げたシナリオの、完璧なまでの策略であったとはいえまいか。

ところで、青年である「私」が何度目かに「先生」の家を訪ねたとき、珍しく「先生」が過去を語ろうとしかけた場面がある。「人間全体を信用しないんです」という「先生」の心中の吐露、「私は私自身さへ信用してゐないのです。つまり自分で自分が信用出来ないから、人も信用出来ないやうになつてゐるのです。自分を呪ふより外に仕方がないのです」という告白が次第に深まって、「考へたんぢやない。遣つたんです。遣つた後で驚いたんです。さうして非常に怖くなつたんです」というように、その時「先生」は非常に感情的にさえなっていたようである。そして「遣つた」というその核心に、まさに話が及ぶかも知れないというところまで進んで行ったその瞬間、「次の間」にそれまで黙って「針仕事か何かしてゐ」たはずの奥さんが、「襖の陰」から、「あなた、あなた」と呼んだので、「先生」と「私」とのその会話は、中断を余儀なくされてしまう。結局話はそれから全く進まずに、「先生」の口も再び閉ざされて、謎はそのまま残された。これは決して単なる偶然などでなく、隣の部屋で静かに彼等の会話を聴いていた奥さんの、意志による行動と受け取れるようにも思われる。

「K」は、母娘にとって、最初から既に道化的存在としてしか位置していなかったのではあるまいか。「K」は母娘によって実はその精神までも利用され、踊らされてさえいたのかも知れない。「私」の心配は無用のものであったのか。そして、そのことを、御嬢さん、すなわち、「奥さん」も、どこか触れられたくない、又振り返りたくもない過去として、感じていたようにさえ思われる。

誰もが「純粋」だと信じ切る「奥さん」の心にも、「先生」とは違った角度から、罪の呵責（あるいは、そこまで強い思いではないにせよ、ある程度の心の負担というもの）が、存在し続けていたのである。


ところで改めて見てみると、この作品には、信頼関係にある者、特に親戚などの近しい存在が、実は策略に満ちた信用出来ぬ者として、設定されている部分が多い。

例えば、「先生」が、人間不信となった直接のきっかけは、「私は他《ひと》に欺むかれたのです。しかも血のつゞいた親戚のものから欺むかれたのです。」と、自身の口からも言うとおり、叔父の財産横領事件であった。「叔父を信じてゐた許でなく、常に感謝の心をもつて、叔父をありがたいものゝやうに尊敬して」いた念の強かった「先生」は、「財産を胡魔化」されたその事実を知って、酷く衝撃を受けていた。そして「凡てを叔父任せにして平気でゐた」ことを反省し、「世間的に云へば本当の馬鹿でした」、「正直過ぎた自分が口惜しくつて堪りません」と、叔父への怒りと自分への嘲りを強く感じていたのでもあるが、けれどもその後の彼の行動には、少々腑に落ちない部分がある。それほど、酷い打撃を受けたにもかかわらず、彼は「思案の結果、市に居る中学の旧友に頼んで、私の受け取つたものを、凡て金の形に変へやうとしました。」というように、その後の財産処理の凡てを、故郷の「友人」に任せてしまっているのである。これは、あれほど散々な目に遭って、他者を信じられなくなっているはずの人間にとって、むしろ矛盾でさえあるかのような、無防備な手段のようにも思われる。

私の旧友は私の言葉通りに取計らつて呉れました。尤もそれは私が東京へ着いてから余程経つた後のことです。田舎で畑地などを売らうとしたつて容易には売れませんし、いざとなると足元を見て踏み倒される恐れがあるので、私の受け取つた金額は、時価に比べると余程少ないものでした。自白すると、私の財産は自分が懐にして家を出た若干の公債と、後から此友人に送つて貰つた金丈なのです。(『漱石全集第六巻、心　道草』、一七一頁)

「旧友」に事後処理を任せた彼は、後のいきさつをこう語っているのだが、もし、彼の人間不信が本当だったのであるならば、この「旧友」の行為さえ、こうして真っ直ぐに信用してしまうものなのか。果たして彼は本当に、「私の受け取つた金額は、時価に比べると余程少ないもの」だったという事実には、何も疑問を抱かなかったのか。「後から此友人に送つて貰つた金」をそのまま額面通りに信用してしまっていることが不思議にさえ思われる。

「平生はみんな善人なんです。少なくともみんな普通の人間なんです。それが、いざといふ間際に、急に悪人に変るんだから恐ろしいのです。だから油断ができないんです」、「金さ君。金を見ると、どんな君子でもすぐ悪人になるのさ」というような「先生」の持論は、そのまますぐにも、この「旧友」に対しても当てはめることが出来るのではあるが、何故か、「先生」はそれをしない。それは、「先生」の疑念や不審は、全て、「血の続いた親戚のもの」、家族や縁者という者達に対して、向けられているものだったからなのである。

親類縁者らの、善意に見せかけた腹黒い策略によって、一瞬にして、絶望の淵へ追い込まれるという悲劇、そして、そのために救いの道を閉ざされて、人間不信の境地へと、孤独なる個人を陥らせてしまう設定が、この作品には繰り返し描かれているのである。

「K」にまつわる事情も又、それに当てはまるものである。

酷く傷つけらた「私」（「先生」）が、一人東京で新しく、「学生生活」を送り始めるべく、新たなる決意をしたときに、彼がその東京で出会ったのが、「正し」くて「判然《はっきり》した」「軍人の未亡人」とその娘である「御嬢さん」だったのであって、互いに利害関係の生じない、つかず離れずの関係が、彼には非常に気に入った、心地よいものとなり、彼の救いにもなっていた。

だからこそ、「私」は、この家族の中で、何の不審も抱かずに、ただひたすら真っ直ぐに、自らの恋を募らせていくことにもなる。けれども、都会に暮らすこの「お嬢さん」と母親の家族だけが、そうした利害を全く考えぬ、純粋なる家族、「いい人たち」として、（何の裏もなく）設定されていることは、どうしても考えられないようにも思われる。しかも、「先生」の叔父が彼に姪との結婚を勝手に勧めていたように、彼女たちと「先生」との間にも（財産にもつながる）結婚問題が、ちらちらと見えかくれしているのを、少なくともその下宿屋の女達は、当初から気がついていたのかも知れないと、推察することも可能だろう。

本当の、狡猾なる策略家はこの女達であって、しかもそれにまんまとだまされる男たちこそ、寧ろ不幸であったのかも知れない。

自分の運命にただ居直ってうごかぬ姿勢をとるのでなく、ここでは、更に自分から踏み込んで、自分の運命を、自らの手で切り開こうとする女。しかも自分ではそれに対して決して直線的には動かずに、それを周囲の男たちの確執として演出していくという、作意に満ちた女たちが、この「軍人の未亡人」という母親と、そして、御嬢さんでもあったのかも知れない。これはもしかしたら深読み過ぎるかも知れないが、このように見ることによって、改めて、意識のなかにおける他者なる「生」の宿命が、見えてくるものでもある。

(三) 救済を求めて

さて以上見たように、遺書の中に見られる「私」、すなわち当時の「先生」は、田舎の叔父から受けた策略を契機として、血のつながりのある者達に対して、異常なほどの怖れを見せていたその反面、なぜか、他人に対してはその警戒心があまり働かなくなっていて、むしろ安易に信じてしまう傾向があったということが、旧友への信頼や、東京の下宿先の母娘などに対する、いくつかの場面から見受けられた。

用意されていた救い（他者存在）は、彼にとって、本当に、事実慰藉ではあったのだ。ただ、その他者の真相が、もっと別のところにあったのかも知れないということを、傷つきすぎた精神が、もはや感じ取ることすら、できなくなっていただけなのである。

人間不信に陥るほど、裏切られた行為が重苦しく彼にのしかかり、ついそのとき差しのべられた手に（本来であれば、それも又疑念の対象になるべきであるはずなのに）、彼等は、すっかりだまされて全面的にすがりついてしまっているのである。

ところで、こうして血のつながりのある者達の、結束した仕打ちに対する恐怖や疑念の存在が、逆に第三者の位置にある人物たちへの信頼で、救いを見出そうとする傾向を、この作品に認めたとき、そうした救いの存在は、「K」にとってもまた同様に、用意されていたといえるだろう。

学費を止められて、勘当同然にされていた彼が、結局心の拠り所として、慰藉を求めることができたのは、あくまでも他人でしかない「私」という、一人の親友だったである。

ここにおいて、改めて、「K」の死の意味も、問い直すことが出来るように思われる。

「K」が死を選んだその責任を、「先生」は今でもずっと背負っている。「自分もあの叔父と同じ人間だと意識したとき、私は急にふら〳〵しました。他に愛想を尽かした私は、自分にも愛想を尽かして動けなくなつたのです」というように、全面的に自らの裏切りに、その責任を感じているのではあるのだが、果たして「K」自身も本当に、そのような理由で死を選んだか。「K」という人物の真なる意識を鑑みて、改めて「先生」との関わりを含めて考察してみると、その真実が見えてくるのではあるまいか。

ここでは「K」の意識の動きを中心に、その死について考える。

『行人』の一郎があれほど苦しみを負っていたにも関わらず、「K」のような死を選択しなかったのは、外的に存在する自己と対峙する人間が、自身の要求通りに動かなかったからである。最も身近な存在であるはずの妻は、彼の「所有」となることを拒絶して、独立した自由な存在然として、自己を主張していたのであり、しかも彼の要求に従わないどころか、彼を己の思い通りに動かそうとさえしていたのであった。

それは、先に見たように、どうあっても他者の意識を自己の意識の中に再現することは出来ないという宿命、結局他者生というものが、自己のなかに表出されるとき、常にそれは自己の都合通りにしか為されない、不動の宿命が存在するということを、示しているものである。それが、意識における極めて強靭なるエゴイズムなのである。一郎が「神は自己だ」と言い放ち、「僕は絶対だ」と豪語したことは、彼の苦悩が、他者との関係において、常に一元的でありたいと願っていることを示していた。

『こゝろ』の登場人物たちが、己の直面する現実のなかに生き続けることに敗北して、死の選択をしてしまうのは、その一郎が感受した、自己と他者との関係が、思わぬ方向に展開し始めたためである。一郎が苦悩していた如く、他者の意識の思惑が、改めて自己のなかに展開される時、それは常に、自己の意識によって再構築されてしまうので、結局は、その真実を捉えることなど不可能となることは事実である。

けれども『こゝろ』の世界では、そうした宿命的関係性の中にある他者が、逆に、見事に期待通りの展開で、自己の意識のもくろむとおり動きだしてしまったのであった。すなわち、自己本位にばかり考えて、他者など理解しようともせぬままに、勝手に捉えていたはずの他者生が、思いもよらず、その通り、動き始めてしまったのであった。そこに、自己たる意識は酷く動揺し、その現実に堪えることが出来なくなって、現実の生は崩壊を余儀なくさせられてしまったのである。

「K」の自殺が、その遺書に「自分は薄志弱行で到底行先の望みがないから、自殺する」と書かれていたことを手がかりに、平岡敏夫(9)や、高木文雄(10)らによって、御嬢さんとの恋に破れたという事実について、その直接の関わりを見るのでなく、所謂理想と現実との、狭間から生じた「道」の敗北であるのだと、「薄志弱行」と書かれている遺書の額面通りに捉える指摘が為されている。「K」が道に破れたのは、確かに事実ではあるが、けれども、又同様に、御嬢さんへの苦しい思いに苛まれていたということも、現実に事実なのである。そして同時にその彼が、投げ出すことの出来ない程「尊とい過去」に縛られて、「無暗に動けない」でいたことも、決して無視できないことである。

そしてその両観点から改めて、「K」の自殺の意味というものは、彼が敢えて御嬢さんへの思いを「私」に告白したという事実に立ち戻り、その自殺の意味を考えることが出来るだろうと思われる。

「K」は「精進」を常として、「普通の坊さんよりは遥かに坊さんらし」く、「道」を求めていた男である。だからこそそのために、実家も養家も全てを捨ててしまったという「過去」に縛られている限り、彼の内部においては、どうしても、いわゆる「俗」なその恋を自らの恋として容認することが出来なかったのではあるまいか。

だから「K」は、敢えて、その御嬢さんへの苦しい胸の内を「私」に告白したのである。それは、単に「私」を唯一の心許せる親友として、認めたからの告白などでなく、彼は密かに、「私」によって、自らのその俗なる心を戒めて欲しいと願ったからに違いない。そして、更に出来ることならば、この恋を完全に封印するために、「私」によって、この恋を、収束の方向へと導いて欲しいとも願っていたのではないかとも思われる。

恋に苦悩する「K」が、こうして恋の断念を希求しながらも、それでもなお御嬢さんへの思いを断ちきることが出来ない。だからこそ、親友に告白し、彼の自分に対する何らかの制裁をも期待して、恋を完全にあきらめたい、そう目論んでいたのである。

「K」は「私」にうち明けた。心の奥で彼からの叱咤をも望みながら恋をうち明けた。そしてこのとき「K」はもしかしたら、「私」がお嬢さんとの恋を、何とか奪ってくれることさえも、期待していたのかも知れないと思われる。もし「私」が、お嬢さんを奪っていってくれたなら、「K」は俗を捨てられる、そんなふうに漠然と心中深く望みながら、けれども又、恋する意識の部分では、結局そんなことは不可能と、高を括って安心し、切ない思いを余計、彼女に対して募らせて、熱い思いに心をふるわせていたのかも知れない。

しかし現実の他者である「私」が、「K」の思うとおりの他者として、動いてしまったことで改めて、「K」は苦悩の底へとつきおとされてしまったのであった。

すなわち我執の果てに、他者生を、極めて自我の範疇でもくろんでいたにも関わらず、その宿命的性格から結局は自我は自我として、他者を動かすなど出来ないと余裕すら持って、その上でそれは計画されていた。そこには甘えが存在していたともいえるだろう。

けれども、そうして高をくくっていたはずの他者生が、『行人』の一郎の場合とは全く逆の展開で、自らの思惑通りに動いてしまった現実を、目の当たりにしたときに、自我は絶望へと突き落とされてしまったのである。自己意識が極めて利己的に、それを望んでいながらも、それを画策しながらも、その現実に直面したときに、自己は改めて茫然と立ち尽くし、そんな自己に対して改めて、深い不信に陥ってしまっていたのである。「K」の自殺の意味はそこにある。意識の底辺における画策が、他者生を見越してのうがった救いを感じとり、実現不可能なものとして、敢えて自己意識の範疇で、動かそうとしていた仮想を、現実のものとしてみてしまったときに、そこで躊躇する自己に堪えられず、「K」は命を絶ったのである。

『行人』の一郎が、死を選べなかった理由も又、ここにあり、それこそが、自己不信・他者不信に結びつく、エゴイズムそのものである。

その意味では「K」の自殺によって引き起こされた「先生」の絶望も又、自らのもくろんだ他者生が、極めて明瞭に実現されてしまったことによる絶望と、自己意識の敗北であるという点で、同一の解釈をすることが可能であるとも思われる。「先生」の場合にはいうまでもなく、目論んでいた他者生は、恋の告白に先行することで、自らの恋を成就させ、そのために「K」に恋をあきらめさせることである。

けれども「先生」は、自らが企てた計画以上の成果を現実に、「K」の自殺という形で知ったとき、絶望の淵に立たされて、確かにひどく衝撃を受けたのでもあったのだ。けれども夫れにも関わらず、彼の意識は、決して「K」のようにばかり内に籠もることをしなかった。現実を、現実の流れを全て無視することも又「先生」にとっては恐ろしく、敢えてそこに再び身を任せ、進んで行こうとする道を、自ら選択するのである。

改めて「先生」における自殺までの意識の変遷を、捉えなおして考える。

(四)「先生」の意識

「K」との論じ合いの際に、「人間らしい」という言葉をしきりに用いたことを「先生」が、遺書のなかで次のように告白している箇所がある。

其時私はしきりに人間らしいといふ言葉を使ひました。Kは此人間らしいといふ言葉のうちに、私が自分の弱点の全てを隠してゐると云ふのです。成程後から考へれば、Kのいふ通りでした。然し人間らしくない意味をKに納得させる為に其言葉を使ひ出した私には、出立点がすでに反抗的でしたから、それを反省するやうな余裕はありません。私は猶の事自説を主張しました。（『漱石全集第六巻、心　道草』、二二四頁）

このときに於ける、「先生」の「K」に対する理屈は、「君は人間らしいのだ。或は、人間らしすぎるかも知れないのだ。けれども口の先だけでは人間らしくないやうな事を云ふのだ。又人間らしくないやうに振舞はうとするのだ」というものであった。すなわち、「K」について、「口の先だけ」で「人間らしくない」、「霊の為に肉を虐げたり、道の為に体を鞭ったりした所謂難行苦行の人」であるようなことをいいながら、実際は極めて俗のレベルに居て、「恋」を求めていると、手厳しく非難しているのでもあった。「人間らしい」ということ、それはもはや、「精神的向上」を目指そうとする意識とは別の次元の、極めて生々しい感情であり、人が人である以上、本能として、避けられぬものとして、捉えられている。

ところで「意識」というものは、これまでにも多くの箇所で見たように、ジェームズや、ベルグソンの主張する潜在意識、純粋意識の内部まで、深く潜入して行くけれども、結局は現実のなかで社会のなかで生きることを余儀なくされるものである。

それはベルグソンを経たジェームズが、再び意識の複合について、

我々の誰にとっても、現在ただ今の内的な生の脈動のなかには、少しばかりの過去と少しばかりの未来と自分自身の体や、他の人々や、我々がそれについてはなそうとしている高貴さや、地球の地理や歴史の方向や、真理と過ちや、善と悪や、その他さまざまなものについて、少しばかりの意識が直接現存しているのである。諸

君の内的生活の脈動は、ぼんやりと、且つ無意識的にではあろうが、これら全てのことを知っており、それらと連続し、それらに属しており、又それらは、この脈動に属しているのである。

と述べている部分とも、自ずと結びついていく。「現在ただ今の」「生の脈動」は、「過去」や「未来」や、「真理」や「過ち」などとも密着して、又、そうした全ての要素から連続して継続していくものではあるけれども、それは、必ずしも一元的な流れでなく、多くの要素のうちの一つとして考えられるに過ぎないのである。

すると、「K」の自殺後の「先生」の生の有様を鑑みたとき、それは、必ずしも「罪の意識」ばかりとはいえない部分もあるのである。もちろん、多くの論者が重視しているように、「先生」が、「K」の死の意味を、自身のものとして重く受け止めていることは、紛れもない事実である。このことは先の段階で、筆者も触れてきたとおり、何の異論もないのである。けれどもただそれだけが、現在の「先生」の生を確定しているのではないのではあるまいか。「K」が自殺したその後も、こうして「お嬢さん」を妻にした、「私」がなおも生きているということは、すなわち、現在の自身の「生」に無意識のうちにも、ある種の正当性を持たせつつ、改めて自身の「生」というものを、その罪という名の下に転嫁させ、全うしようとしているようにも思われる。

他者生が、自己意識のもくろみ通り、動いてしまった事実に直面したときに、茫然と立ち尽くすしかなかった「先生」は、そこで、他者との関わりに、酷く怯えるようになり、もはやこれ以上傷つく事の無いように、極めて用意周到な手段をここで選択してしまっていたのである。

「先生」と「私」が出会ったとき、「先生」は、静かに、ひそやかにではあるのだが、確実に生きていた。生を生として存在させながら、奥さんとの生活を維持し続けていたのは事実である。「先生」は、「死んだ気で生きて行こうと決心した」という言葉により、「K」の自殺後の、生に対するきわめて消極的懺悔の姿勢を示してはいるのだが、それはすなわちまさに「先生」の自己勝手なる解釈にすぎないのであって、生を貫いているというのは厳然たる事実である。それはただ、きわめて自己本位なる弁護にすぎないのでもある。

「先生」が「私」との出会いから、所々に、その過去をにおわせるような言動をとっていたにも関わらず、次第に近づいてくる「私」に対しては、常に全てを告白しようとするでなく、その「謎」を謎として奥に留めて、真相を決して示そうとはしなかった。それはそうしたままの状態で、「私」という若者の、興味を自分に向けさせることに取り組んで、「私」との関係を維持しようとしていたからなのかも知れない。そして、過去に縛られた自らというものを、故意に示唆することにより、今現在の世の中と、直接的な関わりをもたぬまま、こうして生き続けるということに、敢えて正当性を主張しているとも思われる。そんな「先生」の現在の「生」の姿へのこだわりを、逆に示しているようにも解釈することが出来るだろう。すなわち、現在自身が生きているということについての、より正当な理由として、外的に、第三者である「私」にも、それを興味として引きつけて、認めさせようとしているのである。その上で現在の自己の「生」の有様（何に対しても積極的に行動せぬ儘に）「死んでいるように生きる」というその生き方を、改めて正当化している。

当初、「私」が「先生」に接近したのは、先に見たように、全くの「私」の側からの興味と好奇心からではあったのだが、それをいい契機として、「先生」は、これまで、妻にのみ（もちろん、その全貌を妻に示すことはしなかったけれども）正当化することでしか対処出来なかった、自身の現在の「生」の意味というものを、改めて第三者によって、認めさせようとすることに、次第に集中していったのであったのだ。それはただ、「先生」が自らの現在の、いわゆる、〝積極的に交わらず、関わらず、ひそりと暮らす〟という生活スタイルそのものを守りたかったため、そして、自らの生の姿に対する態度をも、より一層強固なものとしたかったための行為であったのかも知れない。

意識は自己拘泥だけでは収まらず、他者によって認識されるうしろだてを必要としていたのである。

『こゝろ』を書き終えた漱石が、後に、

私は意識が生の全てであると考へるが同じ意識が私の全部とは思はない死んでも自分〔は〕ある、しかも本来の自分には死んで始めて還れるのだと考へてゐる。私は今の所自殺を好まない恐らく生きる丈生きてゐるだらうさうして其生きてゐるうちは普通の人間の如く私の持つて生れた弱点を発揮するだらうと思ふ、私はそれが生だと考へるからである。私は生の苦痛を厭ふと同時に無理に生から死に移る甚しき瞬間を一番厭ふ、だから自殺はやり度ない。夫から私の死を撰ぶのは、悲観ではない厭世観なのである。（大正三〈一九一四〉年十一月十四日、岡田耕三宛書簡）

というように意識を語っていることからも、「生きてゐる」うちは「弱点」を「発揮」し続けているというこの生に対する捉え方こそが、『こゝろ』の中で「先生」の、現在までの自己の生を、罪の償いという名の下に正当化し続けて、「波瀾も曲折もない単調な生活を続けて来た」というその有り様を如実に示しているといえるだろう。

さて、そのように生きてきたはずの「先生」が、ついに死の道を選んだのは、「明治天皇が崩御」したのを契機としているのだが、もはや、彼のような意識では、ますます発展し、変貌を遂げるであろう新しい時代の中では、彼が理想とする「生」なるものを決して思うとおりには、全うできないだろうと悟ったからであろうと思われる。その意味において、先生の自殺は、決して敗北などでなく、自ら選択した新たなる出立であったのかも知れないと思われる。それほど「先生」の遺書に見られるのは、どうあっても存在し続けなければならない、自己というものに対する、正当化と我執なのである。

「先生」がいくら孤独に生きていたとしても、それはただ、「先生」自らが積極的に選び取っていた一つの「生」のスタイルなのであり、また、彼が、その果てに自殺を決行したとしても、結局は自分自身の存在のそうした卑劣さを、人の目の前にはさらけ出したくなかった為の、一つの理想として選択された行為なのである。

『行人』の一郎が、自己を絶対だと言い切ったあの絶大なる自己拘泥は、後ろ向きな姿で静かに「死んでいるように」生きようとしたこの『こゝろ』の「先生」という存在にも、同様なる形で、いや見方によっては、より、その絶対性を強固にしようとする形で具現化されているということができるだろう。

『こゝろ』という作品を、親類に金の為に裏切られた「先生」が、自身に於ても恋という、最も人間らしい本能の為に、他者を裏切る行為を平気で犯してしまったその罪の暴露と見るばかりでは、その本質を捉え尽くすことは不可能であるように思われる。そうした、目に見える部分よりなお深く、貪欲なまでの激しい自己拘泥が、ここには現れているのである。

「先生」が「K」に語ったあの「人間らしさ」という意味を、改めてここで捉えれば、美しいもの、尊いものばかりを理想とするのが真の人間などでなく、そして、当然の事ながら、精進や道の追求が求められるようなものでなく、我執やエゴイズムなどの弱点、いわゆる「悪」なる部分をも、含めた全てを抱え込む、果てしない意識そのものなのである。

しかもそうした全てを含めて改めて、許すことが出来るかどうかということに、漱石の目は次第に移って行っているのである。やがて自伝的作品の『道草』の中で健三が、「世の中に片付くなんてものは殆んどありやしない」と嘆くのは、全てを見極めて、しかも、天の境地で許そうと、必死で自己自身に納得させているのであって、そんな彼の葛藤の姿として、あの作品も捉えることが出来るのではあるまいか。

すなわちこの『こゝろ』という作品を経ることによって漱石は、ジェームズに於けるかねてからのあの疑問、「大いなるもの」という意味を、次第に、自己内部における意識活動全てを包括した、いわゆる「全自己」としての意識の姿から、それら複雑なる自己意識の、幾つもの存在するこの世の全てを知ったうえ、それを許すことが出来るというような、更に広大なる意思という方向に、その理解を深化させていったのでもあった。そして、その場合、他者の意識内に介入して行く自己生は、常に他者意識の内部で再構築されてしまうので、自己が思うとおりの自己であり続けることが出来ないというあの宿命が意味している、極めて一面的なものばかりではないのである。他者という存在が、自己に関わりを持つことで、そこから、（かつてそれ以前には、自己のみでは捉えることの不可能でもあった）新たなる自己なるもの、もしかしたら自己さえも気づかぬ儘でいたかもしれない、見知らぬ自己というものも、他者によって発見される場合もあるのであり、そこから新たなる自己なる世界が開き始める可能性さえあるのである。他者との関わりにより、新たに開かれ来たる自己というものの、その可能性を改めて、漱石は見つめ始めているのである。

ちょうどこのころに書かれた書簡の一節に、次のような記述がある。

> 私は死なないといふのではありません、誰でも死ぬといふのです、さうしてスピリチュアリストやマーテルリンクのいふやうに個性とか個人とかゞ死んだあと迄つづくとも何とも考へてゐないのです。唯私は死んで始めて絶対の境地に入ると申したいのです。さうして其絶対は相対の世界に比べると尊い気がするのです。（大正四〈一九一五〉年二月十五日、畔柳芥舟宛書簡、『漱石全集第十五巻、続書簡集』、四四〇頁）

この中で漱石が言うような、「死んで始めて絶対の境地に入る」とは、一体如何なる意味を示すのか。「死んで始めて」「絶対の境地」ということは、〝死なない間〟の現実世界、いわゆる外部世界と関わらなければならない「生」の空間に、魂が在る間は、決して絶対の境地になど、入り込めない宿命を意味しているのだろうか。そう考えると、結局純粋なるものは、「生」という時間に存在する時は必ず俗にまみれ、汚されてしまうという諦めを、嘆いているようにも受け取れる。

けれども「生」というものは、別の宿命をも含有しているとも言えるだろう。それは「生」が、多元的且つ相対的であるが故、他者との避けられぬ関わりのなかで、「私」(自己意識)が、常に再構築され、成長していくという定めである。そして、やがて来るべき、「生」の果てなる「死」の意味は、その「私」なるものの成長が、他者との関わり合いの中で完成された一つの到達点として位置するものでもあると考えることが出来るだろう。

「先生」は罪におびえながらも、日毎に成長しつつある、新たなる自我というものによって支えられ、そこで常に自己の「生」のその意味を、問い直していたとも言えるだろう。私の接近は、絶好の材料でもあったと思われる。

そうした境地は、大正三(一九一四)年十一月二十五日に行われた講演、「私の個人主義」の中で、

近頃自我とか自覚とか唱へていくら自分の勝手な真似をしても構はないといふ符徴に使ふやうですが、其中には甚だ怪しいのが沢山あります。彼等は自分の自我を飽迄尊重するやうな事を云ひながら、他人の自我に至つては毫も認めてゐないのです。苟しくも公平の眼を具し正義の観念を有つ以上は、自分の幸福のために自分の個性を発展して行くと同時に、其自由を他にも与へなければ済まん事だと私は信じて疑はないのです。我々は他が自己の幸福のために、己れの個性を勝手に発展するのを、相当の理由なくして妨害してはならないのであります。(『漱石全集第十一巻、評論・雑篇』、四五二頁)

と語られていることからも、自己と他者における当時の漱石の立場というものを、知ることが出来るようにさえ思われる。

人は決して、全てを他者と理解し合えることはない。その認識を得た上で、作者が思うのは、すでに何度も言及しているように、他者との関わりにより改めて構築されゆく新たなる自己意識の世界なのである。先生が「遺書」の最後に書き付けた「私は、私の過去を善悪とともに人の参考に供する積です。」、「記憶して下さい、私はこんな風に生きたのです。」というように、彼自身の過去を他人の前にさらけ出すということで、より確固たる自己存在を築き上げようとしたのである。こうして新たに意識が捉え直されているともいえるだろう。

「私を生んだ私の過去は、人間の経験の一部分として、私より外に誰も語り得るものはないのですから、それを偽りなく書き残して置く私の努力は、人間を知る上に於て、貴方にとつても、外の人にとつても、徒労ではなからうと思ひます。」、「私は暗い人世の影を遠慮なくあなたの頭の上に投げかけて上ます。然し恐れては不可せん。暗いものを凝と見詰めて、其中から貴方の参考になるものを御攫みなさい」という境地が、やがて『道草』や、又『明暗』として完成されるまで、月日はそう長くかからなかったのであった。

四『明暗』

『明暗』は大正五（一九一六）年五月二十六日から連載が開始された作品である。周知の通り、この作品は、同年十二月十四日（但し、「大阪朝日新聞」については、途中休載があったため、十二月二十七日）の第百八十八回を最後に、作者の死をもって中絶となり、未完に終わっている。

漱石の作品については、既にいくつも見たように、作品の後半から結末部に向かっての新たなる展開が、作品を支える一つの大きな特徴でもあった。具体的に挙げれば、『こゝろ』の「先生」の死、『行人』や『彼岸過迄』での「旅」による新たなる意識の開眼、又、『門』に於ての宗助の参禅や、『それから』の代助と三千代の選択などあり、他にも枚挙にいとまがない。けれども、この『明暗』の場合、志半ばにした作者の死により中絶してしまっているのであるから、作者の主張が充分に言い尽くされぬまま、しかも恐らく作品全体に、重要な意味を示すであろう次なる場面展開に全く言及せぬままで、終わっていることは事実である。

従って、完成された作品としての構造的分析は、当然のことながら不可能でもあろう。けれども、これまでの『明暗』論を見ると、論者の立場や視点から、独自に結末を予測した上で、改めて作品全体を見通した上での分析や見解を呈示しているものが多くある。例えば、大岡昇平[11]は、「『明暗』はどういう風に終わったろうか。」、「描かれなかったテクストの予測は無意味かも知れませんが、小説はかなり煮詰まっている感じで、まったく不可能ではない」と、その可能性を示している。そして、「清子とその夫をめぐる新しい『高尚な』三人関係、お延を入れた四人関係だったかも知れません」、「私は最終回の清子の態度を挑発的と見るので、カタストロフは、急転直下来るかも知れないと思います」というように、かなり具体的な展開を予期している。これ以後、水村美苗[12]『続明暗』（平成二年）や、松田晴美[13]「明暗の結末について」（同年）、田中文子[14]『夏目漱石『明暗』蛇尾の章』などによっても、続々とそれぞれの論者による独自の視点から、〝続〟の部分である『明暗』世界が展開され、改めてその可能性の広さを示しているともいえるだろう（このうちの水村と田中は、実際の作品の形として、その行く末を描いているものである）。

こうした予測の呈示なるものは、漱石論の中で決して新しい試みだとは言えない。中絶となった『明暗』以外でも、『こゝろ』に於ける「先生」の死後、残された者たちの新たなる「生」として、たとえば「私」と「奥さん」との「再婚説」なども盛んに示されているのである。従って、作品外の発展的予測を取り上げての論も決して特殊な見方とは言えない分析方法であるともいえるだろう。

ただ、筆者としては、ひとまず、そうした「続」の試みには、距離を置いて考えたい。すなわち、現存する〝書かれたテキスト〟のみを重視して、そこに、漱石的意識のあり様を読みといていきたいというのが、当初の通り本論の基本的立場でもあるので、さながら推理小説の如く、この『明暗』の書かれなかった（そして、もしかしたら書かれたであろう）部分についての具体的結末予測には、触れないままで進めたい。そしてあくまでもここに現れている作品にのみ拘って意識の分析を進めたい。

（一）『明暗』への扉

ところで、『明暗』に於ける「意識」を考えるとき、まず第一に、この作品に、さまざまに異なった意識の錯綜が見られるということを、その大きな特徴として挙げることが出来るだろう。小宮豊隆は、「主人公津田の内部に立ち入るとともに、一方津田の妻君お延の内部に立ち入り、両両相対してその真理描写を、実に克明に」描いているということ、「津田とお延とのみならず、あらゆる場合のあらゆる人の私が指摘し尽くされてゐるといふ意味では『明暗』は、新しい百鬼夜行之図である」ということを、早々に指摘しているが[15]、そうした多極的視点の設定は、後期作品の特徴として、既に『彼岸過迄』において、幾つかの短編を合わせた形の構成を示したときから、作家漱石に於ける一つの大きな課題でもあった。

修善寺の大患を経て、漱石は、ジェームズの『多元的宇宙』に感化され、自己意識と同時に多くの意識の存在や、他者生（筆者注・既に前章でも定義したように、漱石の意識を考察する観点から、「他者生」という言葉を、他者の生命、意識全体を捉えようとする場合用いるものとする。『多元的宇宙』で、ジェームズが定義する、それぞれの意識世界の独立した空間を見るとき、自己の意識、生命全体とともに、同様に尊重されるべき他者におけるそれをも捉えようとするために、この「生」という言葉を、「自己生」、「他者生」として用いて、それぞれの意識空間全体を考える。以下同）についても、より真摯な目を注いできた。けれどもいわゆる多元的意識として存在する、自己意識外の他者生は、自己の内なる意識世界においては、完全に再現されることの不可能な「私」の領域であるが故、「他者は私には理解し得ない」という宿命を、常に抱えているものでもあった。

『行人』の一郎の苦悩も、結局は妻・直に対する、内面をも含めた完全なる征服に挫折したところから、更に深まりを見せていったということは、既に指摘してきたとおりである。自己なるものは、他者意識の中では、決してそのままの姿としては存在することは出来はしない。なぜなら他者の中では、必ず他者の意識の作用により、変形を余儀なくされてしまうからである。幼き頃から常に絶対であったはずの自己存在、それが、妻の中にはどうしても確立する不可能を悟ったときの一郎の衝撃は、彼の意識そのものを、より深い苦悩へと潜入させるに至り、結局彼はただそこで、どうする術もなく閉じこもることしか出来なかったのであった。

『こゝろ』においては、先に見たように、「先生」の深層の欲望が、思いも寄らぬ形で、「K」によって実現されてしまったとき、ありのままの自己生の傲慢の暴露として、ただ茫然とするしかなかった意識が示された。他者意識は、『こゝろ』の中で、「御嬢さん」をめぐる「K」と「先生」との両者によっての駆け引きと探り合いという模索として、自己意識の中に再現されようとはしているけれども、それは既に他者のものでなく、自己解釈に基づいた変容を余儀なくされてしまっているものであったのだ。すなわちそれはやはり自己を経た上の他者理解、というところで留まっているものでもあったろう。「K」の死後、「死んだように生きる」という「先生」の余生の選択は、結局は「我」の領域を脱却しない、自己解釈による便宜的、自弁的行為そのものでしかなかったのである。

自己意識の絶対的なる孤独は、自己存在の苦悩として幾つも描き続けられていたのだが、これまでそのように他者生は「多元的」「存在」としての認識はされていないながらも、常にある場にあっては特定の個に限られた、一方方向からしか描かれていなかったことも事実である。従って『こゝろ』を経て漱石は、「自己意識」というものを改めて、まず『道草』の中で、模索し始めた。そして、「人間の運命はなかなか片付かないものだな」、「世の中に片付くなんてものは殆どありやしない」という健三の感慨を示すことにより、自己以外の生に対する認識を、更に深めたその上で、自己本位というものが、他者生においても同レベルで存在する、より多元的、重層的世界であることを、文学態度として呈示し始めた。それは、自己本位に於ける我の葛藤を、超脱したいという意識の表出でもあって、それが、「硝子戸の中」に於ける次のような部分にも示されていたものである。漱石は、世の中に住む人間の一人として、私は全く孤立して生存する訳に行かない。自然他と交渉の必要が何処からか起つてくる。時候の挨拶、用談、それからもつと込み入つた懸合——是等から脱却する事は、如何に枯淡な生活を送つて居る私にも六づかしいのである。（『漱石全集第八巻、小品集』、四九一頁）

と、まず他者共存の世界認識を示したその上で、「私は悪い人を信じたくない。それから又善い人を少しでも傷けたくない。さうして私の前に現はれて来る人は、悉く悪人でもなければ、又みんな善人とも思へない。すると私の態度も相手次第で色々に変つて行かなければならないのである。」と、相手に対する接点の模索の必要性を述べている。そして、更には、「ともすると事実あるのだか、又ないのだか解らない、極めてあやふやな自分の直覚といふものを主位に置いて、他を判断したくなる。さうして私の直覚が果して当つたか当らないか、要するに客観的事実によつて、それを確める機会を有たない事が多い。其所にまた私の疑ひが始終靄のやうにかゝつて、私の心を苦しめてゐる。」と言うように、他者に対する判断に苦悩をもその心中の吐露として、示している。「もし世の中に全知全能の神があるならば、私は其神の前に跪づいて、私に毫髪の疑を挟む余地もない程明らかな直覚を与へて、私を此苦悶から解脱せしめん事を祈る。」と、他者の内面への強い理解願望を示してさえもいるのである。

このことは、すなわち先に見た、

近頃自我とか自覚とか唱へていくら自分の勝手な真似をしても構はないといふ符徴に使ふやうですが、其中には甚だ怪しいのが沢山あります。彼等は自分の自我を飽迄尊重するやうな事を云ひながら、他人の自我に至つては毫も認めてゐないのです。苟くも公平の眼を具し正義の観念を有つ以上は、自分の幸福のために自分の個性を発展して行くと同時に、其自由を他にも与へなければ済まん事だと私は信じて疑はないのです。（『漱石全集第十一巻、評論・雑篇』、四五二頁）

と『私の個人主義』の中で力強く語ったあの一節から通じている見方として理解できるものである。

さて、この『明暗』は、とくに津田とお延という夫婦を中心に、その双方に、いわば作者側の視線を移動させるに伴って、自由に内部に潜入し、それぞれの深層を、他者との関係において推移する意識そのままに、描出している作品として成立しているものである。

これまでにも見たように漱石は、ジェームズの『多元的宇宙』との出会い以来、外的世界と接触している意識の表層部分のあり様とそうした外的なるものに直接の関わりを持たぬ、純粋なる自己の深層を、漱石自らの独特な解釈を元にして、作品化してきたのであった。そして、『明暗』においては、そうした視点がより深化して、より多元的に、より具体的に示されているように思われる。

他者生は、自己意識の内部でどのように変容されているのだろうか。それは、作品に表出されたそれぞれの自己なる意識の様相を、詳しくその双方から分析することにより、その確執が明確化されてくるものとも思われる。

それではまず、それぞれの意識の様相を作品に沿って詳細に確認してゆくことから開始する。

(二) 津田の意識

作品はまず最初に、津田の意識が示される。

例えば、作品冒頭に、病院帰りの電車の中で「去年の疼痛」を思い出しながら、「何うしてあんな苦しい目に会つたんだらう」、「此肉体はいつ何時どんな変に会はないとも限らない。それどころか、今現に何んな変が此の肉体のうちに起りつゝあるかも知れない。さうして自分は全く知らずにゐる。恐ろしい事だ」と、しきりに不安を訴える場面がある。ここで津田は、更に、「精神界も同じ事だ。精神界も全く同じ事だ。何時どう変るか分らない。さうして、其変る所を己は見たのだ」というように、かつての古い記憶をも呼び起こし、それに酷く怯えている様子が示される。それは、「恰も自尊心を傷付けられた人の様な目を周囲に向けた」とある彼の様子からも容易に察せられる事ではあるのだが、そのとき彼と同じ車中の乗客は、そんな彼に対して少しの注意もはらわなかったようである。けれども、読者にとっては、この場面こそ、かなり印象的なる箇所であり、津田の意識世界、しかも、他者に対する自己意識のありようが、凝縮されて示されている様に思われる。

これは、いわば自分の体内に、悪性の病魔が忍びよるその最中であるにも関わらず、自分自身では、それが自身の体でもありながら、一体何が起こりつつあるか、まったく無知な場合があるのと同様に、精神界についても、「いつどうなるか分からない」と身構えて、その不確実で不透明なるものへ、かなり周到に自身を装おうとしている津田の姿が、ここに表出されているとも言えるだろう。

彼には古い記憶があるのである。それは、彼がつい気を許し、無頓着でいてしまったばかりに、まったく予期せぬ方向から、「自尊心」を傷付けられるような大打撃を被ったという、極めて苦い過去である。従ってそれ以来、彼は、全面的に人を信頼したり、気を許したりすることに常に酷く警戒し、そのために虚勢を張っている。それが、この津田という男の、現在の意識の根本なのである。

かつて、小宮豊隆が

津田は不純である。津田には誠実がない。津田は裏表のある、影日向のある人間である。津田は利害の打算を忘れる事がない。津田の動くのは、津田の人間としての自然が動くのではなくて、津田の打算が動くのである。この事は津田が、根本の意味では、他人をも自分をも信じる事の出来ない、又根本の意味では他人をも自分をも愛する事の出来ない、言はば、動物的な意味に於いてのみ自分を愛してゐる人間である、という事を意味する。(16)

と言う見解を述べて以来、これまでの多くの論者によって、津田は、まさにエゴイズムの象徴のように見られているのだが、けれども、それは、決して津田という人間の本質を理解していない見解なのではないかと思われる。

自意識の中に於ける自己、すなわち「我」というものは、津田の訴える不安のように、常に、自己のみを中心に在り続けようとはしながらも、結局そうした自己中心でばかりではいられない、他者や、自己の制御しきれない現実に関わってこそ、生き続けなければならない宿命をもっている。

津田が「見栄」の人であるのは、たとえば、彼の日常の業務にとくに必要でもない分厚く難解な洋書を、「ただ一種の自信力」のため、「他の注意を引く装飾として」のためだけに、それを手元に置いて保持したり、又、送金を拒む父の実状を誰よりも妻であるお延に話すのを躊躇したりするということにも、示されているといえるだろう。こうした津田の心理作用から、まずは、自己に執着することでのみ、その自己なるものを画然と、保ち続けようとしている男であることが、伺われるものである。そして、そのことは又、お秀からの、「嫂さんと一所になる前の兄さんはもつと正直でした。少なくとももつと淡泊でした。私は証拠のない事を云ふと思はれるのが厭だから、有体に事実を申します。だから兄さんも淡泊に私の質問に答へて下さい。兄さんは嫂さんをお貰ひになる前、今度のやうな嘘をお父さんに吐いた覚がありますか」という言や、吉川夫人による、「貴方は勇気は有るといふ気なんでせう。然し出るのは見識に拘はるといふんでせう。私から云へば、さう見識ばるのが取りも直さず貴方の臆病な所なんですよ。好ござんすか。何故と云つて御覧なさい。そんな見識はたゞの見栄ぢやありませんか。能く云つた所で、上つ面の体裁ぢやありませんか」という言葉などによっても示される。

すなわち、これまで見てきたように、意識は、決して意識のみでは存在できないのであり、従って周囲の現実に即して流動していかなければならない宿命を負っている。津田の意識はそれ故に、そうした中で、必死に虚勢を張りながら、何とか自己というものを立脚させたいと願い、それがこうした見栄へとつなげられているようにも思われる。

では彼がそれ程に必死で武装をしてまでも、守ろうとしているのは、一体何だといえるのか。

それは、彼の過去からの、あるこだわりから発せられたものである。津田は、一応大学出ではありながら、現在の社会の中で、これといった自己実現を果たしていない男である。社会の中で、自らの可能性をなんら満足させることもなく生きている。作品冒頭に見たように、わずかにたった一人だけ、自らの意志の通り添い遂げることが出来るだろうと期待していた、その女性さえも、結局はその自らとはまったく無関係な所で、無関係に動いていたようで、彼女は見事なくらいにあっけなく去っていってしまったという過去を持つ。彼が今でもずっと拘り続けているものは、そうした過去の事実であるらしい。いまでも拘り縛られているのである。その体験が、又、彼の現在に於けるはかばかしくない体の病状にも重ねられ、彼の対現実、対世間観というものを築き上げているのである。

すると、津田の現在の「生」の在りようが、これまでの論に従って、「我執の人」、「エゴイズムの人」とばかり見ることでは、彼の真実の内面には届かないのではなかろうか。彼がそうして、しきりに虚勢を張った中、処世していくその姿には、彼の悲哀、ひいては人間存在の悲哀のようなものさえも、感じられるように思われる。

『行人』の一郎が、「死ぬか、気が違ふか、夫でなければ宗教に入るか。僕の前途には此三つしかない」とまで追いつめられたのは、細君の心さえ、自らの思うとおりに摑みきれない苛立ちから、苦悩の人となったが故のことである。一方津田は、その過去の体験から、「他者の意識」が自己の中で再現されることなど最初から完全に諦めてしまっていると言えるだろう。全面的に信頼していたはずの清子を、理解しきれなかった過去体験が、他者に対する疑心を育て上げ、彼を、見栄の人として次第に作り上げていた。最終的なる砦として、彼が唯一信じられるものは、ただ自己のみであるということを、改めて認識するに至ったのである。他者意識の中においてさえ、確固たる自己が決して変容せぬよう存在するために、自身にとっても極めてわかりやすい外郭の形成を、いわゆる「我」の人となることで、実現しているのである。津田にとってそれは又、二度とあのような過去の苦しみに、苛まれないようにするための、必死なる自己防衛だったとも言えるだろう。

だからこそ彼は自己の「我」に、とうに気づいているのである。

例えば、父からの送金が滞っている渦中、「いつそ今迄の経済事情を残らずお延に打ち明けてしまはうか」と考える彼の心中が、次のように苦悩していることから、それは伺えるものである。

津田に取つてそれ程容易い解決方法はなかつた。然し行き掛りから云ふと、是程また困難な自白はなかつた。彼はお延の虚栄心をよく知り抜いてゐた。それに出来る丈の満足を与へる事が、又取も直さず彼の虚栄心に外ならなかつた。お延の自分に対する信用を、女に大切な其一角に於て突き崩すのは、自分で自分に打撲傷を与へるやうなものであつた。お延に気の毒だからといふ意味よりも、妻君の前で自分の器量を下げなければならないといふのが彼の大きな苦痛になつた。（『漱石全集第七巻、道草・明暗』、三一七頁）

こうした津田の意識は、すでにこれ以前の段階でも、次のように表れていたものであった。それは、「叔父の家で名ばかりの晩飯を」「仕方なしに食」ったという夜である。叔父の家を出た後も、「小林に対する義理」から「進みもしない酒を少し飲ん」でしまった津田が、漸く帰宅したその時に、彼は、思いがけず自宅の門が潜り戸まで、完全に施錠されていることに気がついた。漸くのことで家に入って後、彼は、お延に対して、「何だつて締め出しかね」、「現に締つてゐたぢやないか」という問いかけを幾つかしてはいるのではあるが、結局それらに対してお延の側からは、なんら明確にされることなく曖昧に、「其儘」にされただけだった。その場の感情を表出させ、怒りを露わにするのなら、更にその理由を追及し、妻を戒めようとすることだって出来ただろう。けれども、そうした怒りより、まず、お延の目に、取り乱す自分を見透かされやしないかという懸念が先に立ち、彼はいつも通りの冷静な自分の姿に戻って行く。

津田のお延に対する態度は、次の日の入院の場面でも、又再び示された。朝早くから「嬋娟《あでやか》に盛粧したお延が澄まして」いるのに驚かされながらも、彼は「一体何うしたんだい。朝つぱらから」、「お前も一所に行く積だつたのかい」などという質問を彼女に投げかけているにも関わらず、それもお延によって「だつて是から着物なんか着換へるのは時間が掛つて大変なんですもの。折角着ちまつたんだから、今日は是で堪忍して頂戴よ、ね」という言葉により、うまくはぐらかされたまま、「津田はとう〳〵敗北した。」と言うように、敢えてそれ以上の直接的なる追及を放棄して、その場を行き過ごしてしまっている。

それぞれの場において、更に強く追求すれば、その場面場面の真実を、確実に知ることが出来る状況にあったにも関わらず、むしろその謎をただの些細なこととして、明確にすることをいつも保留にしているのである。

病室で、津田がお延の言い訳に、真っ向から返すことが出来なくて、考え込んでしまう場面も又そうである。お延は、岡本からの芝居見物の誘いを、「断つたのに是非来いつていふのよ」と、いかにも正当な理由を示し自己弁護をはかったのであった。しかもそれに対して釈然としない様子の夫に、「さう。ぢや其変な所を云つて頂戴な、幾らでも説明するから」、「やつぱり疑つてゐらつしやるのね」と更に追い打ちをかけるようにして、開き直って行く様子さえ見せていた。彼は次のように考えている。

　はつきり疑つてゐないと云はなければ、何だか夫として自分の品格に関はるやうな気がした。と云つて、女から甘く見られるのも、彼に取つて少なからざる苦痛であつた。二つの我が我を張り合つて、彼の心のうちで闘ふ間、余所目に見える彼は、比較的冷静であつた。（『漱石全集第七巻、道草・明暗』、一三九頁）

確かに文中にあるとおり、「二つの我が我を張り合つて」彼の内面は苦悩していたのだが、すなわち、その「我」という虚勢、換言すれば、〝自己をどのような型の人として、外郭を築き上げるなら、他者の中でそれが最も効を奏するか〟という意識ばかりが先立って、真実の自己表現を彼は出来ないままでいるのである。彼の考え込む姿には、妻への不審を問いただそうとするその前に、あくまでもまず自己の姿に拘る「我」が表れていると言えるだろう。

こうした虚勢の形成は、決して傲慢とばかりはいいがたく、むしろ妻君であるお延にさえ遠慮がちであるという、かなり気弱な「夫」像としても読みとることも可能であろう。

これこそが自己保身に集中するあまり、他者の内面を自己の中に最終的にまで理解することを一切拒絶して、最も本質的なもの、真実を、あえて正面から見ようとしない彼の弱い部分なのである。彼は、結局他者の動向に、最終的な部分にまで関わりを持つことを拒絶している。過去に於て、つい心を許してしまったばかりに、酷く傷つけられた自尊心を、二度と再び惨めな場に曝さぬようにするために、彼は、必死に虚勢を張っているのである。お秀との口論の中で、彼が強い調子で口にする、「事実とは何だ。己の頭の中にある事実が、お前のやうな教養に乏しい女に捕まへられると思ふのか。馬鹿め」という言葉は、自分の真実を決してみせぬまま、「我」の人となっている彼の態度を示しているとも言えるだろう。彼は、他者に決して弱みを見せたくなかったのであった。

けれども彼は、忘れている。

それ程までにして拘るあの過去が、

有体にいふと、お延と結婚する前の津田は一人の女を愛してゐた。さうして其女を愛させるやうに仕向けたものは吉川夫人であつた。世話好な夫人は此若い二人を喰つ付けるやうな、又引き離すやうな閑手段を縦まゝに弄して、そのたびに迷児々々したり、又は逆せ上ったりする二人を眼の前に見て楽しんだ。けれども津田は固く夫人の親切を信じて疑がはなかつた。（『漱石全集第七巻、道草・明暗』、四四九頁）

と示されているように、それさえも実は初めから吉川夫人のお膳立てによって、躍らされていただけに過ぎなかったのであるということを。現在の自分をこうして見栄の人と化すほどに、こだわり続けているあの過去さえも、結局は、当時の彼の態度や意識とは、又別のところの思惑が、何かの策略のように巡らされ、動いていたのかも知れない。従ってあの過去の過ちも、彼自身の落ち度によって導かれたものでなく、現在に於ける彼のそのような後悔などというものは、全く焦点違いのものであるのかも知れないとも思われる。そのあたりにも、必死に虚勢を張る現在の津田の意識の内面が、より悲壮なものとして浮き彫りにされてくる。

その原動力となる内面、虚勢と緊張を取り外したその素の部分には、弱く、もろい、男の怯えが隠されてされているのである。だからこそ彼の意識は表層的には決して自然でない姿をして、他との関わりを維持しようとしていたのである。

(三)　お延の意識

一方、それまで、津田の側からの視線によって、語られ続けていた作品が、第四十五章を契機として、お延の側からの視線に移行する。以後作品は、お延と津田の両方の内面を、作者側の視点の移動に伴って、行き来して進んでいくのであるが、先にも指摘したように、こうした多面的なる内面描写をこの作品の大きな特徴としてみることが出来る。

そしてその視点の転換によって我々は、お延という女性への新たなる認識を持つに至る。すなわち、作品冒頭から詳細に踏み込んで描写されていた津田の内面にあっては、いわゆる勝ち気で巧妙で、しかも何処か技巧的な女性として登場していたはずのお延が、ここからの単に上辺だけでない本質的なる内面部分の描出で、それまでとは違ったイメージを、我々に与えるようになるのである。

それによって又、我々は、しきりに津田が身構えて、我を守り通そうとするために、時には多大なる気遣いをも示す対象であった妻、「怜悧」で自由なお延の方にこそ、津田に対する遠慮や気遣いが相当あるということを、ここから知るに至る。しかも、夫である津田は、「我」に執着するあまり、そうしたお延の心中に対しては、なんら気づこうとさえしておらず、いつも眼前にいるお延を通り越し、何処か遠くを見つめているような、そんな男であることが、お延の側から示される。

手前勝手な男としての津田が不意にお延の胸に上つた。自分の朝夕尽してゐる親切は随分精一杯な積でゐるのに、夫の要求する犠牲には際限が無いのか知らんといふ、不断からの疑念が、濃い色でぱつと頭の中へ出た。

（『漱石全集第七巻、道草・明暗』、一四八頁）

お延が津田を「手前勝手な男」と思うのは、彼が他者の心中、すなわち妻としてのお延の真実を直視しようとする前に、どこかで既に身構えて、「我」の人となっていることに、気づいているからである。けれどもお延の意識の眼は、そうした津田の「我」の奥の、過去への執着と、傷つくことへの怯えの存在には、決して届くことがない。彼の「我」の正体に、微かな疑念をいだいてはいるものの、「持つて生れた一種の気位」と「痩我慢」、「虚栄心」が邪魔をして、結局はそれを自己意識の中でのみ、勝手に咀嚼するだけで、本質を見つめようとはしていない。そして、ただ彼が真っ直ぐに自分を見つめてくれるのを、望んでいるというだけの女である。

こうしたお延の愛に対する姿勢は、あまりにも真っ直ぐで、「自分の目で自分の夫を選ぶ事が出来た」自信に満ちており、「津田を精一杯愛し得るといふ信念」と、「津田から精一杯愛され得るといふ期待」と「安心」とを、同時に持ち合わせている女であるとも示される。お延については、これまでに、「近代的恋愛観」や「近代的結婚観」の具現者であると見なしている評価がある。例えば、荒正人の、「お延は、純情に富む女性である。純情といっても、感傷的なものにはかぎらぬ。近代的自覚に立つ純情な女性である。」[17]という論や、平岡敏夫の、「お延の『近代』的恋愛観・結婚観は明らかである。」[18]という見方など、いくつもの指摘がある。

確かに女性が、夫や家への献身や忍従を第一義とされる当時にあって、彼女のように、自己をまず優先させて意識できるということは、かなり現代的人物像として見ることが出来るともいえるだろう。けれどもそれは一方では、結局は彼女の内面的な思考部分のみのものであり、現実のお延は、そうした自己の恋愛観、結婚観を実際のものとするために、多くの犠牲を強いられているということも又事実であるように思われる。

自由であるはずの彼女は実は、必要以上に周囲に対して遠慮して、気を配り、「愛されている」という「近代的」なる自分というものを、自分自身で演出し続けていくために、孤軍奮闘している様子が伺える。

例えば、朝から大げさな「おつくり」で、参加しようとしていた岡本家との観劇は、ただ彼女の興味と楽しみのためというような、極めて自己中心的理由で計画されたものではない。実は、彼女の叔父の家からの要請によって、継子の見合いの席に同席し、相手の人物を見極めるための役を、依頼されていたためでもあったのだ。この席に於て居合わせた、吉川夫人のその前で、ただ小さくなっているお延の姿は、どんなに内面に於て、自己中心的で「我」を通そうとしていても、そのエゴイズムが、特に若い妻としての彼女の立場では、夫以外の他者との関わりの中では、十分に発揮されることなど不可能な、外圧の重さを感じさせているものである。手術前である夫に気遣って、なるべく気に障ることのないようさりげなく言い出すことに苦労して、やっとの思いで実現できたその日の外出は、結局は、彼女にとってただ、継子の引き立て役を道化の如く立ち回って終わっただけだった。

こうしたお延の内面は、更に、彼女の苦悩として次第に明らかにされてくる。

機嫌のいゝ時に、彼を向ふへ廻して軽口の吐き競をやる位は、今の彼女に取つて何の努力も要らない第二の天性のやうなものであつた。然し津田に嫁いでからの彼女は、嫁ぐとすぐに此態度を改めた。所が最初慎みのために控えた悪口は、二ケ月経つても、三ケ月経つても中々出て来なかつた。彼女は遂に此点に於て、岡本に居た時の自分とは別個の人間になつて、彼女の夫に対しなければならなくなつた。（『漱石全集第七巻、道草・明暗』、一九五頁）

「岡本に居た時の自分とは別個の人間になつて」しまったということに、一方では戸惑いを感じてはいるものの、お延は次第に「津田の妻」としての自分自身の姿というものを、不本意ながらもつくりあげている。

また、「如何に異性を取り扱ふ可きかの修養」を岡本の叔父から学んでいたはずのお延が、津田との新しい生活を始めた以後、「新らしい夫を叔父のやうな人間に熟しつけるか、又は既に出来上つた自分の方を、新らしい夫に合ふやうに改造するか、何方かにしなければならない場合によく出合つた」時、「叔父なら嬉しがつて呉れるものを」と内心には感じながらも、結局は津田に合わせてしまっている、「妻」としてあろうとするお延の態度にも示されている。

いわゆる「近代的結婚」を選択したはずのお延にしても、結局は家庭に、そして、夫に追随しなければならない「我慢」を、こうして強いられている。お延は、夫への忍従や献身を美徳とする従来の結婚観を逸脱した存在として描かれているようには見えるけれども、お延はお延の程度をもって、その忍従を、自分自身に課しているというように、見ることも又できるだろう。「昔は淡い夢の様に、次第次第に確実な自分から遠ざかつて行くのではなからうか」というお延の述懐は、端的にそれを示している。

そして、お延の心情は、結局、津田や岡本の身内たちにも理解されぬまま、外面を装っている幸福で奔放な妻としての一面のみを解釈されているばかりである。

こうしたお延の内面や心理の奥までも、作者が踏み込んでいくことで、その外側に見える部分とは、明らかに異なっている内なる意識の様相が露呈した。そしてそこには、他者を完全に理解することの不可能な意識の宿命が、再び、普遍的な人間関係に於ける悲哀として、ここに表されているのである。

漱石は、大正五（一九一六）年七月十九日の大石泰蔵宛書簡の中で、次のように記している。

あなたはお延といふ女の技巧的な裏に何かの欠陥が潜んでゐるやうに思つて読んでゐた。然るに、其お延が主人公の地位に立つて自由に自分の心理を説明し得るやうになつても、あなたの予期通りのものが出て来ない。それであなたは私に向つて、「君は何の為に主人公を変へたのか」と云ひたくなつたのではありませんか。あなたの予期通り女主人公にもつと大袈裟な裏面や凄まじい欠陥を拵へて小説にする事は私も承知してゐました。然し私はわざとそれを回避したのです。（略）

私は明暗で（昨今御覧になる範囲内に於て）、他から見れば疑はれるべき女の裏面には、必ずしも疑ふべきしかく大袈沙《ママ》な小説的の欠陥が含まれてゐるとは限らないといふ事を証明した積でゐるのです。（『漱石全集第十五巻、続書簡集』、五六七頁）

自己意識の中にある、「大袈裟な裏面」でも「凄まじい欠陥」でも「魂胆」などでもない、ごく平凡なる「デリケートな」悩みとしての真実が、外的世界に向かって表出されるとき、自己の演出や他者からの曲解によってねじ曲げられ、どうあってもストレートに伝わっていかない状況を、漱石はこうして作品の中に呈示した。

そして、自己意識が他者生の中でどのように変容していくかということを、津田とお延の双方の意識の描出によって、忠実に描き出しているのである。

（四）清子の存在

多くの論者は、作品の後半に於て、漸く登場する清子という女性を、まるで、エゴイズムを脱却した理想的人物として位置づける。それは、岡崎義恵[19]「無邪気で落ち着いていて、淡泊単純で余裕のある、常に微笑している女」、「老子の無為自然というものはこの様なものかとも思われる」という見解や、唐木順三[20]の、「いはばリルケのいうような意味で常に開いている。わだかまりがない。」「無私、無技巧」の女性であるという見方など、「聖女」のイメージとしての指摘である。

一方これに対して、江藤淳は、[21]「清子は聖女でも、特別な救済能力を与えられた天使でもあり得ない」、「気性の強い妻君の情熱に辟易した男が、昔の恋人を理想化するのは当たり前で、それは則天去私でもなんでもない、有り触れた話に過ぎない」、「寧ろ清子は、お延やお秀と匹敵するような猛烈な個性の持ち主であり、彼女たちと同じ詩のない日常生活に過ぎぬとする方が、より自然でもあり、現実的でもある」というように、痛烈な反論を示している。

清子という存在に対する評価の目は、これら二つの対極的見解の、ほぼどちらかに荷担することにより、『明暗』論として論じられ、現在に至っている。筆者の立場を示すとすれば、清子が救済的、脱エゴイズムのいわゆる「則天去私」の典型として位置づけられているとは捉え難く、お延と同様に、この清子という人物の、より人間的なる内面性についてさえ、以後更に、作者は言及する用意を備えていたようにさえ思われる（ただ、作品がこうして中絶してしまっているために、ここには描出されてはいないのが、何とも残念なことである）。

作品内に実際に登場する以前、我々は、清子について、津田や吉川夫人の口を通して繰り返し、「いざという間際になつて」、「不意と逃げたきり、遂に夫人の手に戻つて来なかつた」、「あつといつて後ろを向いたら、もう（別の男性と）結婚していた」というように、いわば何の理由も告げずに、ふらりと男の前から姿を消してしまった女性としての印象を、散々植え付けられている。

こうした清子の行為を引き起こす、彼女自身の意識や苦悩の実体は、何も語られてはいないので、一方的なる津田や吉川夫人の記憶からだけでは一概に、彼女について判断することなどは当然の如く出来ないといえるだろう。けれどもたとえ、そこに何らかの正当な、又緊急的なる理由があったとしても、結婚を意識させる関係にまで、そのつきあいを進展させていた相手である津田に対して、何の説明も無しに突然姿を消したという行為そのものは、紛れもない事実である。果たしてそれを一体どう捉えるか。清子を、脱エゴイズムの象徴とみるならば、この行為は、どのように位置づけられるのか。

津田とお延の関係を、「我」の確執として読むことが出来るとするならば、たとえどんなに好意的な眼をもってさえ、少なくとも清子のこの行為そのものについては、全く他者生を意識しない、一方的なものであり、他者の存在を無視した、自己勝手な行為としてみなすことも出来るように思われる。

そして、温泉宿で津田と再会した清子の「心理作用なんて難しいものは私にも解らないわ。ただ昨夕はああで、今朝はこうなの。それだけよ」という言動が、彼女を「無私」の態度にある人として、評価する根拠ともなっているのだが、結局それさえも、一種の技巧としてさえも、受け取れなくもないのである。

「貴女はいつ頃までおいでです」という津田の質問に、「予定なんか丸でないのよ。宅から電報が来れば、今日にでも帰らなくちゃならないわ」と、おっとりと応える清子のその姿には、全てに無頓着で、自然であるような態度を一時的にとりながら、さりげなく過去の男である津田の気を、自分に向けさせているのではなかろうかとも思える節もあるのである。「昨夕そんなに驚いた貴女が、今朝は又何うしてそんなに平気でゐられるんでせう」という津田の問いかけにさえ、彼女は明確な答を返さない。却ってそうした会話の端々に、新たなる謎を津田に対して示そうとすることで、相手の興味関心を、次第次第に自身に向けさせようとしている技巧さえ、そこには内在していると言えまいか。

ここにおいても、我々は、他者意識が自己意識の中に再現されるとき、そこには完全に再生不可能な、意識の宿命が示されているとみることを、見いだすことが出来るのでもある。清子の謎に満ちたさまざまな言動は、津田の中で、新たなる光を帯び始めているようでもある。

けれどもそうした清子の内面は、作者の死によって、何も語られることのないまま中絶し、その深淵に潜む意識の真相を我々はついに知ることはないのである。

（五）錯綜する意識

以上の通り、『明暗』における視点の移動と、意識の錯綜のあり様は、すなわち、あのW・ジェームズによって導かれた漱石の、より具体的な意識認識の表出であったと見ることが出来るだろう。

ジェームズによって、

事物が内部でものごとを行っている観点に立って見ると、これらの後ろ向きで、互いに争っている諸概念が、全て調和するようになる。ある人間の性格の中心、すなわち、ベルグソンのいわゆるその人間の生の躍動《エラン・ヴィタル》の中に、共感を持って生きて見よ、そうすれば直ちに、生の躍動を外から見ている人々が、これをかくもさまざまなやり方で、理解している所以を見て取ることが出来るであろう。生とはさまざまな状況に応じて、正直さと不正直さ、勇気と臆病、愚かさと洞察とに分裂するものであるということ、それが何故で又どういうふうにしてかということを正確に感ずるようになるだろう。

と語られていることは、既に前章でも詳細に検討してきた通りである。そして、漱石がこの部分の前後に、多くの線引きを残しているという事実からも、その関心の深さを知ることが出来る。

意識は個人の内部に深く潜入し、その内面の葛藤や、苦悩の慰藉を独力で試みようとしたものの、結局は、周囲との関わりなしには自らの「生」というものを全うすることが不可能だと悟ったのであった。こうした段階を経て漱石は、改めて作家としての自身の立場を省みて、それぞれの「他者生」をそれぞれのものとして、そのまま尊重し、全てを認めようとする姿勢をとらんとすることを、確認したのでもあったのだ。それを、作中においての作者視線の移動という方法で、漸く成功へと導くことが出来たと言えるだろう。

そしてそれは、ジェームズがしきりに推賞していたベルグソンの『時と自由意思』を読んだときのその感動が、具体化されたものとしてさえも、見ることが出来るように思われる。

我々は直接的な自己観察を行う習慣をもたず、外界から借りてきた形式を通して自分を知覚するので、終いには、現実の持続、意識によって体験された持続とは、惰性的な原子をそれに何の変化も起こすことなく滑り去っていくあの持続と同一のものである、と思い込むようになる。これがもとになって我々は、一度時間が流れてしまった後に事物を又もとの場所に戻したり、同一の人間の上にまたしても同一の動機が働くと考えたり、又これらの原因がやはり前と同じ結果を生むと結論したりすることに不条理を認めなくなってしまう。(略)それは、注意して検討すれば、外界と内界との間に明らかに見てとれる根本的な相違をまさしく捨象してしまったからのことである。つまり真の持続を外見からの持続と同一視したからである。

と語るベルグソンの書に触れて、漱石はまさにこの叙述部分が記載されていた同じ頁内に、「余は常にしか考へ居たり」というメモを書き残しているのである。漱石がいかにベルグソンを読んでいたかということを、それらのメモの存在が、示しているとも言えるだろう。

すなわち、これらジェームズやベルグソンに導かれ、築き上げられた彼の意識認識が、津田の側からの意識と、お延の側からの意識とを、両面的に描出するという方法へと彼を導いていったのである。

津田が清子という過去に拘るのは、現在の彼の意識が、逐一常にあの過去を、振り返りながら出現している故であり、ここにおいて彼にとってのその「過去」というものは、いわゆる「完全なる過去世界」の場にのみ固定されているような、そんな単純なものではない。すなわち彼の中では、その過去がただ、過去の事実として冷静に、客観的に認識されているのでなく、当時の彼の意識の中で、ふわふわと変容されて、いわゆる恐怖や怯えの形として再構築された上、現在の彼を取り巻いているとも言えるだろう。

それはいよいよ清子との再会の地へと向かう途中、

おれは今この夢見たやうなものゝ続きを辿らうとしてゐる。東京を立つ前から、もつと几帳面に云へば、吉川夫人に此温泉行を勧められない前から、いやもつと深く突き込んで云へば、お延と結婚する前から、――それでもまだ云ひ足りない、実は突然清子に背中を向けられた其刹那から、自分はもう既にこの夢のやうなものに祟られてゐるのだ。さうして今丁度その夢を追懸やうとしてゐる途中なのだ。（『漱石全集第七巻、道草・明暗』、五九一頁）

と津田自身も自覚しているものである。ベルグソンが「過去とは、生物体にとってはおそらく、又意識存在にとっては確実に、一つの実在なのだ。」と定義するように、過去と現在は意識の渦中で同時に想起され、彼を支配しているのである。それがなお、現在の新しい機動力ともなって、彼を動かしているともいえるだろう。

あくまでも現在という時の流れに並行し、時間的には未来にむかって前進していながらも、その外面に表出されている自我は実はその深層に、自己自身における潜在意識の領域を持っていて、時間的過去の存在は、現実的意識を支配する。

それが、ここに描かれた意識の真相なのである。

大正五（一九一六）年の『点頭録』の中に、

現在の我が天地を覆ひ尽して厳存《ママ》してゐるといふ確実な事実である。一挙手一投足の末に至る迄此「我」が認識しつゝ絶えず過去へ繰り越してゐるといふ動かしがたい真境である。だから其処に眼を付けて自分の後を振り返ると、過去は夢処ではない。（『漱石全集第十五巻、続書簡集』、四六八頁）

とあるように、漱石は、われわれの眼前に自我として表出している外的自己というものが、自己に纏わる深い背景のほんの一部分にしか過ぎないものであるという認識に、到達しているのである（だからこそ、漱石が、『こゝろ』の中で、「先生の遺書」を書き、一人の人間に於ける過去からの現在というものを、明確に描出した後で、それを改めて、自己そのものの問題として受け止めて、「帰ってきた男」を主人公としたあの自伝的作品『道草』を著したのである。漱石がその『道草』を完成させたということ自体にも、重い意味を認めることが出来るだろう）。

けれども、こうした複雑なる意識の深層を、自己以外である他者は決して知ることはないのである。意識存在を、外的自我の部分に表出されている、僅かな手がかりだけを頼りに知ろうとするために、誰もがあのベルグソンの指摘する「外界と内界との間に明らかに見てとれる根本的な相違をまさしく捨象してしま」うのであって、結局は他者を理解することは出来ないままとなってしまう。

他者意識を完全な形で理解しようとすることは、自己意識に固執する限り所詮不可能なことである。それが達成できるのは、我々が今こうして大きな視野をもち、作品世界全体を相対的に眺めている、この作者の位置に立っているのと同様に、周囲の関係者それぞれの意識を、広角的に概観出来るような「大いなるもの」の位置に立つしかないともいえるだろう。

ジェームズの、「ある人間の性格の中心、すなわち、ベルグソンのいわゆるその人間の生の躍動《エラン・ヴィタル》の中に、共感を持って生きて見よ」というあの言葉を何とか実現するために、漱石はまず『彼岸過迄』を表した。そして、そこから、心という存在の、決して統一的でない意識の断片のそれぞれを見つめ、さらには、各人に様々に存在する、深遠かつ複雑な意識世界を見つめるに至った。『彼岸過迄』に続く作品の、その意識世界の描出が、次第に鋭く深刻なる様相を呈していくのは、まさにそのためなのである。

個々なる内部に潜んでいる、それぞれ固有の意識世界。他者である誰によっても完全に、理解することなどの不可能な、そんな解りがたい極めて「個」別の意識世界。その存在に改めて気づいたとき、〝作家〟である漱石は、ある達観を得たのである。

多種多様の自我が渦巻く人間の、生きるこの世を描くとき、大げさな虚飾で飾ったり、(前期の作品群に見られたような)単なる創作世界にとどまらせようとなど決してしない。又、一元的ご都合主義の見方から、つじつまを無理に合わせたり、偏った表現に妥協したりも決してせず、それぞれの個における自我、そして、我の有り様を、率直に、そして、どんな矛盾をも恐れず、あるが儘に飾らずに描こうとするに至ったのである。その結果として、彼が漸く到達したのが、この『明暗』の方法であったのだ。

それこそが、若き日に、あれほど希求しながらも、決してたどり着くことの出来なかった東洋的境地に通ずる、いわゆる作品世界に超越した「作者としての位置」なのである。それは、作者が作品に対するとき、一定の人物にのみ、一方的視点からの思い入れをするのでない、いわゆる「大いなるもの」としての位置に立つことである。時には主人公の側から、時には別の人物の側から、それぞれの異なった人物達によってある物事がどう捉えられ、どう感受されているかを的確に、そして、冷静に見つめようとする、作品世界から一段高みの位置である。

従って、そうした、何者にも束縛されず、おおらかに、全てから超越した位置に立とうとする姿勢、それこそが、作家・漱石の、「則天去私」の境地であるといえるだろう。

最も先駆的漱石研究家、小宮豊隆による指摘[22]以来、これまでの研究成果に於てはその「則天去私」と言う言葉そのものに脱エゴイズムという重要な意味を見いだして『明暗』を解いているものが多かった。けれども現在の論者にはそれを否定する向きもかなりある。[23]

そもそも漱石が明確に則天去私について述べたのは、大正五(一九一六)年十一月十六日の最後の木曜会の席上で、「先生の機嫌が平生よりもさらに善く、始終にこにこしながら」(赤木桁平「漱石先生の記憶」、大正五〈一九一

六〉年十二月二十一日）

「漸く自分も此頃一つのさういつた境地に出た。『則天去私』と自分ではよんで居るのだが、他の人がもつと外の言葉で言ひ現はしても居るだらう。つまり普通自分自分といふ所謂小我の私を去つて、もつと大きな謂はば普遍的な大我の命ずるまゝに自分をまかせるといつたやうな事なんだが、さう言葉で言つてしまつたんでは尽くせない気がする。その前に出ると、普通えらさうに見える一つの主張とか理想とか主義とかいふものも結局ちつぽけなもので、さうかといつて普通つまらないと見られているものでも、それはそれとしての存在が与へられる。つまり観る方から云へば、全てが一視同仁だ。差別無差別といふやうな事になるんだらうね。今度の『明暗』なんぞはさう云ふ態度で書いてゐる」（松岡譲『漱石先生』「宗教的問答」）

と語ったことに由来する。そしてこの言葉が次第に一人歩きし始めて、その後の『明暗』の評価にも大きな指針を示したのであった（清子をそのイメージの具現者だとする見方は、先に示したとおりである）。

けれども漱石の示すその意味は、単なるエゴイズムの脱却と無我の境地への悟りというよりも、たとえば大正五（一九一六）年十一月の書簡に

あの小説にはちつとも私はありません。僕の無私といふ意味は六づかしいのでも何でもありません。たゞ態度に無理がないのです。だから好い小説はみんな無私です。完璧に私があつたら大変です。自家撲滅です。だから無私といふ字に拘泥する必要は全くないのです。（『漱石全集第十五巻、続書簡集』、六〇一頁）

と綴っているように、むしろ作家としての「意識」への態度が、この時期に至って漸くここまでたどり着いたことを示しているのであって、それを、先の考察においても触れてきたように、「則天去私」という言葉の中に、凝縮した形として受け止めることが出来るのである。

修善寺の大患直後の時点では、「想ひ出す事など」（明治四十三年十月二十九日〜明治四十四年四月十三日、「東京朝

日新聞」連載）の中でも、

吾々の意識には敷居の様な境界線があつて、其線の下は暗く、其線の上は明らかであるとは現代の心理学者が一般に認識する議論の様に見えるし、又わが経験に照しても至極と思はれるが、肉体と共に活動する心的現象に斯様の作用があつたにした所で、わが暗中の意識即ち是死後の意識とは受取れない。

大いなるものは小さいものを含んで、其小さいものに気が付いてゐるが、含まれたる小さいものは自分の存在を知るばかりで、己等の寄り集つて拵らえてゐる全部に対しては風馬牛の如く無頓着であるとは、ゼームスが意識の内容を解き放したり、又結び合せたりして得た結論である。それと同じく、個人全体の意識も亦より大いなる意識の中に含まれながら、しかも其存在を自覚せずに、孤立する如くに考へてゐるのだらうとは、彼が此類推より下し来るスピリチズムに都合よき仮定である。（『漱石全集第八巻、小品集』、三一九頁）

書かれていたように、「信力を以て彼等の説を奉ずることが出来ない」、「大いなる意識」の存在を、作家としての立場から、改めて思い直していたのである。やがてはそれを改めて、「硝子戸の中」（大正四年一月十三日〜同二月二十三日、東京・大阪「朝日新聞」連載）の三十九の中で、

有難い事に私の神経は静まつてゐた。此嘲弄の上に乗つてふわ〳〵と高い瞑想の領分に上つて行くのが自分には大変な愉快になつた。自分の馬鹿な性質を、雲の上から見下して笑ひたくなつた私は、自分で自分を軽蔑する気分に揺られながら、揺籃の中で眠る小供に過ぎなかつた。

私は今迄他の事と私の事をごちや〳〵に書いた。他の事を書くときには、成る可く相手の迷惑にならないやうにとの掛念《ママ》があつた。私の身の上を語る時分には、却つて比較的自由な空気の中に呼吸する事が出来た。それでも私はまだ私に対して全く色気を取り除き得る程度に達してゐなかつた。嘘を吐いて世間を欺く程の元気がないにしても、もつと卑しい所、もつと悪い所、もつと面目を失するやうな自分の欠点を、つい発表しずに

仕舞つた。（略）私の罪は――もしそれを罪と云ひ得るならば、――頗ぶる明るい処からばかり写されてゐただらう。其所に或人は一種の不快を感ずるかも知れない。然し私自身は今其不快の上に跨がつて、一般の人類をひろく見渡しながら微笑してゐるのである。今迄詰らない事を書いた自分をも、同じ眼で見渡して、恰もそれが他人であつたかの感を抱きつゝ、矢張り微笑してゐるのである。（『漱石全集第八巻、小品集』、五〇八頁）

と述懐し、その「大いなるもの」として、作家である自らの目を確認するに至っているのである。

そして作品『明暗』によって現実を生きる宿命として、自己意識の内部に潜入するばかりでは実現できない生の全うを、他者との関わりの中で、より重層的に描きだすに至ったのであった。現世を生きる「明」の部分、すなわち「我」として表出されてくる外的意識の様相と、無意識の領域に於ける限りなく「不確実なる」ものとして存在する「暗」の部分のそれぞれが、我々人間というものの内部に確かに併存する意識世界そのものであるとして、彼は『明暗』を描いている。そして、意識は、他者生をも、その自己意識に交錯する現実であると認識し、多元的なる世界をここに実現しているのである。

これ以降、意識が他者との関わりの中で更にどのように描出されていくか、特に「清子」の内面の真相をめぐる展開は、読者としても非常に興味ある部分でもあるのだが、それを明らかにする前に、作者夏目漱石は、「天寿の許す限り」の人生を、「自己の天分の有り丈を尽」くしたかのように、遥かなる世界へと旅立って行ったのであった。

注

（1）小宮豊隆「『彼岸過迄』」『漱石の芸術』（昭和十七年十二月、岩波書店）

（2）土居健郎『漱石の心的世界』（昭和五十七年十一月、角川選書）

（3）明治四十四年十一月二十九日、漱石は、五女「ひな子」を亡くしている。『漱石の思ひ出』によると、それは次のように書かれている。

十一月末の事でございました。此の日も夕方長女の筆子に長いことおんぶされたり、それからおもりと一緒に猫の墓の辺りで遊んでをりました。そのうち夕飯時になります。いつもですと小さいのばかりがうぢやと集まるのですから、とても大騒動なので、此の雛子と其の上の小さい男の子丈は、めい〳〵おもりがおんぶして外へ避難して、さて食事がすんだ頃を見計らつてかへつて来て、それからご飯をやるといふ方法でやつて居たのですが、此の日はどうした弾みか、ご飯を一足先に食べさせて、それから外へ行くといふので、茶の間の隣の六畳で食事を始めました。所が自分一人でご飯を頂かうといふので、おもりのもつている箸を取り上げて、お茶碗片手に「かう、かう」と片言混じりに食べて居ります内に、急にキヤツといふなり、茶碗を持つたまま、仰向けにたふれて仕舞ひました。

（4）『彼岸過迄』の「雨の降る日」には、この「ひな子」の死の状況がそのまま書かれている。

（5）熊坂敦子「『こゝろ』の世界」『夏目漱石の研究』（昭和四十八年三月、桜楓社）
（6）佐藤泰正「『こゝろ』」『夏目漱石論』（昭和六十一年二月、筑摩書房）
（7）石原千秋「『こゝろ』のオディプス―反転する語り―」（『成城国文学』、昭和六十年三月）
（8）江藤淳「『心』における光と闇」『講座夏目漱石』第三巻、（昭和五十六年十一月、有斐閣）
（9）平岡敏夫『漱石序説』（昭和五十一年十月、塙書房）
（10）高木文雄「こゝろ」『夏目漱石』（昭和四十九年五月、向学図書）
（11）大岡昇平「『明暗』の結末について」（『群像』、昭和六十一年一月）
（12）水村美苗『続明暗』（平成二年九月、筑摩書房）
（13）松田晴美「『明暗』の結末について」（『国文』七十三号、平成二年七月）
（14）田中文子『夏目漱石『明暗』蛇尾の章』（平成三年五月、東方出版）

(15) 小宮豊隆「『明暗』」『漱石の芸術』(昭和十七年十二月、岩波書店)
(16) (15)に同じ
(17) 荒正人「『明暗』解説」『荒正人著作集五巻』(昭和五十九年十月、三一書房)
(18) 平岡敏夫「明暗」『漱石研究』(昭和六十二年九月、有精堂出版)
(19) 岡崎義恵「明暗」『漱石と則天去私』(昭和十八年十二月、岩波書店)
(20) 唐木順三「『明暗』論」『夏目漱石』(昭和四十一年八月、国際日本研究所)
(21) 江藤淳「明暗」『決定版夏目漱石』(昭和四十九年十一月、新潮社)
(22) 小宮豊隆は、「『明暗』は「来年迄つゞくでせう」といふ。然も漱石が敢えて「来年迄つゞくでせう」と言ひ得たといふ事は、漱石がこの仕事を続けて行く事に、十分の歓びを持つてゐたといふ事を証明する」、「漱石が、それに仕へる無上の歓びとした、より高きイデーとは何であるか。——それは言ふまでもなく、漱石の所謂『則天去私』の世界である。」と述べている。(前掲論文)
(23) 「則天去私の如きは伝説に過ぎない。作家は伝説によってではなく、彼自身の人間的な魅力によって生きている。」(江藤淳、前掲論文)、「明暗という作品は、「則天去私」などといった直接には何の関係もない言葉を巡る観念遊戯の対象となり果てて行った」(藤井淑禎「あかり革命下の『明暗』」『立教大学日本文学』六十五号、平成三年三月)などがある。

第四章　漱石文学に於ける意識の様相

以上の通り、主に意識という観点から漱石文学を読み解くことにより、夏目漱石という作家の自己拘泥の軌跡が改めて明確化されたようにも思われる。
最後に、これまでの経緯について改めて辿りつつ、漱石文学における意識の様相をまとめたい。

一　漱石という作家

まず、何よりも漱石の心の原点、意識に対する目の始まりは、やはり、その出生と生い立ちにまつわるものであったといえるだろう。肉親の愛を現実のものとしてどうしても受け止められなかった幼き頃の不安感は、やがて孤独な彼に、ただひたすらに母なるもの、肉親なるもの、家族なるものへの熱い思いを抱かせるようになっていた。決して充たされることのなき思い。それでも漱石は必死で求めていた。母を、家庭を、そして「心」というものを、強く求めていたのである。

「硝子戸の中」の中に見られる母の思い出には、それが強く伺える。「悪戯で強情な私は、決して世間の末ツ子のやうに母から甘く取扱かはれなかつた。それでも宅中で一番私を可愛がつて呉れたものは母だといふ強い親しみの心が、母に対する記憶には、何時でも籠つてゐる」というあの一節、又、その母に纏わる次のようなエピソードは、年を重ねてさえなおも、理想的母親像を求め続けている漱石の姿が感じとれるのである。

私は何時何処で犯した罪か知らないが、何しろ自分の所有でない金銭を多額に浪費してしまつた。それを何の目的で何に遣つたのか、其辺も明瞭でないけれども、小供の私には到底償ふ訳に行かないので、気の狭い私は寝ながら大変苦しみ出した。さうして仕舞に大きな声を揚げて下にゐる母を呼んだのである。（略）母は私の声を聞き付けると、すぐ二階へ上つて来て呉れた。私は其所に立つて私を眺めてゐる母に、私の苦しみを話して、何うかして下さいと頼んだ。母は其時微笑しながら、「心配しないでも好いよ。御母さんがいくらでも御金を出して上げるから」と云つて呉れた。（『漱石全集第八巻、小品集』、五〇六頁）

このエピソードには更に、次のような漱石の感慨の言葉が添えられている。

私は此出来事が、全部夢なのか、又は半分丈本当なのか、今でも疑つてゐる。然し何うしても私は実際大きな声を出して母に救いを求め、母は又実際の姿を現はして私に慰藉の言葉を与へて呉れたとしか考へられない。

（前同）

ここに示されているように、「夢なのか」、「本当なのか」はっきりしない記憶の中で、ただ一つ確かなのは、それほどまでに、漱石が、母とのふれあいの日々を「大切なる思い出」として何時までも心に残しているということである。「決して世間の末ツ子のやうに母から甘く取扱かはれなかつた」というその言葉から考えれば、肉親の愛情に十分充たされていたとはいえない孤独な幼児期ではあった。それでも、その「母」こそが、「一番私を可愛がつて呉れた」という暖かい記憶を胸の中にいつまでも留めさせておきたいと、彼はなおも願っていたのである。

この「硝子戸の中」を書いた大正四（一九一五）年は、漱石四十九歳の時だった。けれどもなお彼は母を求めている。即ち、それはかけがえのない過去が、常に記憶の中に再構築されながら生き続けているからだともいえるだろう。

従って随想「硝子戸の中」は、あくまでも、美化された追憶としても読めるように思われる。

その生い立ちを見てみると、現実には、当時養家と実家の間に挟まれるという立場にあった漱石（金之助）は、長い間「塩原」姓のまま、いつまでも宙ぶらりんの状態にされていたのである。所詮は「六人兄弟の末っ子で、両親から余計者、要らぬ子として扱はれ」ていたのであった。そうした環境の中で、精一杯生きているという手応えを得るために、いわば目に見える「結果」を見せることにまず、ただひたすら必死になっていたともいえるだろう。当時の金之助少年に出来る自己主張、それは、「学問」という場において成し遂げることだったのである。

小学校入学以来、殆ど首席で通したのも、何とかして認められたいという執念にも似た幻想に、突き動かされていたからこそなのかも知れない。

本論第二章において詳しく見たように、小学校時代に記した「正成論」という作文に表れたあの「鉄心」への心構えや意気込みは、たとえどのような状況にあろうとも、自己というものを強く保ち、真っ直ぐなる「生」を全うすることを、当時の金之助が、何よりも理想とし、自己をその高みにまで近づけようとしていたことを示しているものである。

ただ、その生の追求が一途でしかも必死であればあるほどに、不動なる「生」を全うすることで、得られるものが何であるのか、はっきりと摑めなかったのも事実である。家族、肉親からの暖かなるまなざしが、「優秀な子」としての自分の姿に集まるようになるたびに、彼の心は揺れていた。自分はいったい何なのか、この「道」で本当に真なる幸福が得られるのかと。

だからこそ漱石は、人の道を説き、より高い生き方を示さんとする教えへと、心を寄せていたのである。幼き頃から身近にあった儒教的思想や、又、漢文訓読等を通して近づいたあの東洋のさまざまな思想を知ることで、心の迷いを払拭し、少しでもそれらの示す高みへと、自らを律することを志す。大学時代の作文「居移気説」の中に示された不動なる「正心」への希求にも、それは明らかに表出されていた。心のよりどころを必死で探していたのである。けれども、それら東洋的思想に説かれていたものは、例えば老子の「無為」であり、また陽明学の「知行合一」というものであり、それら余りに大きな教えの前に、漱石は、どうしてもそれを自らのものとして、肌で実感することが出来なかったのであった。それらのもっともなる理想の教えの数々は、満たされないままに迷い続けていた彼を、悟りや道というより一層「高き理想」の部分へと、引き上げようとはするけれども、迷いそのものについては、何も説明してくれない。東洋思想の中に道を探りつつ、次第に自分の心が離れていく現実を、どうしても無視することも出来なかったとも思われる。

やがて金之助はそのような迷いの中において、「断定」し、「理想」を追求する東洋哲学から、決して「断定」しない西洋心理学、哲学の方面へと、その視線を移動させていくのである。

英国留学中「近頃は文学書抔は読まない心理学の本やら進化論の本やらやたらに読む」（明治三十五〈一九〇二〉年二月二十六日付書簡、『漱石全集第十四巻、書簡集』、一九七頁）と手紙に綴った漱石の、特に心理学者であり又哲学者でもあるウィリアム・ジェームズとの出会いは、やがて、来るべく「作家夏目漱石」の世界に多大なる影響を及ぼす、極めて重要な意味を持つものともなった。

そもそも漱石がイギリスでジェームズを読んだのは、単なる偶然の作用ばかりではなかったようである。東京帝国大学時代から、元良勇次郎の「心理学」の講義を聞いていた漱石が、ロンドン留学中、その元良の師の一人でもあるという、W・ジェームズの著作を買い求め、読み進めることを開始したということと、漱石のジェームズへの傾倒は、おそらく無縁ではないものと思われる。折から当時のロンドンは、心理学や心霊学ブームの最中であったという事実もある。又、漱石が丁度ロンドンにいた時期に、その当のジェームズが、ロンドンのエヂンバラ大学で講演をしたということもあり、漱石の心理学への関心、そしてジェームズへの関心は、ますます膨らんでいったともいえるだろう。当時かの地で購入した、『心理学原理』、そして『宗教的経験の諸相』などのジェームズの著作に盛んに傍線を引きながら、漱石は、心理学の中でも特に「意識」という心的現象に、強い関心を寄せていくようになるのである。

それは例えば「意識」を中心とする問題が、英国留学中に纏められた『文学論』の中で盛んに纏められていることからも、明らかにいえるものである（本論第三章で詳しく分析したように、「意識の時々刻々は一個の波形」であると定義した『文学論』には、ジェームズからの明らかなる引用が、いくつも発見できる）。

けれどもロンドンに於てのその野望、当時義父中根に宛てた書簡に

> 小生の考にては「世界を如何に観るべきやと云ふ論より始め夫より人生を如何に解釈すべきやの問題に移り夫より人生の意義目的及び其活力の変化を論じ次に開化の如何なる者なるやを論じ開化を構造する諸原素を解剖し其聯合して発展する方向よりして文芸の開化に及す影響及び其何物なるかを論ず」る積りに候斯様な大き（な）《ママ》事故哲学にも歴史にも政治にも心理にも生物学にも進化論にも関係致候故自分ながら其大膽なるにあきれ候事も有之候へども思ひ立候事故行く処迄行く積に候（明治三十五年三月十五日、『漱石全集第十四巻、書簡集』、二〇一頁）

とあるように、壮大なる大著述への意気込みは、次第にロンドンの孤独に苛まれ、尻つぼみになっていく。後に、自ら「余りに理路に傾き過ぎ」た「学理的閑文学」と見なしていくように、文学研究から遠ざかって行ったのであった。

帰国後、再び妻子と生活を共にしながら、大学の教壇に立っていた漱石ではあるのだが、あのロンドン時代から神経症が次第次第に悪化して、心は不安定になって行く。その時偶然友人が進めたのが小説を書くということで、その些細な助言をきっかけに、以来彼は作家として、大成の道を進んでいくことになるのである。

漱石はその生い立ちから死に至るまで、生涯を孤独と苦悩に苛まれ、日々を過ごしていた作家である。結婚後次々生まれる子らとの暮らしのその中で、にぎやかに時を過ごしていながらも、常に俗世のしがらみと、一方に於てはそれに束縛されたくないという、切なる願いも感じ続けていたのである。漱石は生涯を通じて自己と他者とのあり方というもの、知識人としての理想と、煩雑なる生活の現実を、熟思し、そしてその狭間で、自身は如何にあるべきか、探求し続けた作家である。

だからこそ彼の作品には苦悩の様相が示される。

漱石の意識の追求は、彼自らとは又別の「生」の錯綜する空間、すなわち彼が表したそれぞれの作品世界の中で、常に為されていたといえるだろう。

二　漱石の作品

明治三十八年に処女作『吾輩は猫である』を書いてから、作家としての活動を開始することになった漱石が、その作品のそれぞれに、常に表そうとしたものは、如何に生きるかという「生」に対する追求であったといえるだろう。そしてその生を全うするために、自らの存在をまるで確認しようとするかのように常に見つめ続けていたものが、意識という問題でもあった。確かにロンドン時代にジェームズに触れてから、「意識」は実に多くの場面に於て漱石の叙述や作品に登場し、永遠のテーマとなって心中深くあり続けている。

従って、その漱石における意識の問題を解くために、本論はまず、蔵書目録にみられるあのジェームズの、『心理学原理』、『宗教的経験の諸相』、そして『多元的宇宙』等を実際に手沢本を見ながら分析することから開始した。そして、様々なる日記や書簡を始めとする叙述をあわせて検討することで、改めて漱石が西洋心理学から、何を受容して、何を求めようとしたのかを、特にその意識という視点から、捉え直そうと試みた。更には、それらをふまえたその上で、改めて漱石作品におけるジェームズの影響、及び、意識に関する分析を、それぞれの作品の中で行ってきたものである。詳細については、これまで見てきたとおりであるのだが、改めてここに振り返り、漱石における意識の問題を再度確認してみたい。

まず、前期作品群に於ての漱石の意識というものは、幽冥界と、現実界との交錯が表出されていたという見方が出来るだろう。特にジェームズの『宗教的経験の諸相』からの引用は、『文学論』の中にも多く見られたものであり、先にも述べてきたように、丁度この時期の心理学・心霊学ブームからの影響も、おそらくあったに違いない。意識は何処に漂うか。何を見て、どう進むのか。そんな神秘的なる現象として、意識世界やそして幽冥界が描かれた。

例えば、『吾輩は猫である』の現実世界の風刺の端々に描かれる、不可思議なる世界への意識の混入や、『漾虚集』でのよりはっきりと示された現実世界と対照的に存在するように見られるあの神秘なる世界の提示、『草枕』における那古井という非人情の土地への画工の潜入の様子などに、その特徴を知ることが出来るものであったといえるだろう。この時期、例えば、『猫』の中にある、「今考えると其時は死神に取り付かれたんだね。ゼームス抔に言はせると副意識下の幽冥界と僕が存在してゐる現実界が一種の因果法によつて、互いに感応したんだらう。実に不思議な事があるものぢやないか」というあの一節が示すように、漱石は、ジェームズの『宗教的経験の諸相』によって、副意識下の存在、意識外の存在に気づかされていたのである。それはすなわち、「意識」というものが、時間を超越し、空間を越えて、異次元的世界へと潜入しては又、この現実の世界へと戻ってくるというように、現実界に存在する自己とは又別の、錯綜する世界に漂うものとして、捉えられていたということである。「肉体を離れて自由に存在する意識」、それは又、この時期の漱石の、「生」というものへの見解を象徴的に示しているものである。まるで、『草枕』の中でのあの那美が、「オフェーリア」の姿そのままに、水面に漂う姿として描かれていたように、われわれの意識がまず現実として捉える世界の様相は、ただ単に、外的な、表層的な部分にすぎないものである。だからこそ意識は時として、その背後にある不可思議な、深い世界へと進入する。意識は漂い、現実と、潜在意識の世界とを自由に漂泊したその後で、やがて再び現実にもどってくるものとして、ここでは示されていたのである。

漱石作品におけるこの時期の意識というものは、まず、現実界の自己存在自体には、全く不安を示さない。自己なる存在というものは、誰よりもその自身にとっては明確で、自己そのものに、(後期作品群に見られるようになる)大きな揺らぎや不安定さは示さない。むしろここで揺れていたものは、現実という眼前の社会であり、世の中という世界の不確実で、不安定なるさまであったともいえるだろう。開化の時代の最中に位置しているとはいうものの、その現実の社会とは、酷く殺伐として、又人々にとっては極めてわかりにくい、不安定で、頼りない実在でしかないのである。そんな思いの表出が、ここには示されていたのである。意識は真なる生を求めんとするために、世の中を、現実を自由に通過して、神秘に漂っていたのである。自己の迷いは、その現実に於て在るからこその迷いであったとも言えるだろう。それが前期作品に見られた意識の様相であったと思われる。

それが中期作品における意識の様相を見てみると、『虞美人草』の世界に表出されていた、あの確固たる性格類型はすぐにも影を潜ませて、漱石は次作『坑夫』という作品で、極めて曖昧なる「自己意識」というものを描出するのを開始した。『坑夫』を境に、漱石の意識への思いは、「心」という人間の内部に向き始めたのであった。現実の中の自己認識、現実という世界社会のその中で、いくら脱出を試みても、決して独立して「一人」では、生きて行くことなど不可能な、人間としての宿命を、時間の経過とともに、まさに時々刻々と変化する意識の有様として示したのでもある。そして丁度この時期は、ジェームズの特に『心理学原理』を読み込んだということが、数々残されたメモや日記などからも検証することが出来るので、そのジェームズの理論である、「意識の流れ」に共感し、意識、心理というものを、ありのままに示そうとする漱石の、作家としての目も伺える。

こうして漱石はその「意識の流れ」の手法を多分に用いた試作『坑夫』によって、一旦は、暗く深い坑の底へと逃避させ、周囲のしがらみからの一切の束縛を逃れての、自己意識を表出させる試みを行ったのであった。けれども漱石はやがて、意識が結局は社会の中で、世の中の現実の中に密着して動かされるものであるということに、あらためて拘り始めて行くのである。中期作品における意識は、あくまでも、社会や周囲との相克の中で、より重さをまして描かれているものとして捉える事ができるだろう。

『夢十夜』の夢は、これまでは、主にフロイト的なる原罪不安や、無意識を象徴するように読まれたが、実は、それぞれの夢がまず、「こんな夢を見た」と語り始められているように、極めて現実的「夢を見る」という行為を起点とする、具体的事象に密着した想念であるとも見ることが出来るように思われる。

『三四郎』の意識は東京の地に漂った。文明の中に漂った。そしてその漂白に身を任せて居ることが、三四郎にとってはいかにも心地よく、次第に彼は他者や自身の深層も見つめることすら忘却し、ひたすら現在という時の流れのその中で、意識を派生させながら、青春を過ごして居たのである。『それから』の中の代助も、過去に縛られているように見えながら、しかし彼はただ現実を捉える意識の行くままに、動いていたに過ぎないともいえる。代助の三千代への想いというものは、現在の落ちぶれた三千代の姿を見たときから、新たに出立したものである。それはただ代助の自意識が彼女の上に強引に、自らのエゴイズムとなって表出されていたというだけのものであり、彼の心のその中は、常に自分だけが中心で、三千代の思いを考える、余裕も又視野もなかったといえるだろう。そして『門』の中では意識が現実に、密着して流れて行くというその様を、実際に作中人物によって恣意的に、実践されているのである。「愛」を巡るしがらみからの逃避と、そして共存との問題、すなわち、過去を逃避するあまり、現実に忠実であろうとする「生」が、けれども結局はそうあり続けることの出来ない宿命を感じ取るまでの、心の軌跡として、この『門』が描かれた。異次元や別世界に向かって進行していた意識のベクトルが、これら中期作品に於ては現実の生活や自己の周辺を忠実に捉えることにより、様々に派生し進み行くものとして描かれて、それが意識の世界として表出されているといえるだろう。

すなわちこの時点での意識の揺れというものは、現実のしがらみの中で決して切り離すことの出来ない「個」としての存在、その関係性における葛藤、揺らぎであり、その揺らぎの性質は、「個」そのものに対する懐疑ではなく、むしろ、現実に密着した生のあり様を、意識という面から捉えようとしているものとして、受け止めることが出来るものである。

やがて、かの「修善寺の大患」で死線をさまようほどの恐ろしい又、呆然とするような体験をした漱石は、この時期丁度再びジェームズの、『多元的宇宙』を読み込んで、再び新たなるジェームズ観、意識に対する見解を自己の中に構築するに至ったのであった。そして改めて個々なる意識の存在を自覚して、周囲の多くの「生活」と「人々」の生のあり方を、自己との関わりの中に確認することを開始したともいえるだろう。

『思ひ出す事など』の中にある、「吾々の意識には敷居の様な境界線があつて、其線の下は暗く、其線の上は明かであるとは現代の心理学者が一般に認識する議論の様に見えるし、又わが経験に照しても至極と思はれる」という意識の認識が、「個」の内部へと深く潜入し、改めて自己を問おうとする姿勢へと導かれているのである。それが『彼岸過迄』以降の、いわゆる後期文学にみられる意識の傾向でもあった。

ジェームズの『多元的宇宙』によって漱石は、意識が直線的な流れの一元的なるものなどでは決してなく、さまざまなる意識が混在し、それぞれが不明確に解け合っている極めてわかりにくいものであるということを、感嘆を以てうけとめているのである。そして、自己なるものがいったい何であるのかということの模索を、改めて、始めたのであった。幼き日に希求した、確固たる事実としての自己存在の裏に見えかくれしていた、いつも不安定で、捉えにくい心の様相そのものに、直接に焦点がむけられていくのである。漱石の描く「意識」の様相は、あれほど密着して描かれていたはずのその現実の動きから時折一旦抜け出して、ここから改めて自己という心の深い内部へと潜入し、内へ内へとまるで「とぐろを巻き込むように」潜り込み、限りなき自己拘泥を始めるのである。それは、修善寺における大患と、不可思議なる臨死体験を経た漱石の、新たなる自己への開眼によるものである。

又、『彼岸過迄』における、主観者と傍観者の問題が示しているように、自己の存在（意識）というものが、外部という現実を無視したり、排除することでは決して成り立たないということを、漱石は、ジェームズを経、そして自らの体験を経ることで、改めて認識しているのであった。

そうした「意識」認識が、自己の存在と、周囲とを旨く合わせようとすることに苦悩していた『彼岸過迄』の迷える「須永」の心中として、又、『行人』の「一郎」の自己拘泥や、『こゝろ』の先生のエゴイズムの問題としても、提示されるに至ったといえるだろう。

そして漱石はこうした模索を経た上で、「自己本位」、「個人主義」という立場を、自らの手で探り出し、もはや逃げることなく敢然と、「世の中」に立ち向かっていくのである。

「世の中に片付くなんてものは殆どありやしない。一遍起つた事は何時迄も続くのさ」と『道草』の結末で、主人公健三がつぶやく言葉には、そうした作者の心境が色濃く反映されている。そして、どんなに「世の中」に振り回されようとも、決して揺るぐことなく、彼の中には存在した自己意識への拘泥は、自己を周囲にたいして、迎合や、妥協という、（誤解を恐れずに敢えていうとすれば）いわば敗者としての「生」の方法ではなくて、何か別の、新たなる形を以て実現されようとするに至るのである。

遺作となった『明暗』は、現実を生きる宿命としての意識のありようが、より重層的に描かれているものである。

現世を生き行く「明」の部分、すなわち「我」として表出されてくる外的意識の様相と、無意識領域の限りなく、不確実なる「暗」の部分のそれぞれが、我々人間の内部には確かに存在している意識であるとして、敢然とした態度で示されているのである。

以上が本論における筆者がたどってきた経緯である。こうして漱石は意識という問題を、作家としての自己の活動の中で模索し、そして構築していたのである。

三　最後の境地

ところで先にも見たように、遺作となった作品『明暗』には、晩年における漱石が到達した一つの結論として、意識に対する一つの見解を確認することが出来るといえるだろう。

本論を閉じるに当たり、最後に、漱石が、その『明暗』という作品を描きながら、同時に書き残した漢詩のいくつかを見つめつつ、最後の作家の心境と意識に対するまなざしをここに総括してみたい。

漱石は、大正五（一九一六）年八月二十一日付、久米正雄・芥川龍之介宛書簡の中で、

僕は不相変「明暗」を午前中書いてゐます。心持は苦痛、快楽、器械的、此三つをかねてゐます。存外涼しいのが何より仕合せです。夫でも毎日百回近くもあんな事を書いてゐると大いに俗了された心持になりますので三四日前から午後の日課として漢詩を作ります。日に一つ位です。さうして七言律です。中々出来ません。厭になればすぐ已めるのだからいくつ出来るか分りません。（『漱石全集第十五巻、続書簡集』、五七五頁）

と自ら記しているように、当時、『明暗』を書きながら、その午後の時間のほとんどを、漢詩の作成に当てていたというのは、よく知られている事実である。

ここでいう「俗了」の意味については、諸説論じられているのだが、この書簡から改めて捉えようとするならば、作家として、生活の手段としての「書く」という行為そのものを「俗」である、というように見なしているということではあるまいか。

当時確かに漱石は、「自己本位」が「我」として世の中に出現し、あくまでも自意識に忠実であろうとする人物たちを『明暗』の中に描いていた。けれどもその一方で、作家である自分自身を振り返れば、そんな自意識にも、理想にも、決して忠実とは言えない現実の生活に、始終振り回されているという実感に苛まれ続けていたのかも知れない。

漱石は、別の書簡の中で、「私は始終病気です。但起きてゐる時と寝てゐる時とある丈です」、「人間は何時死ぬか分りません。人から死ぬ死ぬと思はれてゐる私はまだぴく〳〵してゐます。」（大正五年七月十五日、厨川辰夫宛）と書いている。又、鏡子夫人の回想によれば、

全体此の夏頃から、後で考へれば何となく生気がなく、背中にアセモらしいものが出来て、お湯から上がるとはそれに粉の薬をすり込むやうに塗つてやるのでしたが、薬を擦り込みながら背をさすつて居りますと、気のせいか背中の肉が一日増しに落ちてく気配がします。最初はそれ程にも気がつかなかつたのですが、気がついて見ると気のせいかそれが大変ひどいやうで、指の尖で一日一日とやせて行くのがわかるのでした。夏まけかしら、それとも糖尿病の食事療法で食べ物が違つたので、かうも目に見えて痩せるのかしらと、何にしてもいやなことだと思つて居りました。が自分で気になる丈にかへつて夏目には話もしませんでしたが、それが十一月頃になると、めつきり痩せ衰へて居りました。（夏目鏡子『漱石の思ひ出』、三三〇頁）

ともあるように、決して思わしくない病状を押して、この時も作家として作品を「書く」という行為を日々、義務化して継続させていたのである。新聞社社員として、連載を書かねばならない、締め切りに間に合わせなければな

らない。その「書く」という作業は、当然、純粋に自己の主張を綴るというような、そんな作業としてのみ行われていたものではなかったのであった。生活のため、家族のため、そして、生きるための、いわば世俗にまみれる行為、生きる手段としての現実的・営利的行為なのでもあったのだ。よって漱石はこの時に、それを「俗了」と言う言葉を用いて表していたようにも思われる。彼は「毎日百回近くもあんな事を書いてゐると大いに俗了された心持になります」というように、書簡に記しているのである。

そして、いや、だからこそ、それとは全く対称的なる行為として、漱石は、午後の時間を「漢詩」の作成に当てていたとも思われる。その「漢詩の時間」は、午前中の、いわゆる営業的、「生活」のための現実的仕事でなく、心の平静をただ求めることができる、純然たる修養の場であった。したがってそれは「俗了」の域などにはなりえない、世俗を離れた境地に在ることのできる時である。すなわち、この「漢詩の時間」こそがこの時期の、漱石の最も精神的慰藉を得られる時であり、そして、幼き頃から求めていた、不動なる精神、何者にも惑わされず揺るがない、純粋の境地・本質的自己なるものの確立を実現できる時間であったともいえるだろう。

ただこの時期の漢詩について、吉川幸次郎は『漱石詩注』「序」の中で、「注目すべき現象が、やがて生まれる。『明暗』の午後の詩は、私がその部分の注釈で、よりより指摘するように、小説の執筆が進むとともに、だんだん生ぐさく人間くさくなる。つまり〝風流〟には終始しなくなる」と言っており、その最も「生臭い」詩をいくつか断定してさえいるのだが、果たして、氏の指摘する「生臭い」は、どういう根拠を持つものか。

改めて詩を辿り、当時の漱石を思いたい。

たとえば、この時期の詩には、次のようなものがある。

これは、吉川が、「全詩集を通じて最も生ぐさい」と断定しているものである。

百年功過有吾知　　百年の功過　吾れの知る有り

百殺百愁亡了期　　百殺百愁　了期亡し
作意西風吹短髪　　意を作して西風は短髪を吹き
無端北斗落長眉　　無端　北斗　長眉に落つ
室中仰毒真人死　　室中に毒を仰いで真人死し
門外追仇賊子飢　　門外に仇を追いて賊子飢う
誰道閑庭秋索寞　　誰か道う　閑庭　秋索寞と
忙看黄葉自離枝　　忙しく看る黄葉の自のずから枝を離るるを（大正五年十月四日）

この詩の中でも、特に、「室中に毒を仰いで真人死し」などの部分を指摘した上で、「世味、すなわち人間の葛藤への興味は、閑適の世界としてはいった漢詩の中へも、しだいに浸潤して」いると見るのである。そして、最後の二行を、「ここにも複雑な葛藤はあり、枝を離れる黄葉、それは自己の意志によって自ら枝を離れるのか、自然の命令として自ずから枝を離れるのか、どっちにしろそれを見物するのに、私は忙しい」と解釈する。風流に徹しようとして、結局は、人間的なる俗界のレベルでしか、ものを考えられなくなってしまっている心境を表していると見るのである。確かに、それは、一理ある。けれども、そのいわゆる俗なるレベルの心境を、ただ風流を離れた「生臭い」詩としてのみで解釈し、済ませてしまってよいものか。

確かにこの詩の次に書かれた詩も、そのような見方で見ることが出来るかもしれないものである。

非耶非仏又非儒　　耶に非ず仏に非ず又儒に非ず
窮巷売文聊自娯　　窮巷に文を売りて聊か自ずから娯しむ
採頡何香過芸苑　　何の香を採頡して芸苑を過ぎし
徘徊幾碧在詩蕪　　幾碧に徘徊して詩蕪に在り

焚書灰裏書知活　　焚書の灰裏　書は活くるを知り
無法界中法解蘇　　無法界中　法は蘇るを解す
打殺神人亡影処　　神人を打殺して影亡き処
虚空歴歴現賢愚　　虚空歴歴として賢愚を現ず（大正五年十月六日）

この詩の中で漱石は、生活レベルから脱却した境地として自らを見つめなおしたいために、漢詩の制作を試みたにも関わらず、その漢詩の世界の中でも結局は、漠然とした「天」や「道」だけでは生を全うすることの出来ない人間の宿命を、改めて感じているものと思われる。真の知識は、既成の道徳や法にとらわれることではなく、それを経たところに生まれでるものである。「無心」は、現実のものとして、改めて問い直さなければならない。

又、次のような詩も書かれている。

宵長日短惜年華　　宵長く日短くして年華を惜しむ
白首回来笑語譁　　白首　回らし来たれば笑語譁し
潮満大江秋已到　　潮は大江に満ちて秋已に到り
雲随片帆望将余　　雲は片帆に随いて望み将にはるかならんとす
高翼会風霜雁苦　　高翼　風に会いて　霜雁苦しみ
小心吠月老敖誇　　小心　月に吠えて　老敖誇る
楚人売剣呉人玉　　楚人は剣を売り呉人は玉（大正五年十月七日）

この詩についても吉川は、「剣を売り歩く男と、玉を売り歩く男とが、町中ででくわし、お互いに変な流し目で、見交わしている。それぞれ党派を立てて、自己の利益にのみいそがしい連中を皮肉る」詩であると見ている。

これらこの時期の詩を生臭いと見る、吉川の見方にも、大いに示唆される部分も少なくないが、又、別の見方においては、そうした俗界に存在するどのような生であれ、全て含めて人間を捉えようとする、より広大なる心情としての詩という見方も出来るのではあるまいか。

すなわち吉川のいうように、この時期における漢詩のそれぞれが、「風流に終始しない」、「生臭い」詩であるというよりも、より生の問題について、単なる理想や、空論としてでなく、極めて真摯に、現実的に、見つめようとしている心境を示しているように思われる。

そしてそれこそが、ジェームズの解く、様々なる心情をそれぞれの儘に受容して、見つめんとするあの「多元的」なる現実の世界に生きる我々の姿そのものへの感慨と、見ることが出来るものなのである。

そもそも人間が、世界や、周囲の他の人々との関係を一切断ち切って、自己の意識のみに忠実に生きようとすることは不可能である。人間は、かつてマルクスが述べたような「社会的産物」[1]であるのだから、自我がどんなに強固なものであったにせよ、それが単独で生き続けることは決して出来ないものである。漱石が意識をただ純粋に、意識そのものとして捉えようとする際に、どうしても断ち切ることが出来なかったのが、そうした周囲との問題であり、そして、彼の意識に対する認識も、結局のところ、その周囲との関係の中に於て再構築されて行くことになったのでもあった。それは、エゴイズムとは異なって、自己意識が明確であればあるほどに、そうした意識が多元的なる存在として、他者の意識、他者の生も同時に認識し、認めなければならないという、極めて広い意識把握へと導かれていったものである。

漱石文学における意識の様相というものを、敢えてこの現代において見つめたとき、われわれには改めて、漱石が苦悩を繰り返しつつ模索したあの「自己」というものが見えてくる。そして、それこそが、現代社会に生きる我々にも、決して古き時代の、もはや過ぎ去ってしまった遺物としてなどでなく、極めてリアリティを持った精神として感じられるものなのである。

明治四十四年に行われた講演、「現代日本の開化」の中で、漱石は、

日本の開化は自然の波動を描いて甲の波が乙の波を生み乙の波が丙の波を押し出すやうに内発的に進んでゐるかと云ふのが当面の問題なのですが、残念ながらさう行つて居ないので困るのです。

と批判して、「内発的」なるものの必要性を説いていたことがある。これは、当時における日本近代の、ただひたすらに発展を遂げんとするその様に痛烈な批判を浴びせている言ではあるのだが、それは同時に、個人というものに対しての鋭い示唆でもあるともいえるだろう。外部からの影響によってのみ流されて、本来の自身を見失ってしまうことは何としても避けなければならない。それは、西洋思想に出会う前、ただ悪戯に運命に翻弄され、又、漠然と「正心」を目指していた自らに対する漱石の、遠い過去をも忍ばれる。おそらく彼の脳裏には、そんな記憶も漠然と思い出されていたのかも知れない。

更に後年、漱石は「私の個人主義」の中で、次のように述べる。

私は此自己本位といふ言葉を自分の手に握つてから大変強くなりました。彼等何者ぞやと気慨が出ました。今迄茫然と自失してゐた私に、此所に立つて、この道から斯う行かなければならないと指摘をして呉れたものは実に此自我《ママ》本位の四字なのであります。

自白すれば私は其四字から新たに出立したのであります。（『漱石全集第十一巻、評論・雑篇』、四四五頁）

そして、「自己の個性の発展を仕遂げやうと思ふならば、同時に他人の個性も尊重しなければならない」という、「他者生」の尊重の必要性をも説くのである。すなわち、ここで漱石が示す「自己本位」とは、自己の世界のみを中心として、他者を押し退けてでも自己のみを全うしようとするような、いわゆる利己主義とは異なって、極めて平等な関係の中に全うされるべきものであるということがその最大の特徴であるといえるだろう。

こうした考えが、『明暗』の複数の意識描写においても感じられ、又、さらに、その「漢詩の時間」に作成されていた晩年の詩、例えば、

嘗見人間今見天　　嘗つては人間を見、今は天を見る
醍醐上味色空辺　　醍醐の上味、色空の辺
白蓮暁破詩僧夢　　白蓮　暁に破る　詩僧の夢
翠柳長吹精舎縁　　翠柳　長く吹く　精舎の縁
道到虚明長語絶　　道は虚明に到りて　長語絶え
烟帰曖逮妙香伝　　烟は曖逮に帰して　妙香伝はる
入門還愛無他事　　門に入りて還た愛す　他事無きを
手折幽花供仏前　　手づから幽花を折りて　仏前に供す〈大正五〈一九一六〉年九月九日〉

などにもよく表れているのである。

この詩の大意を改めて捉えるとすれば、人間の醜さのみが目について、暗い気分に閉ざされがちであった以前に比べ、今というものには、天のように明るく広い世界が見えてきたというものであり、差別の相を越えたところにある、いわゆる真理というものを味わえるようになったその境地に喜びをあらわしている詩であろう。和田利男は、ここに表出されている境地に対しての解釈を、「自分という小我の私を去って、天、即ち大我の中に自己を任せるという覚悟が出来たところから展開している」というように纏めており、それは「則天去私」へと繋がる心境でもあるという。こうした我を超越したところに見えるものこそ、自己本位における他者認識が更に、広大なる境地へと発展していったものと見ることが出来るであろう。

「俗了」ではない行為としての漢詩制作は、こうして漱石によって、意欲的に続けられていたのである。

けれども、当然のことながら、『明暗』の中絶と同時に、午後の漢詩の時間も又、終了する。漱石が最後に記した漢詩は次のようなものであるという。

真蹤寂寞杳難尋　　真蹤は寂寞として杳かに尋ね難く
欲抱虚懐歩古今　　虚懐を抱いて古今に歩まんと欲す
碧水碧山何有我　　碧水碧山何ぞ我れ有らん
蓋天蓋地是無心　　蓋天蓋地　是れ無心
依稀暮色月離草　　依稀たる暮色　月は草を離れ
錯落秋声風在林　　錯落たる秋声　風は林に在り
眼耳双忘身亦失　　眼耳双つながら忘れて身も亦た失い
空中独唱白雲吟　　空中に独り唱う白雲の吟

この詩について吉川は、「虚懐を抱いて古今に歩まんと欲す」の解釈を、ただ「虚懐」が、「私のない心」と示しているのみで、全文の解釈を示さない。後年それに付加するようにして、和田が、その部分の解釈を、「せめて我執を去った虚しい心で生涯を終わりたいものだと考える」というように述べている。おそらく、この最後の詩の中で漱石は、いわゆる『明暗』における作者の位置、「則天去私」の境地というものを、改めて捉えているのではあるまいか。そしてそうした心境が、自己の生そのものにおける境地としても（その無我を）志向して、新たに進んで行こうという決意となり、ここに示されているように思われる。

すなわち、漱石の長きに渡る意識への拘泥は、決して自己というものが、個としてのみでは存在することの出来ない宿命を苦しみの中から感じ取り、そこにより広大な視野を持とうとする、いわゆる作家としての悟りの境地として、形作られていたのである。

そしてそれこそが漱石の、自らつかみ取った「意識」の意味なのである。

注

（1）『マルクス・エンゲルス全集』「ドイツ・イデオロギー」、「フォイエル・バッハ」（昭和四十四年以降刊、大月書店）、エティエンヌ・バリバール著、杉山吉弘訳『マルクスの哲学』（平成七年十二月、法政大学出版）、アーネスト・ブロッホ著、船戸満之・野村美紀子訳）『マルクス論』（平成十年三月、作品社）等を参照した。

おわりに

情報化社会がますます発展する中で、一方においては、様々な弊害も発生している現代社会。果たして人々は、今、なお何を求めようとしているか。それは、おそらく個人個人のレベルでは、世界の更なる発展や、より進歩的生活などではないように思われる。実は、現代に生きる人々が心から希求しているものは、お互い同士の暖かい、心の繫がりではなかろうか。

しかし、現代に生きる人々の誰もがそれを求めていながら、忙しい日常は、そんな心の余裕を許さない。時代はただ「時」のみが、流れ、そして過ぎて行く。人々は流れるその「時」の中に身を置いて、徐々に重ねられ行くばかりの年齢に、ただあわて始めるだけである。かくて、現代人の孤独は癒されず、個が取り残されていく。明治の時代に生きた漱石が、作品において示した意識の在り様は、こうした現代人における孤独の様相、闇に包まれた意識の病巣そのものにも共通する。

家族、愛、結びつきというものへの憧憬と、「個」である自覚の中に、生き続けていた漱石。だからこそ、彼の中には人一倍、心を見つめんとする目が養われ、それが意識世界の様相として作品に具現化されているのである。

ジェームズを受容し、更にはベルグソンを読み込んだ漱石は、とりとめもなく流動的な「意識の流れ」の内部に決してはっきりと捉え尽くすことの出来ない純然たる自己存在が在るということ、そしてそれが、他者との関わり、周囲、そして社会や時代、更には大いなる運命との関わりの中で、さまざまに模索を重ねながら構築されているものであるということの、大きな結論に到達したのであった。

自己と他者との間には、どんなに近しい関係でも、決して踏み越えられない壁がある。その事実に対して、漱石は、作者という立場から、より大きなる視野を持ち、立ち向かっていたのである。

この「漱石の時代」が終わっても、より一層大きな進歩発展を遂げていく社会、科学を駆使した大いなる時代の中にある、現代の孤独というものを、漱石はまるで見越しているかのように、作品によって訴える。

「果たして自己とは何なのか」

「自分はどう生きるべきなのか」

数々の漱石作品が、今もなお、我々に、静かにそう問いかけ続けている。

漱石は、決して過去ではない。

それが漱石文学における、意識の真実なのである。

＊＊＊

本研究を遂行するために、東北大学を訪れて、漱石文庫を閲覧させていただいた。何度もコンタクトをとった上、やっと実現できたということもあり、初めて本物の漱石蔵書に触れたときは、えもいえぬ程の感動を覚えたのが事実である。百年の時を越えて今まさに、当時の漱石の手にしたその本の数々が、こうして眼前にあることに、いいようもない興奮さえ感じていた。知らず、私は、まずそれに手を触れる前、深く息を吸い込んで、高鳴る鼓動を押さえていたほどだった。

そうして開いたそれらの本の数々は、所々に漱石の、まさに直筆による書き込みがなされていて、その生々しい手跡を見たときに、再び背筋に戦慄を感じるほど、熱い思いが胸一杯にこみ上げた。

又、その蔵書のいくつかには、かなり古いということもあるためか、麝香のような上品な、独特の臭いが染みついていて、それが静かにしっとりと私の鼻を刺激した。それによっても明治というあの時代のただ中で、漱石が過ごした「時」というものが、身近に感じられたものである。神秘の扉が開かれて、漱石が、そして、明治が、時空を越えてここにまさに再現され、それが肌を通して直接に、私の中に飛び込んできたような、不思議な感覚が漂った。やがて、ロンドンのカーライル博物館で、漱石が味わったと同じあの現象が、私を取り巻き始めていた。その時、まさかここにいるはずのない、当時の漱石の姿が、その本から突然飛び出して、頁をめくり始めたようにさえ思われたものである。

私の漱石蔵書の調査はこうして、静かに始められていた。

明治の香りの漂うその本を目の前に、東北大学の図書館の片隅で、調査に没頭したあの日々のことを、私は決して忘れまい。こうして蔵書の数々を、これまで丁寧に保管くださった多くの方々の苦労を想い、感謝の念さえこみ上げて、再び胸が高鳴った。


作家研究をしてきて、初めて味わった、生《なま》の感動の風景である。

漱石が生涯を通じて苦しみつつ、その作品に表そうとしたものは、まさに、自己への模索であり、そして、「生」の姿である。

個、孤、そして自我。

留学先のロンドンでの生活も、結婚後の日常の日々に於てさえ、煩雑さに悩まされながら、けれども、漱石はどうしても、自己をそこに迎合させ、それに甘んじて生きることに妥協を許せなかったのであった。そして、より確かな自己存在の確立と、手応えを常に追い求め、葛藤を繰り返していたのである。

現代に生きる我々にとっても、なお不可解な「自己」存在、それは私にとっても依然興味深い問題ではあるのだが、漱石が、その作品の中で語りかけ、深い意識の奥底で常に願っていたものは、単なる自己満足にのみ終わらない、果てなき人間救済の道であったのかも知れない。死してなお、こうして漱石はその黄泉の世界から、現代の我々の「生」それぞれに、熱いエールを送り続けているのである。

最後に、本論を完成させるにあたり、千葉大学滝藤満義先生をはじめ、ご指導、ご協力くださった多くの方々に深く感謝の念を表したい。

主要参考文献一覧

＊テキストは、『漱石全集』全十八巻（昭和五十九・四、岩波書店）を使用した。なお、引用に際しては、旧字体は適宜新字体に改めた。

主要参考文献は、およそ次の通りである。

＊漱石論及び、それに関する文献

夏目鏡子述・松岡譲録『漱石の思ひ出』（昭和四・十、改造社）

小宮豊隆『夏目漱石』全三巻（昭和十三・八、岩波書店）

和田利男『漱石漢詩研究』（昭和十五・四、人文書院）

小宮豊隆『漱石の芸術』（昭和十七・十二、岩波書店）

唐木順三『夏目漱石』（昭和三十一・七、修道社）

夏目伸六『父・夏目漱石』（昭和三十一・十一、文芸春秋、平成三・七、文春文庫）

瀬沼茂樹『夏目漱石』（昭和三十七・三、東京大学出版会）

江藤淳『夏目漱石』（昭和四十・六、勁草書房）

松岡譲『漱石の漢詩』（昭和四十一・九、朝日新聞社）

吉川幸次郎『漱石詩注』（昭和四十二・五、岩波書店）

森田草平『夏目漱石』（昭和四十二・八、筑摩書房）

日本文学研究資料刊行会編『日本文学研究資料叢書・夏目漱石』（昭和四十五・一、有精堂出版）

江藤淳『漱石とその時代第一部』（昭和四十五・八、新潮社）

江藤淳『漱石とその時代第二部』（昭和四十五・八、新潮社）
江藤淳『漱石とその時代第三部』（平成五・十、新潮社）
江藤淳『漱石とその時代第四部』（平成七・八、新潮社）
吉田六郎『漱石文学の心理的探究』（昭和四十五・九、勁草書房）
越智治雄『漱石私論』（昭和四十六・六、角川書店）
吉村義夫『夏目漱石』（昭和四十七・六、春秋社）
大久保純一郎『漱石とその思想』（昭和四十九・十二、荒竹出版）
渡辺昇一『漱石と漢詩』（昭和四十九・五、英潮社）
和田利男『漱石の詩と俳句』（昭和四十九・十二、めるくまーる）
村岡勇編『漱石資料――文学論ノート』（昭和五十一・五、岩波書店）
梶木剛『夏目漱石論』（昭和五十一・六、勁草書房）
玉井敬之『夏目漱石論』（昭和五十三・六、桜楓社）
蓮見重彦『夏目漱石論』（昭和五十三・十、青土社）
吉田精一・福田陸太郎『夏目漱石』（昭和五十三・十、朝日新聞社）
平野精助編『新聞集成夏目漱石像』（昭和五十四・一）
神山睦美『夏目漱石――序説』（昭和五十五・六、国文社）
竹盛天雄編『夏目漱石必携』（昭和五十六・三、学灯社）
岡三郎『夏目漱石研究』（昭和五十六・十一、国文社）
松本健次郎『漱石の精神界』（昭和五十六、十一、金剛出版）
林田茂雄『漱石の悲劇』（昭和五十七・三、白石出版）
三好行雄他編『講座夏目漱石』（昭和五十七・四、有斐閣）
宮井一郎『詳伝夏目漱石』（昭和五十七・八、国書刊行会）

古川久『漱石の書簡』（昭和五十七・十一、東京堂出版）
古川久編『夏目漱石辞典』（昭和五十七・十一、東京堂出版）
土居健郎『漱石の心的世界』（昭和五十七・十一、角川選書）
山田輝彦『夏目漱石の文学』（昭和五十九・一、桜楓社）
荒正人『漱石研究年表』（昭和五十九・五、集英社）
高田瑞穂『夏目漱石論』（昭和五十九・八、明治書院）
武蔵野次郎『夏目漱石』（昭和五十九・十一、小学館）
加茂章『夏目漱石創造の夜明け』（昭和六十・十二、教育出版）
吉本隆明・佐藤泰正『漱石的主題』（昭和六十一・十二、春秋社）
相原和邦『漱石文学の研究』（昭和六十三・二、明治書院）
秋山公男『漱石文学論考』（昭和六十三・一二、桜楓社）
佐古純一郎『漱石論究』（平成一・五、朝文社）
小倉脩三『夏目漱石・ウィリアム・ジェームズ受容の周辺』（平成一・二、有精堂出版）
加賀乙彦編『群像日本の作家』（平成二・二、小学館）
三好行雄編『夏目漱石辞典』（平成二・四、学灯社）
玉井敬之編『漱石作品論集成』（平成二・八、桜楓社）
平岡敏夫編『夏目漱石研究資料集成』（平成三・五、日本図書センター）
赤嶺幹雄『漱石作品論』（平成五・三、HASMEL）
重松泰雄『漱石その歴程』（平成六・三、おうふう）
中島国彦・長島裕子『夏目漱石の手紙』（平成六・四、大修館書店）
秋山公男『漱石文学考説』（平成六・五、おうふう）
『漱石研究』№1—№9（平成六・十一、翰林書房）

和田利男『漱石文学のユーモア』（平成七・一、めるくまーる）
木村直人『漱石異説』（平成七・二、武蔵野書房）
大竹政則『漱石初期作品の展開』（平成七・三、おうふう）
森田喜郎『夏目漱石論』（平成七・三、和泉書院）
大橋健三郎『夏目漱石近代という迷宮』（平成七・六、小沢書店）
熊坂敦子『迷児のゆくえ』（平成七・六、おうふう）
重松泰雄『漱石その新たなる地平』（平成九・五、おうふう）
熊坂敦子『夏目漱石の世界』（平成七・八、翰林書房）
陳明順『漱石漢詩と禅の思想』（平成九・八、勉誠社）
高橋英夫『変容する文学のかたち』（平成九・八、翰林書房）
高橋英夫『持続する文学のいのち』（平成九・八、翰林書房）

＊漱石論以外の参考文献

元良勇次郎『心理学』（明治二十三・十二、金港堂）
元良勇次郎『心理学綱要』（明治四十・四、弘道館）
今田恵『心理学』（昭和十四・八、岩波書店）
宇野精一『中国思想』（昭和四十二・二、東京大学出版会）
ウィリアム・ジェームズ著、比屋根安定訳『宗教経験の諸相』（昭和三十二・六、誠信書房）
『ウィリアム・ジェームズ著作集』全七巻（昭和三十六・五、日本教文社）
小此木敬吾『フロイトその自我の軌跡』（昭和四十八・三、日本放送協会出版）
ジル・ドウルーズ著、宇波彰訳『ベルグソンの哲学』（昭和四十九・六、法政大学出版局）
山下竜二『王陽明』（昭和五十九・十、集英社）

鈴木修次『孟子』（昭和五十九・九、集英社）
楠山春樹『老子』（昭和五十九・十一、集英社）
峰屋邦夫『中国の思惟』（昭和六十・九、法蔵館）
梶山雅史『近代教科書史研究』（昭和六十三・二、ミネルヴァ書房）
ジャンケレヴィッチ著、阿部一智訳『アンリ・ベルグソン』（昭和六十三・六、新評論社）
フレイジャー、ファディマン著、吉福伸逸訳『深層心理学』（平成一・一、春秋社）
笠原敏雄『超心理学』（平成一・九、ブレーン出版）
加地伸行『儒教とは何か』（平成二・十、中央公論社）
ベルグソン著、平井啓之訳『時間と自由』（平成一・二、白水社）
アンリ・ベルグソン著、林達夫訳『笑い』（平成三・一、岩波書店）
『変容する家族』一、『家族の社会史』（平成三・七、岩波書店）
コナン・ドイル著、近藤千雄訳『コンナドイルの心霊学』（平成四・二、新潮選書）
明治文化研究会編『明治文化全集』第十一巻（平成四・十、日本評論社）
W・ジェームズ著、今田寛訳『心理学』（平成五・二、岩波書店）
周暁燕『中国哲学への招待』（平成五・六、慶応通信社）
小林勝人訳注『孟子』（平成六・七、岩波書店）
一柳廣孝『こっくりさんと千里眼』（平成六・八、講談社）
アイヴァン・クック著、大内弘訳『コナン・ドイル人類へのスーパーメッセージ』（平成六・十一、講談社）
アンソニー・ストー著、鈴木晶訳『フロイト』（平成六・二、講談社）
俣野太郎『大学・中庸』（中国古典新書）（昭和四十三・二、明徳出版）
淡野安太郎『ベルグソン』（平成八・一、勁草書房）
牟田和恵『戦略としての家族』（平成八・七、新曜社）

佐々木昭夫『日本近代文学と西欧』（平成九・七、翰林書房）
河合隼雄『無意識の世界』（平成九・九、日本評論社）
アンドルー・セイント、ジリアン・ダーリー著、大出健訳『ロンドン年代記』（平成九・十、原書房）
佐藤達哉・溝口元『日本の心理学』（平成九・十一、北大路書房）
エティエンヌ・バリバール『マルクスの哲学』（平成十・十二、法政大学出版局）
ブロッホ『マルクスの哲学』（平成十・四、ブロンテ）
ジョン・ベロフ著、笠原敏雄訳『超心理学史』（平成十・二、日本教文社）
William James : The Principles of Psychology (Harverd University Press, 1983)
Hrnri Bergson : Time and free Will (Translation F. L. Pogson M. A.) (George Allen and Co. 1912. 7)
William James : A Pluralistic Universe (Longmans , Green and Co. 1909. 8)
William James Writing (1902-1910) (The Library of America)

■ 著者略歴

増満圭子（ますみつ・けいこ）
立教大学文学部卒業、千葉大学大学院博士課程修了。
文学博士。現東洋学園大学助教授。

近代文学研究叢刊 29

夏目漱石論
―漱石文学における「意識」―

二〇〇四年六月三〇日初版第一刷発行
（検印省略）

著者　増満圭子
発行者　廣橋研三
印刷所　太洋社
製本所　大光製本所
発行所　有限会社　和泉書院
大阪市天王寺区上汐五‐三‐八
〒五四三‐〇〇〇二
電話　〇六‐六七七一‐一四六七
振替　〇〇九七〇‐八‐一五〇四三

装訂　上野かおる
ISBN4-7576-0261-8　C3395

近代文学研究叢刊

- 鷗外歴史小説の研究 「歴史其儘」の内実　福本　彰著　11　三六七五円
- 鷗　外 成熟の時代　山﨑國紀著　12　七三五〇円
- 評伝 谷崎潤一郎　永栄啓伸著　13　六三〇〇円
- 菊池寛の航跡 初期文学精神の展開　片山宏行著　14　六三〇〇円
- 近代文学における「運命」の展開　森田喜郎著　15　八九二五円
- 夏目漱石初期作品攷 奔流の水脈　硲　香文著　16　品切
- 石川淳前期作品解読　畦地芳弘著　17　八四〇〇円
- 宇野浩二文学の書誌的研究　増田周子著　18　六三〇〇円
- 大谷是空「浪花雑記」 正岡子規との友情の結晶　和田克司編著　19　一〇五〇〇円
- 若き日の三木露風　家森長治郎著　20　四二〇〇円

（価格は５％税込）